Willi Heinrich
Die Reisende der Nacht

WILLI HEINRICH

Die Reisende der Nacht

NAUMANN & GÖBEL

Sonderausgabe der Naumann & Göbel Verlagsgesellschaft mbH
in der VEMAG Verlags- und Medien Aktiengesellschaft, Köln

Schutzumschlag: Bernd Röhrig, Köln
Gesamtherstellung: Naumann & Göbel Verlagsgesellschaft mbH
Printed in Germany

ISBN 3-625-20310-3

1

Landmann empfing mich mit gerötetem Gesicht und ohne Jackett, eine Indiz dafür, wie sehr er unter Dampf stand. Denn er gehörte zu jenen Unternehmern, die Wert auf korrekte Garderobe auch dann legen, wenn sie es mit keinem solventen Kunden, sondern nur mit einer ihrer Angestellten zu tun haben. Dabei bot er auch ohne Jackett den rundum erfreulichen Anblick eines gutaussehenden Mannes, dem seine männliche Eitelkeit nachzusehen einer so toleranten Frau, wie ich eine war, keine Selbstüberwindung abverlangte. Zumal ich mich mit ihm immer gut verstanden und sein persönliches Interesse an meiner Person noch keinen Augenblick lang als lästig empfunden hatte.

Auf ein längeres Gespräch und heute ohnehin auf das Schlimmste gefaßt, nahm ich unaufgefordert in einer für Landmanns Kundschaft reservierten komfortablen Sitzgruppe in seinem komfortablen Büro Platz, kreuzte seufzend die Beine und sagte: »Ich habe es auf dem Weg zu dir schon zehnmal, nein, schon mindestens zwanzigmal zu hören ...«

Ich brach ab und beobachtete mit schräggelegtem Kopf, wie er sich von seinem Platz hinter dem Schreibtisch erhob und, diesen weit umrundend, gemessenen Schrittes zu mir kam. Unmittelbar vor mir stehen bleibend, setzte er einen Fuß auf die lederne Armlehne meines Sessels, stützte den Ellbogen auf das Knie und sagte: »Dann hörst du es jetzt eben zum einundzwanzigsten Mal. Anscheinend sind meine sämtlichen Mitarbeiter so unterbeschäftigt, daß sie nichts anderes zu tun hatten, als nach dir Ausschau zu halten und dich über die neuesten Geschehnisse zu informieren. Überhaupt ein Wunder, daß du dich heute keine Viertelstunde, sondern nur zehn Minuten verspätet hast. Vielleicht hattest du Alpträume und bist deshalb früher aufgewacht als sonst?«

»Da muß ich dich leider enttäuschen«, sagte ich. »Gerade in der vergangenen Nacht habe ich nur von angenehmen Dingen geträumt.«

»Ich weiß, wovon du träumst«, sagte er und hakte, den Blick auf seinen solcherart bloßgelegten Inhalt senkend, den Zeigefinger in den Ausschnitt meines Pullis. Weil ihm das, seit ich ihn mehr oder weniger selbst dazu ermuntert hatte, in den letzten Wochen fast schon zur lieben Gewohnheit geworden war, maß ich ihm auch diesmal keine besondere Bedeutung bei. Im Gegenteil: Daß er auch heute auf dieses Gewohnheitsrecht nicht verzichtete, konnte ich nur mit Erleichterung zur Kenntnis nehmen. Was mich jedesmal daran faszinierte, war auch weniger sein Zugriff als solcher als diese ungewöhnliche Diskrepanz zwischen dem, was ich, wenn er mir in den Ausschnitt schaute, sonst noch alles von ihm erwartete, und jenem, was er in Wirklichkeit sonst noch tat: nämlich nichts. Er betrachtete mich eben nur. So wie man einen van Gogh oder ein anderes unvergängliches Meisterwerk betrachtet. Auch wenn ich Anlaß hatte, mich jenen Frauen zugehörig zu fühlen, deren Busen auch nach mehrfacher Bloßlegung für einen Mann noch sehenswert war, fand ich es doch allmählich an der Zeit, daß er sich etwas Neues dazu einfallen ließ. Heute allerdings verweilte sein Blick nur ganz flüchtig auf mir. Er sagte: »Es ist ja kein Wunder, daß solche Sachen passieren, wenn deine Arbeitskollegen kein anderer Gedanke mehr plagt als der, ob du einen BH trägst oder nicht.«

Im Gegensatz zu solchen Frauen, deren Warzen nur bei sexueller Erregung auffällig in Erscheinung treten, waren meine eigenen auch in normaler Größe ein von Männern immer wieder gerne wahrgenommener Blickfang, so daß die Frage, ob ich einen BH trug oder nicht, sich für die meisten gar nicht erst stellte. Ich sagte: »Bei deiner Kundschaft ist es dir doch ganz lieb, wenn sie sich bei geschäftlichen Gesprächen mehr auf meine Mamillen als auf deine Kostenvoranschläge konzentriert. Deshalb hast du mich doch auch in deiner Agentur haben wollen.«

Er nahm den Finger von meinem Pulli, kehrte an den Schreibtisch zurück und schaltete das Kassettengerät ein. Gleich darauf war eine verzweifelt klingende Frauenstimme zu hören. Sie berichtete einem männlichen Wesen namens Hans, mit den herkömmlichen Waschmitteln die Tintenflecken aus seiner Hose nicht herauszubekommen. Worauf Hans sie eindringlich auf ein ganz neu auf den Markt gekommenes Super-Waschmittel aufmerksam machte, das außer Tinten- auch Marmelade-, Milch-, Rotwein-, Farb- und sogar Teerflecken randlos beseitigte. Einschließlich üblen Mundgeruchs, wie eine andere Frauenstimme abschließend hinzufügte, und weil es meine eigene Stimme war, schloß ich gottergeben die Augen. Dann öffnete ich sie wieder und beobachtete, wie Landmann das Gerät abschaltete und hinter seinem Schreibtisch Platz nahm. Er war so groß, daß er auch im Sitzen noch beeindruckend aussah. Seit der Arzt ihm zu einer Brille geraten hatte, wirkte sein langes Gesicht noch intellektueller. Ohne seine grauen Schläfen hätte man ihn für fünfundvierzig halten können. In Wirklichkeit war er zehn Jahre älter, zum zweiten Male verheiratet und Vater von drei Töchtern.

Er sagte, meine kleine Anmerkung mit Verzögerung beantwortend: »Ich habe dich in der Agentur haben wollen, weil du in deiner früheren Stellung etwas von Public Relations verstanden und Leute kennengelernt hast, die uns nützlich sein können. Ich weiß nur nicht, ob es nötig ist, daß du neuerdings so kurze Röcke und enge Pullis trägst. Du erregst doch allein schon von deinem Typ her wahrlich genug Aufsehen bei den Leuten.«

Das war diesmal nicht übertrieben, denn mit meinem blassen Teint, den smaragdgrünen Augen und dem kurzgeschnittenen lachsfarbenen Haar, das meinen schmalen Kopf für Außenstehende, die mich nicht näher kannten, noch interessanter erscheinen ließ, zog ich nicht nur die Blicke von Männeraugen auf mich. Zwar hätte meine Nase etwas größer und mein Mund etwas weniger breit sein können, aber dafür war mein Gesicht insgesamt angeblich ungemein ausdrucksvoll, und figürlich gesehen gab es in Landmanns Agentur keine, die mir auch nur annähernd das Wasser hätte reichen können, was wohl der Grund dafür war, daß ich bei meinen männlichen Kollegen in höherem Ansehen stand als bei den weiblichen. Ob ich Beine wie ein Rennpferd hatte, wie Landmann einmal meinte, war vielleicht Ansichtssache, aber sicher waren sie ebenso lang wie sehenswert. Um so weniger hatte ich Anlaß, meinen Mitmenschen zu verbergen, was ich vorzuzeigen hatte.

Ich sagte: »Erstens sind kurze Röcke heute wieder in, und zweitens lasse ich mir von niemandem vorschreiben, wie ich mich anziehe. Deiner Kundschaft gefällt es, wenn ich kurze Röcke trage.«

»Dann kannst du nur hoffen, daß auch Seeberg diese Ansicht teilt«, sagte er. »Wieso war es überhaupt möglich, daß ihm der Funk-Spot nicht vorgespielt wurde? War damals keine Präsentation mit ihm vereinbart?«

»Natürlich war eine vereinbart«, sagte ich. »Er verschob jedoch aus Termingründen dreimal seinen geplanten Besuch, und als ich ihm am Telefon sagte, daß der Spot, wenn wir ihn innerhalb von achtundvierzig Stunden bei der Funkanstalt nicht ablieferten, erst drei Monate später als von ihm gewünscht gesendet werden könne, gab er mir grünes Licht, ohne ihn gehört zu haben. Hast du schon mit Cramer darüber gesprochen?«

»Vor fünf Minuten. Er hat die Sendung gestern nachmittag gehört und sofort bei dir angerufen, dich aber nicht erreicht. Was ich dir eben vorspielte, war bereits eine Aufzeichnung der gestrigen Funkwerbung. Cramer konnte sich nicht mehr genau an diese Aufnahme entsinnen.«

»Das ist kein Wunder«, sagte ich. »Sie liegt auch schon Monate zurück. Ich weiß aber noch, daß die beiden jungen Schauspieler, die wir für die Aufnahme kommen ließen, die Aufnahme ein paarmal wiederholen mußten, weil sie wegen des einfältigen Textes dauernd lachen mußten. Ich nehme an, Cramer hat dann die falsche aus dem Haus gegeben, denn dieser Einwurf mit dem Mundgeruch ist mir nur einmal ...«

Landmann fiel mir ins Wort: »Daran, daß du ihm angeblich die beste Aufnahme persönlich mit dem Auftrag in die Hand gedrückt hast, sie zum Funkhaus zu expedieren, konnte er sich noch entsinnen.«

»Natürlich«, sagte ich verärgert. »Alles andere hatte er vergessen, aber daran erinnerte er sich noch genau. Dann lag der Fehler eben allein bei mir. Als ich mir diesen Schwachsinn zum fünften Male angehört hatte, platzte mir der Kragen. Ich hatte ja keine Ahnung, daß das Band noch lief. Da muß sogar der Tontechniker zeitweilig eingeschlafen ...«

Er ließ mich wieder nicht aussprechen: »Ich bezahle euch nicht dafür, daß ihr euch schwachsinnige Spots einfallen laßt. Er war doch deine Idee? Oder etwa nicht?«

»Eben nicht«, sagte ich. »Cramer und ich mußten ihn nach einer Vorgabe Seebergs machen. Er wollte ihn so und nicht anders haben. Aber dann brauchen er und seine Vorstandskollegen auch keine Werbeagentur einzuschalten. Sollen sie sich doch für ihre neuen Umweltkiller, die sie den Leuten andrehen wollen, selbst etwas einfallen lassen.«

»Genau das ist dein Problem«, sagte Landmann, mit erhobenem Zeigefinger. Es war derselbe, mit dem er sich Einblick in meinen Pulli zu verschaffen pflegte. »Deine verdammte Art, hinter dem Rücken unserer Kundschaft sie und ihre Produkte madig zu machen, mußte ja mal ins Auge gehen. Wie kamst du in diesem Zusammenhang überhaupt ausgerechnet auf Mundgeruch?«

Das hätte mich heute morgen selbst neugierig machen können. Ich zuckte mit den Schultern. »War eben auch eine kreative Intuition. Hat Seeberg schon etwas von sich hören lassen?«

Er schüttelte düster den Kopf. »Vielleicht konferieren er und die anderen Abteilungsleiter seiner Firma bereits mit ihren Anwälten. Ich brauche dich wohl nicht daran zu erinnern, wie sehr unsere Agentur auf ihren Werbeetat angewiesen ist. Nach unseren letzten Informationen soll Seeberg über insgesamt hundertfünfzig Millionen disponieren können. Ich hatte gehofft, er werde bei seiner diesjährigen Budgetierung unseren Anteil noch etwas aufstocken. Nach dieser verheerenden Panne müssen wir froh und dankbar sein, wenn er seine bisherigen Aufträge nicht storniert. Ich weiß noch gar nicht, wie ich das Möbius beibringen soll. Er scheint noch nicht im Haus zu sein. Von dem wirst du dir einiges mehr anhören müssen als von mir.«

Diese seine Sorge teilte ich nicht, wenngleich es auch mir lieber gewesen wäre, ich hätte es in einer Situation wie dieser nur mit ihm und nicht auch noch mit Möbius zu tun gehabt. Ich sagte: »Ich habe von der Waschmittelwerbung schon lange die Nase voll, Karl. Wenn dir und Möbius nichts anderes für mich einfällt, kann ich auch wieder für die Bäder- und Kurverwaltung arbeiten. Was Schäfer sich im letzten halben Jahr für die Automobilwerbung hat einfallen lassen, das traue ich auch mir …«

Er fiel mir ungeduldig dazwischen: »Ich glaube nicht, daß die Bäder- und Kurverwaltung bei ihrem gutbürgerlichen Publikum und bei deinem heutigen verwegenen Aussehen noch eine Verwendung für dich haben würde. Zudem ist der Etat für die Automobilwerbung nur halb so groß wie der für Seebergs Wasch- und Putzmittel. Du hast für deine Waschmittelkampagnen eine ganze Reihe guter Einfälle gehabt. Auch dein neuester für den Fernseh-Spot, wenn er sich technisch realisieren läßt, scheint bei Seeberg voll angekommen zu sein. Glaube ja nicht, er würde hinnehmen, wenn er es plötzlich mit einem anderen Texter zu tun haben würde. Hier sehe ich auch eine Chance für dich, mit einem blauen Auge davonzukommen. Ihm wird schließlich auch nicht entgangen sein, daß du außer dünnen Pullis und kurzen Röcken sonst nichts auf der Haut trägst.«

Ich stand auf und glättete den knappsitzenden Rock über meinem Schoß. »Woher willst denn du das wissen?« fragte ich. »Bevor du solche Gerüchte in Umlauf setzt, solltest du dich wenigstens von ihrer Richtigkeit überzeugen.«

Damals, als es nur um meine Titten ging und er den Verdacht äußerte, sie könnten so scharf, wie sie aussahen, nur manipuliert sein, hatte ich ihm in der sicheren Erwartung, er werde das nicht gleich wörtlich nehmen, ein ganz ähnliches Angebot gemacht wie soeben. Seither wußte ich, daß er zu den Männern gehörte, bei denen auf solche Erwartungen kein Verlaß war. Heute jedoch winkte er nur müde ab und sagte: »Scher dich an deine Arbeit.«

Ich war schon an der Tür, als seine Stimme mich noch einmal einholte: »Wohnst du noch immer bei deinem ehemaligen Schwiegervater?«

»Warum nicht?«

Er lächelte flüchtig. »Heike findet es auch etwas ausgefallen, aber wenn es dich nicht stört …« Er sprach nicht weiter.

Heike war seine Frau. Ich sagte: »Es gibt Dinge, die mich viel mehr stören müßten. Trotzdem nehme ich sie hin.«

»Darüber müssen wir uns gelegentlich unterhalten«, sagte er und beugte sich über einen farbigen Posten auf seinem Schreibtisch.

Seine Vorzimmerdame hieß Monika. Seit ihrer Scheidung lebte sie mit einer Freundin zusammen. Ob sie die Scheidungsursache oder für Monika nur eine Übergangslösung war, wußte sie allein. Daß sie auch ein Auge auf mich hatte und, wenn sie neben mir stand, keine Gelegenheit ausließ, mich ihren etwas mickrig geratenen Busen fühlen zu lassen, nahm ich ihr nicht übel. Vom weiblichen Personal der Agentur war sie die einzige, mit der ich mich duzte, und das auch nur, weil sie es mir von sich aus angetragen hatte. Sie war in meinem Alter und, vom Busen abgesehen, recht ansehnlich: schlank, blond und blauäugig. Weil sie gerne lachte, fiel mir ihr ernstes Gesicht heute um so mehr auf. Sie sagte: »Das war das erste Mal, daß ich versucht habe, an seiner Tür zu lauschen, Stefanie. Aber nur, weil ich mir deinetwegen solche Sorgen machte. Was hat er zu dir gesagt?«

Ich klopfte ihr beruhigend auf den Rücken. »Eigentlich nicht viel. Ich hatte mit Schlimmerem gerechnet.«

»Vielleicht hat er dir nicht alles gesagt«, meinte sie. »Als Cramer aus seinem Zimmer kam, äußerte er die Befürchtung, daß die Firma uns sogar auf Schadenersatz verklagen könne. Das hat er sicher nicht von sich aus gesagt, sondern vom Chef gehört. Er sah auch ziemlich verstört aus.«

Glücklicherweise hatte ich Anlaß, die Dinge nicht ganz so schwarz zu sehen wie sie, und auch Landmann hätte eigentlich wissen müssen, daß Seebergs häufige Besuche weniger ihm und seiner Agentur als mir galten. Wenigstens war es nicht üblich, daß der Marketingdirektor einer so großen Firma wie der Görlach AG selbst dann von Düsseldorf angereist kam, wenn ein kurzes Telefonat den gleichen Zweck erfüllt hätte, aber dann hätte er mich eben nicht zum Essen in sein Hotel oder in ein Restaurant einladen können. Schließlich war Landmann auch wohl nicht entgangen, wie günstig es sich auf den ersten Eindruck eines Kunden auswirkte, wenn er schon im Vestibül nicht von ihm oder von Möbius, sondern von mir begrüßt wurde. Er und Möbius schalteten sich immer erst dann ein, wenn ich den Kunden im repräsentativ gehaltenen Empfangsraum zu einem Aperitif eingeladen und den ersten Kontakt geknüpft hatte. Daß ich darüber hinaus auch im kreativen Bereich als einfallsreiche Texterin nicht ohne Talent war, verhalf mir im Haus zu einer Sonderstellung, die mich für

Landmann ebenso wie für Möbius gleichermaßen unentbehrlich und meine exklusiven Freiräume überhaupt erst verständlich werden ließ.

Ich sagte zu Monika: »Da müßten sie uns zunächst einmal einen Schaden nachweisen. Außerdem habe ich ja nichts Unzutreffendes gesagt. Oder kannst du mir ein wirksameres Mittel gegen Mundgeruch nennen als ein Waschpulver aus den Görlach-Werken?«

Sie kicherte. »Wenn man es so sieht …«

»Genau so habe ich es gesehen«, sagte ich und faßte Cramer ins Auge, der offensichtlich auf der Suche nach mir war.

Er fragte schon an der Tür: »Hast du mit ihm gesprochen?«

»In Ansätzen«, antwortete ich. »Er wird vorher noch mit Möbius konferieren wollen. Auch für dich wäre es besser, du würdest dich bis dahin zurückhalten, statt voreilige Angstparolen in die Welt zu setzen. Wie viele Hausfrauen, glaubst du wohl, haben am späten Nachmittag Zeit, sich diesen hirnrissigen Werbefunk anzuhören? Und den wenigen, die gestern tatsächlich Zeit hatten, wird der kleine Lapsus überhaupt nicht aufgefallen sein.«

»Erzähle das mal Seeberg, ob er es genauso sieht«, sagte er. »Ich habe inzwischen hin und her überlegt, wie es möglich war, daß uns das passieren konnte.«

»Bei Landmann hast du nicht lange überlegen müssen«, sagte ich. »Bei dem war dir sofort klar, daß nur ich es vermasselt haben konnte. Bis später.« Ich wandte mich der Tür zu.

Er kam mir in den Flur nachgelaufen und fragte: »Wohin gehst du?«

»Schlechte Nachrichten am Morgen schlagen mir regelmäßig auf die Blase«, sagte ich. »Laß mich zufrieden – ich habe vorläufig genug von dir.«

»Aber warum denn?« fragte er. »Ich habe doch nur …«

Er sprach nicht weiter, weil wir die Klosetts erreicht hatten. Es waren insgesamt sechs, drei für Männer und drei für Frauen. Cramer folgte mir in den Raum für Frauen und, ehe ich es verhindern konnte, auch noch in eines der drei Kabäuschen. Allein der Umstand, daß ich mir nicht sicher sein konnte, ob wir nebenan keine Zuhörer hatten, hinderte mich daran, angemessen zu reagieren. Weil er mir, sich mit dem Rücken gegen die Tür lehnend, auch den einzigen Fluchtweg abschnitt, lüftete ich den Rock, streifte den Slip zu den Knöcheln hinab und nahm Platz. Wenn Frauen in solchen und in ähnlichen Situationen nicht immer gleich dazu neigten, die Nerven zu verlieren, bliebe ihnen vielleicht so manches erspart. Meine eigenen Erfahrungen mit Männern hatten mich gelehrt, daß eine kaltblütige Frau eine den Männern zumeist überlegene war, weil sie bei Frauen keine Kaltblütigkeit erwarteten. Auch Cramer verlor nach einer kurzen Phase der Indignation offenbar den Überblick und verließ eilends den Abort. Ich traf ihn dann auf dem Flur wieder, wo er auf mich gewartet hatte. Weil mir nach frischer Luft zumute war, ging ich aus dem Haus und setzte mich in dem großen Park mit den alten Bäumen in der Morgensonne auf eine Bank. Für den Park und für die im viktorianischen Stil erbaute hochherrschaftliche Villa hatte Landmann dem Vorbesitzer, einem in Konkurs geratenen Industriellen für Baumaschinen, zwei Millionen auf den Tisch blättern müssen, für eine Full-Service-Werbeagentur mit einem Jahresumsatz von fast hundertzwanzig Millionen eine durchaus vertretbare Investition, wenngleich Landmann sich am Ende doch noch finanziell übernommen hatte und ohne den Einstieg von Möbius als gleichberechtigtem Gesellschafter vermutlich von einem der großen Agenturmultis geschluckt worden wäre. Dann schon lieber ein Mann wie Möbius, von dem zwar keiner im Haus recht wußte, womit er sein Geld gemacht und was ihn dazu bewogen hatte, im reiferen Alter noch kreativ tätig zu werden, aber solange er keine höheren Ansprüche stellte als bisher, konnte ich auch mit ihm leben.

Zu Cramer, der mir in den Park und bis auf die Bank gefolgt war und einen niedergeschlagenen Eindruck machte, sagte ich: »Hör auf damit. Geschehen ist geschehen. Daß du eine solche Panne auch einmal auf die eigene Kappe nehmen würdest, habe ich von dir nicht erwartet. Falls vorhin jemand beobachtet hat, wie du mir aufs Klo folgtest, dann weiß es in fünf Minuten das ganze Haus.«

»Das ist mir egal«, sagte er. »Ich habe es endgültig satt, von dir noch länger hingehalten zu werden.«

Vielleicht hatte er Angst, ich könnte jetzt meine Stellung und er mich aus den Augen verlieren. Anders konnte ich mir nicht erklären, weshalb er gerade jetzt wieder damit anfing. Ich fragte: »Womit hingehalten? Mit mir zu bumsen? Ich habe zur Zeit wahrlich ganz andere Probleme.«

»Die hast du erst seit heute, verdammt«, sagte er. »Seit du es mir fest versprochen hast, sind schon wieder vier Wochen vergangen.«

So lange kam es mir noch gar nicht vor, seit er während der Arbeit, als ich mich am Tisch über einen von uns gemeinsam entworfenen Poster beugte, plötzlich hinter mich trat, ehe ich recht begriff, was er beabsichtigte, meinen Rock hinauf- und den Slip hinabgestreift hatte und mich seinen erigierten Penis fühlen ließ.

Ob ich an einem weniger exponierten Ort ihm unter solchen Umständen widerstanden hätte, gehörte zu jenen Fragen, auf die ich hinterher gar nicht erst nach Antwort suchte. Tatsächlich verdankte ich es allein meinem hastig gegebenen Versprechen, ihn nächstens in seiner Wohnung zu besuchen, daß er von mir abließ. Und daß es überhaupt so weit gekommen war, das hatten er und ich weniger meiner leichten Verführbarkeit als meiner Gutmütigkeit und meinen Schuldkomplexen zuzuschreiben, weil Landmann ihn zu meinem Assistenten und nicht mich zu seiner Assistentin gemacht hatte, obwohl er, als Landmann mich anheuerte, bereits seit fünf Jahren für diesen tätig war, so daß ihm meine Schuldkomplexe auch schon zugute kamen, als er am Arbeitsplatz damit anfing, intim zu werden, zuerst oberhalb und später auch unter der Tischplatte. Anfangs meinte ich zwar noch, mir nicht allzu viel dabei zu vergeben, bis es mich eines Tages mit der Plötzlichkeit eines Schluckaufs erwischte, so daß ich sogar Mühe hatte, es ihn nicht merken zu lassen. Ob er es auch später nie bemerkt hatte, war mir im Laufe der Zeit gleichgültig geworden. Wahrscheinlich nahm ich dieses Risiko nur deshalb so gelassen hin, weil es mit keinen Unbequemlichkeiten verbunden war und mein privates Leben nicht tangierte, zumal ich die Erfahrung gemacht hatte, daß seine Bemühungen, mir hin und wieder die Arbeit kurzweiliger zu gestalten, sich nicht unvorteilhaft auf meine Kreativität auswirkten. Und schließlich war ich über mein Tun und Lassen niemandem Rechenschaft schuldig und seit meiner Scheidung auch immer weniger willens, alle damit verbundenen Nachteile eigenhändig zu kompensieren.

Ich sagte: »Es würde doch nicht bei dem einen Male bleiben. Was ich in meiner Ehe erlebt habe, reicht mir für die nächsten zehn Jahre. Ich denke nicht daran, mich schon wieder an einen Mann zu binden.«

»Man kann auch nur befreundet sein«, sagte er. »Wenn du von Anfang an gewußt hast, daß du nicht mit mir schlafen willst, dann hättest du es eben gar nicht so weit kommen lassen dürfen. Dir scheint überhaupt nicht klar zu sein, welche Zumutung es für einen Mann ist, dich zwar streicheln, aber nicht mit dir ins Bett zu dürfen. Du hast dich auch kein einziges Mal dazu überwinden können, mich anzufassen. Weil du dich vor mir ekelst? Oder weil es dir nur Spaß macht, selbst angefaßt zu werden?«

Er hatte dunkle Augen, schwarzes Lockenhaar und einen femininen Mund. Als Liebhaber war er nicht mein Typ. Da hätte ich mir eher Landmann vorstellen können. Es ging aber gar nicht darum, ob ich mir ihn oder Cramer als Liebhaber vorstellen konnte. Ich hatte überhaupt kein Bedürfnis danach, mir schon wieder einen Mann anzuschaffen, der früher oder später Einblick in mein Privatleben haben würde. Ich war zwar nicht oberflächlich genug, mir keine Gedanken darüber zu machen, wie herz- und gefühllos ich in Cramers Augen erscheinen mußte, aber das war nun wirklich sein und nicht mein Problem. Ich sah auch keine Logik darin, für meine Gutmütigkeit mit Konsequenzen zu bezahlen, deren Reichweite sich gar nicht absehen ließen. Er hätte selbst merken müssen, daß mehr für ihn nicht zu erwarten war.

Ich fragte: »Wer sagt dir denn, daß mir das Spaß macht? Ich habe es dir nicht erlaubt, weil es mir Spaß machte, sondern weil ich es leid geworden war, dich noch länger daran zu hindern, an mir herumzufummeln. Wenn du eine brauchst, die mit dir Petting macht, dann mußt du dir eine kleine Freundin zulegen, die noch Angst vor der Pille hat.«

»Ich möchte nicht Petting mit dir machen, sondern mit dir schlafen«, sagte er. »Du wirst dann rasch sehen, daß ich dir nicht zur Last falle, wie du es anscheinend befürchtest. Ich wohne ganz allein. Wenn dir das aber zu verbindlich ist, könnten wir abends zusammen auch mal wegfahren.«

»Oder in den Wald gehen und Beeren sammeln«, sagte ich. »Ich habe dir vorhin erklärt, daß mir im Augenblick wirklich nicht der Kopf danach steht. Kannst du das nicht verstehen?«

Er griff rasch nach meiner Hand. »Gerade weil ich es verstehe, wollte ich jetzt und nicht erst später mit dir darüber reden.«

Also hatte ich mit meiner Vermutung richtig gelegen. Trotzdem sagte ich: »Das mußt du mir näher erklären.«

»Nicht hier«, sagte er und gab meine Hand frei.

Weil ich nicht wollte, daß unsere Abwesenheit im Haus auffiel, beendete ich unser Gespräch und stand auf. Unser gemeinsames Büro lag im Erdgeschoß. Durch die hohen Fenster fiel der Blick in den Park und auf die jenseits des Tals den Horizont begrenzenden Berge mit ihren dichten Laub- und Tannenwäldern. Landmann hatte mir vor einigen Monaten zwar angeboten, meinen Arbeitsplatz in ein Zimmer im Obergeschoß zu verlegen, von wo aus der Blick über die Stadt hinweg auf die Schwarzwaldberge noch schöner war, aber dann hätte er von seinem Büro aus nur ein paar Schritte zu tun brauchen, um mir und Cramer bei der Arbeit über die Schulter zu schauen, und das wünschte ich mir aus mehreren Gründen nicht. Für Besucher gab es auch hier eine bequeme Sitzgruppe. Ein quer im Rahmen stehendes, zwei Meter hohes Bücherregal schirmte sie vom Zeichenbrett und vom Arbeitstisch sowie von den übrigen Büromöbeln ab. Als nützlichen Nebeneffekt empfand ich es, daß das Regal nicht nur den Besucher- vom Arbeitsbereich, sondern letzteren auch gegen neugierige Blicke von der Tür abschirmte. Zu Zeiten, als ich mir noch nicht sicher war, bis zu welchem Punkt ich Cramer gewähren lassen sollte, trug ich mich ein paarmal mit dem Gedanken, seinen Bemühungen, mich erotisch zu sensibilisieren, dadurch einen Riegel vorzuschieben, daß ich durch eine andere Aufstellung des Regals den Blick von der Tür zu unserem Arbeitsplatz frei und Cramers Annäherungen damit zu einem kaum noch vertretbaren Risiko machte. Später kam ich jedoch aus den bereits erwähnten Gründen davon ab.

Mir war nicht bekannt, wie in anderen Werbeagenturen gearbeitet wurde, ob mehr im Kollektiv oder ähnlich wie bei uns, wo in kleinen Crews die Hauptarbeit geleistet und erst dann im größeren Rahmen darüber diskutiert wurde. Seit einigen Wochen waren Cramer und ich hauptsächlich mit einem Fernseh-Spot beschäftigt, für den Seeberg aus seinem Millionenetat einen gewichtigen Teil abzweigen wollte. Es handelte sich um eine Werbung für dasselbe Waschpulver, das ich seiner gutgläubigen Kundschaft gestern nachmittag gegen Mundgeruch empfohlen hatte. Der Fernseh-Spot war jedoch eine Aufgabe, der ich mich um so lieber widmete, als Seeberg uns diesmal völlig freie Hand lassen wollte. Von unseren bisherigen Vorschlägen hatten ihm nur zwei gefallen, wovon der eine allerdings eher scherzhaft gemeint war, denn daß ein Neger versehentlich in eine mit Seebergs neuem Seifenpulver gefüllte Großwaschanlage fiel und weißhäutig zum Vorschein kam, war doch wohl eher eine Frage des Geschmacks als die seriöse Vermarktung eines neuen Produkts. Am zweiten Vorschlag arbeiteten wir noch, weil ich zuerst einmal die Dreherlaubnis der ägyptischen Regierung und die Berechnungen eines Ingenieurbüros abwarten mußte. Da uns bis zur Ablieferung an die Funkanstalten noch über sechs Monate blieben, brannte uns die Zeit auch nicht auf den Nägeln.

Ich hatte an diesem Tag auch noch vorgehabt, gemeinsam mit Cramer einen Poster für eine großflächige Plakatierung zu entwerfen, die sich ebenfalls mit einem neuen Produkt aus Seebergs Firmenbereich beschäftigte, aber mein Gespräch mit Landmann und das mir noch bevorstehende mit Möbius lenkten mich so sehr ab, daß ich zu einem vernünftigen Einfall gar nicht erst fähig war. Auch Cramers Gedanken beschäftigten sich mit ganz anderen Dingen, denn er sagte, kaum daß wir uns hingesetzt hatten: »Ich weiß zwar nicht, wie Landmann sich dir gegenüber geäußert hat – mir sagte er, daß er sich nur wenig Hoffnung mache, bei Seeberg und seinem Vorstand auf Verständnis zu stoßen. Schon deshalb nicht, weil ihnen das schadenfrohe Gelächter der Konkurrenz noch im Schlaf in den Ohren dröhnen wird.«

Das war allerdings ein Gesichtspunkt, den ich bisher nicht berücksichtigt hatte. Denn selbst wenn meine Erwartung zutraf, daß Seeberg in seiner Eigenschaft als Marketingdirektor und Herr über einen 150-Millionen-Etat sich meiner smaragdgrünen Augen wegen dazu überwand, ein eigenes Auge zuzudrücken, hatte ich damit weder seinen Vorstand noch seinen Aufsichtsrat für mich gewonnen, und daß manche Marketingdirektoren mitunter nicht fester auf ihrem Stuhl saßen als ein Fußballtrainer der Bundesliga, hatte ich, seit ich in ihren Kreisen verkehrte, schon zweimal selbst erfahren müssen. Als ich eine Stunde später von Monika telefonisch zu Möbius beordert wurde, hatte ich Probleme mit meinen Beinen. Er residierte ebenfalls im oberen Stockwerk, wo sein Büro im Westflügel untergebracht war, während Landmann den Ostflügel beherrschte. Wie es in einem hochherrschaftlichen Haus nicht anders zu erwarten war, führte eine Treppe mit Marmorstufen empor. Auf halbem Wege kam mir Vaillant, unser Etatdirektor, entgegen. Er war zwar erst zweiunddreißig und für seine verantwortungsvolle Stellung nach meiner subjektiven Einschätzung schon deshalb wenig geeignet, weil er sich früher hauptsächlich als Rallyefahrer betätigt haben sollte, aber er war Möbius' Lieblingsneffe und von diesem in die Agentur eingebracht worden. Damit er trotzdem kein Unheil anrichtete, hatte Landmann dafür Sorge getragen, daß seine Berufung zum Etatdirektor sich mehr auf sein Gehaltskonto als auf agenturinterne Finanztransaktionen auswirkte. Weil auch er zu jenen Männern gehörte, bei denen ich mich nicht ungern meiner erotischen Ausstrahlung vergewisserte, hatte ich mich schon mehrfach von ihm zu einer Spazierfahrt in seinem Porsche einladen, jedoch vorsorglich noch auf keinen Termin festlegen lassen. Auch heute setzte er bei meinem Anblick sein verwegenes Rallyefahrerlächeln auf und sagte: »Ich könnte mir denken, daß Ihnen heute abend nach einer kleinen Ablenkung zumute sein wird. Ich würde Sie gerne zum Abendessen einladen.«

»In Ihrem Schlafzimmer?« fragte ich.

Er lachte. »So direkt wollte ich es gar nicht vorschlagen. Ich dachte zunächst an ein gemütliches Restaurant an der Weinstraße. Ob wir anschließend noch zu meiner Wohnung fahren, bleibt Ihnen überlassen. Sind Sie nicht neugierig, weshalb mein Onkel Sie sprechen will?«

»Sie haben meine Neugierde bereits gestillt«, sagte ich und betrachtete nicht ohne Wohlgefallen sein braungebranntes Gesicht mit den sympathischen Grübchen über dem Kinn und in den Wangen. Daß er einen reichen Onkel hatte, der ihn protegierte, konnte man ihm nicht zum Vorwurf machen. Auch sein Wunsch, mich in seinem Schlafzimmer zu haben, war nicht außerhalb dieser Welt. Aber das war nicht der Grund, weshalb ich es ihm jetzt anheimstellte, mich im Laufe des Tages noch einmal auf ein gemeinsames Abendessen anzusprechen, denn mit seiner Annahme, mir könnte am Abend vielleicht nach einer kleinen Zerstreuung zumute sein, lag er sogar aus noch anderen als den ihm bekannten Gründen nicht falsch.

Er sagte: »Erfahrungsgemäß ist auch das nur wieder eine Ihrer leeren Versprechungen, aber ich werde Ihre Einladung trotzdem befolgen.«

»Eine Einladung war das noch nicht«, sagte ich.

2

Möbius gehörte zu jenen erfolgreichen Männern, die nicht alle Welt fühlen lassen, wie weit sie es in ihrem Leben gebracht haben. Er neigte eher zum Understatement, wirkte immer höflich und auf eine gewinnende Art verbindlich. Auch in seiner Eigenschaft als Landmanns Teilhaber brachte er seine Stimme nur dann zu Gehör, wenn es um größere Investitionen und damit auch um sein eigenes Geld ging. Im Gegensatz zu anderen Erfolgsmenschen, die ihren Charme nur dann einsetzen, wenn er ihrer Karriere dienlich ist, behandelte Möbius seine Angestellten nicht minder höflich als seine millionenträchtige Kundschaft. Eine Eigenschaft, die er mit Landmann teilte, und vielleicht war dies auch der Grund dafür, weshalb ich seine erste Einladung in sein Ferienhaus an der Costa del Sol nicht grundsätzlich abgelehnt, sondern ihm in Aussicht gestellt hatte, darüber nachzudenken. Daß er mich seitdem jedesmal, wenn sich die Gelegenheit dazu bot, in seinem Büro auf seinen Schoß zog, hatte ich nicht voraussehen können, aber einem so netten Mann wie ihm schlug man auch als Frau nicht gerne eine kleine Gefälligkeit ab, zumal es mir schmeichelte, nun auch ihn der Liste meiner Eroberungen hinzufügen zu können. Gelegenheiten, mich auf seinen Schoß zu ziehen, ergaben sich immer dann, wenn ich neben ihm an seinem Schreibtisch stehend über eine neue Werbekampagne referierte.

Auch heute winkte er mich mit dem Zeigefinger zu sich an den großen Schreibtisch, bot mir den Platz auf seinem Schoß an und blickte mit ungewohnt sorgenvoller Miene in mein Gesicht. Ebenso wie bei Landmann faszinierte es mich auch bei ihm, daß er keine zusätzlichen Anstalten traf, die Gunst des Augenblicks besser zu nutzen. Entweder sie schreckten beide jedesmal vor ihrer eigenen Courage zurück, oder sie warteten aus Sorge, den Bogen vielleicht zu überspannen und damit ihrer bisherigen Privilegien verlustig zu gehen, auf eine kleine Ermunterung meinerseits, aber dazu sah ich vorläufig keinen mich selbst überzeugenden Grund. Eine eigene Sekretärin beschäftigte Möbius nicht. Wenn er eine Schreibkraft brauchte, ließ er eine unserer Tippsen kommen. Meine Besuche bei ihm dienten zumeist einer Art von Nachhilfeunterricht über so hochwissenschaftliche Hausinterna wie Substitutionsprodukte, visuelles und kreatives Denken, Entertainment, Briefing und Werbebudgetierung, von denen er als Newcomer weniger wußte, als er es gegenüber Landmann gerne einräumte. Auch über meine und Cramers jeweilige Arbeit ließ er sich regelmäßig informieren, so daß uns, während ich auf seinem Schoß verweilte, der Gesprächsstoff nie völlig ausging. Ich schätzte ihn auf über sechzig, wenngleich er einen noch sehr vitalen Eindruck machte. Sein Typ erinnerte mich an jene charismatischen Top-Manager, die sich mit Vorliebe und mit über der Brust gekreuzten Armen breitbeinig vor der Kulisse ihres Industrieimperiums ablichten lassen, als seien sie allein es, die es Stein für Stein aus dem Nichts aufgebaut haben. Dies entsprach jedoch weder Möbius' Mentalität noch seinem beruflichen Ehrgeiz. Der Vergleich drängte sich mir nur auf, weil auch er eine stattliche, weltmännisch wirkende Erscheinung war, auf die es gerade beim Top-Management oft noch mehr ankommt als auf berufliches Können und unternehmerische Kreativität. Was seine Familienverhältnisse betraf, so hatte er einmal durchblicken lassen, schon seit Jahren verwitwet und nicht mehr willens zu sein, das Kreuz der Ehe noch einmal auf sich zu laden. Seine Frage nach meinen Motiven, mich nach nicht einmal halbjähriger Ehe von meinem Mann zu trennen, hatte ich mit privaten Gründen beantwortet.

Obwohl darauf gefaßt, daß es bei unserem heutigen Gespräch weniger um Media-Planung und ihre kreative Umsetzung gehen würde, war ich doch einigermaßen überrascht, als Möbius sich nach meinen nächsten Urlaubsplänen erkundigte. Weil es bis dahin noch gute sechs Wochen waren, erschien mir das Thema angesichts dessen, was mir im Augenblick ungleich mehr Kopfzerbrechen bereitete, reichlich unpassend zu sein. Aber schon seine nächsten Worte ließen mir den inneren Zusammenhang ersichtlich werden, denn er fügte noch hinzu, daß mein vorgezogener, möglichst schon morgen anzutretender Urlaub in seinem Ferienhaus unter den gegebenen Umständen für alle Beteiligten die vielleicht beste Lösung sei, weil sich bis zu meiner Rückkehr die Wogen sicher wieder geglättet und die Gemüter beruhigt hätten.

Mir war sofort klar, daß es zwischen meiner Visite bei Landmann und meiner jetzigen bei Möbius bereits zu einer Äußerung aus Düsseldorf gekommen sein mußte und daß sie noch schlimmer ausgefallen war, als ich bisher für möglich gehalten hatte. In meiner sekundenlang anhaltenden peinlichen Überraschung nahm ich Möbius' Berührung meiner Haut erst wahr, als er seine Hand schon unter meinem Pulli an meiner Taille hatte. Er sagte: »Ich verstehe, daß das alles sehr plötzlich und deshalb auch unvorbereitet für Sie kommt. Deshalb auch mein Angebot. Es enthebt Sie der Mühe, sich mitten in der Urlaubssaison ein Ferienquartier zu suchen. Es sei denn, Sie ziehen es vor, den Urlaub zu Hause zu verbringen.«

In Bad Hülsen hatte ich meinen Urlaub noch nie verbracht und würde mit Sicherheit auch diesen nicht hier verbringen. Ich fragte: »Dann hat Landmann bereits mit Seeberg gesprochen?«

»Nur ganz kurz. Er ist jetzt auf dem Weg zu ihm, um ihn in einem persönlichen Gespräch davon zu überzeugen, daß es sich nur um eine bedauerliche Panne und nicht, wie Seeberg annimmt, um einen von der Konkurrenz initiierten Querschuß gegen das neue Waschmittel handle.«

Ich rief fassungslos: »Aber das ist doch absurd!«

Er nickte. »Eben davon möchte Landmann ihn überzeugen. Ich hoffe, es gelingt ihm. Falls Seeberg den Vorfall zum Anlaß nimmt, seinen Werbeetat bei uns zu stornieren, wären die Folgen nicht abzusehen. So viel Luft, um ein solches Riesenloch kurzfristig auszufüllen, ist bei uns nicht drin, aber das wissen Sie sicher selbst am besten, Stefanie. Darum auch unsere Überlegung, Sie in Urlaub zu schicken. Wenn Landmann es nicht schafft, Seeberg zu überzeugen, wird er ihm erzählen, wir hätten Sie als erste Konsequenz vorläufig beurlaubt. Dann darf Seeberg Sie bei einem unangemeldeten Besuch hier keinesfalls antreffen. Um auch noch die Reise für Sie zu vereinfachen, werde ich Sie selbst zu meinem Ferienhaus fahren. Letztlich handelt es sich bei Ihrer Beurlaubung nur um eine Formsache, bis Gras über die Geschichte gewachsen ist.«

Für mich war das alles viel mehr und auch viel schlimmer als nur eine Formsache. Ich hatte Mühe, mir meine Empfindungen nicht anmerken zu lassen. Ich sagte: »Mit Ihrem Ferienhaus allein ist es für mich nicht getan. Ich brauche dort auch Geld.«

»Aber wir bezahlen Ihnen Ihr Gehalt doch selbstverständlich weiter.«

»Das verstehen Sie nicht«, sagte ich und wollte von seinem Schoß aufstehen.

Er hielt mich jedoch fest und sagte: »Dann lassen Sie uns wie zwei vernünftige Menschen darüber reden. Sie sind eine ebenso intelligente wie begehrenswerte Frau. Und wenn ich Ihnen sage, daß Sie in meinem Haus mein Gast sein werden ...«

»In Ihrem Bett?« warf ich ein.

Merkwürdigerweise reagierte er, genau wie sein Neffe auch, eher mit Humor als schockiert; er sagte lächelnd: »Selbstverständlich sind mit meiner Einladung keinerlei Verpflichtungen ...«

Ich ließ ihn wieder nicht ausreden: »Eben noch attestierten Sie mir, eine intelligente Frau zu sein. Ich sende über zwei Drittel meines Monatsgehalts meiner in Hamburg lebenden Mutter, die aus gesundheitlichen Gründen, und weil sie kein eigenes Einkommen hat, darauf angewiesen ist. Ohne die Hilfe meines früheren Schwiegervaters käme ich mit dem mir verbleibenden Rest nicht aus.«

Er sagte: »Daß Sie bei ihm wohnen, ist mir bekannt. Er unterstützt Sie also auch mit Geld? Ist das nicht etwas ungewöhnlich?«

»Denken Sie, was Sie wollen. Ich habe Ihnen ja gesagt, daß Sie es nicht verstehen werden. Die Probleme, die Anlaß für meine Scheidung waren, hatte ich mit meinem Mann und nicht mit meinem Schwiegervater. Solange ich bei ihm wohne und von ihm finanziell unterstützt werde, komme ich mit meinem Gehalt aus. In Ihrem Ferienhaus träfe das nicht zu.«

»Auch darüber ließe sich reden«, sagte er und zog die Hand aus meinem Pulli zurück.

Irgendwann wäre ich es ohnehin leid geworden, auf seinem Schoß zu sitzen und so zu tun, als gehörte dies zwischen erwachsenen Menschen, die außer beruflichen Interessen nichts verbindet, zu den normalen Umgangsformen. Ich hatte keine Probleme, ihn mir als Liebhaber vorzustellen. Diese Probleme hatte ich aber auch bei Landmann und Vaillant nicht. Probleme hatte ich nur dann, wenn ich nach einer plausiblen Erklärung dafür suchte, was ihn daran hinderte, mich, wenn ich schon auf seinem Schoß saß, wenigstens einmal zu küssen. Entweder wollte er damit warten, bis ich in seinem Ferienhaus war – aber davon hätte er bis gestern abend nicht einmal träumen können –, oder er war, wie Landmann vielleicht auch, noch immer am Überlegen, ob es nicht doch besser für ihn sei, die Finger ganz von mir zu lassen, eine Frage, auf die auch ich für meine Person noch keine befriedigende Antwort gefunden hatte. Einerseits verspürte ich bei so gutaussehenden Männern regelmäßig das Bedürfnis, mich der geheimen Wünsche zu vergewissern, die mein Anblick auch bei ihnen weckte. Und auf der anderen Seite verspürte ich wenig Lust, mich nur deshalb auf ein Verhältnis mit ihnen einzulassen.

Ich fragte: »Weiß Landmann, daß Sie mir Ihr Ferienhaus anbieten?«

Er nickte. »Ich habe es ihm selbstverständlich gesagt. Er hatte keine Bedenken.«

Das brauchte mich nicht zu wundern. Wenn es um Geld und die Agentur ging, dann war auch Landmann das Hemd näher als mein Busen. Ich sagte: »Bevor ich mich festlege, möchte ich abwarten, was er bei Seeberg erreicht. Vielleicht fahre ich dann selbst nach Düsseldorf, um persönlich mit ihm zu reden.«

Er widersprach mir sofort: »Davon rate ich Ihnen ganz dringend ab, Stefanie. Übersehen Sie nicht, daß Sie es in diesem Fall nicht nur mit Seeberg, sondern mit dem gesamten Vorstand der Görlach-Werke zu tun haben. Seeberg wird Sie, wenn Sie unangemeldet bei ihm aufkreuzen, nicht einmal empfangen. Überlassen Sie es Landmann, zu einem vernünftigen Arrangement in der Weise zu kommen, daß wir die Kosten für den Funk-Spot eventuell selbst übernehmen. Zum Glück war man im Funkhaus so einsichtig, die Löschung Ihres Einwurfs noch vor der nächsten Sendung selbst zu veranlassen. Als Landmann mit den zuständigen Herren telefonierte, wollten sie zuerst gar nicht glauben, daß sie einen solchen Unsinn unredigiert ausgestrahlt haben, aber sie mußten sich dann doch selbst davon überzeugen. Immerhin handelt es sich um einen Auftrag von über dreißigtausend Mark. Ich bin ja auch dafür, wo es möglich ist, überflüssige Kosten einzusparen, aber der Verzicht auf ein professionelles Tonstudio kann, wie sich jetzt wieder gezeigt hat, auch seine Tücken haben.«

Das sagte er nur, weil er sich für Landmanns Idee, kleinere Funk-Spots nicht länger mehr in Auftrag zu geben, sondern mit Hilfe eines erfahrenen Tontechnikers im eigenen Studio zu kreieren, wegen der damit verbundenen zusätzlichen Personal- und Anschaffungskosten für die erforderlichen Geräte nie recht hatte erwärmen können.

Ich erinnerte ihn daran, daß wir, von der leidigen Panne mit dem letzten Spot abgesehen, mit Eigenproduktionen bisher nur gute Erfahrungen gemacht und daß sich die Kosten für den Tontechniker und für die Aufnahmegeräte durch den gelegentlichen Verzicht auf ein externes Studio schon längst amortisiert hatten. Als wäre ihm das nicht schon selbst bekannt, stellte er sich überrascht und verkündete mir seine Absicht, sich gelegentlich davon zu vergewissern. Wenn es darum ging, eine Fehleinschätzung zu korrigieren, tat er sich genauso schwer wie mit mir auf seinem Schoß. Was ihn jedoch nicht davon abhielt, auch meinen zweiten Versuch, mich von ihm zu erheben, schon im Keim zu unterbinden. Er sagte: »Bleiben Sie sitzen. Bei dem, was ich mit Ihnen besprechen möchte, ist es mir lieber, Sie auf dem Schoß zu haben. Ich werde im September fünfundsechzig …«

»Aber das sieht man Ihnen gar nicht an«, warf ich ein. »Ich habe Sie immer für nicht viel älter als Landmann gehalten.«

Er lächelte. »Das ist erstens eine hübsche Lüge, und zweitens wußten Sie damals von meinen senilen Gelüsten noch nichts. Mir ist bewußt, daß meine Angewohnheit, Sie auf den Schoß zu nehmen, auf eine Frau wie Sie eher komisch als erotisch wirken muß. Was denken Sie sich dabei? Daß man einen alten Narren wie mich am besten gewähren läßt?«

»Sie nehmen mir die Worte aus dem Mund«, sagte ich. »Ich finde, für Selbstmitleid sehen Sie noch viel zu gut aus, obwohl ich verstehen kann, wenn ein Mann über sechzig zu Melancholie neigt. Meinem Vater blieb sie erspart. Er starb mit fünfundvierzig an einem Herzinfarkt.«

»Das tut mir leid. Ich verstehe zwar noch immer nicht, weshalb Sie Ihrer Mutter so viel Geld schicken müssen, aber vielleicht hat es mit dem frühen Tod Ihres Vaters zu tun?«

»Das auch«, sagte ich. »Er hatte weder für sich eine Lebens- noch für sie eine Krankenversicherung abgeschlossen. Weil sie nie berufstätig war und nach dem Tod meines Vaters mit einer kleinen Rente auskommen mußte, trat sie auch später keiner Krankenkasse bei. Jetzt wäre sie froh darum.«

Er fragte mitfühlend: »Ist sie krank?«

»Ja. Ich wollte deshalb auch in Hamburg bleiben, aber sie drängte mich dazu, die mir angebotene Stelle bei der Bäder- und Kurverwaltung in Bad Hülsen anzunehmen. Ich besuche sie jedes Wochenende in Hamburg. Sie wird dort von einer ebenfalls verwitweten Schulfreundin betreut, die ihre eigene Wohnung aufgegeben hat und zu ihr gezogen ist.«

Er griff nach meiner Hand. »Davon haben Sie nie ein Wort verlauten lassen. Wie stellte sich Ihr Mann zu diesem Problem? Konnte er Ihnen finanziell nicht helfen?«

»Eben nicht«, sagte ich. »Er wußte schon vor unserer Heirat, daß ich finanziell für meine Mutter aufkommen muß. Wir wohnten anfangs in seiner Dreizimmerwohnung. Ich selbst hatte meine bis dahin gemietete Wohnung aufgegeben. Etwa acht Wochen nach der Hochzeit schlug er mir vor, ein Haus zu kaufen, an dessen Finanzierung ich mich mit meinem vollen Gehalt beteiligen sollte, während er für unseren Lebensunterhalt aufkommen wollte. Letzteres hatte ich mir vor der Heirat auch so vorgestellt. Ich hätte meiner Mutter dann noch besser helfen können.«

»Sie haben ihn doch nicht nur deshalb geheiratet?«

Ich zuckte mit den Schultern. »Als wir heirateten, war er schon fünfzig und hatte bereits eine Ehe hinter sich. Reife Männer haben mich schon immer mehr angezogen als junge. Auch sah er nicht schlecht aus und verdiente gut. Für romantische Gefühle hatte ich noch nie viel übrig. Als ich seinen Vorschlag unter Hinweis auf meine Mutter ablehnte, erklärte er sie zu einem Fall für die Sozialhilfe und nicht als sein Problem. Von da an gab es nur noch Streit zwischen uns. Richtig schlimm wurde es für mich aber erst, als ich ihm sagte, daß ich mich scheiden lassen wolle.«

»Ich verstehe«, sagte Möbius.

»Dazu müßten Sie noch etwas mehr wissen«, sagte ich. »In seiner Eigenschaft als Chefredakteur der hiesigen Zeitung war er mit dem Kurdirektor und anderen Honoratioren gut bekannt, zum Teil sogar befreundet. Es waren fast durchweg Leute, mit denen auch ich in meiner Stellung bei der Kurverwaltung beruflich zu tun hatte. Einschließlich des Oberbürgermeisters, eines Parteifreundes meines Mannes. Sie alle ließen mich fühlen, wem ihre Sympathien gehörten. Zum Glück lernte ich anläßlich eines Empfangs im Kurhaus bald darauf Herrn Landmann kennen. Sein Angebot, für ihn zu arbeiten, kam gerade zur rechten Zeit.«

»Zum Glück für uns alle«, sagte Möbius lächelnd. »Merkwürdigerweise scheint aber die Scheidung Ihr Verhältnis zu Ihrem Schwiegervater nicht belastet zu haben.«

»Das hört sich nur in Unkenntnis der Zusammenhänge merkwürdig an. Das Verhältnis zwischen meinem Mann und seinem Vater war seit Jahren gespannt. Es besserte sich erst nach unserer Heirat. Als es dann zu den Meinungsverschiedenheiten zwischen Volker, so heißt mein Mann, und mir kam, ergriff sein Vater Partei für mich. Er machte mir auch das Angebot, bei ihm zu wohnen. In der mir zur Verfügung stehenden kurzen Zeit und bei den hohen Mieten, wie sie hier üblich sind, wäre es für mich gar nicht zu schaffen gewesen, wieder eine eigene Wohnung zu finden.«

»Das macht alles viel verständlicher«, sagte Möbius. »Wenn ich richtig informiert bin, waren Sie in Hamburg Leiterin eines großen Reisebüros?«

Ich korrigierte ihn: »Leiterin der Filiale eines großen Reisebüros. Bis ich auf das Inserat der Bäder- und Kurverwaltung stieß, die auf der Suche nach einer sprachkundigen und gebildeten Dame für ihre Öffentlichkeitsarbeit war. Ich hatte mich nicht nur um die Veranstaltungen der Kurverwaltung, ich hatte mich auch um prominente Hotelgäste zu kümmern, die dann vom Kurdirektor persönlich hofiert wurden. In dieser Eigenschaft lernte ich auch meinen Mann kennen.«

»Sie fanden diese Tätigkeit interessanter als die im Reisebüro?«

Diesmal zögerte ich mit der Antwort.

Er sagte sofort: »Wenn Ihnen meine Frage unangenehm ist ...«

»Es gab auch private Gründe«, sagte ich. »Ich hatte in Hamburg Probleme mit einem Mitarbeiter. Auch wurde ich einige Verbindungen nicht los, die ich zu jung und mit Männern noch zu unerfahren in Hamburg eingegangen bin. Dagegen hilft nur ein radikaler Ortswechsel.«

Er lächelte amüsiert: »Was Sie nicht davor bewahrte, hier im schönen Bad Hülsen vom Regen in die Traufe zu kommen. Da wir nur mit überregionalen Blättern arbeiten, hatte ich noch keine Gelegenheit, Ihren Mann kennenzulernen. Sehen Sie ihn hin und wieder noch?«

»Das könnte nur zufällig geschehen und blieb mir bisher erspart«, sagte ich. Und weil er noch immer meine Hand festhielt, fragte ich: »Sie sind viel allein?«

»Bis ich hier bei Landmann einstieg, war ich seit dem Tod meiner Frau fast immer allein«, antwortete er. »Wie alle an der Pforte zum Greisenalter stehenden Männer mußte auch ich die Erfahrung machen, daß man sich selbst, je älter man wird, immer wichtiger nimmt, gleichzeitig jedoch von seiner Umgebung immer unwichtiger genommen wird. Ich war auch noch nie ein sehr geselliger Mensch und zog das Alleinsein öffentlichen Veranstaltungen vor.«

»Es gibt auch geschlossene Veranstaltungen«, sagte ich.

»Nicht für einen Single, wie ich einer bin. Ich komme aus dem Ruhrgebiet. Als ich meine Frau verlor, zog es mich ins schöne Spanien. Dort wollte ich mein Dasein beschaulich und unter Palmen in der warmen Sonne beschließen. Bis mich eines Tages die Einsamkeit des Alterns wie ein Wolkenschatten aus dem azurblauen Himmel streifte. Rein zufällig stieß ich etwa zur gleichen Zeit in den Immobilienanzeigen einer deutschen Zeitung auf ein am Waldrand von Bad Hülsen gelegenes Haus, das mich sofort ansprach. So kam ich hierher und sah mich, um den Wolkenschatten von Marbella vollends zu vergessen, nach einer neuen Tätigkeit um. Falls es mir vorbestimmt war, Ihnen zu begegnen, so geschah es auf sehr verschlungenen Pfaden. Glauben Sie an Vorbestimmungen?«

»Nein«, sagte ich. »Es war mir weder vorbestimmt, an einen Mann wie Volker zu geraten noch hier auf Ihrem Schoß zu sitzen. Beides geschah, weil ich es so wollte, und nicht, weil irgendwer es so gefügt hat.«

Er führte meine Hand an den Mund, berührte sie mit den Lippen und fragte: »Gilt das auch für Marbella?«

»Für dort erst recht«, sagte ich. »Eine höhere Fügung wäre es nur dann, wenn mir keine Alternative dazu ...«

Ich verstummte und blickte zur Tür, die unvermittelt aufgerissen wurde. Auch wenn Möbius keine Vorzimmerdame hatte: Ein Vorzimmer war da. Und auch eine Anweisung, daß jeder Besucher, ob es sich um einen Kunden oder einen Angestellten handelte, vorher von Monika telefonisch angemeldet werden mußte. Cramer hatte sich nicht nur nicht anmelden lassen, er hatte es auch nicht für nötig gefunden, an die Tür zu klopfen, weder an die Tür zum Vor- noch an die Tür zum Chefzimmer. Und jetzt stand er mitten in der offenen Chefzimmertür und starrte mich schweigend an. Sein Gesicht sah aus wie immer. Nur etwas blaß und mit zwei roten Flecken dort, wo seine Backenknochen waren. Dann drehte er sich um und ließ mich mit Möbius wieder allein.

Ich blickte Möbius an. Auch sein Gesicht sah aus wie immer. Meinen dritten Versuch, mich zu erheben, vereitelte er genauso wie die vorangegangenen. Er zog mich nachdrücklich auf seinen Schoß zurück, griff zum Telefon, wählte eine Nummer und sagte: »Schicken Sie Herrn Cramer zu mir, Frau Seybold. Danke.« Dann erwiderte er meinen Blick und fragte: »Was haben Sie mit ihm?«

Etwas in seinem Gesicht war doch anders als sonst. Mir fiel erst jetzt auf, daß es seine Augen waren: Sie wirkten plötzlich so kalt wie Gletschereis. Wie immer, wenn ich Probleme hatte, eine Frage zu beantworten, weil sie mir als zu persönlich erschien, reagierte ich ausweichend: »Auf seinem Schoß saß ich noch nie, falls Sie das meinen. Sicher war er nur in Sorge, weil ich so lange wegblieb.«

Sein Lächeln schien auch das Eis in seinen Augen wegzutauen; er sagte: »Dann habe ich meine Frage falsch gestellt. Ich wollte von Ihnen wissen, ob Herr Cramer, wenn er Sie auf meinem Schoß sitzen sieht, Anlaß zu Eifersucht hat?«

So gefiel er mir schon wieder besser; ich sagte: »Nicht mehr und nicht weniger als jeder Ihrer Angestellten, der sich gerne in Ihre glückliche Lage versetzen würde, wenn er mich auf Ihrem Schoß sitzen sieht.«

Laut lachen hatte ich ihn bisher noch nie gehört, was vielleicht mit seiner Altersmelancholie zusammenhing, aber diesmal tat er es. Er tätschelte mir gutmütig den Unterteil des Rückens und sagte: »Das nehme ich auch keinem übel – im Gegenteil, ich habe volles Verständnis dafür.«

»Aber nur bis zur Tür Ihres Allerheiligsten?« fragte ich.

Er blickte mich eine kleine Weile prüfend an. Dann griff er wieder zum Telefon. Auch während seines kurzen Gesprächs mit Monika wandte er kein Auge von mir. Er legte den Hörer auf und sagte: »Frau Seybold konnte Herrn Cramer nicht erreichen. Ich wollte sie davon unterrichten, daß sein Besuch bei mir nicht mehr erforderlich ist. Er hat jedoch ohne Angabe von Gründen das Haus verlassen. Sollten sie mit seinem unerwarteten Besuch hier zu tun haben, so wäre es vielleicht ratsam, Sie würden selbst mit ihm reden.«

»Das habe ich auch vor«, sagte ich, und diesmal hinderte er mich nicht daran, von seinem Schoß aufzustehen. Bis zur Haustür begegnete ich noch einem halben Dutzend Kollegen und Kolleginnen, wobei mir wieder einmal auffiel, daß Landmann bei seinen Mitarbeitern nicht nur Wert auf Kreativität und fachliche Ausstrahlung legte – worunter er selbstbewußtes Auftreten und einwandfreie Garderobe verstand –, sondern auch auf gutes Aussehen. Sie alle wollten wissen, wie mein Gespräch mit Möbius verlaufen sei. Die Kolleginnen mehr schadenfroh als besorgt. Auch Schäfer, obwohl Betriebsrat und, weil ich seiner Gewerkschaft nicht beigetreten war und damit den anderen ein schlechtes Beispiel gab, mir nicht gerade wohlgesonnen, heuchelte Mitgefühl. Weil ich erst noch meine Handtasche aus meinem Zimmer holen mußte, traf ich zu meiner nicht geringen Überraschung Möbius auf dem Personalparkplatz hinter dem Haus an. Er saß in seinem dunkelblauen Mercedes der Mittelklasse und winkte mich mit dem Zeigefinger zu sich an das offene Wagenfenster. Entweder mußte er sein Zimmer gleich nach mir verlassen oder den Weg durch ein Fenster genommen haben. Er sagte: »Steigen Sie ein. Ihren Wagen können Sie später abholen.«

»Vielleicht sollte ich ihn besser gleich mitnehmen«, sagte ich. »Wir könnten uns irgendwo treffen. Wenn ich jetzt mit Ihnen fahre, sieht es das ganze Haus.«

»Und das ist Ihnen unangenehm?« fragte er.

Ich umrundete das Auto, öffnete die Beifahrertür und nahm neben ihm Platz. Er startete den Motor und sagte: »Wenn Sie wegen eines mit mir geführten Gesprächs wieder einmal das Haus verlassen, so unterrichten Sie mich vorher davon. Wo wollten Sie denn hin? Zu Cramers Wohnung?«

»War das nicht auch in Ihrem Sinn?« fragte ich.

Er ließ mich ohne Antwort. Während wir durch den großen Park mit seinen alten Bäumen und dem ihn umsäumenden blühenden Rhododendron fuhren, vergewisserte ich mich, daß sämtliche Fenster gut besetzt waren. Ich verlor sie erst aus den Augen, als wir die Straße erreichten.

Möbius sagte: »Ich bin jetzt froh, keine Gelegenheit mehr gehabt zu haben, selbst mit Herrn Cramer zu reden. In meinem Ärger hätte ich mich vielleicht zu Unüberlegtheiten hinreißen lassen. Sie kennen ihn besser als ich. Es geht mir nicht um meine Person und um mögliches Gerede im Haus. Ich bin in der glücklichen Lage, es zu ignorieren, weil es meine Ohren nicht erreicht. Auch Herr Landmann würde sich eher Ihnen als mir gegenüber dazu äußern.«

»Zumal er im Augenblick ohnehin nicht gut auf mich zu sprechen ist«, sagte ich. »Ich bin sicher, Cramer dazu überreden zu können, was er gesehen hat, für sich zu behalten.«

»Indem Sie ihm noch mehr entgegenkommen, als es vielleicht schon geschehen ist?«

Sein grauer Einreiher war ebenso unauffällig wie elegant, seine Krawatte vorbildlich gebunden. Es gab an ihm nichts zu bemängeln. Nicht einmal den Ansatz eines Bauches unter der Weste. Mir war vorhin klar gewesen, daß ihn meine Antwort auf seine Frage nach meinem Verhältnis zu Cramer kaum hatte befriedigen können. Ich sagte: »Ich sehe Ihr Problem nicht.«

»Wir reden von Ihrem und nicht von meinem Problem«, erwiderte er. »Ich meine, es jetzt besser zu kennen als noch vor fünf Minuten.«

»Ja wirklich?« fragte ich.

Er lächelte. »Selbst Ihre Ironie wirkt auf einen Mann noch erotisch. Sie halten mich doch nicht im Ernst für fähig, Ihnen zuzumuten, sich unter Einsatz Ihrer Person von Herrn Cramers Diskretion für eine Sache zu vergewissern, für die allein ich die Verantwortung trage?«

»Und Sie glauben doch nicht im Ernst, er hätte mich gegen meinen Willen auf Ihrem Schoß angetroffen?« fragte ich.

»Ich werde mich hüten«, sagte er, noch immer lächelnd.

»Ich verstehe«, sagte ich. »Sie wollen in Wirklichkeit gar nicht, daß ich mit Cramer rede.«

»Auf keinen Fall«, sagte er. »Ihr eigentliches Problem ist auch nicht er und seine mögliche Indiskretion, sondern Seeberg. Unglücklicherweise hat er die Sendung zufällig selbst gehört. Ich kann mir zwar nicht vorstellen, daß er, wie Landmann mir erzählte, Ihre Stimme erkannt haben will. Ich jedenfalls hätte sie bei der Kürze Ihres Einwurfs nicht erkannt. Ich neige eher der Vermutung zu, daß Herr Landmann sich am Telefon von Seeberg hat überfahren und Ihren Namen, wenn auch unbeabsichtigt, hat entlocken lassen.«

Das wäre allerdings eine plausible Erklärung dafür gewesen, weshalb ich bei meinem vormittäglichen Gespräch mit Landmann so glimpflich davongekommen war. Wohin ein schlechtes Gewissen führen kann, hatte ich schließlich bei Cramer am eigenen Leibe erfahren. Verwunderlich war nur, daß Möbius in meiner Gegenwart eine solche Vermutung äußerte, denn wenn es zutraf, daß eine Krähe der anderen kein Auge aushackt, dann hatte er sich seinem Geschäftspartner gegenüber jetzt nicht gerade loyal verhalten. Während ich mich noch darüber wunderte, erinnerte ich mich eines noch nicht lange zurückliegenden Gesprächs mit ihm, bei dem er sich wie beiläufig erkundigte, seit wann ich mich mit Landmann duze. Tatsächlich verdankte ich dieses Privileg keiner weinseligen Laune Landmanns anläßlich eines Betriebsausflugs, sondern einem gemeinsamen Abendessen, zu dem er mich am Tag eingeladen hatte, als ich seiner Offerte, nicht länger für die Bäder- und Kurverwaltung, sondern für ihn zu arbeiten, scheinbar schweren Herzens zustimmte. Hätte ich damals gewußt, wie windig es zu jener Zeit um seine Agentur bestellt war und daß er sich mit ihrer zwei Jahre zuvor stattgefundenen Verlegung von Köln nach Bad Hülsen finanziell übernommen hatte, wäre ich trotz seiner mir angedienten Verbrüderung auf sein Angebot möglicherweise und wie sich später, als Möbius wie das berühmte Licht am Ende des Tunnels in Erscheinung trat – zu meinem eigenen Schaden nicht eingegangen. Mir war noch heute unklar, was ihn dazu bewogen haben mochte, mir das Du anzubieten: seine Erleichterung darüber, mich doch noch überredet zu haben, oder die kühle Überlegung, daß es weniger auffiele, wenn er mich bereits als eine ihm nahestehende Person in die Agentur einführte, statt dem Personal später Anlaß zu geben, Mutmaßungen darüber anzustellen, weshalb er sich plötzlich mit mir duzte. Zumal dies sonst nicht seine Art und er immer darauf bedacht war, bei aller Aufgeschlossenheit für die Nöte und Probleme seiner Angestellten die für seine Autorität erforderliche Distanz zu wahren – eine Eigenschaft, die Möbius, seit er sie bei ihm abgeschaut hatte, sich mit mehr oder weniger Erfolg zu eigen machte. Bei ihm wartete ich fast täglich darauf, daß auch er mir die Vergünstigung zuteil werden ließe, ihn mit Gerhard anzureden, aber davor schreckte er offenbar noch genauso zurück wie vor anderen Vertraulichkeiten, die man als Frau von einem Mann, auf dessen Schoß man bereits heimisch geworden war, eigentlich hätte erwarten dürfen. Mir war das um so unverständlicher, als ich auch jetzt wieder genauso wie damals, als er mich fragte, seit wann ich mich mit Landmann duze, den Eindruck hatte, er fühle sich ihm gegenüber von mir benachteiligt. Das würde auch seine Illoyalität erklären, Landmann bei mir anzuschwärzen. Ich fühlte mich unwillkürlich versucht, diesen in Schutz zu nehmen, und sagte: »Seeberg traue ich zu, daß er meine Stimme erkannt hat. Ich erkannte sie vorhin auch sofort.«

»Aber doch nur, weil Sie sich erinnerten, daß der Einwurf mit dem Mundgeruch von Ihnen kam«, sagte Möbius. »Wie dem auch sei, unabhängig vom Ausgang des Gesprächs zwischen ihm und Herrn Landmann, und darin stimmten wir vor seinem Abflug nach Düsseldorf überein, ist es in Ihrem eigenen Interesse, wenn Sie für einige Zeit von der Bildfläche verschwinden, und zwar möglichst heute noch.«

»Nicht bevor ich weiß, was Landmann in Düsseldorf ...«

Ich sprach nicht weiter, weil mir jetzt auffiel, daß er offenbar vorhatte, die Stadt zu verlassen. Durch unser Gespräch stark abgelenkt, hatte ich bisher kein Auge darauf gehabt. Ich fragte: »Wohin fahren wir denn?«

»In den Wald«, sagte er.

Da waren wir eigentlich schon. Ich betrachtete die hohen dunklen Tannen beiderseits der Straße und führte meinen Satz zu Ende: »Erreicht hat.«

Er legte im Fahren eine Hand auf mein Knie und sagte: »Ich wollte es Ihnen erst später in Marbella beibringen: Seeberg und sein Vorstand bestehen auf Ihrer fristlosen Entlassung. Andernfalls wollen sie die Zusammenarbeit mit uns aufkündigen und sich darüber hinaus auch noch juristische Schritte vorbehalten, das heißt, uns auf Schadenersatz verklagen. Ich bin sicher, sie werden Landmann so wenig anhören, wie man Sie angehört hätte. Er weiß das auch und versucht es trotzdem. Sie müssen ihm noch mehr bedeuten, als ich angenommen hatte. Schlafen Sie mit ihm?«

Ich erwiderte von der Seite benommen seinen Blick.

»Vielleicht täusche ich mich auch«, sagte er. »Als ich Sie vor einigen Wochen erstmals in mein Ferienhaus einlud, hatte ich das gleiche Problem wie jetzt, nämlich nicht zu wissen, womit es Ihnen ernst ist: mit dem, was Sie sagen, oder mit dem, was Sie tun. Beides zusammen ergibt einen Sinn nur dann, wenn es mit Wissen von Herrn Landmann geschieht.«

»Dann haben Sie Probleme mit ihm und nicht mit mir«, sagte ich, mit jetzt bereits wieder klarem Kopf. Länger als eine Minute brauchte ich nie, um auch die schlimmsten Nachrichten seelisch zu verarbeiten, und nach allem, was ich von ihm, Cramer und Landmann an dunklen Andeutungen bereits vernommen hatte, war ich auf das Schlimmste schon fast vorbereitet gewesen. Ich fragte: »Was befürchten Sie denn, daß ich ihm aus Ihrem Schlafzimmer berichten könnte? Ob Sie ein Wasserbett haben und ohne Pyjama schlafen?«

Er nahm seine Hand von meinem Knie und sagte: »Vielleicht spielen Sie nur gerne mit Männern. Auch das wäre eine Erklärung.«

»Eine Erklärung wofür?«

Er ließ sich mit der Antwort Zeit, bis er den Wagen von der ohnehin kaum benutzten Nebenstraße auf einen für den öffentlichen Verkehr gesperrten Waldweg gefahren hatte. Hinter einer Wegkrümmung, die uns allen neugierigen Blicken von der Straße her entzog, stellte er den Motor ab und sagte: »Für Ihr widerspruchsvolles Wesen. Obwohl ich Sie nun schon seit bald einem Jahr kenne und im Umgang mit Frauen nicht ganz unerfahren bin, geben Sie mir doch immer wieder Rätsel auf.«

»Das tut mir aufrichtig leid«, sagte ich. »Was ist Ihnen denn so rätselhaft an mir? Daß ich es nicht als unschicklich empfinde, auf Ihrem Schoß Platz zu nehmen?«

»Immer vorausgesetzt, es geschieht nicht im Auftrag von Herrn Landmann«, sagte er.

Auch wenn es für diesen gewiß kein leichter Schritt war, sich mit einem gleichberechtigten Kompagnon abzufinden, so war ich bisher doch der nun offensichtlich falschen Meinung, sie harmonierten nicht schlecht miteinander. Einen solchen Abgrund von Mißtrauen, wie er sich meinem Blick jetzt auftat, hätte ich jedenfalls nicht erwartet. Mir kam der Gedanke, Landmann könnte ihm vielleicht genauso mißtrauen wie er ihm. Denn schließlich dürfte ihm ebenso wenig entgangen sein, daß ich mich des öfteren und des längeren bei Möbius aufhielt, wie diesem meine meist ausgedehnten Besuche bei Landmann nicht entgangen sein konnten, und vielleicht war dies der alleinige Grund, weshalb ihnen trotz beachtenswerter Anfangserfolge bei der Erkundung meines Glacis für eine weiterführende Vorwärtsstrategie noch der rechte Mumm fehlte.

Ich sagte: »Welche Meinung Sie von Landmann haben, ist mir egal. Daß Sie mir jedoch zutrauen, mich von ihm zum willfährigen Werkzeug gegen Sie mißbrauchen zu lassen, ist eine überflüssige Unterstellung.«

Er betrachtete meine Beine. »Das ist es, was mich an Ihnen so beeindruckt: Sie sind nie in Verlegenheit oder aus der Fassung zu bringen. Von den uns Männern geläufigen Klischees über die Verhaltensweisen von Frauen kann man bei Ihnen getrost Abschied nehmen.«

»Davon wußte auch schon mein geschiedener Mann ein Lied zu singen«, sagte ich. »Der kam auch mit einem vorgefaßten Frauenbild, das eher einem Feindbild glich, zum Standesamt. Wenn mich etwas aus der Fassung bringen kann, dann Seebergs an Sie und an Landmann gerichtetes Ultimatum. Das kann er, arbeitsrechtlich gesehen, doch gar nicht von Ihnen verlangen?«

»Verlangen schon«, sagte Möbius. »Ob wir uns darauf einlassen, ist nicht sein, sondern unser Problem. Als einer unserer wichtigsten, wenn nicht sogar der wichtigste Kunde, sitzt er aber am längeren Hebel. Unter der vorgeschobenen Begründung, mit dem Ergebnis unserer Kampagnen für die Produkte der Görlach AG nicht zufrieden zu sein, liegt es in seinem Ermessen, unsere Zusammenarbeit kurzfristig aufzukündigen. Abgesehen davon, daß wir seinen Etat fest eingeplant haben und eine Umsatzeinbuße von geschätzten fünfundzwanzig bis dreißig Prozent sich katastrophal auf unsere Liquidität auswirken müßte, wäre auch der Eindruck, den ein solcher Schritt auf unsere übrige Kundschaft machen würde, geradezu verheerend. Ein besseres Aushängeschild als die Görlach AG kann sich keine Werbeagentur wünschen.«

Das war auch mir klar. Ich sagte: »Mit anderen Worten: Es liegt allein an meinem guten Willen, es nicht auf einen Prozeß vor dem Arbeitsgericht ankommen zu lassen, ob Sie und Landmann vielleicht Konkurs anmelden müssen?«

»So ist es«, nickte er und beobachtete, wie ich, damit er meine Beine besser sehen konnte, den rechten Fuß auf mein linkes Knie legte. Ich sagte: »Wenn ich schriftlich bekomme, daß Sie mir mein Gehalt und ein noch zu vereinbarendes Urlaubsgeld bis zum Zeitpunkt, wo Sie mich wieder einstellen, nach Spanien überweisen, werde ich gegen eine Kündigung keinen Einspruch erheben.«

Er lächelte. »Genauso haben wir es uns gedacht. Ich bin sicher, daß es Ihnen an der Costa del Sol gefallen wird. Ich werde Sie zwar nur über das Wochenende besuchen …«

»Befürchten Sie, es könnte mir in der übrigen Zeit an der Costa del Sol langweilig werden?« warf ich ein.

Für ein paar Augenblicke lang wirkte er etwas irritiert. Dann sagte er: »Es ist nicht ausgemacht, ob ein Arbeitsgericht in einem solchen Fall zu Ihren Gunsten entscheiden würde.«

»Ich verstehe«, sagte ich. »Was Sie bisher dazu verlauten ließen, saß noch nicht ganz auf dem Punkt. Das ist bei uns so eine

Redewendung für eine erst halb ausgegorene Kampagne. Sie können aber unbesorgt sein. Ich bin ein praktisch denkender Mensch und habe mir inzwischen schon selbst ausgerechnet, daß Marbella für mich das kleinere Übel ist.« Ich holte Seebergs Visitenkarte mit seiner Privatadresse aus der Handtasche und gab sie ihm. »Kennen Sie diese Gegend in Düsseldorf?«

Er betrachtete sie kopfschüttelnd. »Vielleicht ein neueres Wohnviertel. Ich kenne Düsseldorf nur geschäftlich. Sie waren von ihm oft zum Essen eingeladen. Auch schon in seinem Hotelzimmer?«

»Nein«, sagte ich. »Er fand es anläßlich einer mehr privaten Unterhaltung aber bedauerlich, mir nicht schon vor zwanzig Jahren begegnet zu sein.«

Er gab mir die Karte zurück. »Da waren Sie doch erst sieben!«

»Eben. Ein andermal erzählte er mir, in seiner Ehe sei nicht alles so, wie es sein sollte. Ich tröstete ihn damit, daß dies in den wenigsten Ehen der Fall sei.«

»Und das war alles?«

»Worüber man reden könnte«, sagte ich. »Obwohl er mir nach jedem gemeinsam eingenommenen Essen regelmäßig erzählte, wie einsam er sich in Hotelzimmern immer fühle.«

»Aber viel deutlicher konnte er ja gar nicht mehr werden«, sagte Möbius und legte seine rechte Hand unterhalb des Rocksaums auf meine bloße Haut. »Sind Sie solchen Anfechtungen aus Kreisen unserer Kundschaft öfter ausgesetzt?«

»Eigentlich ja«, sagte ich. »Ich führe das allerdings weniger auf meine Person als auf Bad Hülsen zurück. Wer als Geschäftsmann hier zu tun hat, verknüpft seinen Aufenthalt gerne mit einem kleinen, unterhaltsamen Urlaub. Nach Köln kamen Landmanns Kunden nur, um über neue Werbekampagnen zu reden. Sie nahmen sich auch nicht so viel Zeit wie hier und fuhren meistens noch am gleichen Tag wieder heim. Wie es sich für mich darstellt, war die Verlegung der Agentur nach Bad Hülsen anfangs zwar mit einigen Risiken verbunden, aber sie haben sich ausgezahlt. Landmann hatte eben schon immer die besseren Einfälle, und das nicht nur in seinen Werbekampagnen.«

»Ist das Ihre Meinung?«

»Einiges weiß ich von ihm.«

»Dann wissen Sie nicht alles«, sagte Möbius. »Er verlor hier nicht nur einen großen Teil seiner in Köln ansässigen Kunden, die mit Bad Hülsen nichts im Sinn hatten, er verlor auch solche, die zwar gerne bei ihm geblieben wären, sich aber keinen eigenen Jet leisten und mit einer Linienmaschine in Bad Hülsen nicht landen konnten. Für fast alle unsere Kunden ist Zeit Geld. Ich an seiner Stelle wäre ein solches Risiko schon deshalb nicht eingegangen, weil ein großer Teil seines ausgezeichneten Kölner Teams den Wohnsitzwechsel aus privaten Gründen nicht mitmachen konnte und wollte. Vom Kauf dieser teuren Villa, der ihn erst recht in die roten Zahlen brachte, ganz zu schweigen. Als seine Konkurrenz von seiner Absicht erfuhr, die Agentur nach Bad Hülsen zu verlegen, soll es im Düsseldorfer Stadtteil Oberkassel zu Freudenpartys mit alkoholischen Exzessen gekommen sein. Wenn er heute trotzdem wieder ganz oben ist, so hat er das weniger seiner Tüchtigkeit als einigen glücklichen Umständen zu verdanken.«

»Zu denen auch Sie zählten«, sagte ich. »Hatte er nicht noch andere Angebote außer dem Ihren?«

»Von Wilkens und ähnlichen Multis, die seine Agentur ihrer Filialkette einverleiben wollten. Für ihn selbst wäre da kein Platz mehr gewesen.«

»Für mich und für die meisten anderen, die seit Jahren für ihn arbeiten, vielleicht auch nicht«, sagte ich. »Wer weiß, was aus uns geworden wäre. Ich jedenfalls hätte schön dumm dagestanden. Auch hätte ich diesen Job nur ungerne verloren.«

»Den Job oder Ihren derzeitigen Arbeitsplatz?« fragte er.

Ich sah auf seine Hand nieder, die jetzt nicht mehr unterhalb des Rocksaums, sondern ein beträchtliches Stück schenkelaufwärts lag. Ganz offenkundig war dies die Stunde der Wahrheit. Vom Küssen und ähnlichem Firlefanz schien er nicht mehr viel zu halten. Wenigstens verlor er keine Zeit damit und befühlte statt dessen eine kleine Delle in meinem Slip. Ich sagte: »Vielleicht ist das nicht der richtige Ort dafür. Der Wald hat tausend Augen.«

»Aber nicht hier unten«, sagte er, die Delle noch vertiefend.

Weil ich nicht wollte, daß ihm auch noch fühlbar wurde, wie leicht ich zu erregen war, nahm ich den rechten Fuß vom linken Knie, schloß die Beine und fragte: »Hätten wir es in Ihrem Haus nicht viel bequemer?«

»Mit Sicherheit«, sagte er. »Ich wußte nur nicht, ob Sie das auch wünschten.«

»Ich weiß es selbst noch nicht«, sagte ich. »Vielleicht lassen Sie mir etwas Zeit, darüber …«

Ich verstummte, weil mir auffiel, daß er aufmerksam in den Rückspiegel blickte und fast gleichzeitig seine Hand von mir nahm. Als ich mich umdrehte, sah ich Cramers Opel langsam auf uns zurollen. Keine fünf Meter entfernt blieb er hinter uns stehen, so daß ich trotz der getönten Frontscheibe auch Cramer selbst erkannte. Er mußte uns bis hierher gefolgt sein. Wenn ich bedachte, daß er nach seinem dramatischen Auftritt in der Nähe der Agentur nur auf mich zu warten und, als er mich in Möbius' Wagen sah, uns nur nach zu fahren brauchte, wunderte mich seine Anwesenheit nicht. Und wozu verliebte Männer fähig sind, das hatte ich nicht erst in Bad Hülsen erfahren. Ich hatte mir auch schon zu oft die Finger verbrannt, um noch der Hoffnung zu sein, einen Mann dadurch loszuwerden, daß ich einmal mit ihm schlief. Genau das Gegenteil war der Fall, und Cramer schien jetzt auch noch den kümmerlichen Rest seines Verstandes verloren zu haben, denn anders ließ es sich nicht erklären, daß er, ungeachtet der möglichen Konsequenzen für seinen Arbeitsplatz, Möbius diesmal keine andere Wahl ließ, als seine Herausforderung anzunehmen.

Ehe es jedoch dazu kam, stand ich neben dem Opel, riß die Fahrertür auf und sagte: »Bevor du dich jetzt vollends wie ein Idiot aufführst, warte zwei Minuten. Ich will versuchen, von ihm loszukommen.«

Seine Antwort hörte ich nicht mehr. Ich setzte mich wieder zu Möbius und sagte: »Wie ich es sehe, wird er eher seine Stellung verlieren als freiwillig das Feld räumen. Ich fahre mit ihm in die Stadt und melde mich von dort aus bei Ihnen.«

Er blickte auf seine Armbanduhr. »Wenn Sie sich beim Kurhaus ein Taxi nehmen, können Sie in einer halben Stunde bei mir sein. Ich erwarte Sie in meinem Haus.«

»Ich glaube nicht, daß ich das schaffe«, sagte ich.

»Sie werden es schaffen, weil ich es so wünsche«, sagte er.

Da kannte er mich aber schlecht. Ich kehrte zu Cramer zurück, nahm neben ihm Platz und sagte: »Fahr los.«

Er startete den Motor. »Wohin?«

»Wir haben noch einen Job. Wenn du meinst, künftig ohne ihn auszukommen: Ich für meine Person meine es nicht.«

Er schwieg.

Nach meiner Flucht aus meiner geliebten Heimatstadt Hamburg hatte ich mir geschworen, endlich damit aufzuhören, mich meiner erotischen Ausstrahlung auf Männer, die ich mir als Liebhaber vorstellen konnte, zu vergewissern. Möglicherweise war meine Ehe mit Volker nicht nur ein ökonomisches Kalkül, sondern auch der Versuch gewesen, meiner unseligen Manie, die eher das Symptom einer frühen Angst vor Krankheit, Tod und Vergänglichkeit als eine nymphomane Veranlagung war, einen Riegel vorzuschieben. Tatsächlich war ich in diesen Monaten unserer Ehe wegen ihrer Turbulenzen kaum mehr in Versuchung gekommen, den Blick auch auf andere Männer zu richten. Um so mehr genoß ich es, mich hinterher wieder in ihrer Bewunderung zu sonnen.

Sicher lag es nicht zuletzt auch an diesem angestauten Nachholbedarf, daß mir bei meinem Bemühen, mich wieder meiner Wirkung zu vergewissern, bei Landmann ebenso wie bei Möbius das rechte Augenmaß verlorengegangen war. Oder auch nicht. Denn wer weiß, wie sie ohne die Vergünstigungen, die ich ihnen im Laufe der Zeit gewährt hatte, auf Seebergs Ultimatum reagiert hätten. Wohl kaum mit einem so großzügigen Angebot, wie es mir von Möbius unterbreitet worden war, wenngleich der Gedanke, daß er mich in einer halben Stunde in seinem Haus erwartete, nun, da meine Neugierde, wie lange er mir widerstehen würde, befriedigt war, eher Unbehagen als Genugtuung oder ungeduldige Erwartung in mir auslöste. Diese Neugierde, die mich dazu verleitete, auch Landmanns Widerstandskraft von Mal zu Mal neu auf die Probe zu stellen, war im Falle Cramers nicht ursächlich für meine Nachgiebigkeit. Da ich mir seiner von Anfang an hatte sicher sein können, war mein Ehrgeiz nicht gefordert gewesen. Auch meine Neugierde nicht. Und das mir hin und wieder von ihm bereitete kleine Vergnügen stand in keinem Verhältnis zu dem Preis, den einzufordern er sich nun anschickte. Bei Möbius wußte ich indessen, was für mich auf dem Spiel stand. Ich dachte nicht daran, es wegen Cramers plötzlicher Eifersucht mit ihm zu verderben. In meiner gegenwärtigen Situation konnte ich mir das auch gar nicht leisten.

Irgendwann fiel mir auf, daß Cramer eine Route benutzte, die uns durch das Stadtzentrum führte. Ich sagte: »Du hast mich offenbar nicht verstanden. Ich will ins Büro zurück.«

»Das kannst du anschließend tun«, sagte er.

»Woran anschließend?« fragte ich. »Du redest dir doch nicht ein, ich würde nach allem, was du dir heute geleistet hast, noch mit dir bumsen?«

»Du kannst es auch wieder in kleiner Münze haben«, sagte er. »Vielleicht stehst du mehr auf Männerfinger als auf Schwänze.«

»Wenn schon Finger, dann auf meine eigenen«, sagte ich. »Halt an.«

Er grinste nur.

Wir mußten jetzt bald an eine Verkehrsampel kommen. Jedesmal, wenn ich sie im eigenen Wagen passierte, stand sie auf Rot. Heute stand sie auf Grün. Auch die nächste stand auf Grün. Aber dann, schon auf Höhe der Kuranlagen, hatte ich Glück. Ich öffnete die Wagentür und sagte: »Apropos Männerfinger: Falls Möbius dich feuert, bewirbst du dich am besten bei einer Samenbank. Dort sind solche Koryphäen wie du gesucht.«

»Dann bums dich doch selbst, du Scheißhexe«, murmelte er

mit kreidigem Gesicht.

Ich stieg lächelnd aus dem Wagen und beobachtete, wie er, weil die Ampel jetzt Grün anzeigte, losfuhr. Der übernächste Wagen hielt, obwohl die Ampel noch immer auf Grün stand, neben mir an. Ich erkannte Vaillants Porsche und ihn am Steuer. Er gab mir ein Zeichen, neben ihm Platz zu nehmen, und weil die Fahrer der hinter ihm stehenden Autos wild zu hupen anfingen, setzte ich mich zu ihm. Bis dahin zeigte die Ampel allerdings schon wieder Rot an. Ich fragte: »Ist das ein Zufall?«

Er lachte. »Keineswegs. Ich sah Sie von meinem Büro aus mit meinem Onkel wegfahren und war neugierig, wohin.«

Weil sein Zimmer im Erdgeschoß gleich hinter der Haustür lag, hatte er das als Rallyefahrer auch zeitlich schaffen können. »Dann müssen Sie doch gesehen haben, daß Cramer uns folgte.«

»Deshalb bin ich hinter ihm hergefahren.«

»Grün«, sagte ich, auf die Ampel deutend.

Er fuhr los und fragte: »Und wohin, wenn ich fragen darf?«

Für ein Mittagessen in einem Restaurant war es noch etwas früh. Ich sagte: »Ihr Onkel erwartet mich.«

Er blickte rasch in mein Gesicht. »In seinem Haus?«

»Ich habe es mir anders überlegt«, sagte ich. »Sie dürfen mich zum Mittagessen einladen. Vorher können wir noch einen Spaziergang machen. Aber nicht im Wald.«

»Von dort kommen Sie ja schon her. Daß mein Onkel mit Ihnen gerne auf einsame Waldwege fährt, war mir neu.«

»Mir auch«, sagte ich. »Wie wäre es mit der Weinstraße?«

»Dort kenne ich mich aus«, sagte er. »Wenn er Sie erwartet, dürfen Sie ihm nicht erzählen, daß Sie mich darüber informiert haben.«

»Das ist gut«, sagte ich.

»Pardon?« sagte er.

Sein Vorname war Rolf. Er hatte mich schon öfter darauf hingewiesen, ohne daß ich jedoch davon Gebrauch machte. Ich sagte: »Gut für mich. Wenn Sie mich jetzt trotzdem zum Mittagessen einladen, werden Sie erpreßbar für mich.«

»Das stimmt«, sagte er. »Dann ist es fast klüger, ich bringe Sie zu ihm. Wann erwartet er Sie?«

»Eigentlich sollte ich schon bei ihm sein«, sagte ich. »Wenn es sich um ihn handelt: Machen Sie sich da immer so rasch in die Hosen, Rolf?«

Er grinste. »Wissen Sie, was dieser Porsche kostete, Stefanie?«

»Ich habe nicht vor, mir einen zu kaufen«, sagte ich. »Ist er ein Geschenk Ihres Onkels?«

»Ich lebe seit zwanzig Jahren nur von den Geschenken meines Onkels.«

»Dann müssen Sie mich selbstverständlich zu ihm fahren«, sagte ich. »Ich möchte nicht, daß Sie meinetwegen künftig auf seine schönen Geschenke verzichten müssen.«

Er sagte: »Ich erzähle jetzt nur, was Landmann meinem Onkel gegenüber einmal geäußert haben soll. Daß Sie mit Ihrer scharfen Zunge sogar Konservendosen öffnen könnten.«

»Diesen dummen Spruch kenne ich schon«, sagte ich. »Hat er Ihrem Onkel auch verraten, womit man einer Frau wie mir am zuverlässigsten den Mund stopft?«

Er schüttelte bedauernd den Kopf. »Davon habe ich nichts gehört. Hat er es *Ihnen* verraten?«

Ich winkte ab. »Nichts als leere Versprechungen. Damit wird er die Probleme, die er mit mir hat, auch nicht los.«

»Landmann hat Probleme mit Ihnen?«

»Ihr Onkel doch auch. Wozu wäre er sonst mit mir in den Wald gefahren?«

»Entschuldigen Sie bitte«, sagte er, »aber daraus würde ich als Außenstehender doch eher schließen, er hat mit Ihnen keine Probleme mehr.«

»Und entschuldigen Sie bitte auch«, sagte ich, »aber ohne Probleme wäre er doch gar nicht erst in den Wald, sondern gleich in seine Wohnung gefahren.«

Er nickte. »Das ist richtig. Ich verstehe nur nicht, warum Sie mit ihm zwar in den Wald gefahren sind, nicht aber seine Einladung in seine Wohnung annehmen wollen. Aber vielleicht hat es mit Herrn Cramer zu tun. Mir war nicht bekannt, daß Sie auch private Kontakte zu ihm pflegen.«

»Die pflegt er nur in seinem Kopf«, sagte ich und betrachtete die auf der Kurpromenade promenierenden zahlreichen betagten Kurgäste. Die Männer gingen fast durchweg am Stock und die Frauen mit Hut. Ich sagte: »Eigentlich ist Bad Hülsen für Menschen unseres Alters doch nicht der richtige Ort. Ständig wird man daran erinnert, wie man in dreißig oder vierzig Jahren daherkommt. In Hamburg gibt es zwar auch viele alte Menschen, sie dominieren im Straßenbild aber nicht so sehr wie hier.«

Er sagte: »Das liegt sicher nur daran, daß sie in Hamburg in Altersheime eingesperrt sind, während sie hier, weil sie das Geld dazu haben, noch frei herumlaufen dürfen.«

Manchmal war er mir trotz seines Porsches direkt sympathisch. Ich fragte: »Sie wollen also wissen, weshalb ich nicht zum Haus Ihres Onkels fahren möchte?«

»Lieber nicht«, sagte er. »Je mehr ich davon weiß, desto erpreßbarer werde ich für Sie.«

Weil wir jetzt auf einer steilansteigenden Straße vorbei an alten Villen aus Urgroßmutters Zeiten fuhren, sagte er: »Immerhin hat Bad Hülsen noch Atmosphäre. In anderen Kurorten finden Sie heute fast nur noch diese häßlichen Appartementhäuser.«

»Ich habe nichts gegen Appartementhäuser, wenn sie komfortabel gebaut sind«, sagte ich. »Ich wohne selbst in einem. Als Sie mich heute vormittag auf der Treppe ansprachen, wußten Sie da schon, daß Seeberg auf meine fristlose Entlassung fixiert ist?«

Anscheinend war das nicht der Fall, denn sein Grübchengesicht drückte ungläubige Überraschung und Bestürzung aus. Er sagte: »Das kann er doch gar nicht verlangen!«

»In seiner Position kann er fast alles«, sagte ich. »Als ich noch in der Filiale eines großen Reisebüros arbeitete, wurde eine Kollegin fristlos gefeuert. Sie ging vor das Arbeitsgericht. Nach acht Monaten war sie so zermürbt, daß sie sich aus Anraten ihres Anwalts auf einen Vergleich einließ. Bis ihr Fall vor dem Arbeitsgericht zur Verhandlung gekommen wäre, hätte sie vielleicht noch zwei Jahre warten müssen. Eingestellt wurde sie aber nicht mehr, und das war schließlich auch der Zweck ihrer fristlosen Entlassung. Obwohl ich mich in meiner damaligen Eigenschaft als Filialleiterin für sie einsetzte, konnte ich sie nicht verhindern. Man teilte mir lediglich mit, daß von seiten der Kundschaft mehrere Beschwerden über sie vorlägen und daß sie deshalb für die Gesellschaft nicht mehr tragbar sei.«

»Aber Sie haben es doch bei uns mit keiner Gesellschaft, sondern nur mit Landmann und meinem Onkel zu tun.«

»Lassen Sie es sich von ihm selbst erklären«, sagte ich. »Ich habe heute keine Lust mehr, darüber zu diskutieren. Als Ihr Onkel bei Landmann durchsetzte, Sie zum Etatdirektor zu machen, kümmerte er sich schließlich auch nicht darum, daß wir schon einen hatten, der seitdem in der Buchhaltung wesentlich kleinere Brötchen bäckt als früher. Ich nehme an, Ihr Onkel wollte mit Ihnen als Etatdirektor verhindern, daß Landmann hinter seinem Rücken eigenmächtige Finanzentscheidungen trifft, die dann nicht mehr rückgängig zu machen sind. Wo haben Sie denn gelernt, mit so viel Geld umzugehen? Beim Rallyefahren?«

Er setzte wieder sein gewinnendes Grübchenlächeln auf. »Nicht nur. Auch wenn Sie es mir nicht zutrauen: Ich bin gelernter Bankkaufmann. Das Rallyefahren betrieb ich immer nur nebenbei, nicht zuletzt auch deshalb, weil mein Onkel selbst Gefallen daran hatte und mich nicht nur dazu ermunterte, sondern auch sponserte.

Er fuhr in seiner Jugend selbst gerne bei Rennen mit.«

»Vielleicht hat ihn das so vital gehalten«, sagte ich verwundert. »Wissen Sie, was man sich in Belegschaftskreisen über Sie erzählt?«

Er lächelte sein gewinnendes Lächeln weiter. »Sie dürfen es für sich behalten; ich bin nicht neugierig, und wenn, dann mehr auf Sie als auf die Meinung der Belegschaft zu meiner Person. Weiß mein Onkel, daß ich schon öfter versucht habe, Sie zum Essen einzuladen?«

»Am besten ist, Sie setzen mich hier ab«, sagte ich. »Ihre Furcht vor ihm wirkt direkt ansteckend.«

»Dann werde ich jetzt versuchen, mich zu bessern«, sagte er. »Es ist bei mir auch keine Furcht, sondern Irritation. Ich kenne meinen Onkel sehr gut. Er ist zwar noch immer eine vorzügliche Erscheinung und dazu vermögend. Seit dem Tod meiner Tante gab es keine Frau mehr in seinem Leben. Auch in Spanien nicht, obwohl die Frauen ihm dort buchstäblich nachliefen. Beileibe keine käuflichen. Da gab es welche, bei denen nicht einmal ich landen konnte. Auch bei Isabella nicht. Er hat sie aus Marbella mitgebracht. Sie war schon dort sein Mädchen für alles. Nur geschlafen hat er nie mit ihr, obwohl sie seit Jahren darauf wartet.«

»Wie alt ist sie?«

»Fünfundzwanzig und bildhübsch dazu. Sie ist Vollwaise. Als sie sich in Marbella bei ihm als Haushälterin bewarb, war sie erst achtzehn. Er schickte sie nach Granada auf eine Haushaltsschule und zu einem Deutschlehrer. Seitdem betet sie ihn an.«

»Wie schön für ihn«, sagte ich, noch immer verwundert. »Haben Sie eine Erklärung für seine Grausamkeit?«

Er lachte. »Vielleicht träumte er schon von Ihnen, bevor er Sie kennenlernte. Sie sind jedenfalls meines Wissens die erste Frau, mit der er heimlich auf einen Waldweg fährt. Ich dachte immer, auch Seeberg verstünde sich gut mit Ihnen. Bei der letzten Präsentation durfte außer Ihnen nicht einmal Ulrich anwesend sein.«

Ulrich war unser Kreativ-Direktor und nach meiner persönlichen Meinung für diesen Posten so wenig geeignet wie ich zum Luftwaffenoffizier, aber was für Möbius sein Neffe, das war für Landmann sein Schwager, ein zwar gelernter, jedoch völlig unkreativer Graphiker, der ohne Vorlagen keine Ideen hatte. Dafür gab er Konzeptionen, die andere entworfen hatten, gegenüber Landmann als seine eigenen aus. Bei mir selbst hatte er das allerdings nur zweimal getan. Dann war ich bei Landmann vorstellig geworden. Seitdem begegnete ich Ulrich nur noch bei den allgemeinen Konferenzen und auf der Treppe. Ich sagte: »Vielleicht versteht Seeberg sich sogar zu gut mit mir.«

»Das wundert mich nicht«, sagte Vaillant.

»Dieser eingebildete Mensch glaubt, für seinen Hundertfünfzig-Millionen-Werbeetat alles kaufen zu können«, sagte ich. »Mir ist unbegreiflich, wie Ihr Onkel sich das vorstellt. Cramer und ich arbeiten im Augenblick an vier Kampagnen gleichzeitig. Wenn ich ausfalle und bei Cramer ist das noch nicht sicher, sind unsere Konzeptionen von einer anderen Crew in der vorgesehenen Zeit doch gar nicht zu übernehmen. Schäfer wäre der einzige, dem ich es vielleicht zutraue, aber er ist mit seiner neuen Automobilwerbung noch auf Wochen hinaus beschäftigt.«

»Sie haben mir noch nicht erzählt, was mein Onkel sich vorstellt«, sagte er. »Sitzen Sie bequem?«

»Wie bei einem Frauenarzt«, sagte ich. »Ich finde diese engen Schalensitze scheußlich. Was geschieht, wenn Seeberg als Kunde plötzlich für uns wegfällt? Wäre das, finanziell gesehen, wirklich so schlimm?«

Er zuckte mit den Schultern. »Ohne kurzfristigen Ersatz wären wir gezwungen, am Personal einzusparen und ...«

»Ist das alles?« warf ich ein.

Er blickte mich erstaunt an.

Ich sagte: »Wenn man Landmann, aber auch Ihren Onkel reden hört, könnte man meinen, ohne den Etat der Görlach-Werke müßten sie Konkurs anmelden. Sind sie wirklich so wichtig für uns?«

»Jedenfalls nicht unwichtig«, sagte er. »Mit den Görlach-Werken ist Landmanns Agentur groß geworden. Ihr Etat ist seit zwölf Jahren eine fixe Größe in seiner Bilanz. Ihr plötzlicher Wegfall ...«

Ich ließ ihn wieder nicht ausreden: »Ist unsere eigene Kapitaldecke denn so knapp?«

»Welche Kapitaldecke? Bis zum Einstieg meines Onkels finanzierte Landmann die meisten seiner Kampagnen mit Bankkrediten, weil er die Vorausszahlungen seiner Kunden zur Abdeckung alter Schulden brauchte. Jetzt hat er keine alten Schulden mehr, aber auch keinen finanziellen Spielraum, um den Wegfall eines so wichtigen Kunden ohne personelle Konsequenzen zu verkraften. Und die Görlach AG ist nun mal mit Abstand sein wichtigster Kunde. Vielleicht erzählen Sie mir jetzt doch, worüber Sie mit meinem Onkel gesprochen haben.«

Ich erzählte es ihm. Von der kleinen Delle erzählte ich selbstverständlich nichts. Bis dahin hatten wir nicht nur die Stadt, sondern auch den Tannenwald hinter uns gelassen. In der Tiefe, hinter einem Hügelmeer grüner Weinberge, leuchtete in der hellen Mittagssonne inmitten goldfarbener Weizenfelder das Ziegelrot und Pastellweiß kleiner Winzerdörfer.

Vaillant ließ den Wagen auf einem Parkplatz an der Straße ausrollen und hörte sich meine Geschichte zu Ende an. Dann erst fragte er: »Haben Sie sein Angebot akzeptiert?«

»Noch nicht endgültig«, sagte ich. »Ich wollte vorher auch noch einmal mit Landmann, vielleicht auch mit Seeberg selbst sprechen, obwohl Ihr Onkel mir dringend davon abgeraten hat.«

»Weil er befürchtet, Sie könnten bei Seeberg etwas erreichen.«

»Hoppla«, sagte ich. »Ich erkenne Sie kaum wieder.«

Er beugte sich zu mir herüber, legte einen Arm um meine Schultern und betrachtete aus der Nähe mein lachsfarbenes Haar. »Natur?«

»So viel Zeit, es mir ständig nachzufärben, läßt mein Job mir nicht«, sagte ich. »Bevor Sie jetzt auf den Gedanken kommen, mich zu küssen, sollten Sie sich vergewissern, ob ich es will.«

»Wollen Sie es?« fragte er.

»Nein«, sagte ich. »Und Sie sollten das so ernst nehmen, wie es gemeint ist.«

Er nickte. »Ich dachte es mir. Über eines müssen Sie sich im klaren sein: Wenn mein Onkel Ihnen ein solches Angebot macht, dann hat er mehr im Sinn als nur ein kleines Abenteuer. Falls es Sie nicht stört, daß er fast vierzig Jahre älter ist als Sie, habe ich keine Bedenken, wenn Sie sein Angebot annehmen. Weiß Landmann davon?«

Ich nahm seinen Arm von meiner Schulter und sagte: »Landmann ist schon verheiratet. Sie raten mir also dazu, mit Seeberg zu sprechen?«

»Das ist nicht richtig«, sagte er. »Ich rate Ihnen nur nicht ab.«

3

Das Restaurant stand an einer Straße, die mitten durch die Weinberge führte. Hier war ich auch schon mit Volker und mit Seeberg. Der Besitzer kannte sogar meinen Namen. Als ich noch für die Bäder- und Kurverwaltung tätig war, hatte er mein Foto des öfteren im Lokalteil von Volkers Zeitung gesehen, wenn ich einen prominenten Zeitgenossen, der zur Kur in Bad Hülsen weilte, willkommen hieß. Trotz eines Werktags war das Restaurant gut besucht, zumeist von Kurgästen, die zum Essen in das nahe Rebland fuhren. Wir bekamen einen reservierten Fensterplatz. Vaillant wunderte sich darüber und sagte: »Er konnte doch nicht wissen, daß Sie heute essen kommen.«

»Für unangemeldet eintreffende Stammgäste hält er immer zwei oder drei Tische reserviert«, sagte ich und betrachtete ein junges Pärchen am Nebentisch. Sie trugen beide abgewetzte Jeans und T-Shirts. Als der junge Mann einmal aufstand und das Restaurant verließ, blickte ich ihm lächelnd nach.

Vaillant fragte: »Ihr Typ? Oder was gefällt Ihnen an ihm?«

»Seine engen Jeans«, sagte ich. »Früher waren es nur die Frauen und die Schwulen, die gerne zeigten, was sie anzubieten hatten. Vielleicht ist er bisexuell.«

Er lächelte. »Mir ist schon öfter aufgefallen, daß Sie immer das sagen, was Sie gerade denken. Auch in dieser Beziehung sind Sie eine bemerkenswerte Ausnahme.«

Ich griff zur Speisenkarte. »In welcher noch?«

»Im Vergleich zum überwiegenden Teil der Frauen in fast allen Beziehungen«, sagte er. »Ich verstehe immer besser, was mein Onkel damit meinte, als er einmal sagte, Frauen wie Sie hätten vor zweihundert Jahren noch Weltgeschichte gemacht.«

»So sie nicht bei lebendigem Leibe als Hexen verbrannt wurden«, sagte ich. »Hat er Ihnen auch erzählt, an wen er dabei dachte, als er das sagte: an Maria Theresia oder an Maria Antoinette?«

Er betrachtete über den Tisch hinweg mein Gesicht. »Ich würde Sie, wenn überhaupt, eher Maria Antoinette zuordnen. Ich glaube auch nicht, daß mein Onkel, als er das sagte, an eine bestimmte Frau gedacht hat. Eher an die Faszination, die Sie auf Männer ausüben. Man könnte es auch Macht nennen.«

Ich erwiderte belustigt seinen Blick. »Ja wirklich? Wie übe ich diese angebliche Macht denn aus?«

»Indem Sie, ohne es vielleicht selbst zu merken oder zu wollen, ihnen die Sinne verwirren«, sagte er. »Ich rede jetzt nicht von mir. So ausgefallene Typen wie Sie haben mich schon immer magisch angezogen. Wenn Ihnen aber ausgerechnet mein Onkel ein solches Angebot macht, dann kann ich mir kaum noch einen Mann vorstellen, der fähig wäre, Ihnen zu widerstehen. Haben Sie von Seeberg nicht auch schon ähnliche Angebote bekommen?«

Ich schwieg und widmete mich wieder der Speisenkarte.

Er sagte: »Seit Sie für Landmann arbeiten, soll sich Seebergs Interesse an der Agentur auf Ihre Person beschränken. Ich verstehe nur nicht, warum Sie es dann Landmann überlassen, mit ihm zu reden.«

»Ich wurde nicht gefragt, ob ich es ihm überlassen möchte«, sagte ich. »Und Ihr Onkel hat mir …«

»Dringend davon abgeraten«, nickte er. »Er wäre schön dumm, ließe er sich einen so günstigen Vorwand, Sie in sein Ferienhaus einzuladen, entgehen. Wissen Sie schon, was Sie bestellen?«

Ich entschied mich für Omelett mit Spargel. Er bestellte Lamm mit Bohnen und fragte, während wir auf das Essen und den Wein warteten: »Was also werden Sie tun?«

»Ich weiß es noch nicht«, sagte ich. »Natürlich wäre es schlimm genug, wenn meinetwegen Kollegen oder Kolleginnen entlassen werden müßten. Dazu werde ich es auch nicht kommen lassen. Ich frage mich nur, was diese Kungelei zwischen Landmann und Ihrem Onkel soll, mir gegenüber für den Fall, daß wir Seebergs Etat verlieren, in fast gleichlautenden Worten die Insolvenz der Agentur an die Wand zu malen, wenn in Wirklichkeit nur einige Arbeitsplätze gefährdet sind. Vielleicht haben Sie doch keinen so vollständigen Einblick in unsere Finanzen wie sie?«

»Dann wäre ich auf dem Posten als Etatdirektor in der Tat der Trottel, für den Sie mich anscheinend noch immer halten«, sagte er. »Es ist allerdings noch nicht lange her, daß Landmann und mein Onkel sich in meiner Gegenwart über die Möglichkeit unterhielten, mit einer zusätzlichen Kapitalspritze auch die Villa schuldenfrei zu machen. Sie ist noch mit einer Hypothek über sechshunderttausend Mark belastet. Für meinen Onkel wäre es, als er sich bei Landmann einkaufte, eine Kleinigkeit gewesen, auch die Hypothek zu tilgen.«

»Dann verstehe ich nicht, warum er es nicht getan hat.«

Er lächelte. »Können Sie mir einen einleuchtenden Grund nennen, warum er für seine Beteiligung an der Agentur freiwillig hätte mehr bezahlen sollen, als Landmann gefordert hat? Für meinen Onkel war die Hypothek immer eine Trumpfkarte, die er, wenn es ihm opportun erschien, ausspielen konnte. Ich begebe mich nur ungerne auf spekulativen Boden, aber wenn es in Ihrem Fall zwischen ihm und Landmann tatsächlich eine Kungelei gibt, dann nur zu dem Zweck, Ihnen keine andere Wahl zu lassen, als auf das Angebot meines Onkels einzugehen.«

Ich blickte ihn eine Weile verwundert an. Schließlich fragte ich: »Warum erzählen Sie mir das? Weil Sie mich lieber in Ihrem als im Bett Ihres Onkels sehen möchten oder weil Sie meinen, daß es genügt, wenn er Sie und Landmann eingekauft hat?«

»Und Isabella und was er sonst noch alles in seinem Leben für sein Scheißgeld eingekauft hat«, sagte er, noch immer lächelnd.

Ich sagte: »Um so zu lächeln, wie Sie es jetzt tun, müssen Sie ihn sehr hassen.«

»Das ist kein Haß«, sagte er. »Ich finde nur, Sie sind zu schade für ein solches Arrangement. Immer vorausgesetzt, mein Verdacht trifft zu.«

»Ich werde mich vergewissern«, sagte ich.

Weil im gleichen Augenblick der junge Mann an seinen Tisch zurückkehrte, wechselten wir das Thema.

Vaillant sagte: »Sie haben recht. Mir ist das bei Männern, die so enge Jeans tragen, bisher noch nicht aufgefallen. Als Nichtschwuler würde ich sagen: Es wirkt, weil seine Jeans an dieser Stelle besonders abgewetzt sind, ein bißchen ordinär.«

Ich lachte. »Bei ihm sogar mehr als ein bißchen.«

»Ich bin nicht in jedem Fall für bürgerliche Garderobe, aber in einem Restaurant wie diesem ...« Vaillant führte den Satz nicht zu Ende.

Der Wirt kam mit dem Wein. Auch er schaute mir jedesmal, wenn ich Pullis trug, über die Schulter hinweg in den Ausschnitt, aber schließlich war er erst fünfundvierzig und schätzte mich nicht nur als Kundin.

Ich erwiderte sein Lächeln und sagte zu Vaillant: »Als ich mich in Hamburg beim Paß- und Meldeamt polizeilich abmeldete, hatte ich den Eindruck, das Amt sei kurz zuvor von den Alternativen besetzt worden.«

Er winkte ab. » Erinnern Sie mich nicht daran. Auf der Führerscheinstelle hier sitzen die gleichen Typen. Wenn man ihnen aber ein Foto ohne Krawatte vorlegt, werden sie mißtrauisch und rufen am Bildschirm sämtliche verfügbaren Daten ab.«

Ich mußte lachen. »Vielleicht hätte ich mich doch schon früher von Ihnen zum Essen einladen lassen sollen. Sie sind gar nicht so übel, Rolf.«

»Sie ja auch nicht, Stefanie«, sagte er. »Obgleich ich Ihnen nicht zugetraut hätte, daß Sie eine Einladung meines Onkels in sein Ferienhaus überhaupt ernsthaft in Erwägung ziehen.«

»Machen Sie nur weiter so«, sagte ich. »Mit dem, was ich jetzt schon alles über Sie weiß und bei Ihrem Onkel gegen Sie verwenden könnte, wären Sie bis ans Lebensende erpreßbar für mich. Macht Ihnen das keine Angst?«

»Nein«, sagte er. »Wozu könnten Sie mich schon erpressen, was ich mir nicht selbst wünschte?«

»Seien Sie da lieber etwas vorsichtiger«, sagte ich. »Es gibt Zeiten, da habe ich die absonderlichsten Wünsche.«

»Zu absonderlich für Ihren geschiedenen Mann?«

Ich lächelte nur.

Beim Essen blickte er mich über seinen Teller hinweg immer wieder an. Man hat als Frau im Leben öfter mit Männern zu tun, bei denen man sich dieses und jenes vorstellen kann, ohne jedoch ernsthaft den Wunsch zu verspüren, es auch zu tun. Zu ihnen gehörten Cramer ebenso wie Vaillant und Möbius, und was ich von Vaillant im Verlaufe unseres Gesprächs über Möbius erfahren hatte, war kaum geeignet, solche Wünsche in mir zu wecken. Schon gar nicht, seit meine Neugierde, wie lange Möbius sich damit begnügen würde, mich nur auf dem Schoß zu haben, hinlänglich befriedigt war. Es enttäuschte mich sogar, daß er am Schluß nicht anders reagiert hatte als all die anderen Männer vor ihm, bei denen mir oft nicht einmal die Zeit geblieben war, neugierig auf sie zu werden, weil sie mir diese Zeit nicht gegeben hatten und genau wie Möbius auch umgehend zur Sache gekommen waren, so daß sich meine Bekanntschaft mit ihnen zumeist auf solche Begegnungen beschränkte, die ich heute aus meiner Erinnerung zu verdrängen pflegte. Und wenn sich meine Empörung über das zwischen Landmann und Möbius gesponnene Intrigenspiel in Grenzen hielt, so aus den gleichen Gründen, die mich daran gehindert hatten, die Einladung nach Marbella rundweg abzulehnen. Nicht nur gehörte die Costa del Sol zu jenen Landschaften, die ich schon immer einmal kennenlernen wollte, ich empfand es auch als durchaus schmeichelhaft, nachträglich zu erfahren, mit welch hohen Einsätzen zwischen Landmann und Möbius in Unkenntnis der Unberechenbarkeit, die mir eigen war, um meine Person gepokert wurde.

Aber mein Problem war im Augenblick nicht, daß weder Möbius noch Landmann wußten, wie unberechenbar ich sein konnte. Mein Problem war, was ich nach dem Essen mit dem verkorksten Tag anfangen sollte. Ins Büro wollte ich wegen Cramer nicht, der dort vielleicht schon wieder beflügelt von Rachedurst auf mich wartete. Auch die Einladung von Möbius in sein Haus war jetzt, nachdem ich die mir gesetzte Frist um mindestens zwei Stunden überzogen hatte, keine diskutable Alternative mehr, und wenn ich zu dieser ungewohnten Stunde nach Hause fuhr, weckte ich nach der unerfreulichen Auseinandersetzung von gestern abend bei Wolfgang nur wieder die Hoffnung auf eine rasche Versöhnung. Außerdem hatte ich dort keine Gelegenheit, unbelauscht zu telefonieren, und telefonieren mußte ich. Zuerst mit Monika und, je nachdem, was ich von ihr erfuhr, auch mit Seeberg.

Auf die Gefahr hin, von Vaillant falsch verstanden zu werden, sagte ich: »Wenn es Ihnen recht ist, möchte ich anschließend von Ihrer Wohnung aus telefonieren. Sie haben doch einen eigenen Anschluß?«

»Auch ein eigenes Bad und WC«, sagte er.

Ich sagte: »Sie erweisen sich einen riesengroßen Dienst, wenn Sie aus meiner Frage keine Erwartungen für Ihr Schlafzimmer ableiten. Ich möchte wirklich nur telefonieren. Zu Hause kann ich es nicht ungestört tun.«

»Dann haben Sie aber ein merkwürdiges Zuhause«, sagte er, womit er nicht einmal so unrecht hatte. »Mit wem wollen Sie telefonieren? Mit meinem Onkel?«

»Dafür liegt im Augenblick von meiner Seite kein Bedarf vor«, sagte ich und beendete, weil ich das Omelett mit Spargel aufgegessen hatte, die Mahlzeit. »Wohnen Sie allein?«

»Meine Freundin besucht mich nur über das Wochenende«, sagte er, noch an Lamm mit Bohnen kauend. »Öfter könnte ich sie auch gar nicht ertragen.«

»Haben Sie ihr das schon einmal gesagt?«

»Aber wozu denn?« wunderte er sich. »Dann käme sie doch überhaupt nicht mehr.«

Ich nickte. »Das ist wieder mal typisch Mann. Ich bin nur froh, nur ein einziges Mal einem Mann Anlaß gegeben zu haben, so über mich zu reden. Alle anderen, die ich einmal kurz besucht habe, denken auch noch nach zwanzig Jahren mit Sehnsucht daran zurück.«

»So früh haben Sie damit angefangen, Männer zu besuchen?« fragte er.

Ich zündete mir, seinem Feuerzeug zuvorkommend, eine Zigarette an. »Ich rede von der Zukunft und nicht von der Vergangenheit. Also haben Sie Telefon oder nicht?«

»Tun Sie doch nicht so, als ob Sie es nicht wüßten«, sagte er und schob den leeren Teller von sich. »Omelette mit Spargel wäre kein Essen für mich. Mögen Sie kein Fleisch?«

»Ich mag Tiere.«

»Kein Wunder, Sie haben kein Gramm zu viel am Po.«

»Werden Sie nicht vertraulich, sonst verzichte ich auf Ihr Telefon«, sagte ich. »Mit mir über meinen Po zu reden, erlaube ich nur Männern, die bereits wissen, wovon sie reden.«

»Das sieht man bei Ihnen auch, ohne ihn gesehen zu haben«, sagte er. » Sicher überlegen Sie sich vorher immer genau, was Sie sagen und warum Sie es sagen.«

»Wovon reden Sie?« fragte ich.

Er lächelte nur.

Die Rechnung ließ ich ihn bezahlen. Der Wirt begleitete uns noch zur Tür und wünschte uns einen schönen Tag. Auf der Fahrt zu seiner Wohnung unterhielt ich mich mit Vaillant über sein Hobby. Daß er sich Rallyeveranstaltungen zwar noch ansah, seit einigen Monaten jedoch nicht mehr daran teilnahm, war mir neu. Er begründete es mit dem Wunsch seines Onkels, nach seiner Berufung zum Etatdirektor sich mehr um die Agentur als um das Rallyefahren zu kümmern. Mir leuchtete auch sofort ein, daß er seinem Arbeitsplatz nicht wochenlang fernbleiben konnte, nur weil die nächste Rallye vielleicht quer durch Afrika führte.

Seine Dreizimmerwohnung gefiel mir. Daß es sich um eine von seinem Onkel bezahlte Eigentumswohnung handelte, erfuhr ich erst hier. Billig konnte sie nicht gewesen sein, denn das Haus, ein dreistöckiger Altbau, stand in einer der besten Wohnlagen von Bad Hülsen unmittelbar am südlichen Waldrand. Vom Balkon der im obersten Stock gelegenen Wohnung hatte man einen ungehinderten Blick auf die City und auf die Berge jenseits des waldigen Tals. Drei der insgesamt fünf Wohnungen waren Ferienwohnungen und wurden von ihren im Rheinland und in Norddeutschland lebenden Besitzern nur sporadisch benutzt. Die fünfte, im Erdgeschoß liegende, gehörte einem Rentnerehepaar, dem zugleich die Hausverwaltung oblag. Mein Befremden über die Orgie von Plüsch, Mahagoni und kostbaren Orientteppichen in Vaillants Wohnung konnte ich, wie sich rasch herausstellte, nicht ihm anlasten. Die Einrichtung stammte noch aus dem von Möbius nach dem Tod seiner Frau aufgelösten gemeinsamen Haushalt. Daß auch ein Mann wie er voller Widersprüche steckte, machte mir sein Wunsch ersichtlich, durch die alten Möbel zwar nicht mehr ständig an seine verstorbene Frau erinnert zu werden und sie dennoch in einer sentimentalen Anhänglichkeit bei seinen gelegentlichen Besuchen um sich herum versammelt zu sehen, so daß Vaillant gar keine andere Möglichkeit geblieben war, als die Möbel anzunehmen, weil es sich hierbei weniger um ein Geschenk als um eine jener Bedingungen seines Onkels gehandelt hatte, ihm auch noch die dazugehörige Wohnung zu schenken. Meine Frage nach den übrigen Bedingungen beantwortete Vaillant nicht. Statt dessen ließ er mich im Wohnzimmer allein mit dem Telefon.

Das Mädchen an der Vermittlung, zugleich eine unserer Tippsen, hieß Elke und nahm meine Garderobe zum Vorbild für die eigene. Nur bei außerhalb des Hauses herrschenden Minustemperaturen trug sie keine Miniröcke und keine dünnen Pullis. Ihre Stimme klang erleichtert: »Gott sei Dank, Frau Mössmer. Hier ist schon alles in Sorge um Sie und fragt nach Ihnen. Wo sind Sie denn? Doch nicht in Ihrer Wohnung? Dort habe ich schon dreimal angerufen.«

Das war mir unangenehm, weil jetzt auch Wolfgang wußte, daß ich im Büro vermißt wurde. Wegen der Fülle von Neuigkeiten dauerte es eine Weile, bis Elke mir alles erzählt hatte. Landmann war noch nicht aus Düsseldorf zurück, Cramer offenbar im Streik, und auch Möbius hielt sich seinem Büro fern. Er hatte jedoch vor einer halben Stunde angerufen und sich nach mir erkundigt. Weil nach Landmann und Möbius in der Hierarchie der Agentur Vaillant die Nummer 3 war, erkundigte ich mich vorsorglich auch nach ihm. Es gefiel mir, von ihr zu hören, daß er sich vor Aufnahme meiner Verfolgung noch die Zeit genommen hatte, sich bei ihr für einen Kundenbesuch abzumelden. Das brachte auch mich auf einen Einfall für mein eigenes Verbleiben. Ich erzählte ihr, am Taxistand ganz zufällig Arzberger getroffen zu haben, als er mich wegen einer Zeitschriftenkampagne für seine neuesten Frühjahrsdessous im Büro aufsuchen wollte. Das erklärte für Elke sofort alles, denn sie sagte: »Dann werden Sie ihn heute sicher nicht mehr los. Bringen Sie ihn noch mit ins Büro?«

»Dazu wird es nicht mehr reichen«, sagte ich. »Ich war zum Mittagessen im ›Steigenberger‹ eingeladen, und jetzt rufe ich aus dem Kur-Center an, wo wir noch einen Kaffee trinken. Anschließend fahre ich nach Hause. Bis morgen dann.«

»Bis morgen dann«, sagte sie.

Für ein Telefonat mit Seeberg war es noch zu früh. Ich wollte ihn, wenn möglich, unter seiner Privatadresse erreichen. Jetzt war er wohl noch in seinem Büro. Es beunruhigte mich, daß Landmann sich noch nicht gemeldet hatte.

Vaillant traf mich neben dem Telefon auf seinem Plüschsofa mit einer Zigarette an. Ich erzählte ihm, was ich mit Elke gesprochen hatte. Er setzte sich zu mir auf das Sofa und fragte: »War das nicht riskant?«

»Und welchen Kunden haben Sie besucht, wenn Ihr Onkel Sie danach fragen sollte?« hielt ich ihm entgegen. »Arzberger lassen Sie meine Sorge sein. Es sind noch keine zwei Wochen her, seit er mich im Büro anrief und mir seinen Besuch in Aussicht stellte. Wenn er kommt, dann erfahre ich es zuerst von ihm.«

»Vorausgesetzt, Sie sind dann noch für die Agentur tätig«, sagte er.

Daran hatte ich, als ich mit Elke telefonierte, nicht mehr gedacht. Ich sagte: »Landmann und Ihr Onkel werden sich noch wundern, was ihnen alles blüht, wenn sie mich nach Marbella abschieben. Ginge es nach Arzberger, so hätte er mich ihnen schon längst als hochdotiertes Mannequin für seine Dessous abgeworben.«

Er starrte mich verblüfft an. »Im Ernst?«

»Und ob das mein Ernst ist«, sagte ich. »Mit den pummeligen

Puppen, die er in seinen Katalogen tanzen läßt, nehme ich es auch noch in zehn Jahren auf. Wo ist Ihr Klo?«

Er stand auf, begleitete mich in die Diele und zeigte es mir. »Das Bad ist gleich nebenan«, sagte er.

Dorthin ging ich anschließend, und weil es mir gefiel und mir bei dem sommerlich warmen Wetter danach zumute war, stellte ich mich, Vaillants Bademütze aufsetzend, noch rasch unter die kalte Dusche. Als ich Minuten später wieder ins Wohnzimmer kam, saß er auf dem Sofa und blätterte in einer Zeitung. Ich sagte: »Ich habe Ihre Dusche, Ihre Bademütze und ein Badetuch benutzt.«

Er ließ die Zeitung sinken. »Fühlen Sie sich hier ganz wie zu Hause.«

»Das tue ich gern«, sagte ich. »Sie wissen nicht zufällig ein preiswertes Zimmer, möglichst möbliert?«

»Tut mir leid«, sagte er. »Ich werde mich aber umhören.«

Ich setzte mich lächelnd zu ihm. »Sie habe ich immer falsch eingeschätzt. Ich weiß nicht, warum. Vielleicht, weil Ihr Onkel Sie protegiert und ich mit Rallyefahrern nichts anzufangen wußte. Sie können sich also nicht vorstellen, daß ich einige Zeit bei Ihnen wohne?«

»Selbstverständlich kann ich mir das vorstellen«, sagte er. »Danach haben Sie mich aber nicht gefragt, sondern nach einem möblierten Zimmer.«

»Nachdem ich kurz zuvor Ihre Dusche benutzt habe«, sagte ich. »Ich bin sicher, Ihr Onkel hätte mich in der gleichen Situation nicht hier, sondern im Schlafzimmer erwartet.«

Er nickte. »Das ist sogar wahrscheinlich.«

»Und warum taten Sie es nicht auch?« fragte ich.

Er legte die Zeitung aus der Hand. »Vielleicht darf ich Sie daran erinnern, was Sie mir im Restaurant gesagt haben. Auch sehe ich nicht ein, wieso Sie den Wunsch verspüren sollten, mit mir zu schlafen, wenn nicht einmal das großherzige Angebot meines Onkels, ihn in seinem Haus zu besuchen, Sie reizte. Oder halten Sie mich für so naiv, mir einzureden, Sie könnten sich in mich verliebt haben?«

»Ich hatte leider noch nie Gelegenheit, aus Liebe mit einem Mann zu schlafen«, sagte ich. »Es war immer nur das Bett, das mich reizte. Da könnte ich von Ihnen sicher etwas mehr erwarten als von Ihrem Onkel.«

»Das ist möglich«, sagte er und beobachtete, wie ich meine Handtasche öffnete. Ich suchte nach Seebergs Kärtchen mit der Privatadresse, griff nach dem Telefonhörer und wählte.

Eine Frauenstimme meldete sich: »Seeberg hier.«

Ich fragte: »Frau Seeberg?«

»Ja«, antwortete sie. »Mit wem spreche ich?«

Ich schwieg und blickte Vaillant an, der mir aufmerksam zuhörte.

Sie fragte: »Warum reden Sie nicht? Wollten Sie meinen Mann sprechen?«

»Er hat mir nicht erzählt, daß er verheiratet ist«, sagte ich und legte auf. Ich steckte die Visitenkarte in die Tasche zurück und sagte: »Seebergs Frau.«

»Aber Sie wußten doch, daß er verheiratet ist«, sagte er. »Hatten Sie das so geplant?«

Ich schüttelte den Kopf. »Der Gedanke kam mir erst, als ich ihre Stimme hörte.«

»Und was versprechen Sie sich davon?«

»Das weiß ich noch nicht«, sagte ich. »Ich könnte also bei Ihnen wohnen?«

»Solange mein Onkel es nicht erfährt.«

»Also noch immer die Hosen voll.«

»Von Ihnen lasse ich mich nicht provozieren«, sagte er.

Ich rückte etwas von ihm weg, legte die Beine auf die Couch und den Kopf auf seinen Schoß und fragte, von unten in sein Gesicht schauend: »Nein?«

Er blickte wortlos auf mich herab. Erst als ich den Kopf an seinem Schoß rieb, fragte er: »Wollen Sie ihn nur fühlen oder auch sehen? Dann ziehe ich die Hose aus.«

»Ich habe nicht vor, mit Ihnen zu schlafen«, sagte ich. »Ist er das schon?«

Statt mir zu antworten, schob er mir den Pulli zum Hals hinauf und streichelte, während ich weiter den Kopf an ihm rieb, meine Brust. Ich sagte. »Das ist es doch, was Sie schon immer einmal tun wollten, Rolf. Das und mir unter den Rock greifen. Warum greifen Sie nicht?«

»Was haben Sie gegen mich?« fragte er.

Ich lächelte. »Nichts, sonst wäre ich nicht hier. Vielleicht werde ich mit dir bumsen, aber nicht heute. Akzeptiert?«

»Und wenn ich es nicht akzeptiere?«

»Dann werde ich dich eben bumsen lassen, aber es wäre mein letzter Besuch bei dir.«

»Das ist mir ein schneller Stoß nicht wert«, sagte er und schob eine Hand zwischen meinen Kopf und seinen Schoß. »Ich bekomme es nicht gern in die Hose.«

Ich hob den Kopf von seinem Schoß, richtete den Oberkörper

auf und griff nach meinen Zigaretten. Während er mir Feuer gab, sagte ich: »Jetzt erinnerst du mich an den jungen Mann im Restaurant.«

»Das legt sich wieder«, sagte er. »So etwas passiert mir nur bei dir.«

»Ist doch ein hübsches Kompliment«, sagte ich. »Heute wäre es bei mir eh nicht gegangen.«

Er legte einen Arm um meine Schultern. »Ich denke, du kommst aus Hamburg?«

»Ich war auch schon mal in Bayern«, sagte ich. »Hör zu: Wir haben beide ein ähnliches Problem. Du bist von deinem Onkel abhängig und ich von meinem Exschwiegervater. Ich wohne bei ihm, lebe von seinem Geld, weil ich mit meinem eigenen nicht hinkomme …«

»Du verdienst doch nicht schlecht«, warf er ein.

»Nicht so gut, wie es erforderlich wäre. Ich habe keine Lust, mich deshalb vor dir zu rechtfertigen.«

»Auch akzeptiert«, sagte er. »Kann ich dir irgendwie helfen?«

»Ja«, sagte ich. »Indem du mich jetzt nach Hause bringst und dich meinem Exschwiegervater gegenüber als meinen Freund ausgibst, bei dem ich künftig wohnen kann, wann ich will.«

»Kannst du doch auch.«

»Was wird deine Wochenendfreundin dazu sagen?«

»Sie ist kein Problem. Nur mein Onkel.«

Ich war mir noch nicht ganz sicher, ob ich es auch wollte und ob ich nicht doch einen Fehler beging, aber ich war jetzt schon zu weit gegangen, um noch einmal umzukehren. Ich fragte: »Wieso hat er dich so sehr in der Hand? Nur weil er dir mehr bezahlt als die Bank, bei der du gearbeitet hast?«

»Es gibt Dinge, über die ein Mann einer Frau gegenüber nicht reden möchte«, sagte er.

»Einverstanden«, sagte ich. »Dann frag auch mich nicht mehr, weshalb ich mit meinem Geld nicht auskomme. Über alles andere kann ich mit einem, zu dem ich Vertrauen habe, reden.«

»Über deinen Exschwiegervater?«

»Es hat sich in den letzten Monaten so ergeben, daß er mir nachstellt.«

Er lachte. »Mit dir unter einem Dach! Das erginge mir an seiner Stelle nicht anders. Wie alt ist er denn?«

»Achtundsiebzig.«

»Ach so.« Er nickte.

Ich nickte auch. »Das ist sein Problem. Da nützt es ihm nicht einmal etwas, daß er neben mir liegt, wenn ich nachts wach werde.«

»Dann muß der Schreiner an deiner Tür das Schloß vergessen haben«, sagte er. »Oder dein Exschwiegervater hat dir den Schlüssel weggenommen.«

»Er ließ sich etwas Originelleres einfallen«, sagte ich. »Als er merkte, daß ich mich einschloß, hängte er sämtliche Türen aus, die ihn daran hindern konnten, wenn ich schlafe, zu mir zu kommen. Einschließlich der Badezimmertür. Ich nehme an, er hat sie in den Keller geschafft. Für den hat nur er einen Schlüssel.«

Er schüttelte verständnislos den Kopf. »Entschuldige bitte, aber wenn er doch selbst merkt ... Was will er überhaupt von dir?«

»Daß ich ihm dabei helfe«, sagte ich. »Er redet sich ein, es liege nur an mir. Bevor du jetzt noch mehr Fragen stellst: Er tut mir leid. Er ist ein einsamer alter Mann. Mit seinem Sohn trifft er sich seit meiner Scheidung nicht mehr, seine Frau ist schon lange tot, und seine Schulfreunde und Kriegskameraden sind entweder auch schon gestorben oder in einem Altenheim. Er würde eher selber sterben, als zu einem Besuch den Fuß in ein Altenheim zu setzen. Was ihn angeblich noch am Leben hält, bin ich. Es macht mir nichts aus, mich unter der Woche um seine Wäsche und Garderobe zu kümmern. Zum Mittagessen geht er oft in ein Restaurant, das Frühstück macht er sich selbst, und abends essen wir zusammen kalt mit einer Tasse Tee oder einem Glas Bier. Er ist für sein Alter noch sehr rüstig, fast genauso rüstig wie dein Onkel. Aber ihn neben mir liegen zu haben und zu fühlen, wie er sich vergeblich abmüht und lautlos zu weinen anfängt, das macht mich fertig. Vielleicht versucht er es nicht mehr, wenn er sieht, daß ich auch auf seine Wohnung nicht mehr angewiesen bin. Du bist der einzige mir bekannte Mann, der für so etwas in Betracht kommt. Ich wollte dich schon ein paarmal daraufhin ansprechen, fand jedoch den Bogen nicht. Heute ergab es sich wie von allein. Ich habe mich gestern abend wieder mit ihm gestritten ...« Ich brach ab, weil mir auffiel, daß er mir nur mit halbem Ohr zuzuhören schien.

Noch ehe ich Zeit fand, ihn zu fragen, ob meine Geschichte ihn sehr langweile, sagte er: »Wenn das so ist, dann wäre Marbella doch *die* Lösung für dich.«

Hätte ich diesen Gedanken nicht schon selbst gehabt, ich wäre seinem Onkel vielleicht nicht so weit entgegengekommen, wie es auf dem einsamen Waldweg geschehen war. Ich fragte: »Und was hättest du davon?«

»Ich rede jetzt von dir und nicht von mir«, sagte er. »Daß du hier in meiner Wohnung neben mir auf diesem Sofa sitzt, ist wie ein Wunder. Du weißt sicher, wie es ist, wenn man ein Glas zu viel getrunken hat. So ähnlich fühle ich mich jetzt. Als ich dich zum ersten Mal sah, stand es für mich fest: die oder keine, aber da wußte ich noch nicht, daß es meinem Onkel genauso erging. Für dich ist das nur von Vorteil. Deshalb bin ich auch der einzige Mann, den du jetzt brauchen kannst. Nützlich und trotzdem jederzeit austauschbar, weil ich es mir nicht leisten kann, es mit meinem Onkel zu verderben. Weil ich auf dein Schweigen angewiesen bin.«

Damit nahm er etwas vorweg, worüber ich noch nicht nachgedacht hatte, aber während ich es jetzt tat, wurde mir klar, daß es schon in meinem Kopf war, als ich mich dazu entschloß, mit ihm in seine Wohnung zu fahren. Ich hatte es nur noch nicht gewußt. Ich sagte: »Und mit mir zu schlafen ist nicht mehr als ein schneller Stoß für dich? Wovon hast du denn geträumt, seit der Blitz bei dir einschlug? Von einer Hochzeitsreise nach La Palma?«

Er lachte wieder. »Du bleibst dir selbst in solchen Augenblicken treu. Wegen eines alten, senilen Mannes zum Kotzen sentimental, aber eiskalt, wenn einer über die Linie tritt, die du für ihn gezogen hast. Wo verläuft denn die Linie für deinen Exschwiegervater? Wenn er es oral oder anal bei dir versucht?«

»Ihr beschissenen Jungen seid doch alle gleich«, sagte ich. »Denkt nur an euch selbst.«

»Uns allen steht ja auch dasselbe bevor wie ihm«, sagte er. »Ich brauche mein Mitleid für mich selbst, wenn ich daran denke, eines Tages die gleichen Probleme zu haben wie er. Wofür soll ich ihn sonst noch bemitleiden? Dafür, daß er mit einiger Wahrscheinlichkeit vierzig Jahre früher sterben muß als ich?«

Ich stand auf, klemmte mir die Zigarette in den Mundwinkel und griff nach meiner Handtasche. Dann fühlte ich seine Hand unter meinem Rock am Po und setzte mich, bevor er Zeit fand, mir auch noch in den Slip zu greifen, rasch wieder hin. Davonlaufen hätte ich schon deshalb nicht können, weil er mich gleichzeitig am Rockbund festhielt. Ich sagte: »Das einzige, was du damit erreichst ...«

»Ich wollte nur erreichen, daß du hier bleibst«, unterbrach er mich. »Hier sind meine Hände.« Er hielt sie hoch über seinen Kopf.

Ich drückte die Zigarette auf der Tischplatte aus und sagte: »Damit du es nicht vergißt.«

Er betrachtete den häßlichen schwarzen Flecken in dem auf Hochglanz polierten Mahagoni und sagte: »Wenn er das sieht, bringt er mich um. An dem Tisch hängt er besonders. Dein Mann wird gewußt haben, weshalb er dich so bald laufen ließ.«

»Und ob er das gewußt hat«, sagte ich. »Wenn ich dich das nächste Mal besuche, bringe ich eine Blumenvase mit. Dann sieht dein Onkel den kleinen Schönheitsflecken nicht.«

»Der Aschenbecher tut es auch.«

»Wofür brauchst du überhaupt einen?« fragte ich. »Du rauchst doch nicht. Deine Freundin?«

»Bis zu achtzig Stück am Tag«, sagte er. »Sie ist Sozialhelferin und genauso verrückt wie du. Ich habe ihr bei ihrem letzten Besuch Marihuana empfohlen. Damit schafft sie es in nicht einmal der Hälfte der Zeit, sich umzubringen. Wieviel rauchst du?«

»An manchen Tagen keine einzige«, sagte ich. »Das kommt immer auf den Tag an. Können wir jetzt gehen?«

»Zu deinem Exschwiegervater?«

»Ich denke, wir waren uns darüber einig.«

»Über den Zeitpunkt nicht«, sagte er.

Der Porsche stand vor dem Haus in der Sonne. Als ich mich auf den Beifahrersitz fallen ließ, schob ich rasch die Hände zwischen meine nackten Schenkel und das Lederpolster. Vaillant sagte: »Ich hätte ihn in die Tiefgarage hinter dem Haus stellen sollen.«

»Wenn du nicht so in Eile gewesen wärst«, sagte ich. »Man sitzt in diesem Auto nicht nur unbequem. Man verbrennt sich auch den Hintern.«

Er sagte: »Besser den Hintern als sonst was. Wir werden übrigens beobachtet. Der Hausverwalter Herr Peters und seine Frau. Sie stehen hinter der Gardine.«

»Dann sollen sie auch etwas sehen«, sagte ich und legte die Füße auf die Ablage über dem Armaturenbrett. »Ist dir das sehr unangenehm?«

Er betrachtete meinen wegen des nach oben gerutschten Rockes sichtbar gewordenen Tanga-Slip und sagte: »Gib dir wegen der Peters keine Mühe. Sie sind Kummer gewöhnt. Ich bekomme nicht nur von meiner Freundin Damenbesuch. Wenn ich mich unter der Woche einsam fühle, rufe ich Gabriele an. Die tut es zwar für Geld, dafür aber um so perfekter.«

»Ist das nicht riskant?«

Er startete den Motor. »Sie bedient nur glücklich verheiratete Stammkunden. Ich bin ihr einziger Junggeselle. Paß auf. Gleich wird es zwischen deinen Beinen kühl. Ich schalte die Airconditioning ein.«

»Du meinst die Klimaanlage?« fragte ich.

Er lächelte. Im Wegfahren winkte ich aus dem offenen Fenster ungefähr dorthin, wo ich Herrn und Frau Peters vermutete. Tatsächlich wurde es rasch kühl zwischen meinen Beinen. Ich nahm die Füße vom Armaturenbrett und sagte: »So eine kleine Abkühlung täte hin und wieder auch dir gut. Vielleicht könntest du dann auf Gabrieles Hilfe verzichten.«

»Und wie ist das bei dir?« fragte er. »Keine Gefühle, wenn dein Exschwiegervater tätig wird?«

»Von Zeit zu Zeit schon«, sagte ich. »In seinem Alter ist man schließlich nicht ganz unerfahren. Das ist ja auch der Grund, weshalb er meint, ich sei auf einen anderen Mann nicht angewiesen.«

»Wie uneinsichtig«, sagte er. »Ich fange an, mich über ihn zu ärgern.«

»Du hast dich schon vorher über ihn geärgert«, sagte ich und grüßte eine Dame mit breitrandigem Sommerhut, die am Straßenrand stehen blieb und uns nachsah.

Er fragte: »Kundschaft?«

»Sie stand einmal beim Pferderennen neben mir«, sagte ich. »Wir haben uns längere Zeit unterhalten.«

»Du besuchst Rennen?«

»Früher zusammen mit Volker, der es von Berufs wegen tun mußte. Gesetzt hat er auch, aber nie gewonnen. Ist das ein Schiebedach?«

»Das habe ich völlig vergessen«, sagte er und öffnete es.

Ich betrachtete mit zurückgelegtem Kopf die grünblättrigen Bäume unter dem blauen Himmel und sagte: »Du wirst mich vielleicht auslachen, aber ich habe oft Angst vor dem Sterben. Ich wache manchmal nachts auf und ersticke fast vor Angst. Das legt sich erst, wenn ich das Licht und das Radio einschalte. Wolfgang, meinem Exschwiegervater, ergeht es genauso. Ich höre ihn fast jede Nacht in seinem Zimmer auf- und abgehen. Stundenlang. Es macht mich fast verrückt.«

»Dann ist er es, der dich mit seiner Angst ansteckt. Du darfst nicht länger bei ihm wohnen. Wir nehmen deine wichtigsten Sachen gleich mit. Hast du eigene Möbel?«

»Ich hatte noch nie eigene Möbel«, sagte ich. »Nein, das geht nicht. Das geht auf keinen Fall. Es genügt, wenn er dich sieht.«

Er trat auf die Bremse. »Mir genügt es nicht. Entweder du kommst gleich mit mir oder …«

Er verstummte, weil ich die Tür öffnete und ausstieg. »Verdammt«, rief er mir nach. »Ich meine es doch nur gut mit dir.«

Ich achtete nicht darauf und überquerte die Straße. Er fuhr, meinen Namen rufend, auf der anderen Straßenseite noch eine Weile neben mir her. Dann kamen wir an eine Kreuzung mit Verkehrsampel. Ich konnte sie überqueren, er nicht. Gleich darauf verlor ich seinen Porsche aus den Augen.

4

Sechsstöckige Appartementhäuser waren in Bad Hülsen die Ausnahme. Wolfgangs Wohnung lag im letzten Stock. Es gab einen Fahrstuhl, mit dem er die ausgehängten Türen in den Keller transportiert hatte. Das Haus stand in halber Höhenlage in einer sich nach oben stark verjüngenden Talmulde inmitten kleinerer Häuser, die alle einige Jahrzehnte älter und deren Bewohner gegen den Bau des Appartementhauses vergeblich Sturm gelaufen waren, weil es ihnen nicht nur die Abendsonne und den Blick ins Tal wegnahm, sondern auch eine kleine Grünanlage mit alten Bäumen und grünlackierten Sitzbänken zum beschaulichen Verweilen in schweren Zeiten; aber gegen einen von der Mehrheit des Stadtrats genehmigten Bebauungsplan war bürgerliches Aufbegehren reine Zeitverschwendung. Auch an solventen Kaufinteressenten für Eigentumswohnungen in Bad Hülsen mit Blick auf das Kurzentrum und die gepflegten Tennis- und Golfplätze gab es keinen Mangel. Zwar hatte Wolfgangs Dreizimmerwohnung bei einem Quadratmeterpreis von über dreieinhalbtausend Mark einen nicht unbeträchtlichen Teil des Kauferlöses für seinen im Stadtzentrum liegenden Schreibwaren- und Tabakladen verschlungen, aber er hatte ihn günstig zu einer Zeit loswerden können, als die Kreuzzüge emotionalisierter Nichtraucher noch nicht voraussehbar waren. Seine Nachbarn auf dem gleichen Stockwerk, ein Arztehepaar, beide im städtischen Klinikum beschäftigt, bekam ich nur selten zu Gesicht. Auch die übrigen Hausbewohner kannte ich nur ganz flüchtig von gelegentlichen Begegnungen im Fahrstuhl. Ob sie sich darüber Gedanken machten, in welcher Beziehung ich zu Wolfgang stand, hätte sich nur spekulativ beantworten lassen. Und so genau nahm man es bei der Hausverwaltung ohnehin nicht. Zwei jüngere Damen im vierten Stockwerk waren ihrem freien Gewerbe schon nachgegangen, als Wolfgang mich bei sich aufnahm.

In der Wohnung war er nicht. Ich sah in sämtlichen Zimmern und auch im Bad nach. Möglicherweise hatte er sich durch das schöne Wetter nach dem Mittagessen noch zu einem größeren Spaziergang in den Kuranlagen animieren lassen. Sein Schlafzimmer war aufgeräumt, das Bett gemacht. Nur in meinem eigenen Zimmer lag noch alles so, wie ich es am Morgen in der Eile hatte liegen lassen. Noch während ich damit beschäftigt war, etwas Ordnung zu schaffen, hörte ich in Wolfgangs Schlafzimmer das Telefon läuten.

Monika teilte mir Landmanns Rückkehr mit und daß er mich sprechen wolle.

Er fragte barsch: »Warum bist du nicht an deinem Arbeitsplatz, und wo steckt Cramer?«

So schlecht gelaunt hatte ich ihn am Telefon noch nie erlebt. Ich legte einfach auf und ließ, während ich weiter in meinem Zimmer aufräumte, das Telefon noch mehrmals läuten. Dafür stand er eine Viertelstunde später vor der Haustür. Ich meldete mich an der Sprechanlage und sagte: »Wenn du im gleichen Ton mit mir reden willst wie vorhin am Telefon, kommst du am besten nicht herauf.«

»Ich habe deinetwegen einen Sautag hinter mir«, knarrte er mir blechern ins Ohr. »Was erwartest du da von mir? Daß ich dir Blumen bringe?«

»Aber keine Rosen«, sagte ich. »Läute dreimal kurz, damit ich weiß, daß du es bist.«

»Du glaubst doch nicht …«, hub er an, aber da hatte ich schon wieder aufgehängt. Sein anschließendes wildes Klingen ließ ich unbeachtet. Erst als es verstummte, trat ich ans Fenster und beobachtete, wie sein Wagen, ein großer Audi neueren Fabrikats, davonfuhr. Er blieb nicht einmal zehn Minuten weg und brachte einen bunten Sommerstrauß mit. Bis dahin war ich mit dem Aufräumen fertig und hatte es mir in einem zweiteiligen Hausanzug bequem gemacht: »Jetzt mußt du nur noch ein freundliches Gesicht machen, dann darfst du eintreten.«

Sein Lächeln ähnelte mehr einem wölfischen Grinsen. Ich stellte wieder einmal fest, daß er ungewöhnlich große Zähne von noch einwandfreier Beschaffenheit hatte. In der Diele blieb er befremdet stehen und fragte: »Wo sind eure Türen?«

»Beim Schreiner«, sagte ich geistesgegenwärtig. »Sie schlossen nicht mehr richtig.«

»Vielleicht habt ihr den Schwamm im Haus«, sagte er und musterte mißtrauisch, als könnte er sich anstecken, Tapeten und Decke. Ich stellte die Blumen in der Küche in eine Vase und trug sie in mein Zimmer. Dort stand neben dem Bett und einem Kleiderschrank noch eine Sitzgarnitur mit Couch und zwei Sesseln. Sie waren ebenso wenig mein Eigentum wie ein Fernseher und ein kleines Radio. Ich stellte die Vase auf den Beitisch der Sitzgarnitur und sagte zu Landmann, der mir gefolgt war und sich auch in meinem Zimmer befremdet umsah: »Ich weiß, was du jetzt denkst, aber dafür, daß ich keine Miete bezahle, könnte es noch rustikaler möbliert sein. Nimm einen Sessel. Auf der alten Couch sitzt man wie auf einem Wasserbett. Trifft es zu, daß Möbius dir jetzt auch noch das Geld für die Hypothek geben wird oder schon gegeben hat?«

»Das kannst du doch noch gar nicht wissen«, sagte er rasch. »Darüber habe ich mich doch erst vorhin mit ihm unterhalten.«

»Vielleicht hat er bei mir angerufen und es mir erzählt«, sagte ich und setzte mich auf die schwabbelige Couch.

Er rückte seinen Sessel so nahe an mich heran, daß mir sein Atem ins Gesicht schlug. »Warum hast du mir nie von deiner kranken Mutter erzählt?«

Sein Gespräch mit Möbius nach seiner Rückkehr aus Düsseldorf mußte noch ausführlicher gewesen sein, als ich es in der Kürze der Zeit für möglich gehalten hatte. Ich sagte: »Du erzählst mir auch nichts von deiner Mutter. Eines würde mich vorweg interessieren: von wem Seeberg erfahren hat, daß die Mundgerucheinlage von mir kam. Vielleicht von dir?«

»Das war gar nicht mehr erforderlich«, sagte er. »Er wußte es schon, als ich zu ihm nach Düsseldorf kam.«

»Ach ja«, sagte ich.

Er runzelte die Stirn. »Für wie saublöd hältst du mich, mir in das eigene Fleisch zu schneiden? Wäre es nach mir gegangen, so hätte ich ihm erzählt, der Entwurf sei von einer Ersatzsprecherin gekommen, die uns die Künstleragentur vorsorglich geschickt hat. Da ist aber eine ganz andere Schweinerei passiert. Seeberg wurde nämlich heute vormittag von einer Dame angerufen, die anonym bleiben wollte. Dafür erzählte sie ihm, daß du es gewesen seist, die sein neues Waschmittel den Rundfunkhörern auch gegen Mundgeruch empfohlen habe. Wer diese anonym bleiben wollende Dame auch war: Sie muß in unserem Büro arbeiten. Hast du eine Vorstellung, wer es gewesen sein könnte?«

Ich war viel zu überrascht, um eine Vorstellung zu haben.

Er ließ mir auch keine Zeit, mir eine zu machen, sondern fuhr fort: »Daß du mit deinen unkonventionellen Ansichten über Sex, Ehe und Wohngemeinschaften im Büro nicht überall auf Zustimmung und Sympathie…«

»Aber doch nur bei solchen Typen wie der Michael nicht«, sagte ich. »Seit ihr Hintern immer mehr einem Plumpudding ähnelt, fühlt sie sich in ihrer weiblichen Würde schon verletzt, wenn sie in einer Zeitschrift ein hübsches Mädchen nackt abgebildet sieht.«

»Du meinst, daß sie es gewesen sein könnte?«

Ich winkte unlustig ab. »Dazu hat sie viel zu wenig Phantasie.

Ich weiß selbst, daß ich nicht bei allen Kolleginnen beliebt bin, aber das hat doch weniger mit meinen Ansichten als mit meinem Aussehen und damit zu tun, daß sie bei den Männern nicht so gut ankommen wie ich. Es ist mir egal, ob sie mich mögen oder nicht.«

»Das scheint dir leider aber auch bei allen anderen egal zu sein«, sagte er. »Du kannst es dir zur Zeit nicht leisten, es auch mit solchen zu verderben, die es noch gut mit dir meinen. Für Seeberg bist du tot und für Möbius, wenn du so weitermachst, auch.«

»Was habe ich denn Schreckliches gemacht?« fragte ich.

»Und Cramer fliegt«, sagte er, mit den Armen gestikulierend. »Du kannst ihm ausrichten, daß wir auf seine weitere Mitarbeit verzichten. Sein Gehalt läuft noch ein Vierteljahr weiter, aber sehen möchte ich ihn im Büro nicht mehr.«

»Das kannst du ihm selbst ausrichten oder durch Frau Seybold ausrichten lassen«, sagte ich. »Aber wenn du ihn entläßt, dann auch mich, und das nicht nur zum Schein.«

Damit schien er nicht gerechnet zu haben. Er verharrte sekundenlang in betroffenem Schweigen. Dann sagte er: »Also hast du doch etwas mit ihm! Ich wollte es nicht glauben.«

»Glaube, was du willst«, sagte ich. »Ich habe ihn nicht dazu eingeladen, sich in mich zu verlieben. Wenn Möbius ihm aber Anlaß gibt, eifersüchtig zu sein, dann fühle ich mich für seine Entlassung mitverantwortlich. Außerdem brauchst du einen, der die von ihm und von mir gemeinsam entworfenen Kampagnen termingerecht zu Ende bringt, sonst wirst du auch noch Kunden wie Arzberger …«

»Wieso triffst du dich mit dem neuerdings heimlich in der Stadt und nicht im Büro?« fiel er mir ins Wort.

»Das habe ich Elke am Telefon ausführlich erklärt«, sagte ich. »Wenn du dich schon über alles informieren läßt, was während deiner Abwesenheit geschehen ist, dann bitte auch richtig und vollständig. Ich bin davon überzeugt, Cramer wird spätestens morgen früh wie gewohnt zur Arbeit kommen. Hat Möbius dir auch erzählt, daß Cramer mich auf seinem Schoß angetroffen hat?«

»Auf seinem …« Landmann verstummte und behielt wie in sprachloser Verwunderung den Mund offen.

Ich sagte: »Nicht einmal darüber bist du informiert. Weshalb, stellst du dir denn vor, will er mich unbedingt in seinem Ferienhaus haben? Doch nicht, um mir in einer gemeinsamen Gesangsstunde spanische Volkslieder beizubringen?«

Er schloß den Mund und starrte düster vor sich hin.

Mir war unverständlich, weshalb Möbius angenommen hatte, damit durchzukommen, wenn er verschwieg, was in seinem Büro tatsächlich geschehen war. Denn damit allein, daß Cramer ungerufen bei ihm eingedrungen und ihm später während der Arbeitszeit im Wagen gefolgt war, hätte er kein Arbeitsgericht davon überzeugen können, eine fristlose Entlassung Cramers als begründet anzusehen. Ich sagte: »Ich weiß nicht, warum du voraussetzt, ich würde mich von ihm in sein Ferienhaus einladen lassen, wenn ich zuvor nicht wenigstens einmal kurz auf seinem Schoß gesessen habe.«

Er flüsterte tonlos: »Ich möchte von alldem nichts mehr hören.«

Wie immer, wenn er so tonlos flüsterte, tat er mir leid. Ich vertauschte die Couch mit seinem Schoß, legte einen Arm um seinen kräftigen Nacken und fragte: »Ist das zwischen dir und Möbius nur so besprochen, oder besteht Seeberg tatsächlich auf meiner fristlosen Entlassung?«

»Du traust mir doch nicht zu, so etwas zu erfinden?« flüsterte er.

»Neuerdings traue ich dir und Möbius beinahe alles zu«, räumte ich ein.

Er räusperte sich mehrfach und sagte dann in wieder normaler Lautstärke: »Ich weiß nicht, was du Seeberg sonst noch alles zugefügt hast, aber wenn er deinen Namen hört, geht er hoch wie eine Rakete. Zuerst ließ er mich eine Viertelstunde im Vorzimmer warten, nur um mir dann zu eröffnen, daß er wisse, daß der Einwurf von dir gekommen sei und daß er dem, was er mir schon am Telefon mitteilte, nichts hinzuzufügen habe. Und dafür opfere ich einen ganzen Arbeitstag, mache über tausend Mark Spesen ...«

»Du hättest auch mit der Bahn nach Düsseldorf reisen können«, sagte ich. »Oder hast du erwartet, bei Seeberg Eindruck zu schinden, wenn du ihm weismachst, mit einem Firmenjet eingetroffen zu sein, obwohl er nur gemietet war?«

Er erwiderte beherrscht: »Ich habe nur deinetwegen einen Jet genommen, und ich habe Seeberg auch nicht vorgemacht, es handle sich um einen Firmenjet. Eine ganz andere Frage ist, was *du* ihm schon alles vorgemacht hast. Ich kann mir nicht vorstellen, daß hinter seiner Wut auf dich nur diese lächerliche Werbefunkpanne stecken soll. Bei deiner Vorliebe, Männern auf den Schoß zu klettern, könnte ich mir denken, daß du auch Seeberg nicht ausgespart hast.«

»Natürlich nicht«, sagte ich. »Das würde auch seine Wut auf mich verständlich machen. Er besteht also darauf, daß du mich fristlos feuerst?«

»Es genügt doch vollauf, wenn er mir klipp und klar sagt, daß, solange du in der Agentur beschäftigt bist, eine weitere Zusammenarbeit für ihn undenkbar ist.«

»Dieser Schuft«, sagte ich. »Wer ist er schon groß? Die austauschbare Montagsausgabe eines Marketingdirektors.«

»Denkst du«, sagte er. »Seit die Görlach AG zu unseren besten Kunden zählt, haben wir es dort auch mit Seeberg zu tun. Er ist mit Renate Korwan, der Tochter des Vorstandsvorsitzenden Dr. Peter Korwan, verheiratet.«

»Ach so«, sagte ich.

Er schüttelte den Kopf. »Mit der Heirat allein hätte er es nicht geschafft, bei seinem Schwiegervater Marketingdirektor zu werden. Er war schon vorher in gleicher Eigenschaft in der Süßwarenbranche tätig. Bei Peter Korwan soll es sich angeblich um einen entfernten Verwandten von Werner Görlach handeln, der sich vor einigen Jahren aus dem aktiven Geschäftsbereich zurückgezogen und, weil ohne unmittelbaren Erben, die Leitung der Werke an Peter Korwan übertragen hat.«

»Wie schön für Seeberg«, sagte ich. »Und das hat er dir alles erzählt?«

»Der Taxifahrer, der mich vom Werk zum Flughafen brachte. Ich möchte den Teufel nicht an die Wand malen, Stefanie, aber vielleicht heißt unser Problem gar nicht Seeberg, sondern Korwan, und das wäre noch schlimmer.«

»Du meinst, daß Seebergs Frau ...« Ich sprach nicht weiter.

»Vorläufig meine ich noch gar nichts«, sagte er, »aber so ganz aus der Luft gegriffen, daß sie erfahren haben könnte, mit wem er in Bad Hülsen hauptsächlich seine Zeit verbringt, erscheint mir der Gedanke nicht. Ihr wird bestimmt auch schon aufgefallen sein, daß er in letzter Zeit wegen jedem Furz nach Bad Hülsen fährt, statt, wie es in seiner Position als Marketingdirektor und Prokurist üblich wäre, uns bei sich in Düsseldorf antanzen zu lassen.«

»Na und?« sagte ich. »Wenn er gerne nach Bad Hülsen fährt und seiner Renate das nicht paßt, dann soll er sie doch einfach mitbringen.«

Er bohrte seinen Blick in den meinen. »Und es war wirklich nichts zwischen dir und ihm?«

»Was heißt: Es war nichts?« fragte ich zurück. »Wenn jedesmal, wenn ein Mann zärtlich zu mir wird, etwas gewesen sein soll, dann war auch jedesmal etwas.«

»Du willst damit doch nicht sagen, daß du Seeberg Gelegenheit gegeben hast, zärtlich zu werden?« fragte er.

Als ob er so ahnungslos gewesen wäre, wie er tat! Ich sagte: »Na und? Wenn ein Kunde wie er im Auto plötzlich den Arm um mich legt ...«

»Was hattest du denn in seinem Auto zu suchen?« unterbrach er mich laut.

»Ja, was wohl?« fragte ich nicht minder laut. »Ich fahre mit ihm zu einem sogenannten Arbeitsessen.«

»Und da wird er zärtlich?«

»Das sagte ich bereits«, antwortete ich. »Was soll ich dagegen tun? Ihm eins auf die Nase hauen? Ich habe ihm gesagt: Anfassen ja, aber mehr nicht.«

Er fragte weiterhin laut: »Und darf man auch wissen, wo er dich überall angefaßt hat?«

»Ja, wo denn wohl?« fragte ich. »Wo würdest denn du mich an seiner Stelle überall anfassen wollen? Glaube ja nicht, Seeberg sei der einzige, der das versucht. Falls du Namen hören willst ...«

Er wehrte erregt ab. »Geschenkt, geschenkt. Ich will kein Wort mehr davon hören und auch nichts damit zu tun haben. Nachher komme ich noch in den Verdacht, dich dazu angestiftet zu haben. Du glaubst doch nicht ernsthaft daran, damit auf die Dauer durchzukommen? Irgendwann wird es ihnen nicht mehr genügen, dich nur anzufassen. Vielleicht ist das der Grund, weshalb Seeberg dich loswerden will. Vielleicht hat er nur auf einen Vorwand dafür gewartet.«

»Ach so ist das!« sagte ich. »Dann war mein einziger Fehler wohl der, sein inständiges Flehen, ihm die einsamen Stunden im Hotelzimmer zu versüßen, nicht erhört zu haben?«

Er starrte mich eine Weile schweigend an. Dann sagte er in normalem Ton: »Würdest du bitte deinen scharfen Hintern jetzt wieder von meinem Schoß abheben?«

Daß ihm dort schon etwas warm geworden war, hatte ich bereits wahrgenommen. Ich stand auf und blickte, während ich auf der Couch Platz nahm, neugierig in sein gerötetes Gesicht.

Er sagte: »Du hast Glück, daß ich verheiratet bin.«

»Wer sagt dir denn, daß ich das als Glück empfinde?« fragte ich.

Er gab keine Antwort, sah mich nur an.

Ich beugte mich etwas vor, küßte ihn leicht auf die Wange und sagte: »Mir genügt es zu wissen, daß ich dir sechshunderttausend Mark wert bin.«

»Aber das ist doch hirnverbrannter Blödsinn«, brauste er auf. »Über das Thema einer Tilgung der Hypothek habe ich mich schon vor Wochen mit Möbius unterhalten.«

»Aber fest zugesagt hat er es dir erst heute«, sagte ich. »Als du dich mit der zeitweiligen Verlegung meines Wohnsitzes nach Marbella einverstanden erklärtest.«

»Mit deiner üppigen Phantasie ...«, setzte er an.

Ich unterband seine Rede und sagte: »Eure geheimen Chefsachen interessieren mich auch nicht. Mich interessiert nur, wie ihr Seeberg davon überzeugen wollt, daß ich nicht mehr für die Agentur arbeiten und wer künftig meine Arbeit übernehmen soll.«

»Niemand wird sie übernehmen«, sagte er. »Wir richten dir im Haus von Möbius ein Büro ein, wo du in Ruhe und ungestört ...«

»Moment mal ...« Ich konnte es kaum fassen. »In seinem Privathaus?«

»Warum nicht? Er hat selbst eingesehen, daß wir dich im Augenblick nicht entbehren und nach Marbella abschieben können. Von seiner Wohnung zum Büro sind es nicht mehr als fünf Autominuten, so daß du, wenn du gebraucht wirst, rasch hin- und herpendeln kannst. Warum hast du ihn heute vormittag, als er in seinem Haus auf dich wartete, versetzt? Er wollte dir doch nur den Raum zeigen, wo er sich dein Büro gedacht hat.«

»Ach du heilige Einfalt«, platzte ich heraus. »Jetzt kommt mir doch nicht so! Das hast du doch erst nach deiner Rückkehr aus Düsseldorf mit ihm so ausgekocht. Vorher war nur die Rede von Marbella. Ist das inzwischen gestorben?«

»Gar nicht«, sagte er. »Du brauchst nur zu wollen, dann fliegt er jederzeit mit dir über das Wochenende hin.« Er griff nach meiner Hand. »Was ist los mit dir, Stefanie? Erstens bist du keine Jungfrau mehr, und zweitens: Hat er dich vielleicht dazu gezwungen, auf seinem Schoß zu sitzen? Ich habe mich ihm gegenüber damit einverstanden erklärt, dir in seinem Haus ein Büro einzurichten. Was du dort privat mit ihm treibst, ist in meinen Vereinbarungen mit ihm nicht enthalten. Das liegt nicht bei mir und auch nicht bei ihm. Das liegt allein bei dir. Wenn du mit ihm nicht zurechtkommst, sehen wir uns nach einer anderen Lösung um, und wenn ich dich in einem Hotel einquartieren müßte. Deiner Kundschaft ist es egal, wo sie sich mit dir trifft. Hauptsache für sie ist, sie hat es mit dir und mit keinem anderen zu tun.«

Das klang durchaus vertretbar; ich fragte: »Und wie stellst du dir das mit Cramer vor? Ohne seine Mitarbeit kann ich die Termine nicht ...«

Er schnitt mir das Wort ab: »Auch dafür werden wir eine Lösung finden. Nur eines schlag dir aus dem Kopf: daß Möbius ihn in sein Haus läßt. Nach seinen Vorstellungen zu schließen, wie man einen lästig gewordenen Angestellten los wird, muß er sein

Geld früher durch der eigenen Hände Arbeit verdient oder im Urwald gelebt haben. Von so banalen Dingen wie Kündigungsschutz und Arbeitsrecht hat er jedenfalls keine Ahnung. Vielleicht bringe ich ihn einmal mit unserem Betriebsrat zusammen, damit er sich von ihm aufklären läßt. Hat er sich mit dir auch über mich unterhalten?«

Da war es wieder: das gleiche Mißtrauen, wie es mir bereits in meinem Gespräch mit Möbius begegnet war. Vielleicht wäre es besser gewesen, ihn nicht wissen zu lassen, daß ich auf ihr Gentlemen's Agreement über die vorzeitige Tilgung der Hypothek einerseits und meine weitere Verwendung andererseits bereits vorbereitet gewesen war, aber ein bißchen Mißtrauen zwischen ihnen, das es mir von Fall zu Fall erlaubte, sie gegeneinander auszuspielen, konnte nicht von Schaden sein.

Das fast gleichzeitige Eintreffen Wolfgangs ersparte es mir, nach einer unverfänglichen Antwort zu suchen. Ich hörte die Tür aufschließen und ging ihm, um ihn auf meinen Besucher vorzubereiten, rasch entgegen. In den fast zwei Jahren, seit ich bei ihm wohnte, hatte ich nie Besuch empfangen. Es gehörte zu meinen einprägsamen Erfahrungen, daß man als geschiedene Frau nicht nur den Ehemann, sondern auch den gesamten gemeinsamen Freundes- und Bekanntenkreis verliert. In Bad Hülsen war dies nicht zuletzt auch ein gesellschaftliches Problem, denn vom Chefredakteur einer Provinzzeitung, deren Monopolstellung in Bad Hülsen noch immer uneingeschränkt war, fiel ein Abglanz der opportunistischen Wertschätzung, die er von den politischen und geschäftlichen Nutznießern seiner verantwortungsvollen Tätigkeit genoß, auch auf seine Ehefrau. Um so tiefer war ihr Sturz, wenn sie, dazu noch scheinbar unbegründet, die Trennung von ihm vollzog. Ohne die GEMAS, hinter der sich die Gesellschaft für angewandte Marketing-Strategie und in leiblicher Gestalt so honorige Männer wie Landmann und Möbius verbargen, wäre mein längeres Verweilen in Bad Hülsen kaum denkbar gewesen.

Mit der von mir beabsichtigten behutsamen Einstimmung Wolfgangs auf meinen Besucher hatte ich insofern kein Glück, als mein Zimmer genau gegenüber der Wohnungstür lag, so daß er Landmann schon sitzen sah, noch ehe ich Zeit fand, den Mund aufzutun. Er fragte auch sofort: »Wer ist das?«

Warum ich nicht einfach: »Mein Chef«, sondern: »Ein guter Bekannter« antwortete, hätte ich, wäre ich danach gefragt worden, nicht zu sagen gewußt. Vielleicht lag die Erklärung in jenen tiefen Bereichen meines Unterbewußtseins, wo auch der Gedanke, Vaillant als meinen Freund einzuführen, geboren worden war. Seine nächste Frage: »Was für ein guter Bekannter?« ergab sich demzufolge fast zwangsläufig. Zu beantworten brauchte ich sie jedoch nicht, weil er im gleichen Atemzug hinzufragte: »Sind die Blumen auf dem Tisch von ihm?«

»Jawohl, die hat er mir mitgebracht«, antwortete ich wahrheitsgemäß, was zur Folge hatte, daß er mir den Rücken zukehrte und mit schlurfenden Schritten in seinem Schlafzimmer verschwand. Dort fehlte zwar auch die Tür, es lag aber im hinteren Teil der Diele, so daß es weder von der Wohnungstür noch von meinem Zimmer aus einzusehen war. Ich kehrte zu Landmann zurück und sagte: »Er fühlt sich heute nicht wohl. Tut mir leid, daß ich dich nicht mit ihm bekannt machen konnte.«

»Mir auch«, sagte er. »Vielleicht mag er es nicht, wenn du Besuch bekommst?«

»O doch«, sagte ich. »Wir haben sogar sehr oft Besuch. Er hat in der vergangenen Nacht aber kaum geschlafen. Schon um vier Uhr morgens hörte ich ihn ins Bad gehen. Dorthin geht er immer, wenn es ein schöner Tag zu werden verspricht und er den Sonnenaufgang beobachten kann.«

»Vom Badezimmer aus?« fragte Landmann.

Ich nickte. »Es liegt auf der Ostseite des Hauses. Sobald die Sonne aufgegangen ist, geht er wieder in sein Schlafzimmer.«

»Sehr tief kann dein eigener Schlaf dann auch nicht sein«, sagte er. »Du könntest sonst nicht hören, wenn er um vier Uhr in der Frühe ins Bad geht. Oder leidest du auch an Schlaflosigkeit?«

»Manchmal schon«, sagte ich. »Hast du bereits eine Vorstellung davon, wann ich mein Büro in Möbius' Schlafzimmer verlegen soll? Morgen vormittag erst oder besser noch heute abend?«

Er erhob sich aus seinem Sessel und sagte: »Ich werde veranlassen, daß du spätestens morgen nachmittag alles bei ihm vorfindest, was du für deine Arbeit brauchst. Ob du erst dann oder schon heute abend Wert darauf legst, sein Schlafzimmer kennenzulernen, bleibt einzig dir überlassen.«

»Das finde ich sehr großzügig«, sagte ich und begleitete ihn in die Diele zur Wohnungstür. »Wie geht es Heike?« fragte ich. »Ich habe sie seit Wochen nicht mehr gesehen. Sonst schaut sie immer mal ins Büro rein. Ist sie schon wieder schwanger?«

»Paß nur auf, daß es dich nicht einmal erwischt«, knurrte er.

»Mit so unachtsamen Männern, wie du einer bist, verkehre ich grundsätzlich nicht«, sagte ich. »Oder willst du mir einreden, die drei Mädchen, die du gezeugt hast, seien alles Wunschkinder?«

Er öffnete wortlos die Tür. Weil ich fast gleichzeitig Wolfgang aus seinem Schlafzimmer kommen sah, drückte ich rasch einen

Kuß auf Landmanns Wange und sagte laut: »Dann bis heute abend, Karl.«

»Wo du mir im Mondschein begegnen kannst«, knurrte er und wischte sich mit dem Handrücken die Wange ab.

Ich beobachtete lächelnd, wie er groß und elegant zum Lift schritt. Dann hörte ich Wolfgangs kehlige Altmännerstimme hinter mir: »Seit wann hast du es mit ihm?«

»Ich habe nicht auf den Kalender geschaut«, sagte ich. »Willst du einen Kaffee?«

Er drehte sich um und lief in mein Zimmer. Zuerst konnte ich mir nicht denken, was er dort wollte. Dann fielen mir Landmanns Blumen ein. Obwohl ich mich augenblicklich in Bewegung setzte, kam ich zu spät: Er stand bereits am offenen Fenster und warf den Strauß hinaus. Dann verließ er, ohne mir noch einen Blick zu schenken, das Zimmer. Ich ging zum Fenster und beugte mich hinaus. Die Blumen lagen unmittelbar neben der Haustür. Gleich darauf sah auch Landmann sie liegen. Er blickte zu mir herauf. Als er mich am Fenster bemerkte, bückte er sich nach den Blumen, klemmte sie sich unter den Arm und tippte sich, während er wieder zu mir heraufschaute, kurz an die Stirn. Dann verschwand er mit den Blumen in seinem Audi und fuhr davon. Ich fand, viel mehr, als ich heute erlebt hatte, konnte eine Frau an einem einzigen Tag kaum erleben, und das alles nur, weil Seeberg mich auf seine Abschußliste gesetzt hatte. Ich holte wieder das Kärtchen mit seiner Privatadresse aus meiner Handtasche und ging zum Telefonieren in Wolfgangs Schlafzimmer. Der Apparat stand auf seinem Nachttisch.

Gleich darauf sah ich auch Wolfgang unbekleidet in seinem Liegestuhl auf dem Balkon. Es gab Männer, die in seinem Alter weniger greisenhaft, und andere, die noch greisenhafter wirkten als er. Der Kontrast zwischen seinem vollen, perlmuttfarbenen Haar und dem hageren, sonnengebräunten Gesicht war mir schon nach unserer ersten Begegnung im Gedächtnis geblieben. Damals war mir seine, für einen Mann in seinen Jahren etwas ungewöhnliche Vorliebe für textilfreie Sonnenbäder auf dem Südbalkon seines Schlafzimmers noch nicht bekannt. Ich lernte sie erst kennen, als er mich in seine Wohnung aufnahm. Tatsächlich war seine faltenreiche, dünne Altershaut am Körper nicht weniger braungebrannt als im Gesicht. Ob sein Glaube an einen lebensverlängernden Einfluß der Sonnenstrahlen auf den menschlichen Organismus mit neueren medizinischen Erkenntnissen in Einklang zu bringen war, hatte ich nur einmal zum Thema eines fruchtlosen Gesprächs zwischen uns werden lassen. Hingegen konnte man über andere

Themen, die nicht seine Person zum Gegenstand hatten, oft vernünftig mit ihm diskutieren. Seit etwa einem halben Jahr hatte er seine täglichen Spaziergänge über nahegelegene Waldwege aus Gründen, über die er nicht sprach, stark eingeschränkt. Zwar war mir schon vorher aufgefallen, daß seine Schritte gegenüber früher schleppender geworden waren und er auch nicht mehr so aufrecht ging. Aber er war noch immer mit seinen über einsachtzig Körpergröße eine stattliche Erscheinung und für einen Außenstehenden in Situationen, wie ich sie mit ihm erlebte, kaum vorstellbar. Während ich, auf seinem Bett neben seinen achtlos hingeworfenen Kleidern sitzend, nach dem Telefon griff, fühlte ich seinen Blick auf mich gerichtet.

Diesmal meldete sich jedoch eine andere Frauenstimme mit: »Bei Seeberg.« Mir fiel sofort ihr Akzent auf, vielleicht war es das Hausmädchen, es konnte ebenso türkischer wie italienischer Herkunft sein. Meine Enttäuschung darüber, daß es nicht Renate war, hätte mich unter anderen Umständen mit einiger Wahrscheinlichkeit dazu veranlaßt, das Gespräch zu beenden, noch ehe ich damit begonnen hatte. Weil ich jedoch noch immer Wolfgangs Blick auf mich gerichtet fühlte und er wegen der kurzen Entfernung jedes meiner Worte verstehen konnte, hielt ich es für angezeigt, mich zu erkundigen, ob Manfred zu Hause sei. Worauf es im Hörer vorübergehend still blieb, dann vernahm ich hastiges Flüstern und gleich darauf Renates fast herrisch klingende Stimme: »Wer spricht dort?« Und erst jetzt legte ich den Hörer auf und erwiderte Wolfgangs weidwunden Blick.

Er fragte: »Wer ist Manfred? Doch nicht der Mann, der eben bei dir war?«

»Das war Karl«, sagte ich. »Manfred ist ein anderer. Es gibt noch einen dritten namens Rolf. Ich habe Karl hierher bestellt, um dir glaubhaft zu machen, daß ich weder auf deine Wohnung noch auf dein Geld länger angewiesen bin. Wenn du nicht endlich Vernunft annimmst, muß ich dich verlassen.«

»Und dazu brauchst du gleich drei Männer?« fragte er.

»Keine drei und auch keine zwei«, sagte ich. »Jeder von ihnen wartet nur darauf, daß ich die gleiche Dummheit begehe wie bei Volker und ihn heirate. Was war das, was du mir gestern abend, als ich dich dabei erwischte, in den Tee tun wolltest? Ein Schlafmittel? Oder etwas noch Schlimmeres? Es muß doch einen triftigen Grund gehabt haben, daß ich es nicht sehen durfte.«

»Es war nur ein leichtes Schlafmittel«, sagte er.

»Und wozu sollte es gut sein?«

»Ich wollte dich nur ansehen, ohne dich aufzuwecken«, sagte

er. »Jedesmal wenn ich zu dir komme und das Licht einschalte, wirst du wach.«

»Du hast auch tagsüber genug Gelegenheit, mich anzusehen«, sagte ich. »Halte mich nicht für so dumm, nicht zu merken, wenn du mir ein Schlafmittel in den Tee tust. Ich weiß, wie Tee schmecken muß. Was ich dir gestern abend gesagt habe, war mein voller Ernst, Wolfgang: Wenn du so etwas noch einmal versuchst, werde ich dich noch am gleichen Tag verlassen. Ich verstehe nicht, was du davon hast, wenn du mich stundenlang ansiehst. Das macht doch alles nur noch schlimmer für dich.«

»Das verstehst du nicht«, sagte er.

»Dann erkläre es mir«, sagte ich. »Vielleicht verstehe ich es, wenn du es mir erklärst.«

»Einer Frau wie dir braucht man so etwas nicht zu erklären«, sagte er.

Natürlich brauchte er mir nichts zu erklären. Ich hatte es mir auch nie zu erklären lassen brauchen, warum Männer Geld für sogenannte Herrenmagazine ausgeben oder Striptease-Lokale besuchen. Als ich noch in Hamburg wohnte, hatte ich mich von Inge, meiner damaligen Busenfreundin, hin und wieder dazu verleiten lassen, in ein Striptease-Lokal für Frauen zu gehen, wo sich überproportional ausgestattete Männer in ähnlicher Weise produzierten wie in anderen Etablissements gutgewachsene Frauen. Auch wenn wir unsere Eindrücke über die darstellenden Protagonisten hinterher in meist abschätzigen Bemerkungen austauschten, so waren solche Erlebnisse doch geeignet, meinen Wissensstand über die individuelle Beschaffenheit des männlichen Begattungsorgans beträchtlich zu erweitern, so daß ich auch Wolfgang, wenn ich ihn mir zwanzig Jahre jünger vorstellte, mühelos einordnen konnte in die Reihe jener Männer, die mich allein von ihrem Äußeren her hätten neugierig machen können. Und wenn der Anblick seines nackten Körpers auch nicht mehr jenen Ansprüchen genügte, die man als Frau meines Jahrgangs an einen Partner zu stellen pflegte, so empfand ich ihn doch als ungleich ästhetischer als den Anblick fettleibiger Kurgäste in den Bad Hülsener Badeanstalten. Es war schließlich auch nicht der Anblick seines Körpers, der mir Probleme bereitete, sondern seine Hinfälligkeit. Nicht die Vergeblichkeit, aus kalter Asche neue Glut zu entfachen, sondern die Art seiner Wünsche, mich daran zu beteiligen. Nicht etwa, daß solche Wünsche völlig neu für mich gewesen wären, weil auch sie zu jenen erotischen Erfahrungen zählten, die ich mir frühzeitig ebenso neugierig wie genüßlich erworben hatte, aber dann war ich jedesmal mit Leib und Seele engagiert gewesen, wovon bei Wolfgang trotz all meines Mitgefühls keine Rede sein konnte. Nur hin und wieder, wenn ich aus schwülen Träumen erwachend in dunkler Nacht seiner Hände und meiner bereits weit Fortgeschrittenen Erregung gewahr wurde, konnte es geschehen, daß ich mich von meinen Empfindungen kurzfristig dazu hinreißen ließ, ihm zu gewähren, wonach er verlangte, aber das war schon deshalb nicht die Regel, weil es seinen Liebeshunger, ohne ihn stillen zu können, nur noch vergrößerte, und seit er in seinen Wünschen immer maßloser wurde, verlor ich mehr und mehr den anfänglichen Glauben daran, an ihm vielleicht ein gutes Werk zu tun. Denn es war nicht Bequemlichkeit allein, schon vor meiner Trennung von Volker in Wolfgangs Wohnung Unterkunft zu finden, die zu den späteren Problemen unseres Zusammenlebens geführt hatte. Es waren auch nicht seine Geschenke und die Selbstverständlichkeit, mit der er, ohne jemals die Frage meiner finanziellen Beteiligung an unseren gemeinsamen Lebenshaltungskosten aufzuwerfen, für sie aufkam. Was allein zu diesen Problemen geführt hatte, war mein sich von Tag zu Tag vertiefender Einblick in die Einsamkeit eines alternden Mannes und in seine Furcht vor dem unaufhaltsam näher rückenden Ende, so daß ich seine ersten nächtlichen Besuche in meinem Zimmer, als er sich, wie um seinen Körper an dem meinen zu erwärmen, in der Dunkelheit an mich preßte, fast als eine mir gestellte Aufgabe empfand, mich seiner Einsamkeit und Furcht anzunehmen, eine Aufgabe, an der ich jedoch schon deshalb scheitern mußte, weil meine Körpernähe bei ihm zwar zu gewissen muskulösen Verfestigungen, nicht jedoch zu der gebotenen Verhärtung führte und seine nachfolgenden tränenreichen Verzweiflungsausbrüche, die bis zu der Androhung einer Selbsttötung gingen, unsere beiderseitigen Probleme erst richtig auslösten. Die Ungewißheit darüber, ob er, wenn ich ihn verließe, tatsächlich dazu fähig sein würde, seinem Leben ein Ende zu setzen, wog schwer genug, um ein Angebot, wie es mir von Vaillant gemacht worden war, gar nicht erst zu diskutieren. Andererseits konnte ich aber auch seine von Mal zu Mal skurriler werdenden Einfälle, wie er es vielleicht doch schaffen könnte, den eigenen Körper zu überlisten, nicht länger hinnehmen. Solange er sich damit begnügt hatte, mir, um sich für mich unsichtbar zu machen, die Augen zu verbinden, war ich auf seinen Tick noch eingegangen, aber wenn er jetzt damit anfing, sich einzureden, keine Probleme bei mir zu haben, wenn er mich zuvor einschläferte, dann wurde es höchste Zeit, dem einen Riegel vorzuschieben.

Weil mir nach dem ereignisreichen Vormittag nicht danach zumute war, mich auf eine längere Diskussion mit ihm einzulassen, schickte ich mich an, in mein Zimmer zurückzukehren. Dann fiel mir Cramer ein. Ich griff wieder zum Telefon. Entgegen meiner Erwartung, ihn in seiner Wohnung nicht anzutreffen, meldete er sich sofort. Ich fragte: »Hast du dich inzwischen etwas beruhigt?«

»Mit dir rede ich nicht mehr«, sagte er. »Ich weiß jetzt auch, was ich zu tun habe. Meine Kündigung ist bereits geschrieben.«

Obwohl seine Mitteilung nun doch sehr plötzlich kam, blieb ich, allein schon mit Rücksicht darauf, daß Wolfgang mir wieder zuhörte, äußerlich ruhig. Ich fragte: »Auch schon abgeschickt?«

»Das erledige ich heute noch.«

»Dann warte wenigstens damit, bis ich bei dir bin«, sagte ich und beendete das Gespräch. Meine Bedenken setzten erst ein, als ich in meinem Zimmer den Hausanzug bereits aus- und ein Kleid angezogen hatte. Das Telefonbuch lag in der Diele auf einem Abstelltisch. Ich suchte nach Vaillants Nummer, schrieb sie in mein Notizbuch und kehrte an das Telefon zurück. Wolfgang harrte noch immer auf seinem Liegestuhl aus. Ich sagte, während ich Vaillants Nummer wählte: »Übertreibe es nicht. Mit deiner dünnen Haut kann man sich einen Sonnenbrand nicht leisten.«

Was er mir antwortete, konnte ich nicht hören, weil sich Vaillant fast gleichzeitig am Apparat meldete. Ich sagte: »Ist es nicht etwas zu früh, um schon Feierabend zu machen?«

»Und wie ist das bei dir?« fragte er zurück.

Ich sagte: »Landmann hat mir für den Rest des Tages freigegeben. Ich habe aber noch meinen Wagen oben stehen. Bringst du mich hin? Ich bin in der Wohnung.«

»Und ich schon unterwegs zu dir«, sagte er.

Daran merkte man eben, daß er einmal Rallyefahrer war.

Wolfgang fragte: »Ein Kollege von dir?«

»Der Anruf vorher galt gleichfalls einem Kollegen«, sagte ich. »Ich muß noch einmal ins Büro. Warte mit dem Abendessen nicht auf mich. Es kann spät werden.«

»Du bist immer öfter zum Abendessen nicht hier«, sagte er.

Ich trat zu ihm auf den Balkon. Wenn er seine Sonnenbäder nahm, konnte er weder von der Straße noch von einem der tiefer gelegenen Nachbarhäuser beobachtet werden. Nur das mit uns im gleichen Stockwerk wohnende Arztehepaar hätte von seinem Balkon aus herüberschauen können, aber erfahrungsgemäß fanden die beiden nur am Wochenende oder spät abends Zeit, den Balkon zu nutzen. Ich sagte: »Weil ich immer öfter von Kunden zum Abendessen eingeladen werde. Darüber haben wir schon unzählige Male gesprochen.« Und weil ich das Gefühl hatte, ihm auch noch ein versöhnliches Wort sagen zu müssen, setzte ich hinzu: »Dafür darfst du mich am Wochenende zum Mittagessen einladen.«

Er blickte mich ungläubig an. »Du fährst diesmal nicht nach Hamburg?«

»Ausnahmsweise nicht«, sagte ich.

5

Von meiner Absicht, zuerst nach Steinach zu fahren, zeigte sich Vaillant wenig angetan. Er fragte: »Was willst du in diesem Dorf?«

Ich sagte: »Vielleicht ist dir entgangen, daß Steinach seit der letzten Eingemeindung zu Bad Hülsen gehört.«

»Wohnt dort nicht auch Cramer?« fragte er.

Es zählte sicher nicht zu seinen Pflichten als Etatdirektor, auch die Privatadressen seiner Arbeitskollegen zu kennen. Ich hatte ihn eher im Verdacht, nach meinem plötzlichen Abschied sich nach Cramers Adresse erkundigt zu haben.

»Er will kündigen«, sagte ich. »Vielleicht kann ich es ihm ausreden.«

»Und warum willst du es ihm ausreden?«

»Weil ich ihn brauche«, sagte ich. »Und die Agentur auch.«

Er schwieg. Erst viel später, wir waren schon durch die halbe Stadt gefahren, sagte er: »Ich schließe ja nicht aus, daß er als Zeichner und Texter etwas auf dem Kasten hat, aber unersetzlich ist er nicht.«

»Du auch nicht«, sagte ich. »Wäre nicht ich der Grund seiner Kündigung, so könnte sie mir genauso gleichgültig sein wie dir.«

»Trotzdem schmeckt es mir nicht, daß du in seine Wohnung gehst«, sagte er.

»Mir auch nicht«, sagte ich. »Deshalb habe ich dich kommen lassen.«

Steinach lag inmitten von Weinbergen mit bekannten Weinkellern und ebenso bekannten Restaurants. Das von uns gesuchte Haus, einen einstöckigen Neubau mit ausgebautem Dachgeschoß, entdeckten wir am Ende einer schmalen, einseitig bebauten und steil ansteigenden Nebenstraße, von der aus nur noch ein geteerter Fahrweg in die Weinberge führte.

Ich ließ Vaillant schon einige Häuser vorher anhalten und sagte: »Den Rest gehe ich. Es ist nicht nötig, daß er dich sieht. Warte hier auf mich.«

»Bist du sicher, daß du mich nicht brauchst?« fragte er.

Ich betrachtete auch die anderen Häuser. Sie wirkten ebenfalls neu. Von ihren Bewohnern war nichts zu sehen. Ich vermutete, daß sie alle berufstätig und noch an ihrem Arbeitsplatz waren. Von ihren Reben allein, zumal dann, wenn ihre Häuser noch nicht bezahlt waren, konnten sie nicht leben. Hinter den Häusern stiegen die Weinberge steil an. Die schmalen Gassen ihrer dichtbelaubten, schnurgerade ausgerichteten Rebstöcke schienen direkt in den azurblauen Himmel zu führen.

Der Anblick der wie ausgestorben liegenden Straße weckte ein Gefühl von Unbehagen in mir. Ich sagte: »Ich habe nicht die Absicht, mich lange bei ihm aufzuhalten. Falls ich in zehn Minuten noch nicht zurück bin, kommst du mich holen.«

Er blickte auf seine Armbanduhr. »Um ihm zu sagen, daß du nicht willst, daß er seinen Job deinetwegen aufgibt, reichen auch fünf Minuten.«

»Einverstanden«, sagte ich. »Aber dann will ich dich in deinem Wagen und nicht schon vor seiner Haustür antreffen.«

»Dort triffst du mich erst in sechs Minuten an«, sagte er.

»Beckmesser«, sagte ich und machte mich auf den Weg. Neben der Haustür aus gutem deutschen Eichenholz sah ich zwei Namensschilder und auf dem oberen den Namen von Cramer. Groß konnte die Dachgeschoßwohnung nicht sein, vielleicht zwei Zimmer mit Bad und Küche, aber für einen Single war sie groß genug. Bis er mir öffnete, läutete ich dreimal. Anscheinend hatte er mich nicht so bald erwartet. Weil ich ihn nur mit Krawatte kannte, mußte ich mich erst daran gewöhnen, ihn jetzt mit Jeans und einem Pikee-Shirt zu sehen. Auf seinen suchend an mir vorbeischweifenden Blick eingehend, sagte ich: »Mein Wagen steht weiter unten. Ich wußte nicht, ob ich hier wenden kann. Bist du allein im Haus?«

»Vorläufig noch«, sagte er. »Komm herein.«

»Ich habe nicht viel Zeit«, sagte ich. »Wir können uns auch hier unterhalten.«

»Vielleicht hinter dem Haus«, sagte er. »Dort steht eine Bank.«

Ich folgte ihm. Der Hof hinter dem Haus war schmal und schattig. Im hinteren Teil wurde er von zwei Garagen flankiert. Die von Cramer erwähnte Bank stand an der Rückseite des Hauses neben einer Tür. Bergwärts wurde der Hof von einer hohen Mauer begrenzt. Darüber begannen die Weinberge. Eine große, eisenbeschlagene Holztür in der Mauer erregte meine Neugierde. Ich fragte: »Ein Keller?«

»Sieh ihn dir an«, sagte er und öffnete die Tür. Er drehte an einem Lichtschalter und führte mich an der Hand eine steile Treppe mit glitschigen Stufen hinab. Bis dahin war meine Neugierde schon deshalb gestillt, weil die schwere Holztür hinter uns von allein zugeschlagen war.

Ich blieb stehen und sagte: »So viel Zeit habe ich wirklich nicht.«

»Dann wirst du sie dir eben nehmen«, sagte er. »Willst du die Treppe freiwillig hinuntergehen, oder soll ich dich hinabtragen?«

Einem unglücklich verliebten Mann war alles zuzutrauen, und ob es Sinn gehabt hätte, mich bei der schummrigen Beleuchtung auf der steilen und glitschigen Treppe auf einen Ring- oder Boxkampf einzulassen, war mehr als zweifelhaft. Zumal er noch hinzufügte: »Ich kann dich aber auch hinunterstoßen, wenn dir das lieber ist.«

Davon konnte keine Rede sein, denn bis zum Fuß der Treppe waren es noch immer schätzungsweise zwölf Stufen. Wenn ich dennoch nicht in Panik geriet, so hatte ich dies wieder mal meiner Kaltblütigkeit zuzuschreiben. Von Vaillant ganz abgesehen, denn drei der vereinbarten fünf Minuten waren inzwischen verstrichen. Also stieg ich weiter die Treppe hinab und befand mich dann in einem nicht sehr tiefen und auch nicht sehr breiten Kellergewölbe mit großen, hochgelagerten Weinfässern auf beiden Seiten. Ich fragte: »Sind die voll oder nur zum Ansehen da?«

»Zum Teil sind sie voll und zum Teil zum Ansehen da«, sagte er und führte mich an der Hand zum hinteren Teil des Gewölbes, wo neben einem halbhohen Tisch ein hölzernes Regal mit einigen Dutzend weiß verstaubter Flaschen stand. Er sagte: »Es ist nicht ganz so bequem wie in meinem Zimmer, aber zur Not, und wenn du dich nicht anstellst, geht es auch hier. Dafür darfst du selbst auswählen, mit welcher Öffnung wir anfangen.«

So unerfahren, nicht zu wissen, wovon er sprach, war ich nicht mehr. Das lange Warten auf den großen Augenblick schien nicht nur seinen Geist verwirrt, sondern auch seine Phantasie beflügelt zu haben. Um etwas Zeit zu gewinnen, sagte ich: »Würdest du mir bitte erklären, wovon du redest?«

»Von den drei Körperöffnungen der Frau«, sagte er. »Soll ich sie dir vorher zeigen?«

»Das ist nicht nötig«, wehrte ich ab. »Ich finde nur, für alle drei ist es hier ein wenig eng und unbequem.«

»Dafür hört dich von oben kein Mensch schreien«, sagte er und drehte mich mit dem Gesicht zu dem nach Weinsäure stinkenden alten Tisch. Er sagte: »Es wird weniger anstrengend für dich, wenn du den Oberkörper auf den Tisch und das Gesicht auf die Arme legst.«

»Ach ja!« sagte ich. »So wolltest du es ja auch schon im Büro haben. Ist das eine Lieblingsposition von dir?«

»Erraten«, sagte er. »Und weißt du auch, warum?«

»Damit du beim häufigen Öffnungswechsel weniger Zeit verlierst«, sagte ich. »Was ist das?« Ich griff nach einer der völlig verstaubten Flaschen und zog sie am Hals aus dem Regal.

Er sagte hastig: »Laß die Finger davon! Das ist ein ganz alter Wein und nur für den Privatverbrauch meines Vermieters bestimmt. Jede Flasche ist weit über hundert Mark wert.«

»Ach ja!« sagte ich wieder und warf sie über die Schulter hinweg mitten in den Keller hinein, wo sie auf dem schmutzigen Steinboden zerschellte und mit ihrem dunkelroten Inhalt die großen Holzfässer bekleckerte. Und weil Cramer, der vor Entsetzen offenbar bewegungsunfähig geworden war, mich nicht daran hinderte, schickte ich noch drei Flaschen hinterher.

Dann stieß er mich beidhändig vom Regal und Tisch weg zur Kellermitte und brüllte: »Bist du denn verrückt geworden, du saublöde Kuh? Was soll ich den Leuten denn erzählen?«

Die saublöde Kuh nahm ich ihm mehr übel als seine Absicht des dreidimensionalen Mißbrauchs meines Körpers, und was er den Leuten erzählen sollte, war schließlich sein und nicht mein Problem. Weil jedoch gleichzeitig helles Tageslicht die Treppe herabfiel und Vaillants besorgt klingende Stimme meinen Namen rief, verzichtete ich darauf, Cramer eine angemessene Antwort zu erteilen, und sagte statt dessen: »Ich bin hier. Cramer zeigt mir gerade den Weinkeller. Warte oben. Wir haben noch nicht über alles gesprochen.«

»Dann beeile dich«, sagte Vaillant.

Ich drehte mich nach Cramer um. Er stand, das kreidebleiche Gesicht zu einer Grimasse ohnmächtiger Wut verzerrt, keine zwei Schritte von mir entfernt und starrte mich haßerfüllt an. Ich sagte: »Wenn du das Kündigungsschreiben schon fertig hast, kannst du das Porto sparen und es mir mitgeben. Ich fahre noch ins Büro.«

»Ich müßte der größte Idiot auf Gottes weitem Erdboden sein, wegen eines so billigen Flittchens wie dir meine Stellung aufzugeben«, sagte er keuchend.

Ich lächelte. »Und nicht nur das. Solange du es nicht tust, bleibt dir immer noch die Hoffnung. Kommst du mit hinauf, oder willst du dich vorher hier unten, wo es keiner sieht, noch rasch abreagieren?«

»Scher dich zum Teufel«, keuchte er.

Über Scherben hinweg und durch Rotweinlachen balancierend, tastete ich mich zur Treppe und stieg sie hinauf.

Vaillant erwartete mich bereits ungeduldig. »Wozu läßt du dir von ihm den Weinkeller zeigen? Ich denke, du wolltest mit ihm über seine Kündigung reden?«

»Das eine schließt das andere ja nicht aus«, sagte ich. »Du hast ja auch ziemlich lange gebraucht. Warst du eingeschlafen?«

Er sagte: »Du brauchst wirklich mal einen, der dir das große Mundwerk stopft. Woher sollte ich wissen, daß du mit ihm im Keller steckst? Ich habe zehnmal an der Haustür geläutet. Erst dann ging ich in den Hof und sah die Kellertür. Kommt er nicht herauf?«

»Ich glaube, er will sich vorher noch etwas besorgen«, sagte ich und kehrte auf die Straße zurück.

Er folgte mir und fragte: »Und was ist mit der Kündigung?«

»Ist mir egal«, sagte ich. »Ob er oder ein anderer: Probleme habe ich immer. Bei dir stehen sie mir auch noch bevor.«

»Das glaube ich nicht«, sagte er.

Ich wartete, bis wir in seinem Wagen saßen. Dann fragte ich: »Und wieso nicht? Oder reflektierst du nicht auch darauf, mich ins Bett zu bekommen?«

»Was hat das mit Cramer zu tun?«

Ich mußte unwillkürlich lachen. »Ihr könnt mich doch alle mal.«

»Aber jederzeit«, sagte er. »Du bist nun mal der Typ von Frau, den man, gäbe es ihn nicht, schon deshalb erfinden müßte, weil er uns Männer damit versöhnt, daß es auch noch andere Typen von Frauen gibt. Erzähle mir ja nicht, es würde dich bedrücken, in den meisten Männeraugen den gleichen Wunsch zu lesen.«

»Na und?« sagte ich. »Was hätte ich sonst groß vom Leben? Meinen Job? Anfangs machte er mir Spaß, bis ich merkte, für wie dumm die Leute von uns verkauft werden und daß ein Großteil unserer Werbung auf ein geistig unterentwickeltes Publikum zugeschnitten ist. Soll ich dir erzählen, was Landmann mir einmal sagte? Daß von hundert Mark, die für die Werbung ausgegeben werden, achtzig zum Fenster hinausgeworfen und so erfolgreiche Agenturen wie wir das Produkt einer Selbsttäuschung unserer Wirtschaftsbosse sind.«

Er grinste: »Hauptsache, die Kasse klingelt. Aber das war nicht unser Thema. Wenn es dir gefällt, Männer anzumachen: Was ist dann dein Problem? Daß du nicht mit allen, die du anmachst, auch schlafen kannst?«

»Das kann durchaus ein Problem sein«, sagte ich. »Ich würde ja auch liebend gerne die Schokolade essen, für die wir im vergangenen Jahr zwei millionenschwere Kampagnen durchgezogen haben. Wenn ich mir aber meine Figur erhalten will, muß ich auf sie verzichten. Es gibt aber zum Glück etwas, das mir noch mehr Spaß macht, als Männer anzumachen und Schokolade zu essen. Leider kann man nicht davon leben.«

»Und was ist das?«

»Nichts, was du verstehen würdest«, sagte ich. »Worauf warten wir noch? Auf eine bessere Regierung?«

Während wir die gleiche Strecke zurückfuhren, sagte er: »Es tut mir leid, dich, was deinen Exschwiegervater betrifft, heute mittag mißverstanden zu haben. Ich hatte es wirklich nur gut gemeint. Das ist doch kein Leben, das du bei ihm führst.«

»Und was für ein Leben führst du?« fragte ich. »Mit deinem Onkel, der dich an der kurzen Leine hält. Mit einer Wochenendfreundin, die dir nicht mehr viel bedeutet, und mit einem Callgirl, von dem du dich einmal oder zweimal in der Woche ausnehmen läßt. Weiß dein Onkel von ihr?«

Er schüttelte den Kopf.

»Dann kannst du nur hoffen, daß er nicht ganz so alt wird, wie es von seiner Konstitution her denkbar ist«, sagte ich. »Du rechnest doch sicher damit, ihn nach seinem Tod zu beerben?«

»Findest du das etwa amoralisch?«

»Ich habe noch nie viel von anderer Leute Moral gehalten«, sagte ich. »Als mein Vater starb, war er nur fünfzehn Jahre älter als du, aber im Gegensatz zu dir hatte er es bereits zu einer eigenen Familie mit Frau und Kind gebracht. Ich finde nicht, daß du es mit zweiunddreißig Jahren sehr weit gebracht hast. Oder hast du zweitausend Mark übrig?«

»Für dich?«

»Ich könnte gerade zweitausendzweihundert gebrauchen«, sagte ich.

Er fragte: »Du machst also deine Meinung, wie weit ich es gebracht habe, allein davon abhängig, ob ich dir zweitausendzweihundert Mark schenken kann?«

»Nicht schenken, nur leihen. Du kriegst sie bestimmt zurück.«

»Vorläufig wohl kaum«, sagte er. »Da sind doch auch noch die dreitausend Mark Vorschuß auf dein Gehalt, die dir nächstens abgezogen werden.«

Ich fragte unangenehm berührt: »Woher weißt du das? Von Landmann?«

»Von meinem Onkel«, sagte er. »Wann brauchst du das Geld? Bis morgen mittag könnte ich es beschaffen.«

Sein schickes Lederblouson stand ihm gut. Er sah überhaupt, so fand ich, mit seinem sportlichen Grübchengesicht noch besser aus, als ich es bisher hatte wahrnehmen wollen. Während ich ihn betrachtete, versuchte ich, mir darüber schlüssig zu werden, ob es die zweitausendzweihundert Mark wert waren, mich auf ein Verhältnis mit ihm einzulassen. Nur von ihrem Verwendungszweck her gesehen waren sie es mir wert. Ich hatte aber nicht nur an diesen, ich hatte auch an mich selbst zu denken. Ich sagte: »Vielleicht brauche ich es auch nicht. Du erwartest doch sicher, daß ich mit dir schlafe, wenn du mir das Geld gibst.«

»Das liegt ganz bei dir«, sagte er. »Schließlich kann ich dich nicht dazu zwingen, und einen diesbezüglichen Vertrag wirst du, wie ich dich einschätze, kaum unterschreiben.«

»Da schätzt du mich sehr richtig ein«, sagte ich und beobachtete, wie er den Porsche von der Straße auf einen der geteerten Wege steuerte, die bei der letzten Flurbereinigung zur besseren Erschließung der Weinberge angelegt worden waren.

Er fragte: »Wie wäre es mit einem Spaziergang?«

Ich war einverstanden.

Er sagte: »Aber gegen eine kleine Empfangsbescheinigung hättest du keine Bedenken?«

»Für wie dumm hältst du mich?« fragte ich. »Damit könntest du mich genauso erpressen wie mit einem Vertrag. Entweder du vertraust mir, oder du behältst dein beschissenes Geld.«

»Das ist eine völlig einleuchtende Alternative«, sagte er und stieg aus dem Wagen. Weil er sich sofort in Bewegung setzte und der Weg in der von ihm eingeschlagenen Richtung steil bergan führte; hatte ich Mühe, ihm zu folgen. Erst als er stehen blieb und auf mich wartete, schaffte ich es, auf gleiche Höhe mit ihm zu kommen. Er betrachtete die kleinen blauen Beeren an den Rebstöcken und sagte: »Sie haben dieses Jahr gut angesetzt. Von der Quantität her können die Winzer jetzt schon zufrieden sein.«

»Du glaubst nicht, wie wenig es mich aufregt, ob die Winzer zufrieden sind oder nicht«, sagte ich. »Sie gehören auch zu jenen, die mit ihren Insektiziden unsere Umwelt vergiften. Warum fragst du mich nicht, wofür ich das Geld brauche?«

»Vielleicht hast du eine alte, kranke Mutter ...«

»Hat dein Onkel dir das gesagt?« fiel ich ihm dazwischen.

Er blickte mich verwundert an. »Nein. Das war nur so dahergefragt. Hast du denn eine alte, kranke Mutter?«

»Du nicht?«

»Nein. Sie hat sich nach dem Tod meines Vaters einen Amerikaner unter den Nagel gerissen und lebt heute mit einer vierköpfigen Familie im schönen Louisiana.«

»Woran starb dein Vater?«

»Bei einem Verkehrsunfall. Ich war zum Glück bereits achtzehn und schon damals der Lieblingsneffe meines Onkels. Er sorgte dafür, daß ich nach dem Abitur bei einer Bank eingestellt wurde. Was hat Cramer bei dir falsch gemacht? Ich frage es nur, weil ich nicht den gleichen Fehler begehen möchte.«

»Du bringst wohl gerne alles ein bißchen durcheinander?« fragte ich.

»Genau wie du«, sagte er. »Vom Tod meines Vaters bis zu den zweitausend Mark, die du brauchst ...«

»Zweitausendzweihundert«, warf ich ein. »Vielleicht hat Cramer mich falsch eingeschätzt.«

Er nickte. »Ich bin auch einmal auf das Äußere einer Frau hereingefallen. Sie sah aus, als könnte sie in der Liebe nicht bis auf drei zählen, aber unter fünfmal tat sie es nie. Bei dir ist es vielleicht genau umgekehrt.«

»Du kannst fünfmal hintereinander?« fragte ich. »In einem hast du vielleicht recht: daß sich Männer mehr von mir versprechen, als sie dann erwartet. Wohin käme ich denn, ginge ich mit jedem, dem ich gefalle, ins Bett?«

»Schon deshalb, weil ich mir keinen Mann vorstellen kann, dem du nicht gefällst«, sagte er. »Ich bin vor dir noch keiner begegnet, mit der ich so offen reden kann wie mit dir. Für mich bist du eine Frau zum Anfassen.«

»Sozusagen ein Kumpel fürs Bett«, sagte ich und schob im Gehen die Hand in seinen Arm. »Oder meinst du es mehr metaphysisch? Es soll ja auch Politiker zum Anfassen geben, so wie es hin und wieder Tage der offenen Türen gibt. Cramer gehört zu den Männern, die sie nicht abwarten können.«

»Also Lektion Nummer zwei«, sagte er. »Was ist sonst noch alles zu beherzigen?«

»Kein gleichzeitiger Umgang mit Freischaffenden und Nikotinsüchtigen«, sagte ich. »Auch keine Zweckentfremdung unstandesgemäßer Körperöffnungen für die Liebe und keine Ansprüche auf gemeinsame Wochenendveranstaltungen. Überhaupt keine Ansprüche. Wenn ich Lust und Zeit habe, melde ich mich.«

»Ich weiß nicht«, sagte er und streichelte, während wir in der warmen Nachmittagssonne zwischen den grünen Rebstöcken dem noch immer steil ansteigenden Weg folgten, mit dem Handrücken meine Brust.

Ich fragte: »Was weißt du nicht?«

»Diese Sache mit der Zweckentfremdung«, sagte er. »Als unstandesgemäß würde ich das heute nicht mehr ansehen.«

»Ich schon«, sagte ich und blickte auf seine Hand nieder. Wenn ich es zuließ, daß er mich schon jetzt streichelte, würde ich ihn, wenn wir wieder im Wagen saßen, erst recht nicht davon abhalten können, und dafür war mir nach allem, was ich mit Cramer erlebt hatte, heute nicht mehr zumute.

Er fragte: »Sind alle deine Zäpfchen so groß?«

»Was heißt alle?« fragte ich. »Ich habe außer diesen nur noch zwei. Einschließlich der Klitoris.«

»Ach du großer Schreck«, sagte er und nahm die Hand von meiner Brust.

Ich sagte: »Bevor sie in den Zeitungen und im Fernsehen damit anfingen, den Leuten vom Anal- und Oralverkehr abzuraten, wußten nur Insider und Hochschulabsolventen, was das ist. Was eine Klitoris ist, das wußten auch die einfachen Leute. Ich habe schließlich nur deine Gedanken ausgesprochen. Oder waren es nicht deine Gedanken?«

»Das schon«, sagte er. »Du bist nur so unheimlich direkt.«

»Das bin ich immer, wenn man mir uneingeladen am Busen fummelt«, sagte ich. »Seeberg hat mich vorher wenigstens gefragt, ob er darf.«

Er sagte grinsend: »Mach Sachen. Und was hast du ihm geantwortet?«

»Nur gegen Bezahlung«, sagte ich. »Pro Titte tausend Mark. Er füllte anstandslos einen Scheck über zweitausend aus.«

»Den du selbstverständlich eingelöst hast.«

Ich blickte von der Seite in sein grinsendes Gesicht und sagte: »Wenn du mich erst einmal so gut kennst wie mein geschiedener Mann, wirst du, wenn ich dir so etwas erzähle, nicht mehr grinsen. Vielleicht stimmt es dich weniger heiter, wenn du hörst, daß ich meinen Arbeitsplatz ab morgen in das Haus deines Onkels verlege. Im Büro werden wir uns dann kaum mehr sehen und im Haus deines Onkels wohl auch nicht oft.«

Diesmal grinste er nicht; er starrte mich nur an. Ich berichtete ihm von Landmanns Besuch und von dem, was er sonst noch wissen durfte. Danach war er zunächst einmal still. Schließlich sagte er: »Das gefällt mir nicht.«

»Morgen ist Freitag«, sagte ich. »Was hast du am Wochenende vor?«

»Und du?«

»Vielleicht fahre ich nach Düsseldorf und sehe mich dort ein wenig um. Hast du Lust mitzukommen?«

»Ohne daß mein Onkel es erfährt?«

Ich sagte: »Du steckst schon viel zu tief mit drinnen, um dir darüber noch Gedanken machen zu können.«

»Darf ich dich wenigstens einmal küssen, oder kostet das auch zweitausend Mark?« fragte er.

Ich blieb stehen. »Vielleicht in Düsseldorf. Mit einem Wagen sind wir beweglicher als mit der Bahn. Wegen des Zeitpunkts rufe ich dich noch an. Die zweitausendzweihundert kannst du mitbringen, wenn du mich am Samstagmorgen abholst. Denke aber auch noch an Reisegeld für uns beide. Wir werden vom Samstag auf Sonntag ein Hotelzimmer brauchen.«

»Nur eines?«

»Vielleicht auch zwei«, sagte ich. »Das weiß ich jetzt noch nicht. Laß uns umkehren. Ich möchte noch zu deinem Onkel. Es genügt, wenn du mich in der Nähe seines Hauses absetzt. Ich werde ihm sagen, mit einem Taxi gekommen zu sein. Weißt du, ich habe es nicht gern, manipuliert zu werden. Wenn ich morgen in sein Haus komme, möchte ich es schon etwas kennen und ungefähr wissen, was mich dort erwartet. Wie sieht das Haus aus?«

»Nicht übel. Einstöckig mit einem vorversetzten Haupttrakt, einem kleineren Mitteltrakt und einem zurückversetzten Gästetrakt. Dazu eine überdachte Terrasse mit Außenkamin. Vor dem Haus ein großer Wiesengarten, und hinter dem Haus siehst du nur Wald und Berge. Man erreicht es auf einer kurzen Privatstraße. Die Nachbargrundstücke liegen alle tiefer. Mein Onkel hat es vor allem gekauft, weil er dort oben völlig ungestört wohnt und niemand aus der Nachbarschaft Einblick in sein Grundstück hat. Vor ihm gehörte es einem Fabrikanten aus Essen, der sich in Bad Hülsen zur Ruhe setzte. Seiner Frau war es nach seinem Tod zu einsam gelegen.«

»Und wo wohnt Isabella?« fragte ich. »Im Haupttrakt?«

»Im Mitteltrakt. Aber dort wird er dich sicher nicht unterbringen. Von den sechs Zimmern im Haupttrakt benutzt er nur vier. Bleibt auch noch Platz für dich. Es würde mich jetzt nicht mehr wundern, wenn er dir vorschlägt, auch bei ihm zu wohnen. Wie soll das eigentlich laufen? Daß du deine Kunden in seinem Haus empfängst?«

Ich mußte unwillkürlich lachen. »Die meisten hätten sicher nichts dagegen. Wir werden eben einen Pendelverkehr zwischen der Agentur und Onkels Häuschen einrichten müssen. Wäre das keine Aufgabe für dich?«

Er schwieg. Wie wenig ihm aber schmeckte, daß ich in Onkels Häuschen arbeiten und vielleicht sogar wohnen sollte, wurde mir erst richtig offenkundig, als wir schon wieder im Porsche saßen. Er fragte nämlich: »Wenn du dich nicht gerne manipulieren läßt: Warum machst du es dann mit? Selbst wenn Seeberg einmal unangemeldet in der Agentur aufkreuzen sollte: Um dich dort zu entdecken, müßte er das ganze Haus durchsuchen. Es würde mir nichts ausmachen, dir mein eigenes Büro zur Verfügung zu stellen und in ein anderes umzuziehen. Wozu also dieses ganze Theater zuerst mit Marbella und jetzt mit dem Arbeitszimmer im Haus meines Onkels? Mein Eindruck ist der, daß es ihm weniger um Seeberg als um dich geht und daß Seeberg nur ein Vorwand für ihn ist, die äußeren Rahmenbedingungen zu schaffen, um dich möglichst rasch in seinem Bett zu haben. An diese Möglichkeit hast du sicher noch nicht gedacht.«

So ausgefallen, daß ich nicht schon selbst daran gedacht hätte, war diese Möglichkeit nun wirklich nicht. Denn seit ich in Onkels Mercedes die Bekanntschaft mit seinem vorwitzigen Finger gemacht hatte, war auch ich an seinen und an Landmanns edlen Beweggründen, mich aus Seebergs Schußlinie zu bringen, mehr als zweifelnd geworden. Und weil logisches Denken noch nie meine schwache Seite war, hatte ich mir auch bereits eigene Gedanken über Sinn und Unsinn dessen gemacht, was zu tun ich im Begriffe stand. Was sich mir im ersten Moment als generöse Alternative zu Seebergs Absicht, mich zu vernichten, dargestellt hatte, wich nach nüchterner Betrachtung immer mehr der Einsicht, daß hier nach dem Geiste verfahren wurde, mit unsäglichem Aufwand etwas zu verhindern, was gar nicht erst einzutreten brauchte.

Ich sagte: »Heute vormittag warst du noch der Meinung, daß, wenn mich die vierzig Jahre Altersunterschied nicht störten, du gegen meine Einwilligung, sein Angebot anzunehmen, keine Bedenken hättest.«

»Das war heute vormittag«, sagte er.

»Und heute nachmittag ist heute nachmittag«, sagte ich. »Was hat deinen Meinungswechsel herbeigeführt? Meine Kopfarbeit auf deinem Plüschsofa oder der überwältigende Anblick meiner Titten?«

»Sag nicht immer Titten«, sagte er. »Es paßt nicht zu dir.«

»Nein?« fragte ich. »Du bist ja auch nicht gerade zimperlich, wenn ich daran denke, was du auf deinem Plüschsofa alles von dir gegeben hast.«

»Da habe ich mich nur deiner frivolen Diktion angepaßt«, sagte er. »Ich nehme an, das ist eine psychologische Masche von dir, um Männer auf Distanz zu halten.«

»Es hält dich auf Distanz, wenn ich von meinen Titten rede?«

»Du hast heute schon von noch ganz anderen Dingen geredet.«

»Und du von meinem Zäpfchen«, sagte ich. »Findest du das etwa erotisch stimulierender als Titten?«

Er blickte mich, während wir zur Straße zurückfuhren, von der

Seite an. »Du bist viel zu undurchschau- und unberechenbar, als daß ich dich zur Frau haben möchte, aber genau das ist es auch, was du mit deiner Art bezweckst. Bei deiner Kaltschnäuzigkeit traue ich dir sogar zu, daß du Seeberg für zweitausend Mark an deiner Brust hast fummeln lassen. Oder war auch die Vagina im Preis inbegriffen?«

Ich lächelte. »Du bist sehr anpassungsfähig. Vielleicht kann ich dich auch noch für andere Dinge und nicht nur für Seeberg gebrauchen. Über ihn weiß ich bereits einigermaßen Bescheid. Was mir noch fehlt, sind einige Auskünfte über seinen Schwiegervater. Er heißt Peter Korwan und ist Vorstandsvorsitzender der Görlach-Werke. Ich möchte mehr wissen als das, was wir in der Agentur über ihn nachschlagen können. Zum Beispiel, mit wem er zusammenlebt, ob noch mit seiner Frau oder mit anderen Familienangehörigen. Ob er die Mahlzeiten zu Hause oder in einem Restaurant einnimmt. Wann er morgens ins Büro und wann er wieder nach Hause fährt. Wie er das Wochenende verbringt, kurz alles, was mir dabei behilflich sein könnte, ein scheinbar zufälliges Zusammentreffen zu arrangieren.«

Er schüttelte den Kopf. »Um das zu erfahren, brauchst du eine Detektei, und wenn sie keine erstklassigen Leute beschäftigt und Korwan es mitbekommt, daß er beobachtet wird ...«

»Du hast recht«, fiel ich ihm ins Wort. »Außerdem kostet es mich nur Zeit. Mir genügt es, seine Privatadresse zu erfahren. Kannst du sie mir besorgen? Vielleicht steht er im Who's Who. Im Hoppenstedt auf jeden Fall.«

»Und was versprichst du dir davon?« fragte er. »Wenn du dich schon mit solchen Gedanken trägst, wäre Seeberg die bessere, weil direktere Adresse. Rede zuerst mal mit ihm, bevor du dich auf das ziemlich aussichtslose Abenteuer einläßt, über seinen Schwiegervater Druck auf ihn auszuüben. Das hätte nur dann einen Sinn, wenn du nachweisen könntest, daß du von Seeberg ein Kind bekommst. Was war in Wirklichkeit los zwischen dir und ihm? Du brauchst nicht darüber zu reden, aber wenn ich mit dir nach Düsseldorf fahre, dann wüßte ich gerne, woran ich bin. Du willst mir doch nicht im Ernst weismachen, er hätte dir, nur um deine Brust zu streicheln, zweitausend Mark bezahlt?«

Ich lächelte. »Da hast du es auf deinem Plüschsofa heute mittag billiger bekommen. Seeberg ist der Typ von Mann, der sich bei finanziell unbedarften Mädchen gerne aufspielt. Das Erlebnis allein, die andächtige Bewunderung in meinen Augen zu lesen, als er mir den Scheck überreichte, war ihm die zweitausend Mark wert. Leid taten sie ihm vielleicht erst, als ich mich weigerte, mit ihm in sein Hotelzimmer zu gehen, obwohl das in unserem Arrangement nicht vorgesehen war. Das war vor vier Wochen. Seitdem habe ich ihn nicht mehr gesehen und bis heute vormittag auch nichts mehr von ihm gehört.«

»Und den Scheck hast du tatsächlich eingelöst?«

»Warum nicht? Wir waren mittags zusammen essen. Auf dem Heimweg fuhr er, genau wie dein Onkel auch, auf einen Waldweg. Dort kam es zu dem Arrangement zwischen uns. Weil ich vorsorglich eine Strumpfhose angezogen hatte, blieb es auch dabei. Anschließend fuhr er mich sogar zur Bank und wartete auf dem Parkplatz, bis ich den Scheck eingelöst hatte. Dann erst kam er auf sein Hotelzimmer zu sprechen. Ich erklärte ihm, daß dies zum einen zwischen uns nicht verabredet sei und ich zum anderen wieder an meine Arbeit zurück müsse. Wenn er enttäuscht oder verärgert war, ließ er es sich jedenfalls nicht anmerken. Im Gegenteil, er fuhr mich noch bis zum Büro und verabschiedete sich genauso höflich, wie er mich einige Stunden zuvor von dort abgeholt hatte. Was mich jetzt ärgert, ist nicht, daß er mich nun plötzlich fertigmachen will, sondern daß ein Mann wie er überhaupt die Möglichkeit dazu hat. Wo leben wir denn? In einer Bananenrepublik?«

Er schwieg wieder.

»Also gut«, sagte ich. »Auch wenn es ungewöhnlich war, sich in meiner Situation auf ein solches Arrangement einzulassen: Als ich ihm den Preis nannte, geschah es nur, um Zeit zu gewinnen, weil ich mich von seiner Frage, ob er mich mal anfassen dürfe, überrumpelt fühlte. Daran, daß er sofort mitspielen würde, habe ich keinen Augenblick lang gedacht. Und überhaupt, wie komme ich dazu, mich vor dir zu rechtfertigen?«

»Das ist richtig«, stimmte er mir zu. »Wirst du bei meinem Onkel ein ähnliches Arrangement anstreben?«

»Anstreben bestimmt«, sagte ich. »Wenn es so läuft, wie ich es mir vorstelle, kann ich auf die Zweitausendzweihundert von dir verzichten.«

Er schwieg zum dritten Mal. Erst als wir schon durch die Stadt fuhren und jenseits des Talkessels wieder steil bergan, sagte er: »Ich möchte, daß du das Geld von mir und nicht von ihm annimmst. Bei mir verpflichtet es dich zu nichts.«

»Auch in Düsseldorf nicht?« fragte ich.

»Nein«, sagte er. »Weder in Düsseldorf noch sonstwo.«

»Ich werde darüber nachdenken«, sagte ich und beobachtete durch die Windschutzscheibe, wie wir uns wieder den feineren Wohnvierteln näherten und die eingezäunten Grundstücke immer größer wurden.

An einer Straßenkreuzung hielt Vaillant an und zeigte mir die Privatstraße zum Haus seines Onkels. Sie führte so steil bergan, daß mir allein vom Hinsehen fast schwindelig wurde. Er sagte beruhigend: »Es sind nur fünfzig Meter, dann stehst du vor dem Tor. Ich höre also von dir?«

»Vergiß aber das Geld nicht«, sagte ich und öffnete die Wagentür. Hinter dem hohen Lanzenzaun eines der an die Straße grenzenden Grundstücke wedelte erfreut ein großer Dobermann. Ich ging zu ihm hin, schob die Hand zwischen die Stäbe und kraulte seinen Kopf. Zu Vaillant, der ebenfalls ausgestiegen war und sich besorgt näherte, sagte ich: »Hält dein Onkel sich auch einen?«

»Er verabscheut Hunde«, sagte er. »Du bist anscheinend noch nie gebissen worden, sonst wärst du nicht so leichtsinnig.«

»Hunde mögen mich«, sagte ich und zog die Hand zurück. »Warte fünf Minuten. Wenn ich dann nicht zurück bin, kannst du wegfahren. Vielleicht ist er gar nicht in seinem Haus.«

6

Meine Hoffnung erwies sich als trügerisch. Möbius meldete sich selbst an der Sprechanlage eines schmiedeeisernen Gartentors, das ebenso verschlossen war wie das unmittelbar angrenzende breite Holztor für die Wageneinfahrt. Beide wurden von einer fast zwei Meter hohen Thujahecke flankiert. Kurze Zeit später öffnete er mir das Gartentor und damit auch den Blick auf das große, sanft ansteigende Wiesengrundstück mit dem Haus am oberen Waldrand. Dieser zog sich aber auch beiderseits des Grundstücks bis fast auf die Höhe der Straße herab, so daß es kein Wunder war, wenn es an Nachbarn fehlte, die es hätten einsehen können. Den Swimmingpool neben dem Gästetrakt hatte Vaillant entweder absichtlich nicht erwähnt oder zu erwähnen vergessen. Ich sagte: »Hübsch haben Sie es hier« und betrachtete Möbius' fesche Bermuda-Shorts und das nicht weniger fesche Pikee-Shirt in Marineblau. Ich hatte schon viel jüngere Männer gesehen, die, weil sie entweder zu dick oder zu klein geraten waren, in Bermudas einen wesentlich unvorteilhafteren Eindruck machten als er.

Er sagte: »Ich war auf Ihren Besuch nicht mehr eingestellt und wollte Sie auch nicht warten lassen, sonst hätte ich mich noch rasch umgezogen. Meine Haushälterin, die sonst das Tor öffnet, ist noch zu Einkäufen in der Stadt. Ich freue mich, daß Sie doch noch gekommen sind.«

»Oh, ich mich auch«, sagte ich und folgte ihm, nachdem er das Tor hinter uns geschlossen hatte, auf einem geteerten Fahrweg zum Haus. Meine Frage, ob der Vorbesitzer ein Protegé des Oberbürgermeisters gewesen sei, sich in dieser einmaligen Lage ein Haus errichten und dafür ein großes Stück des Waldes abholzen zu dürfen, beantwortete Möbius damit, daß der Waldrand nie anders verlaufen sei als heute, das Grundstück jedoch erst vor zwanzig Jahren in den Bebauungsplan der Stadt einbezogen worden und an den Meistbietenden unter der Auflage verkauft worden sei, das Wiesengrundstück in seiner ursprünglichen Beschaffenheit zu erhalten.

Ich sagte: »Dann war es sicher auch nicht billig, als Sie es gekauft haben.«

Er zuckte mit den Schultern. »Ich hatte das Geld und war damals bereits über sechzig. Wenn ich Glück habe, werde ich vielleicht noch fünf Jahre leben. Haben Sie eine Ahnung, wie rasch fünf Jahre, wenn man erst einmal über sechzig ist, vergehen?«

»Das nicht, aber es muß, nach allem, was ich schon darüber gehört habe, eine echte Tragödie sein.«

»Machen Sie sich nur lustig über mich«, sagte er. »Ich habe es nicht anders verdient. Es tat mir nachträglich leid, daß ich auf dem Waldweg die Beherrschung verlor.«

»Ich mache mich nicht lustig über Sie«, sagte ich. »Und was Ihre verlorene Beherrschung betrifft, so sind Sie ganz bestimmt keine unrühmliche Ausnahme.«

»Wirklich nicht?« fragte er, mich aufmerksam ins Auge fassend.

Ich schüttelte den Kopf. »Das ist doch völlig normal, daß Männer mir unter den Rock greifen wollen. Ich bin noch keinem begegnet, der es nicht gewollt hätte.«

»Auch Landmann nicht?« fragte er.

Seine Beharrlichkeit, mich über Landmann auszuhorchen, wurde allmählich grotesk. Ich sagte: »Sie erwarten doch sicher von mir, daß ich eine ähnliche Frage, würde er sie an mich richten, unbeantwortet ließe?«

»Ja sicher«, sagte er. »Ich nehme doch an, daß ich das von Ihnen erwarten kann. Aber Sie weichen meiner Frage aus.«

So dumm, nicht gemerkt zu haben, was ich ihm zu verstehen geben wollte, konnte er unmöglich sein. Ich sagte: »Wenn es Ihre Absicht ist, mich über Herrn Landmann auszufragen, finde ich Ihre gemeinsame Idee, mein Büro in Ihr Haus zu verlegen, nicht sehr gut. Ich würde mich auch niemals dazu hergeben, mich von ihm über Sie ausfragen zu lassen.«

Er lächelte. »Ich habe auch nicht erwartet, daß er bei Ihnen noch nichts versucht hätte. Wollen Sie kurz in den Pool?«

Mir war schon vorher aufgefallen, daß er mich nicht zum Haupttrakt des Hauses, sondern zum Gästetrakt mit dem Swimmingpool führte. Ich sagte: »So viel Zeit habe ich nicht. Ich will mir nur rasch den Raum für mein künftiges Büro ansehen. Ich werde zum Abendessen erwartet.«

Er änderte unsere Marschrichtung und sagte: »Das ist sehr schade. Ich hatte gehofft, Sie hätten sich den Abend für mich frei genommen. So ist es eben, wenn man alt wird.«

Ich fragte: »Sie wollen doch nicht, daß ich Sie bemitleide?«

»Wobei sich die Frage stellt, ob eine Frau wie Sie überhaupt fähig ist, Mitleid zu empfinden«, sagte er.

»Was heißt: eine Frau wie ich?« fragte ich. »Sehe ich so aus, als sei ich unfähig, Mitleid zu empfinden?«

»So war es auch nicht gemeint«, sagte er. »Aber Sie kennen sicher so viele Männer, die auf Mitleid noch nicht angewiesen sind, daß Sie gar keine Gelegenheit haben, Ihre Fähigkeit, Mitleid zu empfinden, auf die Probe zu stellen.«

Wir hatten jetzt den Haupttrakt mit der überdachten Terrasse und dem Außenkamin erreicht. Seinen Mercedes entdeckte ich neben einem kleinen Wagen in einer offenen Garage neben dem Haupttrakt. Ich blieb stehen und fragte: »Soll ich Ihnen sagen, wie alt mein Exschwiegervater ist?«

Er blickte wieder aufmerksam in mein Gesicht. »Mit dem Sie zusammenleben? Haben Sie ähnliche Probleme auch mit ihm?«

»Probleme welcher Art?« fragte ich. »Daß er versucht, mir unter den Rock zu greifen?«

Er lächelte wieder. »Es steht mir nicht zu, Sie nach so intimen Dingen aus Ihrem Privatleben zu fragen. Darf ich vorausgehen?«

Während ich ihm in einen Wohnraum folgte, ertappte ich mich dabei, daß ich mich über ihn ärgerte. Offensichtlich hatten Mahagoni und Plüsch mehr dem Geschmack seiner verstorbenen Frau entsprochen, denn sein jetziges Mobiliar war eher futuristisch als antik. Um so verwunderlicher, daß es ihn immer wieder in die Wohnung seines Neffen, zu den alten Möbeln, hinzog. Hingegen fanden die Kaminwand aus roten Ziegelsteinen, die holzgetäfelte Decke und die Solnhofer Platten meine Zustimmung. Ebenso die bis zum Boden reichenden Fenster mit dem Blick in den Garten und auf die grünbelaubten Berge jenseits des Tals. Gegen einen Aperitif hatte ich keine Bedenken. Wir tranken ihn neben der offenen Terrassentür in zwei Sesseln, die so niedrig waren, daß wir uns ebenso gut am Boden hätten niederlassen können. Meine Gedanken erratend, sagte er: »Der Versuch eines alten Mannes, vor seinem Ableben noch rasch den Schritt aus dem Gestern in das Morgen zu tun.«

»Aber wenn Sie es irgendwie einrichten können, so warten Sie mit dem Ableben bis nach dem Aperitif«, sagte ich. »Seien Sie doch froh, das meiste schon hinter sich zu haben. Wer weiß, was meiner Generation noch alles bevorsteht. Denken Sie nur an das Ozonloch und was zur Zeit in der Welt sonst noch alles aus den Fugen gerät.«

Er blickte mich schweigend an.

»Ich weiß, was Sie jetzt von mir denken«, sagte ich. »Daß ich eine herzlose und gefühllose Frau, oberflächlich veranlagt und auch noch mit einer bösen Portion Zynismus ausgestattet sei. In Wirklichkeit versuche ich doch nur, Sie von Ihrem Alterskomplex abzulenken. Mein Exschwiegervater ist dreizehn Jahre älter als Sie und trotzdem, von gelegentlichen melancholischen Anwandlungen abgesehen, noch sehr lebenslustig.«

»Das wäre ich an seiner Stelle sicher auch«, sagte er. »Auf Männer unseres Alters wirkt allein schon Ihr Anblick wie ein Lebenselixier. Warum haben Sie unsere Verabredung heute mittag nicht eingehalten?«

»Weil ich nicht wollte«, sagte ich. »Ins Büro können Sie mich befehlen, in Ihr Haus nicht.«

Er nickte. »Ich hatte hinterher selbst das Gefühl, mich bei meiner Einladung eines unpassenden Tons bedient zu haben. Halten Sie mir bitte den vorangegangenen Ärger über Herrn Cramers Impertinenz zugute, nicht nur in mein Büro einzudringen, sondern sich auch noch anzumaßen, uns in seinem Wagen zu verfolgen. Von Landmann hörte ich, daß Sie sich auch jetzt noch für Herrn Cramer einsetzen. Ob Sie sich damit einen Gefallen erweisen, wage ich zu bezweifeln. Nach meinem Verständnis ist der Mann nicht mehr voll zurechnungsfähig, was auch für Sie noch problematisch werden kann. Fühlen Sie sich für ihn verantwortlich?«

»Nur beschränkt«, sagte ich. »Schließlich kann ich nicht für jeden Mann, der sich in mich verliebt und darüber den Verstand verliert, die Verantwortung übernehmen. Darf ich jetzt das Zimmer sehen, wo ich arbeiten werde?«

»Sie haben Ihr Glas noch nicht leergetrunken«, erinnerte er mich. »Warum haben Sie Landmann, als Sie ihn zweimal wegen eines Vorschusses ansprachen, nichts von Ihrer Mutter erzählt?«

»Weil er den Vorschuß jedesmal auch ohne Zweckangabe genehmigte«, sagte ich. »Wäre der Ärger mit Seeberg nicht, so hätte ich auch Ihnen nichts von meiner Mutter erzählt. Meine Bank weiß schließlich auch nichts von ihr, obwohl ich mein Konto zur Zeit um zweitausendzweihundert Mark überzogen habe und noch nicht absehe, wie ich es ausgleichen soll.«

Er stand auf und ließ mich, während ich mein Glas leertrank und eine Zigarette rauchte, ein paar Minuten allein. Ein Gemälde an der Wand neben der Tür weckte mein Interesse. Ich betrachtete es aus der Nähe und stellte fest, daß es eines jener Originalwerke von Salvador Dali war, bei denen ich mir nie recht schlüssig werden konnte, was sie symbolisierten. Ich stand noch davor, als Möbius zurückkam.

Er sagte: »Ein Dali. Er hat mich ein Vermögen gekostet. Kennen Sie sich mit spanischen Malern aus?«

»Ein wenig«, sagte ich. »Als ich noch für das Reisebüro arbeitete, wurde ich von Spanienreisenden manchmal gefragt, wo Picasso und ähnlich berühmte Künstler lebten. Um nicht ungebildet zu erscheinen, beschäftigte ich mich in meiner Freizeit auch mit der spanischen Kultur. Was haben Sie denn da Schönes?«

Meine Frage bezog sich auf einen Scheck in seiner Hand. Er gab ihn mir und sagte: »Damit können Sie Ihr Bankkonto und Ihr Gehaltskonto ausgleichen. Betrachten Sie die sechstausend Mark als Vorschuß auf das von Ihnen gewünschte Urlaubsgeld, auch wenn wir die Reise nach Marbella noch aufschieben müssen, bis Sie Ihre augenblicklichen Konzeptionen für das Gesichtspflegemittel, die Champagner- und Kopfschmerztablettenwerbung abgeschlossen haben. Mit dem Fernseh-Spot für Seebergs neues Waschpulver will Landmann Herrn Riedinger und Frau Eberle beauftragen.«

»Dann müssen sie sich etwas völlig Neues einfallen lassen«, sagte ich und betrachtete den ausgefüllten Verrechnungsscheck. »Wenn ich das richtig verstehe, handelt es sich um Geld aus Ihrer Privatschatulle, das ich Ihnen später, wenn das Urlaubsgeld fällig wird, zurückzahlen soll?«

»Genauso ist es«, sagte er.

»Und wenn ich es nicht zurückzahle?«

Er lächelte. »Das macht mir kein Kopfzerbrechen. Bei einer Verrechnung mit dem vorgesehenen Urlaubsgeld ...«

»Ach hören Sie doch auf mit diesem Urlaub«, fiel ich ihm dazwischen. »Ich bin für Seeberg hier genauso unauffindbar und für Sie ebenso leicht erreichbar wie in Ihrem Haus in Marbella. Ich glaube nicht, daß Sie auch nur einen Augenblick lang ernsthaft daran gedacht haben, mich auf Rechnung der Agentur für einige Wochen oder gar Monate nach Spanien zu schicken. Marbella war nur der Köder, um mir Ihr Haus und die Arbeit hier schmackhaft zu machen. Wozu also die sechstausend Mark? Wenn sie als Vorschuß auf Ihr Schlafzimmer gedacht sind, bin ich bereit, mit mir reden zu lassen. Nur verschonen Sie mich mit diesem Märchen von Ihrem Urlaubsgeld.«

Er lächelte wieder. »Einverstanden. Und worüber wollen Sie reden? Doch nicht über ein Stundenhonorar?«

Seine souveräne Art, auf meine Klartextorgie zu reagieren, beeindruckte mich; ich sagte: »Solange Sie nicht mit mir schlafen wollen, habe ich auch gegen ein Stundenhonorar keine Bedenken.«

Er lächelte noch immer, wenngleich eher verwundert als höflich. »Dann verstehe ich nicht, worüber wir uns überhaupt unterhalten.«

»Und ich verstehe nicht, warum Sie meinen, mich so billig einkaufen zu können«, sagte ich. »Nur weil ich Sie heute vormittag nicht daran gehindert habe, mich unten anzufassen?«

»Nicht nur deshalb«, sagte er. »Ich habe nichts dagegen, wenn Sie in mir einen senilen Trottel sehen, Stefanie. Nur tun Sie mir bitte den Gefallen, mich nicht auch noch für naiv einzuschätzen. Sie haben doch nur darauf gewartet, daß ich Sie unten anfasse.«

»Das erwarte ich bei allen Männern«, sagte ich. »Das ist auch gar nicht die Frage. Die Frage ist, was *Sie* von mir erwarten. Zum Selbstkostenpreis bin ich mir nämlich zu schade.«

Er beugte sich zu mir herüber und legte eine Hand auf mein Knie. »Und von welcher Größenordnung an können Sie sich vorstellen, mit einem Mann auch zu schlafen?«

Ich blickte auf seine alterspigmentierte Hand nieder. »Von keiner. Etwas anderes ist es, wenn Sie nur wieder feststellen wollen, wie ich mich unten anfühle. Da ließe ich für sechstausend Mark vielleicht mit mir reden.«

»Das finde ich sehr kulant von Ihnen«, sagte er. »Obwohl ich mir nicht denken kann, daß Sie sich besser und anders anfühlen als alle Frauen.«

Mit dem »besser« konnte er mich ärgern. Ich legte den Scheck auf seinen Hosenschlitz und sagte: »Wenn Sie nur einen billigen Fick haben wollen, müssen Sie sich an eine Professionelle halten.«

Er nahm die Hand von meinem Knie und blickte mich, während sich sein Gesicht dunkelrot färbte, wortlos an.

Ich sagte: »Tut mir leid, aber ich pflege die Dinge immer beim Namen zu nennen. Was Sie von mir wollen, das haben Sie mich heute vormittag unmißverständlich fühlen lassen. Sie sind nicht anders als die meisten Männer. Ich bin noch keinem begegnet, der aus Liebe mit mir schlafen wollte. Auch mein geschiedener Mann nicht. Er hatte mit Frauen und dem eigenen Häuschen, das er kaufen oder bauen wollte, kein Glück. Die erste Frau kostete ihn während und nach der Ehe so viel Geld, daß der verbleibende Rest für ein Eigenheim nicht mehr reichte, und als er meinte, in mir endlich eine Dumme gefunden zu haben, die genug verdiente, um seine Eigenheimträume gemeinsam zu finanzieren, erwiesen sie sich als Flop. Nachdem er dann auch noch meine Mutter zum Sozialfall erklärte und mich, weil mir der Sinn nach gemeinsamen Liebesfreuden nicht mehr stand, mehrmals vergewaltigte, vertraute ich mich seinem Vater an. Deshalb, und nur deshalb, wohne ich seitdem bei ihm. Wissen Sie, was es kostet, sich alle paar Tage an einer künstlichen Niere anschließen zu lassen, wenn keine Krankenkasse dafür aufkommt?«

»Ich kann es mir denken«, sagte er, mit jetzt wieder normaler Gesichtsfarbe. »Hat Ihre Mutter schon an eine Nierentransplantation gedacht?«

»Haben Sie zufällig eine übrig?« fragte ich.

Er nahm den Scheck von seinem Hosenschlitz und sagte: »Es tut mir leid, daß Sie wegen Ihrer Mutter solche Probleme haben, Stefanie. Ich bin auch gerne bereit, Ihnen, soweit das im Rahmen meiner Möglichkeiten liegt, zu helfen. Was Sie jedoch von mir erwarten und sich auch noch mit sechstausend Mark bezahlen lassen wollen, ist, wenn Sie mir diese Offenheit gestatten, bei meinem Verständnis über Fair play völlig indiskutabel.«

»Geschäftlich oder nur menschlich gesehen?« fragte ich.

Er lächelte. »Sie sind nicht nur eine sehr verführerische, Sie sind auch eine überaus geistreiche Frau, mit der zu plaudern mir jedesmal ein besonderes Vergnügen ist. Sicher werden Sie es als eine nachträgliche Schutzbehauptung empfinden, wenn ich Ihnen sage, daß meine kleine Attacke von heute vormittag ausschließlich dem Zweck diente, meine Neugierde auf Ihre Reaktion zu befriedigen.«

»Und ich war neugierig, wann Sie es endlich tun und womit Sie es hinterher begründen werden«, sagte ich. »Eines habe ich nicht verstanden: warum Sie sich ausgerechnet hier oben weniger einsam fühlen als in Marbella.«

»Die Erklärung dafür ist sehr einfach«, sagte er. »Ich spreche kaum ein Wort Spanisch, und ich habe mir auch nicht die Mühe gemacht, es in meinem Alter noch zu lernen. Und auf die Bekanntschaft der Leute, mit denen ich mich in Marbella auf deutsch hätte unterhalten können, legte ich keinen Wert. Es waren dieselben, mit denen Sie es, als Sie noch für das Reisebüro arbeiteten, selbst zu tun hatten. Auch dürfen Sie nicht übersehen, daß ich hier, im Gegensatz zu Marbella, tagsüber so viel Gelegenheit habe, andere Menschen zu sehen und mich mit ihnen zu unterhalten, daß ich es am Abend und am Wochenende genieße, allein zu sein.«

»Was Sie in Wirklichkeit gar nicht sind«, sagte ich. »Ist Ihre Haushälterin noch jung?«

»Sogar zwei Jahre jünger als Sie, aber für mich nicht das, was Sie vielleicht vermuten. Ich habe sie aus Spanien mitgebracht und hoffe, sie lernt vorläufig keinen Mann kennen, der sie mir wegnimmt und heiratet. Sie ist sehr tüchtig und ordentlich. Ich würde sie nur ungern verlieren. Ich bin in Spanien vielen Frauen begegnet, die sich für die Rolle einer Geliebten eher angeboten hätten als Isabella, aber dort stand ich noch zu sehr unter dem Eindruck des plötzlichen Todes meiner Frau. Sie werden kaum nachvollziehen können, was es bedeutet, einen Menschen zu verlieren, mit dem man über vier Jahrzehnte seines Lebens verbracht hat. Wir kannten uns schon von der Schule her.«

»Ich kann es nachvollziehen«, sagte ich. »Ich werde mich nie so fest an einen Menschen binden, daß sein Verlust mein eigenes Leben sinnlos werden läßt. Es ist schon schlimm genug, wenn man erleben muß ...« Ich brach ab.

Er fragte: »Warum sprechen Sie nicht weiter?«

»Weil es nicht ganz zu dem passen würde, was Sie mir soeben von Ihrer Frau erzählten«, sagte ich. »Ihre Ehe blieb kinderlos?«

Er nickte. »Das wußte ich schon, bevor ich heiratete. Meine Frau zog sich bei einem Luftangriff auf Essen so schwere Verletzungen am Unterleib zu, daß sie keine Kinder zur Welt bringen konnte. Es hat mich nicht daran gehindert, sie zu heiraten. Trinken Sie noch einen Aperitif?«

Ich stand auf. »Besser nicht. Ich vertrage Alkohol nicht. Würden Sie mir ein Taxi bestellen?«

Er fragte betroffen: »Sie wollen schon gehen? Sehen Sie sich doch vorher wenigstens noch Ihr künftiges Arbeitszimmer an. Es liegt unmittelbar neben meiner Bibliothek, wo Sie alles an Literatur finden, was Sie für Ihre Arbeit benötigen.«

»Das Zimmer sehe ich noch oft und lange genug«, sagte ich. »Aber nicht vor Montag. Morgen nehme ich mir frei.«

»Und wenn ich auf Ihr Angebot eingehe?« fragte er. »Bleiben Sie dann noch hier?«

»Ich weiß nicht, von welchem Angebot Sie reden«, sagte ich und trat durch die offene Tür auf die Terrasse hinaus. »Ihren Swimmingpool hätte ich mir noch gerne angesehen.«

»Gehen Sie schon voraus«, sagte er.

Er blieb nicht lange weg. Als er zu mir kam, hatte ich mich bereits vergewissert, daß das kristallklare Wasser angenehm temperiert war. Am Beckenrand lagen auf einer Luftmatratze ein Frotteetuch und eine Bademütze. Ich fragte: »Von Isabella?«

Er schüttelte den Kopf. »Sie hat vor Wasser Angst und kann auch nicht schwimmen. Die Sachen waren für Sie vorgesehen. Es hätte ja sein können, daß Ihnen nach diesem aufregenden Tag nach einer kleinen Erfrischung zumute ist.«

Mir fiel auf, daß er den Scheck mitgebracht hatte und ihn noch immer in der Hand hielt. Ich bückte mich nach der Bademütze und fragte: »Haben Sie nicht etwas vergessen?«

Statt mir zu antworten, legte er den Scheck dorthin, wo ich die Bademütze weggenommen hatte, schob die Luftmatratze samt Scheck und Frotteetuch über den Beckenrand ins Wasser und versetzte ihr einen kleinen Schubs, der sie zur Poolmitte trieb.

Ich mußte unwillkürlich lachen. »Was für überaus originelle Einfälle Sie haben! Ist das jetzt ein neues Spiel, oder gelten noch immer die alten Regeln?«

Er lächelte. »Im allgemeinen ist es üblich, ein neues Spiel auch mit neuen Regeln zu beginnen. Wenn Sie ihn sich holen, gehört er Ihnen.«

Ich setzte die Bademütze auf, zog Schuhe, Kleid und Slip aus und sprang ins Wasser. Weil ich schon einmal drinnen war, schwamm ich einige Runden. Dann schob ich die Luftmatratze vor mir her zum Beckenrand, wo ich von Möbius erwartet wurde. Er half mir aus dem Wasser und sagte: »Ich habe noch keine Frau mit einem so makellosen Körper gesehen.«

»Es gibt ja auch nicht viele Frauen, wie ich eine bin«, sagte ich und zog die Luftmatratze an Land. Mit einem flüchtigen Blick vergewisserte ich mich, daß der Scheck noch auf seinem Platz lag. Dann drehte ich mich nach Möbius um und sah, daß er noch immer lächelte, aber etwas an seinem Lächeln gefiel mir nicht. Ich bückte mich nach dem Scheck und betrachtete ihn. »Das ist nicht derselbe wie vorhin«, sagte ich.

»Das ist richtig«, sagte er. »Ich kam nach einiger Überlegung zu dem Schluß, daß Sie für Ihr kleines Entgegenkommen von heute vormittag auch schon mit fünfhundert Mark ausreichend honoriert sind. Wobei ich Sie auch daran erinnern muß, daß dieser rein geschäftliche Akzent von Ihnen und nicht von mir eingebracht wurde.«

Nachdem ich mir bereits ausgerechnet hatte, was sich mit sechstausend Mark alles anfangen ließe, brauchte ich einige

Sekunden, um mich zu fassen. Er war genauso unberechenbar wie Wolfgang und wie ich selbst. Nur mit dem kleinen Unterschied, daß meine Unberechenbarkeit ihren Ursprung in meinem gespaltenen Wesen hatte, mich einerseits ständig meines Eindrucks auf Männer zu vergewissern und andererseits keinen mehr zu nahe an mich herankommen lassen zu wollen, während bei Wolfgang ebenso wie bei Möbius die Unberechenbarkeit vielleicht nur altersbedingt war. Ich zerriß den Scheck in zwei Teile und ließ sie zu Boden fallen. Während ich mich abtrocknete und anzog, wandte er kein Auge von mir. Wie wenig ich ihn unterschätzen durfte, merkte ich wenig später, als ich rasch auf ihn zuging und er ebenso rasch einige Schritte vom Swimmingpool wegtrat.

Er sagte lächelnd: »Ich sah Ihren kalten Augen an, was Sie vorhatten. Genügt es Ihnen, wenn ich freiwillig hineinspringe?«

»Nur wenn Sie vorher die Bermudas ausziehen«, sagte ich. »Ich möchte ein Taxi haben.«

Er winkte mit dem Kinn zur Terrasse hin. »Der Apparat steht neben der Tür. Bedienen Sie sich.«

Die Rufnummer hatte ich im Kopf. Beim Telefonieren fiel mein Blick auf den Dali. Anschließend an mein Gespräch betrachtete ich das Gemälde noch einmal aus der Nähe. Nach meinem Dafürhalten stellte es eine Montage albtraumhafter Bilder dar, wie sie mir in meinen eigenen Träumen glücklicherweise noch nie begegnet waren. Um einen Blick hinter das Gemälde zu werfen, hob ich es an der Seite etwas von der Wand ab. Außer einem kräftigen Bindfaden, mit dem es an einem ebenso kräftig aussehenden Vierkanthaken hing, konnte ich nichts entdecken, was auf eine Diebstahlsicherung hätte schließen lassen. In Anbetracht der einsamen Wohnlage und des Vermögens, den das Bild gekostet haben mußte, ein mir unbegreiflicher Leichtsinn. Schwer wog es auch nicht. Ich hatte jedenfalls keine Mühe, es von seinem Haken zu nehmen und auf die Terrasse zu tragen. Dort kamen mir Bedenken nicht nur über den Vandalismus meines impulsiv gefaßten Vorhabens, den etwa vierzig auf sechzig messenden Dali in den Swimmingpool zu werfen. Mir kamen auch Zweifel, ob Möbius es zulassen würde. Wo er sich im Augenblick aufhielt, konnte ich von der Terrasse aus nicht feststellen. Ich war schon halb entschlossen, das Bild wieder an seinen Platz zu hängen, als mein Blick im Abwenden auf die offene Garage mit dem Mercedes fiel. Der Rest war dann insofern relativ einfach, als der Kofferraum nicht verschlossen war. Ich legte den Dali hinein, klappte den Deckel zu und machte mich auf die Suche nach Möbius. Ich kam gerade noch zurecht, um ihn aus dem Pool klettern zu sehen. Abstoßend empfand ich den Anblick seines Körpers auch ohne Bermudas nicht. Im Gegenteil, er machte einen noch ganz passablen Eindruck auf mich.

Er fragte lächelnd: »Sind wir jetzt quitt?«

»Bis auf die sechstausend Mark«, sagte ich. »Das Taxi wird gleich hier sein. Wenn Sie mir noch etwas mitzuteilen haben, müssen Sie sich beeilen.«

»Ich wüßte nicht, was«, sagte er.

»Falls es Ihnen noch einfällt, können Sie mich anrufen«, sagte ich und drehte ihm den Rücken zu. Das Taxi traf ein, als ich aus dem Tor auf die Straße trat. Eine Viertelstunde später schloß ich die Wohnungstür auf und traf Wolfgang zeitungslesend und angekleidet in seinem Zimmer an.

Er sagte: »Du wolltest zum Essen nicht kommen.«

»Ich wurde früher fertig als erwartet«, sagte ich. »Ich richte uns etwas her. Was willst du trinken? Tee oder Bier?«

»Ein Bier ist mir heute lieber«, sagte er.

Während ich mich um das Abendbrot kümmerte, kam er zu mir in die Küche und sagte: »Den nächsten Winter werde ich nicht überleben. Ich fühle es.«

»Das fühlst du jedes Jahr im Sommer«, sagte ich. »Mutter braucht wieder Geld. Kannst du mir noch einmal zweitausend geben?«

»Du bekommst es ja so oder so, wenn ich tot bin«, sagte er. »Was wirst du mit der Wohnung machen? Sie verkaufen?«

»Das mußt du Volker und nicht mich fragen«, sagte ich.

»Er bekommt nicht einmal ein Geschirrtuch aus dieser Wohnung«, sagte er. »Dafür habe ich gesorgt. Wenn du sie günstig verkaufst, hast du mehr Geld, als ihr braucht.«

Ich sagte: »So viel Geld gibt es gar nicht. Wir essen in der Küche. Wasch dir vorher die Hände.«

»Du sollst mich nicht immer wie ein Kind behandeln«, sagte er.

»Du würdest dir auch die Zähne nicht mehr putzen, wenn ich dich nicht jeden Morgen daran erinnerte«, sagte ich. »Wie oft hast du dir die Hände heute schon gewaschen?«

Er stand auf und ging ins Bad.

An manchen Tagen war sein Appetit gut, an anderen aß er kaum etwas. Heute schienen ihm meine Schinken- und Käsebrote zu schmecken. Er sagte: »Ich habe mir schon überlegt, wo wir am Wochenende zum Essen hinfahren. Ist dir der Samstag oder der Sonntag lieber?«

An mein Versprechen, zum Wochenende mit ihm auszugehen,

hatte ich bei meiner Verabredung mit Vaillant nicht mehr gedacht. Weil ich ihm nicht den Abend verderben wollte, sagte ich: »Darüber unterhalten wir uns morgen.«

Das Telefon läutete. Ich nahm es in seinem Zimmer ab. Wie ich es nicht anders erwartet hatte, war Möbius am Apparat. Er fragte: »Wo hast du den Dali hin?«

»Daß Sie mich Ihren Penis sehen ließen, berechtigt Sie noch lange nicht, mich auch zu duzen«, sagte ich und legte auf.

Gleich darauf hörte ich Wolfgang von der Tür her fragen: »Wer hat dich seinen Penis sehen lassen?«

Obwohl er, als das Telefon läutete, noch beim Essen war, mußte er mir sofort gefolgt sein. Daß sein Gehör für sein Alter noch relativ gut war, hatte ich schon öfter feststellen können.

Ich sagte: »Du, zum Beispiel.«

Er kam zu mir, blieb dicht vor mir stehen und blickte mit hängenden Schultern und Armen auf mich herab. »Hast du nie daran gedacht, daß ich dich einmal umbringen könnte?« fragte er.

Daran gedacht hatte ich schon, aber ein Mann, der das Leben so sehr liebte wie er, würde seine letzten Jahre kaum in einer Gefängniszelle verbringen wollen. Ich sagte: »Davon hätten wir alle beide nichts.«

Den ganzen Abend wartete ich darauf, daß Möbius noch einmal anrufe, aber er meldete sich nicht mehr.

Als Wolfgang in mein Zimmer kam, lag ich schon im Bett. Ich sagte: »Doch nicht schon wieder. Ich bin müde.«

»Wann bist du das nicht?« sagte er.

7

Möbius meldete sich auch am Freitagmorgen nicht.

Dafür erhielt ich am frühen Nachmittag einen Anruf von Landmann. Er sagte: »Ich hoffe, du hattest einen schönen Vormittag.«

»Doch«, sagte ich. »Ich habe ihn in der Wohnung verbracht und einiges erledigt, was ich schon lange einmal erledigen ...«

»Aber mich zu verständigen, daß du dir heute frei nimmst, auf den Gedanken kamst du nicht?« fiel er mir dazwischen.

Ich sagte: »Als ich heute morgen aufwachte, war es schon kurz nach elf Uhr. Bis dahin hattest du sicher schon selbst gemerkt, daß ich nicht komme. Wolltest du nicht dafür sorgen, daß alles, was ich für meine Arbeit brauche, heute zu Möbius geschafft wird?«

»Woher soll ich wissen, was du für deine Arbeit alles brauchst?« fragte er. »Darum hättest du dich selbst kümmern oder

Cramer damit beauftragen sollen.«

»War der heute im Büro?« fragte ich erleichtert.

»Jemand muß sich schließlich um deine liegengebliebene Arbeit kümmern. Hast du gestern noch mit Möbius gesprochen? Er hat sich heute auch noch nicht blicken lassen.«

»Nicht einmal bei dir angerufen?«

»Nein. Vielleicht fühlt er sich nicht wohl. Bei dir hat er sich auch nicht gemeldet?«

»Heute noch nicht«, sagte ich. »Warum rufst du nicht selbst bei ihm an, wenn es dich beunruhigt?«

»Er ist schließlich nicht mein Angestellter. Hör zu, Stefanie: Ich möchte, daß du am Montagmorgen pünktlich hier bist, deine Sachen einpackst, zu ihm fährst und umgehend mit deiner Arbeit weitermachst. Das Gesichtspflegemittel ist nächsten Monat zur Präsentation fällig. Steht da schon etwas?«

»Du wirst am kommenden Mittwoch Zwillingsschwestern kennenlernen«, sagte ich. »Sie gleichen sich wie ein Ei dem anderen. Trotzdem wirkt die eine gut fünf Jahre älter als ihre Schwester. Ich habe mir gedacht, daß wir die älter aussehende Schwester in einem Fernsehspot den Leuten vor und die jünger aussehende nach einer Behandlung mit dem Gesichtspflegemittel als ein und dieselbe Person präsentieren.«

»Das ist nicht schlecht«, sagte er nach einer kleinen Pause. »Wo hast du die beiden aufgerissen?«

»Bei einer kleinen Künstleragentur«, sagte ich. »Sie haben sich dort als zur Zeit arbeitslose Schauspielerinnen vorgestellt und sind bereit, den Job zu übernehmen. Die Dreharbeiten sind für übernächste Woche vorgesehen. Ich wollte mir gestern dein Okay holen, habe es aber in dem Durcheinander vergessen. Du kannst dich darauf verlassen, daß ich am Montag pünktlich …«

Er ließ mich wieder nicht ausreden: »Der eigentliche Grund, weshalb ich anrufe: Seeberg hat sich vor ein paar Minuten nach dir erkundigt. Als ich ihm sagte, daß du bereits beurlaubt seist, fragte er nach deiner privaten Rufnummer und wann du am sichersten zu erreichen bist. Ich habe ihm geraten, es gegen Abend zu versuchen.«

Ich mußte zuerst einmal tief Luft holen. »Und das sagst du mir erst jetzt und so ganz nebenbei?«

»Weil ich keine übertriebenen Erwartungen bei dir wecken wollte«, sagte er. »Wer weiß, was er von dir will. Wäre es was Gutes, so hätte er es auch mir gegenüber ausgespuckt. Ich kann mir zwar nicht denken, was er dir so Wichtiges mitzuteilen hat, daß er deine private Telefonnummer haben wollte, aber vielleicht hast du eine Ahnung.«

»Weil er zu jenen unserer Kunden gehört, von denen du meinst, daß ich mit ihnen schlafe?« fragte ich. »Das meinst du doch?«

Er räusperte sich. »Sei doch nicht immer gleich so empfindlich, verdammt. Wenn sie mit dir schlafen, so ist das ihr und nicht mein Risiko. Ich verdenke es keinem, wenn er es bei dir versucht. Auch Seeberg nicht.«

»Sicher nicht«, sagte ich. »Ist ja alles im Kundenservice enthalten. Und wie ist das mit meinem eigenen Risiko? Von Gefahrenzulage hast du anscheinend noch nie etwas gehört.«

Er lachte. »Es ist deine und nicht Sache der Agentur, dir von ihnen ein ärztliches Gesundheitsattest vorlegen zu lassen. Ich möchte umgehend wissen, was Seeberg von dir wollte. Ich bin den ganzen Abend in meiner Wohnung. Bis später.«

Er hatte seinen Hörer schon aufgelegt, als ich den meinen noch immer am Ohr hielt. Und weil ich schon am Telefonieren war, versuchte ich es auch gleich bei Möbius. Vielleicht hatte er darauf gewartet, denn er meldete sich schon beim zweiten Läuten. Ich fragte: »Sind Sie krank, Gerhard?«

»Ist mir nicht bekannt«, sagte er. »Ich habe heute einen Scheck an Sie zur Post gegeben. Er muß morgen bei Ihnen eintreffen.«

»Über sechstausend Mark?« fragte ich.

»Wie vereinbart«, sagte er. »Wann sehe ich Sie wieder?«

Offenbar hatte er sich, als er mich gestern zum Abschied so kühl abblitzen ließ, in dieser Rolle doch etwas übernommen und hinterher weiche Knie bekommen. Ich sagte: »Am Montag, wenn ich mit der Arbeit anfange. Dann sage ich Ihnen auch, wo der Dali ist. Aber erst, wenn ich den Scheck eingelöst habe.«

»Das wollte ich Ihnen gerade vorschlagen«, sagte er. »Wie hat Ihnen mein Haus gefallen?«

»Nicht übel«, sagte ich.

»Dann betrachten Sie es auch als das Ihre«, sagte er. »Sicher empfinden Sie es als banal, wenn ich Ihnen sage, daß ich in der vergangenen Nacht von Ihnen geträumt habe.«

»Das tun viele Männer«, sagte ich. »War es wenigstens ein schöner Traum?«

»So schön wie Sie selbst«, sagte er.

»Wie schade, daß ich nicht daran teilhaben konnte«, sagte ich. »Vielen Dank für den Scheck und einen schönen Abend noch.«

»Das wünsche ich Ihnen auch, Stefanie«, sagte er.

Mein nächster Anruf galt Vaillant. Weil er fast immer als erster das Büro verließ, überraschte es mich nicht, ihn schon in seiner Wohnung zu erreichen. Er sagte: »Ich wollte dich jetzt auch anrufen. Vom Büro aus war es mir zu riskant. Die Telefontippse hört jedes private Gespräch mit. Weshalb warst du heute nicht im Büro? Hatte es mit deinem gestrigen Besuch bei meinem Onkel zu tun?«

»Nicht unmittelbar«, sagte ich. »Hast du dir schon mal seinen Mercedes ausgeliehen?«

»Schon mehr als einmal. Warum fragst du?«

»Das erkläre ich dir, wenn du mit ihm unten vor der Haustür stehst«, sagte ich. »In welcher Zeit schaffst du das?«

»Wenn er ihn heute abend nicht braucht, in einer halben Stunde.«

»Dann frage ihn danach. Wenn er ihn braucht, sagst du mir Bescheid. Andernfalls bist du in einer halben Stunde hier bei mir.«

»Das hoffe ich doch auch«, sagte er.

Vielleicht wirkt Telefonieren auch über größere Entfernungen hinweg ansteckend, denn kaum hatte ich aufgelegt, läutete der Apparat schon wieder. Diesmal war es Seeberg, und irgendwie war mir fast heiter zumute, als ich seine Stimme hörte.

Er sagte ohne jeden Gruß und ohne jede Einleitung: »Wenn Sie noch einmal bei meiner Frau anrufen, bekommen Sie es mit meinen Anwälten zu tun. Merken Sie sich das.«

Mir kam der Gedanke, meine Telefonate könnten in seiner Privatwohnung von einem Anrufbeantworter aufgezeichnet worden sein, so daß er selbst Gelegenheit hatte, meine Stimme zu hören. Nicht mehr ganz so heiter gestimmt wie zuvor, sagte ich: »Ihre Anwälte können Sie sich an den Hut stecken, Manfred. Wie kommen Sie darauf, ich hätte Ihre Frau angerufen?«

»Weil die Anrufe von einer Frau mit einer ungewöhnlich tiefen und rauchig klingenden Stimme erfolgten. Ich kenne außer Ihnen keine andere Frau mit einer tiefen, rauchig klingenden Stimme.«

»Auch keine andere, deren Titten sich nach Ihren eigenen Worten so traumhaft anfühlen wie die meinen?« fragte ich. »Was wollen Sie eigentlich verhindern? Daß ich meinen früheren Chefs erzähle, wieviel es Ihnen wert war, sie zu sehen und zu streicheln?«

Sein Ton wurde eisig: »Wenn mir auch nur eine Andeutung dieser Art zu Ohren kommt, werden Sie es Ihr Leben lang bereuen. Das verspreche ich Ihnen.«

»Versprochen haben Sie mir schon viel«, sagte ich. »Auch eine gemeinsame Flugreise zu den Bahamas. Mein Chef hat Ihnen erklärt, wie es zu der Werbefunkpanne …«

Er unterbrach mich kalt: »Es geht hier nicht mehr nur um diese unverzeihliche Panne, sondern um Ihre beispiellose Unverschämtheit, meine Frau zu belästigen. Dafür werden Sie mir noch büßen.«

Hinterher weiß man immer, was man in einer solchen Situation einem Mann noch alles hätte erwidern können, aber erstens wäre es nicht mehr an seine Ohren gedrungen, weil er das Gespräch bereits beendet hatte, und zweitens waren mir inzwischen Zweifel gekommen, ob es sehr klug von mir war, seine Frau in meine Fehde einzubeziehen.

Ich blickte auf meine Armbanduhr. Seit Wolfgang die Wohnung verlassen hatte, waren über zwei Stunden vergangen. Sicher war es eine große Enttäuschung für ihn, daß ich unsere Verabredung für das Wochenende wieder nicht einhalten konnte, obwohl ich ihm seit mindestens einem Jahr in Aussicht gestellt hatte, es auch einmal gemeinsam mit ihm und nicht immer nur bei meiner Mutter in Hamburg zu verbringen, aber nach Seebergs Anruf schien mir meine geplante Reise nach Düsseldorf noch unumgänglicher zu sein. Meinen Entschluß erleichternd kam jetzt noch hinzu, daß ich dank Möbius' nächtlicher Sinnesänderung auf die von Wolfgang gestern abend erbetenen zweitausend Mark ebenso verzichten konnte wie auf die zweitausend von Vaillant, worüber ich in beiden Fällen sehr froh war. Zwar wären – wenn man jedes für sich allein betrachtete – weder mein überzogenes Bank- noch mein überzogenes Gehaltskonto Anlaß zur Panik gewesen, aber beide zusammen hatten mir in den letzten Wochen doch einiges Kopfzerbrechen bereitet.

In meiner Erwartung, Vaillant werde noch vor Wolfgangs Rückkehr eintreffen, wurde ich nicht enttäuscht. Nur seine Reaktion, als ich in seiner Gegenwart den Dali aus dem Kofferraum des Mercedes nahm und ihn, bevor wir zum Aufzug gingen, in eine mitgebrachte Wolldecke verpackte, war etwas enttäuschend. Er wollte mit dem Dali und damit, wie ich es geschafft hatte, ihn in den Kofferraum zu bringen, nichts zu tun haben. Erst als wir schon in der Wohnung waren und ich den Dali, damit Wolfgang ihn nicht sah, hinter den Kleiderschrank meines Zimmers schob, fand ich Gelegenheit, ihn zu beruhigen: »Dein Onkel weiß, daß ich ihn habe. Er wußte nur nicht, daß er im Kofferraum seines Wagens steckte. Hast du das Geld mitgebracht?«

Er griff nach seiner Brieftasche.

Ich sagte: »Laß es stecken; ich brauche es nicht. Was hast du deinem Onkel wegen des Mercedes erzählt?«

»Was ich ihm immer erzähle, wenn ich ihn brauche«, antwortete er. »Daß der Porsche in die Werkstatt mußte und ich dringend einen Wagen benötige. Wieso brauchst du das Geld plötzlich nicht mehr? Bekommst du es von meinem Onkel?«

Ich erwiderte seinen Blick. »Willst du über das Wochenende mit mir nach Düsseldorf?«

»Ich denke, das ist so besprochen.«

»Dann stelle keine dummen Fragen, sonst fahre ich allein«, sagte ich. »Hast du schon etwas über Seebergs Schwiegervater erfahren können?«

»Nur was im ›Hoppenstedt‹ steht. Name und Firmenadresse.«

»Dann müssen wir uns eben in Düsseldorf umhören«, sagte ich. »Setz dich irgendwohin. Ich muß telefonieren.«

Landmann meldete sich sofort.

Ich sagte: »Seeberg hat noch nichts von sich hören lassen. Ich kann nicht länger warten. Ich bin zum Abendessen verabredet ...«

»Was erzählst du mir da?« fragte er grob dazwischen. »Es sind noch keine zehn Minuten her, daß Seeberg mich anrief und mir von eurem Gespräch erzählte. Trifft es zu, daß du zweimal bei seiner Frau angerufen hast?«

Mir verschlug es vorübergehend die Sprache.

Er fragte: »Bist du noch da?«

Oft bewundere ich mich nachträglich selbst, wie rasch ich nach Überwindung des ersten Schocks meine Kaltblütigkeit wiederfinde. Ich sagte: »Jetzt paß mal auf, Karl: Dieser Kerl will mich fertigmachen, weil er bei mir nicht erreicht hat, was er wollte ...«

»Oder du nicht bei ihm?« warf er ein. »Hast du Beweise dafür?«

So dumm hatte ich ihn noch nie reden hören. Ich beendete das Gespräch und kehrte zu Vaillant zurück. Er stand am Fenster und blickte auf die Straße hinab. »In dieser Gegend werden keine Autos gestohlen«, sagte ich.

Er wandte mir das Gesicht zu. »Jetzt wird Cramer glauben, mein Onkel sei bei dir«, sagte er. »Er fuhr eben mit seinem Ascona vorbei. Als er den Mercedes sah, trat er kurz auf die Bremse und fuhr dann weiter.«

Ich trat neben ihn ans Fenster. »Bist du sicher, daß er es war?«

»Auf meine Augen kann ich mich verlassen.«

In Wolfgangs Zimmer läutete wieder das Telefon.

Vaillant fragte: »Bist du allein?«

»Er ist ausgegangen«, sagte ich. »Das Telefon wird für ihn sein. Ich gehe nicht hin. Was mache ich bei Männern falsch, Rolf?«

Er grinste überrascht. »Wie kommst du darauf?«

»Das ist keine Antwort auf meine Frage«, sagte ich. »Daß ich es gern sehe, wenn sie scharf auf mich sind, kann doch nicht falsch sein.«

»Aber nicht alle gutaussehenden Frauen lassen es sich mit zweitausend Mark bezahlen«, sagte er. »Ich kenne Seeberg zwar nur vom Sehen. Trotzdem fällt es mir schwer, mir vorzustellen ...«

»Weil er so reputierlich aussieht?« warf ich ein. »Es sind fast immer so reputierlich aussehende Männer wie er, die sich einreden, daß alles nur eine Frage des Geldes sei. Einschließlich der Liebe. Dir war es ja auch zweitausend Mark wert, mit mir zu schlafen. Oder warum wolltest du mir das Geld geben? Nur weil ich dich darum gebeten habe?«

Er blickte zur Tür. »Warum nimmst du den Hörer nicht ab, damit das Läuten aufhört?«

»Mich stört es nicht«, sagte ich und beobachtete, wie er den obersten Knopf meines Kleides öffnete und seine Hand hineinschob. Er streichelte, während wir noch immer am Fenster standen, meine Brust und sagte: »Einerseits kann ich verstehen, daß ihm das zweitausend Mark wert war.«

»Und andererseits?« fragte ich. »Ich habe nichts dagegen, wenn du es genauso siehst und das Geld hier läßt. Aber versuche nicht, noch mehr dafür herauszuschlagen als das.«

»Doch nicht hier am Fenster«, sagte er. »Du bist rasch zu erregen.«

»Du etwa nicht?« fragte ich.

Er zog die Hand zurück und ging in Wolfgangs Zimmer, wo noch immer das Telefon läutete. Gleich darauf verstummte es. Als er zurückkam, hatte ich mich in einen der beiden Sessel gesetzt und mir eine Zigarette angezündet. Er sagte: »Es war für dich. Geschieht es öfter, daß Landmann dich außerhalb der Bürozeit in deiner Wohnung anruft?«

»Hast du dich gemeldet?«

»Dann wüßte es zwei Minuten später mein Onkel. Ich erkannte Landmann an der Stimme. Er fragte, ob du am Apparat seist.« Er griff wieder nach seiner Brieftasche, nahm einige Geldscheine heraus und fragte: »Wo kann ich es hinlegen? Es sind zweitausendzweihundert. Wie von dir gewünscht.«

»In den Kleiderschrank zu der Wäsche«, sagte ich und beobachtete wieder, wie er zum Schrank ging, das Geld hineinlegte und zu mir zurückkam. Er nahm mir gegenüber Platz und blickte mich schweigend an.

Ich fragte: »Tut es dir bereits leid?«

»Nein«, sagte er. »Es hätte mich nur interessiert, wofür du es brauchst.«

»Genügt es dir, wenn ich dir sage, daß du ein gutes Werk damit tust?«

»Wenn du es sagst, genügt es mir«, antwortete er. »Übrigens glaube ich zu wissen, was du bei Männern falsch machst. Du läßt sie auflaufen. Das ist für eine Frau nicht immer ungefährlich. Du könntest einmal an einen geraten, den du nicht mehr so rasch los wirst.«

»Vielleicht war ich deshalb verheiratet«, sagte ich. »Wie lange braucht Landmann von seiner Wohnung hierher?«

»Du meinst, er kommt hierher?«

»Ich meine es nicht, ich weiß es«, sagte ich und drückte die Zigarette aus.

Er sagte: »Vor zwanzig Minuten schafft er es im Berufsverkehr nicht.«

»Das reicht uns«, sagte ich.

Um einen Koffer für eine Wochenendreise zu packen, brauchte ich nicht mehr als fünf Minuten. Auch Vaillants Geld legte ich in den Koffer. Es gefiel mir, daß er keine einzige Frage stellte, sondern mir nur zusah. Als ich mit dem Koffer fertig war, trat ich noch einmal an den Schrank und zog ein anderes Kleid an.

Vaillant sagte: »Kein Wunder, daß Cramer dich nicht vergessen kann.«

»Vor ihm habe ich mich noch nie ausgezogen«, sagte ich.

Für Wolfgang hinterließ ich einige Zeilen auf dem Küchentisch, schloß die Wohnungstür hinter mir ab und saß wenig später neben Vaillant in Onkels Mercedes. Weil er mich fragend anschaute, sagte ich: »Wenigstens eine Zahnbürste wirst du mitnehmen müssen. Kannst du den Mercedes bis Sonntagabend behalten?«

»Ich glaube nicht, daß er ihn braucht«, sagte er. »Und falls doch, kann er sich ein Taxi nehmen. Wenn ich das richtig verstehe, willst du heute noch nach Düsseldorf fahren?«

»Du verstehst es richtig«, sagte ich.

Damit wir Landmann nicht begegneten, fuhr er auf einem Umweg zu seiner Wohnung.

Ich fragte: »Was kostet dieser Mercedes?«

»Etwa fünfundvierzigtausend. Mein Onkel könnte auch einen für hunderttausend fahren. Er hält es aber in der Öffentlichkeit lieber mit den Unauffälligen im Lande.«

»Womit hat er sein Geld gemacht?«

»Mit Beteiligungen an florierenden Firmen. Das erforderliche Kapital hinterließ ihm sein Vater, der auch schon ein vermögender Mann war und sein Geld in weiser Voraussicht schon vor 1933 bei ausländischen Banken, vor allem in der Schweiz, anlegte. Er und seine Frau kamen bei einem Luftangriff auf Essen ums Leben. Mein Onkel war damals bereits zur Wehrmacht eingezogen. Das Mädchen, das er später heiratete, war eine Jugendfreundin. Sie wurde beim gleichen Luftangriff in einem Keller verschüttet und so schwer verletzt, daß seine Ehe mit ihr kinderlos blieb.«

»Von ihr hat er mir erzählt. Ich hätte ja Verwendung für sein Geld. Ihn aber nur deshalb zu heiraten, dazu könnte ich mich nicht überwinden.«

»Natürlich nicht«, sagte er. »Wenn überhaupt, dann muß es bei dir die ganz große Liebe sein.«

»So ist es«, sagte ich. »Ich weiß nur noch nicht, wie sie aussieht. Es stimmt nicht, daß ich Männer auflaufen lasse. Sie laufen von selbst auf.«

Er nickte. »Wie der Fischer im kleinen Kahne. Auch wenn es nicht bewußt geschieht, so sind bei dir doch jeder Blick und jede Bewegung darauf angelegt, Männerherzen zu entflammen. In Wirklichkeit spielst du nur mit ihnen. Ich habe dich gestern gefragt, was ich dir getan habe, daß du mich so abschätzig behandelst. Vielleicht sollte ich die Frage anders stellen, nämlich was Männer dir getan haben, daß du sie für ihre Gefühle, die sie für dich haben, so bestrafst.«

»Vielleicht weil ich besonders auf solche Männer unwiderstehlich wirke, deren Gefühle sich auf den Unterleib beschränken«, sagte ich. »Sei mir still mit Männern. Jedesmal, wenn einer bei mir nicht erreicht, was ihm den Schlaf raubt, bekomme ich die größten Probleme. Ich habe weder Seeberg noch Cramer – um nur zwei dir bekannte Namen zu nennen – Anlaß gegeben, sich Hoffnungen auf das Schlafzimmer zu machen.«

»Mir auch nicht?« fragte er.

»Dir schon eher«, sagte ich. »Aber nur, weil ich dich brauche und weil du mir nützlich sein kannst. Wenn dir das genügt, kannst du für die zweitausend Mark auch das Schlafzimmer haben.«

Er schwieg.

Ich fragte: »Was stellst du dir denn vor? Daß ich mich plötzlich in dich verliebt haben könnte? Als ich mich von meinem Mann trennte, hatte ich vom Schlafzimmer die Nase bis oben hin voll. Daran hat sich bis heute nichts geändert.«

»Diesen Eindruck hatte ich gestern in meiner Wohnung nicht«, sagte er.

Ich lächelte. »Für ein bißchen Petting und dazu noch, wenn es für eine gute Sache geschieht, brauche ich kein Schlafzimmer. Diese zweitausend Mark von dir: Hattest du sie für den Urlaub gespart?«

»Mit zweitausendzweihundert komme ich nicht einmal bis nach München und zurück. Wohin fährst *du* dieses Jahr?«

»Wohin ich jedes Jahr fahre«, sagte ich. »Zu meiner Mutter nach Hamburg.«

»Wie brav von dir«, sagte er.

Sein Porsche stand vor dem Haus. Er gab mir einen Schlüssel und sagte: »Er ist für die Haus- und für die Wohnungstür. Warte oben auf mich. Ich stelle den Porsche in die Tiefgarage.«

»Wegen deiner Wochenendfreundin?«

»Auch wegen ihr. Sie glaubt sonst, ich sei in der Wohnung und wolle ihr die Tür nicht aufmachen. Frau Peters, die Frau des Hausverwalters, steht auch schon wieder hinter der Gardine.«

»Das ist ja direkt widerlich«, sagte ich und stieg aus dem Wagen und danach die drei Treppen zu seiner Wohnung hinauf. Sein Schlafzimmer hatte ich noch nicht gesehen. Auch hier traf das Auge auf Mahagoni. Der große Kleiderschrank, das breite Doppelbett, worin vielleicht schon seine Tante geschlafen und auch gestorben war: Alles feinstes Mahagoni, und auch den Tüllgardinen haftete noch das Flair von gestern an. Erst das dritte Zimmer erwies sich als ein Raum der Gegenwart, mit einem großen Fernseher, modernen Sitzmöbeln und zwei großvolumigen Lautsprechern einer Stereoanlage. In einem offenen Bücherregal überwog betriebswirtschaftliche Fachliteratur, aber auch mir bekannte aus unserem eigenen Metier. Einige Krimis rundeten das Literaturarsenal nach unten ab. Als Vaillant eintraf, hörte ich mir auf einer Couch liegend eine Musikkassette an. Ich fragte: »Du magst Schnulzen?«

»Über alles«, sagte er. »Schnulzen, rassige Weiber und schnelle Autos. Fast hätte ich in der Tiefgarage einen Unfall gebaut, weil ich ständig daran denken mußte, wie du in deinem Zimmer das Kleid auszogst. Es ging nur viel zu schnell, so daß ich nicht viel davon hatte.«

Ich fragte: »Würdest du es als eine angemessene Gegenleistung für deine zweitausendzweihundert Mark betrachten, wenn ich es noch einmal und diesmal etwas langsamer ausziehe?«

»Unbedingt«, sagte er und nahm erwartungsvoll in einem Sessel Platz.

Ich sagte: »Nicht jetzt. Zuerst die Arbeit und dann das Kleid. Als ich Seeberg zuletzt in Düsseldorf besuchte, weil er mich dorthin bestellte, wohnte ich in einem guten Hotel. Ich möchte dort nicht unangenehm auffallen und lege Wert darauf, daß wir zwei Zimmer nehmen.«

»Hauptsache, ich darf zusehen, wie du das Kleid ausziehst«,

sagte er und ließ mich allein. Für sein Reisegepäck brauchte er fast doppelt so viel Zeit wie ich. Dafür sah er dann in seinem sommerleichten Blouson in dunklem Beige und mit der sportlichen Bundfaltenhose im Golf-Stil recht schnieke aus. Ein Kompliment machte ich ihm erst, als wir schon auf der Autobahn waren, fügte jedoch gleich abschwächend hinzu: »Stil hast du trotzdem keinen. Daß du das Wohnzimmermobiliar deines Onkels übernehmen mußtest, dafür könnte man für einen Mann in deiner Situation noch Verständnis haben. Ich finde es jedoch übertrieben, daß du auch noch sein Schlafzimmer ...«

»Das war nicht sein Schlafzimmer«, warf er ein. »Mein Onkel hat es passend zur Wohnzimmereinrichtung ...«

»Hast du denn außer den Kinderspielsachen in deinem Fernsehzimmer nie eigene Möbel gehabt?« fragte ich dazwischen.

»Ich habe nie welche gebraucht«, sagte er. »Als ich noch keine eigene Wohnung hatte ...«

»Durftest du bei deinem Onkel wohnen«, unterbrach ich ihn wieder. »Und warum wohnst du heute nicht mehr bei ihm?«

»Weil ich vierzehn Monate im Gefängnis saß«, sagte er. »Nach meiner Entlassung fand es mein Onkel besser, wenn ich eine eigene Wohnung hatte. Willst du noch mehr hören?«

»Nein, danke«, sagte ich. »Wenn ich eines Tages neugierig darauf werden sollte, frage ich dich danach.«

Er blickte von der Seite in mein Gesicht. »Dich wirft wohl nichts um?«

»Nicht so rasch«, sagte ich und beobachtete einen BMW, der uns trotz eines Baustellen-Tempolimits zügig überholte. Ich fragte: »Wenn du allein im Auto sitzt, fährst du dann genauso?«

Er sagte: »Ich bin weder zu Hause noch in der Schule antiautoritär erzogen worden. Mir ist da übrigens nachträglich zu deiner Frage, was der Verlust eines Kunden wie Seeberg für uns finanziell bedeuten würde, doch noch etwas eingefallen. Für unser Image wäre er katastrophal und in seiner Wirkung auf unsere übrige Kundschaft nicht abzusehen. Auch jene, die bisher mit unserer Arbeit zufrieden waren, werden plötzlich feststellen, daß sie sich vielleicht mehr von uns versprochen haben. Insofern haben Landmann und mein Onkel nicht unrecht, wenn sie schwerwiegende geschäftliche Konsequenzen befürchten.«

Ich wandte ihm das Gesicht zu. »Du hast inzwischen mit Landmann gesprochen?«

»Mit ihm nicht. Nur mit meinem Onkel, als ich den Mercedes abholte.«

»Und warum sagst du mir das gerade jetzt?«

»Weil du mit dieser Fahrt nach Düsseldorf vielleicht alles nur noch schlimmer machst«, sagte er. »Ich sehe auch nicht, was du dort erreichen willst und kannst. Seeberg ist nicht dumm. Wenn seine Frau ihm von deinem Anruf erzählt, wird er vielleicht die richtigen Schlüsse ziehen. Für einen Mann in seiner Position und mit dem Vorstandsvorsitzenden der Görlach AG als Schwiegervater gibt es sicher Möglichkeiten, durch Anwälte festzustellen, ob Landmann und mein Onkel dich tatsächlich oder nur zum Schein entlassen haben.«

»Und weiter?« fragte ich.

Statt zu antworten, zuckte er nur mit den Schultern.

Ich sagte: »Solange sie mir mein Gehalt weiterbezahlen, ist es mir egal, ob ich formal entlassen bin oder …«

»Aber das können sie doch gar nicht«, warf er ein. »Wie stellst du dir das buchungstechnisch vor? Eine Kündigung setzt auch voraus, daß die monatlichen Überweisungen deiner Sozialbeiträge eingestellt werden. Wenn dein Gehalt weiterläuft, dann können Landmann und mein Onkel das nur aus ihrer eigenen Tasche finanzieren.«

»Na und?« fragte ich.

Er schüttelte den Kopf. »Du bist doch sonst nicht so begriffsstutzig. Abgesehen davon, daß ihnen das eines Tages zu dumm und zu kostspielig werden wird, machst du dich doch völlig abhängig von ihnen. Und das in jeder Beziehung.«

»Eben deshalb fahre ich nach Düsseldorf«, sagte ich. »Viel schlimmer, als meine Situation schon ist, kann sie gar nicht werden. Bevor er mich in die Agentur holte, ist Landmann ganz gut ohne mich ausgekommen. Er würde auch in Zukunft wieder ohne mich auskommen. Es ist nur schade, daß ich keine Gelegenheit hatte, von Seebergs Scheck über seine zweitausend Mark eine Kopie anzufertigen. Vielleicht bestand er deshalb darauf, daß ich ihn sofort einlöste. Mit einer Kopie des Schecks könnte ich ihn so klein machen.« Ich zeigte ihm mit Daumen und Zeigefinger, wie klein ich Seeberg machen könnte, und fuhr fort: »Wenn du plötzlich Bedenken hast, wäre ich besser ohne dich gefahren. In Düsseldorf brauche ich deine Hilfe nicht. Du kannst dort machen, was du willst. Oder noch heute abend nach Bad Hülsen zurückfahren.«

»Ich denke nicht daran«, sagte er. »Ich werde dir in Düsseldorf bei dem, was du dort vorhast, auch nicht hineinreden. Was ich dazu zu sagen habe, ist hiermit geschehen und für mich erledigt. Ich glaube auch nicht, daß du Seeberg antriffst. Fällt dir nicht auf, daß nach Süden mehr Verkehr ist als nach Norden?«

Aufgefallen war es mir schon, aber da wir nach Norden und

nicht nach Süden fuhren, hatte ich nicht weiter darauf geachtet. Ich sagte: »Die Leute fahren bei dem schönen Wetter über das Wochenende eben lieber nach Süden als nach Norden. Vielleicht in den Schwarzwald. Was soll's?«

»Ganz so unwichtig ist das nicht«, sagte er. »Ich habe es nicht erwähnt, um bei dir nicht noch mehr den Eindruck aufkommen zu lassen, ich wollte mich davor drücken, dich nach Düsseldorf zu fahren, aber gestern haben in Nordrhein-Westfalen die Schulferien begonnen. Vielleicht ist Seeberg mit seiner Familie schon unterwegs zu ihrem Urlaubsdomizil.«

»Heute nachmittag war er noch zu Hause«, sagte ich.

»Woher willst du das wissen?«

Um ihn nicht noch besorgter zu stimmen, als er schon war, sagte ich: »Er hat wegen der nächsten Kampagne bei Landmann angerufen, und dieser rief mich an, um es mir zu sagen. Außerdem müßte dir bekannt sein, daß es die Betriebsräte und nicht die Manager sind, die schon am zweiten Ferientag wegfahren.«

»Wenn du meinst«, sagte er. »Weiß dein Exschwiegervater von deinen Problemen mit Seeberg?«

Ich schüttelte den Kopf. »Er würde sie doch nicht verstehen.«

»Auf mich machte er aber einen noch sehr wachen Eindruck.«

»So war das auch nicht gemeint«, sagte ich. »Er hat genug mit seinen eigenen Problemen zu tun.«

»Ist er krank?«

»Eben nicht. Je gesünder ein Mann in seinem Alter ist, desto schwerer fällt es ihm, sich damit abzufinden, daß sein Leben schon so gut wie vorbei sein soll. Ich habe schon oft versucht, ihn zu einer größeren Reise zu überreden. Er hat noch die Kondition und auch das Geld dazu, aber ohne mich will er nicht verreisen. Statt dessen verbringt er die meiste Zeit in der Wohnung. Daß einem Mann da irgendwann die Decke auf den Kopf fallen muß und der Blickwinkel sich auf die Dimensionen seiner vier Wände verengt, ist fast unvermeidlich. Seit er sich auch nicht mehr mit seinem Sohn trifft ...«

»Warum eigentlich nicht?« fiel er mir dazwischen. »Nur weil er dich nach eurer Scheidung bei sich aufgenommen hat?«

Ich sagte: »Das Zerwürfnis zwischen ihnen reicht bis zum Tod seiner Frau, Volkers Mutter, zurück. Er macht Volker für deren Tod verantwortlich, weil sie nach einem Herzinfarkt nicht rechtzeitig in die Stadtklinik eingeliefert wurde. Sie hatte sich schon beim gemeinsamen Frühstück nicht wohl gefühlt. Er rief deshalb, bevor er in die Stadt fuhr, um für das Personal das Geschäft aufzuschließen, Volker an und bat ihn, nach ihr zu schauen. Der hat es ihm zwar zugesagt, es aber, weil ihm in der Redaktion etwas dazwischen kam, vergessen. Als Wolfgang dann nach Hause kam, lag sie tot in ihrem Bett. Das hat er Volker nie verziehen. Manchmal, wenn ich von der Arbeit nach Hause komme und die Wohnungstür aufschließe, habe ich Angst, es könnte mir bei ihm genauso ergehen wie ihm mit seiner Frau: daß er tot im Bett liegt.«

»Trotzdem kannst du dich von ihm nicht trennen?«

»Er tut mir leid«, sagte ich.

Gegen Abend kehrten wir in einer Autobahnraststätte ein. Ich bestellte mir nur einen Salat.

Vaillant lächelte. »Nicht einmal Huhn?«

»Hühner sind auch Tiere«, sagte ich. »In Hamburg hatte ich einen irischen Setter, an dem mein ganzes Herz hing. Wenn ich tagsüber keine Zeit für ihn hatte, kümmerte sich meine Mutter um ihn. Seit ich die Stellung bei der Bäder- und Kurverwaltung bekam, kann ich keinen Hund mehr halten.«

»Mag Wolfgang keine Hunde, daß du ihn später hättest nachholen können?«

»Da lebte er schon nicht mehr«, sagte ich.

Er sagte: »Jemand im Büro, ich weiß nicht mehr, wer, erzählte mir, daß auch dein Vater an einem Herzinfarkt gestorben sei. Stimmt das?«

Ich nickte.

Er blickte mich betroffen an. »Es tut mir leid, Stefanie. Ich wußte nicht, daß sein Tod dir heute noch so nahe geht.«

»Ich habe ihn sehr geliebt«, sagte ich und stand rasch auf. Als ich Minuten später aus dem WC zurückkam, hatte ich mich wieder gefaßt.

Vaillant blickte besorgt in mein Gesicht. »Alles in Ordnung?«

»Alles in Ordnung«, sagte ich. »Wenn meine Blase voll ist, laufen mir jedesmal die Augen über.«

»So sah das aber nicht aus«, sagte er.

»Dann hast du nicht richtig hingesehen«, sagte ich und beugte mich über meinen Salatteller.

Er sagte: »Ich saß nicht im Gefängnis. Die Strafe wurde zur Bewährung ausgesetzt.«

Ich blickte flüchtig vom Teller auf. »Was erzählst du dann solchen Käse? Um zu sehen, wie ich reagiere?«

»Du reagierst auch jetzt nicht«, sagte er. »Ist es dir egal, ob ich ein Kind totgefahren oder Geld veruntreut habe, um an einer Rallyefahrt teilnehmen zu können?«

»Dann sag doch gleich, daß du Geld veruntreut hast, um an

einer Rallyefahrt teilnehmen zu können«, sagte ich. »Wenn das alles ist, kannst du den Rest für dich behalten.«

Er schwieg. Für das Essen ließ er sich eine Rechnung geben.

Ich fragte: »Was willst du damit?«

»Reine Gewohnheit«, sagte er.

8

Es war noch hell, als wir nach Düsseldorf kamen. Das Hotel stand nicht weit vom Rheinufer entfernt in einer Grünanlage.

Vaillant sagte: »Bestimmt nicht billig.«

»Dafür hat es Tiefgarage und Zimmer mit Klo«, sagte ich.

Weil in der Ferienzeit auch in Düsseldorf keine Messen veranstaltet werden, bekamen wir die gewünschten Einzelzimmer sogar im gleichen Stockwerk. Vaillant klopfte schon an meine Tür, als ich noch beim Auspacken war. Ich hatte ihn gebeten, sich um einen Mietwagen, einen Stadtplan und um die Privatadresse von Seebergs Schwiegervater zu kümmern. Den Stadtplan hatte er an der Rezeption bekommen, die Privatadresse von Peter Korwan dem Telefonbuch entnehmen können, und der Mietwagen würde innerhalb der nächsten Viertelstunde gebracht werden. Um zu dieser Tageszeit in Bad Hülsen noch einen Mietwagen zu bekommen, hätte man ihn schon stehlen müssen. Ich breitete den Stadtplan auf dem Bett aus, legte Seebergs Kärtchen mit seiner Privatadresse dazu und überließ, während ich meinen Koffer vollends ausräumte, Vaillant die Feinarbeit.

Schon nach wenigen Minuten hatte er beide Straßen entdeckt. Er zeigte sie mir und sagte: »Wenn ihre Familien sich gegenseitig besuchen wollen, können sie es ohne Auto tun. Sie wohnen nicht weit voneinander entfernt. Scheint eine vornehme Gegend zu sein. Kennst du sie? Du warst doch schon einmal hier.«

»So gut wie nicht«, sagte ich. »Ich traf nachmittags gegen fünf Uhr mit dem Zug ein und fuhr am nächsten Vormittag nach Bad Hülsen zurück. Seeberg hat mich damals antanzen lassen, nur um mir zu sagen, daß er unsere letzte Konzeption für eine bundesweite Plakatierung gut finde. Abends lud er mich zu einem Glas Wein in einem kleinen Bumslokal in der Altstadt ein, das er mit seiner Frau bestimmt nicht betreten würde.«

»Aber damals wurde er noch nicht intim?«

Ich mußte lachen. »Das war erst unsere zweite Begegnung. Da hätte er sich so etwas noch nicht getraut. Aber wenn es auch nur ein Bumslokal war und wir uns hauptsächlich über unsere Werbung für seine Firma unterhielten, zu einem abendlichen Glas Wein wurde Landmann, wenn er Seeberg vor meiner Zeit in Düsseldorf aufsuchte, nie eingeladen. Er hatte schon damals ein Auge auf mich, sonst hätte er, als er am Tag vorher wegen des Termins bei uns anrief, nicht mich, sondern Landmann verlangt. Er wollte auch nicht, daß dieser mitkam. Das war aber auch meine zugleich erste und letzte Reise zu ihm. Fortan zog er es vor, nach Bad Hülsen zu kommen. Wohl nur deshalb, weil dort das Risiko, von Bekannten gesehen zu werden, wenn er mich zum Essen ausführte, wesentlich kleiner war als in Düsseldorf.«

Er setzte sich neben dem Stadtplan auf das Bett und sagte: »Vielleicht brauchst du, außer so auszusehen, wie du aussiehst, gar nichts zu tun, um einen Mann anzumachen.«

»Sicher nicht«, sagte ich. »Als dein Onkel mich zum ersten Mal in sein Haus in Marbella einlud, hatte ich ihn weder durch heiße Blicke noch durch verführerische Gesten dazu ermuntert.«

»Dann hat er dich schon früher und nicht erst jetzt eingeladen?«

»Vielleicht wollte er auch nur einmal auf den Busch klopfen«, sagte ich und nahm ihm gegenüber auf der anderen Bettseite Platz. »Daß ich ihn beim Wort nehmen würde, damit hatte er sicher nicht gerechnet. Willst du jetzt gleich bumsen, oder erst wenn wir zurückkommen?«

Er blickte mich ein paar Sekunden lang schweigend an. Dann stand er auf und wandte sich der Tür zu.

Ich sagte: »Wenn du das tust, kannst du auch gleich nach Hause fahren. Man wird doch noch fragen dürfen. Ist es dir lieber, wenn ich es schriftlich mache?«

Er drehte sich mit rotem Kopf nach mir um und sagte: »Das ist doch auch nur wieder deine beschissene Masche, einen Mann auflaufen zu lassen. Du kannst völlig beruhigt sein: Mir steht heute wirklich nicht mehr der Sinn danach.«

»Ich war nicht im geringsten beunruhigt«, sagte ich. »Wenn er dir heute nicht steht, dann eben morgen. Ich möchte mich noch rasch umziehen. Die Viertelstunde ist vorbei, der Leihwagen müßte bereits hier sein. Wie wäre es, wenn du dich an der Rezeption danach erkundigst?«

Er fragte. »Wozu brauchen wir überhaupt einen Leihwagen? Ist dir der Mercedes für Düsseldorf nicht fein genug?«

»Hauptsache, du bist mir für Düsseldorf fein genug«, sagte ich. »Ich möchte mir Seebergs Haus ansehen. Da ist es besser, wir benutzen einen Wagen mit einem Düsseldorfer Kennzeichen. Warte noch eine Minute.« Ich stand auf, ging zum Kleiderschrank und zog das Kleid aus. Für den Abend hatte ich etwas Türkisfarbenes aus Nappaleder mitgenommen, ein Geburtstagsgeschenk von Wolfgang. Der kragenlose Blouson mit Druckknopfverschluß und die enge Bundfaltenhose ließen mich noch größer und meine Beine noch länger erscheinen. Bevor ich sie anzog, drehte ich mich nach Vaillant um und fragte: »War das diesmal lange genug?«

Sein Gesicht wirkte jetzt eher blaß als gerötet. Er sagte: »Damit allein zeigst du mir nichts Neues mehr.«

»Ohne den Slip aber auch nicht«, sagte ich. »Oder hat deine Wochenendfreundin nur zwei Körperöffnungen?«

Statt mir zu antworten, verließ er das Zimmer und schlug die Tür hinter sich zu. Vom Typ her hatte ich ihn wesentlich unsensibler eingeschätzt als Cramer, bei dem meine rüde Schocktherapie genau das Gegenteil bewirkt und seine Begehrlichkeit erst richtig angeheizt hatte, aber dieses Risiko ging man als Frau bei jedem Mann neu ein, und was sich bei dem einen bewährte, konnte beim nächsten voll ins Auge gehen. Wobei ich mir noch nicht einmal sicher war, ob ich Vaillant tatsächlich abschrecken oder ihn provozieren wollte.

Ich zog mich an, frischte mein Gesicht etwas auf und nahm dann, weil es läutete, das Telefon ab. Ein Herr von der Rezeption verständigte mich, daß der Mietwagen eingetroffen sei und Herr Vaillant im Vestibül auf mich warte. Als ich hinunterkam, saß er in einem der aufwendig gepolsterten roten Ledersessel bei einem Cognac. Sogar einem doppelten, wie er mir ungefragt mitteilte. Ich sagte: »Dann bleibst du besser hier, sonst verlierst du noch den Führerschein.«

»Ich bin nicht wie du, daß mich ein einziges Glas …« Er sprach nicht weiter und starrte mich verdrossen an. Ich führte den Abbruch seiner Rede auf den enormen Eindruck zurück, den ich in meiner Lederkleidung nicht nur auf ihn machte. Auch das sicherlich einiges gewohnte Personal an der Rezeption und die sonst noch im Vestibül anwesenden maskulinen Typen hatten mich in den Mittelpunkt ihrer Aufmerksamkeit gerückt. Das waren immer jene Momente, die mein Selbstvertrauen festigten und ein Gefühl von Dankbarkeit in mir aufkommen ließen, so und nicht anders auf die Welt gekommen zu sein. Um so schrecklicher aber auch der Gedanke an die Vergänglichkeit meiner Faszination auf Männer, an die Vergänglichkeit meines Fleisches schlechthin, das mir in seiner gegenwärtigen Beschaffenheit nur für eine armselig anmutende Wegstrecke mitgegeben war. Jedesmal, wenn ich daran dachte, hätte ich heulen mögen.

Bei dem Mietwagen handelte es sich um einen schwarzlackierten Jaguar. Er stand vor dem Hotel, bewacht vom Portier, der uns, die Hand am Mützenschild, willkommen hieß. Er öffnete uns den Wagenschlag, zuerst mir und dann Vaillant, der ihm einen Geldschein in die Hand drückte.

Ich hielt mich zurück, bis der Wagen anrollte, dann fragte ich: »Bist du verrückt, einen Jaguar zu bestellen?«

»Ich habe ihn nicht bestellt«, sagte er. »Ich habe an der Rezeption darum gebeten, uns einen Leihwagen kommen zu lassen. Als der Geschäftsführer mich fragte, ob wir einen besonderen Wunsch hätten, antwortete ich ihm, das Fabrikat sei uns egal, nur schnell müsse es gehen.«

»Klar, daß er dir dann den teuersten bestellt«, sagte ich. »Vielleicht bekommt er von der Verleihfirma eine Provision dafür, und je teurer der Wagen, desto höher die Provision. Der Wagen ist für unsere Zwecke doch viel zu auffällig.«

»Du fällst ohne Wagen noch viel mehr auf als ein Jaguar ohne dich«, sagte er. »Was regst du dich überhaupt auf? Es ist schließlich mein Geld. Außerdem ist es bereits dunkel. Mußtest du unbedingt diese Lederhose anziehen? Sie scheint vorne nicht einmal einen Reißverschluß zu haben.«

»Aus gutem Grund nicht«, sagte ich. »Gefummelt wird erst, wenn wir wieder im Hotel sind. Vorausgesetzt, ich bin dann nicht schon zu müde dafür.«

»Dann weiß ich jetzt schon, wie das heute abend ausgeht«, sagte er. »Wie das Hornberger Schießen.«

Ich sagte: »Ich habe keine Ahnung, wer dort geschossen hat. Ich weiß nicht einmal, wo Hornberg liegt. Fahren wir auch richtig?«

»Die nächste Straße muß schon die Inselstraße und die übernächste diejenige sein, wo Seeberg wohnt«, sagte er. »Um hierher zu kommen, hätten wir gar kein Auto gebraucht. Mich kennt Seeberg nicht so gut wie dich. Wie wäre es, wenn ich zu Fuß hinginge und mir das Haus zuerst einmal allein ansähe?«

Schlecht fand ich seinen Vorschlag nicht, zumal ich zu meinem Ärger feststellte, daß ich Herzklopfen hatte. Wegen der großen Villengrundstücke mit ihren Garagen gab es keine Parkplatzprobleme. Mir fiel ganz unvermittelt ein, daß mein VW noch immer auf dem Parkplatz der Agentur stand. Landmann würde sich sicher darüber gewundert haben.

Daß wir uns hier in einer vornehmen Gegend befanden, ging allein schon daraus hervor, daß die Straßen einseitig bebaut, beidseitig von hohen Bäumen flankiert und nur in einer Richtung zu befahren waren. Auf der anderen Seite gab es Grünanlagen, und auch die in vornehmer Abgeschiedenheit hinter tiefen Gärten und lebenden Zäunen beim gelben Licht der Straßenlaternen kaum erkennbaren alten Patrizierhäuser ließen keinen Zweifel daran aufkommen, daß hier nicht Hinz und Kunz zu Hause waren.

Während Vaillant sich auf den Weg machte, zündete ich mir eine Zigarette an, schaltete das Radio ein und hörte Musik. Anscheinend handelte es sich um eine Wunschsendung für das einfache Volk, denn was sich da am Telefon an Hörern und Hörerinnen zu Wort meldete, ließ mir wieder einmal bewußt werden, auf welch niedrigem Niveau eine Werbeagentur arbeiten mußte, wollte sie den Zielgruppen ihrer Kunden gerecht werden.

Vaillant kam früher zurück, als ich erwartet hatte. Er setzte sich zu mir in den Wagen und sagte: »Das Haus ist das dritte in der Seitenstraße vor uns. Als ich um die Ecke bog, kamen gerade ein junger Mann und ein junges Mädchen mit einem Moped aus dem Haus. Er fuhr ohne Licht mit ihr davon; sie auf dem Gepäckträger. Damit ich ihnen nicht auffiel, blieb ich nicht stehen, sondern ging auf der Straße weiter, bis sie an mir vorbeifuhren. Vielleicht hat sie ihn besucht, und er bringt sie jetzt nach Hause.«

»Dann müßte er ja irgendwann zurückkommen«, sagte ich. »Ist das Haus groß?«

»Das ließ sich von der Straße aus in der Dunkelheit nicht genau feststellen. Klein ist es jedenfalls nicht. Mir fiel aber auf, daß ich, als die beiden weggefahren waren, im Haus nirgendwo Licht brennen sah. Wenn der junge Mann sein Sohn war, dann sind Seeberg und seine Frau entweder schon schlafen oder heute abend ausgegangen.«

Ich drückte die Zigarette im Ascher aus. »Wohl eher ausgegangen, und der Sohn, wenn es der Sohn war, hat ihre Abwesenheit dazu benutzt, seiner Freundin ungestört das Haus zu zeigen.«

»Woraus schließt du das?«

Ich lächelte. »So hat es mein erster Freund auch gehalten. Jedesmal wenn seine Eltern ausgegangen waren, lud er mich zu einer Hausbesichtigung in sein Schlafzimmer ein.«

»Das ist ja sehr aufschlußreich«, sagte er. »Wenn er dein erster Freund war, wie alt warst du da?«

»Siebzehn«, sagte ich. »Eines Tages blieb meine Periode aus, und ich bekam einen solchen Schock, daß ich mich, obwohl sie sich mit einer vierzehntägigen Verspätung dann doch noch einstellte, bis zu meinem zwanzigsten Lebensjahr zu keiner Hausbesichtigung mehr einladen ließ. Die Pille war mir damals noch suspekt. Auch hatte ich noch nicht viel von der Bumserei. Einen echten Orgasmus bekam ich erst mit einundzwanzig. Wann hattest du deinen ersten?«

Seine Antwort, sich zu mir herüberzubeugen und mich zu küssen, war nicht von schlechten Eltern. Jedenfalls verstand er etwas davon, und wären nicht zwei Passanten gewesen, die im Vorbeigehen neugierig zu uns herblickten, hätte ich ihn noch eine Weile küssen lassen. Ich sagte: »Wenn ich wieder geküßt werden will, werde ich es dich vorher wissen lassen. Ich möchte das Haus sehen. Fahr mich hin.«

»Ob du dann viel klüger bist als jetzt, wage ich zu bezweifeln«, sagte er.

Ich sagte: »Niemand hindert dich daran zu bezweifeln, was dir zweifelhaft erscheint. Wo ist der Schalter für den Blinker?«

Er zeigte ihn mir. »Du willst selbst fahren?«

»Wenn der junge Mann zurückkommt. Bis dahin werde ich mir etwas einfallen lassen, ihn, ohne meinen Namen zu nennen, anzusprechen. Du wartest im Hotel auf mich.«

»Und wenn er nicht zurückkommt?«

»Wenn es mir zu lange dauert, versuchen wir es morgen wieder. Ich will schließlich nicht seinen Sohn, ich will Seeberg sprechen. Zuerst einmal unter vier Augen und, wenn das nichts nützt, in Gegenwart seiner Frau oder auch in Gegenwart seines Schwiegervaters. Entweder er nimmt seine Forderung nach meiner Kündigung zurück, oder ich werde ihm so lange auf die Nerven fallen, bis er es aufgibt, mich fühlen zu lassen, wie mächtig er ist. Ich habe diese aufgeblasenen Typen, die es sich ungestraft leisten können, auf anderen, insbesondere auf uns Frauen, herumzutrampeln, nur weil wir weniger verdienen als sie, schon als junges Mädchen gehaßt.«

»Dann hast du dir eben den falschen Job ausgesucht«, sagte er.

Ich winkte ab. »Ach was, die Seebergs triffst du in jedem Job. Bei der Reisebürogesellschaft, wo ich früher arbeitete, genauso wie bei der Bäder- und Kurverwaltung in Bad Hülsen, wo ich es in meiner damaligen Stellung häufig mit kleinkarierten Provinzpolitikern und Kommunalbeamten zu tun hatte, die sich aufspielten, als hinge das politische Schicksal der Bundesrepublik von ihnen ab. Die können dir, wenn du von ihrem Wohlwollen abhängig bist, auch ganz schön zusetzen. Willst du hier übernachten?«

Er startete den Motor. »Und was willst du von seinem Sohn erfahren? Ob sein Vater schon schläft und wann er morgens aufsteht?«

»Das laß meine Sorge sein. Es macht dir doch nichts aus, zu Fuß zum Hotel zurückzugehen?«

Er fuhr von unserem Parkplatz auf die Straße und bog gleich darauf nach rechts ein. »Es wird nicht einfach für dich sein, allein hier herauszufinden«, sagte er. »Den gleichen Weg zurückfahren kannst du wegen der Einbahnstraßen nicht. Das hier ist auch eine.«

»Irgendwo muß sie ja wieder aus diesem Prominentenviertel hinausführen«, sagte ich. »Bevor ich nach Bad Hülsen kam, bin ich fünf Jahre lang mit dem Auto kreuz und quer durch Hamburg gefahren. Mach dir also keine Sorgen um mich. Wo ist das Haus?«

»Hier«, sagte er und trat auf die Bremse. Sehen konnte ich außer einem schmiedeeisernen Gartentor nicht viel. Auch hier war die Straße nur einseitig bebaut. Gegenüber waren wieder Grünanlagen, vielleicht auch eine größere Parklandschaft. Das Licht der wenigen Laternen war zu schwach, um zu erkennen, wie weit sie reichte. Ich fragte: »Bist du sicher, daß es auch das richtige Haus ist?«

»Sein Name steht am Tor über der Sprechanlage«, sagte er. »Willst du mit dem Wagen hier stehen bleiben oder vor dem nächsten Haus warten?«

Ich sagte: »Seebergs Sohn wird sich wohl kaum darum kümmern, daß dies eine Einbahnstraße ist. Folglich braucht er nicht unbedingt von hinten zu kommen.«

»Das ist richtig.«

»Dann ist es besser, der Wagen steht hier«, sagte ich. »Geh jetzt. Er darf dich nicht zusammen mit mir sehen.«

»Noch einen Kuß?« fragte er.

Ich hielt ihm den Mund hin. Erst als er versuchte, mit der Zunge meine Lippen zu öffnen, nahm ich den Kopf zurück und sagte: »Im Mund mag ich sie weniger.«

»Und wo magst du sie mehr?«

»Das mußt du schon selbst herausfinden«, sagte ich.

Er stieg aus dem Wagen. Im Rückspiegel beobachtete ich, wie er sich rasch entfernte und an der Straßenecke meinen Blicken entschwand.

Wenn seine Vermutung zutraf, daß der junge Mann das junge Mädchen mit seinem Moped nach Hause gefahren hatte, mußte sie ganz in der Nähe wohnen, denn sein Moped tauchte am Ende der Straße nach kaum fünf Minuten wieder auf. Erwartungsgemäß in verbotener Fahrtrichtung und auch wieder ohne Beleuchtung. Wären die Straßenlaternen nicht gewesen, ich hätte ihn viel zu spät bemerkt. So blieb mir wenigstens noch Zeit, den Motor zu starten, die Scheinwerfer einzuschalten und den vorsorglich mitgebrachten Stadtplan auf meinen Schoß zu legen. Bis dahin stand er auch schon mit seinem Moped neben mir, beugte sich zu mir herunter und sagte einige Worte, die ich jedoch wegen des geschlossenen Fensters nicht verstehen konnte. Das Fenster zu öffnen schaffte ich nicht, weil ich in der Eile den Schalter für den elektrischen Scheibenheber nicht fand. Also öffnete ich die Tür und sagte: »Ich habe mich in der Dunkelheit verfahren und suche mein Hotel. Vielleicht können Sie mir helfen.«

»Ein Momentchen«, sagte er und schob sein Moped zum Gartentor. Schon der erste Blick in sein Gesicht hatte mich sicher werden lassen, daß ich es mit Seebergs Sohn zu tun hatte. Obwohl er nicht älter als achtzehn sein konnte, war die Ähnlichkeit bereits sehr groß. Auch an Körpergröße stand er seinem Vater nicht mehr viel nach. Nur die Mutation hatte er noch nicht hinter sich. Wie die meisten Jungens trug er Jeans und zur Individualisation ein T-Shirt mit einem Mädchennamen auf dem Rücken. Er kam wieder zu mir an die noch halb geöffnete Tür, blickte mich einige Sekunden lang wie prüfend an und fragte dann nach dem Namen des angeblich von mir gesuchten Hotels. Als er ihn wußte, umrundete er den Wagen, öffnete die Beifahrertür und setzte sich neben mich. Er sagte: »Es ist leichter zu finden als zu erklären. Fahren Sie zuerst immer geradeaus, dann die zweite Straße rechts, die dritte wieder links und dann zweimal nach rechts.«

»Das scheint wirklich sehr einfach zu sein«, sagte ich. »Sie wohnen hier?«

»In diesem Haus«, sagte er und winkte mit dem Kopf zum Gartentor. »Ich heiße Stefan. Und Sie?«

Ich mußte lächeln. »Renate. Wer ist die Michaela auf Ihrem Rücken?«

»Ein Mädchen«, sagte er. »Wissen Sie, daß Sie genauso heißen wie meine Mutter?«

»Nein, aber es ist gewiß ein hübscher Zufall. Es ist nicht nötig, daß Sie mich bis zum Hotel begleiten. Wenn es so einfach ist mit zuerst geradeaus, dann dritte Straße rechts ...«

»Zweite Straße rechts«, berichtigte er meine wissentlich falsche Wiedergabe. »Es ist besser, ich komme mit Ihnen, denn wenn Sie falsch fahren, landen Sie auf der OB.«

»Was ist das?« fragte ich.

»Die Oberkasseler Brücke«, sagte er. »Von Ihrem Hotel hierher sind es höchstens zehn Minuten. Die gehe ich für Sie gerne zu Fuß.«

»Und warum das?« fragte ich.

»Weil Sie mir gefallen«, sagte er. »Wenn Sie wollen, können Sie Stefan zu mir sagen.«

Für sein Alter war er schon ziemlich keß. Auch seine Art zu reden erinnerte mich mehr an seinen Vater als an seine um ein eigenes Vokabular bemühte Generation, das allerdings, wie ich Renate und Manfred Seeberg einschätzte, im familiären Umgang kaum Anwendung fand, so daß ihr Sohn ausreichend Gelegenheit hatte, sich auch mit dem ihren vertraut zu machen.

Möglicherweise trug der Umstand, daß ich zu schon fortgeschrittener Stunde noch allein in einem Jaguar unterwegs war, dazu bei, daß er sich nicht recht schlüssig werden konnte, welchem Gewerbe ich nachging. Ich sagte: »Das ist sicher eine hohe Auszeichnung für mich, Stefan, aber Sie wissen doch gar nicht, mit wem Sie es zu tun haben. Oder haben Sie mit Callgirls schon Erfahrungen sammeln können?«

»Das habe ich zum Glück nicht nötig«, sagte er. »Ich habe Freundinnen genug. Sie sind doch auch gar kein Callgirl.«

»Sind Sie sich da ganz sicher?« fragte ich.

»Ich wette, Sie sind keins«, sagte er. »Oder doch?« Er blickte wie unschlüssig in mein Gesicht.

Ich mußte wieder lachen. »Dann hätte ich mich, bevor ich Sie in meinen Wagen ließ, zuerst einmal vergewissert, ob Sie mit dem nötigen Kapital ausgestattet sind. Ihr Eintreffen mit einem Moped weist Sie nicht gerade als sehr zahlungskräftig aus. Die wievielte Straße nach links?«

»Zuerst nach rechts«, sagte er. »Warten Sie noch. Ich möchte gerne gutmachen, daß Sie den Eindruck hatten, ich würde Sie für ein Callgirl halten. Darf ich Sie zu einem Drink einladen?«

Jetzt war er ganz der Sohn seines Vaters, dessen berufliches und privates Dasein sich fast immer zwischen zwei Drinks abspielte. Ich fragte: »Und wo wollen Sie mich zu einem Drink einladen?«

»Meine Eltern sind über das Wochenende verreist«, sagte er. »Wir können in das Haus gehen. Wissen Sie, daß Sie ein unheimlich starker Typ sind?«

Daß er sich nun doch des Vokabulars seiner Generation bediente, war sicher nur Ausdruck meines großen Eindrucks auf ihn. Ich mußte lächeln. »Wenn Sie meinen. Trotzdem kann ich Ihre Einladung nicht annehmen. Ich bin in Eile.«

»Nur auf einen kurzen Sprung«, sagte er bittend. »Wenn ich Sie nicht gesehen und angesprochen hätte, wären Sie bestimmt über die OB-Brücke gefahren und hätten dann viel mehr Zeit verloren als mit einem Drink.«

Von seinem Standpunkt aus gesehen sprach sicher einiges für seine Argumentation, zumal mir seine Einladung mehr als willkommen kam. Ich sagte: »Aber wirklich nur auf einen Sprung. Wohin sind Ihre Eltern verreist?«

Meine letzten Worte hörte er nicht mehr, weil er bereits ausgestiegen war, um den Jaguar lief und mir die Wagentür öffnete. Während er, nachdem er zuvor die Gartenbeleuchtung eingeschaltet hatte, an meiner Seite durch das parkähnliche Grundstück mit seinen dichtblättrigen alten Buchen, duftenden Fliedersträuchern und gepflegten Blumenbeeten zum Hauseingang ging, stellte ich fest, daß er fast so groß war wie ich. Er sagte: »In einigen Wochen, wenn ich volljährig bin, mache ich den Führerschein. Dann brauche ich das Moped nicht mehr.«

»Sie sind noch gar nicht achtzehn?«

Er lachte. »Erst in fünf Wochen. Ich werde immer für älter gehalten, weil ich schon so groß bin. Wie alt sind Sie? Fünfundzwanzig?«

»Nicht mehr ganz«, sagte ich und betrachtete im Näherkommen das Haus, ein zweistöckiges Sandsteingebäude mit hohen Fenstern und schiefergedecktem Satteldach. Eine auf zwei Säulen ruhende große Terrasse mit einer schönen Balustrade überspannte die Eingangspforte mit ihrer vierstufigen Freitreppe. Auf dem Weg dorthin fielen mir eine unterhalb der Terrasse angebrachte Kamera und ein großer Scheinwerfer auf, der jedoch nicht brannte. Erst als wir schon in der Wohnhalle mit ihren getäfelten Wänden, der getäfelten Decke und dem spiegelglatt gebohnerten Parkettboden waren, erkundigte ich mich nach dem Zweck der Kamera und erfuhr, daß sie und der Scheinwerfer zu einer das Haus sichernden Alarmanlage gehörten. Was das Mobiliar betraf, so hatte ich mir von einem Mann, der mit der Tochter des Vorstandsvorsitzenden einer so namhaften Firma wie der Görlach AG verheiratet war, doch etwas mehr versprochen, wenngleich die gutbürgerliche Einrichtung einschließlich der den Parkettboden zum Großteil bedeckenden Orientteppiche nicht gerade zum Billigangebot führender Versandhäuser gehörte. Die sechsteilige Sitzgruppe vor dem offenen Kamin mit ihrem Rosenmuster auf Satin bot Platz für mindestens fünfzehn Personen. Außer dem großen Wohnraum mit angrenzendem Eßzimmer gab es noch ein Elternschlafzimmer, ein Arbeitszimmer des Vaters, zwei Gästezimmer, ein Zimmer für das Hausmädchen Maria aus Neapel, die, wie Stefan mir erzählte, gute Seele des Hauses, sowie sein eigenes Zimmer und das seiner drei Jahre jüngeren Schwester, die mit den Eltern und Maria wegen des anhaltend schönen Wetters am späten Nachmittag zum Wochenendhaus der Familie an die Nordsee bei Zandvoort gefahren war. Dies alles erfuhr ich bei einem kleinen

Rundgang durch das Haus, zu dem ich insofern den Anstoß gegeben hatte, als ich mich zur Innenarchitektin machte und meinem Wunsch Ausdruck gab, aus beruflicher Neugierde das ganze Haus kennenzulernen. Im ebenfalls getäfelten Büro seines Vaters mit einem Diplomatenschreibtisch aus echtem Nußbaum und Fensterblick in den Park stand ein gutsortierter Bücherschrank, dessen Inhalt zu inspizieren mir nicht die Zeit blieb, weil Stefan mich sofort in das eigene Zimmer mit zerwühltem Bett und vier an eine Zweimal-100-Watt-Stereoanlage angeschlossenen großen Lautsprecherboxen führte. Seiner Zumutung, sie mir auch anzuhören, entzog ich mich unter Hinweis auf die vereinbarten zehn Minuten und begnügte mich statt dessen mit einem flüchtigen Blick auf die fast wändefüllenden farbigen Kinoplakate mit Rambo und zwei Westernhelden, die mir namentlich nicht bekannt waren, weil ich mir Western nicht anzusehen pflegte. Meinen etwas länger verweilenden Blick auf ein unmittelbar über seinem zerwühlten Bett mit Reißzwecken auf der Täfelung befestigtes Poster eines auf einem schweren Motorrad sitzenden, nur mit einem Slip bekleideten Mädchens veranlaßte ihn zu der Erläuterung, daß es sich ebenfalls um ein Kinoplakat handle. Weil ihm, während er das sagte, ein mich eigenartig berührendes Glänzen in die Augen trat und der Anblick seines zerwühlten Lagers es mir geraten erscheinen ließ, nicht länger in seinem Zimmer zu verweilen, kehrte ich in die getäfelte Diele zurück. Das getäfelte Zimmer seiner Schwester interessierte mich weniger. Erst der Blick in das getäfelte Elternschlafzimmer mit dem breiten Bett, dem großen Spiegelschrank und Renates ebenfalls reichsortiertem Frisier- und Schminktisch löste ein Prickeln in meinen Schläfen aus. Zu sehen, wo Seeberg des Abends sein Haupt zur Ruhe bettete, war ein Erlebnis, von dem ich bis vor einer halben Stunde nicht einmal zu träumen gewagt hätte. Auf der rechten Längsseite des Zimmers führte eine zweiflügelige Glastür auf die große Terrasse über dem Haupteingang. Auf einem der beiden Nachtschränkchen stand ein gerahmtes Foto. Es zeigte Seeberg an der Seite einer superblonden Frau, bei der es sich, wie Stefan mir bestätigte, um seine Mutter handelte. Der hochmütige Zug um ihren schönen Mund entsprach ihrer herrischen Stimme, wie ich sie am Telefon kennengelernt hatte.

Ich war so sehr auf das Foto fixiert, daß ich Stefan erst wieder wahrnahm, als ich hörte, wie er die Schlafzimmertür abschloß. Ich drehte mich nach ihm um und sah ihn, sich mit dem Rücken gegen ihren Rahmen lehnend und die Hände in die engen Taschen seiner Jeans vergraben, an der Tür stehen. Weil im Türschloß kein

Schlüssel steckte, mußte er ihn abgezogen haben. Er verwehrte es mir nicht, mich davon zu überzeugen, und trat, um mir Platz zu machen, sogar einen Schritt zur Seite. Mir fiel auf, daß sein Gesicht plötzlich blaß und das Leuchten in seinen Augen noch stärker geworden war. Auch ohne die Ähnlichkeit mit seinem blendend aussehenden Vater hätte ich nichts feststellen können, was geeignet gewesen wäre, ihn mir unsympathisch zu machen. Sein sehr dichtes kastanienbraunes Haar wirkte ebenso gepflegt wie seine Hände, und sein fast mädchenhaft hübsches Gesicht mit den ebenfalls kastanienbraunen Augen hatte schon mein Wohlgefallen geweckt, als er mich auf der Straße ansprach.

Ich fragte: »Wo haben Sie den Schlüssel, Stefan?« Er nahm lächelnd die Hände aus den Taschen seiner Jeans und sagte: »Warum sehen Sie nicht nach?«

Ich tastete zuerst seine rechte, dann seine linke Tasche ab, und weil es sich um ein ganz gewöhnliches Tür- und um kein Sicherheitsschloß handelte, hätte ich den Schlüssel auch fühlen müssen, ohne in seine Taschen zu greifen, aber dort steckte er jedenfalls nicht. Ich wandte ihm den Rücken zu, setzte mich auf das Bett und zündete mir eine Zigarette an.

Er sagte: »Sie waren ihm eben ganz nahe.«

»Ihrem Penis?« fragte ich.

Er errötete wie ein Schulmädchen und sagte: »Dem auch.«

»Jetzt passen Sie mal auf, Stefan«, sagte ich. »Ich werde im Hotel erwartet. Wenn ich innerhalb der nächsten Minuten dort nicht eintreffe, wird man mich suchen.«

»Aber doch nicht hier«, sagte er. »Wenn Sie sich mit dem Auto verfahren haben, kann niemand wissen, wo Sie sich aufhalten. Von wem werden Sie erwartet? Von Ihrem Mann?«

»Von einem Geschäftskollegen«, sagte ich. »Wir sind in der Hotelbar verabredet.«

»Dann holen Sie sich den Schlüssel«, sagte er. »Wenn Sie sich den Schlüssel holen, können Sie sofort gehen.«

»Vielleicht geben Sie ihn mir auch so«, sagte ich und drückte die Zigarette neben mir auf der Tagesdecke aus himmelblauem Satin aus. Sie hinterließ ein schwarzes Loch, aus dem noch ein paar Sekunden lang ein übelriechender Rauch stieg. Mit einiger Sicherheit war auch das darunter liegende Bettzeug in Mitleidenschaft gezogen worden.

Zu meiner Verwunderung hatte er nicht nur keinen Versuch unternommen, mich daran zu hindern. Er blieb auch jetzt noch bei der Tür stehen und sagte: »Damit erreichen Sie gar nichts. Ich werde die Decke gegen eine andere austauschen. Wir haben so viele, daß meine Mutter gar nicht merken wird, daß eine fehlt.«

»Und was wollen Sie wirklich von mir?« fragte ich. »Nur daß ich nach dem Schlüssel suche?«

»Jetzt nicht mehr«, sagte er. »Das wollte ich noch, bevor Sie das Loch in die Decke brannten.«

»Und was wollen Sie jetzt?«

»Daß Sie sich ausziehen«, sagte er.

Einer der Gründe, weshalb ich meiner Mutter nie widersprochen hatte, wenn sie sich über die Frühreife junger Menschen beklagte, war meine Erinnerung an meine eigene Frühreife als Siebzehnjährige, die mich schon damals des öfteren dazu verleitet hatte, gleichaltrige Jungen durch frivoles Reden in Verlegenheit zu bringen, worüber wir uns, meine Hamburger Busenfreundin Inge und ich, hinterher jedesmal fast zu Tode kicherten. Schon deshalb sah ich keinen Anlaß, über sein Ansinnen schockiert zu sein und meine eigenen Karten vorzeitig auf den Tisch zu legen, zumal ich seine Einladung mit dem Vorsatz akzeptiert hatte, ihn mir auf die eine oder andere Art gefügig zu machen. Allerdings so, wie er sich das jetzt vorstellte, war es mein Spiel nicht.

Ich zündete mir wieder eine Zigarette an und fragte: »Und wenn ich mich nicht ausziehe?«

»Dann bleiben Sie eben so lange hier, bis Sie es tun«, sagte er. »Ich habe Zeit bis morgen früh.«

»Ich leider nicht«, sagte ich und öffnete mit einer Hand die Druckknöpfe meines Lederblousons. Ich zog ihn aus, legte ihn neben mich auf das Bett und fragte: »Die Hose auch?«

Offensichtlich hatte er mit meiner Bereitwilligkeit, auf seine Forderung einzugehen, nicht ernsthaft gerechnet, denn er brachte, während er mich mit wieder glänzenden Augen anschaute, keinen Laut über die Lippen. Ich streifte die Schuhe von den Füßen, stand auf und öffnete den Reißverschluß der Lederhose. Sie zum Blouson legend, setzte ich mich wieder auf das Bett und sagte: »Ich frage mich nur, wie Peter, dein Großvater, reagieren wird, wenn ich ihm erzähle, welche Show du hier abgezogen hast. Muß ich auch noch den Slip ausziehen, oder siehst du auch so genug?«

Die Erwähnung seines Großvaters schien eine ähnliche Wirkung auf ihn zu haben wie der Inhalt einer Suppenschüssel, den ich anläßlich einer Auseinandersetzung mit Volker diesem beim Mittagstisch über den Kopf gegossen hatte. Zu seinem Glück war die Suppe, weil wir uns schon einige Zeit gestritten hatten, nicht mehr sehr heiß gewesen. Und ähnlich wie bei ihm dauerte es auch bei Stefan eine ganze Weile, bis er den Mund aufbrachte. Er fragte undeutlich: »Sie kennen meinen Großvater?«

»Sogar sehr gut«, sagte ich. »Aus der Zeit, als ich noch in Düsseldorf wohnte. Komm einmal her.«

Er zögerte ein paar Augenblicke lang. Dann kam er langsam zu mir und fragte, mit schon etwas deutlicher klingender Stimme: »Warum haben Sie mir das nicht gleich gesagt?«

»Weil ich dir den Spaß nicht verderben wollte«, sagte ich und klemmte die Zigarette in den Mundwinkel. Ich öffnete seinen Reißverschluß, griff in seinen Slip und fand den Schlüssel neben seinem halb steifen Penis. Ich nahm ihn an mich, drückte seinen Penis in den Slip zurück und fragte: »Wolltest du mir nicht einen Drink anbieten?«

»Ja«, sagte er und blickte, ohne sich von der Stelle zu rühren, auf mich herab. Ich schob ihn zur Seite, stand auf und griff nach meinen Kleidern. Während ich mich anzog, stand er, seine noch offene Hose festhaltend, neben mir und blickte mich immerzu an. Bevor ich mit den Füßen in die Schuhe fuhr, erbarmte ich mich seiner, zog seinen Reißverschluß hinauf, schloß seinen Gürtel und sagte: »Peter hat mir oft von deinen Eltern und von eurem Haus erzählt. Weil ich heute abend in der Nähe zu tun hatte, wollte ich es mir im Vorbeifahren von außen einmal ansehen.«

»Dann hattest du dich gar nicht verfahren?« fragte er.

»Du darfst mir trotzdem den Weg zum Hotel zeigen«, sagte ich. »Vorher möchte ich aber den versprochenen Drink haben.«

Ich griff nach meiner Handtasche und verließ, nachdem ich die Tür aufgeschlossen hatte, das Zimmer. Ich stieg die Treppe hinab und setzte mich im Wohnraum auf eine der satinbezogenen Couches. Natürlich gab es auch hier zur noch gründlicheren Düsseldorfer Luftverschmutzung einen offenen Kamin, große, bis zur Decke reichende Wandschränke, Bilder an den Wänden, Vasen, Plastiken – eben all das, womit man eine Wohnung in dieser Größenordnung vollstellen konnte. Ein halbes Dutzend auf einem Büfett stehende gerahmte Familienfotos erregten meine Neugierde.

Während ich sie noch betrachtete, kam Stefan herein und fragte, ohne mich anzusehen: »Was willst du trinken?«

»Einen Sherry, wenn du einen hast. Ich schaue mir gerade eure Fotos an. Die weißhaarige Dame neben deinem Vater, ist das deine Großmutter?«

Er trat zu mir und blickte an meiner Schulter vorbei auf das Foto. »Ja. Das Mädchen neben Großvater ist meine Schwester.«

Es gab zwischen Korwan und Möbius eine gewisse Ähnlichkeit, die ich jedoch nicht hätte präzisieren können. Ich prägte mir sein Gesicht ein, stellte das Foto auf das Büfett zurück und setzte mich wieder auf die Couch. Die Getränke standen auf einem gut bestückten Barwagen.

Stefan brachte zwei Gläser mit und sagte: »Sherry trinke ich sonst nicht.«

Weil er es auch jetzt noch vermied, mich anzusehen, wartete ich, bis er eingeschenkt hatte, dann griff ich nach seiner Hand, zog ihn neben mich auf die Couch und sagte: »Peter hat mir auch von dir viel erzählt.«

Diesmal hob er den Blick in mein Gesicht und fragte: »So gut kennst du ihn?«

Ich lächelte. »Damals kannten wir uns sogar sehr gut. Wir blieben auch noch einige Zeit in Verbindung, als ich vor einem Jahr aus beruflichen Gründen meinen Wohnsitz nach Hamburg verlegte. Nur gesehen haben wir uns seitdem nicht mehr. Ich habe vor, ihn mit einem Besuch zu überraschen. Ist dir zufällig bekannt, ob er morgen zu Hause ist?«

Offenbar hatte er sich jetzt von seinem Schrecken, den ich ihm mit der Erwähnung seines Großvaters eingejagt hatte, erholt. Er griff nach seinem Glas, trank es auf einen Zug leer und sagte dann: »Ich glaube schon. Wenn du in Hamburg wohnst, wieso fährst du dann einen Wagen mit Düsseldorfer Nummer?«

»Der Jaguar ist ein Leihwagen«, sagte ich. »Ich traf vor einer Stunde mit der Bahn in Begleitung des Kollegen, den ich vorhin erwähnte, in Düsseldorf ein. Warum bist du mit deinen Eltern nicht nach Zandvoort gefahren?«

»Weil ich keine Lust hatte«, sagte er. »Darf mein Großvater wissen, daß du heute abend bei mir warst?«

»Darauf würde ich es an deiner Stelle nicht ankommen lassen. Es wäre ihm bestimmt nicht angenehm zu hören, daß du mich kennengelernt hast.«

»Weil du seine Freundin warst?«

»Würde dich das enttäuschen?«

»Mich weniger, aber meine Großmutter«, sagte er. »Wenn du seine Freundin warst oder es sogar noch bist, kannst du ihm von heute abend ruhig erzählen. Er muß dann froh sein, wenn ich meiner Großmutter nichts von *dir* erzähle.«

Möglicherweise hatte ich ihn unterschätzt oder, weil mir die Zeit dazu fehlte, nicht gründlich genug über mein Vorgehen nachgedacht, aber schließlich war nicht alles, was ich in der letzten halben Stunde erlebt hatte, auch voraussehbar gewesen.

Ich fragte: »Worauf willst du hinaus?«

Er beugte sich rasch zu mir herüber, küßte mich und sagte: »Darauf.«

Was das Küssen betraf, so brauchte er mit seinen siebzehn Jahren nicht mehr viel zu lernen, und wenn ich noch länger blieb, schaffte er es am Ende vielleicht sogar, die Rollen zu vertauschen und mich mit seiner Großmutter zu erpressen. Ich verzichtete auf den Sherry, stand auf und verließ das Haus auf dem gleichen Weg, wie ich es betreten hatte.

Weil er noch die Haustür abschließen mußte, holte er mich erst an der Gartenpforte ein und sagte etwas atemlos: »Ich lasse Sie nicht wegfahren, bevor Sie mir nicht sagen, wann ich Sie wiedersehe.«

Daß er mich nicht mehr duzte, empfand ich als ein gutes Zeichen. Ich fragte: »Und wie willst du mich daran hindern?«

»Indem ich mich vor Ihr Auto setze«, sagte er.

Das traute ich ihm nach allem, was ich in der letzten halben Stunde mit ihm erlebt hatte, durchaus zu. Ich sagte: »Da ist es schon besser, du setzt dich neben mich und zeigst mir, wie eingangs verabredet, den kürzesten Weg zum Hotel. Ob wir uns wiedersehen, hängt ganz von dir ab.«

»Dann sagen Sie mir, was ich tun muß, damit ich Sie wiedersehen kann«, sagte er.

Nachdem sich sogar ein so lebenserfahrener Mann wie Möbius dem nachhaltigen Eindruck meines Striptease nicht gänzlich hatte verschließen können, war dies bei einem siebzehnjährigen Jungen erst recht nicht zu erwarten. Ich ließ mir Zeit, bis wir beim Jaguar waren und er neben mir saß. Dann sagte ich: »Siehst du eine Möglichkeit für mich, deinem Großvater so zu begegnen, daß es wie ein Zufall aussieht und ohne daß deine Großmutter es erfährt?«

Er blickte mich wie unschlüssig an.

»Du hängst wohl an ihr?« fragte ich.

»Ich hätte nie gedacht, daß er sie betrügt«, sagte er. »Er ist doch schon sechsundsechzig.«

Ich lächelte. »Als ich ihn kennenlernte, war er noch einige Jahre jünger. Besser, er betrügt sie mit mir als mit einer anderen, die auf sein Geld und sein Vermögen aus ist. Ich bin weder auf sein Geld noch auf sein Vermögen aus. Ich habe auch nicht die Absicht, unsere alten Beziehungen neu zu beleben. Ich möchte ihn nur wieder einmal sehen und ihm guten Tag sagen. Er wird sich darüber freuen. Geht er nie ohne seine Frau aus?«

»Sogar sehr oft. Sie ist krank und verläßt nur noch selten das Haus. Sonntagmorgens geht er zum Frühschoppen immer zu seinem Stammtisch. Er trifft sich dort mit alten Studienfreunden.«

»Und wie kommt er hin?«

»Meistens zu Fuß. Das Restaurant ist nicht weit von seiner

Wohnung entfernt. Den Wagen nimmt er nur, wenn es regnet.«

Das hörte sich alles so verheißungsvoll an, daß ich unwillkürlich die Hand auf seinen Arm legte. »Ich glaube nicht, daß es am Sonntag regnet. Ich fände es sehr lustig, wenn ich ihm auf seinem Weg zum Restaurant wie zufällig begegnete. Nimmt er immer den gleichen Weg?«

Er nickte. »Es gibt von seinem Haus aus keinen kürzeren als den. Wenn Sie wollen, zeige ich ihn Ihnen.«

»Zweite Straße rechts?« fragte ich und nahm die Hand von seinem Arm.

»Das ist der Weg zum Hotel«, sagte er. »Fahren Sie die erste Straße links.«

Die erste Straße links war ebenfalls eine Einbahnstraße. Irgendwann blieben die Laternen und die Häuser zurück, und sie endete auf einem kleinen, leeren Parkplatz inmitten hoher Sträucher. Ich trat auf die Bremse und fragte: »Was soll das?«

Statt mir zu antworten, beugte er sich zu mir herüber und preßte die Lippen auf meinen Mund. Ich sagte: »Laß das.« Und als er mich dennoch wie besessen weiter auf den Mund küßte, schaltete ich das Licht ab und den Motor aus und ließ ihn, ohne seine Küsse zu erwidern, eine Weile gewähren. Ich hinderte ihn auch nicht daran, die Druckknöpfe meines Blousons zu öffnen und meine Brüste in seine Küsse einzubeziehen. Sein Vater hatte das auch nicht viel besser gekonnt als er. Während ich mich daran erinnerte, konnte ich ein Lächeln nicht unterdrücken. Zum Glück sah er es nicht, weil sein Augenmerk und seine Lippen jetzt ausschließlich mit meinen Mamillen beschäftigt waren. Erst als ich fühlte, wie seine Hand nach meinem Reißverschluß tastete, hinderte ich ihn daran und sagte: »Im Auto kannst du es mit deinen pickelhäutigen Jungmädchen treiben, nicht mit mir. Wenn du nicht vernünftig bist, war dies heute abend mein letzter Besuch.«

»Sie kommen wieder?« fragte er, den Mund von meiner Brust nehmend.

Weil ich nicht wollte, daß er es am Ende doch noch schaffte, mich zu erregen, knöpfte ich den Blouson zu und sagte: »Vielleicht am Sonntag im Laufe des Nachmittags. Vorausgesetzt, du verhilfst mir vorher zu einer Begegnung mit deinem Großvater. Natürlich so, daß er uns nicht zusammen sieht. Wann kommen deine Eltern zurück?«

»Nicht vor Montagabend«, sagte er. »Sie wären noch länger geblieben, wollen aber nächstes Wochenende nach Griechenland, wo sie jedes Jahr im Sommer hinfliegen.«

»Fliegst du mit?«

»Nur meine Schwester«, sagte er, nach meiner Hand greifend. »Ein Freund von mir hat schon einen eigenen Wagen. Wir wollen zusammen nach Spanien.«

Weil ich noch mehr von ihm erfahren wollte, hinderte ich ihn nicht daran, meine Hand an seinen Schoß zu führen und mich seine Erektion fühlen zu lassen. Ich fragte: »Wie ist das mit eurem Mädchen? Begleitet sie deine Eltern auf allen Reisen?«

»Nicht auf allen«, sagte er, seine Hose öffnend und meine Hand an sein steifes Glied pressend. Für einen noch nicht ganz achtzehnjährigen Jungen konnte es sich durchaus sehen beziehungsweise fühlen lassen. »Sie begleitet meine Eltern nur, wenn sie nach Zandvoort fahren«, sagte er. »Wenn sie nach Griechenland fliegen, besucht sie ihre Familie in Neapel. Sie hat noch vier Geschwister.«

»Und deine Großeltern – wenn deine Großmutter das Haus kaum mehr verläßt, dann fahren sie sicher auch nicht mehr zusammen in Urlaub?«

»Seit einigen Jahren nicht mehr«, sagte er. »Sie wissen sicher von ihm, daß Großmutter vier Jahre älter ist als er. Sie ist zuckerkrank. Großvater begleitet meine Eltern manchmal über das Wochenende nach Zandvoort. Oder er fliegt für einige Tage solo nach Nizza. Ich durfte auch schon mitfliegen. Er mag mich. Darf ich Sie jetzt auch wieder streicheln?«

»Nein«, sagte ich. »Es genügt völlig, wenn ich es bei dir tue.«

»Tust du es nicht gern?« fragte er, mit dem Mund schon wieder an meiner Wange.

Unter den gegebenen Umständen wäre es sicher unangebracht gewesen, seinen Übergang in eine mehr vertrauliche Anrede zum Anlaß einer Rüge zu nehmen. Ich sagte: »Nicht im Auto. Liebst du deine Eltern genauso wie deine Großeltern?«

»Ich liebe nur noch dich«, sagte er, mit den Lippen wieder meinen Mund suchend. Und weil ich fühlte, wie sein Körper sich plötzlich straffte, nahm ich meine Hand zurück und erwiderte, ohne daß es mir richtig bewußt wurde, seine leidenschaftlichen Küsse. Danach legte er das Gesicht an meine Schulter und flüsterte: »Du machst das hundertmal schöner als diese blöden Gänse.«

Viel hatte ich bei ihm nicht zu machen brauchen, und daß ich überhaupt etwas gemacht hatte, verwunderte mich weniger als meine eigene Erregung, die mir ebenfalls erst jetzt richtig bewußt wurde. Meine Stimme klang belegt, als ich sagte: »Ich kann mich jetzt wirklich nicht länger aufhalten.«

»Warte noch«, sagte er und stieg aus dem Wagen. Als er

zurückkam, hatte ich mir eine Zigarette angezündet. Er versuchte sofort wieder, mich zu küssen.

Ich schob ihn jedoch nachdrücklich von mir und sagte: »Für heute ist es genug. Ich hätte das gar nicht tun dürfen, weil ich nicht weiß, ob man sich auf deine Verschwiegenheit verlassen kann.«

»Ich würde eher sterben …«, setzte er an.

Ich ließ ihn nicht ausreden: »Vielleicht bekommst du noch Gelegenheit, es zu beweisen. Ich muß zum Hotel zurück, sonst macht sich mein Kollege Sorgen. Den Weg deines Großvaters zum Frühschoppen kannst du mir auch morgen zeigen. Ich rufe dich an. Oder hast du morgen schon etwas vor?«

»Nein, nein, nein«, sagte er. »Du wirst mich den ganzen Tag im Haus antreffen. Weißt du schon ungefähr, wann du kommen wirst?«

»Das entscheidet sich erst morgen früh«, sagte ich und startete den Motor.

Mit einiger Wahrscheinlichkeit wäre ich ohne seine Anleitung tatsächlich über die Oberkasseler Brücke nach Oberkassel statt zum Hotel gefahren. Nicht zuletzt auch deshalb, weil ich mich an den großen Wagen erst gewöhnen mußte und mein Augenmerk mehr auf Bedienungshebel und Armaturen als auf die Straße gerichtet war. Zum Glück hatte ich schon einmal einen Wagen mit Schaltautomatik gefahren, so daß wenigstens von daher das Fahren mit einem fremden Wagen erleichtert wurde.

Damit Vaillant, falls er an seinem Fenster nach mir ausspähte, ihn nicht zu Gesicht bekam, lud ich Stefan schon hundert Meter vorher ab. Sein leidenschaftlicher Abschiedskuß brannte mir noch auf den Lippen, als ich aus der Tiefgarage kommend mir an der Rezeption den Zimmerschlüssel geben ließ. Meine Befürchtung, Vaillant könnte vom Fenster aus mein Eintreffen bemerkt haben, erwies sich als unbegründet, weil er sich sonst mit Sicherheit sofort bei mir gemeldet hätte. So aber blieb mir in meinem Zimmer genügend Zeit, um mir darüber schlüssig zu werden, daß ich weder Lust hatte, mit ihm zu bumsen noch ihn in meine Pläne für die nächsten Tage einzuweihen, weil er, sei es aus Eifersucht oder aus Sorge, ich könnte meine gegenwärtige Situation nur noch verschlimmern, vielleicht versuchen würde, sie mir auszureden oder gar zu vereiteln. Nach dem jetzigen Stand der Dinge war ich auf seine Anwesenheit und Hilfe auch nicht mehr angewiesen, und je schneller ich ihn los wurde, desto mehr Zeit blieb mir zu ernten, was ich heute gesät hatte.

Als ich kurze Zeit später an seine Tür klopfte, fand ich sie unverschlossen vor und ihn selbst mit im Nacken verschränkten Händen angekleidet auf dem Bett liegen. Er fragte: »Wo warst du so lange?«

»Ein wenig überall und nirgends«, sagte ich und setzte mich neben ihn auf das Bett.

Er sagte: »In Seebergs Haus warst du jedenfalls nicht. Ich war dort, um nach dir zu schauen. Weder stand der Jaguar auf der Straße, noch sah ich an einem der Fenster Licht.«

»Wann warst du dort?«

Er blickte auf seine Armbanduhr. »Vor etwa dreißig Minuten.«

Vor dreißig Minuten war ich auf dem einsamen Parkplatz noch mit Stefan beschäftigt. Ich sagte: »Ich habe zuerst mindestens eine Stunde vergeblich auf die Rückkehr des jungen Mannes gewartet und mich dann auf dem Weg zum Hotel nach Oberkassel verfahren. Dort suchte ich nach einem Taxi und ließ mich von ihm zum Hotel lotsen.«

Er richtete den Oberkörper auf. »Ich habe dich gewarnt. Düsseldorf ist nicht Bad Hülsen.«

»Und Käse nicht Blutwurst«, sagte ich. »Erspar dir diese Gemeinplätze. Im übrigen bin ich schon eine ganze Weile im Hotel und habe darauf gewartet, daß du dich bei mir meldest. Dabei fiel mir ein, daß, wenn Cramer, als du heute nachmittag in meiner Wohnung warst, am Haus vorbeifuhr und den Mercedes deines Onkels sah, er vielleicht auch heimlich beobachtet hat, wie wir im Mercedes zu deiner Wohnung und von dort auf die Autobahn fuhren. Hast du im Rückspiegel darauf geachtet, ob er uns verfolgte?«

Er blickte mit gerunzelter Stirn in mein Gesicht. »Dann hätte ich es dir gesagt. Wie kommst du gerade jetzt darauf?«

»Weil mir der Gedanke keine Ruhe ließ«, sagte ich. »Nach meiner Rückkehr ins Hotel rief ich ihn versuchsweise von meinem Zimmer aus an. Er fragte mich sofort, ob deinem Onkel bekannt sei, daß wir zusammen in seinem Wagen weggefahren seien. Falls es ihm nicht bekannt sei, würde er es spätestens morgen früh in einem Eilbrief erfahren, den er vor zwei Stunden ohne Angabe eines Absenders in einen Briefkasten gesteckt habe. Wäre das schlimm für dich?«

Anscheinend war es schlimm, denn er saß sekundenlang wie erstarrt. Dann sagte er: »Ich bringe diesen Saukerl um.«

»Damit dein Onkel, wenn er den Brief bekommt, sofort weiß, daß du ihn umgebracht hast«, sagte ich. »Es kommt leider noch etwas hinzu, Rolf. Für den Fall, daß ich dir erzähle, daß der Brief von ihm ist, drohte er mir damit, Seeberg davon zu informieren, daß ich mit Möbius ein Verhältnis habe und daß meine angebliche Kündigung nur getürkt sei, um ihn zu täuschen. Woher er weiß, daß Seeberg meine Entlassung verlangt, hat er mir nicht verraten, aber ich nehme an, das hat sich über Frau Seybold inzwischen schon im ganzen Haus herumgesprochen. Du darfst also Cramer wegen seines Briefs an deinen Onkel keinesfalls zur Rede stellen. Vielleicht hat er am Telefon auch nur geblufft, um mir und dir einen Schrecken einzujagen. Das weiß man bei Cramer nicht.«

»Darauf kann ich mich nicht verlassen«, sagte er und stand rasch auf. Er legte eine Hand auf meine Schulter. »Ich bin bis spätestens morgen abend wieder hier, Stefanie. Wenn er den Brief per Eilpost geschickt hat, ist er morgen in aller Frühe bei meinem Onkel. Bis dahin muß ich in meiner Wohnung sein, denn wenn er bei mir anruft und mich nicht erreicht, ist er schon halb davon überzeugt, daß der anonyme Schreiberling recht hat.«

Genauso hatte ich es mir auch gedacht. Ich sagte: »Um so mehr, wenn er erfährt, daß mein VW noch immer auf dem Parkplatz der Agentur steht. Wenn du sofort losfährst, kannst du in deiner Wohnung sogar noch ein paar Stunden schlafen. Oder willst du in aller Frühe fahren?«

Er schüttelte den Kopf. »Dann käme ich in den Wochenendverkehr. Bei dem schönen Wetter werden sicher viele wegfahren. Bei Onkel Gerhard weiß man auch nie, ob und wann er mich besuchen kommt. Schon deshalb ist es besser, ich bleibe bis morgen nachmittag in meiner Wohnung. Wenn ich zeitlich so losfahre, wie wir es heute taten, bin ich gegen Abend wieder hier. Tu mir einen Gefallen und unternimm bis dahin nichts. Ich sehe auch immer weniger, was du unternehmen könntest. Bei Seeberg an der Haustür klingeln? Was tust du, wenn seine Frau dir öffnet?«

»Ich habe nicht vor, an seiner Haustür und auch nicht an Korwans Haustür zu klingeln«, sagte ich. »Wenn überhaupt, versuche ich, Seeberg morgen im Laufe des Tages telefonisch zu erreichen. Wenn es nicht klappt oder er es ablehnt, mit mir zu sprechen, habe ich eben Pech gehabt.«

»Aber wozu brauchtest du dann die Adresse seines Schwiegervaters?«

»Das weiß ich selbst noch nicht«, sagte ich. »Ich bin müde, Rolf. Es ist schon nach elf Uhr, und wenn du in deiner Wohnung noch ein paar Stunden schlafen willst …«

Er verschloß mir, sich zu mir niederbeugend, den Mund mit einem Kuß und sagte: »Es kommt jetzt auf eine Stunde mehr oder weniger nicht an.«

Mir schon, denn wenn auch er jetzt anfing, nach meinem Mund

zu lechzen, sah ich Probleme auf mich zukommen, die mit einem Teilzeitverhältnis, wie ich es in seinem Falle ins Auge gefaßt hatte, kaum zu bewältigen sein würden. Ich schob ihn sanft von mir, stand auf und sagte: »Dafür bin ich heute wirklich zu müde, Rolf. Auch gar nicht in Stimmung. Von Cramer habe ich nicht erwartet, daß er das versteht. Aber du bist ja nicht wie er.«

Mein Appell an seine Ritterlichkeit fiel auf fruchtbaren Boden. Zwar holte er sich noch einen zweiten Kuß, sagte dann aber: »Selbstverständlich. Ich kann verstehen, daß du im Augenblick ganz andere Sorgen hast. Vielleicht kann ich von meinem Onkel etwas Neues erfahren und es dir morgen abend erzählen. Mein Gepäck lasse ich hier. Kommst du mit dem Jaguar zurecht?«

»Doch«, sagte ich. »Ich habe mich schon ganz gut in ihn eingearbeitet.«

Er lächelte. »Man kann es auch so sagen.«

»Für mich war es ein Stück Arbeit«, sagte ich.

9

Immer dann, wenn ich mich morgens einmal hätte ausschlafen können, trieb mich eine innere Unruhe aus dem Bett. Das war am Wochenende in Bad Hülsen und auch in Hamburg so, und in meinem Hotelzimmer war es nicht anders. Wochentags, wenn ich um halb neun im Büro sein mußte, hätte ich jedesmal noch zwei Stunden schlafen können. Wobei noch zu berücksichtigen war, daß nicht in allen Büros so spät mit der Arbeit begonnen wurde; aber weil Landmann zu jenen Arbeitgebern gehörte, die nicht in dem Wahn lebten, die Arbeitsmoral sei um so größer, je früher man das Fußvolk am Morgen antraben ließ, hatte er sich mit Möbius, der morgens auch nicht zu den Vitalsten im Lande gehörte, darauf geeinigt, an der schon vor dessen Teilhaberschaft eingeführten Arbeitszeit mit siebzehn Uhr Büroschluß und einer Stunde Mittagspause nichts zu ändern, so daß die heiß umkämpfte Arbeitszeitverkürzung bei der GEMAS noch nie ein ernst zu nehmendes Thema war.

Entgegen meinen Erwartungen, das seit Tagen anhaltende schöne Wetter werde auch das Wochenende überdauern, erwachte ich bei bedecktem Himmel. Das bedeutet noch nicht, daß es am morgigen Sonntag regnen mußte, aber falls doch und wenn Dr. Korwan für den Weg zum Frühschoppen seinen Wagen benutzte, würde es schwierig werden, eine zufällig erscheinende Begegnung zu arrangieren.

Nach dem Frühstück, das mir auf meinen Wunsch hin von einem jungen Zimmerkellner, der, weil er mich ständig anlächelte, beinahe über seine eigenen Füße gestolpert wäre, auf das Zimmer gebracht wurde, stellte sich die Frage, was ich mit diesem mir fast endlos lang erscheinenden Tag mit seinem wolkenverhangenen Himmel anfangen sollte, und obwohl ich mir schon beim Aufwachen halbwegs darüber schlüssig geworden war, schob ich es, zuerst meine Fuß- und dann meine Fingernägel lackierend, die es beide gar nicht nötig gehabt hätten, noch vor mir her. Was mich so unsäglich gegen mich selbst aufbrachte, war weniger meine Unfähigkeit, meine abendlichen Erlebnisse mit einem siebzehnjährigen Jungen aus meinem Gedächtnis zu tilgen, sondern die Erinnerung daran, daß ich mir seinetwegen, um in der vergangenen Nacht endlich Schlaf zu finden, erst noch zu der erforderlichen Müdigkeit hatte verhelfen müssen. Es stimmte mich um so ärgerlicher, als selbst Cramer es nie geschafft hatte, daß seine Bemühungen um meine Erregbarkeit mich noch bis zum Einschlafen verfolgten. Um das zu erleben, hatte ich ausgerechnet Seebergs frühreifem Sprößling begegnen müssen. Aber schließlich war es auch das erste Mal in meinem Leben, daß ich mich zu Liebesdiensten verführen ließ, ohne nicht auch meinen eigenen Liebeshunger zu stillen.

Je länger ich mich gedanklich damit beschäftigte, desto stärker wurde mein innerer Widerstand gegen meinen Wunsch, ihn schon heute vormittag anzurufen, um wenigstens seine Stimme zu hören. Ich konnte mich aber auch nicht dazu aufraffen, mich in den Jaguar zu setzen und mir Korwans Haus anzusehen. Ich konnte mich zu rein gar nichts aufraffen und verließ das Zimmer notgedrungen erst, als das Zimmermädchen an die Tür klopfte. Ich fuhr mit dem Lift in die Tiefgarage, änderte dort jedoch meine Absicht und verließ sie zu Fuß. Ich trat auf die Straße hinaus und schlug, ohne daß es mir recht bewußt wurde, die Richtung zu Seebergs Haus ein. Ich ging, ohne recht zu wissen, wohin, und ohne auf die Menschen zu achten, die mir begegneten. Ich fühlte mein Herz klopfen, mein Gesicht brennen und meine Warzen hart und steif unter dem glatten Lederblouson. Als Stefan mir die Tür öffnete, vermied ich es, in sein Gesicht zu sehen. Ich ging an ihm vorbei in das Schlafzimmer seiner Eltern hinauf. Ich zog mich aus und winkte ihn, weil er wie ungläubig an der Tür stehen geblieben war, zu mir. Ich setzte mich auf das Bett, öffnete seinen Gürtel und seine Hose und streifte sie hinab. Während ich ihn erregte, blickte ich von unten in sein verzücktes Gesicht und in seine glänzenden Augen. Dann zog ich ihn an der Hand neben mich auf das

Bett und sagte: »Jetzt zeig mal, was du kannst.«

Er konnte für sein Alter schon eine ganze Menge, und was er noch nicht konnte oder sich bei mir nicht zu können getraute, brachte ich ihm selbst bei. Wir liebten uns zuerst auf dem Bett seiner Eltern, dann auf dem Frisierhocker seiner Mutter vor dem Frisiertisch mit dem dreiteiligen Spiegel und zuletzt auf dem Fußboden. Danach aßen wir etwas aus dem Kühlschrank und liebten uns dann auf dem Bett seiner Eltern weiter. Ich war im Laufe einiger Stunden noch nie so oft gekommen, aber ich hatte vor ihm auch noch nie einen Mann erlebt, der sich so rasch regenerierte wie er. Mehr noch: Das Phänomen einer Dauererektion, die sich nach einem gemeinsamen Aufenthalt im elterlichen Badezimmer bei ihm einstellte und die auch noch anhielt, als er neben mir einschlief, war mir nicht einmal vom Hörensagen bekannt.

Es war schon später Nachmittag, als wir das elterliche Schlafzimmer verließen und im Wohnzimmer einen in der Küche gemeinsam zubereiteten Kaffee tranken. Mir fiel jetzt erst auf, daß wir, seit ich in das Haus gekommen war, kaum ein Wort miteinander gewechselt, sondern auch dann, wenn wir nicht bumsten, uns immer nur geküßt und gestreichelt hatten. Mir erging es schon genauso wie ihm, daß ich fast süchtig danach war, seinen Körper zu küssen und anzufassen. Auch jetzt hatte er wieder eine Hand an meinen Schenkeln und blickte mich, während er mich liebkoste, mit seinen braunen Augen wie in einem Zustand sprachloser Verzückung unverwandt an. Zum ersten Mal, seit ich das Haus betreten hatte, kamen mir Zweifel, ob es richtig von mir war, ihn wenn auch nicht dazu verführt, so doch auch nicht daran gehindert zu haben, den Kelch der Liebe bis zur Neige auszukosten. Ich empfand es nachträglich als nicht sehr klug, ihm mit meinen heißen Küssen und gestammelten Liebesworten vielleicht den Eindruck vermittelt zu haben, nach siebenundzwanzig entbehrungsreichen Jahren endlich dem Mann meiner Träume begegnet zu sein. Ein solches Verhalten ließ sich eigentlich nur noch damit entschuldigen, daß ich zu diesem Zeitpunkt schon gar nicht mehr so genau gewußt hatte, was ich gerade tat und wozu ich überhaupt in das Haus seiner Eltern gekommen war.

Weil er mich auch jetzt noch mit Augen ansah, deren verträumter Blick auf geistige Abwesenheit schließen ließ, küßte ich ihn auf die Wange und sagte: »Damit keine Mißverständnisse aufkommen, Stefan: Ich lebe mit einem Mann zusammen, mit dem ich so gut wie verheiratet bin. Frage mich also nicht, wie ich heiße und wo genau ich wohne.«

»Dann werde ich meinen Großvater danach fragen«, sagte er.

»Und mich nie wieder sehen«, sagte ich. »Wo ist euer Telefon?«

»Ich bringe es dir«, sagte er und stand auf. Während ich beobachtete, wie er schmalhüftig in eine Ecke des Zimmers ging und, das Kabel hinter sich herschleifend, mit dem Apparat zurückkam, erinnerte ich mich, daß es so gut wie keine Stelle seines Körpers gab, die ich nicht geküßt oder mit der Zunge gestreichelt hatte. Er stellte das Telefon neben mich auf die Couch und fragte: »Weißt du die Nummer?«

»Nein«, sagte ich. »Ich möchte das Hotel anrufen.«

»Ich suche sie dir heraus«, sagte er und ging wieder in die Telefonecke. Er nannte mir die Nummer und kniete, als ich wählte, vor mir auf dem Boden. Während ich mit einer Hand den Hörer hielt und mit der anderen seinen Nacken streichelte, fühlte ich seine Lippen an meinem Schoß. Der diensttuende Herr an der Rezeption versprach mir, Vaillant nach seinem Eintreffen davon zu verständigen, daß ich heute vormittag mit der Bahn zu meiner Mutter nach Hamburg gefahren sei und morgen im Laufe des Tages zurückkäme. Weil Stefan schon wieder einen Weg gefunden hatte, mich zu erregen, schob ich ihn von mir, stand rasch auf und sagte: »Wenn du so weitermachst, sind wir bis morgen früh beide tot.«

Er erhob sich von den Knien und fragte offenbar überglücklich: »Du bleibst heute nacht bei mir?«

»Vorausgesetzt, du hast etwas zu essen im Haus«, sagte ich. »Mit dem Inhalt eures Kühlschranks allein ist es bei dem, was du alles mit mir angestellt hast, nicht getan.«

»Und du erst mit mir«, sagte er und griff nach dem Telefon. Als er den Hörer auflegte, hatte er uns eine Pizza bestellt. Er küßte mich und sagte: »In einer halben Stunde ist sie da. Was machen wir bis dahin?«

Ich brauchte ihn nur anzusehen, um zu wissen, was ihm schon wieder vorschwebte. Damit er auf andere Gedanken kam, forderte ich ihn auf, uns etwas zu trinken zu holen, und erklärte mich, weil er einen Whisky wollte, ebenfalls damit einverstanden. Ich trank ihn auf seinem Schoß sitzend in einem Sessel, der Platz für uns beide bot. Ich fragte ihn, ob er dieses Problem schon früher gehabt habe.

»Redest du von diesem hier?« fragte er, sein von mir angesprochenes Problem an meine Liebesfuge bettend.

Ich sagte: »Das ist doch nicht normal, mein Junge. Zehnmal kommen und noch immer nicht müde.«

»Beim Petting ist mir das noch nie passiert«, sagte er. »Vielleicht liegt es auch an den Mädchen, die ich kenne. Sie haben alle Angst, richtig zu bumsen.«

Mir kam ein Verdacht. »Und mit wem, außer mit mir, hast du schon richtig gebumst?«

Er schwieg.

»Dafür kannst du es aber schon recht ordentlich«, sagte ich verwundert. »Wo hast du es gelernt? Im Kino? Du darfst solche Filme doch noch gar nicht anschauen.«

»Aber bald, und wenn man so groß ist wie ich, wollen sie schon jetzt an der Kasse keinen Ausweis mehr sehen«, sagte er und rieb seine Wange an meiner Brust. »Du hast die schönsten auf der Welt«, murmelte er.

»So wird es sein«, sagte ich.

»Du bist für mich überhaupt die schönste Frau der Welt«, sagte er. »Als ich dich gestern abend im Jaguar sitzen sah, blieb mir beinahe das Herz stehen. Wie alt ist der Mann, mit dem du zusammenlebst?«

»Fünf Jahre älter als ich«, sagte ich. »Er arbeitet in der gleichen Firma.«

»Und der, mit dem du hier bist und dem du ausrichten läßt, du seist zu deiner Mutter nach Hamburg gefahren?«

Mir wurde klar, daß es so nicht ging. Ich sagte: »Jetzt paß mal auf, mein Junge ...«

»Sag nicht immer ›mein Junge‹ zu mir«, warf er ein.

Ich sagte: »Also gut, dann paß mal auf, Stefan: Wir haben in Düsseldorf Kunden, die man auch samstags besuchen kann ...«

»Was sind das für Kunden?« unterbrach er mich wieder.

Ich blickte ihn einige Sekunden lang schweigend an. Dann stand ich von seinem Schoß auf und ging meine Kleider holen. Sie lagen noch im Schlafzimmer seiner Eltern neben dem zerwühlten Bett am Boden. Mir fiel jetzt erst auf, daß er die Tagesdecke gegen eine andere ausgetauscht hatte. Er würde auch diese wieder gegen eine andere austauschen müssen. Noch während ich mich anzog, kam er mit den noch halb vollen Gläsern zur Tür herein und sagte: »Ich werde dich nichts mehr fragen, Renate. Ehrenwort.«

»Dann vergiß es nicht«, sagte ich. »Es ist jetzt auch für dich besser, du ziehst dich an. Die Pizza wird gleich gebracht werden. Vielleicht solltest du dich vorher unter der Dusche noch etwas abkühlen.«

»Das ist nicht mehr nötig«, sagte er und stellte die Gläser auf eines der Nachtschränkchen. Vermutlich war es das seiner Mutter, weil auf dem zweiten einige Wirtschaftsmagazine lagen, die kaum zu ihrer abendlichen Lektüre gehörten. Ich beobachtete, wie er sich nach seiner Hose bückte. Auch wenn ich nicht zu befürchten brauchte, mich in ihn verliebt zu haben, sicher war, daß ich mich immer wieder dabei ertappte, ihn wohlgefällig zu betrachten. Vielleicht rächte es sich jetzt, daß ich mir zu lange Wolfgangs Anblick zugemutet hatte, aber auch schon Volker war ohne Kleider alles andere als ein Adonis. Bei Vaillant war ich mir nicht sicher, ob er unbekleidet hielt, was sein sportliches Äußeres versprach, und Cramer hatte mich physisch schon deshalb nicht reizen können, weil er nicht mein Typ war. Aus der Zeit meines Hamburger Liebeslebens war mir ein einziger Mann in Erinnerung geblieben, der sich nur auszuziehen brauchte, um mich willfährig zu machen, aber er war zwölf Jahre älter und nicht neun Jahre jünger gewesen als ich.

Weil gleich darauf die Haustürglocke anschlug, kümmerte Stefan sich um die Pizza. In Bad Hülsen gab es keine Firma, die sie eßfertig ins Haus lieferte. Man bekam sie nur tiefgefroren zu kaufen. Wir verzehrten sie mit gutem Appetit zu einer Flasche Wein am Frühstückstisch der Küche. Ich fand es hier gemütlicher als in dem recht steifen Eßzimmer mit seinem Dutzend um eine weißgedeckte Tafel gruppierter Stühle, deren holzgeschnitzte Lehnen mich an Omas glückliche Zeiten erinnerten. Weil Stefan mich auch beim Essen über den Tisch hinweg mit verträumten Augen anhimmelte, ließ ich ihn die Zunge sehen und sagte: »Hör auf, mich so anzustarren. Was denkst du dir dabei? Daß ich nach allem, was ich dir erlaubt habe, doch ein Callgirl sein muß?«

»Wenn ich dich nicht nach deinem Beruf fragen ...« Er brach ab.

Möglicherweise hatte ihm nun doch zu denken gegeben, daß meine und meines Kollegen Kundschaft auch samstags zu erreichen war, und weil es nicht schaden konnte, wenn ich seine Unsicherheit über meine Identität noch vergrößerte, sagte ich: »Was ist dir lieber: zu wissen, wer ich bin, und mich dann nie wieder zu sehen oder es nicht zu wissen mit der Aussicht, daß wir uns hin und wieder, wenn deine Eltern über das Wochenende verreist sind, hier treffen?«

»Es ist mir egal, ob du ein Callgirl bist«, sagte er.

»Damit wären wir wieder dort, wo wir schon einmal waren«, sagte ich. »Wenn es dir egal ist, dann mußt du dich auch daran gewöhnen, daß Callgirls keine Auskünfte über ihr Privat- und Berufsleben geben. Erzähle mir lieber etwas von dir. Ich nehme an, du machst das Abitur?«

Er nickte.

»Und dann? Hast du schon Pläne für danach?«

»Meine Eltern wollen, daß ich Volkswirtschaft studiere«, sagte er. »Das ist auch der Wunsch meines Großvaters. Wenn du ihn so gut kennst, dann weißt du sicher auch, daß er ein großer Boß bei einem Waschmittelkonzern ist, der auch noch andere Waren herstellt. Er und meine Eltern spekulieren darauf, daß sie mich dort nach meinem Studium irgendwo unterbringen, aber dazu habe ich keine Lust.«

»Worauf sonst?«

Er blickte mich über seine Pizza hinweg wieder verträumt an. »Auf dich. Wenn ich dich nicht mehr sehe, weiß ich nicht, was ich mache.«

Das kam davon, wenn man sich in meinem Alter mit einem siebzehnjährigen Jungen einließ und dann auch noch sämtliche Register sexueller Aufklärung zog. Schließlich war es ein Unterschied, ob er sich solche Dinge im Kino ansah oder sie selbst erlebte, dazu noch mit der ersten richtigen Frau im Bett. Das allein schon hätte vermutlich ausgereicht, um ihn mir nicht nur gefügig, sondern auch hörig zu machen. Wenigstens so lange, bis er sich in eine andere verliebte, die mir das Wasser reichen konnte, aber wo gab es die schon, wenn man sie schnell brauchte! Mir wurde immer einsichtiger, daß ich weit über das Ziel hinausgeschossen war, aber das hatte in seinem Fall weniger mit fehlendem Augenmaß als damit zu tun, daß ich seit meiner Trennung von Volker der Liebe hatte entsagen müssen, denn gemessen an dem, was ich in den vergangenen Stunden mit Stefan erlebt hatte, war Cramers Gefummel so belanglos wie eine Worthülse aus Politikermund neben Dantes »Göttlicher Komödie«.

Ich sagte: »Wenn du mir so kommst, kannst du dir meinetwegen in die Hosen machen. Glaube ja nicht, ich ließe mich von solchen Drohungen einschüchtern oder unter Druck setzen. Sei froh und dankbar, eine Frau wie mich kennengelernt zu haben. Ich könnte dir auf Anhieb ein paar Dutzend Männer aufzählen, die ihr ganzes Vermögen dafür hergäben, mich nur für eine halbe Stunde im Bett zu haben.«

»Sind das keine Kunden von dir?« fragte er kauend.

Ich lächelte nur.

Er sagte: »Mir würde es schon genügen, wenn wir uns nur über das Wochenende sehen. Über das Wochenende sind meine Eltern fast nie da, und Ulrike, meine Schwester, fährt immer mit ihnen weg. Nur Maria bleibt, wenn im Haus viel Arbeit ist, manchmal hier, aber die würde uns bestimmt nicht verraten.«

Ich beugte mich über den Tisch zu ihm hinüber und klopfte mit dem Zeigefinger gegen seine Stirn.

Er fragte: »Wieso? Wenn meine Eltern ohne sie verreisen, bringt sie manchmal einen Freund mit ins Haus. Seit ich sie einmal dabei erwischt und ihr versprochen habe, es meinen Eltern nicht zu verraten, verrät sie ihnen auch nicht, wenn ich Besuch habe.«

»Von deinen Milchgesichtern?« fragte ich. »Manchmal redest du wie ein Erwachsener und dann wieder wie ein dummer Junge. Du glaubst doch nicht ernsthaft, ich würde mich von der Verschwiegenheit eures italienischen Dienstmädchens abhängig machen? Wenn deine Eltern erfahren, daß du mit einer Frau schläfst, die neun Jahre älter ist als du, werden sie keine Ruhe geben, bis sie wissen, wer sie ist. Dann würde auch dein Großvater davon erfahren und sich am Ende noch einreden, ich hätte unsere alten Beziehungen dazu mißbraucht, mir Zugang in euer Haus zu verschaffen. Wie stehst du mit deinen Eltern? Gut?«

Er zögerte. »Mit meinem Vater. Meine Mutter behandelt mich immer noch wie ein Kind. Letztes Jahr mußte ich mit ihnen nach Griechenland und über die Wochenenden nach Zandvoort fahren. Mein Vater hat sich dieses Jahr bei ihr dafür eingesetzt, daß ich am Wochenende zu Hause bleiben und in den Ferien mit meinem Freund nach Spanien fahren kann.«

»Wie alt ist dieser Freund?«

»Einundzwanzig. Er war schon zweimal mit seiner Freundin in Spanien. Sie kommt auch dieses Jahr wieder mit. Wir kennen uns von der Juniorenmannschaft eines Handballvereins. Ich spiele dort seit zwei Jahren mit.«

Ich lächelte. »Ist endlich mal etwas anderes als immer nur Fußball. Wie lange werdet ihr in Spanien bleiben?«

»Ich habe es mir anders überlegt«, sagte er. »Ich bleibe hier, dann kannst du mich in den fünf Wochen, wo meine Eltern in Griechenland sind, jederzeit besuchen.«

»Aber ja«, sagte ich. »Da ich sonst nichts zu tun habe, kann ich sogar die ganzen fünf Wochen bei dir verbringen. Du wirst mit deinem Freund wie vorgesehen nach Spanien fahren.«

»Werde ich nicht«, sagte er. »Ich werde hier bleiben und jeden Tag auf dich warten.«

Ich trank mein Glas leer, wischte mir den Mund mit einem Taschentuch ab und sagte: »Schade. Ich habe dich für vernünftiger gehalten. Es geht eben nie gut, wenn eine Frau in meinem Alter sich mit einem Jungen deines Alters einläßt. Ich habe dir schon einmal gesagt, daß ich mich von dir nicht unter Druck setzen lasse. Was da oben im Schlafzimmer deiner Eltern geschah, fing nicht erst heute vormittag, es fing schon gestern abend an, als du mich genötigt hast, dir zuerst in den Slip und später in meinem Wagen an den Pimmel zu greifen. Oder ist es dir lieber, wenn ich ›an den Penis‹ sage?«

Er errötete. »Heute vormittag habe ich dich nicht genötigt.«

»Das ist richtig«, sagte ich. »Da wollte ich ja auch mit dir pimpern. Gestern abend wollte ich es noch nicht. Iß das Stück Pizza noch auf. Sobald es dunkel ist, zeigst du mir das Haus deines Großvaters und den Weg, den er morgen vormittag zu seinem Frühschoppen zurücklegt.«

»Du willst immer noch mit ihm reden?«

»Deshalb bin ich doch bei dir. Oder führst du meine Anwesenheit allein auf deine wunderschönen Knabenaugen zurück?«

Diesmal hatte ich ihn verletzt. Er stieß seinen Teller von sich, stand auf und rannte aus der Küche. Ich hörte ihn in der Diele die Treppe hinauflaufen. Er würde sich mit dem, was ich für ihn sein konnte, entweder begnügen oder mich vergessen müssen. Ich konnte ihn weder mit nach Bad Hülsen nehmen noch seinetwegen mein Privatleben ausschließlich in Düsseldorf verbringen.

Ein paar Augenblicke lang fühlte ich mich versucht, mir für Vaillant eine Erklärung für eine vorzeitige Rückkehr aus Hamburg einfallen zu lassen und ins Hotel zu gehen, aber dann hätte ich mir auch etwas einfallen lassen müssen, ihn daran zu hindern, die Nacht in meinem Bett zu verbringen, und das würde jetzt von Mal zu Mal schwieriger werden.

Ich ging ins Wohnzimmer hinüber. Das Telefon stand noch dort, wo ich mit Stefan Kaffee getrunken hatte. Ich rief meine Mutter an. Sie sagte: »Ich dachte mir schon, daß du nicht mehr kommst. Wo steckst du? In Bad Hülsen?«

»Ich habe beruflich in Düsseldorf zu tun«, sagte ich. »Wie geht es Ellen?«

»Das Fieber ist weg«, sagte meine Mutter. »Ich glaube, sie ist über dem Berg.«

Ich lächelte erleichtert. »Am Montag kann ich dir wieder Geld schicken. Wieviel, weiß ich noch nicht.«

»Wir können es wieder gut gebrauchen«, sagte sie. »Schlaf schön, mein Engel.« Am Telefon war sie immer in Eile, besonders abends, wenn sie mit den Hühnern schlafen ging.

Ich griff nach meiner Handtasche und verließ das Haus. Es wurde schon dunkel, als ich auf die Straße trat. Die Luft duftete nach Flieder, und in den alten Bäumen zwitscherten schläfrig die Vögel. Weit brauchte ich nicht zu gehen, bis Stefan mich einholte. Mir war schon am Vormittag aufgefallen, daß er heute keine

Jeans, sondern eine schicke weiße Hose mit weißem Gürtel und ein ebenso schickes Pikee-Shirt, diesmal ohne aufgedruckten Mädchennamen, trug. Sicher hatte er die Haustür hinter mir zuschlagen hören und war mir sofort nachgerannt. Ich fragte: »Ist das die Richtung zum Haus deines Großvaters«?

Statt mir zu antworten, sagte er: »Wenn du ihn so gut kennst, wieso weißt du dann nicht, wo er wohnt.«

»Weil wir uns wegen deiner Großmutter nie in oder vor seinem Haus getroffen haben«, sagte ich. »Geht das in deinen großen Kopf?«

»Und du hast wirklich mit ihm geschlafen?«

»Noncommittal« sagte ich. »Genauso wie mit dir.«

»Ich weiß, was das heißt«, sagte er.

Ich lächelte. »Dann brauche ich es dir nicht zu erklären. Was ärgerst du dich, wenn ich dir sage, daß du wunderschöne Knabenaugen hast? Die hast du doch auch?«

»Bei dir weiß man nicht, wie du es meinst«, sagte er.

Weil wir ganz allein auf der dunklen Straße mit ihren dunklen Gärten und wenigen Laternen waren, legte ich im Gehen einen Arm um seine Taille und sagte: »Du hast nicht nur wunderschöne Knabenaugen, du hast auch einen wunderschönen, samthäutigen Knabenkörper, und wo dein Großvater wohnt und welchen Weg er zu seinem Frühschoppen zurücklegt, hätte ich doch schon gestern abend von dir erfahren können. Ist das richtig?«

Er nickte.

»Na siehst du«, sagte ich. »So hübsche Komplimente wie dir habe ich noch keinem anderen Mann gemacht. Sind wir richtig?«

»Die übernächste Straße links und dann wieder links«, sagte er. »Hat er dir erzählt, daß schon meine Mutter in unserem Haus zur Welt kam?«

Ich schüttelte überrascht den Kopf. »Dann hat es früher ihm und deiner Großmutter gehört?«

»Ja. Als meine Mutter heiratete, schenkten meine Großeltern ihr das Haus und kauften sich in der näheren Umgebung ein kleineres. Bis zu seinem Tod gehörte es einem Bildhauer. Auch wenn es kleiner ist: Es hat ein noch größeres Grundstück als das Haus meiner Eltern. Von der Straße kann man das Haus nur im Winter sehen, wenn die Bäume und Sträucher kahl sind. Es wird von einer hohen Buchenhecke eingezäunt. Wirst du den Mann, mit dem du zusammenlebst, heiraten?«

»Das ist noch nicht sicher«, sagte ich und nahm, weil uns ein älterer Mann mit seinem Fifi entgegenkam, den Arm von seiner Taille.

Zum Haus seines Großvaters waren es nicht mehr als zehn Gehminuten und von dort zu seiner Frühschoppengaststätte noch einmal eine gute Viertelstunde. Wie Stefan angekündigt hatte, war vom Haus in der Dunkelheit so gut wie nichts zu sehen, und der Weg zum Gasthaus führte in seinem weiteren Verlauf auch ein Stück weit parallel zum Rheinufer durch eine Grünanlage mit Sitzbänken. Auf zwei von ihnen knutschten Liebespaare. Am Ende der Anlage, wo eine aus dem Zentrum kommende Straße das Ufer begleitete, stand das Restaurant. Es hatte eine große Gartenterrasse, die von alten Linden beschattet wurde. Etwas weiter flußabwärts überspannte eine breite, trotz der fortgeschrittenen Stunde noch vielbefahrene Brücke den Rhein. Meine Frage, ob es sich um die Oberkasseler Brücke handle, wurde von Stefan bejaht. Er sagte: »Wenn Großvater dich hier auf einer Bank sitzen sieht, wird er bestimmt an einen Zufall glauben.«

»Auf einer Bank kann ich nur sitzen, wenn es nicht regnet«, sagte ich. »Zu welcher Zeit er sich mit seinen Freunden trifft, das weißt du nicht?«

»Doch. Immer gegen zehn Uhr. Mutter sagte einmal, man könnte sogar die Uhr danach stellen.«

»Dann muß er kurz vor zehn hier vorbeikommen«, sagte ich. »Laß uns umkehren; ich bin müde. Du hoffentlich auch?«

»Jetzt nicht mehr«, sagte er.

Auf dem Heimweg hatte er einen Arm um meine Taille gelegt und streichelte, während er immer wieder stehen blieb und mich küßte, unentwegt meine Brust. Diesmal nahmen wir uns gar nicht erst die Zeit, in das Schlafzimmer seiner Eltern zu gehen. Ob er wieder eine Dauererektion oder nur Probleme hatte, noch einmal zu kommen, war vom Ergebnis her gesehen ohne Belang. Ich erinnerte mich, als ich am Morgen neben ihm aufwachte, nur noch unklar daran, zuerst auf einer Couch, dann wieder am Boden und zuletzt mit dem Oberkörper bäuchlings über der gepolsterten Armlehne eines Sessels gelegen zu haben, während ich seinen Mund noch eine Weile in meinem Nacken und dann, als er langsam von mir abglitt, zuletzt an meinen Waden gefühlt hatte. Wie wir dann noch in das Schlafzimmer seiner Eltern gekommen und wann wir dort eingeschlafen waren, daran hatte ich überhaupt keine Erinnerung mehr. Vielleicht war mir sein eigenes Bett für zwei Personen zu schmal oder ich der Meinung gewesen, mehr davon zu haben, wenn ich auch die Nacht in Seebergs ehelichem Schlafgemach verbrachte, wo er mir so gegenwärtig war, daß ich jeden Augenblick meinte, von irgendwoher seine Stimme hören zu müssen. Oder auch Renates Stimme, so wie sie mir am Telefon messerscharf ans Ohr gedrungen war, wohl vom gleichen Apparat aus, den ich benutzt hatte, um das Hotel und meine Mutter anzurufen. Nie, seit ich dieses Haus betreten hatte, waren sie mir beide so gegenwärtig wie in diesen Minuten, als ich, von meiner inneren Unruhe geweckt, auch an diesem Morgen weit früher als erforderlich die Augen aufschlug und Seebergs Rasierwasser zu riechen meinte und Renates auch jetzt noch den Laken anhaftenden Körpergeruch, eine eigenartige Mischung von süßlich riechendem Parfüm und herber Strenge. Und dann Stefan neben mir, mit dem herb-süßlich duftenden Laken seiner Mutter nur halb zugedeckt und noch im tiefen Schlaf, so daß ich nicht anders konnte, als ihn behutsam aufzudecken und meine Blicke an seinem Körper zu weiden. Dann auch meine Lippen zu weiden, meine Zunge und er, schon längst wach geworden, stellte sich noch immer schlafend und kam dann so plötzlich, daß ihm keine Zeit mehr blieb, mich daran teilhaben zu lassen. Was schließlich auch Sinn und Zweck meines zügellosen Treibens war, nämlich ihm zuvorzukommen, weil ich den Tag nicht so beginnen wie den gestrigen beenden wollte, nicht, wenn ich für das, was ich mir für heute vorgenommen hatte, wenigstens einigermaßen ausgeruht und geistig mobil sein wollte.

Die gemeinsame Dusche: Was sonst, wenn man so verliebt war wie er, so verrückt wie ich? Ich bekam Probleme mit ihm, mit mir selbst, mit meinem von Mal zu Mal sich steigernden Bedürfnis, nicht nur geküßt und gestreichelt zu werden, sondern seine Küsse und sein Streicheln zu erwidern, schon süchtig danach, seinen Körper zu fühlen, ihn mit meinen Händen immer wieder neu zu erfahren und mich an ihm zu erregen.

Das gemeinsame Frühstück in der Küche: er mich fütternd und ich ihn fütternd, dazwischen Küsse, Lachen, Kichern, das fast komplette Schnulzen-Repertoire junger Liebe aus dem Kino von nebenan. Albern bis zur Unerträglichkeit. Und dennoch ließ ich mir das Marmeladenbrot schmecken, das Honigbrot, den Edamer und die Schinkenwurst aus dem Kühlschrank. Daheim wäre sie mir, so früh am Morgen, mit Sicherheit wieder hochgekommen.

Obwohl der Himmel auch heute morgen bedeckt war, sah es nicht nach Regen aus, so daß Korwan kaum Anlaß hatte, den Wagen zu benutzen. Stefan bestand zunächst darauf, mich bis zum Rheinufer zu begleiten, aber das war mir zu riskant, denn wenn Korwan mich in seiner Gesellschaft sah, konnte ich gleich nach Hause fahren. Erst als ich ihm hoch und heilig versprach, mich im Laufe des Tages wieder bei ihm zu melden, kam er von seinem Vorhaben ab. Zweimal mußte er ans Telefon. Einmal, weil seine

Mutter aus Zandvoort anrief, und das zweite Mal war es das Mädchen Michaela, dessen Namen er vorgestern abend auf seinem Shirt getragen hatte und das ihm, so hatte es für mich den Anschein, heftige Vorwürfe machte. Er erzählte ihr, sich gestern nicht gut gefühlt zu haben, und als ihre Vorwürfe auch dann noch anhielten, machte er es so, wie ich es zuweilen tat: Er legte unvermittelt den Hörer auf, kam zu mir und sagte mit leicht gerötetem Gesicht: »Ich hatte gestern vergessen, daß ich bei ihren Eltern zum Essen eingeladen war. Sie hat über die Mittagszeit ein paarmal hier angerufen, aber ich hatte das Telefon nicht nach oben umgestellt. Unsere Eltern kennen einander und sähen es gern, wenn Michaela und ich später heiraten.«

Ich mußte lachen. »Das ist aber sehr weit gedacht. Liebst du sie?«

»Ich liebe dich«, sagte er.

Weil ich noch eine halbe Stunde Zeit hatte, rauchte ich in einem Sessel eine Zigarette.

Er setzte sich auf die Armlehne, küßte mich und sagte: »Wozu ein Sessel sonst noch gut sein kann, habe ich erst bei dir gelernt.«

»Ich weiß nicht, wovon du redest«, sagte ich. »Was wollte deine Mutter von dir?«

»Fragen, ob ich morgens auch meine Milch getrunken und gestern bei Michaela ein Mittagessen bekommen habe. Für heute hat sie mich zum Essen bei meinen Großeltern angemeldet.«

»Gehst du hin?«

Er schüttelte den Kopf. »Wir werden uns wieder eine Pizza bestellen. Ich rufe bei meiner Großmutter an und sage ihr, daß ich bei meinem Freund eingeladen sei. Du bleibst doch sicher nicht lange weg?«

»Das weiß ich noch nicht.«

»Ich werde auf jeden Fall auf dich warten. Kannst du es nicht einrichten, wenigstens noch eine Nacht zu bleiben?«

»Das schlag dir aus dem Kopf«, sagte ich. »Ich fahre noch heute abend nach Hamburg zurück.«

»Mit deinem Kollegen?«

»Da er jetzt auch meine Arbeit erledigen mußte, ist es möglich, daß er morgen noch hier bleibt«, sagte ich.

»Welche Arbeit?«

Ich lächelte. »Vielleicht wirst du es eines Tages wissen. Du hast keinen Grund, dich zu beklagen. Du weißt heute schon, wen du eines Tages heiraten wirst. Du wohnst in einem schönen Haus, hast einen sicher sehr gut verdienenden Vater, der später dafür sorgen wird, daß du nicht weniger gut verdienst als er, und du lebst in einer intakten Familie. Welcher Junge in deinem Alter kann das heute noch von sich behaupten?«

Er streichelte meinen Nacken. »Ganz so intakt, wie du meinst, ist sie auch nicht. Es gibt zwischen meinem Vater und meiner Mutter oft Streit. Erst vor ihrer Abreise wieder. Worüber, weiß ich nicht. Wenn sie sich streiten und meine Schwester und ich im Haus sind, gehen sie in ihr Schlafzimmer hinauf und schließen die Tür hinter sich, damit wir nicht hören können, worüber sie streiten.«

»Vielleicht betrügt er sie«, sagte ich. »Oder hältst du es nicht für denkbar, daß er eine heimliche Geliebte hat?«

Er zuckte mit den Schultern. »Denkbar ist das bei jedem Mann, finde ich.«

»Wäre es dir denn egal?« fragte ich verwundert.

»Es ist nicht leicht, mit meiner Mutter auszukommen«, sagte er. »Sie nützt es aus, daß er seine heutige Stellung ihrem Vater verdankt und beruflich von ihm abhängig ist. Er könnte sie wegen einer anderen Frau gar nicht verlassen, ohne seine Stellung zu verlieren.«

»Und sein schönes Heim mit dazu«, sagte ich. »Es ist jedenfalls nicht so, daß er eine Freundin hat, die von deiner Mutter toleriert wird?«

Er lachte. »Da kennst du meine Mutter schlecht. So etwas würde er allein schon aus Rücksicht auf meine Schwester und auf mich nicht riskieren. Er hängt sehr an uns. An meiner Schwester noch mehr als an mir. Es gibt kaum einen Wunsch, den er ihr abschlägt.«

»Eine richtige Seele von einem Mann«, sagte ich und blickte auf meine Armbanduhr. »Ich breche lieber etwas früher auf. Versprichst du mir, dich nicht heimlich an mich zu hängen und hier im Haus auf mich zu warten?«

Er nickte.

»Du sollst es mir versprechen und nicht nur nicken«, sagte ich.

»Ich verspreche es dir«, sagte er und beugte sich zu mir nieder. Er legte das Gesicht an meine Wange und flüsterte: »Ich liebe dich furchtbar.«

»Das ist ja auch das Furchtbare«, sagte ich. »Denke immer daran, daß ich neun Jahre älter bin als du und mein Leben nicht einfach wie einen Film zurückspulen und dem deinen anpassen kann. Ich habe mir bereits meine eigene Welt geschaffen.«

Er sagte mit unverändert leiser Stimme: »In der für mich kein Platz ist, meinst du?«

»Nicht so viel Platz, daß wir uns in Zukunft regelmäßig sehen könnten«, sagte ich. »Das ist allein schon wegen deines Großvaters nicht möglich. Er darf von dem, was zwischen uns war und noch sein wird, nie etwas erfahren, sonst wird mit Sicherheit nichts mehr sein. Um das zu verstehen, müßte ich dir noch mehr von dem erzählen, was mich mit deinem Großvater verbindet, und das wäre ihm gegenüber ein Vertrauensbruch. Was ich dir erzählt habe, mußte sein, weil ich deine Hilfe brauchte.«

»Vielleicht hast du nur deshalb...« Er brach ab.

Ich griff nach seinem Kinn und zwang ihn, meinen Blick zu erwidern. »Ist das wirklich dein Eindruck von mir, Stefan?«

»Nein«, sagte er. »Nein. Bitte verzeih mir. Ich verstehe nur nicht, warum du mich belügst. Ich weiß, daß du nicht in Hamburg wohnst.«

»Woher willst du ...« Ich führte meine Frage nicht zu Ende und sagte statt dessen: »Du warst an meiner Handtasche. Wann? Als ich gestern abend noch einmal im Badezimmer war?«

»Ich mußte es tun«, sagte er.

Ich gab sein Kinn frei und stand auf. Hätte ich gestern vormittag das Hotel in der Absicht verlassen, ihn zu besuchen, niemals wäre ich so leichtsinnig gewesen, ihm die Möglichkeit zu geben, Einblick in meine Personalien zu nehmen. Ich hatte meine Papiere mitgenommen, weil ich den Jaguar aus der Tiefgarage holen und eine Spazierfahrt durch die Stadt machen wollte. Und erst in der Tiefgarage hatte ich mich eines anderen besonnen. Warum, das würde selbst mir vielleicht ewig ein Rätsel bleiben. Und nun kannte er nicht nur meinen richtigen Namen, er wußte auch, wo ich wohnte, weil er beides ebenso meinem Führerschein wie dem Kraftfahrzeugschein hatte entnehmen können. Aber schon an der Haustür, als ich noch einmal stehen blieb und mich nach ihm umdrehte, hatte ich mich wieder gefangen. Ich sagte: »Auch das war ein Vertrauensbruch, Stefan, dazu noch einer, der dir nichts einbringen wird. Du wirst meinen Namen weder in einem Telefonbuch finden noch, wenn du nach Bad Hülsen kommst, die Haustür geöffnet bekommen. Und ob ich Briefe von dir ungelesen zerreißen werde, das hängt nun ganz von deinem weiteren Verhalten ab.«

»Es tut mir leid«, murmelte er blaßhäutig.

»Damit machst du nichts ungeschehen«, sagte ich. »Und wenn du mir jetzt heimlich zu folgen versuchst – ich werde ein Auge darauf haben –, dann brauchst du weder eine Pizza zu bestellen noch auf mich zu warten.«

Er sagte leise: »Ich hatte nicht vor, nach Bad Hülsen zu kommen. Ich wollte nur wissen, wie du heißt, Stefanie. Es ist so schön zu wissen, daß du Stefanie heißt.«

»Und du Stefan«, sagte ich. »Wenn das ein blinder Zufall und nicht das Werk der schönen Tyche ist, dann ergibt auf der ganzen Welt nichts mehr einen Sinn. Weißt du, wer die Tyche ist?«

Er schüttelte wortlos den Kopf.

»Dann besteht noch etwas Hoffnung für dich«, sagte ich und öffnete die Haustür. Als ich mich an der Gartenpforte noch einmal nach ihm umsah, saß er wie ein großer, trauriger Vogel auf der obersten Stufe der Freitreppe und hatte das Gesicht in den Händen vergraben.

Zum ersten Mal, seit ich mir meiner Macht über Männer bewußt war, wünschte ich sie zum Teufel. Und mich dazu.

10

Davon ausgehend, daß ich nach Düsseldorf gekommen war, um zu versuchen, Seeberg in einem persönlichen Gespräch von seiner Forderung nach meiner fristlosen Entlassung abzubringen, hätte es nahe gelegen, seine Abwesenheit zum Anlaß zu nehmen, meinen Versuch als mißglückt anzusehen und unverrichteter Dinge nach Hause zu fahren. Denn allein damit, mir Zugang zu seinem ehelichen Schlafzimmer und in das Herz seines Sohnes verschafft zu haben, war für den Augenblick noch nicht viel gewonnen. Einen praktischen Nutzen hatten meine solcherart gewonnenen Einblicke in seine Familienverhältnisse nur, wenn sie dazu führten, ihn mit der Hilfe seines Schwiegervaters zum Umdenken zu bewegen, wobei die Frage, ob das bisher Erreichte angesichts meiner derzeitigen geistigen Verfassung noch in einem angemessenen Verhältnis zu dem von mir entrichteten Preis einer Abhängigkeit von einem noch nicht ganz achtzehnjährigen Jungen stand, vorerst einmal unbeantwortet bleiben mußte.

Ob ich mir von einer Begegnung mit Peter Korwan wirklich etwas versprochen oder ob ich mich nur dazu entschlossen hatte, weil ich nicht mit dem Gefühl nach Hause kommen wollte, so gut wie nichts erreicht und alles nur noch komplizierter gemacht zu haben, hätte ich, als ich ihn an diesem Sonntagvormittag am Rheinufer von Düsseldorf ansprach, selbst nicht zu sagen gewußt. Ich war mir wenige Augenblicke vorher noch nicht einmal sicher, ob ich ihn überhaupt ansprechen und was ich ihm sagen sollte, zumal ich mich von zahlreichen Passanten, die mit und ohne Kinder in der Grünanlage promenierten oder auf den rotlackierten Sitzbänken eine Ruhepause einlegten, beobachtet fühlte. So sehr ich es sonst genoß, Blicke auf mich zu ziehen, so gerne hätte ich an diesem Vormittag auf die Neugierde, die ich auf Schritt und Tritt erregte, verzichtet. Allein schon der Umstand, daß ich eine gute Viertelstunde vor Korwan die Grünanlage erreichte und bei den bereits Anwesenden nach zehn Minuten zwangsläufig den Eindruck erweckte, von meinem Kavalier versetzt worden zu sein, war peinlich genug. Noch peinlicher stellte ich es mir jedoch vor, bei meinem Vorhaben, Korwan anzusprechen, von ihnen beobachtet und im Falle einer kühlen Zurückweisung belächelt oder, was noch schlimmer wäre, bemitleidet zu werden. Dies alles und nicht zuletzt auch der Umstand, daß Korwan in seinem hellen Trenchcoat und mit einer silbergrauen Krawatte auf blütenweißem Hemd noch beeindruckender als auf dem Familienfoto aussah, hätte mich beinahe verzagen lassen, aber auch diesmal war es meine Kaltblütigkeit, die mich davor bewahrte, auf halbem Wege umzukehren. Glücklicherweise hatte ich ihn so rechtzeitig kommen sehen, daß ich meinen Warteplatz am Rheinufer unauffällig verlassen und mich langsamen Schritts vor ihn setzen konnte. Erst als er sich anschickte, mich zu überholen, wandte ich ihm das Gesicht zu, grüßte ihn mit Namen und akademischem Dienstgrad und fügte lächelnd hinzu: »Sie erinnern sich wohl nicht mehr an mich?«

War ich mir bis zu diesem Augenblick über seine Reaktion nicht sicher gewesen, so erwies es sich doch wieder einmal mehr, daß Erfolgsmenschen aus den Chefetagen führender Wirtschaftsunternehmen weder leicht aus der Fassung zu bringen noch willens sind, sich eine Blöße zu geben. Denn es hätte, auch wenn er mich nicht kannte, doch sein können, daß wir uns schon einmal begegnet waren, und für einen Mann in seiner Position waren Erinnerungslücken immer mit der Sorge verbunden, seinen verantwortungsvollen Aufgaben vielleicht nicht mehr im erforderlichen Umfang gerecht zu werden. Er sah auch eher verunsichert als abweisend aus seiner stolzen Höhe von mindestens einsneunzig auf mich herab und sagte: »Doch, wenn auch nur ganz dunkel. Vielleicht, wenn Sie mir Ihren Namen verraten …«

»Den kannten Sie schon damals nicht«, sagte ich. »Obwohl Sie sich längere Zeit mit mir unterhielten. Ich habe Sie sofort wiedererkannt.«

»Aber Sie sind nicht aus Düsseldorf?« fragte er, auf meine für sein rheinisches Gehör norddeutsch klingende Mundart anspielend.

Sicher wollte er sich nur vergewissern, daß ich keine Tippse aus seinem Industrieimperium war, die sich unter Umgehung des

Dienstwegs mit einer persönlichen Beschwerde an ihn heranzupirschen versuchte. Ich sagte: »Aus Hamburg. Ich bin nur auf der Durchreise und gerade dabei, mir ein wenig die Stadt anzusehen. Es war aber nicht Hamburg, wo wir uns begegneten. Damals trug ich das Haar noch anders und nicht gefärbt.«

Diesmal lächelte er. »Aber es steht Ihnen vorzüglich, wenn ich mir erlauben darf, das zu sagen. Es scheint, Sie wollen mein Erinnerungsvermögen auf die Probe stellen?«

»Wenn Sie Mühe haben, sich an mich zu erinnern, möchte ich nicht, daß Sie es tun«, sagte ich und blieb, wie um mich zu verabschieden, stehen.

Wir hatten schon fast das Ende der Grünanlage erreicht, und bis zu seinem Restaurant waren es von hier aus höchstens noch fünfzig Meter. Er verhielt ebenfalls den Schritt. Ich hatte den Eindruck, daß er erst jetzt, wo er annehmen mußte, meine Anrede sei ohne Hintergedanken erfolgt, mich näher ins Auge faßte.

Er sagte: »Wollen Sie mir nicht doch Ihren Namen verraten?«

»Er wäre Ihnen aus den bereits geschilderten Gründen auch keine Hilfe. Ihn zu nennen hätte nur dann einen Sinn, wenn Sie sich an die Begegnung mit mir erinnerten.«

»Dann sollten Sie mir vielleicht Gelegenheit geben, mich daran erinnern zu können«, sagte er.

Das hörte sich nicht schlecht an, wenngleich seine Einschränkung, ihm »vielleicht« Gelegenheit zu geben, darauf hindeutete, daß er sich noch nicht ganz schlüssig geworden war, wie er sich verhalten sollte. Trug ich ihm die Gelegenheit zu bereitwillig an, riskierte ich es, daß er mißtrauisch wurde und sich hinter einige nichtssagende Floskeln zurückzog. Ich mußte versuchen, seine Neugierde zu wecken, ohne daß es aufdringlich wirkte. Dann fiel mir ein, daß Männer wie er schon immer ein besonderes Verhältnis zu den Medien und ganz besonders zu den Massenmedien hatten. Ich sagte: »Das wird leider nicht möglich sein. Ich bin in einer halben Stunde mit einem Kollegen vom WDR verabredet.«

Er horchte sichtlich auf. »Sie arbeiten für das Fernsehen?«

»Für den Hörfunk. Das habe ich Ihnen aber, als ich Sie kennenlernte, nicht erzählt.«

»Und warum nicht?«

»Weil kein Grund dafür vorlag«, sagte ich und blickte auf meine Armbanduhr.

Er fragte: »Werden Ihre Gespräche Sie den ganzen Tag in Anspruch nehmen?«

»Bis gegen Abend bestimmt.«

Er lächelte. »Das trifft sich doch sehr gut. Heute abend habe ich noch nichts vor. Darf ich Sie zum Essen einladen?«

»Das ist sehr freundlich von Ihnen«, sagte ich. »Da ich aber morgen sehr früh nach Hamburg zurückfahren werde …«

»Ich verspreche Ihnen, daß es nicht spät werden wird«, sagte er. »Bis heute abend ist mir mit Sicherheit eingefallen, wann und wo wir uns begegnet sind. Kann ich Sie in Ihrem Hotel abholen?«

Noch vor einigen Minuten wäre ich schon zufrieden gewesen, wenn er mich zu einer Tasse Kaffee eingeladen hätte. Warum ich allerdings angenommen hatte, er könnte von meinem Äußeren weniger angetan sein als sein Schwiegersohn, war mir jetzt unerfindlich. Schließlich war auch er nur ein Mann und dazu in seiner Position als Vorstandsvorsitzender nicht einmal vergleichbar mit einem Unternehmer wie Arzberger, dessen Imperium kaum viel leichter wog als das der Görlach-Dynastie und der seinen eigenen Vorstand und Marketingdirektor beschäftigte, was ihn nicht daran hinderte, nur um mich hin und wieder zu sehen, persönlich nach Bad Hülsen zu kommen und mir eine Garnitur seiner neuesten Dessous mitzubringen, die ich dann, weil ich schon nicht mehr wußte, wohin damit, an das weibliche Personal der GEMAS verteilte. Nur intim war er noch nie geworden. Vielleicht deshalb nicht, weil er, im Gegensatz zu Seeberg, nicht der Typ dafür war. Ob auch Korwan der Typ dafür war, ließ sich, wenn man sich zum ersten Mal mit ihm unterhielt, nur schwer beurteilen.

Ich sagte: »Ich wohne bei Bekannten. Wenn Sie mich abholen, werden sie nur neugierige Fragen stellen. Ich weiß auch nicht, ob ich Ihre Einladung annehmen darf. Es ist sonst nicht meine Art, einen Mann, dem ich nur einmal begegnet bin, auf der Straße anzusprechen. Das könnte in Ihren Augen so aussehen …«

»Sie sind doch Journalistin, wenn ich es richtig verstanden habe«, fiel er mir ins Wort. »Gehört es da nicht sogar zu Ihrem Beruf, Menschen anzusprechen, mit denen Sie sich vorher noch nie unterhalten haben«

Ich lächelte. »Schon, aber dann geschieht es in meiner Eigenschaft als Journalistin. Aber da ich nun mal gegen meine eigenen Prinzipien verstoßen habe, wäre es vielleicht unhöflich, Ihre Einladung nicht anzunehmen. Sagen Sie mir, wann und in welchem Restaurant Sie anzutreffen sind. Ich nehme mir dann ein Taxi.«

»Das weiß ich selbst noch nicht«, sagte er. »Es hängt ganz davon ab, wo wir heute abend noch einen Tisch bekommen. Kann ich Sie telefonisch erreichen?«

»Das würde mich zu sehr davon abhängig machen, zu einer bestimmten Zeit an einem bestimmten Ort zu sein«, sagte ich. »Warum treffen wir uns nicht in diesem Restaurant hier? Das sieht doch auch ganz gut aus.«

Er lachte. »Dort bin ich bereits für jetzt mit Freunden verabredet. Die Küche ist nicht besonders. Ihre Anregung bringt mich aber auf eine Idee. Ich werde Sie vor diesem Restaurant erwarten. Paßt Ihnen acht Uhr?«

Ich ließ mir mit der Antwort einige Sekunden Zeit. Dann sagte ich: »Einverstanden.«

Berücksichtigend, daß ich, als ich ihn ansprach, die gleiche Richtung eingeschlagen hatte wie er, setzte ich den Weg bis zum Restaurant an seiner Seite fort.

Er sagte: »Sicher sind Sie es gewohnt, von wesentlich jüngeren Männern zum Essen eingeladen zu werden. Um so mehr weiß ich es zu schätzen, daß Sie meine Einladung annehmen.«

Offenbar waren Männer, sobald sie die Sechzig überschritten hatten, ausnahmslos geneigt, sich für ihr Alter zu entschuldigen. Ich sagte: »Gemessen an den heute Dreißigjährigen, die oft wie ihre Großväter aussehen und daherkommen, sehen Sie doch noch sehr jugendlich aus. Wie alt sind Sie wirklich? Doch höchstens achtundfünfzig?«

»Leider schon acht Jahre darüber«, sagte er. »In meinem Alter und in meiner beruflichen Stellung hat man kaum mehr Gelegenheit, neue Bekanntschaften zu knüpfen, die sich nicht zwangsläufig aus dem vertrauten Umfeld ergeben.«

»Das leuchtet mir nicht ein«, sagte ich. »Wenn man so aussieht wie Sie, kann das doch kein Problem sein.«

»Dieser Eindruck trügt«, sagte er. »Sie müssen berücksichtigen, daß es kaum jüngere Frauen gibt, die von sich aus einen Mann in meinen Jahren anreden oder die es nicht als eine Zumutung empfinden würden, von ihm angesprochen zu werden.«

»Da bin ich ja eine unrühmliche Ausnahme«, sagte ich lächelnd.

Er schüttelte leicht den Kopf. »Sie haben mich doch nur angesprochen, weil Sie mich von einer früheren Begegnung her kannten. Natürlich gibt es auch jüngere Frauen, sogar junge Mädchen, die sich etwas davon erhoffen, die Bekanntschaft eines Mannes in meiner Position zu machen, aber da stecken dann fast immer sehr handfeste Eigeninteressen dahinter.«

»Das kann sein«, räumte ich ein. »Vielleicht ist der Preis, den Männer in Ihrer Position entrichten müssen, eine gewisse Einsamkeit. Ich kann mir aber auch denken, daß Sie sehr viele Neider haben, die gegen Sie intrigieren und an Ihrem Stuhl sägen.«

Weil wir das Restaurant jetzt erreicht hatten, blieb er wieder stehen und sagte: »Es ist erstaunlich, mit welcher Sensibilität Sie sich in die Situation eines Ihnen doch mehr oder weniger fremden Menschen hineinfühlen können. In der Tat ist man in meiner Position sehr vielen Anfeindungen ausgesetzt. Diese Einsamkeit, die Sie da ansprechen, habe ich noch vor einigen Jahren in dieser Intensität so nicht empfunden. Man gewöhnt es sich im Laufe seines Lebens an, die eigene Familie mit seinen Problemen nicht mehr zu belasten, weil sie doch nichts zu ihrer Bewältigung beitragen kann. Ich merke jetzt schon, daß Sie eine Frau sind, mit der ich mich auf eine Weise unterhalten kann, die ich in den zurückliegenden Jahren oft schmerzlich vermißt habe. Vielleicht ist es auch ein Symptom unserer Zeit, daß zwar noch nie so viel diskutiert und argumentiert wurde wie heute, daß es aber trotzdem kaum noch möglich ist, verständnisvolle Gesprächspartner zu finden. Ich darf Sie also heute abend um acht Uhr hier erwarten?«

»Ich werde mich bemühen, pünktlich zu sein«, sagte ich und reichte ihm die Hand.

Er führte sie an den Mund und sagte: »Ich freue mich darauf.«

Die Frage war, ob er sich auch noch freute, wenn ich ihm erzählte, wer ich in Wirklichkeit war, aber nachdem ich das größte Problem, nämlich seine Bekanntschaft zu machen, so glatt gelöst hatte, war ich zuversichtlich, ihn auch für mein persönliches Anliegen erwärmen zu können. Er machte mir jedenfalls nicht den Eindruck eines Mannes, mit dem man nicht vernünftig reden konnte. Möglicherweise hätte ich mir sogar den Umweg über Stefan und damit auch die Frage ersparen können, wie es nun weitergehen sollte mit ihm und mit mir und mit all jenen Problemen, die ich, um ein einziges aus der Welt zu schaffen, mir neu aufgebürdet hatte. Denn einerseits wäre es klüger gewesen, Stefan, nachdem er seinen Zweck für mich erfüllt hatte, nicht mehr zu sehen, und andererseits zog es mich, ohne daß ich es verhindern konnte, wie von allein in seine Arme zurück, wo ich nicht nur den Rest des Vormittags, sondern auch wieder den ganzen Nachmittag verbrachte. Was hätte ich auch sonst anfangen können? Ins Hotel konnte ich vor heute abend nicht gehen, und die Zeit bis zu meiner Verabredung mit Korwan damit totzuschlagen, kreuz und quer durch die Stadt zu lauten, dazu verspürte ich erst recht keine Lust. Also blieb mir nur Stefan, weil er, wenn ich an Vaillant dachte, das kleinere Übel war. Ihn konnte ich in Düsseldorf zurücklassen, Vaillant nicht. Als ich diesen zum Komplizen gegen seinen Onkel und zum Mitwisser meiner Pläne für Düsseldorf machte, hatte ich nicht weit genug gedacht. Ich hatte ihm zwar nicht ausdrücklich versprochen, seine Geliebte zu werden, aber ich war, um mir seine Hilfe zu sichern, doch schon viel weiter gegangen, als seine verwandtschaftlichen Beziehungen zu Möbius und seine Stellung in der Agentur es als ratsam erscheinen ließen, ganz abgesehen davon, daß die Zeiten, wo ich vor meinen Verhältnissen noch hatte davonlaufen können, mit Hamburg endgültig hinter mir lagen. Aus Bad Hülsen gab es in meiner gegenwärtigen Situation kein Davonlaufen mehr.

Ich hatte Stefan nicht belügen wollen und ihm gesagt, daß ich seinen Onkel kurz gesehen und auch mit ihm gesprochen hätte. Von meiner abendlichen Verabredung erzählte ich ihm nichts. Weil ich ihn schon darauf vorbereitet hatte, meinen Aufenthalt in Düsseldorf nicht um eine Nacht verlängern zu können und noch heute abend abzureisen, kostete es mich keine große Mühe mehr, ihn davon zu überzeugen, daß dies unwiderruflich war. Um ihm den Abschied leichter zu machen, gab ich ihm Wolfgangs Telefonnummer mit der Auflage, mich nur spät abends anzurufen und kein Gespräch zu beginnen, wenn ich nicht selbst am Apparat war. Das war immer noch besser, als zu riskieren, daß er plötzlich vor meiner Wohnungstür stand.

Vielleicht lag es an dem bevorstehenden Abend, daß es mir heute weniger schwer fiel, seinen Liebeshunger zu stillen. Auch die Pizza wollte ihm nicht recht schmecken; er aß nur wenig davon. Seine beharrlichen Fragen nach meinem Beruf beantwortete ich damit, für eine Immobilienfirma zu arbeiten, die in Bad Hülsen ihren Hauptsitz hatte, aber auch in Berlin und in einigen anderen Städten mit eigenen Büros vertreten sei. Meine Bitte, es sich mit dem geplanten Urlaub doch noch anders zu überlegen und ihn, wie vorgesehen, mit seinem Freund in Spanien zu verbringen, fand kein Gehör. Seine Furcht, ich könnte für ihn Zeit haben, während er gerade in Spanien war, ließ ihn taub für alles andere werden. Bevor wir das Elternschlafzimmer vorläufig endgültig verließen, half ich ihm noch, das Bett frisch zu beziehen. Tatsächlich fanden wir im Wäscheschrank der Mutter nicht nur haufenweise Laken und Bezüge, auch an Tagesdecken aus Satin herrschte kein Mangel, so daß es ihr kaum auffallen konnte, wenn eine fehlte. Die von meiner Zigarette vorgestern angebrannte steckte Stefan kurzerhand in die große Mülltonne hinter dem Haus und die nicht mehr ganz sauberen Laken und Bezüge in den Wäschekorb. Tatsächlich hatte meine Zigarette auch ein Loch im Federbett hinterlassen. Bevor wir es in einen frischen Bezug verpackten, schnitt ich mit meiner Fingernagelschere die verkohlten Ränder ab, überklebte das Loch, dessen Herkunft jetzt nicht mehr unbedingt auf eine Zigarette schließen ließ, mit einem Streifen Leukoplast und packte das Federbett mit

Stefans Hilfe in einen frischen Bezug ein. Danach räumten wir auch noch das Badezimmer auf, wobei ich mein Augenmerk besonders darauf richtete, keine Haare zu hinterlassen, die das Mißtrauen seiner Mutter hätten wecken können. Weil wir die Zeit seit gestern vormittag hauptsächlich im Bett verbracht hatten und ich in den Sommermonaten ohne Pyjama auszukommen pflegte, hatte ich von meinem Hotelgepäck nichts zu missen brauchen, zumal Renates Frisier- und Schminktisch keine Wünsche offen ließ und Stefan mich mit einer neuen Zahnbürste versorgen konnte. Über das Thema, weshalb ich bereits zum Abendessen im Hotel sein und nicht gemeinsam mit ihm die restliche Pizza verzehren wollte, unterhielten wir uns bei einem von ihm gemixten Cocktail im Wohnzimmer, wo er, neben mir auf einer Couch sitzend, einen Arm um meine Schultern gelegt und wieder seinen verträumten Blick eingeschaltet hatte. Ich redete mich darauf hinaus, vor unserer gemeinsamen Heimreise meinem Kollegen, der, während ich mich hier amüsierte, auch meine Arbeit verrichtet hatte, wenigstens noch ein gemeinsames Abendessen schuldig zu sein.

Stefan fragte: »Was für eine Arbeit war das?«

»Darüber haben wir bereits gesprochen«, sagte ich, eine jähe Ungeduld unterdrückend. »Es gibt Kunden, die an unseren Verkaufsobjekten interessiert, jedoch nur über das Wochenende anzutreffen sind. Es handelt sich hauptsächlich um Ferienhäuser und Ferienwohnungen im Ausland, die von uns im Auftrag der ebenfalls im Ausland lebenden Bauherren auf dem deutschen Markt angeboten und verkauft werden.«

»Aber in Düsseldorf habt ihr kein eigenes Büro?« fragte er, verträumt meine Schläfe streichelnd.

»In Düsseldorf nicht, weil es hier schon genügend Immobilienmakler gibt«, sagte ich.

»Aber vielleicht in Hamburg?« schlug er mir vor.

Ich sagte: »In Hamburg lebt meine Mutter, die ich angeblich gestern und heute besucht habe. Sonst hätte ich es mir nicht leisten können, meinen Kollegen so lange allein zu lassen. Ich hoffe doch, daß du deinen Eltern nie etwas von mir erzählen wirst? Denke immer daran, daß sie auch nicht wissen dürfen, wie gut ich deinen Großvater kenne. Er kennt mich übrigens nur unter meinem Mädchennamen. Mössmer ist der Name meines geschiedenen Mannes.«

Seine verträumten Augen waren plötzlich hellwach. »Du warst verheiratet?«

»Sei doch froh, daß ich es war und nicht noch bin, sonst wäre es dir kaum gelungen, mich in euer Haus einzuladen.«

Er rückte noch näher. »Erzähl mir von deinem Mann und warum du dich hast scheiden lassen.«

Damit hatte ich rechnen müssen, aber wenn er nicht wußte, unter welchem Namen sein Großvater mich kannte, wogen die Vorteile schwerer als der Nachteil, seine Neugierde geweckt zu haben. Ich sagte: »Das ist kein Thema, über das ich gerne rede. Ich erwähnte es nur, um dir verständlich zu machen, weshalb dein Großvater mich unter einem anderen Namen kennt als du.«

»Unter welchem Namen kennt er dich?« fragte er.

Ich wandte ihm das Gesicht zu. »Du hast nichts davon, wenn du es weißt.«

»Ich würde gerne ein Foto von dir haben«, sagte er. »Ich habe eine Sofortbildkamera. Darf ich?«

Wenigstens fragte er mich das erst jetzt und nicht schon oben im Schlafzimmer. Ich sagte: »Das schlag dir aus dem Kopf. Wenn es deiner Mutter in die Hände fällt, wird sie keine Ruhe geben, bevor sie weiß, wer ich bin. Hör zu, Stefan. Ich bin in den nächsten vierzehn Tagen sehr viel auf Reisen zu unseren ausländischen Auftraggebern. Du wirst mich in dieser Zeit in Bad Hülsen nur schwer erreichen. Vielleicht kann ich es einrichten, in drei Wochen anläßlich eines Besuchs meiner Mutter hier Zwischenstation zu machen. Vorher auf keinen Fall. In drei Wochen sind deine Eltern doch sicher noch in Griechenland?«

Er nickte. »Sie fliegen nächstes Wochenende und bleiben fünf Wochen.«

»Dann werde *ich* dich anrufen«, sagte ich. »Wahrscheinlich sehr spät, also nicht vor elf Uhr abends, damit du nicht den ganzen Tag zu Hause herumsitzt und auf meinen Anruf wartest. Ist das so in Ordnung?«

Offenbar nicht, denn sein Gesicht wirkte unsäglich enttäuscht. Er fragte: »Warum erst in drei Wochen, wenn meine Eltern doch schon …«

Ich fiel ihm ungeduldig ins Wort: »Du hast mir nicht zugehört. Ich habe dir eben erklärt, daß ich ins Ausland verreisen …«

»Auch nach Spanien?« warf er ein.

»Auch nach Spanien«, sagte ich. »Einer unserer wichtigsten Auftraggeber sitzt in Marbella, wenn du weißt, wo das liegt.«

»An der Costa del Sol«, sagte er sofort. »Ich habe es einmal kurz gesehen, als ich mit meinen Eltern mit dem Auto von Malaga nach Gibraltar fuhr. Könnten wir uns dort nicht …«

»Nein, um Gottes willen nein«, rief ich aus. »Wie stellst du dir das vor? Ich weiß noch nicht einmal, wann genau wir in Marbella wieder zu tun haben und ob dann ich oder einer meiner Kollegen, vielleicht auch mein Chef hinfahren werden.«

»Wer ist dein Chef?« fragte er. »Ist er nett?«

»Sicher«, sagte ich. »Sonst hätte ich ihm nicht erlaubt, mein Chef zu sein.«

Er verzog gekränkt den mädchenhaft wirkenden Mund. »Du machst dich über mich lustig.«

»Und du tötest mir mit deinen neugierigen Fragen den Nerv«, sagte ich. »Frage ich dich, ob dein Mathematik- oder dein Englischlehrer nett sind?«

»Das ist doch nicht dasselbe«, sagte er, weiterhin gekränkt.

Ich beugte mich zu ihm hinüber, küßte ihn und öffnete mit der Zunge seine Lippen.

Er sagte undeutlich: »Gleich mach' ich es dir auch. Dann kommst du heute aber nicht mehr weg.«

»Was willst du mir machen?« fragte ich. »Die Zunge in den Mund stecken?«

»Ich weiß, wo du sie vielleicht noch lieber hast«, sagte er unverändert undeutlich.

»Ja wirklich?« fragte ich. »Bist du nicht noch etwas zu jung, um das zu wissen?«

»Hör auf«, sagte er. »Ich kann mir überhaupt nicht vorstellen, wie es sein wird, wenn du nicht mehr hier bist.«

Ich hörte auf, ihn meine Zunge fühlen zu lassen, und sagte: »Aber bis vorgestern abend konntest du es dir noch vorstellen. Das kommt davon, wenn man in deinem Alter den starken Mann spielt. Was hast du dir dabei gedacht, als du den Schlafzimmerschlüssel in deinen Slip stecktest? Daß ich dich auf den Knien anflehen würde, es mir zu ersparen, dir ins Höschen zu greifen?«

»Ich weiß es nicht mehr«, sagte er. »Es ist mir auch egal, was ich gedacht habe. Ich habe es einfach getan.«

»Dann überlege dir künftig vorher, was du tust und warum du es tust«, sagte ich. »Nicht alle Frauen sind bei einem siebzehnjährigen Jungen so neugierig wie ich. Kaufst du dir deine Slips selbst?«

Er schüttelte den Kopf. »Meine Mutter. Bei einem Versandhaus.«

»Dann solltest du gelegentlich ein ernsthaftes Gespräch mit ihr darüber führen, daß du der Größe, die sie dir bestellt, bei sexueller Erregung schon entwachsen bist. Mir fällt auf, daß du kaum über deine Schwester sprichst. Verstehst du dich nicht mit ihr?«

»Das nicht«, sagte er. »Aber weil sie jünger ist, wird sie von meinen Eltern in allem bevorzugt. Sie braucht nur einen Wunsch zu äußern, schon wird er ihr erfüllt.«

»Dafür hast du in mir eine gefunden, die dir alle deine Wünsche erfüllt«, sagte ich und blickte auf meine Armbanduhr. Wenn ich es schaffen wollte, vor meiner Verabredung mit Korwan noch ins Hotel zu gehen, durfte ich nicht mehr viel Zeit verlieren. Falls sich das Abendessen in die Länge zog, wäre es Vaillant gegenüber nach allem, was ich ihm jetzt schon zugemutet hatte, mehr als rücksichtslos, wenn ich mich vorher nicht bei ihm meldete. Vielleicht wartete er mit dem Abendessen auf mich. Ich hätte ihn auch anrufen können, wollte es jedoch nicht riskieren, daß Stefan meinem Gespräch zuhörte. Wie ich es nicht anders erwartet hatte, bestand er darauf, mich noch bis zum Hotel zu begleiten. Es konnte nicht schaden, wenn er Gelegenheit hatte, sich davon zu überzeugen, daß ich tatsächlich ins Hotel ging. Als wir kurze Zeit später das Haus verließen, ertappte ich mich bei einem Anflug von unklarer Melancholie.

Die Straßen waren, obwohl es auch im Laufe des Nachmittags nicht zum Regnen gekommen war, für einen frühen Sonntagabend merkwürdig leer. Ich schob eine Hand in Stefans Arm und sagte: »Vielleicht finden wir auch eine andere Möglichkeit, uns hin und wieder zu sehen. Das Risiko, im Haus deiner Eltern von ihnen überrascht zu werden, ist mir auf die Dauer zu groß. Wieso kommen sie erst morgen und nicht schon heute zurück? Machen sie das immer so, wenn sie in Zandvoort sind?«

»Ja. Am Sonntagabend fahren die meisten zurück, die aus dem Ruhrgebiet kommen und das Wochenende am Meer verbracht haben. Die Straßen und die Grenzübergänge sind dann oft verstopft.«

»Es kann Gründe geben, die deine Eltern veranlassen, vorzeitig nach Hause zu fahren«, sagte ich. »Einsetzender Dauerregen oder ein Unwohlsein. Auch bliebe es euren Nachbarn nicht verborgen, wenn ich euer Haus immer nur in Abwesenheit deiner Eltern betrete und wieder verlasse. Ich werde mir etwas für uns einfallen lassen.«

Er fragte: »Hast du dich deshalb nach allen Seiten umgesehen, als wir auf die Straße kamen?«

Es war mir unangenehm, daß er es bemerkt hatte. Ich sagte: »Mich kennt hier keiner. Wenn ich mich umgesehen habe, dann nur deinetwegen. Steht ihr gut mit euren Nachbarn?«

Er zuckte mit den Schultern. »Weder gut noch schlecht. Man grüßt sich, wenn man sich sieht. Der Bekannten- und Verwandtenkreis meiner Mutter ist so groß, daß sie auf zusätzliche Bekanntschaften aus der Nachbarschaft keinen Wert legt. Wohnst du mit deinem Freund in einem eigenen Haus?«

Lange genug mußte ihm die Ungewißheit darüber, wer der Mann war, mit dem ich zusammenlebte, schwer auf dem Herzen gelegen haben. Ihn buchstäblich in letzter Minute, dazu noch in einem indirekten Zusammenhang und wie beiläufig zur Sprache zubringen war nicht ungeschickt. Ich sagte: »Wir wohnen in einem Appartementhaus. Für ein eigenes Haus oder eine eigene Wohnung haben weder er noch ich das erforderliche Geld. Wir wohnen zusammen, weil man so billiger lebt als jeder für sich allein.«

»Nur deshalb?« fragte er.

Ich wandte ihm im Gehen das Gesicht zu und sagte: »Ich frage dich nicht nach deinen Mädchen. Frage du mich nicht nach meinen Freunden. Du bist anders als die meisten Jungen in deinem Alter. Das hat mir sofort an dir gefallen, und deshalb habe ich deine Einladung angenommen.«

»Was meinst du damit, daß ich anders sei?«

»Du hast dich kein einziges Mal abfällig über deine Eltern geäußert noch scheinst du schmuddelige Jeans und schulterlange Haare zu mögen. Fällst du in der Schule nicht unangenehm auf?«

»In meiner Klasse nicht. Dort wollen die meisten schon wie Erwachsene aussehen. Unter den Mädchen, die ich kenne, ist keins, das sich über lange Haare bei Jungen nicht lustig macht.«

Ich lächelte. »Dann haben sich die Zeiten seit meinem Abitur aber schon sehr geändert.«

Weil wir nur noch in die nächste Querstraße einzubiegen brauchten, um an mein Hotel zu kommen, blieb ich stehen und sagte: »Falls du dich mit einem Kuß verabschieden willst, mußt du es hier tun, sonst sieht es der Portier und hält uns für Mutter und Sohn.«

»Du machst dich schon wieder lustig über mich«, sagte er.

Ungeachtet eines älteren Ehepaars, das uns im Vorbeigehen neugierig musterte, nahm ich sein Gesicht in die Hände, küßte ihn und fragte: »Wirst du alles beherzigen, was ich dir gesagt habe?«

Er nickte nur.

Und weil ich sah, daß er gegen Tränen ankämpfte, küßte ich ihn noch einmal und sagte: »Wenn du nicht nur wie ein Erwachsener aussehen, sondern dich auch wie einer benehmen willst, mußt du es dir abgewöhnen, aus jedem kleinen Abschied ein großes Drama zu machen. Das ist wirklich nur ein kleiner Abschied, Stefan. Ich verspreche es dir. Okay?«

»Ja«, sagte er. »Auf Wiedersehen, Stefanie.«

»Bis bald«, sagte ich.

Ob er mir bis hinter die Hausecke gefolgt war und mir nachsah, blieb mir, weil ich mich nicht mehr umdrehte, verborgen. Dafür traf ich Vaillant schon im Vestibül an, wo er in einem Sessel eine Zeitung las und wieder ein Cognacglas neben sich stehen hatte. Als er mich sah, ließ er die Zeitung sinken und erwiderte wortlos meinen Blick.

Ich setzte mich zu ihm an den kleinen Rauchtisch aus schwarzem Marmor und sagte: »Ich erzähle dir alles auf der Heimfahrt, Rolf. In einer Stunde bin ich mit Korwan zum Abendessen verabredet. Macht es dir etwas aus, wenn wir im Anschluß daran nach Hause fahren?«

»Ja«, sagte er. »Das macht mir sogar sehr viel aus.«

Ich stand auf. Den Zimmerschlüssel hatte ich noch in der Handtasche. Ich fuhr mit dem Lift zu meinem Zimmer hinauf.

Noch während ich mich umzog, kam Vaillant herein. Ich hatte die Tür absichtlich nicht abgeschlossen. Er setzte sich auf das Bett und sagte: »Ich war nicht darauf eingestellt, aber wenn es dein Wunsch ist, bin ich natürlich einverstanden.«

Ich wartete, bis ich mit dem Umkleiden fertig war, dann setzte ich mich zu ihm, griff nach seiner Hand und sagte: »Ich habe darüber nachgedacht, Rolf. Mit einem Mann zu bumsen ist keine Sache, die man auf ein einziges Mal beschränken kann. Erst recht in diesem Fall nicht. Der Konflikt mit deinem Onkel wäre vom gleichen Augenblick an, wo wir damit anfingen, vorprogrammiert.«

Er fragte ruhig: »Aber mit *ihm* zu bumsen, da siehst du keine Konflikte vorprogrammiert?«

»Du würdest dich wundern zu wissen, wie wenig es meine Absicht ist, mit ihm zu bumsen«, sagte ich. »Aber gerade deshalb käme es zu einem Konflikt zwischen euch, denn wenn er erfährt, daß du bei mir erreicht hast, was ihm versagt blieb …«

»Er braucht es nicht zu erfahren«, fiel er mir dazwischen.

Ich sagte ungeduldig: »Das ist doch Wunschdenken, Rolf. Irgendwer in der Agentur würde es eines Tages mitbekommen, und dann erfährt auch dein Onkel davon. Die gleiche Person, die Seeberg mit einem anonymen Anruf davon unterrichtet hat, daß ich es war, die seinem Waschpulver die Anti-Mundgeruch-Eigenschaft andichtete, wartet doch nur darauf, daß ich mir eine neue …«

Er unterbrach mich wieder: »Moment mal! Davon weiß ich ja gar nichts.«

»Dann weißt du es jetzt«, sagte ich und erzählte ihm, was ich von Landmann darüber gehört hatte.

Er schüttelte betroffen den Kopf. »Wenn Seeberg das schon wußte, als Landmann zu ihm kam, dann muß der anonyme Anruf schon vorher, das heißt im Laufe des Vormittags erfolgt sein. Ich kann mir überhaupt nicht vorstellen, wer in der Agentur ein Interesse daran gehabt haben könnte. Du vielleicht?«

»Vorläufig nicht«, sagte ich. »Was war mit Cramer? Hat er deinen Onkel angerufen und ihm gesagt, daß er seinen Wagen vor meiner Haustür stehen sah?«

»Anscheinend nicht. Jedenfalls verlor er, als ich ihm heute morgen den Mercedes zurückbrachte, kein Wort darüber.«

»Du hast mit ihm gesprochen?«

»Ja. Als ich zu ihm kam, war er gerade im Swimmingpool und lud mich ein, ihm ein paar Minuten Gesellschaft zu leisten. Willst du mir nicht endlich erklären, was es mit dem Dali auf sich hat?«

»Das ist eine zu lange Geschichte«, sagte ich. »Vielleicht erzähle ich sie dir auf der Heimfahrt. Du bist doch mit dem Porsche hier?«

»Ich habe keinen anderen Wagen. Wie hast du es geschafft, an Korwan heranzukommen? Du warst doch in Hamburg?«

Ich öffnete meine Handtasche, verzichtete dann aber auf eine Zigarette und sagte: »Nach deiner Abfahrt rief ich meine Mutter an. Sie fühlte sich nicht gut. Also fuhr ich am nächsten Morgen mit der Bahn zu ihr, kam heute nachmittag zurück und ließ mich mit einem Taxi vom Bahnhof direkt zu Korwans Haus bringen. Ich hatte Glück, ihn anzutreffen; er hatte Besuch. Anscheinend ist er mit der ganzen Sache überhaupt nicht vertraut. Er war aber sofort interessiert und lud mich, weil er seinen Besucher nicht warten lassen konnte, für heute abend zum Essen ein. Um acht Uhr bin ich mit ihm verabredet. Länger als zwei Stunden wird es nicht dauern. Wir könnten also gegen zwei Uhr morgen früh in Bad Hülsen sein. Kümmere du dich schon um die Rechnung. Dein Gepäck ...« Ich brach ab und fragte: »Was schaust du mich so kariert an?«

Er fuhr sich mit der Hand über das Gesicht. »Ich wundere mich nur, aber bei dir ist eben alles möglich. Du brauchst einen dir wildfremden Mann nur anzusprechen, schon bist du zum Abendessen eingeladen. Warst du ganz ohne Gepäck in Hamburg?«

»Dort habe ich alles, was ich für die eine Nacht brauchte.«

»Und deine Mutter?«

»Fühlte sich sofort besser, als sie mich sah«, sagte ich. »Ich bin froh, daß Cramer seine Drohung nicht wahr gemacht hat. Dann hast du von deinem Onkel also nichts Neues erfahren?«

»Nein, das heißt: Fast hätte ich es vergessen. Am Freitagabend, als wir schon unterwegs waren, bekam Landmann noch einen Anruf von der ägyptischen Botschaft: Die Dreharbeiten sind genehmigt.«

Ich stand unwillkürlich auf. »Und das sagst du erst jetzt?«

Er lächelte. »Ich wollte mit der Tür nicht gleich ins Haus fallen. Ich weiß, wie sehr du darauf gewartet hast. Jetzt fehlen uns nur noch die endgültigen Zahlen aus dem Ingenieurbüro. Wenn wir es nur bei einer Seite beließen, käme es natürlich entsprechend billiger.«

»Ach was.« Die Nachricht hatte mich so erregt, daß ich meine Verabredung mit Korwan zeitweilig völlig vergaß. Ich setzte mich wieder hin und sagte: »Von einem Hubschrauber aus gefilmt, wäre nur eine Seite der halbe Effekt. Der Pilot muß eine ihrer vier Kanten anfliegen, dann bekommt der Kameramann zwei Seiten auf den Film. Ich habe die Kosten schon ungefähr ausgerechnet. Mit zehntausend Quadratmetern kommen wir für zwei Seiten spielend hin. Umgerechnet sind das zweieinhalbtausend Bettücher mit den Maßen von zwei auf zwei.«

»Billig wird das aber nicht«, sagte er bedenklich.

»Dann weißt du nicht, was ein Bettuch kostet«, sagte ich. »Ich bin sicher, wir bekommen bei der benötigten Anzahl das Stück für zehn Mark. Im Laden kostete es etwa dreißig. Das sind fünfundzwanzigtausend Mark. Wenn du jetzt berücksichtigst, daß Seeberg für nur dreißig Sekunden Werbefernsehen bis zu fünfundsechzigtausend Mark bezahlen muß, und sie in eine Relation zum Preis für die Bettücher setzt, fallen sie überhaupt nicht ins Gewicht.«

Er nickte. »Das ist richtig, aber mit den Bettüchern allein ist es nicht getan. Du brauchst auch eine Unmenge Leute ...«

Ich ließ ihn nicht ausreden: »Was heißt: eine Unmenge? Das lassen wir uns von dem Ingenieurbüro auch noch ausrechnen, aber ich bin sicher, mit hundert Helfern, die selbstverständlich schwindelfrei und bei ihrer Arbeit abgesichert sein müssen, könnten wir in zwei Tagen sogar alle vier Seiten tapezieren. Das sind, wenn wir jedem hundert Mark in die Hand drücken – für die armen Bewohner der Gegend sicher ein fast fürstlicher Tageslohn –, noch einmal zehntausend Mark, zusammen mit dem Preis für die Bettücher also fünfunddreißigtausend. Das ist immer noch ein Klacks gemessen an den zehn Millionen, die Seeberg, wenn der Spot bei seinem Vorstand ankommt, als vorläufiges Startkapital in die Fernsehwerbung investieren will. Am teuersten wird der Hubschrauber kommen. Er muß nicht nur die Bettücher, er muß auch unsere eingeborenen Helfer hinaufschaffen, damit sie ausgeruht oben ankommen und sofort mit der Arbeit beginnen können.

Wenn sie gleichzeitig in einer Reihe auf zwei Seiten von oben nach unten arbeiten, müßten sie an einem Tag fertig werden.«

»Und die Werbung selbst? Wie soll das ablaufen? Oder weißt du es noch nicht?«

Ich mußte mir jetzt doch eine Zigarette anzünden. »Ungefähr. Ich stelle mir ein deutsches Ehepaar auf einer Foto-Safari in einem gemieteten Jeep vor. Sie fahren ahnungslos durch die Landschaft, bis die Frau plötzlich einen begeisterten Schrei ausstößt, im Jeep aufsteht und ihren Mann auf den am Horizont auftauchenden schneebedeckten Gipfel des Kilimandscharo aufmerksam macht. Worauf er sie daran erinnert, daß sie sich noch immer in Ägypten und nicht schon in Tansania aufhielten und daß es sich bei dem schneebedeckten Gipfel nicht um den Kilimandscharo, sondern um die Cheopspyramide handeln müsse. Die beiden anderen Pyramiden müssen wir bei den Dreharbeiten eben ausklammern. Der Mann wird dann plötzlich stutzig, weil ihm selbst einfällt, daß auf der Cheopspyramide kein Schnee liegen kann. Die Kamera muß sein Gesicht zeigen, wie es, während sie sich der Pyramide nähern, immer fassungsloser wird. Über den Rest muß ich mich mit Landmann und Ulrich erst noch unterhalten. Der eigentliche Witz wird wahrscheinlich der sein, daß das deutsche Ehepaar am Fuße der Pyramide von Beduinen auf eine originelle Weise über seinen Irrtum, der allein auf die unheimliche Weißmacherwirkung des neuen Waschpulvers der Görlach AG zurückzuführen ist, aufgeklärt wird. Wie findest du das?«

Es fiel mir auf, daß sein Gesicht nicht jenes Maß an Zustimmung ausdrückte, das ich erwartet hatte. Ich fragte: »Du findest es nicht gut?«

»Im Gegenteil«, sagte er. »Es gibt da nur ein kleines Problem. Die Idee stammt doch von dir? Oder hat auch Seeberg dazu beigetragen?«

»Du hast sie wohl nicht mehr alle?« fragte ich. »Habe ich es nötig, mich mit fremden Federn zu schmücken?«

Er wehrte hastig ab. »Unsinn. Ich meine nur, es hätte ja sein können, daß er im Laufe eurer vielen Gespräche einmal eine Äußerung machte, die dich erst auf die Grundidee gebracht hat.«

»Und warum meinst du das?« fragte ich beherrscht.

Er räusperte sich. »Es tut mir leid, es dir sagen zu müssen, Stefanie, aber Seeberg behauptet steif und fest, die ganze Idee, einschließlich der Cheopspyramide, sei allein auf seinem Mist gewachsen.«

Ich kicherte. Dann fiel mir ein, daß dies eigentlich kein Anlaß für Heiterkeit war. Ich fragte: »Wann hat er das behauptet?«

»Als Landmann zuletzt mit ihm telefonierte. Mein Onkel erzählte es mir. Landmann hat bei diesem Gespräch versucht, Seeberg dadurch umzustimmen, daß er ihn an all die guten Spots erinnerte, die du für ihn schon kreiert hast. Worauf Seeberg ihm entgegenhielt, er sei es gewesen, der dich auf die meisten deiner angeblichen Ideen gebracht habe. Einschließlich der Idee mit der Cheopspyramide.«

Ich öffnete, ohne etwas zu sagen, den Mund. Dann schloß ich ihn wieder und starrte eine Weile vor mich auf den Boden. Erst als ich Vaillants Hand auf meiner Schulter fühlte, blickte ich auf und sagte: »Das wird ihm noch leid tun, Rolf. Ich habe mich von ihm täuschen lassen. In Wirklichkeit hat er mir diese Sache in seinem Auto nie verziehen, als er sich den Anblick meiner Titten zweitausend Mark kosten ließ, in der sicheren Erwartung, ich würde anschließend mit ihm in sein Hotelzimmer gehen. Vielleicht hätte es mir zu denken geben sollen, daß er seit damals nichts mehr von sich hat hören lassen, aber das war schon früher manchmal der Fall, vielleicht immer dann, wenn er einen Versuch unternahm, sich meinem Eindruck auf ihn zu entziehen. Er erinnerte mich dann an einen Mann, der versucht, sich das Rauchen abzugewöhnen, und der schließlich doch wieder zur Zigarette greift. Es ist ein paarmal vorgekommen, daß er ganz kurzfristig einen fest vereinbarten Besuch durch einen seiner Angestellten absagen ließ und schon am nächsten Morgen persönlich bei mir anrief, um mir zu sagen, daß er es nun doch einrichten könne, nach Bad Hülsen zu kommen.«

Vaillant nickte. »Weil er in der zurückliegenden Nacht deinetwegen kein Auge zugebracht hat. Auch wenn du dich darüber lustig machst oder so tust, als würdest du dich lustig machen, daß Männer dir nicht widerstehen können, das weißt du selbst am besten. Und darum hast du, ob das nun übertrieben klingt oder nicht, Macht über sie. Mein Onkel tanzt ja auch schon nach deiner Pfeife. Als ich gestern bei ihm war, sprach er fast nur von dir. Daß er und Landmann wegen der jüngsten Äußerungen von Seeberg mehrfach bei dir angerufen, dich aber nicht erreicht hätten. Landmann wollte dir noch sagen, daß Seeberg auf einer Kopie des an dich gerichteten Kündigungsschreibens besteht und daß ihm nichts anderes übrigbleibe, als es morgen früh an dich abzusenden. Seeberg ließ sich von ihm am Telefon sogar den Text der Kündigung vorlesen und verlangte eine Änderung, weil Landmann schreiben wollte, die Kündigung erfolge in beiderseitigem Einvernehmen. Seeberg fragte sofort, ob es auch dein Wunsch sei, die Agentur zu verlassen. Als Landmann seine Frage wahrheitsgemäß verneinte, schnauzte Seeberg ihn an, daß dann von gegenseitigem Einvernehmen auch keine Rede sein könne. Der Mann scheint dich noch mehr zu hassen, als mein Onkel und Landmann es bisher für möglich hielten. Als besonders schlimm empfinde ich es, daß sie beide jetzt kalte Füße davor bekommen haben, dich sozusagen inoffiziell weiter zu beschäftigen – aus Furcht, Seeberg könnte davon erfahren. Mir kam das reichlich übertrieben vor, aber da wußte ich noch nichts von dem anonymen Anruf bei Seeberg. Mein Onkel meint, und das leuchtet mir auch ein, daß eine inoffizielle Weiterbeschäftigung in der Agentur nicht geheimgehalten werden und Seeberg auch *davon* erfahren könne. Lösen ließe sich dieses Problem nur, wenn du damit einverstanden wärst, mit einem Kollegen, der Landmanns volles Vertrauen genießt, in der Weise zusammenzuarbeiten, daß er deine Texte und sonstigen Einfälle als die eigenen ausgeben kann. An wen er dabei denkt, wirst du sicher selbst erraten.«

Und ob ich es erriet! Wie sehr Landmann darunter litt, mit seinem Schwager einen Mann zum Kreativdirektor gemacht zu haben, der seine Untauglichkeit für diesen Posten täglich neu unter Beweis stellte, hatte sich schon bis zum letzten Azubi herumgesprochen. Da war es unschwer nachzuvollziehen, mit welcher Erleichterung es für ihn verbunden gewesen wäre, Ulrich plötzlich mit Texten und Ideen brillieren zu lassen, die ihm keiner seiner Kollegen und Mitarbeiter der Gesellschaft für angewandte Marketingstrategie jemals zugetraut hätte. Und das alles auf meinem Rücken und auf meine Kosten. Und damit niemand, auch der anonyme Denunziant nicht, von meiner künftigen Konspiration mit Ulrich erführe, sollte sie nur telefonisch und der Austausch von Zeichnungen oder Exposés über einen zuverlässigen Boten abgewickelt werden, wofür nach Onkels ersten Überlegungen Vaillant wegen seiner Vertrauenswürdigkeit der am besten geeignete Mann sei.

Was blieb da noch zu sagen? Mir jedenfalls fehlten die Worte, mich dazu zu äußern, aber wie immer, wenn es besonders dick kam, ließ ich mir auch diesmal von meinen wirklichen Empfindungen nicht viel anmerken. Ich drückte die Zigarette in einem Aschenbecher aus, stand auf und sagte: »Es wird Zeit für mich, sonst komme ich zu spät. Wenn ich zurückkomme, sieht alles vielleicht ganz anders aus.«

Er sagte ernst: »Ich wünsche es dir, Stefanie. Auch für uns beide wäre ohne dieses Problem alles viel einfacher.«

Wie er das meinte, war mir nicht recht klar. Ich fragte: »Inwiefern?«

»Weil du dann nicht mehr so sehr auf die Hilfe meines Onkels angewiesen wärst«, sagte er.

Das war nicht sein Problem und auch nicht, wie er meinte, unser gemeinsames. Unser gemeinsames Problem war, daß ich ihm gegenüber wieder zu jener inneren Distanz zurückgefunden hatte, die es mir noch vor wenigen Tagen als völlig indiskutabel hatte erscheinen lassen, mit ihm oder mit einem anderen Kollegen aus der Agentur ein Verhältnis einzugehen. Erst als es sich für mich als nützlich erwies, einen Mann wie ihn zu meinem Verbündeten zu haben, und ich feststellte, daß mir auch der Gedanke, mit ihm zu schlafen, keine Überwindung abverlangte, hatte ich diese Möglichkeit zeitweilig in Betracht gezogen. Ob nur aus Nützlichkeitserwägungen oder weil mir meine Erlebnisse mit Cramer gezeigt hatten, daß ich um so verführbarer wurde, je länger ich der Liebe, oder wie immer man es auch nennen mochte, entsagen mußte, wollte ich so genau gar nicht wissen, weil ich mir sonst vielleicht hätte eingestehen müssen, daß auch Stefan nur eine Folge dieser freiwilligen Entsagung war, wobei meine Beweggründe, seit meiner Scheidung ohne einen sogenannten Lebensgefährten auszukommen, wegen der gemachten schlechten Erfahrungen weniger schwer zu beantworten waren als die Frage, was mich an Vaillant mehr störte: sein Verhältnis mit einer nikotinsüchtigen Weekendfreundin oder sein wöchentlicher Umgang mit einem Callgirl. Bei der mir eigenen Geringschätzung bürgerlicher Scheinmoral waren sittliche Vorbehalte kaum ursächlich für meine Bedenken, in ihrem Bunde die Dritte zu sein. Falls es überhaupt eine Erklärung für diese Bedenken gab, so war sie vielleicht in der allgemeinen Verunsicherung über die Risiken zu suchen, an die man neuerdings bei seiner Partnerwahl zu denken hatte, denn die verbreitete Meinung, die Publikation solcher Risiken diene allein dem Zweck, mittelalterliches Gedankengut klerikaler Herkunft wieder unter das Volk zu bringen, traf leider nur bedingt zu – so daß es mich nachträglich nicht wunderte, weshalb ich diese Risiken bei einem siebzehnjährigen Jungen aus so gutbürgerlicher Familie ungleich geringer einschätzte als bei einem Mann mit Vaillants nicht unbewegter Vergangenheit.

Ich sagte: »Die Frage ist nicht, wie sehr *ich* auf die Hilfe deines Onkels angewiesen bin, sondern wie sehr *du* es bist. Hat sich daran, seit wir uns zum ersten Mal darüber unterhielten, etwas geändert?«

Er schwieg.

Ich griff wieder nach seiner Hand. »Als ich dir von meinen Problemen mit meinem Exschwiegervater erzählte und dich fragte, ob ich gegebenenfalls bei dir wohnen könnte, kannte ich deine Situation noch nicht so gut wie jetzt. Ich wußte nichts von der Gefängnisstrafe und wie abhängig sie dich von deinem Onkel gemacht hat. Was hättest du tun können, wenn er dich bei Landmann nicht untergebracht hätte? Doch nicht wieder als Bankkaufmann arbeiten?«

»In der BRD bestimmt nicht mehr«, sagte er.

»Dann laß uns dieses Thema abschließen«, sagte ich. »Solange du deinem Onkel keinen Anlaß gibst, eifersüchtig zu sein, so lange wird er die Gründe, weshalb er bei mir nicht erreicht, was er sich vielleicht erhofft, nicht bei dir suchen. Und was einmal sein wird, wenn er nicht mehr lebt – ich gebe ihm noch mindestens zehn Jahre. Erzähle mir nicht, du wüßtest heute schon, daß ich dir dann noch genauso wichtig sein werde wie im Augenblick. Erinnere dich daran, was du mir gesagt hast, als wir zu deinem Onkel fuhren: daß ich viel zu undurchschaubar und unberechenbar sei, als daß du mich zur Frau haben wolltest. Denkst du jetzt anders darüber?«

»Vielleicht«, sagte er.

Ich lächelte. »Sogar jetzt hältst du dir noch ein Hintertürchen offen. Ich mag dich, Rolf, und das nicht nur, weil du mir nützlich sein kannst. Ich glaube, du bist einer der ganz wenigen Männer, bei denen ich mir wünsche, sie, ohne erst mit ihnen ins Bett zu müssen, zum Freund zu haben. Traust du dir das zu?«

»Das weiß ich erst, wenn ich es weiß«, sagte er.

Ich küßte ihn und sagte: »Mal sehen, ob auch Korwan es weiß. Bestellst du mir ein Taxi? Er braucht dich nicht zu sehen.«

Er ging zum Telefon. Nach dem Gespräch sagte er: »Wie sieht er aus?«

»Wie alle charismatischen Aufsteiger«, sagte ich. »Männer wie er sind allein schon von ihrem Äußeren her dazu geboren, Führungspositionen einzunehmen. Darin unterscheiden sie sich von vielen unserer Politiker, die auch von ihrem Äußeren her nicht dazu geboren sind und es trotzdem werden.«

»Seeberg wäre auch ein guter Politiker geworden«, sagte er. »Du kannst schon hinuntergehen. Das Taxi wird gleich hier sein.«

Ich ging zu ihm hin, küßte ihn wieder und sagte: »Bis später, Rolf.«

Tatsächlich stand das Taxi schon vor dem Hotel. Der Portier öffnete mir auch ohne Trinkgeld den Wagenschlag. Mein Lächeln schien ihm Belohnung genug.

11

Genau wie Möbius benutzte Korwan einen Mercedes der oberen Mittelklasse. Ob Männer in seiner Position Rücksicht auf den Firmeneigentümer oder auf Mitglieder des Aufsichtsrats zu nehmen hatten, gehörte zu jenen innerbetrieblichen Spielregeln, in die ich noch keinen gültigen Einblick gewonnen hatte, wie ja auch die Frage der Dienstfahrzeuge eine höchst diffizile war. Selbst in einem so kleinen Unternehmen wie der GEMAS wurden partnerschaftliche Rücksichten auf Empfindlichkeiten genommen, und so mancher, der im schlichten Golf zur Arbeit erschien, stieg nach Büroschluß in den prestigeträchtigen Zweitwagen um. Weil Korwan mich im kamelfarbenen Kaschmirmantel erwartete und auch sonst nicht den Eindruck eines Mannes machte, dem Lässigkeit mehr bedeutete als Eleganz, beglückwünschte ich mich zu dem Einfall, mein Silbergraues mitgenommen zu haben, weil es wie kaum ein zweites aus meinem Kleiderschrank in der Betonung meiner Linien nur noch von einem Bikini übertroffen werden konnte. Wenn Korwans Handkuß Aufschluß über meinen Eindruck auf ihn gab, konnte ich vollauf zufrieden sein. Sein Wagen parkte verbotenerweise auf dem Trottoir vor dem Restaurant, weil die Straße für den fließenden Verkehr benötigt wurde. Wegen des sehr hohen Bordsteins gab es beim Einfädeln in den Verkehr am hinteren Teil des Mercedes ein häßliches Geräusch. Korwan beruhigte mich mit dem Hinweis, daß es sich nur um den Auspuff handeln könne. Während wir dann im fließenden Verkehr über die mir bereits hinlänglich bekannte Oberkasseler Brücke nach Oberkassel rollten, erfuhr ich von Korwan, daß er uns einen Tisch außerhalb von Düsseldorf in einem sehr guten Speiserestaurant bestellt habe, weil er in der Stadt selbst keinen mehr bekommen habe. Ob dies den Gegebenheiten oder seinem Wunsch entsprach, in meiner Gesellschaft von Bekannten und Geschäftsfreunden möglichst nicht gesehen zu werden, konnte mir gleichgültig sein. Immerhin durfte ich von einem sehr guten Speiserestaurant einiges mehr erwarten als von der Kaschemme, die Seeberg mir anläßlich meines letzten Düsseldorfer Aufenthalts aus ähnlichen Rücksichtnahmen zugemutet hatte.

Wie allen weltläufigen Männern bereitete es Korwan kein Problem, mich auch ohne Erwähnung unserer angeblichen ersten Begegnung sofort in ein angeregtes Gespräch über meine Heimatstadt Hamburg zu verwickeln, und weil er beruflich öfter dort zu tun hatte und mit den Problemen der Hafenstraße ebenso vertraut war wie mit der Speisekarte des »Haerlins«, fiel mir gar nicht auf, daß wir fast eine halbe Stunde unterwegs waren, bis wir endlich das an einem Waldrand gelegene, festlich beleuchtete Restaurant mit seiner großen Veranda und zwei Dutzend Kellnern in weißen Jacken erreichten. Obwohl es uns Mühe bereitete, zwischen all den Nobelkarossen rheinländischer Schickeria noch einen Parkplatz zu finden, und obwohl das Restaurant proppenvoll war, führte uns ein schwarzbefrackter Geschäftsführer, der Korwan mit einem Bückling und Händedruck begrüßte, zu einem auf der Veranda stehenden Fenstertisch. Abgesehen von der lüsternen Neugierde, die ich nicht ausschließlich bei den anwesenden Herren weckte, fiel mir auf, daß auch Korwan von mehreren Gästen, die wir auf dem Weg zu unserem Platz passierten, ungewöhnlich höflich begrüßt wurde. Insgeheim leistete ich ihm wegen meines bösen Verdachts umgehend Abbitte. Der Geschäftsführer, ein nicht unflotter Typ mit leicht angegrauten Schläfen, rückte mir zuerst den Stuhl und dann mich auf dem Stuhl am Tisch zurecht, überreichte uns die Speisekarten und nahm von Korwan, nach dessen vorheriger Absprache mit mir, die Bestellung für einen Aperitif entgegen. In seinem maßgeschneiderten Zweireiher mit dezentem Karo-Dessin, Spitzrevers mit Handstepperei und messerscharf gebügelter Bundfaltenhose bot er auch ohne seinen eleganten Kaschmirmantel einen für sein Alter rundum erfreulichen Anblick, nicht zuletzt auch wegen seiner gesunden Gesichtsbräune, die darauf schließen ließ, daß er entweder öfter an der See oder unter einem Solarium weilte. Unter seiner weißen Lockenpracht hob sie sich um so augenfälliger ab. Oder umgekehrt, je nachdem, wo man den Blick zuerst verweilen ließ. Von daher mochte auch die mir schon heute vormittag bewußt gewordene Ähnlichkeit mit Möbius rühren, dessen braune Gesichtsfarbe ebenfalls augenfällig zu seinem weißen Haupthaar kontrastierte, auch wenn es nicht mehr ganz so üppig wie bei Korwan war.

Seine lächelnd vorgebrachte Bemerkung, ich sei bei den anwesenden Damen genauso angekommen wie bei den Herren, parierte ich mit der Einschränkung auf solche, die entweder ein lesbisches Verhältnis schon hatten oder heimlich von einem träumten. Anscheinend war er von seinen Tischdamen so viel Freimütigkeit nicht gewohnt, denn er blickte mir zuerst verwundert, dann mit sichtlichem Amüsement in die Augen und sagte: »Man merkt, daß Sie beim Rundfunk arbeiten und dort täglichen Umgang mit Kollegen und Kolleginnen pflegen, denen nichts Menschliches mehr fremd ist.«

Ich sagte: »Wenn ich die Leute hier anschaue, habe ich nicht den Eindruck, als seien sie weniger aufgeklärt als die Bediensteten der Rundfunkanstalten, wo es, wenn es um Sexualität geht, ebenso viele Heuchler wie anderswo gibt.«

Er blickte mich wieder aufmerksam an. »Was in diesem Zusammenhang sicher nicht heißen soll, daß lesbische Liebe in Ihren Augen etwas völlig Normales sei?«

»Warum nicht?« fragte ich.

Einen Moment lang wirkte er verunsichert. Dann lächelte er wieder und sagte: »Vielleicht bin ich schon zu alt, um solche unzeitgemäßen Fragen unterdrücken zu können. Es ist noch nicht lange her, da las ich in einer unserer führenden Zeitungen, daß sich immer mehr Menschen zur Bisexualität bekennen. Sicher ist auch das nur eine vorübergehende Zeiterscheinung.«

»Halten Sie es für eine vorübergehende Zeiterscheinung, wenn es Männer gibt, die von Frauen, und Frauen, die von Männern die Nase voll haben?« fragte ich. »Ich finde, das war schon immer so. Nur daß es früher mit größeren Risiken verbunden war, sich als Frau oder als Mann zur Abwechslung auch einmal ein homophiles Verhältnis zu leisten.«

Er nickte. »Da mögen Sie recht haben. Wenngleich ich mir als Mann beim Anblick einer Frau wie Ihnen unter dem Reiz eines homophilen Verhältnisses nichts vorstellen kann.«

»Dann sind Sie eben nicht homophil veranlagt«, sagte ich. »Ich habe da weniger Mühe als Sie, weil ich den Reiz des einen wie des anderen aus eigener Erfahrung kennengelernt habe.«

Er schwieg ein paar Sekunden lang. Dann sagte er: »Sie sind eine erstaunliche Frau.«

Ich zuckte mit den Schultern. »Weil ich ausspreche, wozu den meisten Frauen der Mut fehlt? Ich bin in Hamburg mit einer Schulfreundin aufgewachsen, die mich mit vierzehn Jahren verführt und mir später beigebracht hat, genauso zu reden, wie Männer beim Anblick einer Frau denken. Und nicht nur zu reden, wie sie denken, sondern auch wie sie zu reden, wenn sie ganz unter sich und wir Frauen das Thema ihrer lüsternen Gespräche sind. Sagen Sie nicht, das sei eine Frage des sozialen Niveaus. Ich bin schon sehr vielen Männern aus Ihren Kreisen begegnet, deren Niveau, wenn es um Frauen ging, sich von dem eines einfachen Fabrikarbeiters kaum unterschied.«

»Auch da kann ich Ihnen leider nicht widersprechen«, sagte er. »Solche Männer gibt es überall. Wenn man Ihnen zuhört, gewinnt man den Eindruck, Ihre Erfahrungen mit Männern waren nicht immer die besten.«

»Wer macht schon nur gute Erfahrungen?« sagte ich.

Ein Kellner brachte den Aperitif.

Korwan hob sein Glas und sagte: »Ich trinke auf den glücklichen Zufall, der unsere Wege sich ein zweites Mal kreuzen ließ. Ich weiß jetzt auch, wo wir uns schon einmal begegnet sind: bei dem großen Empfang anläßlich des neunzigsten Geburtstags unseres Firmengründers Hubert Görlach.«

Das konnte ebenso gut eine Falle sein. Ich sagte: »Man soll Menschen, die über so viel Lebenserfahrung verfügen wie Sie, in keinem Fall widersprechen.«

Er lächelte. »Sie sind ebenso klug wie schön. Der Seniorchef der Görlach AG verstarb im gleichen Alter wie mein Vater, nämlich mit neunundsechzig. Es beunruhigt mich oft, nun bald so alt wie er zu sein, als er starb. Ich war damals fünfunddreißig und meinte, bis auch ich sein Alter erreicht haben würde, noch zwei Leben vor mir zu haben. In Wirklichkeit war es nicht einmal mehr ein halbes. Ich habe mir als junger Mensch nie vorstellen können, wie es sein würde, tagtäglich daran zu denken, mit nur noch fünf oder zehn Jahren auskommen zu müssen. Heute kann ich es mir vorstellen. Darf ich fragen, wie alt Sie sind?«

Ich sagte es ihm.

»Also haben Sie, bis Sie so alt sind wie ich, fast noch vierzig Jahre vor sich«, sagte er. »Ich werde Ihnen nie verständlich machen können, wie sehr ich Sie darum beneide.«

»Vielleicht kann ich es Ihnen auch so nachfühlen«, sagte ich. »Aber wenigstens werden Sie noch in Ihrem Beruf und von Ihrer Familie gebraucht.«

»Auch nur auf Abruf«, sagte er. »Es gibt zwischen dem Aufsichtsrat und mir hin und wieder Meinungsverschiedenheiten über die Geschäftsführung. Zum Glück stehe ich mit Herrn Werner Görlach, dem Sohn des Firmengründers, auch heute noch sehr gut. Ich habe fünfundzwanzig Jahre lang in verschiedenen Geschäftsbereichen eng mit ihm zusammengearbeitet. Solange er seine Hand über mich hält, kann ich hoffen, nicht vor die Tür gesetzt zu werden. Mit meiner Familie ist es auch nicht mehr so wie früher. Unsere verheiratete Tochter ist mit ihrer eigenen Familie beschäftigt, und meine Frau rafft sich wegen ihres Diabetes kaum noch dazu auf, das Haus zu verlassen. Sie wird dieses Jahr siebzig, ist also vier Jahre älter als ich. Haben Sie schon gewählt?«

Weil ich auf der Karte kein fleischloses Gericht entdeckte, entschied ich mich für Steinbutt und bei der Vorspeise für eine Tomatensuppe. Der Geschäftsführer bemühte sich persönlich um unsere Bestellung. Ich fragte Korwan: »Sind Sie öfter in Damenbegleitung hier?«

Er lächelte. »Leider nicht. Um so mehr werden sich jetzt einige

Leute die Köpfe heiß reden. Sie haben sicher bemerkt, daß ich hier nicht unbekannt bin. Einer der Herren, die mich grüßten, ist ein enger Mitarbeiter eines meiner Vorstandskollegen.«

»Dann haben Sie mich vielleicht doch in das falsche Restaurant eingeladen«, sagte ich.

»Im Gegenteil«, schmunzelte er. »Es gibt nicht wenige Leute in der Firma, die meinen, ich sei für den Posten des Vorstandsvorsitzenden schon zu alt. Wenn sie erfahren, mit welch jungen und attraktiven Frauen ich mich neuerdings umgebe, werden sie ihre Meinung vielleicht korrigieren.«

»Auch wenn Sie dadurch in den Verdacht geraten, sich ohne Wissen Ihrer Frau eine Geliebte zugelegt zu haben?«

»Ich habe vor meiner Frau keine Geheimnisse«, sagte er. »Sie wollen mir also nicht verraten, wann und wo wir uns begegnet sind?«

Seine Antwort, vor seiner Frau keine Geheimnisse zu haben, konnte alles und auch nichts heißen. Ich sagte: »Vielleicht nach dem Essen. Mir war nicht bekannt, daß es noch einen Sohn des Firmengründers gibt.«

»Das ergeht den meisten Leuten so. Im Gegensatz zu seinem Vater hielt sich Herr Werner Görlach immer gerne im Hintergrund und überließ es seinem Vorstand, die Öffentlichkeitsarbeit zu leisten. Heute läßt er sich nur noch sporadisch in der Firma sehen und geht im übrigen seinen Hobbys nach. Sie sind nicht verheiratet?«

»Ich war es.«

Er wirkte betroffen. »Dann entschuldigen Sie meine neugierige Frage. Ich weiß nicht, warum: Ich konnte mir bei Ihnen nicht vorstellen, daß Sie verheiratet oder gar geschieden sind. Sie wirken auf eine Art und Weise emanzipiert, daß der Gedanke, Sie für einen Mann am Küchenherd oder an einer Waschmaschine stehen zu sehen, nur schwer zu fassen ist.«

Ich mußte lachen. »Heute ist er für mich nicht weniger schwer zu fassen. Es ist auch nicht meine Absicht, meine Unabhängigkeit ein zweites Mal aufzugeben. Ich habe einen Beruf, der mich ausfüllt, und was ich sonst noch brauche, finde ich auch, ohne mich an einen Mann zu binden.«

»Woran ich keinen Zweifel habe«, sagte er.

Beim Essen sprachen wir nicht viel, und wenn, dann über meine Arbeit als Journalistin, die sich hauptsächlich mit Reportagen aus dem Hamburger Kulturleben beschäftigte – ein Metier, das ihn nicht besonders zu interessieren schien. Mir fiel jedenfalls auf, daß er einen eher geistesabwesenden Eindruck machte. Vielleicht zerbrach er sich wieder den Kopf darüber, wo er mir begegnet sein könnte, oder er war sich noch nicht schlüssig geworden, wie es mit uns beiden weitergehen sollte. Immerhin hatte ich ihm mit dem, was ich zuletzt über meine Unabhängigkeit erzählt hatte, genügend Stoff zum Nachdenken gegeben. Und dies, ohne eigentlich recht zu wissen, wofür es nützlich sein könnte. Schließlich war es nicht meine Absicht, ihn mir auf ähnliche Weise wie Stefan gefällig zu machen, wobei noch nicht einmal sicher war, ob es mir in seinem Fall überhaupt gelingen würde. Andererseits konnte ich mich auch nicht dazu überwinden, meine Karten auf den Tisch zu legen, obwohl ich es schon vor dem Essen und auch bereits auf der Fahrt hierher hatte tun wollen. Jedesmal, wenn ich einen Anlauf dazu nahm, verließ mich im letzten Augenblick die Courage, und ich verschob es von Mal zu Mal, zuerst bis nach der Suppe, dann bis nach dem Fisch, und als wir beim Dessert waren, nahm ich mir vor, vorläufig abzuwarten, welche Zukunftspläne er mit mir verfolgte. Falls er welche verfolgte. Wenn nicht, blieb immer noch die Möglichkeit, auf der Heimfahrt alles auf eine Karte zu setzen und mit der Wahrheit herauszurücken. Zudem war das Restaurant schon deshalb nicht der richtige Ort für ein tiefer reichendes Gespräch, weil ich mich durch neugierige und aufdringliche Blicke immer wieder abgelenkt fühlte. Besonders eine etwa dreißigjährige Brünette mit einem etwa fünfzigjährigen Begleiter konnte sich an mir offenbar nicht satt sehen und wandte kein Auge ab, so daß ich schließlich der Versuchung nachgab, ihr zuzublinzeln. Worauf sie prompt zurückblinzelte und, als ich mit dem Steinbutt fertig war, von ihrem Platz aufstand und in einem meergrünen Seidenkleid mit wiegenden Hüften zu einer Tür ging, von der ich vermutete, daß sie zu den Toiletten führte. Dort blieb sie noch einmal stehen und blickte wie aufmunternd zu mir her. Sicher wollte sie nur die Adresse mit mir austauschen. Zu mehr hätte es, wäre ich ihrer Aufforderung gefolgt, in der Kürze der Zeit und unter den beengten Verhältnissen doch nicht gereicht. Ich zeigte ihr kurz den Vogel und kratzte mir, für den Fall, daß außer ihr es sonst noch jemand gesehen haben sollte, mit dem Zeigefinger anschließend die Stirn. Von da an schaute sie mich, als sie zurückkam, nicht mehr an und brach auch bald darauf mit ihrem Begleiter auf. Er machte einen seriösen Eindruck. Sie übrigens auch, aber als unseriös hatte ich ihre Einladung auch nicht empfunden, eher als etwas ungeschickt in der Wahl des Zeit- und des von ihr vorgesehenen Treffpunkts.

Nach dem Dessert ließ Korwan die Katze endlich aus dem Sack und erkundigte sich nach meinem nächsten Düsseldorfer

Termin.

Ich sagte: »Das steht noch nicht fest. Der Kollege, mit dem ich mich hier getroffen habe, arbeitete früher beim gleichen Sender wie ich. Heute ist er Leiter des Düsseldorfer Studios des WDR. Wenn ich so wie jetzt eine Reise nach Süddeutschland mache, nutze ich die Gelegenheit meistens zu einem kurzen Besuch bei ihm. So wie auch er mich besucht, wenn er in Hamburg zu tun hat.«

»Sind Sie mit ihm befreundet?«

»Heute nicht mehr so sehr, daß wir uns gegenseitig furchtbar vermißten.«

Er lächelte wieder. »Deshalb wollten Sie von mir auch nicht abgeholt werden. Übrigens bin ich mir jetzt ganz sicher, Ihnen noch nie begegnet zu sein. Ich hätte Ihr Gesicht und Ihre Stimme ebenso wenig vergessen, wie ich sie in Zukunft nicht vergessen werde.«

Da half nur noch Frechheit: »Auch nicht, wenn diese Begegnung acht Jahre zurückliegt? Ich habe mich in dieser Zeit sehr verändert. Sie sich nicht.«

»Dann allerdings«, nickte er. »Auch wenn ich mich äußerlich wenig verändert habe: Das Gedächtnis ist nicht mehr dasselbe. Als Herr Görlach sich noch aktiv an der Geschäftsleitung beteiligte, gehörte es zu seinen Lieblingsbeschäftigungen, langjährige und verdiente Mitarbeiter, die aus Altersgründen die Firma verließen, in Anwesenheit des kompletten Vorstands persönlich zu verabschieden. Ich erinnere mich, daß jedesmal auch Vertreter der lokalen Presse dazu eingeladen waren. Arbeiteten Sie damals für eine Düsseldorfer Zeitung?«

»Ich habe in Düsseldorf volontiert«, sagte ich. Und weil ich befürchtete, er könnte nach dem Namen der Zeitung fragen und, wenn ich eines der mir bekannten, in Düsseldorf erscheinenden Blätter nannte, zufällig mit dem Herausgeber oder mit dem Chefredakteur befreundet sein, fügte ich rasch hinzu: »Allerdings nur kurze Zeit. Sie sagten vorhin, daß Sie vor Ihrer Frau keine Geheimnisse haben. Wie darf ich das verstehen?«

»Wie würden Sie es denn gerne verstehen?« fragte er.

Vielleicht war es nicht klug, ihn gerade das zu fragen, aber mir war in der Eile nichts Besseres eingefallen. Ich sagte: »Darf ich diese Frage an Sie zurückgeben?«

Er lachte. »Ich hätte nichts dagegen, wenn Ihre Frage so gemeint war, wie ich sie möglicherweise mißverstanden habe, was ich nicht hoffen möchte.«

»Daß Sie sie mißverstanden haben?« fragte ich.

»Was ich, wie gesagt, nicht hoffen möchte«, bestätigte er mir.

»Ich erwarte nicht, daß Sie es hoffen«, sagte ich. »Daß es nur weibliche Neugierde gewesen sein könnte, die mich fragen ließ, billigen Sie mir nicht zu?«

»Nicht, wenn weibliche Neugierde mißverständlich sein kann«, sagte er. »Ich glaube, Sie haben ein sehr gutes Gefühl dafür, was Sie mit einer Frage ausdrücken wollen und was nicht.«

Ich sagte: »Ich wollte Ihnen damit nicht in den Mund legen, Ihrer Frau sei es egal, wenn Sie mir vorschlagen, statt bei meinem Kollegen die Nacht mit Ihnen zu verbringen.«

»Was keinesfalls Ihr Wunsch wäre?« fragte er.

Ich lächelte. »Könnten Sie mir einen Grund nennen, warum ich es mir wünschen sollte?«

»Eben«, sagte er. »Genau darüber haben wir uns schon heute vormittag unterhalten. Warum mit einem Mann in meinen Jahren, wenn es unzählige jüngere gibt?«

»Und wo haben Sie es sich vorgestellt?« fragte ich. »In Ihrem Wagen?«

Er blickte mich eine kleine Weile schweigend an. Dann fragte er: »Wollen Sie noch einen Kaffee?«

»Nein«, sagte ich. »Sie haben eine Flasche Wein bestellt und kaum etwas getrunken.«

»Sie auch nicht«, sagte er. »Wollten Sie einen klaren Kopf behalten?«

»Vielleicht habe ich es heute abend nötig«, sagte ich.

Er gab einem Kellner ein Zeichen und verlangte nach der Rechnung. Zu mir sagte er: »Jetzt weiß ich nicht mehr, woran ich mit Ihnen bin.«

»Aber vorher wußten Sie es?« fragte ich.

»Vielleicht habe ich es mir auch nur eingeredet«, sagte er und legte zwei Geldscheine unter die auf einem silbernen Tablett präsentierte Rechnung.

Der Kellner sagte: »Herzlichen Dank, Herr Doktor.«

Auch der Geschäftsführer bedankte sich und sagte: »Ich hoffe, Sie waren zufrieden, Herr Doktor.«

»Doch«, sagte er. »Wie immer, Herr Sauder. Ich bedanke mich für die Reservierung.«

»Es war uns eine Ehre, Herr Doktor«, sagte der Geschäftsführer und begleitete uns noch bis zum Ausgang.

Während wir zum Wagen gingen, fragte Korwan: »Warum lächeln Sie?«

»Ich weiß nicht«, sagte ich. »Vielleicht weil es mir heute abend gefallen hat, mit Ihnen zu essen.«

»Oder weil Sie solches Aufsehen erregten«, sagte er. »Ich habe noch nie erlebt, daß, wenn ich ein Restaurant verließ, es plötzlich mucksmäuschenstill wurde. Doch sicher nicht meinetwegen.«

»Vielleicht unsertwegen«, sagte ich. »Auch wenn Sie sich unbedingt darauf versteifen, bereits zum alten Eisen zu zählen: Ich kann Sie darin nicht bestärken.«

»Wie nett von Ihnen«, sagte er.

Im Wagen fragte er: »Und wo darf ich Sie absetzen? Am alten Ort?«

»Wenn ich darum bitten darf«, sagte ich.

Er startete den Motor und fuhr los. Mir fiel jetzt erst auf, daß er weder am Lenkrad noch beim Lesen der Speisekarte eine Brille trug. Vielleicht erging es ihm wie Möbius, der in meiner Gegenwart seine Brille nur dann aufsetzte, wenn es sich nicht vermeiden ließ. Weil er vorläufig nichts sprach und sein Augenmerk auf die dunkle Straße richten mußte, verhielt auch ich mich schweigsam.

Wir mußten schon fast die Hälfte unseres Wegs hinter uns gebracht haben, als er sein Schweigen brach und sagte: »Vielleicht ist es Ihnen auch schon so ergangen, daß Sie einem Menschen begegnen, bei dem Sie bereits nach kurzer Zeit das Gefühl haben, ihn schon immer gekannt zu haben. So ergeht es mir bei Ihnen.«

Ich wandte ihm das Gesicht zu. »Obwohl Sie noch nicht einmal meinen Namen kennen? Ich habe den ganzen Abend darauf gewartet, daß Sie mich danach fragen.«

»Warum sollte ich Sie danach fragen, wo ich Sie doch mit großer Wahrscheinlichkeit nie mehr sehen werde?«

»Weil Sie mich nicht mehr sehen wollen?«

»Habe ich Ihnen Anlaß gegeben, mich das zu fragen?«

»Und habe ich Ihnen Anlaß gegeben anzunehmen, ich wollte Sie nicht mehr sehen?«

Er wartete mit der Antwort, bis er einen langsam fahrenden VW überholt hatte. Dann sagte er: »Nein, das haben Sie nicht getan.«

»Jetzt würde ich gerne eine Zigarette rauchen«, sagte ich und öffnete meine Handtasche. »Mir fiel auf, daß im Restaurant kaum geraucht wurde.«

»Die Geschäftsleitung sieht es nicht gern«, sagte er. »Ich rauche selbst, wenn auch keine Zigaretten.« Er zeigte mir den Zigarettenanzünder.

Ich zündete mir eine an, aber mein Problem, endlich mit der Wahrheit herauszurücken, wurde dadurch nicht kleiner. Im Gegenteil, je länger ich sie vor mir herschob, desto unsicherer wurde ich, ob ich nicht besser daran täte, zuerst einmal abzuwarten, wie sich die Dinge in Bad Hülsen entwickelten. Dies hätte auch den Vorteil, mich bei einem späteren Geständnis darauf berufen zu können, daß ich wegen seines persönlichen Eindrucks auf mich daran gehindert worden sei, mich, zu seiner Enttäuschung, mit List und Tücke in sein Vertrauen eingeschlichen zu haben. Wohingegen bei einer zweiten oder gar erst bei einer dritten Begegnung das gleiche Eingeständnis dann eher den Effekt einer tätigen Reue haben könnte.

Meine Erleichterung darüber, eine Lösung gefunden zu haben, die es mir einerseits ersparte, eine doch sehr peinliche Beichte abzulegen, und die mir andererseits alle Optionen für die Zukunft offenhielt, war so groß, daß ich, ohne es eigentlich zu wollen, seinen Arm berührte und mich sagen hörte: »Ich habe Ihnen für einen wunderschönen Abend zu danken, Peter. Ich werde ihn so rasch nicht vergessen.«

»Sogar meinen Vornamen kennen Sie?«

Ich lächelte. »Schließlich steht er in allen deutschen Who's who. Sie scheinen nicht einmal zu wissen, wie bekannt Sie sind.«

»Dann machen Sie mir die Freude, mir auch Ihren Namen zu nennen«, sagte er und berührte, die linke Hand vom Lenkrad nehmend, meine auf seinem rechten Arm liegende Hand. Vielleicht hatte er ihn von seiner Tochter oder von Seeberg schon einmal gehört.

Ich konnte nichts riskieren, und weil mir in der Eile nichts Besseres einfiel und Landmanns Frau weit weg war, sagte ich: »Heike genügt.«

Er sagte: »Er paßt zu Ihnen: schön und kühl.«

»Schön, meinetwegen, wenn Sie darauf bestehen«, sagte ich. »Aber wieso kühl? Sie finden mich kühl?«

Er nahm seine Hand wieder ans Lenkrad und sagte: »Vielleicht drückt das Wort nicht richtig aus, was ich meine. Ich denke mehr an Eigenschaften wie Souveränität, Überlegenheit, Selbstsicherheit und Selbstbewußtsein. Für eine moderne Frau von heute nichts Ungewöhnliches mehr, aber bei Ihnen scheinen sie stärker ausgeprägt zu sein als bei den mir persönlich bekannten Frauen. Meine Tochter vielleicht ausgenommen, die Ihnen in vielem ähnlich ist.«

»Auch äußerlich?«

»Äußerlich weniger, aber in ihrem selbstsicheren Auftreten. Sie ist das, was man auch bei Frauen unter einer starken Persönlichkeit versteht. Für ihren Mann ist es nicht immer leicht, sich gegen sie durchzusetzen.«

Mir fiel auf, daß wir bereits in Oberkassel sein mußten. Gleich darauf passierten wir auch die Rheinbrücke, und wenig später brachte er den Wagen vor seinem Frühschoppenrestaurant zum Stehen.

Er schaltete den Motor ab und fragte: »Wann werde ich Sie wiedersehen?«

»Wann möchten Sie es?« fragte ich.

»Das liegt nicht an mir«, sagte er. »Sie erinnern sich vielleicht noch, was ich Ihnen heute vormittag gesagt habe.«

»Ich dachte, dieses Thema könnten wir als abgehakt betrachten«, sagte ich. »Es ist kaum anzunehmen, daß ich mich, träfen Ihre Befürchtungen zu, von Ihnen zum Essen hätte einladen lassen.«

»Ich weiß nicht, warum Sie es getan haben«, sagte er.

Ich beugte mich zu ihm hinüber, küßte ihn leicht auf den Mund und fragte: »Wie heißt Ihre Sekretärin?«

Für einen Augenblick lang fühlte ich den Druck seiner Hand an meinem Arm. Dann nahm er die Hand zurück und sagte: »Frau Berger. Sie besitzt mein volles Vertrauen. Wenn ich nicht im Büro sein sollte, wird sie Ihnen sagen, wann und wo Sie mich erreichen. Melden Sie sich am Telefon einfach als Frau Heike. Sie weiß dann Bescheid. Eines hätte ich Ihnen noch gerne gesagt. Ich weiß nur nicht, ob es auch noch dem entspricht, was ich denken und empfinden werde, falls es wirklich zu einem Wiedersehen kommen sollte.«

Ich sagte: »Wer von uns weiß schon, was wir morgen oder übermorgen denken und empfinden? Deshalb braucht das, was uns heute bewegt, doch noch lange nicht falsch zu sein.«

»Dann will ich es riskieren«, sagte er. »Ich habe es beim Essen schon ungefähr angedeutet. Ich habe den Eindruck – von Ihrer geschiedenen Ehe einmal ganz abgesehen , daß Sie Ursache haben, Männern mit großen Vorbehalten zu begegnen. Das ist schon deshalb nicht verwunderlich, weil die Wahrscheinlichkeit, von ihnen enttäuscht zu werden, für eine Frau um so größer ist, je mehr sie sich ihrer Aufmerksamkeit sicher sein kann. Eine Frau wie Sie muß bei jedem Mann annehmen, daß sein ganzes Denken und Trachten den Wunsch zum Inhalt hat, Sie – und nun muß ich ganz pointiert werden – in sein Schlafzimmer zu bekommen. Oder sehe ich das falsch?«

Ich drückte die aufgerauchte Zigarette im Ascher aus und sagte: »Warum auch? Ich finde das völlig natürlich. Wenn ich dumm genug bin, es zu einem Problem für mich werden zu lassen, indem ich solchen Wünschen nachgebe, kann ich nicht die Männer dafür verantwortlich machen. Man muß als Frau nur wissen, woran man mit ihnen ist, dann werden Sie gar nicht erst zu einem Problem. Ich habe aus meinen Fehlern gelernt. Wenn ich mich heute mit einem Mann einlasse, so geschieht das ohne Illusionen über die Art seiner Wünsche und im vollen Bewußtsein des Risikos, das ich mit ihm eingehe. Es ist um so kleiner, je weniger ich mir von ihm verspreche. Worauf wollen Sie mich vorbereiten? Daß Sie bei unserer nächsten Begegnung Wünsche haben könnten, die Sie heute noch nicht haben? Oder beim nächsten Mal nicht mehr haben werden, weil Sie inzwischen Gelegenheit hatten, lange genug über Ihr eigenes Risiko nachzudenken?«

Er blickte mich kopfschüttelnd an. »Ich sagte Ihnen heute abend schon einmal, daß Sie eine erstaunliche Frau sind, Heike. Sie haben nicht nur erraten, worauf ich Sie vorbereiten wollte. Sie verstehen es auch, es einem Mann leicht zu machen, mit Ihnen über Dinge zu reden, die er sonst besser in seinem Herzen behält. Im Augenblick beschränken sich meine Wünsche darauf, Ihnen so bald wie möglich wieder zu begegnen, weil ich Ihre Gegenwart genieße wie einen guten Wein, wenn Sie mir diesen unglücklichen Vergleich erlauben, aber mir fällt im Moment kein besserer ein. Ich erinnere mich nicht, in einer für mich noch überschaubaren Vergangenheit die bloße Anwesenheit einer Frau, die Möglichkeit, mit ihr zu plaudern und mich an ihrem Anblick zu erfreuen, so genossen zu haben wie bei Ihnen. Das ist alles, was ich Ihnen für den Augenblick sagen möchte und sagen kann. Machen Sie mir die Freude, mich bald wieder zu besuchen.«

Ich berührte seine Hand und sagte: »Vielleicht wünsche ich mir das genauso wie Sie, Peter. Auf bald.«

»Auf bald«, sagte er leise.

Ich stieg rasch aus dem Wagen. Den Weg durch die Grünanlage fand ich auch im Dunkeln. Im Gehen zündete ich mir wieder eine Zigarette an. Obwohl ich viel mehr erreicht hatte, als es mir heute vormittag noch als möglich erschienen war, wurde ich meines Erfolgs nicht recht froh. Im Gegenteil, ich kam mir ziemlich schurkisch vor.

12

Was Wolfgang sich gedacht hatte, als er mich um vier Uhr in der Frühe nach Hause kommen hörte, erfuhr ich erst beim Mittagessen, weil ich bis dahin weder für ihn noch für Landmann und Möbius, die mehrmals anriefen, zu sprechen war. Vielmehr blieb ich bis gegen Mittag im Bett und trat, als Wolfgang mich ans Telefon holen wollte, jedesmal mit den Füßen nach ihm, so daß er nach dem zweiten Versuch keinen dritten mehr riskierte. Erst seine Spaghetti neapolitanisch – das einzige Gericht, das er neben Schinkenmakkaroni und Rühreiern ohne meine Hilfe zustande brachte und deren betörender Geruch bis in mein Zimmer drang – mobilisierten meine Lebensgeister, und eine kalte Dusche besorgte das übrige. Es geschah nicht alle Tage, daß er sich an den Küchenherd stellte, in der Regel nur dann, wenn ich lange schlief und er keine Lust hatte, in ein Restaurant zu gehen.

Als ich dann endlich in Hausschuhen und noch im Bademantel zu ihm in die Küche kam, äußerte er beim Essen den Verdacht, ich hätte mich die halbe Nacht bei einem Liebhaber durchgeschlafen, worauf ich ihn daran erinnerte, daß ich bereits am Freitagnachmittag abgereist und deshalb in der Lage gewesen sei, nicht nur die halbe Nacht, sondern zweieinhalb Nächte im Bett eines Liebhabers zu verbringen. Neben meinem Teller lag die eingegangene Post, ein Brief von Möbius mit einem Verrechnungsscheck über sechstausend Mark und einige Postwurfsendungen von Firmen, die sich eine Agentur wie die GEMAS nicht leisten konnten. Entsprechend war auch der Inhalt. Der Scheck von Möbius überraschte mich nicht. Ich hatte fest mit ihm gerechnet. Weil Wolfgang, wie er mir beim Verzehr der Spaghetti erzählte, Möbius ebenso wie Landmann dahingehend unterrichtet hatte, daß ich mich wegen einer Sommergrippe unpäßlich fühle und er ihnen deshalb meinen Rückruf nicht in Aussicht stellen könne, machte ich ihm ein Kompliment für seinen vorzüglichen Einfall, obgleich er mir eine befriedigende Antwort auf meine Frage, wie er gerade auf eine Sommergrippe gekommen sei, schuldig bleiben mußte.

Er sah nicht gut aus an diesem Montagmorgen, auch mit seinem Appetit schien es zu hapern, in seinem Alter wußte man nie recht, war es der Magen, die Leber, die Galle oder die Bauchspeicheldrüse, die ihm zu schaffen machten. Zu seinem Hausarzt ging er nur, wenn ich ihn im Wartezimmer ablieferte und womöglich auch noch da war, wenn er die Untersuchung hinter sich hatte. Das Zusammenleben mit ihm hatte mir erstmals die Augen dafür geöffnet, was es bedeutete, noch eine normale Verdauung und die eigenen Zähne zu haben. Vielleicht war sein schlechtes Aussehen aber auch nur wieder psychisch bedingt, denn immer dann, wenn er meinetwegen eine schlaflose Nacht verbracht hatte – diesmal zuerst, weil ich so lange weggeblieben, und dann, weil ich so spät heimgekommen war –, fühlte er sich noch mieser, als man sich in seinem Alter am Morgen zu fühlen pflegt. Allein schon der Gedanke daran, sich als alter Mensch beim morgendlichen Erwachen genauso elend zu fühlen wie vor dem Einschlafen, konnte mir das Altwerden zum Alptraum machen. Auch trug er es mir sicher noch nach, mein Versprechen, mit ihm am Wochenende auszugehen, nicht eingehalten zu haben. Als ich mich nach dem Essen auf seinen Schoß setzte und ihn küßte, geschah es vor allem aus dem Gefühl heraus, an ihm etwas gutmachen zu müssen.

Er sagte: »Das hast du schon lange nicht mehr getan. Habe ich heute Geburtstag?«

»Der war nur für die Spaghetti«, sagte ich. »Und dafür, daß du mich so lange hast schlafen lassen. Du hast mir einmal erzählt, daß du in deinem Leben noch nie in Spanien warst. Könnte es dich ...«

»Nein«, unterbrach er mich schroff.

»Auch nicht in meiner Begleitung?«

»Du würdest ...« Er brach ab und blickte mich ungläubig an.

»Ich weiß es noch nicht genau«, sagte ich. »Vielleicht brauche ich einmal einen richtigen Urlaub und nicht immer nur Hamburg. Ich habe zur Zeit in der Agentur Probleme. Ein Urlaub täte uns beiden gut.«

Er schob eine Hand in meinen Bademantel und fragte: »Was sind das für Probleme?«

Wenn er mich so streichelte wie jetzt, geschah es nicht, um mich zu erregen. Wenn er mich erregen wollte, kam er zu mir ans Bett. Jetzt war er nur zärtlich zu mir, und es gab Tage, wo ich seine Zärtlichkeit genauso brauchte wie ein warmes Bad und wo ich sie im Herzen und sonst nirgendwo fühlte. So wie jetzt. Wie in diesem Augenblick. Ich rieb mein Gesicht an seiner Wange und sagte: »Keine, mit denen ich nicht fertig werden würde. Mach dir deshalb keine Gedanken.«

Ich blieb noch eine Weile auf seinem Schoß sitzen. Dann nahm ich seine Hand aus meinem Bademantel, stand auf und sagte: »Ich muß für etwa eine Stunde weg. Falls das Telefon wieder läutet, nimm es nicht ab. Und falls jemand vom Büro vorbeikommen und nach mir fragen sollte, wimmle ihn schon an der Sprechanlage ab. Ich ziehe mich rasch an. Bestell mir ein Taxi. Es soll in einer halben Stunde hier sein.«

Er fragte: »Wo ist dein Wagen?«

»Er steht noch auf dem Parkplatz der Agentur. Ich bin so spät nach Hause gekommen, weil ich die Bahn benutzt und in Hamburg meinen Zug verpaßt habe. Ich mußte den nächsten nehmen.«

»Du fährst doch sonst nicht mit der Bahn.«

»Diesmal fuhr ich eben«, sagte ich und ging in mein Zimmer. Der Dali fiel mir ein. Er stand noch hinter dem Kleiderschrank.

Mitnehmen konnte ich ihn nicht. Wolfgang hätte nicht verstanden, wie ich zu einem Dali kam, und ich hätte ihm auch keine plausibel klingende Erklärung geben können. Also ließ ich ihn stehen.

Als ich eine halbe Stunde später zu Möbius fuhr, hatte ich mich telefonisch bei ihm angemeldet, seinen Scheck in der Handtasche, und war fest entschlossen, klare Verhältnisse zu schaffen. Diesmal lernte ich Isabella, die schon am Telefon war, als ich anrief, persönlich kennen. Sie öffnete mir die Tür zum Grundstück, und sie war genauso, wie Vaillant sie geschildert hatte, ein schlankes, schwarzhaariges Mädchen mit Mandelaugen und einem Himbeermund. Ich gab ihr die Hand und sagte: »Buenos dias, Isabella. Qué tal?«

»Muy bien, gracias, señora«, sagte sie lächelnd. »Sie sprechen Spanisch?«

»Nicht so gut wie Sie Deutsch«, sagte ich. »Ich heiße Stefanie und habe vorhin mit Ihnen telefoniert.«

Sie nickte. »Herr Möbius erwartet Sie. Als Sie anriefen, war er noch beim Essen und bat mich, das Gespräch anzunehmen. Bitte folgen Sie mir.«

Weil der Himmel heute noch genauso bedeckt war wie gestern, brauchte ich nicht zu befürchten, Möbius wieder im Swimmingpool anzutreffen. Als wir uns dem Haus näherten, sah ich ihn auf der Terrasse stehen.

Er winkte mir zu und rief: »Ihren Arzt müssen Sie mir unbedingt verraten. Er scheint ein Wunderheilmittel gegen Sommergrippe zu haben.«

»Nicht nur gegen Sommergrippe«, sagte ich. »Seit mein Exschwiegervater sich von ihm behandeln läßt, trägt er sich wieder mit Heiratsabsichten.«

Er reichte mir lächelnd die Hand. »Und wann darf man gratulieren?«

»Er steht mehr auf Siebzehnjährige«, sagte ich und nahm, weil er mich dazu aufforderte, in einem der bequemen Korbsessel auf der Terrasse Platz. Einen Aperitif, den er mir anbieten wollte, lehnte ich ab. Er richtete das Wort an Isabella und sagte ihr, daß er sie vor heute abend nicht mehr brauche. Sie verabschiedete sich mit einem freundlichen Lächeln von mir. Ich beobachtete, wie sie ins Haus ging und fragte: »Wie schaffen Sie es nur, ihrem Charme zu widerstehen?«

»Indem ich sie ständig mit Ihnen vergleiche«, sagte er. »Als ich sie eben Seite an Seite mit Ihnen auf das Haus zukommen sah, wirkte sie wie ein unschuldiges Hirtenmädchen neben der göttlichen Diana.«

»Wie kommen Sie gerade auf Diana?«

Er nahm neben mir Platz. »Sie war nicht nur die Göttin der Jagd, sie war auch die Beschützerin der Unschuld. Ihr Büro hier ist bereits eingerichtet. Wenn Sie wollen, können Sie mit der Arbeit sofort beginnen.«

»Wozu?« fragte ich. »Sie beziehungsweise Landmann haben doch schon Herrn Riedinger und Frau Eberle damit beauftragt.«

»Davon sind wir abgekommen«, sagte er. »Wir haben es uns vielmehr so gedacht, daß Sie weitermachen wie bisher, jedoch mit Rücksicht darauf, daß es in der Agentur ganz offensichtlich eine undichte Stelle gibt, wovon Landmann Sie bereits unterrichtet hat, es Herrn Ulrich, seinem Schwager, erlauben, Ihre Arbeiten als die seinen auszugeben. Könnten Sie sich mit diesem Gedanken anfreunden?«

»Kaum«, sagte ich.

»Dann schlagen Sie eine bessere Lösung vor«, sagte er. »Selbst wenn Seeberg nicht auf Ihrer Entlassung bestünde, wäre eine weitere Zusammenarbeit zwischen Ihnen und ihm schon deshalb nicht möglich, weil er neuerdings das macht, was ich Ihnen soeben für Ulrich vorgeschlagen habe: Er gibt Ihre Einfälle für die seinen aus und bringt uns damit in eine verteufelte Situation. Wann haben Sie mit ihm zum ersten Mal über Ihre Idee mit der Cheopspyramide gesprochen?«

Ich stellte mich unwissend: »Gibt er auch sie als seine eigene aus?«

Möbius nickte. »Sehr zu überraschen scheint Sie das nicht?«

»Nein«, sagte ich. »Bei einem Mann wie Seeberg überrascht mich schon lange nichts mehr. Es ist mir auch egal, ob Sie und Landmann ihm mehr Glauben schenken als mir. Den Dali konnte ich übrigens nicht mitbringen. Mein Exschwiegervater hätte ihn sonst gesehen. Hat es noch Zeit bis morgen?«

»Bis Sie den Scheck zur Bank gegeben haben?« fragte er. »Oder taten Sie es schon?«

Ich holte ihn aus meiner Handtasche und legte ihn auf den Tisch. Fast gleichzeitig fühlte ich seine Hand unter meinem Kleid. Ich fragte: »Sind Sie sicher, daß Isabella uns nicht zusieht?«

»Ganz sicher«, sagte er, meine Schenkel entblößend.

Ich sagte: »In Hamburg hatte ich Gelegenheit, mich mit meiner Mutter über Sie zu unterhalten, Gerhard. Sie riet mir dringend davon ab, mit Ihnen zu bumsen. Sie meint, es gehe selten gut, sich vom Chef bumsen zu lassen.«

Er tastete mit einem Finger wieder nach meiner Delle. Während er sie nach Länge und Breite erforschte, sagte er:

»Offenbar hat Ihre Generation es nie gelernt, sich wie zivilisierte Menschen auszudrücken.«

»Ich habe mich Ihnen gegenüber schon viel unzivilisierter ausgedrückt, wenn Sie sich erinnern«, sagte ich.

»Und was soll ich mit dem Scheck?« fragte er. »Wollen Sie, daß ich ihn zurücknehme?«

»Das brauchen Sie nicht zu tun«, sagte ich. »Es würde ja genügen, wenn ich ihn hier lasse. Ich möchte nur sicher sein, daß Sie sich wegen der sechstausend Mark keine Hoffnungen machen, die ich nicht erfüllen kann.«

»Sie erfüllen sie ja bereits«, sagte er. »Auch wenn ich meine, daß Sie für sechstausend Mark den Slip ausziehen könnten.«

»Ziehen Sie ihn doch selbst aus, wenn er Sie stört«, sagte ich. »Mich stört er nicht. Ich frage mich nur, was Sie davon haben, wenn Sie sich bei mir erregen und mit Isabella nicht schlafen. Nur schöne Träume?«

Er nahm seine Hand zurück und fragte mit gerötetem Gesicht: »Wissen Sie, weshalb die Menschen aus Hamburg die Nase so hoch tragen?«

»Ich habe noch nicht darüber nachgedacht«, sagte ich. »Vielleicht haben sie Grund dazu.«

»Und ob sie Grund haben«, sagte er. »Denn täten sie es nicht, so könnten sie den Gestank ihrer Fäkalien nicht ertragen, mit denen sie seit neun Jahrhunderten Alster und Elbe verschmutzen.«

»Ich finde nicht, daß die Rheinländer besser stinken als wir«, sagte ich. »Was wollen Sie? Streit?«

Er lächelte schon wieder. »Nur herausfinden, wie hoch bei Ihnen die Schmerzschwelle liegt.«

»Bei Frauen liegt sie im allgemeinen tiefer als bei Männern«, sagte ich und zündete mir, sein Feuerzeug ignorierend, eine Zigarette an. Ich lehnte mich im Sessel zurück und sagte: »Wenn Sie an meiner Ausdrucksweise Anstoß nehmen, so bleibt es Ihrer Generation vorbehalten, sich in Gegenwart einer Frau über Fäkalien auszulassen. Ich bin bereit, zu meinen Bedingungen hier in Ihrem Haus zu arbeiten, aber nur halbtags und zum gleichen Bruttogehalt wie bisher.«

»Und das finden Sie nicht überzogen?« fragte er.

»Überhaupt nicht«, sagte ich. »Schließlich muten Sie und Landmann mir zu, daß ich mich nicht nur auf Ihren schmutzigen Deal einlasse, seinen Schwager als den Vater meines künftigen geistigen Schaffens hinzunehmen. Ich soll auch noch damit einverstanden sein, daß nicht ich, sondern Seeberg es war, der sich den Spot mit der Cheopspyramide hat einfallen lassen.«

»Können Sie beweisen, daß der Einfall von Ihnen und nicht von Seeberg kam?« fragte er.

»Können Sie beweisen, daß die Agentur nicht genauso florierte, wenn Sie nur Ihr Geld und nicht auch sich selbst eingebracht hätten?«

Statt mir zu antworten, starrte er mich düster an.

Ich beugte mich zu ihm hinüber, küßte ihn auf die Nasenspitze und sagte: »Sie sind doch noch ein Kavalier alter Schule, Gerhard. Männer wie Sie sind leider im Aussterben begriffen. Um so verwunderlicher empfinde ich es, daß Sie keine Skrupel haben, meine etwas schwierige Situation auszunutzen, ohne daß Sie mir Zeit ließen, mich darauf einzustellen.«

»Das müssen Sie mir näher erklären«, sagte er, durch meinen Tonwechsel sichtlich aus dem Konzept gebracht.

Ich sagte: »Ich war nicht darauf vorbereitet, daß Sie mir schon hier auf der Terrasse, dazu noch wenn Isabella in der Nähe ist, den Slip touchieren.«

»So habe ich das noch nie gehört«, sagte er und stand auf. Ich sah ihm nach, wie er sichtlich beeindruckt durch die Terrassentür ins Haus ging. Als er zurückkam, hielt er ein gefülltes Glas in der Hand. Ich fragte: »Alles wieder in Ordnung?«

Er trank im Stehen einen Schluck und sagte, bevor er Platz nahm: »Auch wenn Sie es mir nicht glauben: Ich wollte mir tatsächlich nur etwas zum Trinken holen.«

»Und ich wollte Ihnen nur zu verstehen geben, daß ich von einem Kavalier alter Schule etwas mehr an erotischer Phantasie erwartet habe als nur seine Hand zwischen meinen Beinen.«

»Vielleicht rote Rosen?« fragte er.

»Warum nicht?« sagte ich. »Es sei denn, der Scheck sei als kleine Entschädigung für Ihren Mangel an erotischer Phantasie gedacht.«

»Damit könnte ich einverstanden sein«, sagte er.

»Sie meinen also, daß ich ihn behalten soll?« vergewisserte ich mich.

»Das liegt ganz an Ihnen«, sagte er.

»Dann behalte ich ihn in Gottes Namen«, sagte ich und steckte ihn wieder in meine Handtasche. »Wie ist das mit der Kündigung? Bekomme ich die jetzt bald?«

»Es genügt, wenn Seeberg sie bekommt«, sagte er.

»Das klingt äußerst logisch«, sagte ich.

Sein Lächeln wirkte etwas gequält. »Ach ja, das wissen Sie noch gar nicht. Er will sich selbst davon überzeugen, daß wir Ihnen gekündigt haben. Landmann schickt ihm eine Kopie.«

»Und das Original kriege ich?«

Er trank wieder einen Schluck, wischte sich mit dem Handrücken den Mund ab und sagte: »Also jetzt hören Sie mal her, Stefanie. Wenn es in der Agentur jemanden gibt, der gegen Sie intrigiert, dann kann er überall sitzen, also auch in der Buchhaltung.«

»Klingt ebenfalls logisch«, sagte ich. »Dann mache ich eben auf freiberuflich und überweise die Sozialbeiträge künftig selbst. In diesem Fall möchte ich aber, wie vorhin schon erwähnt, das bisherige Bruttogehalt überwiesen bekommen, inklusive zwölfhundert Mark Lohnsteuer.«

»Und wie sollen wir das verbuchen?« fragte er.

»Wie Sie und Landmann Sonderausgaben immer verbuchen«, sagte ich. »Unter Werbungskosten. Andernfalls lasse ich es auf einen Musterprozeß ankommen. Mal sehen, wer dann den Kürzeren zieht: Seeberg oder ich.«

»Die Agentur auf jeden Fall«, sagte er. »Wollen Sie uns ruinieren? Jetzt, wo wir endlich Aussicht haben, den größten Kaffeeröster der Republik mit seinem Vierzig-Millionen-Werbeetat für uns zu interessieren! Sobald die mitbekommen, daß Görlach bei uns aussteigt, werden sie es sich zehnmal überlegen, ihren Vertrag mit Steffler und Partner zu stornieren.«

»Obwohl sie sich damit selbst keinen größeren Dienst erweisen könnten«, sagte ich. »Mit ihrer tränenreichen Seifenoper locken sie nicht mal mehr Tante Olga in ihre Filialen. Ich wüßte schon, wie ich ihren Bohnen neuen Auftrieb geben könnte.«

Er blickte mich erwartungsvoll an.

Ich winkte ab. »Ist noch zu unausgegoren. Im Augenblick habe ich Probleme mit einem Konzept für das neue Mittel gegen Kopfschmerzen.«

»Für den Champagner haben Sie auch noch keins«, sagte er.

»Aber nur, weil der Werbeleiter vom Klischee nicht loskommt, es gehe bei der Champagnerwerbung nicht ohne Glanz und Glimmerorgien, festlichen Ball und rauschende Roben unter Kerzenleuchtern. Als ob ein Sonnenaufgang an einem stillen Waldsee, wenn noch die Morgennebel über das Wasser ziehen und der Tau auf den Gräsern in den ersten Sonnenstrahlen blitzt, nicht auch ein Anlaß für eine Flasche Champagner wäre. Vielleicht für zwei, die schon vor Tagesanbruch hinausgefahren sind, um den Tag, weil es für sie ein ganz besonderer ist, weitab von der Stadt und ihrem Alltag zu beginnen. Diese Morgenstimmung müßte so gefilmt werden, daß alle, die den Film sehen, künftig jeden selbsterlebten Sonnenaufgang mit der Champagnermarke assoziieren.«

Er lächelte überrascht. »Wenn man Sie sonst reden hört, sollte man es nicht für möglich halten, welch romantischer Allegorien Sie fähig sind. Eine Flasche Champagner wie die prickelnde Luft in der Morgenstille eines Sommertags. Ich frage mich oft, wie der Mann beschaffen sein muß, der Sie von Ihrem zynischen Ich erlöst wie der Prinz die schlafende Prinzessin vom Fluch der bösen Hexe. Ist Ihre Mutter die böse Hexe?«

»Weil sie mir von Ihnen abgeraten hat?«

»Ich weiß nicht, welchen Einfluß sie auf Sie hat«, sagte er. »Sicher einen größeren, als es sonst zwischen einer Mutter und ihrer siebenundzwanzigjährigen Tochter üblich ist. Wie anders ließe es sich erklären, daß Sie jedes Wochenende für einen Besuch bei ihr opfern und dazu jedesmal diese lange und anstrengende Autofahrt auf sich nehmen. Diesmal waren Sie allerdings ohne Auto weg, wie ich hörte.«

»Sie hörten richtig«, sagte ich. »Ich fühlte mich bei dem Streß, unter dem ich zur Zeit stehe, für eine lange und anstrengende Autofahrt nicht genügend in Form. Und was meine Mutter betrifft, so habe ich Ihnen die Gründe, weshalb ich sie so oft besuche, bereits ausführlich geschildert. Daß sie mir davon abgeraten hat, mit Ihnen ins Bett zu gehen, macht sie noch nicht zur bösen Hexe.«

Er sagte rasch: »Es tut mir leid, Stefanie: An die Krankheit Ihrer Mutter habe ich schon gar nicht mehr gedacht. Ich stelle immer wieder fest, daß mein Gedächtnis mich immer häufiger im Stich läßt. Eben doch eine Alterserscheinung. Haben Sie heute schon mit Landmann gesprochen?«

»Er rief bei mir an, genau wie Sie auch. Ich kam aber gestern so spät aus Hamburg zurück, daß mein Exschwiegervater mich nicht wecken wollte. Als ich zuletzt mit Landmann telefonierte, fragte er mich, ob ich Beweise dafür hätte, daß Seeberg versucht habe, intim zu werden. Er unterstellte mir sogar mehr oder weniger, ich selbst sei es gewesen, die bei Seeberg etwas habe erreichen wollen.«

»Davon hat er mir nichts erzählt«, sagte Möbius mit echt klingender Betroffenheit. »Wie kam er dazu?«

»Das müssen Sie ihn fragen«, sagte ich. »Vielleicht gilt das Wort eines Großkunden in seinen Ohren mehr als das einer kleinen Angestellten. Oder er meint, ich sei ihm noch nicht weit genug entgegengekommen.«

Er blickte mich verständnislos an. »Seeberg?«

»Ich rede von Landmann«, sagte ich und drückte meine Zigarette aus. Ich stand auf. »Jetzt können Sie mir mein künftiges Arbeitszimmer zeigen. Ist in der Agentur schon bekannt, daß mir gekündigt wird?«

»Das ließ sich nicht vermeiden und war ja auch bezweckt«, sagte er. »Landmann legt allerdings Wert darauf, daß Sie sich mit der formalen Kündigung schriftlich einverstanden erklären, für den Fall, daß Herr Schäfer in seiner Eigenschaft als Betriebsrat meint, sich wieder einmal wichtig machen zu müssen.«

Ich mußte lachen. »Meinetwegen bestimmt nicht. Er hat mir bis heute nicht verziehen, daß er mich nicht zum Eintritt in seine Gewerkschaft hat überreden können. Es klingt ja direkt wie ein schlechter Witz, aber wenn Seeberg schon das Kündigungsschreiben an mich lesen darf, hat er sich dann nicht auch vorbehalten, Einfluß auf seinen Inhalt zu nehmen?«

Für ein paar Augenblicke lang wirkte er wieder ernsthaft betroffen, dann sagte er: »Es ist erstaunlich, wie richtig Sie ihn einschätzen. Es gefiel ihm nicht, daß die Kündigung in beiderseitigem Einvernehmen erfolgen soll. Landmann konnte ihn jedoch davon überzeugen, daß dies die einzige von Ihnen akzeptierbare Form sei und daß im Falle Ihres Einspruchs ein langwieriges Verfahren vor einem Arbeitsgericht in Gang gesetzt werden würde, bei dem durch Ihren Anwalt zwangsläufig auch die tieferen Hintergründe und sein an die Agentur gerichtetes Ultimatum zur Sprache kämen. Was haben Sie sich denn davon versprochen, als Sie seine Frau anriefen?«

Weil er sitzen geblieben war, nahm auch ich wieder Platz und sagte: »Wissen Sie das von ihm oder von Landmann?«

Er trank sein Glas leer und sagte dann: »Ich hatte bisher noch keine Gelegenheit und auch keinen Bedarf, mich in dieser Sache mit Seeberg zu unterhalten. Landmann erzählte es mir. Sie sollen sogar zweimal bei Seebergs Frau angerufen haben.«

»Ich hatte seine Privatnummer und nicht die Nummer seiner Frau gewählt«, sagte ich. »Daß jedesmal sie sich meldete, war nicht vorauszusehen. Ich wollte ihn privat und nicht in seiner Eigenschaft als Marketingdirektor sprechen, in der Hoffnung, ihn vielleicht umzustimmen.«

»Das hörte sich aus Landmanns Mund aber ganz anders an.«

»Weil er sich vor lauter Furcht, Seeberg als Kunden zu verlieren, beinahe in die Hosen macht. Seeberg kann sich doch nur so groß aufspielen, weil er der Schwiegersohn des Vorstandsvorsitzenden der Görlach AG ist. Ohne seinen Schwiegervater wäre er genauso austauschbar wie alle Wichtigtuer in seiner Position. Wenn der Mann es als eine gute Idee empfindet, einen Neger in eine mit dem neuen Seifenpulver von Görlach betriebene Großwaschanlage fallen und weißhäutig herauskommen zu lassen, oder wenn er es als einen phantastischen Einfall betrachtet, die Cheopspyramide in angeblich mit dem gleichen Seifenpulver gewaschene Bettücher zu hüllen, so daß der Eindruck frisch gefallenen Schnees entsteht, dann sagt das mehr über seinen Geisteszustand aus, als ich es tun könnte.«

»Aber entschuldigen Sie bitte ...« Er brach irritiert ab.

Ich sagte: »Ich überlasse es ihm gern, den Schnee auf der Cheopspyramide als seinen Einfall zu reklamieren. Als ich zum ersten Mal mit ihm darüber sprach, war er sofort Feuer und Flamme und schlug vor, auch die beiden anderen Königspyramiden in Bettücher zu hüllen. Schlimm ist nicht, sich so etwas einfallen zu lassen, Gerhard. Dafür werde ich schließlich bezahlt. Wirklich schlimm ist, daß sogar so intelligent aussehende Männer wie Sie und Landmann sich an einem so hirnrissigen Einfall erwärmen können. Bei Seeberg wundert es mich nicht. Es gehört zu seinem Job, für hirnrissige Einfälle Millionen auszugeben. Wie hoch ist er an unserem Umsatz beteiligt? Mit fünfundzwanzig oder mit dreißig Millionen?«

Er schneuzte sich in ein weißes Taschentuch und steckte es in seine rechte Hosentasche zurück. »Es dürften sogar etwas über dreißig sein. Ich finde nicht, daß Ihre Einfälle hirnrissig sind, Stefanie. Ich bin noch ziemlich neu in der Branche und deshalb auch noch ziemlich unbefangen. Verglichen mit dem, was ich tagtäglich abends im Werbefernsehen an Einfallslosigkeit und Volksverdummung erlebe, sind Ihre Texte und Ihre persönliche Art, sie in Handlung umzusetzen, große Klasse. Stellen Sie also Ihr Licht nicht unter den Scheffel. Landmann weiß, was er an Ihnen hat. Wieso meinten Sie vorhin, Sie seien ihm noch nicht weit genug entgegengekommen?«

Es hätte mich gewundert, wenn meine Bemerkung trotz seines nachlassenden Gedächtnisses bei ihm nicht haften geblieben wäre. Bisher war er immer nur mißtrauisch gewesen. In Landmann einen Rivalen zu sehen, hatte ich ihm noch keinen Anlaß gegeben. Vielleicht wurde es jetzt Zeit dafür. Ich konnte, wenn ich mich über etwas sehr geärgert hatte, nicht weniger nachtragend sein als andere Leute, und über Landmanns letzte Bemerkung am Telefon hatte ich mich sogar wahnsinnig geärgert.

Ich stand auf und sagte: »Dazu möchte ich mich lieber nicht näher äußern. Darf ich jetzt mein Arbeitszimmer sehen?«

Er begleitete mich ins Haus. Abgesehen von einem großen, fabrikneu wirkenden Schreibtisch und einem Büroschrank erinnerte nicht viel an ein Arbeitszimmer nach meinem Verständnis.

Denn schon der Schreibtischstuhl lud eher zu einem kleinen Nickerchen als zum Arbeiten ein, und die dreiteilige Sitzgruppe mit einer Couch und zwei Sesseln war in dieser Qualität nicht einmal in jeder Wohnung zu finden. Der Raum lag an der Rückseite des Hauses. Durch das große Fenster fiel der Blick auf den nahen Waldrand.

Noch ehe ich Möbius meinen ersten Eindruck mitteilen konnte, sagte er: »Wir haben es uns so gedacht, daß Sie Kunden, zu denen Sie ein besonders persönliches Verhältnis haben, wie zum Beispiel Friedmann und Arzberger, hier empfangen, sich mit ihnen über ihre Wünsche unterhalten und im weiteren Verlauf, und wenn es sich als erforderlich erweisen sollte, auch noch Ulrich hinzuziehen.«

Ich blickte ihn nur wortlos an, aber er verstand meinen Blick auch so und sagte leicht gereizt: »Was sollen wir denn sonst tun, wenn Kunden wie Friedmann und Arzberger ausdrücklich nach Ihnen verlangen? Ihnen sagen, daß wir Sie fristlos entlassen mußten?«

»Das brauchen sie ja nicht zu wissen«, sagte ich. »Wenn Sie ihnen sagen, ich sei ausgeschieden, weil ich ein Kind bekäme, werden sie sich damit abfinden, es künftig mit Ulrich zu tun zu haben. Womit wollen Sie einem Mann wie Arzberger denn sonst erklären, daß er mich künftig nicht mehr in der Agentur, sondern in Ihrem Haus antrifft? Wenn es um Geld geht, bin nicht ich zuständig. Er muß also nach wie vor auch in Zukunft zu Ihnen oder zu Landmann in die Agentur kommen. Wenn er bei einer solchen Gelegenheit der Seybold oder einer anderen erzählt, daß er mich in Ihrer Privatwohnung angetroffen hat, weiß es fünf Minuten später das ganze Haus. Wenn es so laufen soll, wie Sie und Landmann sich das vorstellen, dann können Sie gar nicht anders, als auch Kunden wie Arzberger und Friedmann von meinem Ausscheiden zu informieren und sie an Ulrich zu verweisen, der fortan ihre Texte und Spots verfassen wird.«

Er nickte düster. »Glauben Sie ja nicht, wir hätten an dieses Problem nicht schon selbst gedacht, aber bringen Sie Arzberger mal bei, daß Sie, ohne ihm ein Wort davon zu sagen, plötzlich ausgeschieden seien. Wann haben Sie ihn denn zuletzt gesehen? Das muß doch, wie Landmann von Frau Seybold erfuhr, erst Ende letzter Woche der Fall gewesen sein?«

Ich hatte gleich kein gutes Gefühl dabei gehabt, als ich unserer Telefontippse weismachte, Arzberger zufällig am Taxistand begegnet und von ihm zum Mittagessen ins »Steigenberger« eingeladen worden zu sein. Ich sagte: »Er war nur zu einem kurzen

Besuch hier und kam auch nicht unsertwegen nach Bad Hülsen, aber natürlich wird er sich wundern, weshalb ich ihm bei dieser Gelegenheit nichts von meiner angeblichen Schwangerschaft erzählt habe. Ihr müßt es ihm eben auf Raten beibringen. Gegen eine plötzliche Erkrankung kann auch er keine Einwände haben. Später kamen dann Komplikationen und dann die Schwangerschaft hinzu. Als Mitinhaber einer Werbeagentur, die nur von ihren Einfällen lebt, wird Landmann sicher auch dazu etwas einfallen.«

Er lächelte. »Nicht alle sind so talentiert wir Sie.«

»Sie leider auch nicht«, sagte ich.

»Weil ich keine erotische Phantasie habe?« fragte er. »Was haben Sie denn erwartet? Einen romantischen Kniefall?«

Ich setzte mich auf die Couch und zündete mir wieder eine Zigarette an. »Weder einen Kniefall noch Rosen. Ich finde nur, Sie verlieren noch weniger Zeit als Seeberg, der mich wenigstens ein paarmal zum Essen eingeladen hat, bevor er zur Sache kam.«

»Vielleicht liegt das daran, daß ich wesentlich älter bin als er und deshalb auch nicht mehr so viel Zeit habe«, sagte er und nahm neben mir Platz. »Ich fand es immer sehr reizvoll, Sie auf meinem Schoß zu haben. Hier könnten wir sicher sein, von Herrn Cramer nicht gestört zu werden.«

Ich fragte: »Sie wollen, daß ich mich auf Ihren Schoß setze?«

»Ich bitte Sie darum«, sagte er. »Vielleicht könnten Sie vorher auch den Slip ausziehen. Das wäre nicht nur für mich bequemer.«

»Mich stört er nicht«, sagte ich. »Sie sind doch ein sehr vermögender Mann, Gerhard. In der Agentur erzählt man sich sogar, Sie seien Millionär.«

Er lächelte wieder. »Das ist leicht übertrieben. Darf ich fragen, worauf Sie hinauswollen«

»Auf mein überzogenes Gehaltskonto«, sagte ich. »Ich stehe dort mit dreitausend Mark in der Kreide, könnte das Geld aber am nächsten Ersten gut gebrauchen.«

»Zuzüglich zu dem Scheck, den ich Ihnen gegeben habe?«

»So ist es«, sagte ich. »Sehen Sie da eine Möglichkeit?«

»Wenn Sie tun, worum ich Sie gebeten habe«, sagte er.

Ich hatte nicht vorgehabt, meinen Teil unseres Gentlemen's Agreement schon heute einzubringen, aber da ich nun endgültig entschlossen war, seinen Scheck zu behalten und wenn möglich noch etwas aufstocken zu lassen, legte ich die Zigarette auf einen Ascher, streifte den Slip ab und setzte mich auf seinen Schoß. Weil er sofort wieder unter meinen Rock griff, sagte ich: »Sie verlieren wirklich keine Zeit, Gerhard. Diese dumme Küsserei liegt

Ihnen wohl nicht?«

»So ist es«, sagte er. »Sie käme mir wie ein vergeblicher Versuch vor, mich selbst vergessen zu machen, daß Sie beinahe vierzig Jahre jünger sind als ich.«

Ich griff nach meiner Zigarette, zog daran und sagte: »Aber wenn Sie so wie jetzt meine Schamlippen berühren, haben Sie dieses Problem nicht?«

»Ganz im Gegenteil«, sagte er. »Dann fühle ich mich gleich um dreißig Jahre jünger. Würden Sie bitte den Oberkörper zurück- und die Beine über meine Knie legen?«

»Wozu?« fragte ich. »Mehr als jetzt können Sie auch nicht fühlen und tun, wenn ich auf dem Rücken liege.«

»Aber sehen«, sagte er und zwang mich, indem er eine Hand unter meine Kehle legte, auf den Rücken. Dann hob er meine Beine über seine Knie und streifte meinen Rock hinauf.

Ich sagte: »Immer vorausgesetzt, Sie halten sich an unsere verschiedenen Vereinbarungen.«

»Aber das ist doch selbstverständlich«, sagte er.

Weil er sich im weiteren Verlauf als ebenso erfahrener wie einfühlsamer Kenner der weiblichen Anatomie erwies, bereitete es mir zunehmend Mühe, meinen Widerwillen gegen seine sehr direkte Art, sich meines Körpers zu bemächtigen, nicht aus dem Sinn zu verlieren, auch gegen seine Art, sich erwartungsvoll über mich zu beugen und in meinem Gesicht abzulesen, wie weit meine Empfindungen bereits gediehen waren. Allein meine noch immer brennende Zigarette, die rechtzeitig wegzulegen ich versäumt hatte, bewahrte mich vielleicht davor, daß er mich doch noch zu küssen versuchte. Ich hielt sie auch noch in der Hand, als mein Blick zufällig das Fenster streifte und ich hinter der Scheibe Isabellas neugieriges Gesicht erkannte. Dann erst ließ ich sie vor Schreck zu Boden fallen. Es geschah etwa im gleichen Augenblick, als Möbius sich unvermittelt der Last meiner Beine entledigte, hastig aufstand und seinen Gürtel öffnete. Sicher hatte er nun selbst gemerkt, daß er, wollte er den alles entscheidenden Augenblick nicht versäumen, keine Zeit mehr verlieren durfte, um seiner endlich erjagten Beute noch schnell den Fangstoß zu versetzen.

Bevor es jedoch dazu kam, richtete ich den Oberkörper auf, schlang die Arme um seinen Nacken, zog sein Gesicht an meinen Mund und flüsterte: »Laß mich vorher noch aufs Klo und warte im Schlafzimmer auf mich. Die Couch ist doch viel zu schmal.«

Er küßte mich aufs Ohr und sagte leise: »Beeile dich aber, Liebes.«

»Ich werde es ganz schnell erledigen, Lieber«, sagte ich.

Er half mir auf die Beine und sah zu, wie ich den Slip, der mich an den Fußknöcheln beim Gehen stark behindert hätte, hinaufzog. Weil ich sein Badezimmer noch nicht kannte, begleitete er mich in die Diele und machte mich zuerst mit der Badezimmer und dann mit seiner Schlafzimmertür vertraut.

Ich küßte ihn auf die Nasenspitze und sagte: »Gleich bin ich wieder da, Lieber.«

Wie ich es vermutet hatte, lag das Badezimmer an der Rückseite des Hauses mit einem großen Fenster zum Waldrand. Ich öffnete es und vergewisserte mich, daß ich weder den Hals noch ein gebrochenes Bein riskierte, wenn ich hinausstieg. Meine Handtasche schickte ich schon vorweg. Wenig später befand ich mich hinter dem Mitteltrakt, der Isabellas Wohnreich war. Sie selbst sah ich jedoch erst, als ich auch den Gästetrakt umrundet hatte. Fast hatte es den Anschein, als habe sie auf mich gewartet, denn als ich mich dem Tor zuwandte, kam sie langsam hinter mir her. Auf der Straße drehte ich mich nach ihr um. In ihrem rosafarbenen Trägertop sah sie mit ihrer sonnengebräunten makellosen Haut und dem hochgesteckten schwarzen Haar, das ihr Gesicht noch schmaler erscheinen ließ, jünger als fünfundzwanzig aus. Als sie mir bei meinem Eintreffen das Tor geöffnet hatte, war sie noch in einem einfachen Hauskleid.

Sie trat zu mir auf die Straße, zog das Tor hinter sich ins Schloß und fragte leise: »Darf ich Sie ein kleines Stück begleiten, Señorita?«

Bei meiner Ankunft hatte sie noch Señora zu mir gesagt. Ich schloß daraus, daß sie darum bemüht war, diesmal von Frau zu Frau und nicht mehr von Señorita zu Señora mit mir zu reden.

Der große Dobermann hinter dem Lanzenzaun des Nachbargrundstücks war auch heute wieder da. Sein Wedeln fiel diesmal noch freudiger aus. Ich kraulte wieder seinen Kopf und fragte: »Liebst du mich so sehr, du großer Hund?«

»Er scheint Sie wirklich zu lieben«, sagte Isabella. »Zu mir kommt er nie an den Zaun, wenn ich ihn rufe.«

»Mich lieben alle Hunde«, sagte ich und richtete mich auf. Während wir dann Seite an Seite die steile Straße hinabgingen, fragte ich: »Hast du uns lange zugesehen?«

»Nicht sehr lange«, sagte sie. »Haben Sie ihm erzählt, daß Sie mich vor dem Fenster gesehen haben?«

»Warum sollte ich es ihm erzählt haben?«

»Weil Sie nicht bei ihm geblieben sind.«

»Ich bin nicht bei ihm geblieben, weil ich mich mit dir unterhalten wollte«, sagte ich.

Sie schwieg. Erst nach einigen Sekunden fragte sie: »Sind Sie mir sehr böse?«

Böse war ich ihr schon deshalb nicht, weil ich, obwohl schon vorher dazu entschlossen, es nicht zum Äußersten kommen zu lassen, durch sie einen Anlaß gefunden hatte, meinem Entschluß auch Taten folgen zu lassen. Auch wenn es mir nicht angenehm war, von ihr beobachtet worden zu sein, wie ich mit entblößtem Unterkörper auf ihres Herren Beinen lag, wog der Gedanke, daß sie mir eines Tages vielleicht nützlich sein könnte, schwerer als die Erinnerung an ihr neugieriges Gesicht vor dem Fenster. Ich sagte: »Du hast Glück gehabt, daß ich es war und nicht er, die dich gesehen hat. Wie lange hast du vor dem Fenster gestanden?«

»Nicht lange«, sagte sie.

»Was heißt das: nicht lange? Ich würde gerne wissen, was du gesehen hast, Isabella. Sonst müßte ich ihm erzählen, daß *ich* dich gesehen habe.«

Ihr Gesicht verfärbte sich. Sie sagte leise: »Bitte tun Sie das nicht, Señorita. Er würde es mir vielleicht nie verzeihen. Ich hatte auch gar nicht vor zuzusehen. Ich hatte im Garten zu tun und kam ganz zufällig an Ihrem Fenster vorbei. Ich blieb auch nur stehen, weil es so aussah, als wollte er Ihnen Gewalt antun.«

Das war eine Schutzbehauptung, denn auch für sie mußte es offensichtlich gewesen sein, daß die Vorgänge auf der Couch im gegenseitigen Einvernehmen erfolgten. Dennoch fragte ich: »Du hast also gesehen, daß er mich dazu gezwungen hat?«

»Ja, Señorita«, sagte sie. »Er hielt Sie mit beiden Händen auf der Couch fest. Das habe ich ganz deutlich sehen können, und deshalb bin ich auch vor dem Fenster stehen geblieben.«

»Und mit welcher Hand er mich gestreichelt hat, als er mich mit zwei Händen festhielt, das hast du nicht sehen können?« fragte ich.

Sie blickte mir schweigend in die Augen.

Ich fragte: »Hast du schon mit einem Mann geschlafen?«

»Nein, Señorita«, sagte sie. »Ich wußte aber schon als Kind, wie das ist. Ich bin bei Leuten aufgewachsen, die nur ein Zimmer hatten und wo die Kinder zusehen konnten, was ihre Eltern im Bett machten.«

»Aber das waren nicht deine Eltern?«

»Nein«, sagte sie. »Ich habe meine richtigen Eltern nicht gekannt. Wenn Sie dem Señor nicht erzählen, daß ich Ihnen zugesehen habe, kann ich Ihnen etwas erzählen, was vielleicht wichtig für Sie ist. Sie dürfen dem Señor aber nicht verraten, daß ich es

Ihnen erzählt habe, sonst wäre das für mich noch schlimmer, als wenn Sie ihm erzählten, daß ich am Fenster gestanden habe.«

Hätte sie es nur darauf abgesehen gehabt, mich neugierig zu machen, so wäre ihr das jetzt bereits gelungen gewesen; ich hatte aber sofort das Gefühl, daß viel mehr dahintersteckte. Ich wandte mich an der nächsten Querstraße, die wieder zum Waldrand hinaufführte, nach rechts und sagte: »Wenn ich mich nicht täusche, muß oben ein Telefonhäuschen stehen?«

»Das ist richtig«, sagte sie. »Neben einer Bank, von der aus man auf die Stadt hinabschauen kann. Ich gehe manchmal dort spazieren. Werden Sie den Señor heiraten?«

Ich mußte lachen. »Warum sollte ich ihn heiraten? Nur weil ich zuließ, daß er mich streichelte?«

»Nicht deshalb«, sagte sie. »Aber seit ich für ihn arbeite, sind Sie die erste Frau, die ihn besucht. Für mich sah es immer so aus, als mache er sich nichts aus Frauen.«

»Liebst du ihn?«

»Er war immer sehr gut zu mir«, sagte sie.

Die Telefonzelle stand an einer Omnibushaltestelle mit der von Isabella erwähnten Sitzbank. Die hier unbebaute Straße führte etwa hundert Meter weit parallel zum Waldrand und dann wieder in die Tiefe. Außer einer älteren Frau mit einem kleinen Hund war kein Mensch zu sehen. Ich setzte mich auf die Bank und zündete mir eine Zigarette an. Vor der Bank fiel das Gelände, eine große Wiese mit hochstehendem Gras und vielen Sommerblumen, steil zu der ersten Häuserzeile ab. Tatsächlich reichte der Blick von hier aus über den ganzen Talkessel hinweg. Sogar das Grundstück mit der Agentur konnte ich sehen und etwas darunter die Kuranlagen und die Spielbank.

Weil Isabella stehen geblieben war, forderte ich sie auf, neben mir Platz zu nehmen. Ich fragte: »Wie kommst du zum Einkaufen in die Stadt? Mit dem Bus?«

Sie nickte. »Der Señor hat mir einen kleinen Fiat geschenkt und mich den Führerschein machen lassen. Ich fahre aber lieber mit dem Bus. Es ist so schwer, in der Stadt einen Parkplatz zu finden.«

Ich lächelte. »Wem sagst du das! Du wolltest mir etwas erzählen. Ich warte darauf.«

Sie drehte mir das Gesicht zu. »Ich tue es nicht gern, Señorita. Ich bin mir auch gar nicht sicher, ob es wirklich Sie betrifft. Auch bin ich dem Señor zu großem Dank verpflichtet. Ich werde nie aufhören, ihm dankbar zu sein.«

»Dann brauchst du es mir auch nicht zu erzählen«, sagte ich.

»Ich werde trotzdem den Mund halten. Nach allem, was du gesehen hast, kannst du keine gute Meinung von mir haben. Ist es so?«

Sie errötete, sagte jedoch in unverändert ruhigem Ton: »Sie verstehen von Männern sicher viel mehr als ich, Señorita. Ich glaube nicht, daß das, was ich gesehen habe, mich dazu berechtigt, von Ihnen keine gute Meinung zu haben.«

Das war geschickt geantwortet. Ich fing an, Gefallen an ihr zu finden, und fragte: »Du kennst außer Herrn Möbius sonst niemand in der Stadt?«

»Doch«, sagte sie. »Den Metzger, wo ich das Fleisch hole. Den Bäcker und …«

»Die Angestellten vom Supermarkt«, warf ich lächelnd ein. »So war meine Frage nicht gemeint. Ich rede von einer Freundin, bei der du dich hin und wieder aussprechen kannst. Hast du eine?«

Sie schüttelte den Kopf.

Ich griff nach ihrer Hand und sagte: »Dann hast du jetzt in mir eine, Isabella. Du wirst ab sofort Stefanie und nicht mehr Señorita zu mir sagen. Ich gebe dir meine Privatadresse und meine Telefonnummer, dann kannst du mich jederzeit besuchen. Jetzt erzähle mir, was du auf dem Herzen hast. Ich verspreche dir, daß er nichts davon erfahren wird.«

Ehe ich sie daran hindern konnte, führte sie rasch meine Hand zum Mund und küßte sie. Worauf ich ihre Hand an meinen Mund führte und sie ebenfalls küßte. Danach wirkte sie so perplex, daß ich sie auch noch auf den Mund küßte und sagte: »Damit hätten wir unsere Freundschaft besiegelt, Isabella. Es muß nicht sein, daß du es mir jetzt erzählst. Du kannst es mir auch morgen oder …«

»Nein, ich möchte es Ihnen jetzt …«

»Dir«, korrigierte ich sie. »Freundinnen siezen sich nicht.«

»Dir«, sagte sie lächelnd. »Ich kenne außer dir niemanden, den ich mit du anrede.«

Ich zertrat meine Zigarette am Boden und wollte aufstehen, aber sie hielt mich an der Hand zurück und sagte: »Ich wußte nicht, daß es sich um dich handelte. Das merkte ich erst, als du heute mittag anriefst und dich am Telefon als Frau Mössmer gemeldet hast. Wegen einer Frau Mössmer mußte ich in der vergangenen Woche bei einem Herrn Seeberg in Düsseldorf anrufen und ihm ausrichten, daß sie es gewesen sei, deren Stimme im Werbehörfunk zu hören war. Sagt dir das etwas?«

Und ob es mir etwas sagte. Ich war so überrascht, daß ich sekundenlang keinen Laut hervorbrachte. Ich öffnete mechanisch meine Handtasche, zündete mir mechanisch eine Zigarette an und versuchte, mir über seine Motive schlüssig zu werden, aber so schwierig war das gar nicht, er hatte mich schon immer in seinem Haus in Marbella haben wollen und die erste sich bietende Gelegenheit benutzt, mir den Abschied aus Bad Hülsen zu erleichtern, indem er Seeberg die Möglichkeit gab, mir den Stuhl meines Arbeitsplatzes unter dem Hintern wegzutreten. Und weil es dann doch noch zu Komplikationen mit Landmann gekommen war, weil der mich für seine Agentur genauso zu brauchen meinte wie Möbius für seine Couch, war ihm noch rechtzeitig eingefallen, daß es ja nicht unbedingt das Haus in Marbella sein müßte und daß eine Couch in meinem künftigen Arbeitszimmer den gleichen Zweck erfüllte wie eine Couch im Gästezimmer seines Hauses in Marbella. Und war seine Rechnung nicht schon viel früher aufgegangen, als er es noch vor wenigen Tagen hatte erwarten können? Und das nur, weil ich nicht erst bei ihm, sondern auch schon bei Seeberg wieder Gefallen daran gefunden hatte, aus meinem Körper Kapital zu schlagen. So wie viele Männer aus dem weiblichen Aberglauben, ihnen von Natur aus unterlegen zu sein, Kapital schlagen. Ein Aberglaube, dem ich nicht erst seit meiner Trennung von Volker für alle Zeiten abgeschworen hatte.

Wie nachhaltig der Eindruck von Isabellas Enthüllungen auf mich war, konnte ihr nicht verborgen geblieben sein. Sie fragte mit besorgt klingender Stimme: »Hätte ich Ihnen das nicht erzählen sollen, Señorita?«

Ich wandte ihr, noch immer geistesabwesend, das Gesicht zu. Dann fiel mir nachträglich auf, daß sie mich wieder siezte. Ich sagte: »Im Gegenteil. Hast du schon wieder vergessen, daß wir Freundinnen sind?«

»Nein«, sagte sie. »Aber du siehst so ernst aus. Vielleicht merkt er dir an, daß ich es dir ...«

»Er wird nichts merken«, warf ich ein. »Du kannst völlig beruhigt sein. Mit wem hast du telefoniert? Mit Seeberg selbst?«

Sie schüttelte den Kopf. »Er war bei einer Konferenz. Ich glaube; es war seine Sekretärin, mit der ich gesprochen habe. Der Señor hat das Gespräch mitgehört. Als sie wissen wollte, wer ich sei, nahm er mir den Hörer aus der Hand und legte auf. Warum hat er das getan?«

»Das ist eine lange Geschichte«, sagte ich. »Warte hier.« Ich stand auf, ging in die Telefonzelle und bestellte ein Taxi. Als ich zu Isabella zurückkam, blickte sie mir mit einem eigenartigen Lächeln entgegen, das jedoch, als unsere Blicke sich trafen, sofort erlosch. Ich fragte: »Woran hast du eben gedacht?«

Sie errötete wieder. »Er muß dich sehr lieben.«

»Das siehst du falsch«, sagte ich. »Ein Mann in seinem Alter liebt nur noch sich selbst. Wenn ein Mann eine Frau liebt, dann küßt er sie. Ist dir nicht aufgefallen, daß er mich nicht geküßt hat?«

Sie nickte.

»Er liebt mich nicht«, sagte ich. »Er will nur mit mir bumsen. Du weißt doch sicher, was das heißt, bumsen?«

»Schlafen«, sagte sie ernsthaft.

»Obwohl das natürlich Unsinn ist«, sagte ich. »Man kann entweder schlafen oder bumsen. Wenn wir uns eines Tages noch besser kennen, werde ich dich vielleicht fragen, wie du es machst, ohne Freund auszukommen. Du bist doch oft allein im Haus, wenn er den ganzen Tag im Büro ist. Da könntest du doch, ohne daß er es merkt, einen Freund einladen?«

»Ich kenne keinen«, sagte sie.

»Aber wenn du einen hättest, dann könntest du ihn im Haus verstecken, ohne daß dein Señor es merkt, nicht wahr?«

»In meinem Schlafzimmer. Dort war er, seit wir hier wohnen, noch nie. Warum fragst du?«

»Vielleicht werde ich mir dein Schlafzimmer gelegentlich ausleihen«, sagte ich. »Hast du nur ein Zimmer?«

»Zwei. Noch ein Wohnzimmer und ein eigenes Bad. In dem zweiten Zimmer steht eine Couch. Dort könnte ich schlafen, wenn du mein Schlafzimmer brauchst.«

Ich lächelte. »Du bist nicht nur sehr klug, du hast auch einen sehr praktischen Sinn, Isabella. Ich glaube zwar nicht, daß ich dein Schlafzimmer auch nachts brauchen werde, aber tagsüber, wenn dein Señor im Büro ist, könnte es schon sein, daß ich mich hin und wieder für einige Stunden bei dir einrichten möchte. Wie gefällt dir Herr Vaillant? Wäre das kein Freund für dich?«

Mir fiel auf, daß sie mit der Antwort zögerte. »Er ist ein Neffe vom Señor.«

»Na und?« fragte ich.

Sie zögerte wieder einige Sekunden. Dann sagte sie: »Der Señor sähe es sicher nicht gern, wenn er mein Freund wäre.«

»Also gefällt er dir?«

»Ich weiß nicht«, sagte sie. »Er ist immer sehr freundlich zu mir.«

»Aber er meint, du liebst nur deinen Señor«, sagte ich. »Vielleicht wäre er noch freundlicher zu dir, wenn er nicht glauben müßte, daß du nur deinen Señor liebst. Hast du eine Erklärung dafür, weshalb er das glaubt?«

Sie erwiderte meinen Blick. »Er hat einmal versucht, mich zu küssen. Da lief ich davon.«

»Das ist mir auch schon passiert, aber da war ich noch zehn Jahre jünger als du, und hinterher tat es mir leid. Tat es dir auch leid?«

»Ich weiß nicht«, sagte sie wieder.

»Wenn du es nicht weißt, dann weißt du es vielleicht doch. Eines möchte ich gerne von dir erfahren, Isabella, ob du eifersüchtig auf mich warst, als du uns durch das Fenster beobachtet hast. Hast du dir gewünscht, an meiner Stelle zu sein? Und sag jetzt nicht wieder: ›Ich weiß nicht.‹ Das würde mir in diesem Fall nicht genügen.«

»Ja«, sagte sie. »Ich habe es mir gewünscht.«

»Dann liebst du ihn also doch?«

»Vielleicht habe ich es mir nicht gewünscht, weil ich ihn liebe.«

»Sondern?«

Sie erwiderte wieder meinen Blick. »Weil er ein Mann ist und ich mich oft allein fühle, wenn er fast den ganzen Tag im Büro verbringt. Er nimmt keine Notiz davon, daß ich eine Frau bin.«

»Und das ärgert dich?«

»Dazu habe ich kein Recht. Ich habe mich von ihm schon dabei erwischen lassen, wie ich ohne Bikini in der Sonne lag, aber er tat so, als hätte er es nicht bemerkt.«

»Dann tröste dich mit mir«, sagte ich. »Ich saß unzählige Male im Büro auf seinem Schoß, aber daß ich eine Frau war, das scheint ihm erst am vergangenen Donnerstag aufgefallen zu sein. Das war doch sicher auch der Tag, wo er dir den Auftrag gab, in Düsseldorf anzurufen?«

»Ich glaube, ja. Ja, jetzt erinnere ich mich genau. Er kam schon gegen zehn Uhr aus dem Büro zurück. Etwa eine Stunde später rief er mich zu sich und gab mir den Auftrag, bei Herrn Seeberg anzurufen.«

Wenn ihre Zeitangabe zutraf, mußte ihr Anruf erfolgt sein, als Landmann bereits in Düsseldorf eingetroffen und ich, statt meine Vereinbarung mit Möbius einzuhalten, mit Vaillant zum Essen an die Weinstraße gefahren war. Der Umstand, daß Möbius vom Zeitpunkt seines Eintreffens in seinem Haus an noch eine volle Stunde hatte verstreichen lassen, ehe er Isabella mit dem Anruf beauftragte, ließ mehr auf eine impulsive Reaktion auf mein Ausbleiben als auf eine schon vorher geplante Intrige schließen.

Das Eintreffen des Taxis beendete unser erstes Gespräch unter Freundinnen. Der Gedanke, eine Möglichkeit gefunden zu haben, Stefan in Bad Hülsen zu empfangen, ohne mich der Unbequemlichkeit eines Hotelzimmers bedienen zu müssen, stimmte mich beinahe überschwenglich. Ich schrieb ihr noch rasch meine Privatadresse und Wolfgangs Rufnummer auf, drückte ihr den Zettel in die Hand und einen Kuß auf die Wange und sagte: »Wir sehen uns spätestens morgen nachmittag bei dir, Isabella. Sobald dein Señor nach der Mittagspause das Haus verläßt, rufst du mich an. Ich möchte ihm womöglich morgen nicht begegnen. Vielleicht braucht er etwas Zeit, um mir wieder unbefangen in die Augen sehen zu können.«

»Du nicht auch ihm?« fragte sie lächelnd.

»Da kennst du mich aber schlecht«, sagte ich und stieg in das Taxi. Ich ließ mich zur Agentur fahren. Wenn ich Glück hatte, schaffte ich es bis zu meinem VW, ohne gesehen zu werden.

Leider hatte ich kein Glück. Ich saß noch nicht einmal am Lenkrad, als Landmann neben mir auftauchte und sagte: »Du wartest auf der Straße auf mich. Andernfalls bist du wegen unentschuldigten Fernbleibens von der Arbeit fristlos gefeuert, aber dann nicht nur pro forma.«

Wahrscheinlich war er von Elke, die von ihrem Telefonplatz aus die Situation bis zur Toreinfahrt visuell beherrschte, von meinem Erscheinen informiert worden. Ich sagte: »Du bist anscheinend nicht ganz auf dem laufenden. Ich komme soeben von meinem neuen Arbeitsplatz und wollte nur meinen VW holen. Hat Möbius dir nicht Bescheid gesagt?« Weil dies, nach seinem offensichtlichen Zögern zu urteilen, nicht der Fall war und an den Fenstern über dem Parkplatz einige mir ebenso bekannte wie neugierige Gesichter auftauchten, sagte ich: »Also ich warte auf der Straße, aber nicht länger als zehn Minuten.«

Er kam schon nach fünf Minuten und nahm auf dem Beifahrersitz Platz, wobei er sich beim Einsteigen den Kopf anstieß. Er fluchte und sagte: »Lieber in Konkurs gehen als für diese Scheißautos Reklame machen. Warum kaufst du dir nicht endlich ein größeres?«

»Weil das Scheißgehalt der Scheißfirma, für die ich arbeite, für einen größeren Wagen nicht reicht«, sagte ich und fuhr los.

Er beugte sich zu mir herüber und blickte auf den Tacho. »Erst vierzigtausend?«

»Hundertvierzigtausend«, sagte ich. »Ich finde, dafür rollt er noch ganz flott.«

»Besonders bergab«, sagte er. »Ich habe nicht viel Zeit. Fahr irgendwohin, wo man parken und sich unterhalten kann. Wieso erzählte mir dein taperiger Hausfreund, du hättest die Sommergrippe?«

Ich sagte: »Männer, die in dieser beschissenen Zeit drei Kinder, dazu noch drei Töchter, die es später als Frauen genauso beschissen haben werden wie ich, in die Welt setzen, sind in Wirklichkeit viel taperiger als er. Ich hoffe, das Wochenende war lange genug, um dich wieder auf den Boden zu bringen. Oder glaubst du noch immer, daß ich ein Interesse daran gehabt haben könnte, Seeberg in die Hosen zu greifen?«

»Davon war überhaupt keine Rede«, sagte er. »Ich habe nur gesagt ...«

Ich fiel ihm dazwischen: »Du hast mich am Telefon gefragt, ob ich Beweise dafür habe, daß die Intimitäten von ihm und nicht von mir ausgingen. Wie stellst du dir solche Beweise vor? Daß ich mir hinterher von ihm schriftlich bestätigen lasse, daß er mir an die Brust gegriffen hat und nicht ich ihm? Wenn du wissen willst, wer damit anfängt, wenn ich mit einem Mann im Auto sitze, dann erkundige dich bei Möbius. Der kann es dir genau sagen. Mir ist eben aufgefallen, daß sein Mercedes nicht auf dem Parkplatz stand. Vielleicht muß er sich zu Hause noch ein bißchen ausruhen. Willst du nicht rasch bei ihm vorbeischauen? Ich fahre dich gern zu ihm. Dann kannst du dir auch gleich von ihm erzählen lassen, wie es war, als er ganz ahnungslos auf der Couch neben mir saß und ich ihm plötzlich die Beinkleider herunterriß und mich an ihm verging. Oder noch besser: Ich führe es dir vor. Soll ich es dir vorführen?«

»Kein Bedarf«, sagte er abweisend. »Wo fährst du denn hin? Die Parkplätze sind doch weiter unten.«

»Weiter oben sind auch welche«, sagte ich. »Auf dem Waldweg, wo ich schon mit Möbius war und wir von Cramer überrascht wurden, als er mir den Slip touchierte. Weißt du, wie das geht, wenn man einer Frau den Slip touchiert?«

»Nein«, sagte er. »Aber wenn dir mal einer das Lästermaul touchierte, darunter könnte ich mir etwas vorstellen. Dreh um. Ich habe nicht so viel Zeit wie Möbius, um mit dir auf einen Waldweg zu fahren.«

»Nur mal rasch zum Küssen«, sagte ich. »Ich wollte schon immer wissen, wie das ist, von dir geküßt zu werden. Wenn du Angst hast, kannst du die Tür öffnen und aus dem Wagen springen. Hast du Angst?«

Er starrte mich düster an.

Ich legte im Fahren eine Hand auf sein Knie und sagte: »In deinem Büro, wo du nur nach Frau Seybold zu rufen brauchst, bist du immer viel mutiger. Hast du dir nie gewünscht, meine Titten auch einmal anzufassen und sie nicht immer nur mit den Augen zu verschlingen? Jetzt hast du die Gelegenheit dazu.«

Er fragte kalt: »Was bezweckst du mit diesem Affentheater? Ich bin nicht wie Möbius.«

»Nein?« fragte ich. »Auch nicht wie Seeberg, der mir sogar eine gemeinsame Reise zu den Bahamas in Aussicht gestellt hat, wenn er ihn bei mir mal reinstecken darf?«

Er sagte unverändert kalt: »Jetzt werde nicht auch noch gewöhnlich.«

»Wieso gewöhnlich?« fragte ich. »Ist das nicht auch dein Wunschgedanke, wenn du mir in den Ausschnitt schaust oder mir nachsiehst, wenn ich dein Büro verlasse? Was denkst du bei solchen Gelegenheiten? Diese Frau möchte ich von Herzen gern einmal lieben, oder: Diesem verdammten Weib möchte ich ihn liebend gern einmal reinstecken? Wenn ein Mann so etwas denkt, ist es völlig normal, weil Frauen für sie hauptsächlich nur da sind, um ihnen einen reinzustecken, aber wenn eine Frau eure Gedanken artikuliert, ist sie gewöhnlich. Was auch sonst?«

Wir hatten jetzt den Waldweg erreicht. Ich bog auf ihn ein und fuhr bis dorthin, wo ich schon mit Möbius gestanden hatte.

Dann stellte ich den Motor ab, griff nach Landmanns Hand und legte sie, ohne daß er versuchte, mich daran zu hindern, auf meine Brust. Ich fragte: »Willst du mit mir bumsen?«

Er blickte mich, ohne seine Hand zu bewegen, wortlos an.

»Mit dir würde es mir mehr Spaß machen als mit Möbius«, sagte ich. »Streichle mich oder nimm deine verdammte Hand wieder weg.«

Er nahm sie weg und sagte mit jetzt wieder normal klingender Stimme: »Na schön. Jetzt hast du deine Genugtuung gehabt und ich meine Lektion. Erzähle mir aber nicht, du hättest dich jedesmal in deiner weiblichen Würde verletzt gefühlt, wenn ich dir in den Ausschnitt schaute.«

»Im Gegenteil«, sagte ich. »Um endlich zu wissen, woran ich mit dir bin, hätte ich auch nichts dagegen gehabt, wenn du mir unter den Rock gegriffen hättest. Ich mag Heike, Karl. Das ist der einzige Grund, weshalb ich es bei dir nie versucht habe.«

»Was du versuchen könntest, reicht nicht bei jedem Mann dazu aus, es auch zu erreichen«, sagte er.

Ich blickte mit einem flüchtigen Lächeln auf ihn hinab. »Du bist doch jetzt schon beinahe reif dafür. Willst du es wirklich darauf ankommen lassen?«

»Dann geh' ich jetzt mal pinkeln«, sagte er. »Das wollte ich gerade tun, als ich hörte, daß du auf dem Weg zum Parkplatz bist.« Er stieg aus dem Wagen.

Sehr weit entfernte er sich nicht. Ich konnte ihn, halb verdeckt vom Unterholz, stehen sehen. Als er zurückkam, griff er nach meiner Handtasche und öffnete sie.

Ich sagte: »Falls du nach einem Kondom suchst: Mit dir treibe ich es auch ohne.«

»Heike mag diese häßlichen Dinger auch nicht«, sagte er und nahm meine Zigaretten aus der Handtasche. Er zündete zwei an, hielt mir eine an die Lippen und sagte: »Meine liegen auf dem Schreibtisch. Wüßte ich es nicht besser, so könnte ich bei der Diktion, die du manchmal an dir hast, auf den Gedanken kommen, du hättest es auch schon professionell getrieben.«

»Das ergab sich aus meiner früheren Tätigkeit für das Reisebüro«, sagte ich. »Dort lernte ich zwei Kunden kennen, die für einen amerikanischen Konzern mit Niederlassungen in fast allen europäischen Ländern arbeiteten.«

»IBM?« fragte er.

Ich lächelte. »Wir haben uns gegenseitig Diskretion zugesichert. Mit den beiden, von denen ich eben sprach, fing es an. Die anderen kamen dann auf ihre Empfehlung hin zu mir.«

»Das waren dann die leitenden Herren von den übrigen europäischen Niederlassungen?«

»Um Gottes willen«, sagte ich. »Dann hätte ich ja mit sämtlichen leitenden Herren des Konzerns bumsen müssen. Der einzige, der auch zum Konzern gehörte und der ebenfalls auf ihre Empfehlung hin zu mir kam, war einer ihrer Oberbosse aus Amerika, den sie bei guter Laune halten wollten und mir anvertrauten. Bei den anderen handelte es sich um besonders wichtige Kunden, denen sie eine besondere Freude machen wollten.«

»Indem sie ihnen deine Adresse gaben?«

»Ja. Vorausgesetzt, die Kunden interessierten sich von sich aus für die Adresse einer Frau, bei der sie kein Risiko eingingen. Es waren fast immer dieselben, sozusagen Stammkunden. Mehr als zwei in der Woche nahm ich auch nie an.«

Er grinste. »Acht verteilt auf den Monat, das ließ sich verkraften.«

»Anfangs schon«, sagte ich. »Sie kamen am Schluß aber immer häufiger und oft nur noch meinetwegen nach Hamburg. So traf es sich ganz gut, daß ich mich beruflich nach Bad Hülsen verändern konnte.«

»Das kann ich verstehen«, sagte er. »Und wie kam es dazu? Hast du vorher inseriert?«

»Das nicht«, sagte ich. »Einer der leitenden Herren aus der deutschen Niederlassung war unglücklicherweise mein Typ und schon verheiratet. Er lud mich zuerst zum Kaffee, dann zum

Abendessen und schließlich auch zum Bumsen in die Wohnung des zweiten leitenden Herrn ein, mit dem er befreundet und der noch ungebunden war. Ich erzählte ihm einmal, daß ich ganz dringend tausend Mark benötige und ob er nicht wüßte, wo ich sie herbekommen könnte. Drei Tage später, als wir wieder in der Wohnung seines Freundes waren, kam dieser plötzlich ins Schlafzimmer. Er legte tausend Mark auf das Nachtschränkchen und sagte, sie gehörten mir, wenn ich im Beisein seines Freundes auch mit ihm bumsen würde. Von da an war mein Freund als Freund so gut wie tot für mich. Er war die größte Enttäuschung meines damals noch jungen Lebens.«

»Das ist eine Geschichte zum Herzerweichen«, sagte Landmann. »Aber gebumst hast du dann trotzdem mit allen beiden?«

»Nur das eine Mal und weil ich das Geld im Moment so dringend brauchte«, sagte ich.

»Für deine kranke Mutter?«

»Für die auch«, sagte ich.

»Und ihre besonderen Kunden, die auf ihre Empfehlung hin zu dir kamen, bezahlten die auch jedesmal tausend Mark?«

»Selbstverständlich«, sagte ich. »Wären sie in ein Bumslokal in Sankt Pauli gegangen, hätten sie allein für eine Flasche Champagner fast tausend Mark ausgegeben und danach mit einer Prostituierten bumsen müssen. Ich war keine Prostituierte, und den Champagner bekamen sie bei mir umsonst.«

»Und das waren dann auch immer zwei Kunden gleichzeitig?«

»Du spinnst wohl«, sagte ich. »Das ist mir schon deshalb nie mehr passiert, weil ich sie fortan in meine eigene Wohnung kommen ließ.«

»Wo deine kranke Mutter an der Tür stand und abkassierte«, sagte er grinsend. »Diese andere Geschichte mit den sechs Rockern, die dich und deine Freundin beim Baden in einem einsamen Waldsee überrascht und vier Stunden lang vergewaltigt haben, fand ich noch besser, weil glaubhafter. Wie alt, sagtest du, warst du damals? Vierzehn?«

»Zwölf«, sagte ich. »Es ist möglich, daß es nur drei Rocker waren und daß die Vergewaltigung nur zwei Stunden dauerte. Meine Freundin konnte noch rechtzeitig davonlaufen. Ich habe dir das erzählt, weil du mich vorher gefragt hast, ob ich noch unschuldig sei. Das war bei unserer dritten Begegnung, als du mich dazu überredet hast, meine Stellung bei der Bäder- und Kurverwaltung aufzugeben.«

»Zu deinem Glück«, sagte er. »Bei deiner blühenden Phantasie waren deine Talente dort wie Perlen vor die Säue geworfen. Hat

Möbius dir gesagt, daß wir die Dreherlaubnis für Ägypten haben?«

Ich nickte. »Wenn es um PR für ihre Fremdenindustrie geht, schrecken auch die Ägypter vor nichts zurück. Für den Aufhänger muß ich mir noch etwas Besseres einfallen lassen.«

»Wieso?« fragte er. »Ich finde ihn nicht schlecht.«

»Weil du dich von deiner Kundschaft in ihrer Geringschätzung der weiblichen Intelligenz auch schon hast anstecken lassen«, sagte ich. »Es müßte dir sonst aufgefallen sein, daß keine halbwegs normale deutsche Touristin die Cheopspyramide mit dem Kilimandscharo verwechseln wird. Das ist genauso saublöd wie der Funk-Spot, den wir nach Seebergs Vorgabe umsetzen mußten. Dort war es Hans, ihr Mann, der seine Frau darauf aufmerksam machte, daß es für die Flecken in seiner Hose ein ganz neues Waschmittel gibt. Bis zu ihr in ihrer Eigenschaft als Hausfrau scheint sich das noch nicht herumgesprochen zu haben. Trotzdem fand ich den Spot nicht ganz so schlimm, wie die hirnrissigen Dialoge deutscher Hausfrauen, wenn sie sich über Windelhöschen oder einen neuen Fruchtsaft unterhalten.«

Er lächelte. »Es sind eben nicht alle Frauen so übersensibel wie du.«

»Auch nicht alle Männer«, sagte ich.

»Darum hätten wir auch so schön zusammengepaßt«, sagte er. »Weil wir uns gegenseitig ergänzen. Ich finde es trotzdem sehr fair von dir, daß du mich davor bewahrst, Heike zu betrügen. Sie mag dich. Seit sie zuletzt beim Betriebsausflug Gelegenheit hatte, sich so lange mit dir zu unterhalten, liegt sie mir in den Ohren, dich auch einmal zu uns nach Hause einzuladen, aber ich nehme an, das willst du nicht.«

»Nein«, sagte ich.

»Und warum nicht?«

»Weil du mein Typ bist«, sagte ich. »Es genügt, wenn ich im Büro gegen meine Gefühle für dich ankämpfen muß.«

»Mach dich nur lustig über mich.«

Ich beugte mich zu ihm hinüber, legte die Lippen auf seinen Mund und nahm sie erst wieder weg, als er anfing, meine Brust zu streicheln. Sein Gesicht war ohne Farbe.

Ich drückte meine Zigarette aus und sagte mit einer mir selbst fremd klingenden Stimme: »Das war überhaupt nicht lustig gemeint. Merk dir das und überleg es dir in Zukunft zweimal, bevor du wieder zu mir in den Wagen steigst und dich auf einen Waldweg fahren läßt. Es ist ganz gut, wenn wir uns künftig nicht mehr so oft sehen.«

Er schwieg. Erst als ich den Motor gestartet hatte und im Rückwärtsgang auf die Straße gefahren war, fragte er: »Hat Möbius dir gesagt, wie wir es uns denken?«

»Wie du es dir denkst«, sagte ich. »Du hättest dich von Heike nicht dazu überreden lassen dürfen, ihren Bruder zum Kreativdirektor zu machen. Ulrich taugt in der Agentur nicht einmal dazu, einen fehlerfreien Brief zu schreiben. Du wußtest das, als du ihn eingestellt hast. Mir ist überhaupt unklar, wie das alles weitergehen soll, Karl. Ich habe mit Möbius darüber gesprochen. Ich möchte jetzt nicht alles wiederholen. Er wird es dir sicher erzählen. Ich glaube nicht, daß es auf die Dauer gut geht, wenn ich in seinem Haus arbeite. Was ich mir dort für dich einfallen lassen kann, das kann ich mir genauso gut auch in meiner eigenen Wohnung einfallen lassen.«

Er fragte: »Was war zwischen euch?«

»Das habe ich dir bereits erzählt«, sagte ich. »Möbius gehört nicht zu den Männern, die sich mit halben Lösungen zufriedengeben. Er wird mich ganz haben wollen, und dazu bin ich nicht bereit.«

»Weil er dir zu alt ist?«

»Das auch«, sagte ich. »Aber das ist es nicht allein. Es ist möglich, daß ich einmal einem begegne, bei dem ich das Gefühl habe, es könnte der Richtige sein. Dann möchte ich mir mit Möbius den Weg nicht verbaut haben.«

»Und was schlägst du vor?«

»Ich warte auf einen Vorschlag von dir«, sagte ich. »Sei mal ganz ehrlich, Karl: Gibt es, was mich betrifft, eine Absprache zwischen euch?«

»Bestenfalls ein Stillhalteabkommen«, sagte er. »Ich kann ihn nicht daran hindern, sich in dich zu verknallen. Er fragte mich, ob ich Einwände hätte, wenn er versucht, bei dir anzukommen.«

»Und du hattest keine, weil er sich gleichzeitig bereit erklärte, die Resthypothek zu tilgen?«

»Ich hätte auch keine Einwände gehabt, wenn er mir diesen Vorschlag nicht gemacht hätte. Wenn du ihm so viel bedeutest, daß er schon vor eurer Verlobung mit Geschenken um sich wirft, so ist das allein seine und nicht meine Sache. Ich sehe nicht ein, weshalb nicht auch die Agentur davon profitieren soll. Vielleicht will er mich bei eurer Hochzeit zum Trauzeugen haben.«

»Würdest du es tun?«

»Nein«, sagte er.

Wir hatten jetzt die Einfahrt zur Agentur erreicht. Ich trat auf die Bremse und sagte: »Ich muß mir das alles noch einmal durch den Kopf gehen lassen, Karl. Vielleicht ist es auch keine gute Idee, wenn ich zu Hause für dich arbeite. Dort hätte ich den ganzen Tag meinen Schwiegervater auf dem Hals.«

»Hast du Probleme mit ihm?«

»Ich habe mit Männern nur Probleme«, sagte ich.

13

Es gibt Dinge, die man im Herzen aufbewahrt, ohne oft zu wissen, wie fest sie dort verankert sind und welchen Raum sie einnehmen. Erst dann, wenn man sich anschickt, Abschied von ihnen zu nehmen, merkt man, wieviel sie einem bedeuten. Und daß es höchste Zeit für mich wurde, von der geheimen Erwartung Abschied zu nehmen, mein freundschaftliches Verhältnis mit Landmann werde sich früher oder später noch etwas inniger gestalten, ohne daß damit gleich seine Ehe kaputtgehe, war mir spätestens bewußt geworden, als ich seine Hand an meiner Brust und seine Lippen auf den meinen fühlte. Denn was ich in diesem Augenblick für ihn empfunden hatte – und er, nach seinem blassen Gesicht zu schließen, auch für mich – ließ keine Hoffnung darauf zu, daß wir eine intime Beziehung genauso unter Kontrolle halten konnten wie ein kleines Gartenfeuer bei einer Grillparty. Einer der Gründe, weshalb es mir so leicht gefallen war, von der Bäder- und Kurverwaltung zu Landmann zu wechseln, war dessen erster Eindruck auf mich. Und mein jüngster Eindruck, als ich ihn auf dem Waldweg küßte, war der, daß von all den Männern, mit denen ich es bis heute zu tun hatte, er einer der ganz wenigen war, die mir auch in meinen Träumen begegneten. Mein gleichzeitiges Interesse an Möbius hatte mir nur dazu gedient, mich selbst von Landmann abzulenken und mir den Gedanken, daß er unerreichbar für mich war, erträglicher werden zu lassen, wozu auch Cramer hin und wieder, wenn tiefe Depressionen mich heimsuchten, ebenso beigetragen hatte wie Wolfgangs Fürsorglichkeit in schlaflosen Nächten. Und wenn ich nach Gründen dafür suchte, was mich in Düsseldorf mit so unbändiger Kraft in die Arme eines siebzehnjährigen Jungen getrieben hatte, dann stieß ich hinter all der Vordergründigkeit denkbarer Motive einschließlich des Umstands, daß ich schon scharf auf ihn geworden war, als ich den Schlüssel aus seinem Slip nahm, letztendlich auch auf die Enttäuschung, die Landmann mir vor der Reise mit seiner Unterstellung bereitet hatte, ich selbst könnte Seeberg zu dessen Intimitäten ermuntert haben. Wo mir doch bei allem, wozu ich in diesem Fall bereit und fähig gewesen war, immer nur das Wohl und Wehe der Agentur und damit auch Landmanns Wohl und Wehe im Sinn gelegen hatte. Denn die von mir eingeforderte Provision für eine zeitweilige Beschäftigung mit meinen Titten hatte ursprünglich keinen anderen Zweck verfolgt, als Seeberg zur Vernunft zu bringen, auch wenn mir das Geld, weil Mutter und ich es wieder einmal sehr brauchten, zugegebenermaßen nicht ungelegen gekommen war.

Nachdem ich schon den Vormittag verschlafen und der Nachmittag auch nicht viel Gutes gebracht hatte, wunderte es mich nicht, daß es zu Hause mit den Problemen gleich weiterging. Jedenfalls kam Wolfgang, kaum daß ich die Wohnungstür aufgeschlossen hatte, in die Diele, hielt den Dali in der Hand und fragte: »Was ist das?«

Daß er in meinem Zimmer herumstöberte, war neu. Vielleicht hatte er auch nicht gestöbert, sondern war mir nach dem Essen, als ich in mein Zimmer ging, aus irgendeinem Grund gefolgt und hatte von der Tür aus beobachtet, wie ich mich vergewisserte, ob der Dali noch hinter dem Schrank stand. Als ich ihm das Bild aus der Hand nehmen wollte, trat er rasch zwei Schritte zurück und sagte: »Nicht, bevor ich weiß, wie du zu diesem Gemälde kommst. Seit wann steht es hinter deinem Schrank?«

Ihm eine harmlos klingende Erklärung zu geben wäre möglich gewesen, ohne daß ich mir erst lange den Kopf darüber zerbrach, aber mir war an diesem Tag nach keinen Erklärungen mehr zumute. Ich ging ins Bad, ließ Wasser einfließen und zog mich in meinem Zimmer aus. Weil er mir mit dem Dali in der Hand zuerst bis ins Bad und dann auch noch in mein Zimmer gefolgt war, hatte er sich über meine weiteren Absichten selbst ein Bild machen können. Er sagte: »Du nimmst doch sonst um diese Zeit kein Bad.«

Das war richtig, aber nach allem, was ich heute erlebt hatte, war mir nach einem Bad zumute. Ich sagte: »Wenn bis morgen abend die Türen nicht wieder dort sind, wo sie hingehören, werde ich dich verlassen.«

»Ich halte dich nicht zurück«, sagte er.

Darauf war ich ebenso wenig gefaßt wie auf den Dali in seiner Hand. Ich ging, ohne ihn weiter zu beachten, ins Badezimmer und vergewisserte mich, daß die Wanne bereits halb gefüllt und das Wasser weder zu heiß noch zu kalt war. Ich legte mich hinein, verschränkte die Hände im Nacken und blickte wieder Wolfgang an.

Er stand in der Tür und sagte: »Das ist doch ein echter Dali.«

Früher hatte er oft die Kunsthalle und sämtliche Ausstellungen besucht. Er war zwar keine Koryphäe, aber was ein Dali war, das wußte er. Ich sagte: »Dem Bild bekommt es nicht, wenn du es hier dem Wasserdampf aussetzt. Stell es dorthin, wo du es weggenommen hast.«

Er drehte sich wortlos um. Gleich darauf hörte ich die Wohnungstür zufallen. Wenn ich in der Badewanne lag, hätte mich nur der Ausbruch eines Feuers im Haus dazu veranlassen können, sie vorzeitig zu verlassen. Obwohl mir sofort der Gedanke kam, er könnte den Dali mitgenommen haben, rührte ich mich nicht vom Fleck. Später stand ich auf, seifte mich gründlich ein und legte mich dann wieder ins Wasser. So lag ich auch noch, als er zurückkam.

Er sah zu mir herein und sagte: »Die Türen bleiben, wo sie sind. Wenn du mich verläßt, werde ich das Bild verbrennen.«

Zuzutrauen war es ihm. Ich raffte mich nun doch zu einer Erklärung auf: »Meinetwegen. Dann kannst du dich mit dem Besitzer auseinandersetzen. Er hat mich gebeten, es für ihn aufzubewahren, weil er verreist und befürchtet, während seiner Abwesenheit könnte bei ihm eingebrochen und das Bild gestohlen werden.«

»Dann werde ich es, wenn du mich verläßt, erst recht verbrennen«, sagte er. »Er hat es dir und nicht mir zur Aufbewahrung gegeben.«

»Dann werde ich dich eben, verdammt noch mal, nicht verlassen«, sagte ich. »Aber die Türen könntest du endlich wieder einhängen. Wenn du die Schlüssel behältst, kann ich sie nicht abschließen. Ich finde die Wohnung ohne Türen ungemütlich.«

»Ich nicht«, sagte er.

In seinem Zimmer läutete das Telefon. Er ging hinaus, kam jedoch gleich wieder zurück und sagte: »Ein Herr Möbius. Er rief schon heute vormittag zweimal an. Vielleicht auch öfter. Ein paarmal läutete es, ohne daß sich jemand meldete.«

Dann war es bestimmt nicht Möbius. Ich mußte unwillkürlich an Stefan denken und fragte: »Hast du Herrn Möbius gesagt, daß ich hier bin?«

»Ich habe ihm gesagt, daß du ein Bad nimmst.«

»Dann sag ihm, daß ich ihn in zehn Minuten zurückrufe« sagte ich.

Ich wartete, bis er wieder draußen war. Dann stieg ich aus der Wanne und trocknete mich ab.

Er ließ sich erst wieder sehen, als ich bereits angezogen war. »Wer ist dieser Möbius?« fragte er. »Dein Chef?«

»Einer meiner Chefs«, sagte ich. »Und ich möchte ungestört

mit ihm telefonieren, sonst tu' ich es von einem Münzfernsprecher aus.«

»Ich habe dir noch nie zugehört, wenn du telefonierst«, sagte er.

Das wußte ich besser, aber diesmal hielt er sich, während ich telefonierte, im Wohnzimmer auf.

Möbius meldete sich sofort. Er fragte: »Warum haben Sie das getan?« Seine Stimme klang kühl und unpersönlich.

Ich sagte: »Weil Sie sich nicht an die zwischen uns vereinbarten Spielregeln gehalten haben.«

»Und wo enden diese Spielregeln für Sie?« fragte er. »Wenn Sie merken, daß Sie zum Orgasmus kommen? Wäre Ihnen das so peinlich gewesen?«

»Im Gegenteil«, sagte ich. »Ich komme gern zum Orgasmus. Wenn es der richtige Mann ist, sogar zehnmal hintereinander.«

Er fragte unverändert kühl: »Sie wollen mir damit also zu verstehen geben, daß ich nicht der richtige Mann für Sie bin?«

Wenn er es so wie Seeberg machte und Landmann vor die Wahl stellte, künftig auf mich oder auf ihn beziehungsweise auf seine Kapitaleinlage zu verzichten, blieb diesem gar keine andere Möglichkeit, als sich gegen mich zu entscheiden. Schlimmer noch: Möbius könnte bei ihm durchsetzen, daß auch die inoffiziellen monatlichen Gehaltszahlungen, so wie sie von ihm in Aussicht gestellt wurden, nicht erfolgten. Was das für mich bedeuten würde, darüber gab ich mich keinen Illusionen hin.

Ich sagte: »Das habe ich nicht behauptet. Ich lebe seit meiner Scheidung ohne die Pille und kann es nicht riskieren, mir ein uneheliches Kind …«

Er fiel mir schroff ins Wort: »Sie haben es bei mir mit keinem unerfahrenen, dummen Jungen zu tun. Sie werden heute abend gegen acht Uhr zu mir kommen und die Nacht hier verbringen. Andernfalls haben Sie sich die Konsequenzen selbst zuzuschreiben.«

Ich konnte hören, wie er das Gespräch beendete. Wenn ich es recht überlegte, hatte er natürlich allen Grund, wütend auf mich zu sein. Im Gegensatz zu mir, die ich durch Isabellas unerwarteten Anblick von einer Sekunde zur anderen stocknüchtern geworden war, hatte ihm kein plötzlicher Schreck das erhitzte Blut in den Adern gefrieren lassen. Was nur, um alles in der Welt, hatte ich mir dabei gedacht, als ich ihn in seinem hochgradig erregten Zustand in sein Schlafzimmer schickte und ihn dort buchstäblich im eigenen Saft schmoren ließ? Wie, um alles in der Welt, mußte er sich gefühlt haben, als er mit ansehen mußte, wie ihn beim langen vergeblichen Warten die gesammelten Kräfte verließen und Siechtum einsetzte dort, wo zuvor noch pralle Männlichkeit ihrer Nutzanwendung harrte! Ich mußte wirklich von allen guten Geistern verlassen gewesen sein, auch wenn ich mich darauf berufen konnte, während der ganzen Zeit, als ich bei ihm auf der Couch lag und mich von ihm befummeln ließ, nur mit meinem Körper, nicht jedoch auch mit meinem Herzen bei ihm gewesen zu sein und schon gar nicht mit meinen Gedanken, die seit meiner Rückkehr viel öfter in Düsseldorf weilten, als ich es mir selbst eingestehen wollte. Es war auch weniger eine Frage der Selbstüberwindung, ob ich es mir zumuten könnte, mit Möbius ins Bett zu gehen. Wenn ich bedachte, mit welcher Gleichgültigkeit ich mich noch vor wenigen Jahren über moralische Skrupel hinweggesetzt hatte und mit welcher Selbstverständlichkeit ich meinen Verbindlichkeiten nachgekommen war, hätte ich meine jetzigen Skrupel als ebenso absurd wie überflüssig abtun können, aber damals hatte es allein an mir gelegen, damit aufzuhören, wann ich es wollte und es an der Zeit fand. Bei Möbius, das hatte sein Ultimatum von eben gezeigt, würde es nicht mehr an mir liegen, wann ich damit aufhören konnte. Solange ich finanziell auch von ihm und nicht nur von Landmann abhängig war, hatte ich, wenn ich erst einmal damit anfing, sein Bett zu teilen, überhaupt keine Möglichkeit, in absehbarer Zeit wieder mein eigenes Leben zu führen. Es sei denn, ich ließe es tatsächlich auf einen Prozeß vor einem Arbeitsgericht ankommen, aber dann hätte ich auch Landmann hineinziehen müssen, und eher würde ich mein Geld auf der Straße verdienen.

Vaillant, der mich nun seit zwölf Stunden nicht mehr gesehen und gehört hatte, läutete etwa zur gleichen Zeit an der Haustür, als ich zu dem Entschluß gekommen war, zur Wiedererlangung eines klaren Kopfes einen kleinen Spaziergang zu machen. Statt dessen saß ich Minuten später neben ihm in seinem Porsche, während Wolfgang uns vom Fenster meines Zimmers aus nachsah.

Vaillant, der seinen Kopf am Fenster ebenfalls bemerkt hatte, sagte: »Ein Vater könnte seiner Tochter nicht besorgter nachschauen als er dir.«

»Ich bin ja auch fast so etwas wie seine Tochter«, sagte ich. »War Cramer heute im Büro?«

Er nickte. »Landmann hat ihm Herrn Riedinger und Frau Eberle zugeteilt. Sie machen gemeinsam dort weiter, wo du aufgehört hast. Anscheinend war er sofort damit einverstanden. Bei ihnen kann er die erste, bei dir mußte er die zweite Geige spielen. Ich glaube jetzt nicht mehr daran, daß er uns am Freitag zusammen hat wegfahren sehen und einen anonymen Brief an meinen

Onkel geschrieben hat. Der hätte sich sonst schon längst bei mir gemeldet. Diese doppelte Fahrt nach Düsseldorf hätte ich mir ersparen können.«

»Das weißt du erst jetzt mit Sicherheit«, sagte ich. »Und sonst gab es im Büro nichts Neues?«

»Falls du auf deine Kündigung anspielst: Die hat sich bereits bis zur letzten Tippse herumgesprochen. Dafür hat schon die Seybold gesorgt, nachdem sie von Landmann deine Kündigung diktiert bekam. Jetzt sind alle in der Agentur davon überzeugt, daß du auf Druck von Seeberg geflogen bist.«

»Das war ja auch der Zweck des Briefes«, sagte ich. »Und wenn ich jetzt nicht so spure, wie dein Onkel es will, dann kann ich die Kündigung sogar wörtlich nehmen. Er erwartet mich heute abend zu einem gemeinsamen Nachtlager in seinem Schlafgemach.«

Er übersah an einer Verkehrsampel das Rotlicht und schaffte es gerade noch, über die Kreuzung zu kommen.

Ich sagte: »Wenn dir das noch einmal passiert, gehe ich lieber zu Fuß. Was stellst du dich so an? Irgendwann hat es dazu kommen müssen. Ob heute abend oder in zwei Wochen, wo ist da der Unterschied? Er hat nicht nur die bessere Stellung als ich, er hat auch die besseren Karten. Also bumse ich eben mit ihm. Er wäre schön dumm, sich diese Chance, mich ins Bett zu bekommen, entgehen zu lassen.«

Er fragte mit gepreßt klingender Stimme: »Hat er dir mit einer echten Kündigung gedroht, wenn du nicht kommst?«

»So ungefähr«, sagte ich. »Er sitzt auch Landmann gegenüber am längeren Hebel. War er heute mittag im Büro?«

Er fuhr den Wagen auf einen leeren Parkplatz am Rande einiger Minigolfplätze und sagte: »Er kam erst kurz nach sechzehn Uhr und konferierte dann eine Stunde lang mit Landmann. Anschließend fuhr er wieder weg.«

»Wie gesagt«, nickte ich. »Er fuhr nicht weg, sondern wieder nach Hause und rief mich von dort aus an, um mir zu sagen, daß ich heute abend bei ihm zu erscheinen habe. Wenn Isabella nicht wäre, ließe ich mir etwas einfallen. Vielleicht ein kleines Feuerchen im Gästetrakt. Das würde ihn auf andere Gedanken bringen. Eine Bombe habe ich leider nicht. Hast du zufällig eine?«

Er grinste unfroh. »Solange ich sein Testament nicht gesehen habe, kann ich es mir nicht leisten, ihn in die Luft zu sprengen. Eine andere Frage ist, ob *du* dir es nicht leisten kannst, es einfach mal drauf ankommen zu lassen. Dir steht doch bestimmt noch Urlaub zu?«

»Vier Wochen«, sagte ich verwundert darüber, daß ich noch nicht selbst daran gedacht hatte.

»Jetzt beruhige dich mal«, sagte er. »In der Kündigung heißt es zwar, daß das Arbeitsverhältnis im gegenseitigen Einvernehmen mit sofortiger Wirkung beendet wird, aber wenn schon in gegenseitigem Einvernehmen, dann müßte man doch davon ausgehen, daß deine Einwilligung nur erfolgte, weil sie dir dein Gehalt noch für ein Vierteljahr weiterbezahlen.«

Ich nickte. »Das müßte man eigentlich annehmen. Mit den sechstausend Mark von deinem Onkel und den zweitausendzweihundert von dir ...«

»Er hat dir sechstausend Mark gegeben?« horchte er auf.

»Ich habe den Scheck noch nicht eingelöst, werde es aber morgen tun«, sagte ich. »Wir hatten vereinbart, daß er für die sechstausend ein bißchen an mir herumfummeln darf. Daß er auch mit mir bumst, das war nicht vereinbart. Du hast vielleicht recht. Vielleicht sollte ich es darauf ankommen lassen. Wolfgang habe ich letzte Woche auch schon auf zweitausend angesprochen. Er wird sie mir bestimmt geben. Wenn ich das zusammenrechne, dreimal Monatsgehalt, abzüglich der dreitausend Vorschuß, dazu mein Gehalt für vier Wochen Urlaub, die sechstausend von ihm, die zweitausendzweihundert von dir ...« Ich brach ab und fragte: »Oder willst du sie wiederhaben?«

Statt mir zu antworten, fuhr er aus der Parklücke und weiter durch die Kuranlagen.

Ich sagte: »Du brauchst es mich nur wissen zu lassen, wenn du sie wiederhaben willst. Sie liegen im Schrank zwischen meiner Wäsche. Hoffentlich findet Wolfgang sie nicht. Den Dali hat er schon gefunden und im Keller eingeschlossen.«

Er schwieg.

Ich sagte: »Auch wenn du mich jetzt für bekloppt hältst, könntest du mich trotzdem zum Abendessen einladen. Ich habe es mir jetzt endgültig überlegt: Ich werde nicht zu ihm gehen.«

»Das ist das erste vernünftige Wort, das du in der letzten Viertelstunde von dir gegeben hast«, meinte er. »Wieso hat Wolfgang den Dali im Keller eingeschlossen?«

Ich zuckte mit den Schultern. »Vielleicht dachte er, es handle sich um ein Verlobungsgeschenk, und wurde eifersüchtig. Im Grunde ist dein Onkel auch nicht viel anders als Seeberg. Er nützt seine Position und meine Abhängigkeit von meiner Stellung genauso aus wie dieser. Ich hätte es gar nicht erst dazu kommen lassen dürfen, daß er mich in seinem Büro jedesmal auf seinen Schoß zog. Da mußte er sich ja einreden, ich wartete nur noch darauf, daß er mich auch seinen Pimmel fühlen lasse.«

»Fang nicht schon wieder in dieser Tonart an«, sagte er. »Du weißt, daß ich das nicht mag.«

»Ach ja«, sagte ich. »Das hatte ich völlig vergessen. Aber wenn ich mich mit meiner Jugendfreundin Inge unterhielt, dann fragte sie mich auch immer: ›Hast du seinen Pimmel gesehen?‹ Obwohl es sich meistens um solche handelte, die man gar nicht übersehen konnte. Da habe ich es mir eben angewöhnt.«

»Das muß ja eine feine Freundin gewesen sein«, sagte er. »Was waren denn das für Anlässe, wo sie dich solche Dinge fragte?«

»Sie war in einem FKK-Club und lud mich ein paarmal ein, mit ihr zu kommen«, sagte ich. »Eigentlich habe ich keinen Appetit auf ein großes Essen. Was hast du in deinem Kühlschrank?«

»Bier und zwei Dutzend Eier«, sagte er.

Ich schlug ihm erfreut auf das Knie. »Auf ein Dutzend Rühreier habe ich jetzt Appetit. Beim Essen erzähle ich dir auch, was Isabella mir verraten hat. Sie liebt dich nämlich.«

Er klopfte sich mit dem Zeigefinger gegen die Stirn.

»Dann glaub es mir eben nicht«, sagte ich. »Natürlich hättest du bei ihr die gleichen Probleme wie bei mir. Dein Onkel wird sie dir ebenso wenig gönnen wie mich, auch wenn sie für ihn nicht mehr als eine Hausangestellte ist. Sie hat das schon selbst gemerkt. Was du mir erzählt hast: daß sie in ihn verliebt sei, das mag einmal zugetroffen haben, als er sie hierher brachte. Inzwischen ist sie es leid geworden, darauf zu warten, daß er nachts in ihr Kämmerchen kommt; was man bei einem so heißblütigen Mädchen in ihrem Alter auch verstehen kann. Wie ist das mit seinem Haus in Marbella? Wer kümmert sich darum, wenn er nicht dort ist?«

»Der Makler, von dem er es gekauft hat. Zweimal in der Woche kommt ein Gärtner und einmal in der Woche eine Reinmachefrau. Genau wie hier in Bad Hülsen auch. Warum interessiert es dich?«

»Vielleicht vertröste ich ihn auf dort und nehme, wenn ich hinfliege, Wolfgang mit, damit er wieder mal was anderes sieht. Das wird ihn vielleicht auch auf andere Gedanken bringen.«

Er grinste. »Und du glaubst, daß mein Onkel damit einverstanden ist?«

»Nein«, sagte ich. »Deshalb wird auch nichts daraus werden. Ich mache in letzter Zeit allen möglichen Leuten alle möglichen Versprechungen, obwohl ich genau weiß, daß ich sie nicht einhalten kann. Das kommt nur von meinem schlechten Gewissen und weil ich mir einrede, an ihnen etwas gutmachen zu müssen, wenn du verstehst, was ich meine.«

»Vielleicht verstehe ich es bei einem Glas Bier«, sagte er, aber das funktionierte dann auch nicht, denn als wir eine halbe Stunde später in seiner Wohnküche die Rühreier aßen und Bier dazu tranken, sagte er: »Mir leuchtet überhaupt nicht ein, an wem du etwas gutzumachen haben könntest. An meinem Onkel bestimmt nicht, und bei Wolfgang kann ich mir das auch nicht vorstellen.«

»Gerade bei Wolfgang mußt du es dir vorstellen«, sagte ich kauend. »Ich hatte ihm versprochen, vergangenes Wochenende mit ihm auszugehen. Statt dessen bin ich mit dir nach Düsseldorf gefahren. Und erst heute mittag habe ich ihn gefragt, ob er mit mir nach Spanien fliegen wolle, obwohl ich genau wußte, daß er erstens das Klima dort nicht mehr vertragen und zweitens niemals damit einverstanden sein würde, in einem Haus zu wohnen, das einem Mann gehört, mit dem ich ein Verhältnis eingehe. In Wirklichkeit habe ich Spanien nur erwähnt, weil ich wegen meines nicht eingelösten Versprechens für das Wochenende ein schlechtes Gewissen hatte, und das Wochenende hatte ich ihm versprochen, weil ich wegen anderer Dinge ein schlechtes Gewissen hatte. So ergibt sich eben ein schlechtes Gewissen aus dem vorangegangenen schlechten Gewissen. Deinem Onkel gegenüber habe ich ebenfalls ein schlechtes Gewissen, weil jedesmal dann, wenn er meinte, mich endlich bumsen zu können, es aus irgendeinem Grund nicht klappte. Bei dir ist es ja ganz ähnlich, Rolf. Dir habe ich auch Hoffnungen gemacht, und was ist dabei herausgekommen? Doch bestimmt nicht das, was du erwartet hast?«

»Das ist richtig«, sagte er. »Ich weiß nur nicht, was dich daran hindert, mit mir zu bumsen. Das verpflichtet dich doch zu nichts. Außerdem hast du selbst gesagt, daß es nicht die Liebe, sondern das Bett sei, was dich reizt. Vielleicht brauchst du es gerade wieder mal, um seelisch etwas ausgeglichener zu sein.«

Ich schüttelte den Kopf. »Das glaube ich nicht. Wenn das so einfach wäre, hätte ich auch schon mit Cramer bumsen können. Ich weiß genau, daß ich es hinterher genauso bereuen würde wie in früheren Fällen, wo ich mich auch dazu überreden ließ und hinterher nicht mehr mit mir klarkam. Das war bei meinem geschiedenen Mann so und bei Fred nicht anders.«

»Wer ist Fred?«

»Ein Mißverständnis«, sagte ich und biß in eine Scheibe Weißbrot. »Keine Butter?« fragte ich.

Er holte sie aus dem Kühlschrank, klackste eine Portion auf meinen Tellerrand und sagte: »Vielleicht hast du den auch auflaufen lassen und erst hinterher gemerkt, daß er dein Typ ist. Wie alt war er?«

»Als ich ihn kennenlernte, dreizehn Jahre älter als ich und so alt wie du.«

»Dann warst du neunzehn«, sagte er. »Tat's weh?«

»Am Anfang schon«, sagte ich. »Aber meine Freundin, von der ich dir erzählt habe, die hat's später noch viel schlimmer erwischt.«

»Das wundert mich nicht«, sagte er.

Ich lächelte. »Wenn du von einer Frau hörst, die nicht ganz in deine vorgefaßte Meinung paßt, wie Frauen sich zu verhalten haben, bist du genauso unfair wie die meisten Männer. Bei Frauen, die es schlimm erwischt, ist fast immer ein Mann schuld. Als ich Fred kennenlernte, war ich zwar nicht mehr ganz unerfahren, aber wie man als Frau seinem Typ begegnen muß, das wußte ich damals noch nicht.«

»Und heute weißt du es?«

»Nachdem auch ich mein Lehrgeld bezahlt habe«, sagte ich.

»Und wann setzt du dieses Wissen ein? Wenn ein Mann dir gefährlich werden kann?«

»Oder wenn er so wie Cramer nicht einsehen will, daß er nun mal in Gottes Namen eben nicht mein Typ ist.«

»Dann bin ich also entweder dein Typ, oder ich habe noch nicht gemerkt, daß ich es nicht bin.«

»Du könntest mir gefährlich werden«, sagte ich, Butter auf mein Brot streichend. »Wenn ich mit so etwas anfange, dann nicht zum einmaligen oder gelegentlichen Zeitvertreib. Damit würdest du dich nicht zufriedengeben und ich mich auch nicht. Früher oder später käme es zum großen Knall mit deinem Onkel. Du würdest enterbt und ich Seeberg zum Fraß vorgeworfen werden. Ist das das bißchen Pimpern wert?«

»Das Pimpern nicht«, sagte er. »Aber für mich wäre es mehr. Du wirst nie verstehen, was ich empfunden habe, als ich dich zum ersten Mal sah. Ich konnte tagelang an nichts anderes mehr denken.«

»Das ging mir genauso, als ich Fred zum ersten Mal sah«, sagte ich. »Heute kann ich nur noch darüber lächeln. Eines habe ich bei ihm gelernt: daß man als Frau einem Mann nie zeigen darf, wie scharf man auf ihn ist. Das verführt ihn nämlich dazu, sich ihr überlegen zu fühlen, und von da an bis zur ersten Enttäuschung ist es dann nur noch eine Frage der Zeit.«

Er wischte sich Rührei von den Lippen. »Und wie sah für dich diese erste Enttäuschung aus?«

»Wie sie bei einem Liebhaber, der bereits verheiratet ist, fast immer aussieht«, sagte ich. »Eines Tages fällt ihm plötzlich ein, daß er Rücksicht auf seine Familie zu nehmen hat. Seitdem lasse ich grundsätzlich die Finger von verheirateten Männern.«

»Das kann ich verstehen«, sagte er. »War er der Grund, weshalb du aus Hamburg weg bist?«

»Nicht nur«, sagte ich. »Ich bumste dann noch mit seinem Freund und, weil ich dringend Geld brauchte, auch noch mit zehn anderen, die es sich, genau wie Seeberg auch, etwas kosten ließen, mich ohne Höschen zu sehen.«

Er hörte auf zu essen und sagte: »Das glaube ich dir nicht.«

Ich lächelte. »Wenn ich heute daran zurückdenke, fühle auch ich mich geneigt, es nicht mehr zu glauben, aber da kamen einige Dinge zusammen: der Tod meines Vaters und der Verlust unseres Hauses in Hamburg, weil die Firma meines Vaters völlig überschuldet war. Zu meinem fünfzehnten Geburtstag hatte er mir eine wunderschöne einjährige Setterhündin geschenkt. Ich habe dir schon einmal kurz von ihr erzählt. Meine Mutter hing genauso an ihr wie ich. Wenn ich in der Schule und später im Reisebüro war, ging sie oft mit ihr spazieren. Entgegen meiner Bitte, sie in der Stadt wegen des starken Verkehrs nie ohne Leine laufen zu lassen, tat sie es doch. Ein halbes Jahr nach dem Tod meines Vaters und dem Verlust unseres Hauses – wir wohnten danach in einer Zweizimmerwohnung – wurde die Hündin von einem Auto angefahren und mußte eingeschläfert werden. Meine Mutter hat sich das nie verziehen. Sie litt seitdem mir gegenüber unter Schuldkomplexen, die im Lauf der Zeit fast paranoide Formen annahmen. Vielleicht wäre es ohne den vorangegangenen Tod meines Vaters und den Verlust unseres Hauses nicht dazu gekommen. Sie fing jedenfalls an zu trinken. In der Hoffnung, mich den Verlust der Hündin vergessen zu machen, ließ sie sich in betrunkenem Zustand von einem verantwortungslosen Tierzüchter gleich vier Setter-Welpen aus einem Wurf aufreden, angeblich, weil sie dann unter Geschwistern glücklicher aufwachsen würden. Eine Rücknahme, zu der ich ihn bewegen wollte, lehnte er ab. Als unser damaliger Vermieter von den Welpen erfuhr, stellte er uns vor die Wahl, sie entweder abzuschaffen oder uns nach einer anderen Wohnung umzusehen. Ich arbeitete zu jener Zeit bereits als Filialleiterin für das Reisebüro. Weil meine Mutter eher gestorben wäre, als sich von den Welpen zu trennen, brauchten wir so rasch wie möglich eine andere Wohnung, und weil wir in der Eile keinen Hauswirt fanden, der uns und die Welpen aufgenommen hätte, zur gleichen Zeit aber von dem Makler, den wir eingeschaltet hatten, einen Bauernhof außerhalb Hamburgs zu einer, was das Eigenkapital betraf, günstigen Finanzierung angeboten bekamen, griffen wir, wenn auch nicht leichten Herzens, zu. Denn was uns noch an Geld aus dem Verkauf unseres Hauses geblieben war, brauchten wir restlos für die Anzahlung und für die erforderlichen Ein- und Umbauten. Das Haus hatte kein Badezimmer. Aber wahrscheinlich haben der Hof und seine Umgebung meiner Mutter das Leben gerettet oder sie zumindest vor einer Entzugsanstalt bewahrt, denn von da an ging es bei ihr wieder bergauf.«

»Und mit dir bergab«, nickte er.

Ich sagte: »Das gefällt mir an dir. Daß du alles, was man dir erzählt, mit so gefaßtem Ernst aufnimmst. Schenkst du mir noch ein Glas ein?«

Während er es tat, fragte er: »Noch etwas Rührei?«

Ich klopfte mir auf den Bauch. »Kein Platz mehr. Du wirst dich jetzt sicher fragen, was ich mir bei alledem gedacht habe.«

»Eigentlich nicht«, sagte er. »Ich nehme an, das Geld von mir dient ebenfalls der Finanzierung. Warum gerade zweitausendzweihundert?«

»Weil sie den monatlichen Raten an die Privatbank entsprechen, die uns das Haus bei nur zehntausend Mark Eigenkapital finanziert hat«, sagte ich. »In diesem Betrag sind auch die Zinsen inbegriffen.«

»Und wie lange laufen diese Raten?«

»Fünfundzwanzig Jahre«, sagte ich. »Dazu kommen noch die monatlichen Lebenshaltungskosten für meine Mutter und für ihre Freundin Ellen, die nach dem Tod ihres Mannes auf meine Bitte hin ihre eigene Wohnung aufgegeben hat und heute bei meiner Mutter wohnt und aufpaßt, daß sie nicht wieder mit dem Trinken anfängt. Ist dir sonst noch etwas unklar?«

»Nur noch eine Kleinigkeit«, sagte er. »Wenn ich das alles richtig verstanden habe, habt ihr ein Haus gekauft, für dessen Finanzierung ihr fünfundzwanzig Jahre lang monatlich zweitausendzweihundert Mark bezahlt?«

»So ist es«, sagte ich.

»Dann bleiben dir von deinem Nettogehalt etwa dreihundert Mark übrig«, sagte er. »Was hätte das Haus denn ohne die Finanzierung gekostet?«

»Ohne die zehntausend Mark Eigenkapital noch hundertsiebzigtausend«, sagte ich. »Es ist zwar kein großes Haus, aber sehr hübsch im Grünen gelegen mit Garten und fünf Hektar Wiesen für die Schafe und für die drei Pferde.«

Er blickte mich eine Weile schweigend an. Dann fragte er: »Ihr habt eigene Schafe und drei Pferde?«

»Außer den vier inzwischen groß gewordenen Settern«, sagte ich. »Schafe sind es mit den in diesem Jahr neu hinzugekommenen Lämmern zwölf. Dazu kommen noch elf Hühner, acht Enten und zwei Katzen, die von der Freundin meiner Mutter mitgebracht wurden. Es ist eben ein richtiges Landhaus mit allem Drum und Dran. Deshalb verbringe ich normalerweise jedes Wochenende in Hamburg, weil meine Mutter und ihre Freundin die Arbeit allein oft nicht schaffen. Der Vorbesitzer, ein Landwirt, verkaufte den Hof nur unter der Bedingung, daß die Käufer sich vertraglich dazu verpflichteten, auch den kompletten Tierpark zu übernehmen. Ein Ziegenbock ist auch noch da, aber der ist schon uralt und auf beiden Augen blind.«

Er nickte schwer. »So wie du und deine Mutter, als ihr euch auf diese irrsinnige Finanzierung eingelassen habt. Hast du dir schon einmal ausgerechnet, was ihr in fünfundzwanzig Jahren an Zinsen bezahlt?«

»Es sind jetzt nur noch zwanzig Jahre«, sagte ich. »Mutter ist sehr glücklich dort. Da rechne ich nicht lange nach, was wir an Zinsen bezahlen müssen. Und du solltest es auch nicht tun. Sonst bereue ich es, dir überhaupt davon erzählt zu haben. Deinem Onkel habe ich für den Fall, daß ich seine Einladung nach Marbella eines Tages zum Anlaß nehmen werde, auch ihn um ein Darlehen zu ersuchen, von einer nierenkranken Mutter erzählt. Ich dachte mir, daß er dann leichter ansprechbar sein wird, als wenn ich ihm die Wahrheit sagte.«

Er nickte wieder. »Das halte ich sogar für höchstwahrscheinlich. Ich nehme an, als dein geschiedener Mann erfuhr, daß dein Monatseinkommen auf ein Vierteljahrhundert hinaus bereits verplant ist, fiel er aus den Pantoffeln.«

»Nicht nur aus den Pantoffeln«, sagte ich. »Jedesmal, wenn er sich darüber ärgerte, zwang er mich zum Beischlaf auch dann, wenn ich keine Lust dazu hatte.«

»Und so einen Typen hast du geheiratet?«

»Er war ja gar nicht mein Typ. Nachdem ich aber in Fred sogar meinen Supertypen gefunden zu haben meinte und trotzdem auf die Nase fiel, traf ich meine Wahl im Fall von Volker nach anderen Kriterien. Vor allem sein Beruf gefiel mir. Heute sehe ich ihn etwas nüchterner, aber das hat mehr mit dem Provinzcharakter seiner Zeitung als mit seinem Metier zu tun. Sonst noch Fragen?«

Er trank sein Glas leer und stand auf. »Im Wohnzimmer haben wir es gemütlicher. Nimm dein Glas mit.«

»Falls du wieder auf deine Couch reflektierst …«, sagte ich, ohne den Satz zu Ende zu führen.

»Nicht im entferntesten«, sagte er.

Ich folgte ihm ins Wohnzimmer und sagte: »Es ist besser, ich rufe ihn an. Es macht mich nervös, daran zu denken, daß er auf mich wartet.«

»Und was willst du ihm sagen? Daß du es vorziehst, den Abend bei mir zu verbringen?«

»Bei ihm sollte ich ja die ganze Nacht verbringen«, sagte ich und setzte mich auf die Couch. »Gibst du mir das Telefon?«

Er brachte es mir und sagte: »Du machst einen Fehler.«

»Und wenn schon«, sagte ich.

Isabella meldete sich.

Ich sagte: »Ich bin es, Stefanie. Geht's gut?«

Sie gab keine Antwort. Ich hörte sie nur atmen.

»Aha«, sagte ich. »Der Chef hört also mit. Sie können sich ruhig melden, Gerhard. Ich weiß, daß Sie in der Leitung sind.«

»Von wo aus sprechen Sie?« fragte er. »Ich habe ständig versucht, Sie zu Hause anzurufen.«

»Wozu?« fragte ich. »Wir sind doch erst für heute abend verabredet, und der Abend dauert bei mir bis zwölf Uhr. Jetzt ist erst neun. Ich wollte Ihnen gerade sagen, daß ich leider nicht kommen kann. Können wir es auf morgen verschieben, oder paßt Ihnen übermorgen mehr?«

Er gab keine Antwort.

Ich sagte: »Also jetzt hören Sie mal her, Gerhard. Ich habe Verständnis dafür, daß Sie nach allem, was heute mittag war, Grund haben, ungeduldig zu sein, aber Sie müssen auch mich verstehen. Ich bin es nicht gewohnt, von einem Mann, mit dem ich mich noch nicht einmal duze, zu einer bestimmten Zeit in sein Schlafzimmer bestellt zu werden.«

»Eben deshalb habe ich mehrfach bei Ihnen angerufen«, meldete er sich wieder zu Wort. »Ich wollte Ihnen sagen, daß es mir wieder leid tut, mich am Telefon im Ton vergriffen zu haben. Aber vielleicht können Sie auch verstehen, wie mir zumute war.«

»Doch, das kann ich gut verstehen«, sagte ich. »Ich werde auch darauf achten, daß so etwas künftig nicht mehr vorkommt. Bis morgen also.« Ich legte, ohne seine Antwort abzuwarten, den Hörer auf und sagte: »Siehst du, es war doch gut, daß ich ihn angerufen habe. Zuerst spielt er den wilden Mann, und hinterher tut es ihm leid. Das spricht dafür, daß er im Grunde einen guten Charakter hat.«

Er setzte sich mir gegenüber in einen Sessel und blickte mich wieder schweigend an.

Ich sagte: »Ich weiß nicht, warum du von ihm erwartest, daß er anders reagiert als du. Du hast dich jetzt schon ein paarmal über mich geärgert, aber sobald ich bei dir anrief, war wieder alles vergeben und vergessen. Eines habe ich versäumt, dir zu sagen: Die Pferde und die Schafe dürfen nicht hergegeben werden. Sie bekamen von dem Vorbesitzer das Gnadenbrot, weil sie bei ihm aufgewachsen sind. Dazu haben auch wir uns verpflichten müssen. Hoffentlich leben sie noch lange. Für meine Mutter wäre es schlimm, wenn eines von ihnen sterben würde. Sie hängt heute genauso an ihnen wie an unseren irischen Settern.«

Er fragte betroffen: »Dann dürft ihr die Schafe auch gar nicht schlachten?«

Mir wurde bei dem Gedanken fast schlecht. »Bist du verrückt? Wer sollte das tun? Meine Mutter vielleicht?«

Er stand auf und verließ das Zimmer. Als er zurückkam, sagte er: »Nach Bier muß ich jedesmal laufen. Wie war das mit deinem Vater?«

Ich hatte seine Abwesenheit dazu benutzt, mir eine Zigarette anzuzünden, und sagte: »Wie es oft ist, wenn ein Mann meint, für andere nicht mehr den Laufburschen, sondern sich selbständig machen zu müssen. Anfangs verkaufte er Autozubehör im fremden und dann im eigenen Namen. Dazu mußte er hohe Kredite aufnehmen und unser Haus belasten, obwohl auch das erst zur Hälfte bezahlt war. Wäre er Vertreter geblieben und hätte sich öfter untersuchen lassen, so könnte er heute vielleicht noch leben, aber ihm ging alles nicht rasch genug. Er hat jung geheiratet, jung ein Haus gebaut und ist auch relativ jung gestorben. Ich rede nicht gerne über ihn. Als er sich selbständig machte, hatte er nicht einmal mehr das Geld für eine Krankenversicherung für mich und meine Mutter übrig.«

Er griff nach meiner Hand. »Sagtest du nicht einmal, du hättest deinen Vater sehr geliebt?«

»Ach was«, sagte ich. »Damit war doch die Setterhündin gemeint. Es gab einmal eine Zeit, da hing ich sehr an ihm, aber als er tot war und mir klar wurde, daß er für meine Mutter nicht die geringste Vorsorge getroffen hatte, hätte ich ihn fast hassen können. Allein dem glücklichen Umstand, daß ich vier Monate nach seinem Tod Filialleiterin des Reisebüros in Hamburg wurde, verdankten wir es, daß wir den Kaufvertrag für das Bauernhaus abschließen konnten.«

»Wie alt warst du da?«

»Einundzwanzig.«

Er schob beeindruckt die Unterlippe vor. »Dann mußt du bei eurer Zentrale einen guten Engel gehabt haben.«

»Einen Engel gerade nicht, aber es gab dort einen Personalchef, der für sämtliche deutschen Filialen zuständig war. Ihm verdankte ich auch, daß ich nach dem Abitur sofort eingestellt wurde. Ich hatte mich schon ein Jahr vorher um eine Stellung beworben, weil mich das Metier reizte und ich auch meine Sprachkenntnisse, die ich in Abendkursen ergänzte, verwenden konnte. Irgendwem in der Zentrale muß zu Ohren gekommen sein, daß die meisten Kunden männlichen Geschlechts von mir bedient werden wollten. Als die damalige Filialleiterin ausschied – sie heiratete einen Flugkapitän der Lufthansa, der nicht wollte, daß sie berufstätig blieb –, übertrug man von der Zentrale zuerst probeweise und nach sechs Monaten per Dekret die Leitung an mich, zum Ärger eines Kollegen, der sich, weil seit Jahren schon im Büro tätig, übergangen fühlte. Nach meinem freiwilligen Ausscheiden dürfte er es allerdings geschafft haben.«

Er drehte meine Handfläche nach oben und betrachtete sie. »Wann war das?«

»Zwei Jahre später.«

»Und dann hast du zweieinhalb Jahre für die Kurverwaltung gearbeitet«, sagte er. »Die Gründe, weshalb du dort weggegangen und bei der GEMAS vor Anker gegangen bist, kenne ich.«

»Und jetzt willst du auch noch die Gründe wissen, weshalb ich vom Reisebüro wegging?«

»Nicht nur von dort«, sagte er. »Es kann dir auch nicht leicht gefallen sein, Hamburg und deine Mutter zu verlassen.«

»Nein«, sagte ich. »Das ist mir bestimmt nicht leicht gefallen.«

Er führte meine Hand zum Mund, streichelte sie mit der Zunge und sagte: »Aber sicher hast du bei dem Reisebüro weniger verdient als bei der Kurverwaltung?«

»Eigentlich nicht«, sagte ich. »Wenn ich meine Nebeneinnahmen berücksichtige, stellte ich mich in Hamburg sogar um einige tausend Mark besser als hier, aber ohne sie hätten wir damals auch die schwierige Anfangszeit mit all den Folgekosten, die das Haus noch mit sich brachte, gar nicht schaffen können. Wir hatten ja keine Ahnung, worauf wir uns mit den Schafen und den Pferden eingelassen hatten. Das merkten wir erst, als es darum ging, Winterfutter zu beschaffen. Das war vielleicht ein Zirkus, sag' ich dir. – Bist du nicht satt geworden, weil du dauernd an meiner Hand leckst?«

»Viel lieber würde ich dich sonstwo lecken«, sagte er. »Aber besser deine Hand als nichts.«

»Ja«, sagte ich. »Besser den Spatz in der Hand. Ich weiß nicht, warum ich dir das alles erzähle.«

»Ich schon«, sagte er. »Weil du mich für ein bißchen blöd hältst. Du würdest mir sonst nicht zumuten zu glauben, du hättest in Hamburg einige tausend Mark mehr verdient als hier. Im Jahr vielleicht?«

»Im Monat«, sagte ich. »Ich mache gar kein Drama daraus, weil ich auch ohne das so geworden wäre, wie ich heute bin.«

»Wovon redest du?«

»Davon, daß ich mir über mich selbst, aber auch über Männer keine Illusionen mehr mache«, sagte ich. »Es war übrigens Isabella, die im Auftrag deines Onkels bei Seeberg anrief und ihm durch seine Sekretärin ausrichten ließ, daß die Mundgerucheinlage von mir kam.«

Er ließ meine Hand los und starrte mich ungläubig an.

»Ich weiß es von Isabella«, sagte ich. »Wir sind inzwischen befreundet. Du erinnerst dich doch, daß dein Onkel mich letzte Woche, als wir zum Essen fuhren, zu sich nach Hause eingeladen hat? Als ich nicht kam, provozierte er Seebergs Ultimatum. Nicht, um mich zu vernichten, sondern um mich von sich abhängig zu machen. Männer!« Ich blies die Backen auf und dann die Luft aus dem Mund.

Er starrte mich noch immer an, diesmal mehr entgeistert als ungläubig.

Ich beugte mich zu ihm hinüber und tätschelte sein Knie. »Vielleicht profitieren wir eines Tages beide davon, daß er verrückt genug ist, sich meinethalben auf einen so schmutzigen Trick einzulassen. Er ist genauso verrückt wie Seeberg und wie all die Männer vor ihm, die bereit waren, für eine Stunde mit mir den zehnfachen Preis dessen zu bezahlen, was in Hamburg üblich ist. Ich würde es in einer ähnlichen Situation wie damals heute so nicht mehr machen, aber ich bereue es nicht. Meine Unschuld hatte ich schon vorher verloren, und was eine Frau sonst noch verlieren kann, nämlich ihre Illusionen über die Ehe, das habe ich erst hier in Bad Hülsen nachgeholt.«

Er griff nach seinem Glas, stellte es jedoch, ohne daraus getrunken zu haben, auf den Tisch zurück und fragte: »Du willst damit doch nicht behaupten, du hättest in Hamburg für Geld ...« Er sprach nicht weiter.

Ich sagte: »Darüber haben wir bereits gesprochen, auch wenn du es anscheinend nicht geglaubt hast. Landmann wollte es auch nicht glauben.«

»Du hast ihm dasselbe erzählt?«

»Mit unwesentlichen Abweichungen«, sagte ich. »Ich wollte es auch schon Volker erzählen, aber der ließ mich gar nicht erst zu

Wort kommen und meinte, wir sollten unsere Ehe nicht als Waschküche für unsere schmutzige Wäsche aus der Vergangenheit benutzen. Das hat mich sehr beeindruckt, ich habe seine Worte dann auch beherzigt. Landmann war der erste Mann, mit dem ich darüber sprach. Du bist der zweite.«

Er schwieg.

Ich sagte: »Es ist nicht richtig, was du jetzt denkst. Ich bin nicht das bemitleidenswerte Produkt einer unglücklichen Vergangenheit. Im Gegenteil, ich gehöre zu den Frauen, die sich beizeiten einer von Männern beherrschten Welt angepaßt haben, indem ich ihre Art, miteinander und auch mit Frauen umzugehen, übernommen habe und seitdem recht gut mit ihnen zurechtkomme. Sieh dir Seebergs Frau an. Was, glaubst du wohl, unterscheidet sie von mir? Daß sie mit ihrem Mann schläft und nicht mit ihm bumst? Daß man in den Kreisen, in denen sie verkehrt, zwar genauso denkt und fühlt wie ich, es aber nicht auszusprechen wagt? Wo siehst du den Unterschied?«

»Ich kenne Frau Seeberg nicht«, murmelte er.

Ich lächelte. »Aber deine Gabriele, die kennst du. Ich habe nichts gegen Frauen wie Renate Seeberg. Aber ich möchte auch nicht mit ihnen tauschen. Mit einem Mann wie Seeberg verheiratet zu sein, stelle ich mir – selbst wenn vielleicht sie es ist, die in der Ehe die Hosen anhat – deprimierend vor. Nicht weil er auch einmal gerne mit anderen und jüngeren Frauen und nicht immer nur mit der eigenen bumst. Das tun die meisten Männer gerne. Sondern weil er es ihnen gegenüber damit begründet, zu Hause nicht richtig verstanden zu werden. Wenigstens darüber konnte Volker sich nicht beklagen, denn wenn einer von uns beiden den anderen nicht verstanden hat, dann war er es. Nur deshalb habe ich mich von ihm getrennt und nicht, weil *ich* ihn nicht verstanden hätte. Wenn du als Frau erst einmal damit anfängst, wie ein Mann zu denken, dann wirst du ihn auch viel besser verstehen und brauchst dir, wie im Fall von Volker und mir, keine zeitraubenden Hoffnungen zu machen, daß er sich irgendwann einmal ändern und umdenken könnte.«

Er griff wieder nach seinem Glas und trank es leer. Dann ging er in die Küche und brachte es gefüllt zurück. Er fragte: »Wie ist es mit dir?«

»Nein«, sagte ich. »Ich bekomme nur Kopfschmerzen davon.«

»Dann erkläre mir noch eins«, sagte er. »Wenn du schon Gabriele erwähnst: Was unterschied dich damals von ihr?«

Ich lächelte. »Einiges schon, quantitativ gesehen ebenso wie qualitativ. Ich hatte es dort mit den gleichen Leuten zu tun wie heute auch, wobei Seeberg eine unrühmliche Ausnahme ist, denn von unseren Kunden, mit denen ich es persönlich zu tun habe, war er der einzige, der versucht hat, mich in sein Hotelzimmer zu locken.«

»Aber die anderen, von denen du erzählt hast, die haben es doch auch versucht?«

»Das kannst du nicht vergleichen«, sagte ich. »Sie haben es nicht versucht, sie wurden, ohne mich vorher zu kennen und zu wissen, wer ich bin, zu mir geschickt.«

»Von wem?«

»Von Fred«, sagte ich. »Er hatte geschäftlich mit ihnen zu tun. Wenn sie bei einem Arbeitsessen, wozu sie von ihm eingeladen waren, wissen wollten, was man in Hamburg mit einem angebrochenen Abend sonst noch anfangen könne, brachte er die Rede auf mich. Natürlich nicht bei allen, sondern nur bei solchen, die ihm als Kunden besonders wichtig waren und von denen er den Eindruck hatte, daß sie nicht nur gut bei Kasse, sondern auch an einer bestimmten Art von Zerstreuung interessiert waren. An zwei von ihnen hatte ich mich im Laufe der Zeit so sehr gewöhnt, daß ich sie nach meinem Abschied aus Hamburg manchmal vermißt habe. Man konnte sich nett mit ihnen unterhalten, und sie stellten auch keine besonderen Ansprüche. Während du, was das betrifft, von Gabriele sicher schon sehr verwöhnt bist.«

Er schwieg wieder.

Ich fragte: »Beruhigt es dich, wenn ich dir sage, daß es nicht mehr als insgesamt ein Dutzend Männer waren?«

»Aber für eine Frau wie dich doch ein Dutzend zu viel«, sagte er.

Ich griff nach meiner Handtasche, stand auf und verließ die Wohnung.

Auf der Treppe holte er mich ein und sagte: »So war das nicht gemeint, Stefanie. Ich frage mich nur, warum du mir das alles erzählt hast.«

»Damit du weißt, woran du mit mir bist«, sagte ich. »Aus dem gleichen Grund habe ich es auch Landmann erzählt. Was heißt da überhaupt, ein Dutzend sei ein Dutzend zu viel? Die kamen erst im Lauf von zwei Jahren zusammen, und als es mir dann tatsächlich zu viele wurden, setzte ich mich nach Bad Hülsen ab und warte seither täglich darauf, hier auch einmal einem aus meiner Hamburger Vergangenheit zu begegnen. Das hätte mir schon bei der Bäder- und Kurverwaltung passieren können und bei Landmann ebenso, aber bis heute hatte ich Glück.«

»Aber du kommst doch heute mit deinem Geld ebenso wenig

aus wie in Hamburg«, sagte er. »Ich sehe nicht, wie du es noch über zwanzig Jahre lang schaffen willst, nicht nur die monatlichen Raten zu bezahlen, sondern auch noch deine Mutter und das ganze Viehzeug durchzubringen. Bezieht deine Mutter eine Rente?«

»Woher?« fragte ich. »Ellen, ihre Freundin, bekommt monatlich vierhundert Mark Rente, von denen sie beide leben müssen. Aber für die Kosten für Strom, Heizung, Wasser und das Futter für die Tiere ...«

Er unterbrach mich: »Läßt du dir von meinem Onkel sechstausend Mark geben und von deinem Exschwiegervater gegen entsprechende Gegenleistungen den eigenen Unterhalt finanzieren. Kannst du absehen, wann du wieder damit anfangen mußt, es wie in Hamburg in einem größeren Rahmen zu betreiben?«

»Im Augenblick noch nicht«, sagte ich. »Aber wenn es soweit ist, wirst du eine meiner ersten Adressen sein. Dann kannst du auf Gabriele verzichten und gibst das Geld mir. Was kostet sie denn pro Stunde?«

Er gab keine Antwort. Erst als wir wieder in seinem Porsche saßen, fragte er: »Zu deiner Wohnung?«

Dafür, daß er mir den Dali weggenommen hatte, war ich Wolfgang noch einen Denkzettel schuldig. Ich sagte: »Wenn du es schaffst, mich heimlich in das Haus deines Onkels zu Isabella zu bringen, werde ich heute nacht bei ihr schlafen. Bei ihr und nicht mit ihr. Ich erwähne dies nur, damit keine neuen Mißverständnisse entstehen.«

»Als ein Mißverständnis hätte ich das nach allem, was du mir jetzt schon erzählt hast, auch nicht mehr empfunden«, sagte er und fuhr los.

Ich sagte: »Dafür, daß du sonst keine dummen Fragen stellst, bin ich dir nicht böse, wenn du mir auch das zutraust. Wie willst du es schaffen?«

»Indem ich ihm kurz im Vorbeifahren guten Abend sage«, antwortete er. »Isabella wird mir das Tor öffnen. Während er mit mir beschäftigt ist, kann sie dich ins Haus bringen. Um diese Zeit sitzt er meistens noch vor dem Fernseher.«

»Das ist eine glänzende Idee«, sagte ich. »Hast du Lust, mich zu küssen?«

»Diese Chance hast du eben in meiner Wohnung verpaßt«, sagte er.

Ich sagte: »Weil es dort beim Küssen nicht geblieben wäre. Ich zähle aber das, was du für mich tust, alles zusammen. Sobald sich genug angesammelt hat, werde ich eine Nacht bei dir verbringen.«

»Und wann wird das etwa sein?«

»Das kommt auf die einzelnen Leistungen an«, sagte ich. »Viel fehlt jetzt aber nicht mehr. Darf ich Isabella sagen, daß du dich für sie interessierst?«

»Ich interessiere mich nur noch für dich.«

»Das habe ich schon einmal irgendwo gehört«, sagte ich. »Schlag es dir aus dem Kopf, Rolf. Je früher, desto besser. Wenn ich eben von einer Nacht gesprochen habe, so mußt du das wörtlich nehmen. Mehr wird es nie werden, und das nicht nur mit Rücksicht auf deinen Onkel.«

»Was für Rücksichten hast du sonst noch zu nehmen? Oder trifft es nicht zu, daß ich dein Typ bin?«

Ich beobachtete, wie er wegen einer alten Frau vor einem Zebrastreifen auf die Bremse trat, und antwortete: »Das hat überhaupt nichts zu sagen. Daß es weniger auf den Typ als auf ganz andere Dinge ankommt, das habe ich erst wieder erfahren.«

»Bei meinem Onkel?«

Ich lächelte. »Du mußt noch sehr viel üben, bis du es gelernt hast, mir richtig zuzuhören. Weißt du schon, wann er in Urlaub fährt und wohin?«

»Natürlich wieder nach Marbella«, sagte er. »Wann, weiß ich nicht.«

»Schade, daß es keine Möglichkeit gibt, ihn dazu zu bringen, jetzt schon zu fahren«, sagte ich. »Interessiert es dich nicht, weshalb ich heute nacht bei Isabella schlafen möchte?«

»Damit du es nicht wieder mit deinem Exschwiegervater tun mußt«, sagte er. »Wenn du etwas mehr Vertrauen zu mir hättest ...«

»Wer redet denn von dir?« fiel ich ihm dazwischen. »Mit etwas mehr Vertrauen zu mir selbst wäre es kein Problem, bei dir zu schlafen. Hätte Isabella nicht am Fenster gestanden, als ich heute mittag auf seiner Couch lag und dein Onkel zur Tat schreiten wollte, so gäbe es jetzt nichts mehr, was ich ihm noch länger vorenthalten könnte. So bin ich eben, und ich kann nichts daran ändern.«

»Ach du grüne Neune«, murmelte er. »Wo stand sie denn?«

»Am Fenster meines künftigen Arbeitszimmers«, sagte ich und gab ihm einen kurzen Einblick in die nachfolgenden Geschehnisse.

Er schüttelte den Kopf. »Und das hat er dir verziehen?«

»Ich wundere mich ja selbst darüber«, sagte ich. »Aber du hast vorhin miterlebt, wie moderat er sich am Telefon verhalten hat. Er tut mir ja leid, genau wie Wolfgang auch, aber nur, weil sie mir leid tun, kann ich keinen heiraten, der vier oder fünf Jahrzehnte älter ist als ich.«

Er sagte: »Aber deine finanziellen Probleme wärst du von heute auf morgen los und ihn in absehbarer Zeit auch. Oder läßt dich der Gedanke kalt?«

»Ebenso wenig wie der Gedanke, er könnte eines Tages durch einen dummen Zufall von meiner Hamburger Vergangenheit erfahren«, sagte ich. »Der ist mir genauso unsympathisch wie jener, mich nach Wolfgangs Tod wieder mit Volker auseinandersetzen zu müssen, weil Wolfgang mir seine Eigentumswohnung hinterlassen will und Volker mit Sicherheit das Testament seines Vaters anfechten wird. Ganz abgesehen davon, daß auch du schon auf das Vermögen deines Onkels reflektierst.«

»Und bis dahin kannst du nicht warten?«

»Du meinst, bis es dir in den Kopf kommt, ihn irgendwie umzubringen, weil es dir mit seinem natürlichen Tod zu lange dauert?«

Wir hatten jetzt die steile Straße erreicht, die zum Haus seines Onkels hinaufführte. Er trat auf die Bremse und sagte: »Du wirst schon hier aussteigen müssen, für den Fall, daß er sich noch im Garten aufhält. Ich rede von seinem natürlichen Tod. Wie lange traust du dir zu, warten zu können, bis ich sein Geld habe? Drei Jahre? Oder fünf?«

Ich sagte: »Dich werde ich nicht heiraten. Nicht einmal für hundert Millionen Mark.«

Er grinste. »Und dich werde ich nie verstehen. Worauf wartest du? Daß dir noch einmal ein Mann wie Fred begegnet?«

»Vielleicht«, sagte ich. »Vorausgesetzt, er ist nicht auch schon verheiratet. Du mußt das richtig sehen, Rolf: Ich habe, ohne sie zu lieben, jetzt schon mit so vielen Männern geschlafen, daß es mit dir auch nichts Besonderes mehr wäre. Ein kleiner Orgasmus und danach ein Gefühl der Leere nicht nur im Bauch. Wenn ich ihm in zehn Jahren noch nicht begegnet bin und anfange, mich selbst zum Kotzen zu finden, werde ich mich vielleicht umhören, ob du noch zu haben bist. Vorher auf keinen Fall.«

»Ich könnte mir vorstellen, daß ich dich auch in zehn Jahren noch nicht zum Kotzen finde«, sagte er und öffnete, sich zu mir herüberbeugend, meine Tür. »Wann höre ich wieder von dir?«

»Das weiß ich noch nicht«, sagte ich und küßte ihn auf die Wange. »Danke für den Abend, Rolf.«

Er sagte: »Gott sei mit dir.«

»Mit dir hoffentlich auch«, sagte ich und stieg aus dem Wagen.

Der Dobermann war heute nicht hier. Vielleicht hatte er sich schon zur Ruhe begeben. In den großen Grundstücken mit ihren

Bungalows für Neureiche aus dem Rheinland, die sich hier einen Altersruhesitz geschaffen hatten, nistete sich Dämmerung ein. Die Straßenlaternen gingen an. Ihr Anblick erinnerte mich an meine abendliche Begegnung mit Stefan. Ich ertappte mich bei dem Wunsch, bei ihm zu sein.

Isabella erwartete mich schon auf der Straße. Als sie mich sah, kam sie mir rasch entgegen und reichte mir die Hand.

Ich fragte: »Kann ich heute nacht bei dir schlafen?«

Statt mir zu antworten, führte sie mich an der Hand etwa zwanzig Schritte die steilansteigende Straße hinauf und dann auf einen schmalen, beidseitig von hohen Thujahecken flankierten Weg, dem ich bei meinem ersten Besuch keine Beachtung geschenkt hatte und der sich jetzt als Grundstücksgrenze erwies. Er endete am Waldrand vor dem hölzernen Tor eines etwa eineinhalb Meter hohen Jägerzauns, der den hinteren Teil des Grundstücks zum Wald hin abschirmte. Ich erinnerte mich, ihn schon gesehen zu haben, als ich bei meiner nachmittäglichen Flucht aus dem Badezimmerfenster geklettert war. Das Tor war verschlossen.

Isabella öffnete es mit einem Schlüssel und sagte: »Der Señor hat es nachträglich für den Gärtner einbauen lassen, damit er das Gras, wenn er den Rasen mäht, mit einem Schubkarren vom Grundstück befördern kann und es nicht über den Zaun werfen muß. Komm!«

Ich folgte ihr zu dem kaum mehr als dreißig Schritte vom Zaun entfernten Mitteltrakt des Hauses und zu einer unverschlossenen Tür an seiner Rückseite.

Gleich darauf öffnete sie in einer kleinen Diele die Tür zu ihrem Schlafzimmer und sagte: »Hier wird dich kein Mensch stören, Stefanie. Das Bad und das WC sind gleich gegenüber. Ich schlafe im Zimmer nebenan. Am Ende der Diele liegt die Küche. Von ihr aus kommt man in den Hauptteil des Hauses, wo der Señor wohnt.«

Ich fragte: »Dann kommst du nur durch die Küche zu ihm, oder wenn du das Haus genauso verläßt, wie wir es betreten haben?«

Sie lächelte. »In der Diele ist noch eine Tür, die zu den Gästezimmern führt. Von den Gästezimmern führt eine Tür zum Swimmingpool. Ich kann also, wenn ich zum Señor will, auch durch die Gästezimmer und von dort vorbei am Swimmingpool zu ihm gehen. Oder es so wie du machen und ein Badezimmerfenster benutzen.«

Ich fragte verwundert: »Du hast mir dabei zugesehen?«

»Ich sah, wie du deine Handtasche aus dem Fenster warfst, und bin dann rasch zum Swimmingpool gelaufen, wo ich auf dich gewartet habe. Willst du etwas trinken?«

Ich schüttelte den Kopf. »Kümmere dich nicht länger um mich, sonst wird er dich vielleicht vermissen. Fällt ihm nicht auf, daß du das Haus verlassen hast?«

»Nein. Als ich seinen Neffen vorfahren hörte, hatte ich noch im Garten zu tun. Ich öffnete ihm das Tor. Er sagte mir, daß du mich sprechen willst. Deshalb habe ich auf der Straße auf dich gewartet. Ich sehe nur rasch nach, ob ich heute abend noch gebraucht werde, und bin …« Sie sprach nicht weiter und blickte, während ihr Gesicht förmlich zu erstarren schien, an meiner Schulter vorbei.

Als ich mich umdrehte, sah ich Möbius aus einer Tür kommen, von der ich nach Isabellas Beschreibung annehmen konnte, daß sie in die Küche führte. Daß meine Anwesenheit für ihn ebenso überraschend kam wie die seine für mich, merkte ich ihm sofort an. Noch ehe er den Mund aufbrachte, hatte ich mich bereits gefaßt und sagte lächelnd: »Jetzt haben Sie mir den ganzen Spaß verdorben, Gerhard. Ich wollte Sie mit meinem Besuch überraschen. Leider hörte ich von Isabella, daß Sie bereits welchen haben.«

Während ich beim Sprechen sein Gesicht im Auge behielt, hatte ich nicht den Eindruck, daß er meinen Worten Glauben schenkte. Es wirkte jetzt eher ausdruckslos als erfreut. Auch seine Stimme klang unpersönlich, als er fragte: »Und wie kamen Sie in das Haus?«

»Durch einen Zufall«, sagte ich. »Ich entdeckte den schmalen Weg neben Ihrem Grundstück und bin ihm aus Neugierde, wohin er führt, bis an das hintere Tor gefolgt. Von dort aus sah ich Isabella am Fenster ihres Schlafzimmers stehen. Sie war so freundlich, mir zu öffnen. Als Sie eben kamen, wollte sie mir gerade ihre Zimmer zeigen. Ich dachte, Sie würden sich über meinen Besuch freuen?«

Er richtete das Wort an Isabella, die leider weniger geistesgegenwärtig reagierte als ich und einen völlig verstörten Eindruck machte. Er sagte: »Geh zu meinem Neffen und sag ihm, daß ich keine Zeit mehr für ihn habe. Er ist auf der Terrasse. Begleite ihn zum Tor und schließe es hinter ihm ab. Du wartest dann hier in deinem Zimmer, bis du von mir hörst.«

Sie folgte mit gesenktem Kopf seiner Aufforderung.

Ich sah ihr nach, bis sie hinter der Küchentür verschwunden war, dann fragte ich: »Warum reden Sie in diesem Ton mit ihr? Weil sie mich ohne Ihr Wissen ins Haus ließ?«

Er achtete nicht auf meine Frage und sagte: »Sie wollten mich also besuchen?«

»Sonst wäre ich wohl kaum hier«, sagte ich. »Wenn ich aber störe, kann ich auch wieder gehen.«

»Aber diesmal erst hinterher«, sagte er und kam zu mir. Er griff nach meinem Handgelenk und zog mich neben sich her zu einer anderen Tür, die, weil sie der Küchentür genau gegenüberlag, nur in den Gästetrakt des Hauses führen konnte. Sein schmerzhafter Griff ließ mich das Schlimmste schon befürchten, noch ehe wir hinter der Tür einen schmalen, dunklen Flur erreichten und Möbius, mit einer Hand eine neue Tür öffnend, mich in einen ebenfalls dunklen Raum stieß. Bevor er das Licht einschaltete, konnte ich hören, wie er die Tür hinter sich abschloß. Außer einem unbezogenen Bett mit einer noch neu aussehenden Matratze und einem Kleiderschrank war der Raum leer, und die Gardine vor dem geschlossenen Rolladen ließ ihn noch enger und kleiner erscheinen, als er ohnehin war.

Auch wenn ich in diesem Fall davon ausgehen konnte, daß Möbius den Schlüssel nicht in seinen Slip gesteckt hatte, fiel es mir doch schwer, der Situation eine heitere Seite abzugewinnen. Ich sagte: »Falls Sie vorhaben, hier nachzuholen, wozu es Ihnen heute mittag nicht ganz reichte, muß ich Sie enttäuschen, Gerhard.«

»Ich glaube nicht, daß Sie mich enttäuschen werden«, sagte er und kam wieder zu mir. Er faßte nach meinen Schultern und schob mich rücklings vor sich her zum Bett. Weil er nicht nur größer, sondern auch wesentlich kräftiger war als ich, gelang es mir trotz meiner sofortigen Gegenwehr nicht, seine Absicht völlig zu vereiteln. Ich konnte nur verhindern, daß er mich auf das Bett drängte. Statt dessen landete ich zwischen Bett und Fenster mit dem Rücken an der Wand, womit mir dann allerdings, weil er sich mit seinem ganzen Körper gegen mich lehnte, erst recht kein Spielraum mehr blieb, ihn mir vom Leibe zu halten. Auch mein Versuch, meine Handtasche als Waffe zu benutzen, kam über einen mißglückten Ansatz nicht hinaus. Ich klemmte sie, um wenigstens die Hände frei zu haben, zwischen Rücken und Wand.

Entgegen seiner sonstigen Art, mit Formalien keine Zeit zu verlieren, überraschte er mich diesmal mit einem wahren Feuerwerk von Küssen, die nicht nur meinen Mund und meine Augen, sondern auch meine Nase und meine Wangen einbezogen. Erst Minuten später, als ich schon meinte, er wolle es diesmal beim Küssen belassen, fühlte ich seine Hand an meinem Reißverschluß. Er zerrte mir Rock und Slip hinab und schob, als ich die Beine kreuzte, rasch ein Knie dazwischen. Während er mit zwei oder drei Fingern in mich eindrang, küßte er mich wieder und sagte leise: »Das gefällt Ihnen doch? Oder etwa nicht?«

Obwohl ich normalerweise keine Probleme hatte, Gefallen daran zu finden, die Hand eines Mannes an der Vagina zu fühlen, war ich diesmal nicht bei der Sache, im Gegenteil, ich empfand plötzlich wieder den gleichen Überdruß, der es mir zuletzt leicht gemacht hatte, aus Hamburg wegzugehen. Ich sagte so ruhig wie möglich: »Sie werden mir lästig, Gerhard. Sie lassen mir keine andere Wahl, als einen Weg zu finden, Sie loszuwerden. Mit Landmann habe ich keine Probleme. Nur mit Ihnen.«

»Und wie wollen Sie das anstellen?« fragte er. Offenbar war er davon überzeugt, mich auch ohne Gewaltanwendung gefügig zu machen, denn seine raschen Berührungen zielten immer mehr darauf ab, mich zu erregen.

Mein Blick fiel auf die bunte Nylon-Gardine am Fenster. Ich schob die Hände in meinen Rücken und öffnete die Handtasche. Während ich nach meinem Feuerzeug tastete, sagte ich: »Indem ich in der Agentur erzähle, von Ihnen vergewaltigt worden zu sein.«

Er lächelte. »Damit schneiden Sie sich doch nur ins eigene Fleisch, Stefanie. Außerdem müßte ich Sie dann wegen Verleumdung verklagen.«

»Das werden Sie mit Sicherheit nicht tun«, sagte ich. »Sie müßten dem Gericht nämlich erklären, weshalb Sie Ihren Neffen weggeschickt und Isabella in ihr Zimmer befohlen haben. Und Sie müßten ihm weiter erklären, wie Sie Landmann dazu gebracht haben, mir in Ihrem Haus ein eigenes Büro einzurichten. Da ich im Falle einer Anzeige meines Arbeitgebers nur Nach- und keine Vorteile zu erwarten hätte, wird man mir mehr Glauben schenken als Ihnen. Besonders dann, wenn ich ein ärztliches Attest vorlegen kann, zu der von mir angegebenen und von Ihrem Neffen und Isabella bestätigten Zeit gebumst worden zu sein.«

»Aber doch nur, wenn man Sperma bei Ihnen findet«, sagte er.

»Ein Gynäkologe wird es auch ohne Ihr Sperma feststellen können«, sagte ich.

»Aber doch bei Ihnen nicht«, sagte er und knöpfte auch meine Bluse auf.

Es geschah etwa zur gleichen Zeit, als ich das Feuerzeug gefunden hatte. Ich nahm es aus der Tasche und hielt es, während er den Blick auf meine Brust gesenkt hielt, mit seitlich ausgestrecktem Arm an die Gardine. Zuerst roch es nur verbrannt. Dann züngelte eine Stichflamme zur Decke. Sekunden später brannte die

Gardine lichterloh und schwärzte mit ihrem beißenden Rauch die weißgestrichene Zimmerdecke. Es ging alles so rasch, daß ich mit dem Rücken noch an der Wand lehnte, als die ausstrahlende Hitze bereits mein Haar versengte. Als Möbius mich von der Wand wegriß und zur Tür stieß, stolperte ich über meinen hängenden Slip und Rock und schlug zu Boden. Er schleifte mich, wobei Slip und Rock von meinen Füßen rutschten, noch etwa zwei Meter weit hinter sich her und wandte sich dann der brennenden Gardine zu. Ich konnte, halb auf dem Rücken liegend, sehen, wie er versuchte, sie von der Stange zu reißen. Weil ihm das nicht gelang, lief er an mir vorbei zur Tür, schloß sie auf und half mir dann auf die Beine. Als ich in den Flur taumelte, tränten mir die Augen, und ein Reizhusten ließ mich sekundenlang auf der Stelle verharren.

Den Rest besorgte Isabella. Sie stand plötzlich neben mir, griff nach meiner Hand und zog mich aus dem Gästetrakt in ihr eigenes Revier hinüber. In ihrem Schlafzimmer griff sie nach einem Morgenrock. Mir wurde jetzt erst bewußt, daß ich außer meiner aufgeknöpften Bluse nichts mehr auf der Haut trug. Selbst die Schuhe hatte ich, als Möbius mich zur Tür schleifte, mit Rock und Slip verloren. Weil Isabella sofort wieder aus dem Zimmer rannte, blieb mir keine Zeit, einige Worte mit ihr zu wechseln. Sie schien aber das Feuer schon selbst bemerkt zu haben, denn gleich darauf sah ich sie durch die offene Tür mit einem Wassereimer über den Flur laufen. Eigentlich hätte ich ihr und Möbius jetzt dabei behilflich sein müssen, das Feuer zu löschen, aber ich war in einer Verfassung, in der es mir völlig gleichgültig war, ob das Haus abbrannte oder nicht. Im Gegenteil, die Erinnerung an sein entsetztes Gesicht, als er den Blick von meiner Brust auf die brennende Gardine richtete, löste ein Gefühl heißer Genugtuung in mir aus, fast so heiß wie die Flammen, als sie mein Haar versengten. Bevor ich mich in Isabellas Frisierspiegel vergewisserte, daß ich immer noch genügend auf dem Kopf hatte und nur die Haarspitzen an meiner rechten Schläfe kaum erkennbar in Mitleidenschaft gezogen worden waren, öffnete ich vorsorglich das Fenster für den Fall, daß das Feuer sich weiter ausbreitete und ein direkter Fluchtweg sich als nützlich erweisen könnte.

Zum Glück war das nicht erforderlich. Von Isabella, die ebenso blaß wie erhitzt zurückkehrte, erfuhr ich, daß es dem Señor gelungen sei, das Feuer zu löschen und ein Übergreifen auf Zimmerdecke und Gardinenstange zu verhindern. Sie brachte auch gleich meine Kleider, die Schuhe und die Handtasche mit, so daß ich ihr das Negligé wieder abtreten konnte. Daß sie weinte, merkte ich erst, als ich schon fast angezogen war. Ich griff nach ihrer Hand und fragte: »Hat er dir Vorwürfe gemacht?«

Sie schüttelte weinend den Kopf und sagte: »Das nicht, aber ich bin schuld daran, daß es so gekommen ist, Stefanie. Ich hätte daran denken müssen, daß er mich vielleicht doch suchen kommen würde. Vielleicht sollte ich für ihn und seinen Neffen eine Flasche Wein aus dem Keller holen, oder er wollte noch einen Kaffee haben. Hätte ich mich nur eine Minute weniger bei dir aufgehalten, wäre es nicht passiert. Du hast mich noch gewarnt, aber ich glaubte es besser zu wissen als du. Er läßt dir sagen, daß du dich nicht länger in seinem Haus aufhalten sollst. Er ist furchtbar wütend. Noch nie habe ich ihn so erlebt.«

Ich zog sie an mich, küßte sie auf die Wange und sagte: »Wenn hier jemand Schuld hat, dann ich, Isabella. Du hast mir nur einen Gefallen tun wollen. Dafür bin ich dir dankbar. Wenn er wünscht, daß ich sein Haus verlasse, möchte ich ihn nicht mehr sehen. Ich benutze wieder den Hinterausgang. Kannst du mitkommen und mir das Tor im Zaun aufschließen?«

Sie nickte und wischte sich die Tränen aus dem Gesicht. Als wir gleich darauf unter einem wolkenlosen Sternenhimmel Seite an Seite zum Tor gingen, schob ich eine Hand in ihren Arm und sagte: »Wenn er dir Vorwürfe macht, kommst du einfach zu mir. Er hat mir gesagt, wie unentbehrlich du für ihn bist. Also kannst du es dir auch leisten, ihm einmal zu zeigen, daß er nicht alles mit dir machen kann. Er wird auch dann noch auf dich angewiesen sein und sich hüten, dir Anlaß zur Kündigung zu geben.«

»Er wird eher mir kündigen«, sagte sie leise.

»Ganz bestimmt nicht«, sagte ich. »Er lebt sogar in der ständigen Furcht, du könntest in der Stadt bei deinen Einkäufen einmal einen Mann kennenlernen, der dich ihm wegnimmt. Und selbst wenn er dir kündigen sollte, brauchst du deshalb nicht zu verzweifeln. Dann bringe ich dich bei meiner Mutter unter. Die hat Arbeit genug, auch für dich.«

Sie blickte rasch in mein Gesicht. »Sie hat ein Geschäft?«

Ich mußte lächeln. »Nicht direkt ein Geschäft. Magst du Tiere? Schafe, Pferde, Hunde, Katzen ...«

»Ja, ja«, sagte sie impulsiv. »Ich mag Tiere sogar sehr.«

»Nur verdienen wirst du nicht viel«, sagte ich. »Aber es wäre ja auch nur eine Übergangslösung, bis du den richtigen Mann gefunden hast. Was willst du mit dem Señor? Das einzige, was bei ihm noch richtig brennt, sind seine Gardinen.«

Wir hatten jetzt das Tor erreicht. Sie schloß es auf und fragte: »Hast du sie angezündet?«

»Ja. Ich hätte sonst nicht verhindern können, daß er mich zum Bumsen nötigte. Du hast ja gesehen, daß er mir schon alles ausgezogen hatte, was ihn noch daran hätte hindern können.«

Sie lächelte schon wieder. »Du bist mir vielleicht eine, Stefanie.«

»Aus dir mache ich vielleicht auch noch eine«, sagte ich und küßte sie zum Abschied auf die Wange. »Du weißt, wo du mich erreichen kannst. Du kannst mich den ganzen Abend anrufen und morgen vormittag bis zehn Uhr. Geh jetzt, sonst sucht er dich vielleicht wieder. Gute Nacht, Isabella.«

»Gute Nacht, Stefanie«, sagte sie und streifte mit den Lippen meinen Mund. Es war wie der Kuß eines Kindes.

14

Gittenberg war unser Faktotum und außer für Botengänge auch für die Heizung, für kleinere Reparaturen und im Frühjahr und Sommer auch für die Pflege des Grundstücks zuständig. Als Wolfgang mich zum zweiten Mal an diesem Vormittag weckte und mir mitteilte, daß er vor der Tür stehe und sich nicht abweisen lasse, weil er im Auftrag des Chefs hier sei, war es kurz nach zehn Uhr. Bei seinem ersten Versuch, mich aus dem Bett zu bringen, war es kurz nach sieben gewesen, was bis vor einigen Tagen auch meine normale Zeit zum Aufstehen war, wollte ich rechtzeitig ins Büro kommen. Weil mir jedoch schon bei Wolfgangs erstem Morgenruf eingefallen war, daß ich im Büro nicht mehr erwartet und nach den Geschehnissen von gestern abend auch von Möbius gemieden wurde, war ich noch einmal eingeschlafen, was immerhin ein gutes Zeichen dafür war, daß weder er noch Seeberg es bisher geschafft hatten, mir die Nachtruhe zu vergällen. Auch die Erinnerung an die abendlichen Geschehnisse in Möbius' Haus bereitete mir an diesem Morgen noch kein großes Kopfzerbrechen. Schließlich war ich auch gestern abend nicht in sein Haus gekommen, um mit ihm zu bumsen, sondern weil ich eine ungestörte Nacht verbringen wollte. Die hätte ich zwar, wie sich nach meiner spätabendlichen Heimkehr herausstellte, auch in der eigenen Wohnung verbringen können, aber sicher nur, weil Wolfgang wegen des Dalis ein schlechtes Gewissen und darum gar nicht erst versucht hatte, mir noch gute Nacht zu sagen. Wenn ich dem gestrigen Abend überhaupt eine erwähnenswerte Erfahrung abgewinnen konnte, dann die, daß es von Möbius' Haus bis zu unserer Wohnung ein Fußweg von etwa fünfzig Minuten war, weil ich auf der ganzen Strecke kein einziges Taxi gesehen hatte. Ob mich meine Verhaltensweise bei Möbius auch heute vormittag noch mit Genugtuung oder nach entsprechender zeitlicher Distanz eher mit Unbehagen erfüllte, hätte ich beim Aufstehen nicht zu sagen vermocht. Ich war einfach zu müde, um auch noch anderen Empfindungen nachzuspüren.

Wolfgang hatte Gittenberg vor der Wohnungstür stehen lassen, wo er auch noch stand, als ich ihm im Morgenrock aufmachte. Er war schon über sechzig und verdiente sich bei der GEMAS zu seiner Rente noch ein Zubrot, das er, weil sein einziger Sohn arbeitslos war, zu dessen Unterstützung auch brauchen konnte. Er gehörte zu jenen Männern, die mir, aus welchen Gründen auch immer, möglichst aus dem Weg gingen oder, wenn dies wie jetzt nicht möglich war, es vermieden, mir in die Augen zu sehen. Vielleicht befürchtete er, ich hätte den bösen Blick oder sonst was Ansteckendes an mir. Dazu paßte natürlich in seinem Verständnis, daß ich ihm zu dieser Tageszeit noch im Morgenrock die Tür öffnete, während meine Kollegen und Kolleginnen von der GEMAS schon längst an der Arbeit waren. Was er mir zu sagen hatte, ließ auf zweierlei schließen. Da war zuerst einmal Möbius' verständlicher Wunsch, wieder in den Besitz seines Dalis zu gelangen, aber gleichzeitig benutzte er sein Anliegen für eine indirekte Mitteilung an mich, denn wäre es ihm nur um den Dali gegangen, so hätte er Gittenberg nicht auch noch die Begründung für seinen Wunsch um eine Rückgabe mit auf den Weg geben müssen, ihn wegen einer längeren Reise aus Sicherheitsgründen für die Zeit seiner Abwesenheit in einen Banksafe zu geben.

Daß diese Reise schon morgen erfolgen solle, erklärte auch die Dringlichkeit der Angelegenheit und Gittenbergs vormittäglichen Besuch. Mit Rücksicht darauf, daß die fehlenden Türen auch bei ihm Befremden auslösen und mit einiger Wahrscheinlichkeit noch am gleichen Tag zum Tagesgespräch in der GEMAS werden würden, bat ich ihn, vor der Tür zu warten, und verständigte Wolfgang von seinem Wunsch. Danach ging ich ins Bad und stand noch unter der Dusche, als Wolfgang hereinkam und mich nach dem Kellerschlüssel fragte. Es war nicht das erste Mal, daß er ihn verlegt hatte und mich verdächtigte, ihn in seinem Versteck aufgestöbert und an mich genommen zu haben. Natürlich glaubte er mir auch diesmal nicht und sagte: »Bevor du nicht den Schlüssel hergibst, bekommt er auch den Dali nicht.«

Er hatte wieder jenes Flackern in den Augen, das jedesmal vorausging, wenn es ihn überkam, mich anzufassen. Warum tagelang oft nicht und ausgerechnet jetzt, wo Gittenberg vor der Wohnungstür stand und auf den Dali wartete, gehörte zu jenen Eigentümlichkeiten, mit denen zu leben ich mir im Laufe der Zeit angewöhnt hatte. Ich drehte das Wasser ab, trat unter der Dusche hervor und griff nach einem Badetuch. Ich sagte: »Nimm dich um Gottes willen zusammen. Wenn er den Dali nicht bekommt, wird mein Chef uns die Polizei ins Haus schicken. Er verreist jetzt wirklich und will ihn, weil die Reise länger dauert als ursprünglich beabsichtigt, in seinen Banksafe tun.«

»Weißt du, wie groß ein Banksafe ist?« fragte er.

Damit hatte er nicht unrecht. Ich trocknete mich rasch ab, zog wieder meinen Morgenrock an und kehrte zu Gittenberg zurück. Er sagte mit gerötetem Gesicht: »So viel Zeit habe ich nicht, Frau Mössmer.«

»Eben deshalb«, sagte ich. »Wir haben das Bild nicht hier, sondern an einem sicheren Ort aufbewahrt. Richten Sie Herrn Möbius aus, daß ich es im Lauf des Nachmittags persönlich bei ihm vorbeibringen werde.«

Er drehte mir den Rücken zu und ging wortlos zum Lift.

Warum manche Männer überhaupt nicht auf mich ansprachen, war mir unbegreiflich, es sei denn, es verhielt sich bei ihnen wie mit dem Fuchs und den Trauben.

Wolfgang hatte bereits gefrühstückt. Er war in der Küche damit beschäftigt, sich um mein Frühstück zu kümmern, und leistete mir, während ich aß, am Tisch sitzend Gesellschaft. Ich fragte: »Wie kam er überhaupt vor die Wohnungstür? Hast du wieder einmal die Haustür geöffnet, ohne zu fragen, wer unten ist?«

»Wenn bei uns geläutet wird …«, setzte er an.

Ich fiel ihm dazwischen: »Kann es genauso gut ein Hausierer sein. Ich weiß nicht, wozu wir eine Sprechanlage haben, wenn du sie kaum benutzt. Oft läuten doch auch nur Leute, die uns die Briefkästen mit Werbeprospekten vollstopfen.«

»Ich lese sie gern«, sagte er. »Vielleicht hast du den Kellerschlüssel doch an dich genommen und es vergessen.«

Ich sagte: »Zum Glück bin ich noch nicht ganz so vergeßlich wie du. Wo hast du ihn sonst immer versteckt?«

»An einem sicheren Ort«, sagte er. »Aber dort liegt er nicht mehr.«

Ich sagte beherrscht: »Wenn es ein sicherer Ort ist, dann läge er auch noch dort, wenn ich danach gesucht hätte. Du wirst eben die Kellertür entweder aufbrechen oder einen Schlosser rufen müssen.«

»Gestern abend nach elf Uhr wurde wieder angerufen«, sagte er. »Zwei- oder dreimal. Jedesmal wenn ich mich meldete, legte der Anrufer auf.«

Der Zeit nach konnte es diesmal tatsächlich Stefan gewesen sein. Insofern war es keine gute Idee von mir, die Nacht nicht hier verbringen zu wollen. Ich sagte: »Sicher falsch verbunden.«

»Dann hätte der Betreffende nicht gleich dreimal falsch gewählt«, sagte er folgerichtig. »Ich war gestern auf der Bank. So, wie wir leben, kommen wir noch fünf Jahre mit meinem Geld hin.«

Ich blickte betroffen von meinem Frühstücksteller auf. »Nur?«

»Bis dahin lebe ich nicht mehr«, sagte er. »Es bleibt also immer noch etwas auch für dich übrig. Außer der Wohnung natürlich.«

Ich sagte: »Ich würde eher verhungern, als mich mit Volker über die Wohnung zu streiten. Ich möchte nie mehr etwas mit ihm zu tun haben. Schon gar nicht vor einem Erbschaftsgericht. Was, glaubst du wohl, wird ein Richter von mir denken, wenn er hört, daß ich zuerst mit deinem Sohn verheiratet war und danach mit dir zusammenlebte? Mit einem guten Anwalt wird Volker mich buchstäblich zur Sau machen. Du hast in diesen zwei Jahren schon genug für mich getan. Schlage dir das mit der Wohnung also aus dem Kopf und werfe, falls du schon eins aufgesetzt hast, das Testament in den Mülleimer. Dann fällt die Wohnung automatisch an Volker.«

»Wenn du mich heiratest ...«, hub er an.

Ich unterbrach ihn ungeduldig: »Darüber haben wir uns schon hundertmal unterhalten, Wolfgang. Das wäre erst recht Wasser auf die Mühlen eines guten Anwalts, weil es in den Augen eines normal denkenden Menschen für eine Frau in meinem Alter außer Erbschleicherei kein überzeugendes Motiv gibt, dich zu heiraten. Ich könnte mich nicht einmal darauf berufen, dich, weil du krank und hinfällig gewesen seist, über Jahre hinweg gepflegt zu haben. Hinfällig bist du nur im Bett und dort leider nicht einmal hinfällig genug. Wenn es so ist, daß wir nur noch fünf Jahre mit deinem Geld hinkommen, werden wir uns eben künftig mit dem Essen und mit der Garderobe noch mehr einschränken als bisher. Hast du die zweitausend Mark, nach denen ich dich letzte Woche fragte, schon geholt?«

Er nickte. »Bei der Gelegenheit habe ich mir in der Bank auch ausrechnen lassen, wie lange wir mit meinem Geld, zuzüglich Zinsen, noch hinkommen.«

»Dann wirst du die zweitausend selbstverständlich behalten«, sagte ich. »Ich wußte ja nicht, wieviel Geld du noch hast. Du hast nie darüber gesprochen, und ich habe dich nie danach gefragt.«

»Ich habe dich auch nie danach gefragt, weshalb deine Mutter darauf angewiesen ist, daß du ihr dein ganzes Geld schickst«, sagte er.

Ich beendete das Frühstück und sagte: »Dann tu es auch jetzt nicht. Du würdest es ebenso wenig verstehen wie Volker. Willst du, daß ich bei dir wohnen bleibe?«

»Das ist keine Frage, die sich mir stellt«, sagte er. »Die Frage, die sich mir stellt, ist, wo du wohnen wirst, wenn ich einmal nicht mehr lebe.«

Darüber hatte ich mir schon oft genug den Kopf zerbrochen, denn selbst wenn ich eingewilligt hätte, daß er mich in seinem Testament berücksichtigte, hätte die Wohnung, damit auch Volker seinen Pflichtteil bekäme, verkauft werden müssen. Ich sagte: »Du wirst mindestens noch zehn Jahre leben, und bis …« Ich brach ab, weil ein rascher Einfall mich sekundenlang beschäftigte. Dann führte ich meinen Satz zu Ende: »Bis dahin sehe ich weiter.«

Er seufzte. »Wenn du meinst. Ich wäre beruhigter, wenn ich wüßte, daß du dann keine finanziellen Probleme haben wirst.« Er legte den Finger wie ruheheischend auf den Mund und sagte dann: »Ob ich ihn, als ich den Dali hinunterbrachte, vielleicht versehentlich habe stecken lassen?«

»Ist dir das schon einmal passiert?«

»Einmal«, sagte er und stand hastig auf.

Falls der Schlüssel tatsächlich in der Kellertür steckte, war es ihm sicher schon mehr als nur einmal passiert.

Das Telefon läutete, als er noch im Keller war und ich die Küche aufräumte. Landmann war am Apparat, er fragte ohne jede Einleitung: »Hattest du wieder etwas mit Möbius?«

»Aber mit dem habe ich seit vergangenem Donnerstag doch fast täglich etwas«, sagte ich. »Warum fragst du?«

»Weil er mir soeben ganz überraschend am Telefon mitteilte, er wolle aus gesundheitlichen Gründen morgen für einige Wochen nach Marbella fahren. Wußtest du davon?«

Ich hatte den Hörer stehend abgenommen. Weil es jedoch allem Anschein nach ein längeres Gespräch werden würde, setzte ich mich auf Wolfgangs Bett und sagte: »Ich wußte es nicht, ich habe aber auch nichts dagegen, wenn er für einige Wochen verschwindet, Karl. Ich bin es leid, mir jedesmal, wenn ich in sein Haus komme, etwas einfallen lassen zu müssen, damit er mich nicht vergewaltigt. Ich bin es gewohnt, selbst zu bestimmen, wann ich mit einem Mann ins Bett will und wann nicht. Gestern abend wollte ich es jedenfalls nicht.«

»Ach so«, sagte er, es dabei belassend.

Ich fragte: »Oder wäre es im Interesse der Firma gewesen, wenn ich mit ihm gepimpert hätte?«

»Manchmal kann man dir wirklich nicht zuhören«, sagte er. »Ich denke, dieses ganze Thema hätten wir endgültig abgehakt?«

»Was du abhakst, ist deine Privatangelegenheit«, sagte ich. »Ich jedenfalls habe dieses Thema noch nicht abgehakt, und das Kündigungsschreiben von dir habe ich auch noch nicht bekommen. Vielleicht genügt es dir, wenn Seeberg es bekommt?«

»Du kriegst es schon noch«, sagte er. »Sogar per Einschreiben, damit alles seine Ordnung hat. Ich weiß nur nicht, wie du das finanziell machen willst, wenn du Möbius jedesmal vor den Kopf stößt. Ich nehme doch an, er hat dir gesagt, daß wir uns darauf verständigt haben, deine weiteren Gehaltszahlungen über sein Privatkonto laufen zu lassen?«

»Wann hast du zuletzt mit ihm darüber gesprochen?«

»Das war gestern nach dem Gespräch mit dir«, sagte er. »Er rief mich an, als ich ins Büro zurückkam, und sagte mir, er habe sich mit dir darüber verständigt, daß du dein Gehalt brutto überwiesen bekommst. Wenn ihm das die Sache wert ist – meinetwegen.«

Ich fühlte förmlich, wie meine Ohren sich bewegten. »Was heißt das: ›wenn ihm das die Sache wert ist‹?« fragte ich. »Welche Sache? Daß er damit einverstanden ist, wenn mein Gehalt über sein Konto läuft? Oder wovon redest du?«

Er redete ein kleine Weile nichts. Dann sagte er: »Du warst doch damit einverstanden, daß er dein Gehalt aus seiner eigenen Tasche bezahlt, bis wir eine andere Lösung gefunden haben?«

»Aber überhaupt nicht!« sagte ich entschieden. »Davon war doch zuletzt gar keine Rede mehr. Ich habe ihm unmißverständlich gesagt, wie ich mir die Sache vorstelle: daß die Agentur mein Gehalt irgendwie über Werbungskosten verbucht und daß ich es wie bisher auf mein Bankkonto überwiesen …«

»Vielleicht darf ich dich daran erinnern«, fiel er mir ins Wort, »daß du vorläufig wegen deines Vorschusses keinen Anspruch auf …«

»Ach du lieber Gott«, beendete ich seine Rede, »wenn das ein Problem ist, kriegst du es morgen von mir auf das Konto der Agentur überwiesen. Jedenfalls lege ich nicht den geringsten Wert darauf, mein Gehalt künftig in Gestalt eines freiwilligen Taschengeldes von Möbius zu bekommen, wofür er mir jederzeit das Höschen ausziehen darf, sondern von dir, respektive von der Agentur, wobei ich nichts dagegen habe, wenn es vorher über sein

Privatkonto läuft, vorausgesetzt, er wird dort nicht zurückhalten, bis ich mich ihm gefällig erweise. Ich warne dich, Karl. Wenn ihr mir dumm kommt, spiele ich nicht mehr mit.«

Er fragte: »Was willst du sonst tun als mitspielen?«

Das hätte mich selbst neugierig machen können, und weil mir für den Augenblick nichts dazu einfiel, beendete ich das Gespräch, indem ich wieder einmal einfach auflegte. Ich blieb eine Weile unschlüssig auf dem Bett sitzen. Dann holte ich meine Handtasche aus meinem Zimmer, suchte in meinem Notizbuch nach Seebergs Geschäftsadresse, die auch Korwans Geschäftsadresse war, und wählte die Rufnummer der Görlach AG. Weil ich nicht Korwan persönlich, sondern sein Sekretariat verlangte, hatte ich bei der Telefonzentrale keine Probleme. Nicht alle Chefsekretärinnen widerstehen der Versuchung, etwas von ihrer hochrangigen Stellung auch in ihrer Stimme mitschwingen zu lassen, aber die Dame, die sich mit »Sekretariat Dr. Korwan, Berger« meldete, besaß eine völlig normal klingende Stimme, so daß ich keine Bedenken hatte, mich als Frau Heike vorzustellen und nach Dr. Korwan zu fragen. Etwa zwei Sekunden lang blieb ihre Stimme weg, dann fragte sie: »Frau Heike aus Hamburg?«

»So ist es«, sagte ich. »Ist der Doktor im Haus?«

Natürlich war er bei einer Besprechung, weil Männer wie er die meiste Zeit ihres Lebens auf Besprechungen verbringen, aber das aufrichtig klingende Bedauern in Frau Bergers Stimme ließ den Verdacht, es könnte sich um eine jener Besprechungen handeln, die gerne zum Vorwand genommen werden, belanglose Anrufer zu entmutigen, gar nicht erst aufkommen. Dagegen sprach auch, daß sie sich sofort erkundigte, wo und wann Dr. Korwan mich erreichen könne. Weil ich jedoch, wie ich sie wissen ließ, nur auf der Durchreise und in den nächsten Tagen überhaupt viel unterwegs sei, erwähnte ich die Möglichkeit, am Wochenende es vielleicht einrichten zu können, mich am Samstagabend zur gleichen Zeit im gleichen Restaurant mit ihm zu treffen, wozu ich, um dorthin zu kommen, mich eines Taxis bedienen würde. Und für den Fall, daß er bereits andere Pläne haben sollte oder ich selbst aus beruflichen Gründen meine Reiseroute zu ändern gezwungen sei, stellte ich ihr in Aussicht, sie im Laufe des Freitagvormittags noch einmal zu kontaktieren. Hörbar erfreut darüber, ihrem Chef so gute Nachrichten übermitteln zu können, sicherte sie mir zu, Herrn Dr. Korwan wortwörtlich über meinen Anruf zu informieren, und drückte anschließend ihr Bedauern über mein Mißgeschick aus, ihn wegen der Besprechung nicht erreicht zu haben. Mehr hatte ich von meinem Anruf auch nicht erwartet. Eher weniger.

Wolfgang blieb lange im Keller. Ich machte mir seinetwegen bereits Gedanken. Weil ich für den Vormittag noch einige Einkäufe eingeplant hatte, kehrte ich in mein Zimmer zurück und zog mich an. Ich war gerade damit fertig, als ich Schritte auf der Diele und Wolfgang meinen Namen rufen hörte. Ich ging ihm entgegen und fragte, weil er den Dali nicht mitgebracht hatte: »Hat der Schlüssel nicht gesteckt?«

»Doch«, sagte er. »Ich hatte ihn tatsächlich stecken lassen. Das Merkwürdige daran ist, daß das Bild nicht mehr da ist. Ich habe den halben Keller auf den Kopf gestellt.«

So sah er auch aus. Obwohl das Haus eine Ölzentralheizung hatte, machte er den Eindruck, in einem Kohlenhaufen gewühlt zu haben. Ich verstand zuerst in voller Bandbreite gar nicht, was er damit zum Ausdruck bringen wollte, es merkwürdig zu finden, daß der Dali nicht mehr da war, denn wenn er tatsächlich nicht mehr da war, dann war das nicht merkwürdig, sondern eine Katastrophe. Ich kehrte in mein Zimmer zurück, setzte mich auf den nächsten Stuhl und forderte mich insgeheim auf, jetzt die Ruhe zu bewahren. Zu Wolfgang, der mir nachgekommen war und eher etwas verwundert als verstört aussah, sagte ich: »Bist du dir, a, ganz sicher, ihn in den Keller gestellt zu haben, und, b, ebenso sicher, daß er jetzt nicht mehr im Keller ist?«

»Doch«, sagte er. »Das könnte ich beschwören, aber ich kann mir nicht vorstellen, daß er verloren gegangen ist.«

Ich zwang mich zur Ruhe. »Sicher nicht. Er könnte ja auch, weil du den Schlüssel hast stecken lassen, die Tür aufgeschlossen haben und zu einem kleinen Spaziergang in die Stadt gegangen sein. Bist du dir überhaupt richtig im klaren, was du mir da eben erzählst und was es bedeutet, wenn er gestohlen wurde?«

»Das glaube ich nicht«, sagte er. »Im Haus wohnen nur seriöse Leute, und Fremde kommen nicht in den Keller.«

»Und warum nicht?« fragte ich. »Sie brauchen sich von dir doch nur die Haustür öffnen zu lassen und dann in den Lift zu steigen. Schon können sie in den Keller fahren. Hat es gestern abend, als ich weg war, einmal an der Haustür geläutet?«

Er sagte unwirsch: »Ich kann mir nicht jedesmal merken, ob es an der Haustür geläutet hat oder nicht. Außerdem weißt du selbst, daß sie nicht immer ins Schloß fällt, wenn der Wind dagegen drückt.«

»Gestern abend ging kein Wind«, sagte ich. »Ich möchte mich selbst davon überzeugen. Komm mit in den Keller.«

»Das ist Zeitverschwendung«, sagte er und folgte mir zum Lift. Im Gegensatz zu vielen anderen Appartementhäusern gab es in diesem richtige Keller mit richtigen Türen und keine Lattenverschläge, wo jeder Hausbewohner sehen konnte, was der andere im Keller aufbewahrte, und was Wolfgang im Keller aufbewahrte, war neben den Zimmertüren das aussortierte Mobiliar aus längst vergangenen Zeiten. Genau wie Möbius auch konnte er sich von dem alten Gerümpel, das hier unten vermoderte und verstaubte, nicht trennen. Angeblich hatte er den Dali auf einen Ohrensessel gelegt, der aussah, als hätte er schon seinem Vater und Großvater dazu gedient, ihnen den Feierabend zu versüßen. Aber hier lag er jedenfalls nicht mehr, und als ich eine Viertelstunde später genauso derangiert wie Wolfgang in seinem Schlafzimmer zum Telefon griff und bei Möbius anrief, hatten wir sogar den ganzen Keller auf den Kopf gestellt.

Isabella war am Apparat. Sie erkannte sofort meine Stimme und sagte: »Ich hätte noch bei dir angerufen, Stefanie. Ich wollte nur warten, bis er das Haus verläßt. Er sucht etwas im Speicher. Weißt du es schon?«

»Ja«, sagte ich. »Fährst du mit ihm?«

»Ja. Morgen früh. Ich glaube, es ist wegen dir. Er sagte mir …« Sie brach ab. Ich konnte Schritte hören, dann undeutlich ihre und gleich darauf ebenso undeutlich Möbius' Stimme. Dann hörte ich ihn laut und frostig fragen: »Was wollen Sie?«

Ich drehte mich nach Wolfgang um, der mir von der Tür aus zuhörte. Mit einer Hand die Sprechmuschel bedeckend, sagte ich: »Ich möchte ungestört telefonieren. Das ist auch in deinem Interesse.«

Er verschwand wortlos in der Diele.

Zu Möbius sagte ich: »Nur etwas klarstellen. Ich werde den Dali so lange behalten, bis ich sicher sein kann, daß ich mein Gehalt auch dann bekomme, wenn Sie in Marbella sind. Dieses Spiel, daß Landmann die Verantwortung dafür auf Sie abschiebt und Sie sich nach Marbella absetzen und vielleicht nichts mehr von sich hören lassen, mache ich nicht mit. Ich bekomme mein Gehalt von der Agentur. Machen Sie das, bevor Sie abreisen, Landmann begreiflich. Ich weiß nicht, was Sie sich denken, Gerhard. Wenn es Ihnen nur darum ging, mich ins Bett …«

»Halten Sie den Mund«, fuhr er mir dazwischen. »Tun Sie nicht so, als sei es für Sie etwas Außergewöhnliches, mit einem Mann ins Bett zu gehen. Es war ein Fehler, mich auf Ihr Spiel einzulassen. Nachdem Sie erst einmal Blut geleckt hatten, wollten Sie den Preis so hoch wie möglich schrauben. Sie wissen genau, daß es für einen Mann in meinem Alter nur noch zwei Kategorien von Frauen gibt, die sich für ihn interessieren: die Huren und die

Sitzengebliebenen, wobei ich den Huren auch jene zurechne, die nur auf mein Vermögen aus sind, und zu den Sitzengebliebenen die Alleingelassenen und Verwitweten.«

»Und welcher Kategorie rechnen Sie mich zu?« fragte ich. »Den Huren und jenen, die nur auf Ihr Geld aus sind?«

»Diese Frage können Sie sich selbst beantworten«, sagte er. »Ich habe Sie lange genug beobachtet. Sie gefallen sich darin, mit Männern zu spielen. Ich unterstelle Ihnen nicht, daß Sie es aus Enttäuschung über Ihre gescheiterte Ehe tun. Dort wollten Sie nur einmal reinschmecken, wie es ist, verheiratet zu sein, und als Sie es wußten, stiegen Sie wieder aus.«

Ich fragte: »Und sonst fällt Ihnen nichts an Motiven ein? Zum Beispiel, daß ich mich nicht gerne manipulieren lasse?«

»Wer sagt Ihnen denn, daß Sie manipuliert werden? Landmann etwa?«

Zu gerne hätte ich es ihm noch etwas deutlicher unter die Nase gerieben, aber bei seinem ausgeprägten Mißtrauen gegen alles und alle hätte ich vielleicht Isabella in sein Blickfeld gerückt, und so groß war meine Genugtuung darüber, Einblick in seine Intrige bei Seeberg gewonnen zu haben, nun auch wieder nicht. Es brachte mir aber wieder zu Bewußtsein, mit welch hohem Einsatz er auch schon bei Landmann um mich gepokert hatte, und ein Mann, der wegen einer Frau solche Einsätze wagte, mußte sie entweder sehr lieben oder – was nicht immer dasselbe war – bis zur Selbstpreisgabe von dem Wunsch besessen sein, sie im Bett zu haben. Beides sprach nicht gegen den Mann, und wenn es dazu noch einer wie Möbius war, konnte sich eine Frau eher geschmeichelt als manipuliert fühlen.

Dennoch sagte ich: »Im Sinne von Vereinnahmen. Denn was Sie mit Landmann vereinbart haben, läuft doch, weil Sie meine Situation für Ihre Zwecke ausnutzen, auf eine Vereinnahmung meiner Person für Ihr Schlafzimmer hinaus, und das ohne zeitraubende Umwege. Bei einem Mann, bei dem ich weiß, woran ich mit ihm bin, stört es mich überhaupt nicht, wenn er vierzig Jahre älter ist als ich.«

»Dann erklären Sie mir, was Sie von mir erwarten«, sagte er. »Einen Heiratsantrag? Den können Sie haben. Sie brauchen es nur zu sagen.«

Ich war so verwundert, daß ich gar nichts sagte.

Er fuhr fort: »Ich wollte Ihnen ohnehin vorschlagen, mich mit Ihrer Mutter zusammenzubringen, um mir selbst ein Bild davon zu machen, was man für sie tun könnte. Dazu ist natürlich auch erforderlich, daß ich mit ihrem Arzt rede. Oder wollen Sie nicht, daß ich sie kennenlerne?«

Mir kam der Gedanke, er könnte auf irgendwelchen obskuren Wegen Auskünfte über sie eingezogen haben und diese mir jetzt, wenn ich sein generöses Angebot ablehnte, knallhart um die Ohren hauen. Aber selbst wenn das nicht der Fall und seine Heiratsofferte ernst gemeint war – seit ich von Vaillant erfahren hatte, daß sein Onkel Hunde verabscheute, trennten mich nicht nur Welten, sondern Galaxien von ihm. Ich schloß ja nicht aus, daß Mutter in den letzten Jahren etwas spleenig geworden war, aber das beschränkte sich auf ihr Unvermögen, ökonomisch zu wirtschaften, und auch Ellen hatte sich ihr schon so sehr angepaßt, daß sie sich nicht mehr viel dabei dachte, wenn ihre Rente schon Mitte des Monats bis auf den letzten Pfennig für zumeist überflüssige Dinge wie ein leerlaufendes Windrad auf dem Hausdach oder für eine teure Hundehütte ausgegeben war, die von keinem unserer Setter benutzt wurde, weil sie die Nächte viel lieber auf ihren behaglichen Schlafplätzen im Haus verbrachten.

Ich sagte: »Ich habe nicht vor, noch einmal zu heiraten, Gerhard, und das hat nichts mit Ihnen und Ihrem Alter zu tun. Sie können auch meiner Mutter nicht helfen. Sie ist davon überzeugt, mit einer fremden Niere keine acht Tage mehr zu leben.«

»Und was hindert Sie daran, mit mir zu schlafen?« fragte er. »Nur Ihre Furcht, von mir vereinnahmt zu werden?«

»Ich bin es gewohnt, mein eigenes Leben zu leben«, sagte ich. »Sie sind alt und erfahren genug, um zu wissen, daß es mit dem Schlafen allein nicht getan wäre. Sobald Sie sich davon abhängig gemacht haben – und das wird schneller gehen, als Sie es jetzt für möglich halten, werden Sie auch die äußeren Umstände in der Weise manipulieren wollen, daß Sie jederzeit über mich verfügen können. Das heißt, ich müßte ständig in Ihrer Nähe und für Sie erreichbar sein. Ich bin bereit, mit Ihnen ein Arrangement zu treffen, Gerhard. Ein Mann wie Sie weiß sicher genau, wieviel ihm eine Sache wert ist und ab wo sie anfängt, für ihn uninteressant, weil zu kostspielig zu werden. Ich tue Ihnen doch sicher nicht unrecht, wenn ich davon ausgehe, daß Sie geil auf mich sind?«

Er gab keine Antwort. Ich hörte ihn nur atmen.

»Ich war auch schon geil auf Männer«, sagte ich. »Sie vergeben sich also nichts, wenn Sie es einräumen.«

»Kommen Sie zur Sache«, sagte er.

»Dann lassen Sie es sich, wenn Sie mich auch im Bett haben wollen, jedesmal fünftausend Mark kosten«, sagte ich. »Sie werden dann sehr bald erleben, daß sich Ihre Fähigkeit, in Zahlen zu denken, stärker erweisen wird als Ihre Begehrlichkeit.«

Ich hörte, wie er das Gespräch beendete.

Wolfgang saß im Wohnzimmer in seinem Lieblingssessel und las die Zeitung.

Ich nahm sie ihm weg, ließ mich auf seinem Schoß nieder und fragte: »Hast du irgendwem von dem Dali erzählt?«

Er nahm seine Brille ab und blickte mich an. »Sehe ich so dumm aus?«

»Nein«, sagte ich. »Und selbst, wenn es der Fall wäre, wüßte ich es besser. Aber du wirst vergeßlich. Den Wohnungstürschlüssel hast du auch schon ein paarmal im Schloß stecken lassen. Ich finde überhaupt, du siehst in letzter Zeit nicht gut aus. Hast du Beschwerden am Herz?«

»Nein«, sagte er. »Ich fühle mich eben nur alt.«

»Das fühlst du dich, seit ich dich kenne. Wann hat das angefangen? Schon mit fünfundsechzig?«

Er fragte: »Wie kommst du gerade auf fünfundsechzig?«

»Einer meiner Chefs ist fünfundsechzig«, sagte ich. »Bei ihm habe ich aber nicht den Eindruck, daß er sich alt fühlt.«

»Das fühlte ich mich mit fünfundsechzig auch noch nicht«, sagte er. »Da stand ich noch den ganzen Tag im Geschäft. Alt fühlte ich mich erst, als ich es aufgab und merkte, daß mir der Umgang mit der Kundschaft und mit meinen Mitarbeitern fehlte. Du hast das Geschäft nicht gekannt. Es war auf zwei Etagen verteilt. Im Erdgeschoß die Tabakwaren und was sonst dazu gehörte, und im Obergeschoß die Papier- und Schreibwaren. Eine der Angestellten – sie war so alt wie du – hatte ein Auge auf mich. Ich habe es nie dazu kommen lassen, aber es hielt mich irgendwie jung, wenn du das verstehst.«

»Ja, vielleicht«, sagte ich. »Aber wenn du das Geschäft schon mit sechzig oder fünfundsechzig aufgegeben hättest? Hättest du dich da nicht schon damals alt gefühlt?«

»Kann sein«, sagte er. »Ja, wahrscheinlich sogar.«

»Und einsam? Oder einsam schon, als deine Frau starb?«

Er nickte. »Es war ja nicht nur sie, die ich verlor. Ich hatte Volker verboten, das Geschäft und meine Wohnung noch einmal zu betreten. Aber ich hatte immer noch die Kundschaft, viele, die seit Jahrzehnten bei mir einkauften und mit denen ich alt geworden war. Aber danach, als auch das wegfiel, war es wie ein Sturz in ein Loch ohne Boden. Erst mit dir, als du hier auftauchtest, wurde alles wieder anders. Bleib bei mir, bis ich sterbe, Stefanie.«

Ich fragte: »Willst du unbedingt in Bad Hülsen sterben?«

»Ich möchte bei meiner Frau liegen«, sagte er. »Es ist alles schon geregelt. Auch der Gärtner, der sich um unser Grab kümmern wird. Warum fragst du mich das?«

»Ich kann dir nicht versprechen, noch so lange, wie du lebst, in Bad Hülsen zu bleiben«, sagte ich. »Vielleicht gehe ich eines Tages nach Hamburg zurück. Meine Mutter wartet schon lange darauf. Würdest du mit mir kommen?«

»Ich bin in Bad Hülsen auf die Welt gekommen und möchte sie hier verlassen«, sagte er. »Auch möchte ich heute keine Menschen mehr kennenlernen, von denen ich annehmen kann, daß sie mich überleben werden.«

Ich sagte: »Keiner von uns weiß, wie lange er leben wird. Wenn ich Pech habe, sterbe ich sogar vor dir. Meine Mutter würde vielleicht nicht mehr leben, wenn ich nach dem Tod meines Vaters keine neue Aufgabe für sie gefunden hätte, die sie ausfüllt und die ihrem Leben wieder einen Sinn gibt. Das ist es, was vielleicht auch dir fehlt. Irgendwas, was dich ausfüllt.«

»Ich habe ja dich«, sagte er. »Du wirst noch fünfzig Jahre leben. Ich nicht einmal mehr zwei. So lange wirst du es bei mir noch aushalten. Du müßtest in Hamburg doch erst einmal eine gleichwertige Stellung finden, und auch dann hättest du dort keinen, der dir den eigenen Lebensunterhalt so abnimmt wie ich.«

»Das weiß ich«, sagte ich. »Es war schon bei dem Reisebüro so, daß ich ohne Nebenverdienst nicht ausgekommen wäre. Bekäme ich mein Brutto- und nicht das Nettogehalt ausgezahlt, hätte ich keine Probleme, aber so viel verdienst du als Frau mit meiner Ausbildung kaum irgendwo.«

Noch während ich sprach, schlug die Haustürglocke an. Vaillant war an der Sprechanlage. Ich hatte es schon geahnt, bevor ich seine Stimme erkannte. Er wollte wissen, ob ich allein sei. Als ich verneinte, sagte er: »Ich möchte dich gern ein paar Minuten ungestört sprechen. Kannst du herunterkommen?«

»Wenn du wartest, bis ich fertig bin«, sagte ich.

Zu Wolfgang, der mir auf die Diele gefolgt war, sagte ich: »Ich werde gebraucht.«

Er fragte: »Ist es wieder der junge Mann mit dem Porsche?«

»So jung ist er gar nicht mehr«, sagte ich und ging in mein Zimmer.

Während ich am Frisierspiegel saß, trat er an das Fenster und blickte auf die Straße hinab. »Er scheint gut zu verdienen, wenn er sich einen Porsche leisten kann«, sagte er. »Erzähltest du mir letzte Woche nicht, er sei ein Kollege von dir?«

»Aber sein Onkel ist einer meiner Chefs und stinkreich«, sagte ich. »Zerbrich dir seinetwegen nicht den Kopf. Ich bin mit ihm befreundet, mehr nicht. Wenn ich in einer halben Stunde nicht zurück bin, mußt du dir entweder selbst etwas kochen oder in dein Restaurant gehen. Laß dir aber ein Taxi kommen und geh nicht zu Fuß.«

Er wirkte plötzlich besorgt. »Was geschieht, wenn der Dali nicht mehr auftaucht, Stefanie?«

»Ich fürchte, das wird für mich ein elend teurer Spaß«, sagte ich und küßte ihn zum Abschied auf die Wange.

Vaillant stand, mit dem Gesäß an einen Kotflügel seines Porsches gelehnt, am Straßenrand und hatte die Hände in den Hosentaschen. Als er mich sah, nahm er sie heraus und sagte: »Ein Wetterchen zum Heldenzeugen.«

Mir war an diesem Vormittag noch gar nicht aufgefallen, daß die Sonne schien. Ich sagte: »Aber nicht mit mir. Lädst du mich zum Essen ein?«

Er öffnete mir lächelnd die Beifahrertür. »Wieder an der Weinstraße?«

Ich nickte. Er setzte sich neben mich und legte einen Schlüssel auf meinen Schoß. »Von Isabella. Im Auftrag von Onkelchen, damit du auch während seiner Abwesenheit deinen neuen Arbeitsplatz erreichen kannst. Es ist ein Hauptschlüssel. Mit ihm kannst du sämtliche Türen öffnen. Das Haus hat eine Schließanlage. Ist das nicht nett von ihm?«

»Reizend«, sagte ich verwundert.

Er sagte: »Isabella läßt dir ausrichten, du könnest jederzeit ihre Zimmer benutzen. Hätte er dir keinen Schlüssel gegeben, dann hätte sie es getan. Wofür brauchst du ihre Zimmer?«

»Ich habe ihr erzählt, einen Ort zu vermissen, wo ich hin und wieder allein sein und abschalten kann.«

»Finde ich genauso nett von ihr.«

»Sie ist überhaupt sehr nett«, sagte ich. »Du kommst jetzt von deinem Onkel?«

Er startete den Motor. »Dein Exschwiegervater hängt schon wieder am Fenster. Ich habe das Gefühl, er mag mich nicht.«

»Und wenn schon«, sagte ich und steckte den Schlüssel in meine Handtasche.

Er blickte mich von der Seite prüfend an. »Du bist heute anders als sonst. Hat es mit der Abreise meines Onkels zu tun?«

Aus irgendeinem Grund brachte ich es nicht fertig, ihm vom Verschwinden des Dalis zu erzählen. Ich fragte: »Hat er dir gesagt, weshalb er verreist?«

»Nein, aber wenn er jetzt plötzlich anfängt durchzudrehen, dann hat es nur mit dir zu tun.«

»Wie einleuchtend«, sagte ich. »Was hat Isabella dir von gestern erzählt?«

»Nichts. Dazu hat er sie zu gut erzogen. Allerdings nicht ganz so gut, wie ich dachte. Sie wäre sonst nicht bereit gewesen, dir notfalls auch ohne sein Wissen einen Hausschlüssel zu geben. Ich habe in den letzten vierundzwanzig Stunden viel über das nachgedacht, was du mir erzählt hast. Wenn mein Onkel mit dir Probleme hat, dann sind es die gleichen, wie ich sie habe, auch wenn du so tust, als sei dir von deinen Erlebnissen in Hamburg nichts unter die Haut gegangen. Mir ist noch immer nicht klar, warum du ausgerechnet mir davon erzählt hast.«

Das wußte ich selbst nicht genau. Vielleicht hatte ich es zu lange mit mir herumgetragen, oder ich war vor ihm und Landmann niemandem begegnet, mit dem ich darüber hätte reden können. Möglich aber auch, daß meine Probleme mit Seeberg und meine Düsseldorfer Erlebnisse dazu beigetragen hatten, in mir ein plötzliches Mitteilungsbedürfnis zu wecken, das mir bisher fremd gewesen war.

Ich sagte: »Ich habe auch Landmann davon erzählt. Außerdem sehe ich keinen Zusammenhang zu meinem Verhalten dir und deinem Onkel gegenüber. Bei mir ist aus meiner Hamburger Zeit nichts hängen geblieben, was mir heute noch weh täte. So dünnhäutig bin ich nicht. Wenn mir etwas leid tut, dann höchstens die nachträgliche Einsicht, mich immer viel zu billig verkauft zu haben. Das passiert mir nicht mehr.«

»Davon rede ich ja«, sagte er.

Ich schwieg. Erst als wir die Stadt schon hinter uns gelassen hatten und durch Wald fuhren, sagte ich: »Deinem Onkel geht es wie den meisten Männern in seinem Alter: Er sieht kein Land mehr vor sich und quält sich mit der Frage, ob das alles gewesen sein soll. Aber wenn er sich einredet, mit meiner Hilfe nachholen zu können, was er in seinem Leben versäumt hat oder meint, versäumt zu haben, wird er nur eine Enttäuschung erleben. Ich habe genug mit mir selbst zu tun. Ich schaffe es nicht einmal, Wolfgang bei seinen Altersproblemen eine echte Hilfe zu sein. Von den Problemen, die ich in meinem Job und auch mit meiner Mutter und mit unserem Hof habe, gar nicht erst zu reden. Ich bin oft so fertig, daß ich am liebsten alles hinwerfen möchte, und das einzige, was noch etwas Spaß macht, nämlich den Männern zu zeigen, wie leicht es für eine Frau ist, sie ihre angebliche Überlegenheit vergessen zu lassen, kann auch seinen Reiz verlieren, wenn man sich für das, was sie in ihrem Liebeswahn alles anstellen, verantwortlich fühlt. Wenn ich mit Männern spiele, wie er es mir jetzt vorhält ...«

Er unterbrach mich: »Wann hat er das getan?«

»Als ich ihn vor einer halben Stunde anrief. Wenn ich mir in seinem Fall etwas vorzuwerfen habe, dann meine Neugierde zu erfahren, was eigentlich dahintersteckte, wenn er mich im Büro auf seinen Schoß zog – ob nur onkelhafte Jovialität oder verschämte Begehrlichkeit. Er hat das Spiel angefangen. Nicht ich. Ich bin nur darauf eingegangen. Genauso wie ich auf dein Spiel eingegangen bin. Deine Einladungen zu einem gemeinsamen Abendessen waren sicher nicht nur platonisch gemeint.«

»Das stimmt«, sagte er. »Du siehst heute übrigens wieder ganz toll aus. Richtig zum Vernaschen.«

»Ich sehe jeden Tag zum Vernaschen aus«, sagte ich. »Etwas anderes, als mich zu vernaschen, das heißt, mich zu pimpern, kommt keinem von euch Pimpermännern in den Sinn.«

»Kannst du auch Schach spielen?« fragte er grinsend.

»Du würdest dich wundern, was ich alles kann«, sagte ich.

Das Restaurant war heute noch besser besucht als beim letzten Mal. Wir mußten zum Leidwesen des Wirts auf einen Fensterplatz verzichten. Später, als einer frei wurde und er es uns anheimstellte, den Tisch zu tauschen, verzichteten wir, weil wir bereits beim Essen waren.

Vaillant hatte diesmal eine Forelle bestellt. Er sagte: »Nachdem ich mich letzte Woche an einem Lamm vergangen habe, ohne von dir rechtzeitig darüber aufgeklärt worden zu sein, was Schafe dir bedeuten, gehe ich diesmal kein Risiko ein.«

»Ich sehe Forellen lieber im Wasser«, sagte ich. »Schubert erging es sicher genauso, er hätte sonst diese wunderbare Musik nicht schreiben können. Was hast du gegen Spargel mit Omelette? Sie schmecken prima.«

»Ich mag sie nur roh«, sagte er. »Gekocht erinnern sie mich jedesmal an das Ende einer Liebesbeziehung.«

Ich verschluckte mich und hustete.

Er sagte: »Tut mir leid. War vielleicht kein guter Vergleich. Das nette Pärchen vom letzten Mal ist heute leider nicht hier. Ich glaube, der junge Mann hat dich ganz schön animiert.«

»Deshalb bin ich anschließend mit dir auch in deine Wohnung gegangen«, sagte ich. »Als du eben bei deinem Onkel warst, hattest du da Gelegenheit, auch mit ihm zu sprechen oder nur mit Isabella?«

»Nur mit ihr. Er ließ sich nicht sehen. Isabella bat mich, den Gärtner und die Reinmachefrau davon zu unterrichten, daß er einige Zeit verreist sei und daß in seiner Abwesenheit eines der Zimmer als Büro für die Agentur benutzt werde. Ich frage mich, warum er dich einerseits in seinem Haus haben will und andererseits vor dir davonläuft.«

»Damit ich mich, wenn schon nicht in ihn, dann wenigstens in sein Haus verliebe«, sagte ich.

Er lächelte. »Wie gut du ihn schon kennst. Seit der Dali fehlt, wirkt der Salon direkt leer. Steht er noch immer in eurem Keller?«

»Ich nehme es an«, sagte ich. »Auf dem Heimweg kannst du mich noch rasch bei meiner Bank absetzen. Ich möchte dort mein Konto ausgleichen und an die GEMAS dreitausend Mark überweisen, damit auch mein Gehaltskonto wieder ausgeglichen ist.«

»Und wieviel Geld hast du dann noch übrig?«

Ich sagte: »Mit den zweitausendzweihundert von dir noch achthundert, also insgesamt dreitausend. Die schicke ich bei der Gelegenheit gleich an meine Mutter für den jetzt fälligen Einkauf von Winterfutter. Dann bin ich zwar fast wieder pleite, habe aber keine Schulden mehr.«

»Bis auf die noch immer rund eine halbe Million für eure landgebundene Arche Noah«, sagte er.

Ich sagte: »Die drücken mich viel weniger als wesentlich kleinere Beträge. Landmann hat mich heute vormittag, als ich mit ihm telefonierte, geschmackloserweise daran erinnert, daß ich bei ihm noch mit dreitausend in der Kreide stehe. Wenn ich daran denke, wie bei uns das Geld oft zum Fenster hinausgeworfen wird, finde ich es mehr als schäbig, daß er mir die lächerlichen Dreitausend ständig unter die Nase reibt.«

»Bei den teuren Werbegeschenken kein Wunder«, sagte er grinsend. »Der letzte Mercedes für Seeberg hat allein über neunzigtausend gekostet.«

Ich blickte ihn schweigend an.

»Top secret«. sagte er. »Von mir weißt du es nicht.«

»Wieso der ›letzte‹?« fragte ich. »Hat er schon mal einen bekommen?«

Er trank einen Schluck Wein und sagte: »Was willst du? Wir verdienen jährlich rund viereinhalb Millionen an seinem Etat. Da kommt es auf neunzigtausend, die wir voll als Werbekosten geltend machen können, nicht an. Und für ihn kommt der Wagen, auch wenn er ihn in seiner Einkommensteuererklärung aufführt, immer noch wesentlich billiger, als wenn er ihn sich selbst kaufen würde. Vielleicht hat er ihn auch zur Freude seines Schwiegervaters in das Firmenvermögen eingebracht.«

»Wann hat er den Mercedes bekommen?«

»Vor etwa einem Jahr. Was vorher war, fiel noch nicht in meine Zuständigkeit. Mein Onkel wird es von Landmann erfahren haben. Mich hat es nicht interessiert. Mach keine Dummheiten, Stefanie. Wenn du versuchst, Seeberg das unter die Nase zu reiben ...«

Ich unterbrach ihn ungeduldig: »Für wie naiv hältst du mich? Damit wäre überhaupt nichts gewonnen, im Gegenteil. Wenn ich in Düsseldorf etwas erreiche, dann nur über seinen Schwiegervater.«

»Weißt du schon, wann du dich wieder mit ihm treffen wirst?«

»Sobald ich Lust habe.«

»Mit ihm zu schlafen?«

Ich beendete meine Mahlzeit, wischte mir mit der Serviette den Mund ab und sagte: »Ich habe dir nach meinem Treffen mit ihm erzählt, daß er nicht der Typ von Mann ist, mit einer Frau, die er eben erst kennenlernte, ins Bett zu gehen. Ich glaube auch nicht, daß das nötig sein wird. Das war auch der Grund, weshalb ich ihn gegenüber Seeberg noch nicht erwähnte. Das hebe ich mir für den Fall auf, daß sonst nichts mehr läuft. Bis dahin ist Korwan ein zusätzliches Eisen im Feuer.«

Er grinste wieder. »An dem du dir hoffentlich nicht die Finger verbrennst. Wenn du es schaffst, sein Herz genauso zu entflammen wie das von Onkel Gerhard, hast du, wenn du es richtig anstellst, für den Rest deines Lebens ausgesorgt und deine Schafe und Pferde auch. War der Kauf des Hofes eure gemeinsame Idee, oder ging sie von deiner Mutter aus und du hast dich ihr, um ihr eine Freude zu machen, nur angeschlossen?«

»Sie kommt aus einem kleinen Dorf in der Gegend von Quickborn«, sagte ich. »Auch wenn ihr Vater kein Landwirt, sondern Postbeamter war, so ist sie doch zwischen Kühen und Pferden aufgewachsen. Als sie den Hof und die Tiere sah, war sie sofort Feuer und Flamme. Ohne das eigene Haus, das wir in Uhlendorf an der Außen-Alster bewohnten, wäre sie in Hamburg vielleicht nie heimisch geworden. Sie lernte meinen Vater zufällig kennen, als sie mit ihren Eltern zu Einkäufen in Hamburg war. Bezahlst du?«

Als wir wenig später zu seinem Wagen gingen, sagte er: »Man kann sich mit dir nirgendwo sehen lassen, ohne aufzufallen. Hast du bemerkt, wie sie dich im Restaurant wieder anstarrten?«

»Das nächste Mal schicke ich dich mit einem Teller herum, wie sie es auf dem Jahrmarkt tun, wenn sie die Dame ohne Unterleib vorzeigen. Triffst du dich dienstags nicht mit Gabriele?«

Er wartete mit der Antwort, bis wir im Wagen saßen: »Nicht mehr.«

»Doch meinetwegen nicht mehr?«

Er schüttelte den Kopf. »Wenn du das jeden Tag in den Zeitungen und im Fernsehen mitbekommst, wirkt es irgendwie ansteckend. Erzählen, mit wem sie sonst noch verkehrt, kann sie mir viel. Ich kann es nicht nachprüfen.«

»Bei mir doch auch nicht«, sagte ich.

Er winkte ab. »Du und Gabriele, das sind doch zwei grundverschiedene Welten. Falls du mir deine Hamburger Männergeschichten aber nur erzählt haben solltest, um mir Angst zu machen – inzwischen warst du verheiratet und bist vier Jahre älter geworden.«

»Leider Gottes«, sagte ich. »Sobald man die Fünfundzwanzig überschritten hat, hört man auf, jung zu sein. Ich stelle es mir schlimm vor, alte Eltern zu haben, mit deren Tod man jederzeit rechnen muß. Als mein Vater starb, geschah es völlig unerwartet, und meine Mutter war neunzehn, als sie heiratete. Jetzt ist sie siebenundvierzig. Da hat sie noch lange Zeit.«

»Aber doch nur, weil du sie mit dem Bauernhof von der Flasche weggebracht hast.«

»Das ist das Einzige, worauf ich heute stolz bin«, sagte ich.

Er lud mich vor der Bank ab und wartete auf einem nahegelegenen Parkplatz auf mich. Als ich zurückkam, sagte er: »Jetzt hast du also keine Schulden mehr.«

»Nur noch bei dir«, sagte ich. »Die sechstausend Mark von deinem Onkel sind nicht rückzahlbar. Landmann wird sich wundern, wenn er von der Buchhaltung erfährt, daß ich mein Konto ausgeglichen habe. Damit hat er bestimmt nicht gerechnet. Du mußt jetzt sicher wieder ins Büro?«

Er nickte. »Aber vorher bringe ich dich nach Hause.«

»Ich habe noch Einkäufe zu erledigen«, sagte ich. »Außerdem muß ich über einiges nachdenken, und das kann ich bei einem kleinen Spaziergang besser als im Auto.«

Er musterte mich wieder prüfend. »Du hast doch irgendwas auf dem Herzen. Willst du nicht darüber sprechen?«

»Heute nicht«, sagte ich.

15

Wolfgangs Vorschlag, wegen des verschwundenen Dali die Polizei einzuschalten, war in der Sache zwar richtig und vernünftig. Trotzdem konnte ich mich nicht dazu überwinden. Zwar hätte ich mich jetzt darauf berufen können, er sei mir von Möbius vor seiner Abreise zur Aufbewahrung anvertraut und im Keller entwendet worden, aber seit ich zusammen mit meiner Freundin Inge wegen unerlaubter Straßenprostitution von zwei Polizisten in einem Streifenwagen zu einem Polizeirevier gebracht und dort zwei Stunden lang festgehalten worden war, bis Mutter mich abholen kam, wollte ich mit der Polizei möglichst nichts mehr zu tun haben. Dabei war es nur wieder einmal einer von Inges perfiden Einfällen gewesen, daß wir uns, aus einem Kino kommend, spät abends an einer Hausecke postierten und bei den vorüberkommenden männlichen Individuen den Anschein erweckten, auf Kundschaft zu warten, aber wenn sie uns dann ansprachen, tat Inge empört und empfahl ihnen, wenn es sie jucke, in den nächsten Puff zu gehen und anständige Mädchen mit ihren unseriösen Anträgen zu verschonen. Bei einer solchen Gelegenheit wurden wir auch von den beiden Polizisten beobachtet, die sich durch unser Auftreten ebenso täuschen ließen wie die liebeswilligen Passanten und bei einer Ausweiskontrolle feststellten, daß wir beide noch im zarten Mädchenalter von erst fünfzehn waren. Tatsächlich hatte ich die meisten unerfreulichen Erlebnisse meiner Mädchenzeit meiner Freundin Inge zuzuschreiben, und dennoch war ich erst von ihr losgekommen, als sie, nachdem sie zweimal beim Ladendiebstahl erwischt worden war und deshalb auch ihre Lehrstelle bei einem Versandhaus verlor, zum professionellen Strich überging. Das war kurz nach meinem Abitur, aber wenn ich zurückdenke, erinnere ich mich auch heute noch gerne an die Zeit unserer heimlichen Mädchenliebe.

Nachdem Möbius abgereist war, ohne zu hinterlassen, mit welchen Tätigkeiten ich die Arbeitszeit im neuen Büro seines Hauses ausfüllen solle, und Landmann sich jeder Äußerung dazu enthielt, verbrachte ich auch den nächsten Vormittag hauptsächlich im Bett. Natürlich hätte ich mich selbst mit Landmann in Verbindung setzen und ihn fragen können, wie es nun weitergehen solle, aber nach seiner Geschmacklosigkeit, mich am Telefon an meinen vorweggenommenen Monatslohn zu erinnern, lag ich wieder einmal in Fehde mit ihm und hatte Wolfgang angewiesen, mich bei Telefonaten aus der Agentur grundsätzlich krankheitshalber als nicht ansprechbar zu entschuldigen. Merkwürdigerweise erfolgte jedoch am Mittwochvormittag kein Anruf, weder von Landmann noch von sonstwoher, so daß ich, weil sich mir der Gedanke aufdrängte, ihn wegen des gestern von mir kurzerhand abgebrochenen Gesprächs endgültig verprellt zu haben, in einen Zustand wachsender innerer Unruhe geriet. Schließlich hatte ich auch ohne diese neuerliche Verstimmung zwischen Landmann und mir genug andere Probleme am Halse, angefangen vom verschwundenen Dali bis zu der Frage, ob ich bei meinem letzten Telefonat mit Möbius im Ton vielleicht doch etwas daneben gegriffen hatte, wenngleich ich es ihm gegenüber auch noch viel drastischer hätte formulieren können. Zu Zeiten, als ich noch mit meiner schönen Freundin Inge verkehrte, war es eines unserer meistgebrauchten Adjektive gewesen, auf etwas geil zu sein. Beispielsweise auf eine Zigarette oder auf ein Vanilleeis. Oder sie hatte mir, wenn wir uns küßten, ins Ohr geflüstert, unheimlich geil auf mich und einem so unheimlich geilen Typen wie mir vorher noch nie begegnet zu sein. Aber nicht nur sie war geil auf mich gewesen, auch Fred hatte mir des öfteren freimütig eingestanden, echt geil auf mich zu sein, und selbst ein im Grunde so bürgerlicher Typ wie Volker war es anfangs nicht müde geworden, alles an mir, Fußnägel eingeschlossen, geil zu finden. Nicht viel anders hatte ich es von jenen Männern zu hören bekommen, die mir in Hamburg bei der Finanzierung der damals benötigten Geldmittel behilflich waren, und nach allem, was ich bisher mit Möbius erlebt hatte, sprach wenig dafür, daß seine Empfindungen für mich tiefer reichten als bis zu den Wurzeln seiner Lüsternheit. Sie zu befriedigen war ihm selbst der Preis eines ehelichen Schlafzimmers nicht mehr zu hoch, aber damit wären bestenfalls meine finanziellen Probleme gelöst gewesen, nicht jedoch jene, die ich mit mir selbst hatte und die zum Teil in einem unmittelbaren Zusammenhang mit meinen Düsseldorfer Erlebnissen standen, über die ernsthaft nachzudenken ich bis zur Stunde angestrengt vermieden hatte. Die Frage war eben nur, ob Möbius der Mann war, sich selbst einzugestehen, daß ich mit meiner Definition seiner Gefühle ihm keine Kränkung angetan, sondern sie nur sozusagen auf den Punkt gebracht hatte.

Zu den Enttäuschungen des vorangegangenen Tages, die wesentlich dazu beigetragen hatten, daß ich mich am Mittwochmorgen für neue Initiativen außerstande fühlte, gehörte auch mein vergebliches Warten am gestrigen Abend auf Stefans Anruf. Ich hatte um so fester damit gerechnet, als ich nach Wolfgangs Schilderung fast sicher war, daß es sich bei dem anonymen Anrufer am späten Montagabend nur um Stefan gehandelt haben konnte. Einerseits war mein Einfall, ihn so spät anrufen zu lassen, insofern gut, als ich dann mit einiger Sicherheit in der Wohnung anzutreffen war. Weniger gut war er im Hinblick darauf, daß Wolfgang den Apparat in der Regel nachts in seinem Zimmer behielt, so daß ich Stefans Anruf in seiner Gegenwart hätte entgegennehmen müssen.

In dieser Verfassung wäre mir auch Vaillants Besuch keine große Hilfe gewesen, so daß ich ihn, als er mich in seiner Mittagspause besuchen wollte, schon an der Sprechanlage unter dem Vorwand, noch zu Besorgungen unterwegs zu sein, von Wolfgang abwimmeln ließ. Daraufhin konnte ich mir dessen Erleichterung ebenso sicher sein wie Vaillants Ärger über die kurze Art, in der Wolfgang ihn abgefertigt hatte.

Ich brachte sie zur Sprache, als wir beim Mittagessen Wolfgangs Schinkenmakkaroni verzehrten, die seinen Spaghetti neapolitanisch ebenbürtig waren: »Ich habe dich zwar darum gebeten, ihn wegzuschicken, aber nicht in diesem Ton.«

Er antwortete: »In welchem Ton ich ihn wegschicken sollte, hast du nicht gesagt. Bist du jetzt endgültig entlassen?«

»Ich bin nicht entlassen, ich habe mir einige Tage Urlaub genommen«, sagte ich. »Wenn die jemals auf den Gedanken kommen sollten, mich zu entlassen, können sie am gleichen Tag auch Konkurs anmelden.«

»So wichtig bist du für sie?« fragte er, eine überlange Makkaroni in sich hineinschlürfend.

Ich sagte: »Schneide sie durch, wenn sie zu lang sind.«

Noch während wir aßen, hörte ich das Telefon in seinem Zimmer. Ich gab ihm ein Zeichen, es mir zu überlassen, ging hin und meldete mich. Zuerst hörte ich nichts und dann sehr leise: »Bist du es, Stefanie?«

Als das Feuer an Möbius' Kunststoffgardine hochzüngelte, hatte ich die Hitze an meinen Schläfen fühlen können. Genauso erging es mir jetzt auch. Ich fragte: »Sind deine Eltern schon in Griechenland?«

»Nein«, hauchte er. »Aber ich mußte wenigstens deine Stimme hören. Du fehlst mir so.«

Vielleicht war dies die Gelegenheit, auf die ich gewartet und nach der ich gesucht hatte, seit ich aufgebrochen war, Seeberg das Fürchten zu lehren. Ich entschied mich innerhalb einer einzigen Sekunde und sagte: »Dann setz dich in den nächsten Zug und komm zu mir. Nimm mit, was du brauchst, wenn du einige Tage in einem Hotel wohnst. Hast du Geld für eine Fahrkarte?« Weil er nicht sofort antwortete, fügte ich hinzu: »Andernfalls können wir uns erst in vier Wochen sehen.«

Diesmal antwortete er sofort und aufgeregt: »Nein, nicht erst in vier Wochen, Stefanie. Wohin? In deine Wohnung?«

Ich sagte ihm die Adresse von Möbius und fügte hinzu: »Nimm dir am Bahnhof ein Taxi. Ich werde dich erwarten und es bezahlen, wenn du nicht genug Geld bei dir hast.«

»Ich werde genug Geld bei mir haben«, sagte er. »Was soll ich meinen Eltern sagen?«

»Das erledigen wir von hier aus. Sie dürfen nicht wissen, daß du verreist, und auch nicht, wohin. Ist das klar, Stefan?«

»Ja, Stefanie«, antwortete er mit jetzt wieder leiser Stimme. »Ich kann dir nicht sagen, wie sehr ich mich freue.«

»Das kannst du mir erklären, wenn du hier bist«, sagte ich und beendete das Gespräch. Ich kehrte zu Wolfgang in die Küche zurück und sagte: »Es war Mutter. Sie fühlt sich nicht wohl und wünscht, daß ich noch heute zu ihr komme. Ich muß dich für zwei oder drei Tage allein lassen. Wenn ich bald wegfahre, schaffe ich es noch vor Dunkelwerden.«

Er schwieg.

Ich wartete, bis wir mit dem Essen fertig waren. Dann griff ich nach seiner Hand und sagte: »Es hat dir immer genügt zu wissen, daß ich mein Geld für sie brauche. Das ist auch gut so, weil du dich sonst vielleicht verpflichtet fühlen würdest, noch mehr für mich zu tun. Das will ich nicht. Es ist möglich, daß ich schon übermorgen …«

Ich sprach nicht weiter, weil das Telefon schon wieder läutete. Mein erster Gedanke, es könnte noch einmal Stefan mit einer schlechten Nachricht sein, erwies sich glücklicherweise als falsch.

Vaillant war am Apparat. Er sagte: »Ich habe dich heute mittag nicht angetroffen. Ich wollte nur fragen, wie es dir geht.«

Noch vor einigen Minuten hätte mich seine Sorge um mein Wohlergehen rühren können. Jetzt beschäftigten mich wichtigere Dinge. Ich fragte: »Von wo aus telefonierst du?«

»Von einem Postamt«, sagte er. »Ich mußte etwas einzahlen.«

Ich sagte: »Rufe mich niemals vom Büro aus an. Elke könnte mithören. Gibt es etwas Neues?«

»Leider nicht«, sagte er. »Mit Landmann ist heute auch nichts anzufangen. Ich wollte ihn wegen eines fälligen Etats sprechen, aber er hatte keine Zeit für mich. Was treibst du?«

»Anschließend Geschirr spülen«, sagte ich. »Für den Fall, daß ich von Isabellas Angebot einmal Gebrauch machen und in ihrem Zimmer schlafen möchte: An welchen Tagen kommen die Reinmachefrau und der Gärtner?«

»Diese Woche überhaupt nicht«, sagte er. »Ich habe sie beide abbestellt, damit ich dich dort ungestört besuchen kann.«

Ich mußte unwillkürlich lachen. »Du spinnst wohl! Ausgerechnet im Haus deines Onkels. Wenn ich Sehnsucht nach dir habe, können wir uns auch bei dir treffen. Wenn ich von Isabellas Angebot Gebrauch mache, dann tatsächlich nur, um einmal völlig allein und ungestört zu sein.«

»Ungestört von Wolfgang?«

Ich vergewisserte mich mit einem Blick zur Tür, daß dieser nicht zuhörte, und sagte: »Was ich dir damals über ihn erzählt habe, trifft so nicht zu. Wahr ist, daß er mir leid tut und daß ich ihn deshalb nicht allein lassen möchte und auch nicht allein lassen kann. Ich brauchte dir gegenüber einen Vorwand, mir Einblick in deine Lebensumstände zu verschaffen, ohne daß du es gleich als Einladung für dein Schlafzimmer …«

Er fiel mir ins Wort: »Aber das ist doch, entschuldige bitte, ausgemachte Scheiße, was du da redest. Ich will dir sagen, was du wolltest: Du wolltest mich scharf auf dich machen, damit du jederzeit, wenn es sich als nützlich erweisen sollte, meine Gutmütigkeit ausnützen konntest, und das hast du schließlich auch erreicht. Ich mache dir deshalb ja gar keinen Vorwurf, aber versuche die Dinge nachträglich nicht anders hinzustellen, als sie tatsächlich waren. Mich hat gleich gewundert, wie und womit ein Mann in seinem Alter bei einer Frau noch zudringlich werden könnte.«

»Eben«, sagte ich.

»Ja, eben«, sagte er. »Und wenn ich davon ausgehe, daß auch deine wilde Geschichte von dem Dutzend Hamburger Liebhabern, die dir für einen schnellen Stoß jedesmal tausend Mark hinblätterten, so nicht zutrifft, dann wirst du vielleicht auch wieder sagen: ›Eben!‹ Nicht wahr?«

»Eben«, sagte ich.

Er sagte: »Mein Onkel kann mir fast leid tun, daß er ausgerechnet dir begegnen mußte.«

»Ja, es ist eine echte Tragödie«, sagte ich. »Zuerst läßt er es sich sechshunderttausend Mark für die Tilgung der Hypothek kosten, damit Landmann totes Kaninchen spielt, dann beauftragt er Isabella damit, mich bei Seeberg zu denunzieren, und gestern abend wollte er mich in einem der muffigen Gästezimmer gegen meinen Willen sexuell vereinnahmen.«

Er lachte leise. »So ungefähr habe ich es mir auch gedacht, als er mich gestern abend zuerst zu einem Espresso einlud und mich statt dessen von Isabella nach Hause schicken ließ. Das alles spricht doch nur dafür, daß er jetzt deinetwegen vollends den Verstand verloren hat, und darum tendiere ich mit meinen Gefühlen eher zu Mitleid als zu Schadenfreude. Vielleicht lernt er es jetzt selbst einmal, was es heißt, von einem anderen Menschen abhängig zu sein. Wenn du sagst, daß er dich vereinnahmen wollte, so läßt das darauf schließen, daß es dir gelungen ist, ihn daran zu hindern. Ist es sehr indiskret, wenn ich gerne wüßte, wie?«

»Ein wenig schon«, sagte ich. »Was hört man von Cramer?«

»Der ist mit Frau Riedinger und Herrn Eberle im Augenblick

damit beschäftigt, anhand der Berechnungen des Ingenieurbüros Kalkulationen darüber aufzustellen, was es ungefähr kosten würde, wenn Seeberg darauf besteht, auch noch die beiden anderen Pyramiden in den Spot zu integrieren. Die Berechnungen des Ingenieurbüros für die Cheopspyramide sind gestern eingetroffen. Falls sie dich interessieren …«

»Kein Bedarf«, warf ich ein. »Ich werde mich hüten, mich weiterhin um Spots zu kümmern, die angeblich auf Seebergs Mist gewachsen sind. Du kannst Landmann aber etwas ausrichten. Da ich weder von ihm noch von Ulrich Direktiven für meine weitere Arbeit erhalten habe, nehme ich mir einige Tage bezahlten Urlaub. Falls ihm daran gelegen ist, kann er mich ab kommenden Montag wieder unter meiner Privatnummer erreichen.«

»Gilt das auch für mich?«

Ich sagte: »Hör zu, Rolf: Ich habe im Moment von der GEMAS die Nase voll und es auch satt mitanzusehen, wie Landmann versucht, sich mit Rücksicht auf deinen Onkel vor einer Entscheidung darüber, was mit mir geschehen soll, zu drücken. Es kann doch nicht sein, daß von dem, was ich für die Agentur in den vergangenen zwei Jahren geleistet habe, plötzlich nichts mehr gelten soll, nur weil dein Onkel mit mir pimpern will und ich nicht mit ihm. Die sollen sich ja in acht nehmen, daß sie nicht alle beide auf das falsche Pferd setzen.«

»Wie meinst du das?« fragte er.

»Das weiß ich selbst noch nicht«, sagte ich und verabschiedete mich mit einem: »Wiedersehen, Rolf.«

In den nächsten zehn Minuten studierte ich den amtlichen Fahrplan der Deutschen Bundesbahn und stellte fest, daß Stefan frühestens gegen neunzehn und spätestens gegen einundzwanzig Uhr hier sein konnte, weil danach sämtliche Fernzüge von internationalem Rang Bad Hülsen links oder rechts liegen ließen.

Wolfgang hatte sich in der Küche bereits des Geschirrs angenommen, so daß ich es nur noch abzutrocknen brauchte. Von einer Geschirrspülmaschine hielt er für einen Zweipersonenhaushalt nichts. Ich empfand diese Arbeit als so stupid, daß ich mir, mit dem nötigen Kapital ausgestattet, auch als Single eine zugelegt hätte. Es erwies sich nun als ein Glücksfall, daß ich gestern einkaufen war. Für die nächsten Tage würde Wolfgang mit allem versorgt sein, auch wenn er keine Lust hatte, zum Essen in ein Restaurant zu gehen. Zum Frühstück bevorzugte er ohnehin seinen Joghurt, und zum nächsten Bäcker waren es mit dem Taxi nur fünf Minuten. Um meine Reise echt erscheinen zu lassen, packte ich all das in den Koffer, was ich schon nach Düsseldorf mitgenommen hatte.

Wie immer, wenn ich ihn für einige Tage allein lassen mußte, hatte sich Wolfgang in sein Zimmer zurückgezogen. Ich traf ihn auf dem Bett an. Er sagte: »Mitten in der Woche bist du noch nie zu deiner Mutter gefahren.«

»Doch«, sagte ich. »Als letztes Jahr Weihnachten auf einen Mittwoch fiel und ich dich einlud, mit mir nach Hamburg zu fahren, aber das wolltest du nicht. Dafür, daß ich diesmal schon am Mittwoch fahre, werde ich über das Wochenende mit großer Wahrscheinlichkeit wieder hier sein. Zufrieden?«

»Wir werden ja sehen«, sagte er.

Ich beugte mich zu ihm nieder, küßte ihn und verließ das Zimmer. Zu einer Tiefgarage hatte es trotz des hohen Quadratmeterpreises für die Eigentumswohnungen nicht gereicht. Vor dem Haus gab es jedoch für jeden Bewohner einen Abstellplatz. Wer allerdings einen Zweitwagen sein eigen nannte, mußte ihn auf der Straße parken.

In der Stadt erledigte ich in einem Lebensmittelgeschäft noch einige Einkäufe. Danach fuhr ich auf dem direkten Weg zum Haus von Möbius. Das steile Straßenstück zu seinem Haus machte bei meinem alten VW das Zurückschalten in den ersten Gang erforderlich. Danach gab es jedoch keine größeren Probleme mehr. Das Gartentor ließ sich leicht aufschließen, und das breite Tor für die Wageneinfahrt besaß kein Schloß, sondern an seiner Rückseite einen großen, eisernen Riegel, der sich mühelos zurückschieben ließ. An Möbius' Stelle und mit einem Dali im Haus hätte ich auch den Riegel mit einem Schloß sichern lassen. Ich hielt es für ziemlich wahrscheinlich, daß im weiten Umkreis dieser exklusiven Wohngegend sein Haus das einzige ohne Alarmanlage war. Sah ich allerdings von dem ohnehin abwesenden Dali ab, so hatte ich bei meinen bisherigen Hausbesuchen recht wenig entdecken können, was einen Einbruch gelohnt haben würde, denn die wirklich wertvollen Möbel und Kunstgegenstände sollten in seinem Haus in Marbella stehen, von dem Vaillant mir auf der Heimfahrt von Düsseldorf eine so eindrucksvolle Schilderung gegeben hatte, daß meine Neugierde geweckt worden war.

Meinen VW stellte ich neben Isabellas kleinen Fiat in die offene Garage. Das Haus betrat ich durch den Haupteingang neben der Terrassentür und machte mich dann mit meinem Koffer zunächst auf die Suche nach der Küche. Hier fand ich alles vor, was ich mir für eine eigene Küche gewünscht hätte, einschließlich Geschirrspülautomat und Mikrowellenherd. Wäre es allein nach dem Inhalt der beiden Kühlschränke gegangen, so hätte ich mir die vorsorglichen Einkäufe für Stefans Verköstigung ersparen können, und auch die klimatisierte Vorratskammer neben der Küche war so reichhaltig sortiert, daß das Fehlen einiger Konservendosen kaum aufgefallen wäre, aber schließlich war es nicht meine Absicht, mich hier aufzuführen wie die berüchtigte Made im Speck. Was ich an Lebensmitteln eingekauft hatte, Wurst, Käse und Brot, hatte noch in einem Kühlschrank Platz. Mein nächster Weg führte mich aus der Küche in den Mitteltrakt und dort direkt in Isabellas zwar einfach, jedoch hübsch und geschmackvoll eingerichtetes Schlafzimmer. Als hätte sie damit gerechnet, daß ich mit zusätzlicher Garderobe einträfe, fand ich die Hälfte des großen Einbauschranks leer vor. Da sie jedoch einen Teil ihrer eigenen Garderobe wohl mit nach Marbella genommen hatte, gab es auch eine einfachere Erklärung dafür. Bei dem unmittelbar neben dem Fenster stehenden Bett handelte es sich zweifelsohne um ein Nachtlager für nur eine Person, aber unter Berücksichtigung der bereits in Stefans elterlichem Schlafzimmer von uns bevorzugten Löffelhaltung, wobei er sich im Schlaf eng an meinen Rücken schmiegte, sah ich für die Nacht keine Probleme auf uns zukommen. In einem war Vaillant allerdings einem Irrtum erlegen. Zwei Räume im Haus, bei denen es sich wohl um das Schlaf- und Bibliothekszimmer von Möbius handelte, waren mit dem Hauptschlüssel nicht zu öffnen. Ich führte das weniger auf meine von ihm ermöglichte Anwesenheit als darauf zurück, daß selbst Isabella keinen Zutritt zu ihnen hatte. Dies traf ebenso auf sein Badezimmer zu, dessen Tür offenbar nur von seinem Schlafzimmer aus zu erreichen war. Da uns jedoch nicht nur Isabellas Badezimmer, sondern auch noch die beiden Badezimmer im Gästetrakt zur Verfügung standen, konnten wir auf sein eigenes verzichten. Ich hätte mich auch schwerlich dazu überwunden, seine ganz privaten Räume zu betreten und mich dort umzusehen. Keine Bedenken hingegen hatte ich, einen Blick in das Gästeschlafzimmer zu werfen. Hier schien bereits Isabellas sorgende Hand gewaltet zu haben. Vor dem Fenster hing eine neue Gardine, und nur noch die angeschwärzte Decke über der Gardinenstange zeugte vom abendlichen Geschehen.

Obwohl ich bei dem heute wieder fast hochsommerlichen Wetter nicht zu befürchten brauchte, es könne Stefan und mir in der Nacht vielleicht zu kühl werden, sah ich mich im Wohnraum nach der Fernsteuerung für die Zentralheizung um und entdeckte sie neben der Terrassentür. Daß die Anlage in Betrieb und von Möbius vor seiner Abreise nicht abgeschaltet worden war, hatte ich bereits in der Küche festgestellt, als ich den Warmwasserhahn aufdrehte. Danach warf ich auch noch einen Blick in Isabellas Wohnzimmer. Es war, genau wie das Schlafzimmer, einfach möbliert, eine kleine Sitzgruppe vor einem Fernseher und Radio. Ein kleines Bücherregal mit den Originalausgaben spanischer Autoren, am Fenster eine Nähmaschine und ein Nähkasten und am Boden weiche, farbige Kuschelteppiche. An der rechten Wandseite war mit Reißzwecken das ebenfalls farbige Poster einer melancholischen Landschaft mit einer langen Pappelreihe angebracht, die sich am leeren Horizont verlor, vielleicht ein Motiv aus ihrer Heimat, obwohl solche Landschaften fast überall in Europa zu finden sind.

Als ich wenig später zum Swimmingpool ging, hatte ich meine Kleider in Isabellas Schlafzimmer gelassen und nur den Slip anbehalten. Das Wasser war heute nicht so klar wie bei meinem ersten Bad, als ich auf den Fünfhundert-Mark-Scheck des Hausherrn hereinfiel, aber auch nicht so trüb, daß es Anlaß zu Bedenken gegeben hätte. Die kamen mir erst, als ich von der Terrasse her ein Geräusch vernahm. Wie sehr mir meine jüngsten Erlebnisse mit Cramer doch unter die Haut gegangen waren, wurde mir insofern bewußt, als mein erster Gedanke ihm galt. Es war jedoch nicht Cramer, der sich in einem der Korbstühle auf der Terrasse lümmelte, sondern Vaillant, der auf dem besten Wege war, sich bei mir ebenso unbeliebt zu machen wie Cramer. Immerhin konnte ich mir zugute halten, selbst in einer Situation wie dieser, als ich noch nicht wußte, ob Cramer oder ein anderer, nicht wie ein aufgeregtes Huhn reagiert, sondern zunächst einmal das Nächstliegende getan und schon außerhalb des Pools den Slip angezogen zu haben. Danach lief ich nicht, was nahegelegen hätte, dorthin, wo ich hergekommnen war, nämlich in den Gästetrakt des Hauses, sondern näherte mich der Terrasse so weit, bis ich Vaillant sitzen sah. In meine Erleichterung darüber, daß meine schlimmsten Befürchtungen unbegründet waren, mischte sich sofort jene kalte Wut, die ich immer spüre, wenn ich mich über eine Sache maßlos ärgere. Ich ging vollends zu ihm hin und sagte: »Wenn du jemals bei mir eine Chance hattest, Rolf – damit hast du sie dir endgültig verdorben.«

»Womit?« fragte er. »Daß ich darauf verzichtet habe, zu dir an den Pool zu kommen und dich aus der Nähe zu bewundern? Bevor du dich noch weiter aufregst: Ich bin hier, um dir zu sagen, daß Landmann dich morgen vormittag in seinem Büro sprechen will. Das war seine Antwort, als ich ihm von dir ausrichtete, daß du vorhast, ein paar Tage Urlaub zu machen. Ich hab's zuerst am Telefon versucht, aber dein Hausfreund sagte, du seist verreist. Ich dachte mir gleich, wohin. Nimm dich in acht, Stefanie. Ich habe den Eindruck, Landmann hat die Nase jetzt gestrichen voll.«

Mir verschlug es sekundenlang die Sprache. Ich ließ mich in einen neben ihm stehenden Korbsessel fallen und sagte: »Weißt du, was der mich kann?«

Er nickte. »Das ändert nichts daran, daß er der Boß ist. Ich werde ihm sagen, dich nicht mehr angetroffen …« Er sprach nicht weiter und starrte mich an.

Ich stand auf, ging ins Haus und streifte ein Kleid über.

Als ich zu ihm zurückkam, sagte er: »Ich verstehe immer besser, warum du darauf bestehst, statt eines Busens zwei Titten zu haben. Mir fällt auch nichts Zutreffenderes dazu ein. Ohne Waffenschein sollte man dich mit diesen scharfen Dingern gar nicht herumlaufen lassen.«

»Dann besorg dir nur einen für dein eigenes Waffenarsenal«, sagte ich und zündete mir eine Zigarette an. Ich faßte sein Gesicht ins Auge. »Du wolltest doch gestern wissen, ob mich etwas bedrückt. Der Dali ist verschwunden. Wolfgang hat versehentlich den Schlüssel im Schloß der Kellertür stecken lassen. Ich habe deinem Onkel noch nichts davon erzählt.«

Er nickte wieder. »Ich weiß. Ich habe ihn gestern morgen, bevor ich ins Büro fuhr, aus eurem Keller geholt und ihn meinem Onkel gebracht.«

Es dauerte eine Weile, bis ich seine Mitteilung geistig verarbeitet hatte und wieder reden konnte. Ich murmelte: »Das wird dir noch leid tun, Rolf.«

Er nickte zum dritten Mal. »Genauso habe ich es mir auch gedacht. Dabei zählt nicht, daß ich meinem Onkel hoch und heilig versprechen mußte, dir nichts davon zu verraten, und daß ich, indem ich es doch tue, ihm gegenüber einen ganz üblen Vertrauensbruch begehe. Es zählt auch nicht, daß ich dich und deinen vertrottelten Exschwiegervater vielleicht davor bewahrt habe, daß der Dali tatsächlich aus dem unverschlossenen Keller gestohlen wurde. Hauptsache, du fühlst dich wieder einmal in deiner abfälligen Meinung über die Männer im allgemeinen und mich im besonderen bestätigt. Natürlich hätte ich es dir schon gestern oder spätestens heute vormittag am Telefon sagen können, aber daß ein Mann bei einer solchen Entscheidung, wo es darum geht, ein gegebenes Wort zu brechen, auch mal etwas Zeit braucht, um mit sich selbst ins reine zu kommen, das geht in einen Kopf wie den deinen nicht hinein.«

Da unterschätzte er meinen Kopf ganz gewaltig, aber wenn er für sich in Anspruch nahm, Zeit gebraucht zu haben, bis er mit sich ins reine gekommen und hier aufgekreuzt war, um eine Beichte abzulegen, dann durfte auch ich für meine Person etwas Zeit in Anspruch nehmen, damit ich mich auf die neugeschaffene Situation einstellen konnte. Ich drückte meine Zigarette am Boden aus und sagte: »Dann erzähle mir jetzt, wie das ablief. Hattest du von ihm den Auftrag, das Bild bei mir abzuholen?«

»Sonst hätte ich es nicht getan«, sagte er. »Er rief mich vorgestern abend, als ich wieder in meiner Wohnung war, kurz vor Mitternacht an und forderte mich auf, ihm noch vor seiner Abreise nach Marbella das Bild zu beschaffen. Da ich annehmen konnte, daß du es freiwillig nicht herausgeben würdest, entschloß ich mich zuerst einmal auf gut Glück, mir euren Keller anzusehen.«

»Und wie kamst du darauf, daß das Bild im Keller war?«

Er blickte mich verwundert an. »Das hast du mir selbst erzählt, bevor wir am Montagabend in meine Wohnung fuhren.«

Wenn mich etwas wahnsinnig gegen mich selbst aufbringen konnte, dann war es meine eigene Vergeßlichkeit. Ich sagte: »Und weiter?«

Er zuckte mit den Schultern. »Die Haustür war verschlossen. Ich mußte etwa zehn Minuten warten, bis eine jüngere Frau mit einer Einkaufstasche herauskam. Sie schaute mich etwas dumm an, stellte jedoch keine Frage. Im Keller fand ich fast nur verschlossene Türen vor. Daß ich ausgerechnet eure Tür offen und den Dali auf einem alten Sessel fand, war eben Glück.«

»Um welche Zeit war das?«

»Kurz vor acht.«

»Und wann hast du das Bild bei deinem Onkel abgeliefert?«

»Etwa eine halbe Stunde später. Warum interessiert dich das?«

Ich griff wieder nach meinen Zigaretten. »Weil er gegen zehn Uhr Gittenberg mit dem Auftrag zu mir schickte, den Dali abzuholen. Ist dir klar, was er damit bezweckte?«

Er schwieg.

Ich beugte mich zu ihm hinüber, küßte ihn auf die Wange und sagte: »Was ich vorhin gesagt habe, tut mir leid, Rolf. Du hast ihm geschildert, wie du zu dem Bild gekommen bist und daß ich nichts davon wußte?«

»Ich sah keinen Grund, es ihm nicht zu erzählen«, sagte er. »Erst als er mir das Versprechen abverlangte, es für mich zu behalten, wurde ich stutzig. Auf den Gedanken, daß er versuchen würde, dich jetzt auch noch mit dem Dali unter Druck zu setzen, wäre ich allerdings von allein nicht gekommen. Jetzt bin ich erst recht froh, mein Versprechen nicht eingehalten zu haben. Was geht nur im Kopf dieses Mannes vor, Stefanie? Ich bin auch verrückt nach dir, aber wenn ich dich nur auf die gleiche Weise bekäme, wie er es versucht, würde ich lieber auf dich verzichten.«

Ich fragte: »Versprichst du mir, daß es bei dem einen Mal bleibt?«

»Nein«, sagte er.

Ich ließ seufzend seine Hand los. »Du bist im Grunde genauso verrückt wie er, Rolf. Denn wenn es nicht bei dem einen Mal bleibt, wird er früher oder später dahinterkommen. Er ist viel zu mißtrauisch, als daß ihm ein Verhältnis zwischen uns verborgen bliebe. Ganz davon abgesehen, daß auch ich zuerst einmal mit mir selbst ins reine kommen muß. Mein größtes Problem ist im Augenblick nicht dein Onkel und nicht einmal Seeberg. Mein größtes Problem bin ich selbst. Ist es dir in den letzten Jahren schon einmal passiert, daß du dich in ein achtzehnjähriges Mädchen verliebt hast?«

Er grinste. »Verliebt nicht. Wenn du mich aber fragst, ob es welche gab, die ich – um es in deinem Vokabular zu sagen – gerne gepimpert hätte: Da gab es etliche. Kenne ich sie?«

»Es ist ein Junge und kein Mädchen«, sagte ich. »Wenn überhaupt, dann würde ich mich höchstens in eine gleichaltrige Frau und in kein achtzehnjähriges Mädchen verlieben.«

Er blickte mich eine kleine Weile wie tief in Gedanken versunken an. Dann sagte er: »Du willst mir doch nicht im Ernst weismachen, dich in einen achtzehnjährigen Knaben verliebt zu haben?«

»Vielleicht nicht verliebt«, sagte ich. »Ich habe aber festgestellt, daß es reizvoller sein kann, einen Mann zu benutzen, als von ihm benutzt zu werden. Von jenen, die ich vor ihm kennenlernte, wurde ich immer nur benutzt.«

Er nickte. »Weil es in der Regel der Mann ist, der auch im Bett die Musik macht. Bei einem Achtzehnjährigen hast du dieses Problem nicht. Mit dem kannst du umgehen wie mit einem dressierten Affen. Ist es so?«

Wenn mich nicht alles täuschte, war an seinen Ausführungen sogar etwas Wahres. Ich sagte: »Ganz so einfach ist es doch wohl nicht.«

»Nein?« fragte er.

»Es waren in Hamburg übrigens keine zwölf, sondern nur sieben Männer«, sagte ich. »Zwei von ihnen wollten sich meinetwegen sogar scheiden lassen. In Hamburg wäre ich sie nicht mehr losgeworden.«

»Dafür hast du hier meinen Onkel, mich und jetzt auch noch einen achtzehnjährigen Jungen am Hals. Ist das, von Cramer mal abgesehen, alles, oder gibt es noch andere?«

»Im Augenblick nicht«, sagte ich. »Was hätte ich in Hamburg sonst tun können? Mit dem Geld allein, das vom Verkauf unseres Hauses übriggeblieben war, und mit dem, was ich in dem Reisebüro verdiente, hätten wir den Bauernhof nicht bewohnbar machen und auch kein Winterfutter für die Tiere einkaufen können. Also spiele nicht dauernd den Pikierten. Ob sieben oder zwölf, ich sehe da heute keinen Unterschied mehr. Willst du vorher baden?«

Er runzelte die Stirn. »Wovon redest du?«

»Vom Bumsen«, sagte ich. »Heute hast du dein Soll an guten Taten erfüllt. Nur haben wir nicht viel Zeit. Ich erwarte Seebergs Sohn. Das ist der Achtzehnjährige, von dem ich dir eben erzählt habe. Ich habe mit ihm geschlafen, als du in Bad Hülsen warst. Ich wollte es eigentlich gar nicht, aber es hat sich eben so ergeben.«

»Auch das noch«, sagte er und stand auf. Ich sah ihm nach, wie er zum Pool ging. Als ich wenig später zu ihm kam, war er schon im Wasser. Ich stellte fest, daß er mir auch ohne Kleider gefiel und daß der Anblick seines an der Brust und an den Oberschenkeln behaarten Körpers sinnliche Wünsche in mir wachrief. Bei seinem Onkel hatte ich sie nicht.

Er sagte: »Die Umwälzpumpe scheint nicht in Betrieb zu sein. Hoffentlich ist sie nicht kaputt, sonst kippt das Wasser spätestens in zwei Tagen um.«

»Wohin?« fragte ich und streifte die Schuhe ab. Weil er nicht antwortete, setzte ich mich, die Füße ins Wasser hängend, neben seinen Kleidern auf die gekachelte Umrandung des Pools. Er kam zu mir geschwommen, legte die nassen Hände auf meine Knie und blickte von unten in mein Gesicht. »Das war nicht fair, wie du mich in Düsseldorf hereingelegt hast, Stefanie.«

Ich berührte mit den Zehen seinen Penis und sagte: »Ich weiß, aber anders wäre ich dich nicht losgeworden. Ich konnte es nicht riskieren, daß du bei Seeberg an der Haustür geläutet und mir alles verdorben hättest.«

»Und was hast du hier mit ihm vor?« fragte er. »Ihn wieder den dressierten Affen spielen lassen?«

»Vielleicht kann ich ihm noch einiges beibringen«, sagte ich. »Zum Beispiel, seine Eltern mit seiner Heimkehr so lange hinzuhalten, bis sein Vater das Handtuch wirft. Seine Frau wird ihm schon Dampf machen. Ich durfte nicht noch mehr Zeit verlieren. Sie fliegen am Wochenende nach Griechenland, und bis zu ihrer Rückkehr wollte ich nicht warten. Was können sie unternehmen, Rolf?«

Er stemmte sich neben mir aus dem Becken, stand auf und wischte sich das Wasser von den behaarten Schenkeln.

Ich betrachtete seinen halbsteifen Penis und fragte: »Wie ist das passiert?«

»Ich habe keine Ahnung«, sagte er. »Vielleicht liegt es an deiner Art, ihn anzusehen. Es ist fast genauso, als würdest du ihn streicheln. Gefällt er dir?«

»Ich weiß nicht«, sagte ich.

Er wandte sich dem Haus zu und sagte: »Komm.«

Weil ich sitzen blieb, fragte er: »Willst du nun, oder willst du nicht?«

»Erst wenn ich es dir sage«, antwortete ich.

Er nahm neben mir auf den sonnenwarmen Kacheln Platz und legte, meine Brust berührend, einen Arm um meine Taille.

»Aber einen dressierten Affen wirst du nie aus mir machen«, sagte er. »Ist er schon achtzehn?«

»In einigen Wochen.«

»Dann kannst du seine Eltern vergessen«, sagte er. »Die Zeit bis zu seiner Volljährigkeit ist zu kurz, um noch einen Familienrichter auf ihn anzusetzen, und minderjährig ist er auch nicht mehr. Wozu brauchst du dann noch seinen Großvater?«

»Für alle Fälle«, sagte ich. »Vielleicht solltest du deine Hand besser von da wegnehmen. Es regt dich nur noch mehr auf.«

»Das willst du doch«, sagte er. »Jetzt siehst du schon ungefähr, was dich erwartet.«

»Ich sah schon Schlimmeres«, sagte ich.

»Aber sicher nicht bei dem Jungen«, sagte er. »Was hat dich an ihm gereizt? Daß er erst achtzehn oder daß er Seebergs Sohn ist?«

»Vielleicht beides«, sagte ich. »Du kannst darüber denken, wie du willst: Es war mehr als nur der Wunsch, ihn für meine Zwecke einzuspannen. Es gefiel mir, ihn glücklich zu machen.«

»Und wie war das bei dir?«

»Auch«, sagte ich. »Seit Fred war es wieder das erste Mal, daß es mir echt Spaß machte. Diese Erfahrung und die gleichzeitige Einsicht, ihm gegenüber in einer ähnlich schwierigen Situation zu sein wie dir gegenüber, macht mir jetzt zu schaffen.«

»Sprichst du deshalb mit mir darüber?«

»Nicht nur. Ich habe ihm erzählt, daß ich mit einem Mann zusammenlebe. Ich will, daß er dich sieht. Ich werde ihm sagen, daß dieses Haus dir gehört und daß du es uns für einige Tage zur Verfügung stellst.«

»Dann riskierst du, daß er dein Spiel nicht mitmacht.«

»Vielleicht, vielleicht auch nicht«, sagte ich. »Er ist genauso schwer loszuwerden wie du. Jetzt können wir gehen. Ich bin soweit.«

Ich stand auf und ging in den Gästetrakt des Hauses. Ich öffnete die Tür zu dem Zimmer mit der angeschwärzten Decke und sagte zu Vaillant, der mir gefolgt war: »Hier war ich vorgestern abend mit deinem Onkel. Ist es dir recht?«

Er betrachtete die schwarzen Flecken über dem Fenster und fragte: »Wie ist das passiert?«

»Keine Ahnung«, sagte ich und zog mich aus. Ich legte mich auf die Matratze und sagte: »Es erinnert mich direkt an meine Hamburger Zeit.«

»Das stört mich nicht«, sagte er. »Besser einer von vielen als nie. Rückst du etwas zur Wand?«

Ich rückte und sagte: »Ich dachte, du würdest dich sofort auf mich legen.«

»Ich bin schließlich kein Sex-Banause«, sagte er und nahm mich in die Arme. Während er mich küßte, fragte er: »Und warum ausgerechnet jetzt? Willst du schon vor seinem Eintreffen etwas Dampf ablassen?«

»Vielleicht«, sagte ich. »Es waren in Hamburg wirklich nur sieben Männer und keine zwölf.«

»Wo hast du dich mit ihnen getroffen?«

»In ihrem Hotel. Damit es nicht auffiel, nahm ich mir dort ein Zimmer. Sie kamen zu mir. Nicht ich zu ihnen.«

»Und Fred?«

»Den brauchte ich, sonst wäre ich nicht an sie rangekommen. Wir sahen uns aber nur noch selten. Alle paar Wochen vielleicht. Öfter nicht. Habe ich dir erzählt, daß er mir seinen Freund und Geschäftskollegen untergeschoben hat?«

Er schüttelte, während er mich küßte und meine Schamlippen streichelte, den Kopf.

Ich erzählte es ihm und fügte hinzu: »Daß er mich mit seinem Freund verkuppelte, hätte ich wegen des benötigten Geldes vielleicht noch hingenommen. Nicht vergessen habe ich ihm, daß er im Zimmer blieb und uns zuschaute.«

»Mich regt das aber auf«, sagte er und hob sich über mich. Weil er längere Zeit damit verbrachte, seinen Penis an meiner Scheide zu reiben, kam ich schon, kaum daß ich ihn richtig in mir fühlte. Er blieb auf mir liegen und wartete, bis ich von selbst anfing, mich unter ihm zu bewegen. Dann kam ich noch einmal zusammen mit ihm. Mit geschlossenen Augen fühlte ich, wie er sich von mir abwälzte. Dann fühlte ich nur noch klebrige Feuchtigkeit an meinen Schenkeln. Ich öffnete die Augen und fragte:

»Bist du jetzt glücklicher als vorher?«

»Du nicht?«

»Doch, wahnsinnig«, sagte ich. »Wenn es etwas gibt, worauf ich mich bei mir verlassen kann, dann ist es meine Fähigkeit zum Orgasmus. Die hat mich auch in Hamburg nie im Stich gelassen, nicht einmal dann, wenn es die erste Begegnung mit einem meiner dortigen Liebhaber war. Ich war schon als junges Mädchen sexuell leicht erregbar. Vielleicht habe ich deshalb bei meiner Defloration keinen Schock davongetragen.«

Er streichelte lächelnd meine Brust. »Ist das bei Mädchen sonst üblich?«

»Bei einer Vergewaltigung schon«, sagte ich. »Ich war damals noch nicht ganz vierzehn.«

Er hörte auf zu lächeln. »Wer hat das getan?«

»Das ist heute nicht mehr wichtig«, sagte ich. »Es hatte auch nichts mit meinen späteren Kavalieren zu tun, und wenn, dann höchstens insofern, als ich mir sagte: Du bist damals nicht daran gestorben, du stirbst auch an ihnen nicht. Hätte ich meine Freundin Inge nicht kennengelernt ...«

»Die dich anscheinend sehr früh verdorben hat«, warf er ein. »War sie in deinem Alter?«

»Nur an Jahren, aber sonst war sie mir in allem weit voraus. Ich war zwölf, als ich sie kennenlernte. Vielleicht wäre ich ohne ihren Einfluß nicht so geworden, wie ich heute bin, aber wäre ich nicht so geworden, dann hätte ich das alles gar nicht so durchstehen können, wie ich es, einschließlich meiner Hamburger Männerbekanntschaften, durchgestanden habe.«

Er schwieg.

Ich hielt seine Hand auf meiner Brust fest und sagte: »Es war mit ihnen auch nicht viel anders als mit dir. Also was willst du? Von mir hören, daß ich dich liebe?«

»Ich wünschte, du könntest es«, sagte er.

»Ich nicht«, sagte ich. »Daß ich dir jetzt doch nachgegeben habe, macht die Dinge nicht einfacher als vorher. Käme auch noch die große Liebe dazu, könnten wir uns gleich nach einem neuen Job umsehen. Als Fred mich fragte, ob ich für den gleichen Betrag, wie sein Freund ihn bezahlt hat, Lust hätte, mit einem besonders wichtigen Kunden seiner Firma zu schlafen, da fiel mir die Einwilligung nicht viel schwerer als bei dir. Damals ging es immerhin um etwas mehr als nur um die Frage, was geschehen wird, wenn dein Onkel von uns erfährt.«

»Trotzdem verstehe ich diesen Fred nicht«, sagte er.

Ich sagte: »Damals verstand ich ihn auch nicht. Heute eher.

Wenn du mich erst so gut kennst wie er mich, wird es für dich auch nicht mehr dasselbe sein wie heute. Ich war neunzehn, als ich ihn kennenlernte, und einundzwanzig, als ich ihn fragte, ob er mir mit tausend Mark aushelfen könne. Er konnte es nicht, weil er Familie hatte. Sein Freund und Geschäftskollege, in dessen Wohnung wir uns immer trafen, hatte keine Familie und konnte es. Das war für Fred die lange gesuchte Gelegenheit, mich loszuwerden. Und von seinem Freund bis zu meinem ersten Kunden, den sie mir aus dem Kundenkreis der Firma, für die sie beide arbeiteten, zuschoben, war es, weil die Geldprobleme dann erst richtig anfingen, nur noch eine Frage der Zeit.«

»Aber du wußtest, daß er verheiratet war?«

»Anfangs nicht. Da gab er die Wohnung seines Freundes noch als seine eigene aus. Erst als er mich fest im Griff hatte und ich ihm mehr oder weniger hörig war, rückte er mit der ganzen Wahrheit heraus. So lange will ich bei Stefan nicht warten …«

»Wer ist Stefan?« warf er ein. »Doch nicht Seebergs Sohn?«

Ich nickte. »Ausgerechnet. Daß ich Stefanie heiße, nahm er wie ein Mirakel und eine Fügung des Himmels auf. Ich finde, es ist schon schlimm genug, daß ich ihn jetzt auf eine nicht sehr faire Weise zur Besinnung bringen muß. Noch schlimmer aber ist, daß ich das gleiche Problem mit mir selbst habe.«

»Wieso mit dir?«

»Er ist ein netter Junge«, sagte ich. »Ihn mir wieder abzugewöhnen wird nicht leicht sein.«

»Ich verstehe«, sagte er. »Und ich soll dir dabei helfen. Deshalb also dein plötzliches Entgegenkommen. Eines würde mich schon interessieren: wie das in Düsseldorf passiert ist. Es ist doch kaum anzunehmen, daß er es war, der dich verführt hat?«

»Und warum nicht?« fragte ich. »Ich bin viel leichter zu verführen, als ich es selbst wissen möchte. Dein Onkel hat das frühzeitig mitbekommen.«

»Dein geschiedener Mann auch?«

Ich drehte mich, ihm das Gesicht zuwendend, auf die Seite und berührte mit dem Zeigefinger seinen Mund. »Bei Volker war das alles anders. Er war der erste Mann, der mir schon nach unserer dritten Begegnung, und bevor er mit mir im Bett war, einen Heiratsantrag machte.«

»Den du sofort akzeptiert hast.«

»Sofort nicht, aber vier Wochen später. Bis dahin hatte ich mir ausgerechnet, daß ich mit dem Geld, das ich aus Hamburg mitgebracht hatte, bei einer Monatsmiete von zwölfhundert Mark für meine möblierte Zweizimmerwohnung höchstens noch ein Vierteljahr hinkommen würde.«

Er lächelte. »Das war allerdings ein triftiges Motiv, seinen Antrag anzunehmen. Ist dir übrigens klar, daß ihr den Finanzierungsvertrag für den Bauernhof wegen der Wucherzinsen vor Gericht anfechten …«

Ich schnitt ihm das Wort ab: »Für wie dumm hältst du mich? Das ist ein Mischvertrag mit einer Lebensversicherung über dreihunderttausend Mark auf meinen Namen. Wenn mir etwas zustößt, werden sie an meine Mutter ausbezahlt.«

Er blickte mich wortlos an.

Ich sagte: »Diesmal wird es ihr nicht wieder so gehen wie bei meinem Vater. – Und jetzt würde ich gerne unter die Dusche. Muß ich über dich hinwegsteigen, oder machst du mir Platz?«

Er richtete sich auf und sagte, während ich aus dem Bett stieg: »Wenn es deine Absicht ist, den Jungen, sobald er seinen Zweck für dich erfüllt hat, loszuwerden …« Er brach ab, weil ich bereits die Tür erreicht hatte.

Als ich Minuten später aus dem Bad zurückkam, war er nicht mehr im Zimmer. Ich zog mich rasch an und machte mich auf die Suche nach ihm. Er saß, ebenfalls bereits angezogen, wieder auf der Terrasse, hatte sich in seinem Korbsessel zurückgelehnt und betrachtete mit im Nacken verschränkten Händen den wolkenlosen Himmel. Ich beugte mich über ihn, küßte ihn und nahm dann neben ihm Platz. Unser Gespräch dort aufnehmend, wo wir es unterbrochen hatten, sagte ich: »Loswerden möchte ich Stefan schon, aber nicht so, wie du es denkst. Ich werde ihm die Möglichkeit geben, mich hin und wieder zu sehen. Er muß nur lernen zu verstehen, daß nichts Festes daraus werden kann.«

Er nahm den Blick vom Himmel und drehte mir das Gesicht zu. »Genauso, wie auch ich es verstehen lernen muß. Wenn es, wie du sagst, bei mir nicht viel anders war als bei deinen Hamburger Stundenmännern, könnten wir es vielleicht auch auf einer finanziellen Basis regeln. Ich gebe dir noch achthundert Mark, dann hätte ich mit den zweitausend, die du schon bekommen hast und unter Berücksichtigung deines Hamburger Stundenhonorars noch zwei Runden bei dir frei.«

»Das wäre mir auch lieb«, sagte ich. »Hat es noch Zeit bis morgen, oder soll ich heute abend, wenn ich Stefan versorgt habe, noch in deine Wohnung kommen? Es kann dann allerdings spät werden.«

Er grinste. »Diese harten Bandagen, mit denen du konterst, hast du die auch von deiner Freundin Inge übernommen?«

»Die wurden mir, glaube ich, schon in die Wiege gelegt«, sagte ich. »Was hast du denn vorhin vermißt? War ich nicht zärtlich genug?«

»Du warst überhaupt nicht zärtlich.«

»Im Vergleich zu Gabriele? Dafür hattest du bei mir die alle Männer beglückende Gewißheit, daß meine Orgasmen echt waren. Ich bin es von Hamburg her noch gewohnt, das Zärtlichsein den Männern zu überlassen.«

»Galt das auch für Seebergs Sohn?«

»Nein. Aber dem konnte ich ja noch etwas beibringen. Dir und meinen Hamburger Kunden nicht mehr. Hast du Appetit auf einen Kaffee?«

»Zur Reaktivierung der erschlafften Lebensgeister«, sagte er.

»Seit wann trägt man die in der Hose?« fragte ich und ging in die Küche. Dort gab es auch eine elektrische Kaffeemaschine. Den Kaffee fand ich jedoch erst mit Vaillants Hilfe, der mir wieder nachgekommen war. Wir tranken ihn auf der Terrasse. Seine Art, mich anzusehen, erinnerte mich ein wenig an Stefan nach seiner ersten Liebeslektion. Ich sagte: »Ich hatte gehofft, es würde dich zur Vernunft bringen, als ich dir sagte, daß es mit dir nicht viel anders gewesen sei als in Hamburg, aber anscheinend hat es nichts genutzt.«

Er schlürfte von dem heißen Kaffee. »Woraus schließt du das?«

»Aus deinen verliebten Blicken«, sagte ich. »Ich mag dich wirklich, Rolf, aber das ist doch nicht dasselbe, wie einen Mann zu lieben. Als ich mich mit Fred einließ, war ich so verknallt, daß ich es kaum einmal einen Tag lang ohne ihn aushielt. So etwas muß sich aber von selbst ergeben, das kann man doch nicht bestellen oder sich andressieren.«

»Darum bist du bei Fred auch so hart auf die Nase gefallen«, sagte er. »Bei mir würde dir das nicht passieren. Mir genügt es, wenn du mich nur gern hast. Ich erwarte ja gar nicht, daß du dich Hals über Kopf in mich verliebst. Vielleicht kannst du das nach allem, was du in Hamburg erlebt hast, heute gar nicht mehr.«

Ich sagte: »Das möchte ich aber ganz genau wissen, bevor ich mich damit abfinde. Im Augenblick ist es auch nicht mein Problem.«

»Und welches ist dein Problem? Weiß Stefan, wer du bist?«

»Ja und nein«, sagte ich. »Er kennt meinen Namen, aber er weiß nicht, daß ich seinen Vater kenne. Die Frage ist: Wie bringe ich ihm bei, daß meine Bekanntschaft mit ihm kein Zufall war und daß ich es in Wirklichkeit auf seinen Vater abgesehen hatte? Wenn ich Pech habe, ist er so enttäuscht, daß er auf der Stelle davonläuft und heim zu seinen Eltern fährt. Andererseits wäre es natürlich viel wirkungsvoller, wenn er seinen Vater anruft und nicht ich.«

»Und wie stellst du dir das vor?« fragte er. »Daß er ihm sagt: ›Ich liebe deine Stefanie, und wenn du nicht dafür sorgst, daß sie von der Agentur wieder eingestellt wird, heirate ich sie‹?«

»Das wäre vielleicht gar nicht so schlecht. Aber vielleicht gibt es noch überzeugendere Argumente.«

»Immer vorausgesetzt, sein Sohn spielt mit. Mußt du ihn überhaupt einweihen? Wenn du Seeberg selbst anrufst und ihm sagst: ›Dein Sohn ist bei mir und wird erst heimkommen ...‹«

Ich fiel ihm ins Wort: »Wir duzen uns nicht. Sicher wäre das der im Augenblick bequemere Weg, aber er liegt mir nicht, weil ich Stefan dann noch länger hinhalten und belügen müßte.«

»Lieber riskierst du es, daß alles, was du bisher an Zeit und Gefühlen in ihn investiert hast, umsonst war?«

»Für mich war es nicht umsonst«, sagte ich. »Und selbst wenn er in seiner ersten Enttäuschung davonläuft, er wird bestimmt wieder zurückkommen.«

Er griff nach meiner Hand. »Nicht, wenn er mich hier antrifft, Stefanie. Du bist inkonsequent. Du willst ihn nicht länger belügen, aber gleichzeitig erfindest du für ihn ein künstliches Hindernis in Gestalt eines bereits vorhandenen Freundes, den es so, wie du ihn hinstellen willst, in Wirklichkeit gar nicht gibt. Hast du das wirklich nötig? Und wenn: um deinet- oder um seinetwillen? Ich sehe da nicht durch.«

Ich tat es auch nicht, aber wahrscheinlich hatte er recht und ich unrecht. Und wahrscheinlich ging es mir doch mehr um meinetwillen, weil ich angesichts der wachsenden Ungeduld, mit der ich Stefans Anruf zuletzt erwartet, und des inneren Zwiespalts, den das so kurzfristig vereinbarte Wiedersehen in mir ausgelöst hatte, immer mehr in einen Zustand fast panischer Unschlüssigkeit darüber geriet, wie ich mich ihm gegenüber verhalten sollte, so daß ich nach meinem ersten Schock über Vaillants Erscheinen seine Anwesenheit wie eine Erlösung aus meinen selbstquälerischen Zweifeln am Sinn meines Tuns empfand. Anders ließ sich meine rasche Bereitwilligkeit, ihm für all das, was er in den vergangenen Tagen für mich getan hatte, noch vor Stefans Ankunft gefällig zu sein, auch kaum erklären.

Ich sagte: »Am besten wird es sein, du siehst es so, daß ich es um seinet- und um meinetwillen nötig habe, dann brauchst du dir nicht länger den Kopf darüber zu zerbrechen und ich auch nicht. Aber vielleicht ist es tatsächlich besser, ich mute dich ihm erst zu, wenn er den Schock über das, was ich ihm erzählen werde, überwunden hat.«

»Was weiß er über dich?«

»Nur das, was ich dir schon gesagt habe: daß ich mit einem Mann zusammenlebe.«

»Und wann erwartest du ihn?«

»Nicht vor neunzehn Uhr. Mußt du heute noch ins Büro?«

Er trank seine Tasse leer und stand auf. »Landmann wird mich bereits vermissen. Du bist also schon unterwegs nach Hamburg. Auch für Wolfgang?«

»Selbstverständlich«, sagte ich. »Wenn ich dich brauche, rufe ich dich in deiner Wohnung an. Aber nicht vor morgen abend.«

»Das habe ich auch nicht erwartet. Damit das klar ist, Stefanie: Ich würde dich eher diesem Jungen als meinem Onkel gönnen.«

»Trotzdem hast du es dir sehr schwer gemacht, ein ihm gegebenes Wort zu brechen. Beispielsweise gestern beim Mittagessen. Bei deinem schlechten Gewissen hätte dir die Forelle eigentlich im Hals stecken bleiben müssen. Du hast mir doch angesehen, wie sehr mich der Gedanke an den verschwundenen Dali bedrückte. Was hast du dir denn dabei gedacht, als du mich fragtest, ob er noch in unserem Keller steht?«

»Daß ich es dir gönne, wenn du einmal eine genauso schlaflose Nacht verbringst, wie ich sie deinetwegen seit Tagen verbringe«, sagte er.

Ich erwiderte einige Sekunden lang erstaunt seinen Blick. Dann fragte ich: »Es war also nicht dein gegebenes Versprechen, das dich bis heute daran gehindert hat?«

Er beugte sich zu mir nieder, nahm mein Gesicht in die Hände und sagte: »Du verstehst bestimmt eine ganze Menge davon, wie man Männern den Kopf verdreht. Welche Höllenqualen sie deinetwegen aber erdulden, davon verstehst du anscheinend nichts.«

Ich sagte: »Nach allem, was ich dir von Fred und mir erzählt habe, müßtest du das besser wissen. Ich hätte mir gleich denken können, daß es dir nicht um ein deinem Onkel gegebenes Wort, sondern um meine Bestrafung ging. Jetzt hast du beides gehabt: mich im Bett und meine Bestrafung. Bist du zufrieden?«

»Nein«, sagte er. »Um zufrieden zu sein, müßte ich dich ganz und nicht nur im Bett haben. Weißt du, was geschehen wäre, wenn ich dir schon gestern beim Mittagessen die Wahrheit über den Dali erzählt hätte?«

»Gleich verrätst du es mir«, sagte ich.

Er küßte mich und sagte: »Bis wir mit dem Essen fertig gewesen wären, hättest du, so wie jetzt, lange genug Zeit gehabt, dir nachträglich einfallen zu lassen, daß du mir bestimmt wichtiger bist als ein meinem Onkel gegebenes Wort. Und weil für eine Belohnung, wie du sie mir vorhin hast zuteil werden lassen, die äußeren Umstände gestern nicht gegeben waren, hätte ich auch keine bekommen. Da war es doch viel besser, finde ich, mit meinem Geständnis einen günstigeren Zeitpunkt abzuwarten und die Belohnung zu kassieren, bevor bei dir der nachträgliche kritische Denkprozeß einsetzte.«

»Das hört sich vernünftig an«, sagte ich. »Läßt du jetzt wieder mein Gesicht los?«

»Erst wenn ich dich noch einmal geküßt habe«, sagte er und tat es. Dann küßte er mich noch einmal und noch einmal. Dann nahm er die Hände von meinem Gesicht, griff nach seinem Jackett und zog es an. Er sagte: »Ich glaube auch nicht, daß ich mir wegen meines Onkels Gedanken zu machen brauche. Du bist viel zu stolz, ihm einzugestehen, daß deine finanziellen Probleme ihren Ursprung nicht in einer Nierenerkrankung, sondern in der damaligen Alkoholabhängigkeit deiner Mutter hatten. Wie lange ging das mit ihr?«

»Fast drei Jahre«, sagte ich. »Weil sie auch oft betrunken war, wenn sie in der Stadt spazieren ging, war der Zeitpunkt, wo sie selbst in ein Auto lief, abzusehen. Ich mußte sie entweder von der Straße weg- oder in ein Heim bringen. Dort, wo sie jetzt wohnt, gibt es keine Straße, nur Feld-, Wald- und Wiesenwege. Mit den vielen Tieren ist sie auch so beschäftigt, daß sie gar keine Zeit mehr findet, eine Flasche zu vermissen. Schon deshalb müssen wir die Tiere behalten. In den letzten Wochen mußte sie sich auch noch um Ellen kümmern. Sie hatte eine starke Erkältung.«

Er schüttelte den Kopf.

»Worüber schüttelst du den Kopf?« fragte ich.

»Über dich«, sagte er.

Ich sagte: »Schüttle ihn lieber über dich selbst. Für dich wäre es besser gewesen, du hättest mich weiterhin belogen. Daß es dir im Fall des Dali und deines Onkels nicht um dein Wort, sondern um meine Bestrafung ging, hätte ich zwar schon gestern vermuten, dir aber nicht beweisen können. Warum hast du es mir erzählt? Weil ich sonst gar nicht gewußt hätte, daß ich bestraft wurde?«

»Darin würde ich jetzt keinen rechten Sinn mehr sehen.«

»Ich eigentlich auch nicht«, sagte ich. »Vielleicht hast du es nun, wo du so unsagbar glücklich mit mir warst, einfach loswerden wollen.«

Er grinste. »Hauptsache, bei dir hat es keine erkennbaren Spuren hinterlassen. Warum findest du, es sei besser gewesen, wenn ich dich weiter belogen hätte?«

»Auf längere Sicht wird es meine Gefühle für dich vielleicht negativ beeinflussen«, sagte ich. »Daß ich mir wegen des Dali völlig überflüssigerweise die größten Sorgen und heftigsten Vorwürfe gemacht habe, solltest du nicht auf die leichte Schulter nehmen.«

»Das tue ich auch nicht«, sagte er. »Interessiert es dich, wo er jetzt hängt?«

»Doch nicht etwa in deiner Wohnung?« fragte ich intuitiv.

»Dort hängt er gut«, sagte er und ging ins Haus. Er blieb nicht lange weg und sagte bei seiner Rückkehr: »Die Umwälzpumpe war nur abgeschaltet. Jetzt läuft sie wieder. Darf ich dir noch einen Kuß geben?«

Ich hielt ihm mit geschlossenen Augen den Mund hin. Als ich sie wieder öffnete, befand er sich bereits auf dem Weg zum Gartentor. Ich hörte es hinter ihm ins Schloß fallen. Dann erst fiel mir auf, daß auch er einen Haustürschlüssel haben mußte.

16

Am nächsten Morgen wurde ich von Stefan geweckt. Er mußte so behutsam vorgegangen sein, daß ich erst richtig wach wurde, als er seine innige Vereinigung mit mir bereits vollzogen hatte. Wie oft wir sie nach seinem abendlichen Eintreffen und in der vergangenen Nacht gemeinsam vollzogen hatten, war mir nicht mehr gegenwärtig. Ich erinnerte mich nur noch, daß er erst um neun Uhr abends eingetroffen und Hand in Hand mit mir vom Tor ins Wohnzimmer gegangen war. Dort hatte er mich in die Arme genommen und längere Zeit geküßt. In der Küche hatte ich ein kleines Essen für ihn vorbereitet, aber dazu war es nicht mehr gekommen, weil er nach der langen Bahnfahrt vorher noch rasch den Swimmingpool ausprobieren wollte. Und vom Swimmingpool in den Mitteltrakt des Hauses hatte man nicht erst durch die Küche, sondern nur noch durch den Gästetrakt zu gehen brauchen, so daß wir uns den Umweg über die Küche erspart und ohne weiteren Zeitverlust Isabellas Schlafgemach aufgesucht hatten.

Wie wenig meine vorsorgliche Einlassung mit Vaillant meine Empfindungsfähigkeit in Stefans Armen eingeschränkt hatte, wurde mir nicht erst an diesem Morgen bewußt. Schon gestern abend und auch in der zurückliegenden Nacht, als ich von seinen Küssen und Zärtlichkeiten einmal wach geworden war, hatte ich keine Probleme gehabt, mich seinen Wünschen anzupassen. Von jenem Überdruß, den ich nicht erst in Möbius' Armen empfunden und der mich auch bei Vaillant daran gehindert hatte, seine Zärtlichkeiten zu erwidern, war nichts zu spüren gewesen, weder gestern abend noch in der vergangenen Nacht, noch jetzt an diesem sonnenhellen Morgen, während im nahen Wald die Vögel zwitscherten und ein lauer Wind durch das halboffene Fenster mir die Schenkel auf Stefans Rücken umfächelte.

Nachdem auch er seinen ersten Liebeshunger an diesem Morgen gestillt hatte, fand er es offenbar selbst an der Zeit, sich erstmals für seine neue Umgebung zu interessieren. Ob er sie gestern abend überhaupt richtig wahrgenommen hatte, war schon deshalb zweifelhaft, weil sein Blick ohne Unterlaß auf mich gerichtet gewesen war. Er fragte, noch während unsere Lippen die letzten Küsse austauschten: »Aber hier wohnst du doch nicht, Stefanie?«

Ich löste mich aus seiner Umarmung, richtete den Oberkörper auf und sagte: »Eine Freundin von mir. Sie macht Urlaub mit ihrem Vater und hat mir für die Zeit ihrer Abwesenheit ihr Zimmer zur Verfügung gestellt.«

»Das ist aber nett von ihr«, sagte er. »Lebt ihre Mutter nicht mehr?«

»Nein«, sagte ich. »Die lebt schon lange nicht mehr. Bevor du mir jetzt noch mehr Fragen stellst oder mir erzählst, warum du ohne Reisegepäck eingetroffen bist …«

»Ich dachte, das hätte ich dir gestern abend erzählt?« warf er verwundert ein.

Ich sagte: »Du hast gestern abend ›Guten Abend, Stefanie‹ und dann noch ›Darf ich mal rasch in den Pool?‹ gesagt, und sonst nur noch Dinge, die ich höchst ungerne wiedergeben würde.«

Er war mit den Lippen schon wieder an meinen Brüsten und fragte: »Warum nicht?«

»Weil sie zu unanständig waren, um sie am hellichten Tag zu wiederholen«, sagte ich und entzog mich seinen Lippen, indem ich rasch aufstand. Ich griff nach meinem Morgenrock und sagte: »Du wartest hier, bis ich aus dem Bad zurückkomme. Wenn du Lust hast, kannst du aber auch in den Pool.«

»Ich habe aber Lust, mit dir ins Bad zu gehen«, sagte er und schloß sich mir unaufgefordert an. Obwohl mich das ärgerte, hielt ich mich mit einer Bemerkung zurück. Erst an der Tür zum Badezimmer blieb ich stehen und sagte: »Ich möchte jetzt fünf Minuten allein sein, Stefan.«

»Ich nicht«, sagte er. »Ich möchte immer bei dir sein. Auch wenn du im Bad bist.«

Als er mit mir im Bad seiner Eltern war, hatte seine übergründliche Reinigung meines Körpers bei ihm zu einer Dauererektion und bei mir zu einem neuen Orgasmus geführt. Heute morgen war mir weder nach dem einen noch nach dem anderen zumute. Wenigstens so lange nicht, wie ich noch keine Gelegenheit gefunden hatte, ihn über den eigentlichen Zweck seines Hierseins aufzuklären.

Ich sagte: »Ich möchte nicht nur das Bad, ich möchte auch das Klo benutzen. Also warte am Pool auf mich.«

Er öffnete die Tür zum Badezimmer, warf einen Blick hinein und sagte: »Das ist ein Bad ohne Klo, Stefanie.«

Wie immer, wenn ich die Geduld verlor, war es mir gleichgültig, ob ich klug handelte oder nicht. Ich schob ihn kurzerhand zur Seite, trat in das Badezimmer und schloß die Tür hinter mir ab. Ich öffnete sie auch nicht, als er mehrfach dagegen klopfte und meinen Namen rief. Vielleicht hatte ich ihm schon zu oft seinen Willen gelassen. Wenn ich so weitermachte, würde ich meinen eigenen bald vergessen können.

Wie sehr er bereits meinte, es sich leisten zu können, mich seinen Ärger und seine Enttäuschung fühlen zu lassen, wurde mir eine halbe Stunde später auf recht heilsame Weise vor Augen geführt. Bis dahin hatte ich mich nämlich nicht nur angezogen, sondern auch schon auf der Terrasse das Frühstück serviert, während er sich noch im Pool aufhielt. Trotz meiner zweimaligen Aufforderung, zum Frühstück zu kommen, ließ er sich noch einige Minuten Zeit, bis er dann schließlich, nackt und schön wie Aphrodites Geliebter, sich zu mir bemühte. Er nahm wortlos in einem der Korbsessel Platz, griff wortlos nach seiner Tasse und trank einen Schluck. Danach verzog er angewidert den hübschen Mund und sagte: »Er ist ja schon ganz kalt.«

»Und nicht nur das«, sagte ich beherrscht. »Ich habe heute morgen noch mehr unangenehme Überraschungen für dich. Du wolltest mir erzählen, weshalb du ohne Gepäck eingetroffen bist. Ich vermute, deine Mutter hat dich dabei erwischt, als du einen Koffer packen wolltest?«

Er schüttelte den Kopf. »Ich hatte gar keine Gelegenheit, unbemerkt einen Koffer zu packen. Meine Mutter war gestern den ganzen Tag mit Reisevorbereitungen für ihren Griechenlandurlaub beschäftigt und lief ständig durch das Haus. Sie hat es kein einziges Mal verlassen. Mein Vater auch nicht, er saß die meiste Zeit an seinem Schreibtisch. Dazu noch meine Schwester, die auch schon Schulferien hat und ein paarmal in mein Zimmer kam. Es ist da etwas Dummes passiert, Stefanie. Deshalb habe ich auch gestern bei dir angerufen. Meine Eltern haben von Michaelas Eltern erfahren, daß mein Freund, mit dem ich nach Spanien fahren wollte, seine Freundin mitnimmt. Jetzt haben sie Angst, er könnte auch für mich ein Mädchen einladen, und bestehen darauf, daß ich sie nach Griechenland begleite. Das verdanke ich nur Michaela. Sie war enttäuscht, nicht selbst mitfahren zu dürfen, weil ihre Eltern es nicht erlaubten, und hat ihnen vorgemacht, mein Freund werde für mich ein anderes Mädchen mitnehmen.«

Ich erinnerte mich, daß Michaela das Mädchen war, von dem seine Eltern hofften, er werde es später heiraten. Meinen eigenen Absichten konnte ihr Gesinnungswandel nur dienlich sein. Daß ihn etwas bedrückte, war mir nicht erst gestern abend nach seinem Eintreffen aufgefallen. Den gleichen Eindruck hatte ich auch schon bei seinem mittäglichen Anruf gehabt.

Ich griff nach seiner Tasse, goß den kalten Kaffee neben der Terrasse auf den Boden und fragte, während ich sie neu füllte: »Was werden deine Eltern tun, wenn sie heute morgen feststellen, daß du die Nacht nicht in deinem Zimmer verbracht hast?«

»Nichts«, sagte er. »Sie werden erst einmal abwarten. Es ist schon ein paarmal passiert, daß ich von einer Geburtstagsparty erst am nächsten Morgen nach Hause kam. Oder von einer Veranstaltung des Handballvereins, in dem ich spiele. Dann gab es zwar jedesmal Zoff, aber das stört mich nicht mehr. Bald haben sie mir überhaupt nichts mehr zu sagen. Dann kann ich tun, was ich will. Dann könnte ich dich sogar heiraten.«

»Und ich mich von meinen Bekannten fragen lassen, ob ich noch alle meine sieben Sinne beisammen habe«, sagte ich. »Trink den Kaffee, sonst wird er wieder kalt. Wenn ich dich das nächste Mal rufe und du kommst nicht sofort, kannst du dich selbst um dein Frühstück kümmern.«

»Ich hatte mich eben geärgert«, sagte er und strich sich Honig auf eine Scheibe Brot.

»Du wirst dich gleich noch viel mehr ärgern«, sagte ich. »Als du mich letzte Woche vor eurem Haus ansprachst, wollte ich eigentlich zu deinem Vater und nicht zu deinem Großvater. Ich arbeite auch nicht für eine Immobilienfirma, sondern bei einer Werbeagentur, die für die Firma deines Vaters die Reklame für ihre Waschmittel macht. Dein Vater war schon öfter hier in Bad Hülsen. Von daher kenne ich ihn beinahe genauso gut, wie ich vorgegeben habe deinen Großvater zu kennen. Kannst du mir folgen?«

Anscheinend war das der Fall, denn er vergaß, in sein Honigbrot zu beißen, und legte es auf den Teller zurück. Mit blassem Gesicht und fassungslos klingender Stimme fragte er: »Du hast etwas mit meinem Vater?«

Er tat mir schon fast wieder leid, aber anders als mit dieser Breitseite hätte ich ihn nicht auf den Boden zurück- und auch mich selbst nicht dazu gebracht, endlich Tacheles mit ihm zu reden. Entweder er schluckte es, und dann hatte ich einen Grund mehr, meine wachsenden Bedenken über mein Verhältnis mit ihm weiterhin zu beschwichtigen, oder er schluckte es nicht, was wiederum den Vorteil hatte, daß ich mir nicht länger den Kopf darüber zu zerbrechen brauchte, wohin das alles noch führen würde und sollte. Denn daß es bereits dazu geführt hatte, mir seinetwegen jetzt auch noch Vaillant als notwendiges Übel einzureden, ließ für die Zukunft nur noch Schlimmeres befürchten.

Ich sagte: »Er hat es bei mir versucht, und als es nicht klappte, weil ich nicht mitmachte, sorgte er dafür, daß ich meine Stellung verlor. Falls du mir nicht glaubst, kannst du ihn von hier aus anrufen und ihn fragen, ob er mich kennt. Du wirst ihn so oder so anrufen und ihm eine Erklärung dafür geben müssen, weshalb du vor heute abend nicht zu Hause sein kannst. Damit kein Mißverständnis aufkommt: Was zwischen dir und mir im Haus deiner Eltern geschehen ist, war von mir nicht beabsichtigt. Daß es überhaupt dazu kam, hast du dir selbst zuzuschreiben. Ich hatte nur vor, mit deinem Vater zu reden und, falls das nichts nützte, auch mit deinem Großvater. Mir ist als Angestellte der Werbeagentur in einer Werbesendung für ein neues Waschmittel eine Panne unterlaufen. Statt sie jedoch als Panne zu behandeln, nahm dein Vater sie zum Vorwand, bei meinen Chefs auf meine Entlassung zu drängen. Gehen sie nicht darauf ein, riskieren sie es, daß sie ihn und seine Firma als Kunden verlieren.«

Er stand auf und ging ins Haus. Auch auf die Gefahr hin, mir durch Untätigkeit jetzt alles kaputt zu machen, sah ich keinen Anlaß, ihm nachzulaufen. Wäre es mir nur darum gegangen, ihn zu meinem Verbündeten gegen seinen Vater zu machen, so hätte es vollauf genügt, ihn so zu verführen, wie es geschehen war, als er neben mir im Jaguar saß. Dann hätte ich nicht mit ihm ins Bett zu gehen und mich auch nicht so zu prostituieren brauchen, wie ich es im Schlafzimmer seiner Eltern und auch in der vergangenen Nacht wieder getan hatte. Für eine Frau meines Alters und mit meinen Erfahrungen gab es subtilere Möglichkeiten, einen Jungen wie ihn ohne Preisgabe des eigenen Ichs von sich abhängig zu machen. Aber gerade weil es mir bei ihm um mehr gegangen war, sah ich jetzt den Zeitpunkt für gekommen, wo er seine Entscheidung ohne mein Einwirken treffen mußte. Wenn ich auf die falsche Karte gesetzt hatte und nun auch Korwan von meinem Doppelspiel erfuhr, blieb mir immer noch die Möglichkeit, meinen Stolz zu vergessen und bei Möbius voll einzusteigen. So wie ich schon in Hamburg und später in Bad Hülsen bei Volker eingestiegen war. Mit geschlossenen Augen und oft voller Verachtung für alles, was nach Männern aussah und nach ihnen roch.

Er kam angezogen zurück, das Gesicht noch immer blaß und die Augen meinem prüfenden Blick ausweichend. Auch wenn er gestern abend ohne Jackett eingetroffen war, mit dem schicken Pullover im dezenten Taubenblau über dem weißen Hemd und mit der ebenso schicken, im sportlichen Golf-Stil geschnittenen Bundfaltenhose konnte er sich auch auf der Kurpromenade von Bad Hülsen sehen lassen. Er blieb vor mir stehen und fragte: »Was war das für eine Panne?«

»Das ist unwichtig«, sagte ich. »Wenn es dich interessiert, so laß es dir von deinem Vater erklären. Ich habe auch deinem Großvater gegenüber von dieser Sache kein Wort erwähnt. Ich wollte nur seine Bekanntschaft für den Fall machen, daß ich bei deinem Vater nichts erreiche. Du hast jetzt zwei Möglichkeiten, Stefan: Du rufst deine Eltern an und sagst ihnen, daß du die Nacht bei einem Freund oder auf einer Party verbracht hast und bereits auf dem Weg nach Hause bist. Oder du sagst ihnen, daß du bei mir bist und nicht eher nach Hause kommen wirst, als bis dein Vater dafür sorgt, daß meine Entlassung rückgängig gemacht wird. Wofür du dich entscheidest, ist allein deine Sache. Ich habe nicht vor, dich zu beeinflussen.«

Er sagte leise: »Wenn das alles wahr ist, werde ich überhaupt nicht mehr nach Hause gehen, Stefanie. Ich kann es aber noch immer nicht ganz glauben.«

Ich hatte gewußt, daß er so und nicht anders reagieren würde. Meine Gedanken waren nicht viel mehr als eine Koketterie mit der schlimmsten aller Möglichkeiten gewesen. In Wirklichkeit war ich mir seiner bereits so sicher, daß ich auch schon wußte, wie es jetzt weitergehen mußte. Ich stand auf, nötigte ihn in meinen Sessel und nahm auf seinem Schoß Platz. Ich legte einen Arm um seine Schultern, küßte ihn und sagte: »Ich würde dir so etwas nicht erzählen, wenn es nicht wahr wäre. Dein Vater hat es sogar mehrfach bei mir versucht, und das nicht nur mit Worten. Ein zurückgewiesener Mann kann genauso nachtragend sein wie eine zurückgewiesene Frau, besonders wenn er die Möglichkeit hat, sich an der Frau zu rächen, indem er ihre berufliche Existenz vernichtet. Dir müßte eigentlich bekannt sein, daß er sich öfter in Bad Hülsen aufhielt.«

Er schüttelte den Kopf. »Ich weiß nur, daß er geschäftlich viel unterwegs ist. Wohin er reist, weiß meine Mutter besser als ich.

War er hier bei dir oder du bei ihm in seinem Hotelzimmer, wenn ihr euch getroffen habt?«

»Weder noch«, sagte ich. »Wir trafen uns nur zu sogenannten Arbeitsessen, bei denen hauptsächlich über geschäftliche Dinge gesprochen werden sollte. Daß dein Vater sie und die gemeinsame Fahrt in seinem Wagen zu einem Restaurant zum Anlaß nahm, auch private Gespräche zu führen oder intim zu werden, ging allein von ihm und nicht von mir aus. Seinen Einladungen in sein Hotelzimmer bin ich nie nachgekommen. Den Einladungen zu einem Arbeitsessen konnte ich mich nicht entziehen. Wann, sagtest du, wirst du achtzehn? In vier Wochen oder in fünf?«

»Jetzt sind es nur noch vier«, sagte er. »Ich weiß, was du denkst, aber ich habe Schulfreunde, die sind schon viel früher von zu Hause weg, obwohl ihre Eltern es nicht wollten. Sie hätten sich eher in ein Heim einweisen lassen, als noch einmal bei ihren Eltern zu wohnen. Was soll ich ihnen sagen, wo ich bin? Hier bei dir in Bad Hülsen?«

Ich streichelte seine Wange. »Dann stünden sie in einigen Stunden vor meiner Wohnungstür. Dein Vater hat mich dort schon einmal abgeholt. Hier wird er mich allerdings nicht finden, weil ihm diese Adresse nicht bekannt ist.«

»Könnte er sie auch nicht von deinem Freund …«

Ich fiel ihm dazwischen: »Der gibt Leuten, die er nicht kennt, keine Auskünfte über mich. Es ist möglich, daß er sich hier einmal sehen läßt. Er weiß, daß ich dich eingeladen habe.«

Er blickte mich verwirrt an. »Du hast ihm von mir erzählt?«

»Wir haben keine Geheimnisse voreinander«, sagte ich. »Das ist auch der Grund, weshalb wir uns so gut verstehen. Mit einem eifersüchtigen Mann könnte ich keine vier Wochen zusammenleben. Das gilt übrigens auch für dich. Ich habe dir erzählt, daß ich verheiratet war. Ich werde mich nie mehr so fest an einen Mann binden, daß er mich als sein Privateigentum betrachten könnte.«

Er schwieg.

Ich nahm die Hand von seiner Wange und sagte: »Wenn du das so nicht sehen kannst, ist es besser für dich und auch für mich, wenn du mit dem nächsten Zug nach Hause fährst. Ich werde auch ohne deine Hilfe einen Weg finden, deinen Vater zur Vernunft zu bringen.«

»Dann erkläre mir, was ich ihm sagen soll«, sagte er mit jetzt gefaßt klingender Stimme.

Ich lächelte. »Du kannst schon viel vernünftiger sein, als du es manchmal sein willst, Stefan. Du brauchst ihm fürs erste nur zu sagen, daß du es vorziehst, bei mir statt in Griechenland zu sein, und daß du wieder von dir hören läßt.«

Er rieb seine verlassene Wange an meiner Brust und fragte: »Nicht auch, daß ich dich heiraten möchte?«

»Das bleibt dir überlassen. Wenn er dich fragt, wo du bist, sagst du einfach, an einem sicheren Ort, wo niemand unsere junge Liebe stören und dich vor deinem achtzehnten Geburtstag finden wird.«

Er nickte. »Das ist gut. Das gefällt mir. Genauso werde ich es ihm sagen. Wo niemand unsere Liebe ...«

»Unsere junge Liebe«, fiel ich ihm dazwischen. »Sonst meint er, ich hätte dich vielleicht schon gekannt, als er mir die zweitausend Mark gab.«

Er hörte auf, seinen Kopf an mir zu reiben. »Wofür waren die?«

»Für dasselbe, was auch du von mir wolltest, als du mich am Freitagabend zu einem Drink in euer Haus eingeladen hast. Du hast mich tatsächlich für ein Callgirl gehalten?«

»Zuerst schon«, sagte er. »Weil du dich so rasch hast einladen lassen. Eine andere Frau hätte das nicht getan. Und daß du ganz allein noch so spät in einem Jaguar unterwegs warst, das hat mir auch zu denken gegeben. Ich sagte mir aber gleich, daß du etwas ganz Besonderes sein mußt.«

»Sozusagen eine Edelnutte«, sagte ich lächelnd. »Deshalb auch die Feuerprobe mit dem Schlüssel in deinem Slip. Wo hast du das abgeschaut? Aus einem Porno?«

Er war bereits wieder mit meiner Bluse beschäftigt.

Ich hielt seine Hand fest und sagte: »Du hast schon wieder deinen Kaffee kalt werden lassen und auch noch nichts gegessen. Das kannst du jetzt erledigen, während ich telefoniere. Anschließend rufst du deine Eltern an. Vielleicht ist deine Mutter am Apparat. Was sagst du dann?«

»Das weiß ich nicht«, sagte er. »Das wäre natürlich dumm. Aber ich könnte ja einfach sagen, daß ich mit Vater sprechen möchte. Oder?«

»Aber vorher mußt du sie beruhigen«, sagte ich. »Sie wird vor Sorge schon völlig außer sich sein und bereits mit deinen sämtlichen Freunden und Freundinnen telefoniert haben.« Der Gedanke trieb mich auf die Beine. Ich sagte: »Nein, telefoniere sofort und frühstücke hinterher. Ich kläre das für dich ab.«

Zunächst mußte ich jedoch erst einmal abklären, wo heute das Telefon stand. Vielleicht in seinem verschlossenen Arbeitszimmer, das gleichzeitig seine Bibliothek war, oder auch in seinem verschlossenen Schlafzimmer, wenngleich anzunehmen war, daß in diesem großen Haus mehr als nur ein Apparat stand. Tatsächlich entdeckte ich einen hinter dem Fernseher auf einem aus der Wand ragenden Klapptisch. Nach der Telefonnummer brauchte ich diesmal nicht in meinem Notizbuch zu sehen; Stefan hatte sie im Kopf. Wie ich es in richtiger Einschätzung der Rollenverteilung in Seebergs Haus nicht anders erwartet hatte, wurde der Anruf von Stefans Mutter entgegengenommen. Ihre Stimme klang heute eher atemlos als herrisch. Ich sagte: »Stefanie Mössmer hier, Frau Seeberg. Ihr Sohn ist bei mir. Er will aber nicht mit Ihnen, sondern mit Ihrem Mann reden. Ist er in der Nähe?«

Ein merkwürdiges Geräusch, dem nur mühsam unterdrückten Rülpsen eines Betrunkenen ähnlich, drang an mein Ohr. Dann hörte ich sie mit schon gewohnter Kälte sagen: »Geben Sie ihn mir.«

Also kannte sie meinen Namen, sonst hätte sie nichts mit ihm anfangen können. Ihr Vater wußte, was er sagte, als er mir beim Abendessen erzählte, seine Tochter sei mir sehr ähnlich. Wenn ich ihr die Gelegenheit gab, mit Stefan zu reden, würde er möglicherweise gar nicht erst zu Wort kommen. Ich sagte: »Frau Seeberg, entweder Sie rufen Ihren Mann an den Apparat, oder ich beende das Gespräch.«

»Aber Sie hören noch von mir«, sagte sie.

Dann war ihre Stimme weg, und etwas später vernahm ich Seebergs Stimme. Er fragte laut: »Bist du es, Stefan?«

Ich gab den Hörer an diesen weiter und sagte so leise, daß nur er es verstehen konnte: »Das mußt du jetzt allein schaffen, Stefan. Ich warte auf der Terrasse auf dich.«

Das war zwar gut gemeint, weil ich ihm Gelegenheit geben wollte, es sich noch anders zu überlegen, aber letztlich erwies es sich doch als falsch, denn als er kurze Zeit später zu mir auf die Terrasse kam, machte er einen sehr verstörten Eindruck. Er ließ sich neben mir in einen der Korbsessel fallen und sagte mit heiser klingender Stimme: »Er hat mir eine Frist bis morgen mittag gesetzt, Stefanie. Wenn ich dann nicht zu Hause bin, brauche ich mich dort nicht mehr sehen zu lassen und kann auch das eigene Auto vergessen, das er mir zum achtzehnten Geburtstag schenken wollte. Was soll ich jetzt tun?«

Das war eine gute Frage, denn mit einer so rigiden Reaktion seines Vaters hatte ich nicht gerechnet. Der Schock und das Entsetzen darüber, seinen Sohn bei mir und womöglich auch noch dort zu wissen, wohin es ihm selbst nicht gereicht hatte, nämlich in meinem Bett, mußten eine Art von Kurzschluß bei ihm ausgelöst haben. Ich fragte: »Hast du mitbekommen, ob er das während eures Telefonats mit deiner Mutter so abgesprochen hat?«

Er griff nach der Tasse mit dem kalten Kaffee, trank einen kleinen Schluck und stellte sie auf den Unterteller zurück. Mir fiel auf, daß seine Hand zitterte. Er sagte: »Nein, das glaube ich nicht. Er fing sofort an zu reden und auch nur das, was ich dir eben sagte. Ich hatte überhaupt keine Möglichkeit, ihm zu antworten. Er legte sofort auf.«

Ich goß seine Tasse zum zweiten Mal aus und sagte: »Ich mache dir frischen. Wenn es sich so verhält, wie du es schilderst, dann wird er jetzt vielleicht Ärger mit deiner Mutter bekommen. Ich glaube nicht, daß sie sein Ultimatum deckt. Aber selbstverständlich müssen wir es vorsorglich ernst nehmen. Ich kann dir weder dein Zuhause ersetzen noch dir zu deinem Geburtstag ein Auto schenken. Mußt du nicht erst noch den Führerschein machen?«

»Das wollte ich erst nach den Ferien tun«, sagte er. »Ich weiß jetzt wirklich nicht mehr, was ich tun soll, Stefanie. Bei dir kann ich doch auch nicht bleiben ... Und dann das Abi. Wie soll ich das nur machen?«

Es waren weniger die von ihm zu Recht angesprochenen Probleme als sein etwas weinerlicher Ton, der mir klar werden ließ, daß es so nicht ging und daß ich mehr von ihm erwartet hatte, als ich einem Jungen in seinem Alter und von seiner Herkunft zumuten konnte. Auch wenn ich davon ausging, daß sein Vater seine Worte inzwischen bereits bereut hatte, so war mir im Hinblick auf seine erste Reaktion doch eine grobe Fehleinschätzung unterlaufen. Ich hätte zumindest damit rechnen müssen, daß er in Gegenwart seiner Frau, die das Gespräch von einem zweiten Apparat aus vielleicht mitgehört hatte, es sich gar nicht würde leisten können, sich über den neuesten Wissensstand seines Sohnes zu informieren. Insofern war es doch ein Fehler gewesen, ihn nicht zuerst mit seiner Mutter sprechen zu lassen und mich aus dem Telefonat völlig herauszuhalten.

Ich fragte: »Hast du noch Geld für die Heimreise? So viel ich weiß, fährt in etwa einer Stunde ein direkter Zug.«

Er nickte. »Geld habe ich noch, aber was soll ich ihnen dann sagen, wenn ich nach Hause komme? Ich kann ihnen doch nicht erzählen, daß du bei uns im Haus warst.«

»Das würde ich dir auch nicht empfehlen«, sagte ich. »Es genügt ja völlig, wenn du vorgibst, mich kennengelernt zu haben, als ich, um mit deinem Vater zu sprechen, vor eurer Haustür stand.

Bei dieser Gelegenheit habe ich dich unter dem Vorwand, dir einige wissenswerte Dinge über ihn mitteilen zu können, eingeladen, mich in Bad Hülsen zu besuchen. Du hast einige Tage verstreichen lassen, dann wurde deine Neugierde so groß, daß du meiner Einladung gefolgt bist. Ich habe dich am Bahnhof abgeholt und dich bei einem Bekannten untergebracht. Bei ihm hast du übernachtet. Mehr brauchst du ihnen nicht zu erzählen. Wenn du deinen Vater im unklaren darüber läßt, was ich dir über ihn erzählt habe, bin ich sicher, daß er dich wie ein rohes Ei behandelt. Meinetwegen kannst du ihm und deiner Mutter auch sagen, dich in mich verliebt zu haben. Da sie nach deinem achtzehnten Geburtstag jederzeit damit rechnen müssen, daß du dir eine eigene Wohnung suchst und dich dann heimlich mit mir triffst, wird dein Vater vielleicht von sich aus zu der Einsicht kommen, daß es besser ist, wenn er seine Forderung nach meiner Kündigung zurücknimmt. Dann hätten wir auch so erreicht, was ich erreichen wollte.«

»Meinst du?« fragte er unsicher.

Auf meinc optimistischen Erwartungen bezüglich der Einsichtsfähigkeit seines Vaters hätte ich mich nach allem, was ich bisher mit diesem erlebt hatte, allein nicht mehr verlassen. Obwohl es mir nun doch etwas Mühe bereitete, ihn meine Enttäuschung nicht anmerken zu lassen, sagte ich: »Aber sicher. Verlaß dich da ganz auf mich. Vielleicht ist er auch schon im Firmenjet unterwegs nach Bad Hülsen ...«

»Das glaube ich nicht«, unterbrach er mich. »In den Betriebsferien hat er keine Möglichkeit, ihn zu bekommen. Erst recht nicht für einen privaten Flug.« Er blickte mich unglücklich an. »Ich verstehe das nicht, Stefanie. Ich dachte, ich könnte vernünftig mit ihm reden. Ich konnte auch sonst immer vernünftig mit ihm reden. Viel vernünftiger als mit meiner Mutter, die nie einsehen will, daß sie auch einmal im Unrecht ist. Du hast doch sicher auch nicht damit gerechnet, daß er sich überhaupt nicht mit mir unterhält?«

Ich zündete mir eine Zigarette an und sagte: »So ganz sicher, daß es funktioniert, war auch ich mir nicht. Männer in seiner Position stehen nicht gerne auf der Verliererseite. Du müßtest ihn ja noch viel besser kennen als ich. Womit hast *du* denn gerechnet? Daß es ihm nur die Sprache verschlagen würde?«

Er blickte mich weiterhin unglücklich an. »Ich weiß nicht mehr, Stefanie. Das kam alles so überraschend für mich. Wenn ich vorher schon gewußt hätte, daß du meinen Vater kennst ...«

»Wärst du vielleicht gar nicht gekommen«, fiel ich ihm dazwischen. »Sobald du jetzt gefrühstückt hast, fahren wir zum Bahnhof und sehen nach einem passenden Zug für …«

Diesmal war er es wieder, der mich nicht ausreden ließ; er sagte: »Darauf kommt es jetzt nicht mehr an, Stefanie. Er hat gesagt: wenn ich bis morgen mittag nicht zu Hause bin. Also werde ich auch nicht vor morgen mittag zu Hause sein. Jetzt, wo sie wissen, wo ich bin und daß mir nichts zugestoßen ist, brauchen sie sich auch nicht länger aufzuregen.«

Dagegen war schon deshalb nichts einzuwenden, weil er dann genügend Zeit haben würde, noch einmal in Ruhe über alles nachzudenken. Auch wenn ich seinetwegen nicht anders konnte, als ihm zur Heimreise zu raten, lieber wäre es mir schon gewesen, er hätte dem Ultimatum seines Vaters getrotzt. Ich war unverändert davon überzeugt, daß es deshalb zwischen ihm und Renate nach seinem Gespräch mit Stefan zu einer Auseinandersetzung gekommen war und daß sie und nicht er darüber entscheiden würde, was mit ihrem Sohn geschah.

Ich drückte die Zigarette aus, stand auf und trug die Kanne mit dem kalt gewordenen Kaffee in die Küche.

Während ich Wasser aufsetzte, kam auch Stefan herein. Er nahm mich in die Arme, küßte mich und sagte: »Ich werde es so machen, wie du gesagt hast, Stefanie. Wenn ich ihm sage, daß ich dich liebe, werde ich ja hören, was er darauf antwortet. Ich würde nur gerne wissen, was wirklich zwischen dir und ihm war. Hat er dich auch schon mal geküßt?«

Ich lächelte. »Damit fängt es doch im allgemeinen an.«

»Und was noch?« fragte er. »Dich irgendwo angefaßt?«

»Das auch«, sagte ich.

»Vielleicht hier?« sagte er, unter mein Kleid greifend.

Darüber hätte ich mit Vaillant reden können und auch mit Landmann und mit jedem anderen, nur nicht mit ihm. Ich sagte: »Werde nicht kindisch.«

»Ich werde nicht kindisch«, sagte er. »Ich würde nur gerne wissen, wofür er dir zweitausend Mark gegeben hat.«

Über das Geld hatte ich mit ihm reden können. Warum eigentlich, und wo war da noch der Unterschied zu dem, was er von mir wissen wollte? Aber dann wollte er plötzlich nichts mehr wissen, ich fühlte noch, wie er mich vom Boden hob, und dann lag ich mit dem Rücken auf dem Küchentisch und mit den Füßen auf seinen Schultern, während ich seine Hände am Po fühlte und an der Vulva und seinen Penis hier wie dort und hier wie dort und immer wieder hier wie dort und ohne Unterlaß bis zum Orgasmus hier wie dort. Irgendwo baumelte noch mein Slip an einem Bein, irgendwo fühlte ich noch seinen Mund, seine Lippen und meine

Schenkel wie weit weg von mir, so als ob ich nun immer und bis ans Ende aller Zeiten so offen daliegen müßte, so bloßgelegt und bloßgestellt und ungeschützt und hingegeben zugleich. Was nützte es mir da noch zu wissen, daß es keine Liebe war und daß, falls es doch Liebe war, es Liebe ohne Hoffnung und Liebe ohne Zukunft war? Was nützte es mir, das alles zu wissen und doch jedesmal ohne Willen und nur noch besessen zu sein von dem Wunsch, seinen Körper zu fühlen und seine Lippen hier wie dort und dort wie hier?

Irgendwann fühlte ich auch seine Lippen nicht mehr. Ich richtete mich auf, kletterte vom Tisch herunter und sah ihn mit verdrehten Beinen und geschlossenen Augen am Boden liegen. Ich beugte mich zu ihm nieder, küßte ihn und wandte mich, über ihn hinwegsteigend, der Tür zu. Ich ging in Isabellas Schlafzimmer, riß mir das verschwitzte Kleid herunter und ließ mich bäuchlings auf das Bett fallen. Als Stefan zu mir kam und sich nackt an mich schmiegte, rückte ich zur Wand und bettete den Kopf an seine Brust.

Er sagte: »Ich habe es mir überlegt, Stefanie: Ich bleibe bei dir, so lange, wie du es willst.«

»Das ist gut«, sagte ich und schloß die Augen. Als ich sie wieder öffnete, lag ich allein im Bett. Ein Blick auf meine Armbanduhr zeigte mir, daß ich mindestens zwei Stunden geschlafen hatte. Ich stand auf, ging mit bloßen Füßen ins Bad und stellte mich unter die Dusche. Irgendwann würde ich darüber nachdenken müssen, wie es nun weitergehen sollte. Weitergehen auch mit Vaillant, weil alles, was ich gestern gedacht, getan und empfunden hatte, auf einem Trugschluß basierte, auf dem Trugschluß nämlich, es bedürfe nur eines anderen Mannes, um mir Stefan entbehrlich werden zu lassen. Genauso entbehrlich, wie Fred mir inzwischen geworden war und vor ihm Inge und wer und was sonst noch alles im Lauf der Jahre meine Wege gekreuzt, für eine Weile meine Gedanken beschäftigt und meinem Leben Sinn und Inhalt gegeben hatte. Aber mit Vaillant allein, dessen war ich mir jetzt sicher, würden sich meine Probleme nicht lösen lassen, im Gegenteil, indem ich ihm Gelegenheit gegeben hatte, mich nun auch im Bett zu haben, würden sie eher noch kumulieren; doch gerade darüber nachzudenken hatte ich im Augenblick weder den Kopf noch die Lust. Also verschob ich es auf später.

Mit der Liebe war auch Stefans Appetit zurückgekehrt, denn als ich eine Viertelstunde später auf die Terrasse kam, hatte er nicht nur sein Frühstück, sondern auch das nach seinem gestrigen Eintreffen stehengelassene Abendbrot verzehrt und tummelte sich bereits wieder im Pool. Wenn meine Annahme zutraf, daß Möbius mir mit seiner Abreise Gelegenheit geben wollte, mich an sein Haus und an die schöne Waldlage zu gewöhnen, so ließ sich nicht von der Hand weisen, daß er in seiner Einschätzung dessen, was außer der Liebe und einem hübschen Diamanten das Herz einer Frau sonst noch betören konnte, so arg daneben nicht lag. Sicher trug auch das heute wieder sommerlich schöne Wetter dazu bei, daß ich mich bereits ein wenig heimisch fühlte und ein fast kindliches Vergnügen dabei empfand, mit bloßen Füßen über den kurzgeschnittenen Rasen zu gehen, mir die Sonne auf die nackten Beine scheinen zu lassen und den Vögeln im nahen Wald zu lauschen. Wo, in Bad Hülsen sonst, hörte man sie noch so nahe und unbekümmert wie hier oben!

Ich hatte vor, Stefan zum Mittagessen mit Wolfgangs bewährten Schinkenmakkaroni zu überraschen. Zum einen machten sie rasch satt und zum anderen wenig Arbeit. Meine ursprüngliche Absicht, Wolfgang anzurufen, um zu erfahren, ob es schon etwas Neues gebe, verschob ich bis nach dem Essen. Schinken und Makkaroni hatte ich gestern so reichlich eingekauft, daß sie die Gewähr für mindestens vier Mahlzeiten boten. In dem gut sortierten Gewürzschrank war alles vertreten, was für eine Hausfrau unabdingbar war, einschließlich Nelken, Kümmel und Thymian. Nur Salz fand ich nicht. Ich konnte noch so viele Schubladen aufreißen und wieder zustoßen, in Isabellas Küche gab es kein Salz. Ich verstand es nicht, aber es war so. Mir blieb nichts anderes übrig, als den Elektroherd mit dem bereits kochenden Wasser wieder abzuschalten und Stefan von meiner Absicht zu unterrichten, noch rasch einen Einkauf zu erledigen. Er hatte sich aus dem Haus eine Wolldecke beschafft, sie im grünen Gras ausgebreitet und bot, auch wenn er bäuchlings in der Sonne lag, einen nicht unerfreulichen Anblick. Ich konnte der Versuchung, ihn noch rasch ein wenig zu küssen, nicht widerstehen. Mit seinem Versprechen, in meiner Abwesenheit das Grundstück weder bekleidet noch unbekleidet zu verlassen, machte ich mich auf den Weg zur Garage.

Landmann sah ich, als ich das breite Holztor öffnete, um meinen VW auf die Straße zu fahren. Wie es den Anschein hatte, war er nach vergeblichem Läuten zu seinem Wagen zurückgekehrt, hatte dann jedoch meinen VW anrollen hören und seinen Schritt neben dem Audi verhalten. Als ich ihm so unerwartet gegenüberstand, wurde mir bei aller Kaltblütigkeit doch ziemlich flau im Magen. Ich drückte das Holztor wieder zu, verriegelte es von innen und öffnete dann die schmiedeeiserne Tür des Fußgängereingangs. Ich zog auch diese Tür hinter mir zu, trat auf die Straße und öffnete die Beifahrertür zu Landmanns Wagen. Ich nahm Platz, kreuzte die Beine und zündete mir eine Zigarette an. Dann erst konnte ich wieder klar denken. Ich beobachtete, wie er sich zu mir setzte und seine Hände schwer auf das Lenkrad legte. Jetzt erst fiel mir auf, daß er blaß und auch ein wenig krank aussah. Mit Schatten unter den Augen und verbiestert.

Er sagte: »Du hast genau fünf Minuten, zu dem Jungen zu gehen und ihm zu sagen, daß er zu seinen Eltern heimfahren soll. Tust du es nicht, dann will ich dich nie mehr sehen. Weder in der Agentur noch sonstwo. Habe ich mich verständlich ausgedrückt?«

Das hatte er. Nach der ersten Überraschung über seine Anwesenheit wunderte mich schon nichts mehr. Ich fragte: »Woher wußtest du, daß ich hier bin?«

»Ich wußte, daß du einen Schlüssel für das Haus hast.«

»Von Möbius?«

Er wandte mir das Gesicht zu. »Er hat mich vor einer halben Stunde angerufen.«

»Und vorher hat Seeberg dich angerufen«, sagte ich. »Dann laß mich jetzt einmal raten: Als Gegenleistung hat er dir zugesichert, den Vertrag mit dir nicht zu kündigen. Andernfalls ist der Ofen aus.«

»So ist es«, sagte er und griff nach seiner Brieftasche. Er nahm einen Umschlag heraus, legte ihn auf meinen Schoß und sagte: »Das ist deine Kündigung und dein Gehalt für ein volles Jahr. Bis dahin sehen wir weiter.«

»Du vielleicht«, sagte ich. »Für mich wird es in einem Jahr noch genauso trübe aussehen wie heute. Es sei denn, du gibst mir schriftlich, daß du mich dann wieder einstellst.«

»Das kann ich nicht«, sagte er.

Ich griff nach dem Umschlag, legte ihn auf seinen Hosenschlitz und sagte: »Das mit Möbius und mir schlag dir aus dem Kopf, Karl. Ich würde eher auf den Strich gehen als ihn heiraten. Den Jungen werde ich heimschicken, aber damit ist die Sache für Seeberg nicht ausgestanden. Das kannst du ihm sagen.«

»Und was willst du gegen ihn tun?«

»Das laß meine Sorge sein«, sagte ich und wollte aus dem Wagen steigen.

Er hielt mich jedoch am Handgelenk fest und sagte: »Ich bin noch nicht fertig mit dir. Außerdem muß ich von irgendwo telefonieren. Du legst doch sicher keinen Wert darauf, daß ich es von hier aus erledige. Oder?«

Ich erwiderte schweigend seinen Blick.

Er startete den Motor und sagte: »Hat ziemlich lange gedauert, bis du ans Tor kamst.«

»Ich kam nicht deinetwegen ans Tor«, sagte ich. »Ich wollte in die Stadt, Salz einkaufen. In diesem traurigen Haushalt findest du nicht ein Körnchen Salz.«

Er grinste dünn. »Weil der Arzt ihm salzhaltige Nahrung verboten hat. Damit seine Haushälterin nicht doch welches verwendet, duldet er keines im Haus. Wo willst du das Salz kaufen?«

»Vielleicht in einer Apotheke«, schlug ich vor.

Er ließ den Wagen anrollen und sagte: »Vor allen Dingen möchte ich wissen, wo und wann du seinen Sohn kennengelernt hast.«

Ich sagte: »Da du dich neuerdings nicht einmal dafür interessierst, was zwischen Möbius und mir während der Geschäftszeit passiert, sehe ich erst recht keinen Anlaß, dir Rechenschaft über mein Privatleben abzulegen. Wenn du dich von Seeberg jetzt auch noch dafür haftbar machen läßt, was eine von dir in seinem Auftrag entlassene Angestellte außerhalb deiner Agentur mit ihrer Zeit anfängt ...«

Er unterbrach mich schroff: »Spiel nicht die Naive, verdammt! Was du mit deiner Zeit anfängst, ist nur so lange deine Sache, wie es nicht die Interessen der Agentur tangiert. Ich weiß wirklich nicht mehr, was in deinem Kopf vor sich geht. Zuerst rufst du seine Frau an und tust so, als sei dir nicht bekannt, daß er verheiratet ist, und jetzt hast du dich hinter seinen noch nicht einmal volljährigen Sohn geklemmt, und das nicht etwa in deiner eigenen Wohnung, sondern ausgerechnet im Haus ...« Er brach ab und fluchte: »Scheiße.«

Im ersten Augenblick verstand ich gar nicht, was ihn so erschreckte. Dann kam mir die Erleuchtung. Ich sagte: »Ich mache dir einen Vorschlag, Karl. Ich sorge dafür, daß der Junge seinem Vater nicht erzählt, daß wir uns im Haus deines Kompagnons aufgehalten haben, weil dies sonst bei ihm den Eindruck erwecken könnte, ihr beide würdet bis über die Ohren in dieser Sache mit drinnen stecken, und du sorgst dafür, daß ich auch künftig mein Gehalt bekomme. Entweder brutto, damit ich die Sozialbeiträge selbst überweisen kann, oder netto, und dann erwarte ich von dir, daß sie von der Agentur überwiesen werden. Wie sich das technisch am besten durchführen läßt, ohne daß es sich in der Agentur herumspricht, ist dein Problem. Solange wir nicht wissen, wer Seeberg am Telefon den Hinweis auf meine Person gegeben hat, so lange kannst du in der Agentur auch keinem über den Weg trauen. Das ist doch wohl klar, oder etwa nicht?«

Er atmete tief durch. Dann sagte er leise: »Muß ich das so verstehen, daß du die Unverfrorenheit hast ...«

Ich unterbrach ihn: »Und du spiel jetzt nicht den moralisch Entrüsteten. Wärst du der Mann, den ich in dir sah, als du mich dazu überredet hast, bei der Bäder- und Kurverwaltung aus- und bei dir einzusteigen, dann hättest du dieses trickreiche Spiel von Möbius nicht mitgemacht. Wenn er so viel Geld hat, einen Mann wie dich zur Kuppelei zu verführen, dann hat er auch genug Geld, um mein Gehalt künftig aus seiner eigenen Tasche zu zahlen. Nur möchte ich es von dir und nicht von ihm überwiesen bekommen. Wie ihr das macht, das mußt du eben mit ihm absprechen. – Wartet Heike nicht schon mit dem Essen auf dich?«

Statt mir zu antworten, fragte er: »Hast du den Jungen verführt?«

»Das war nicht nötig«, sagte ich. »Er hat mich gezwungen, mich vor seinen Augen auszuziehen, weil er die Tür hinter uns abgeschlossen hatte und sie nur öffnen wollte, wenn ich vorher meine Sachen ablegte.«

»Ach du Scheiße«, sagte er wieder.

Ich lächelte. »Auch wenn du es mir nicht glaubst. Ich wollte in Düsseldorf mit seinem Vater sprechen und traf nur den Sohn an. Er hielt mich zuerst für ein Callgirl, weil ich mit einem gemieteten Jaguar vorfuhr. Da ergab sich eben das eine aus dem anderen.«

Er schwieg.

Ich berührte seinen Arm. »Ich habe für meine Mutter zu sorgen, Karl. Ohne meine finanzielle Unterstützung bekäme sie keinen Pfennig. Ich würde, wenn es davon abhinge, eher deinen ganzen Laden auffliegen als sie im Stich lassen.«

»Gut, daß ich das weiß«, sagte er.

»Es ist immer gut, wenn man etwas weiß«, sagte ich.

Das Salz kaufte ich in einem der letzten Tante-Emma-Läden von Bad Hülsen. Daß es sie in manchen der höher gelegenen Stadtteile noch gab, war weniger der Duldsamkeit ihrer übermächtigen Konkurrenz als der Anhänglichkeit ihrer überwiegend betagten Kundschaft zuzuschreiben, die sich nur ungern in das von Autoabgasen geschwängerte Stadtzentrum begab.

Landmann, der vor dem Laden auf mich gewartet hatte, schien die Zeit bis zu meiner Rückkehr zum Ausbrüten einer neuen Strategie genutzt zu haben, denn er sagte, kaum daß ich wieder neben ihm saß: »Wenn Möbius und ich uns bereit finden, auf deine Forderung einer garantierten Weiterzahlung deines Gehalts in der von dir gewünschten Weise einzugehen, hast du doch keinen Anlaß mehr, dich noch weiter mit Seeberg anzulegen. Er ist ein vielbeschäftigter Mann. Wenn du ihm keinen neuen Anlaß gibst, sich von dir provoziert zu fühlen, wird er früher oder später vernünftig mit sich reden lassen.«

»Worüber?« fragte ich. »Über meine Wiedereinstellung?«

Er seufzte. »Sei doch nicht so stur, Stefanie. Du kannst von einem Mann in seiner Position nach allem, was du dir seiner Familie gegenüber geleistet hast, keinen Kniefall ...«

»Aber darüber, was er sich *mir* gegenüber geleistet hat, gehst du zur Tagesordnung über«, fiel ich ihm dazwischen. »Du brauchst von jetzt an keine Sorge mehr zu haben, daß ich ihm noch einmal Gelegenheit geben werde, seinen privaten Rachefeldzug gegen mich auf deinem beziehungsweise auf dem Rücken der Agentur auszutragen. Vielleicht habe ich nicht weit genug gedacht. Ich hätte berücksichtigen müssen, daß er deine Abhängigkeit auch dann noch ausnutzen kann, wenn ich offiziell für die Agentur gar nicht mehr arbeite. Ich frage mich nur, wieso er von mir erwartet, ich könnte nach meinem Rausschmiß noch geneigt sein, dir einen Gefallen zu tun. Er wird sich doch selbst sagen müssen, daß dies ohne ein Entgegenkommen deinerseits kaum vorstellbar ist. Oder siehst du das anders?«

Er schüttelte mit besorgter Miene den Kopf.

»Dann hast du auch keine Garantie, daß er, wenn sein Sohn erst einmal wieder zu Hause ist, die Geschäftsverbindung mit dir nicht trotzdem platzen läßt. Allein der Gedanke, du könntest, um mich zu überreden, seinen Sohn nach Hause zu schicken, dich zu Konzessionen bereit gefunden haben, die seinem erklärten Willen, mich existentiell zu vernichten, zuwiderlaufen, wird neue Haßgefühle in ihm wecken, die sich dann unmittelbar gegen dich richten. Du hättest dich auf ein Gespräch über seinen Sohn gar nicht erst einlassen, sondern ihm sofort unmißverständlich klar machen sollen, daß du, selbst auf die Gefahr hin, ihn als Kunden zu verlieren, keine Möglichkeit mehr siehst, nach meiner auf seinen Wunsch hin erfolgten Entlassung irgendeinen Einfluß auf mich zu nehmen. Ich bin nur froh, daß ich nicht die einzige bin, die bei dem, was ich tat, nicht weit genug gedacht hat. Was hast du ihm denn auf sein Ultimatum geantwortet? Daß du in seinem Sinne tätig werden wirst?«

Er nickte besorgt. »Vielleicht war das ein Fehler.«

»Das kannst du sogar unterschreiben«, sagte ich. »Denn allein schon der Umstand, daß du nicht wenigstens eingewendet hast, nicht zu wissen, wo ich mich mit dem Jungen aufhalte, wird dich in seinen Augen verdächtig machen. Du könntest nichts Besseres tun, als ihn anzurufen und ihm zu sagen, du hättest mich dort, wo du mich mit dem Jungen vermutet hast, nämlich in meiner Wohnung, nicht angetroffen. Damit hättest du zwar keine Garantie, daß er die Zusammenarbeit mit dir nicht doch aufkündigt, aber du könntest dich darauf berufen, nicht nur alles, was er von dir verlangt hat, getan, sondern nach meiner Entlassung auch keine Möglichkeit mehr zu haben, noch Einfluß auf mich zu nehmen. Das müßte selbst ihm einleuchten.«

Er nickte wieder. »Ich glaube, du hast recht. Ich werde vom Büro aus sofort versuchen, ihn zu erreichen. Das würde aber auch bedeuten, daß du den jungen noch hier behalten mußt. Andernfalls könnte sein Vater sich denken, daß ich doch gewußt habe, wo du ...«

»Das könnte er schon deshalb nicht, weil er heute schon selbst mit ihm telefoniert hat«, fiel ich ihm dazwischen und erzählte ihm von Stefans Telefonat mit seinem Vater und von dessen Ultimatum.

Er hörte mir wortlos zu. Dann startete er den Motor und sagte: »Diese ganze Sache ist schon so verfahren, daß alles, was man jetzt noch tut, ebenso falsch wie richtig sein kann. Ich sehe auch nicht, was du dir davon versprochen hast, ohne mein Wissen nach Düsseldorf zu fahren und mit ihm zu sprechen. Selbst wenn du ihn angetroffen hättest, wäre er kaum bereit gewesen, dich in seiner Wohnung zu empfangen und, vielleicht auch noch in Gegenwart seiner Frau, dir Gelegenheit zu geben, ihn zur Rede zu stellen.«

»Es kommt nicht darauf an, was ich mir davon versprochen, sondern was ich erreicht habe«, sagte ich. »Immerhin so viel, daß er es vielleicht bereits bereut hat, sich mir gegenüber so unfair benommen zu haben. Auch wenn der junge jetzt nach Hause käme, so müßte Seeberg doch in einigen Wochen, wenn sein Sohn volljährig ist, jederzeit damit rechnen, daß er ihm wieder davon und zu mir läuft. Allein schon der Gedanke, daß ausgerechnet sein noch nicht einmal volljähriger Sohn bei mir erreicht hat, worum er sich selbst so lange Zeit vergeblich bemühte, wird ihm die Genugtuung darüber, mich um meinen Arbeitsplatz gebracht zu haben, sauer aufstoßen lassen, von dem, was sich jetzt zwischen ihm und seiner Frau abspielen wird, ganz zu schweigen.«

Er schwieg. Erst als wir wieder zu Möbius' Haus fuhren, sagte er: »Trotzdem wäre es besser, du würdest den Jungen dazu überreden, auf seinen Vater zu hören. Das würde die ganze Situation entspannen. Wenn Möbius vorher gewußt hätte, daß sein Haus dir dazu dienen wird, Seebergs Sohn gegen seinen Vater zu motivieren, wäre er mit Sicherheit nicht nach Marbella gefahren und hätte auch dein Gehaltskonto nicht ausgeglichen. Die Überweisung der dreitausend Mark hättest du dir ersparen können. Ich habe bereits veranlaßt, daß sie dir auf dein Bankkonto retourniert werden.«

Das war schon deshalb eine gute Nachricht, weil ich nach der gestrigen Überweisung an meine Mutter nur noch etwa zweihundert Mark im Portemonnaie hatte. Ich fragte: »Wann hat Möbius die dreitausend überwiesen?«

»Noch vor seiner Abreise und obwohl er da sicher nicht gut auf dich zu sprechen war. Weißt du, was mir einfach nicht in den Kopf will? Daß du, nur um dich an Seeberg zu rächen, keine Bedenken hast, mit einem noch nicht einmal achtzehnjährigen Jungen zu schlafen, und bei Möbius, der bereit wäre, alles zu tun, was du willst, plötzlich auf stur schaltest. Nur weil er viel älter ist als du? Oder was findest du sonst noch an diesem Jungen, außer daß er Seebergs Sohn ist?«

Vielleicht wäre dies die Gelegenheit gewesen, ihm von Isabellas Anruf in Seebergs Büro zu erzählen, aber ich konnte mich auch diesmal nicht dazu überwinden, weil ich mir nicht sicher war, wie er darauf reagieren würde. Möglicherweise wog in seinen Augen Isabellas Vertrauensbruch gegenüber ihrem deutschen Arbeitgeber schwerer als dessen Bedenkenlosigkeit, mich, zu welchem Preis auch immer, ins Bett zu bekommen.

Ich sagte: »Das allein hätte mich nicht veranlassen können, ihn nach Bad Hülsen einzuladen. Er ist nicht nur ein sehr sympathischer Junge, er ist auch ein zärtlicher Liebhaber. Ich hatte schon fast vergessen, wie es mit einem Mann, der einen gern hat, sein kann. Bei meinem geschiedenen Mann war ich jedesmal froh, wenn es vorbei war.«

»Bei Cramer auch?«

Ich öffnete meine Handtasche, zündete eine Zigarette an und sagte: »Ich weiß nicht, was Möbius dir über Cramer erzählt hat, aber was es auch war, du kannst es getrost vergessen. Ich habe nichts gegen Möbius, im Gegenteil, ich fand ihn immer sehr nett, aber um ein festes Verhältnis mit ihm einzugehen, ist er mir tatsächlich schon zu alt. Ich habe schließlich nicht nur an mich, ich habe auch an meine Mutter und an meinen Exschwiegervater zu denken. Er hat eine panische Angst davor, in einem Altenheim zu landen, und genau das will ich ihm ersparen. Wenn du wieder mit ihm telefonierst, kannst du Möbius sagen, daß ich ihm die dreitausend Mark in monatlichen Raten zurückzahlen werde.«

Er wandte mir das Gesicht zu: »Ist das alles, was du ihm zurückzahlen mußt?«

»Alles andere habe ich ihm bereits zurückgezahlt«, sagte ich.

Dann fiel mir auf, daß er keine Anstalten traf, in die Straße einzubiegen, die zu Möbius' Haus führte. Vielmehr folgte er jener, die ich vorgestern in Isabellas Begleitung zu dem Telefonhäuschen emporgestiegen war und wo ich ihr meine Freundschaft angetragen hatte. Bevor ich jedoch den Mund aufbrachte, sagte er: »Ich habe jetzt schon zu viel Zeit verloren und will nur rasch Heike anrufen, damit sie mit dem Essen nicht auf mich wartet. Hast du noch fünf Minuten Zeit?«

Obwohl ich mich schon viel zu lange aufgehalten hatte und Stefan sicher mit großer Ungeduld auf mich wartete, sagte ich: »Aber nicht länger.«

Während er telefonierte, saß ich auf der Bank und betrachtete zum ungezählten Mal die zu meinen Füßen liegende, von bewaldeten Kuppen umrahmte Stadt mit ihren blühenden Gärten und gepflegten Grünanlagen. Wenn man vergaß, daß ihre Bewohner nicht anders waren als die meisten Menschen – einschließlich des Kurdirektors, des Oberbürgermeisters und der sonstigen Honoratioren, die es mir nie verziehen hatten, mich von einem so honorigen Mitbürger wie Volker mutwillig getrennt zu haben , hätte man sich, wäre sie nicht so schrecklich provinziell gewesen, vielleicht in sie verlieben können.

Weil die Sonne so schön vom blauen Himmel schien, setzte sich Landmann nach seinem Telefonat noch kurz neben mich und sagte: »Man hat viel zu wenig Zeit, es zu genießen, hier zu wohnen. Heike hat Köln noch keine Stunde vermißt. Ich übrigens auch nicht. Nur bei dir habe ich das Gefühl, daß du nie ganz von Hamburg losgekommen bist.«

»Von Hamburg schon«, sagte ich. »Nur von meinen Erinnerungen nicht. Meine Mutter lebt ja auch nicht in Hamburg.«

»Nein?« fragte er verwundert. »Wo sonst?«

»Das ist schwer zu erklären«, sagte ich. »Am besten ist, du mietest dir, wenn du sie einmal besuchen willst, ein kleines Motorboot und fährst die Alster so weit flußauf, bis das Boot auf Grund läuft. Ungefähr dort steht ihr Hof.«

Er fragte perplex: »Du redest doch nicht von einem Bauernhof?«

Ich nickte. »Mit allem, was dazu gehört. Neuerdings trägt sie sich auch noch mit dem Gedanken an eine Kuh, aber ich weiß nicht, ob sich das lohnt. Hast du eine Ahnung, was eine gute Milchkuh täglich an Milch bringt?«

Er winkte unlustig ab. »Ich habe heute wirklich keinen Kopf für deine Heimatmärchen. Wirst du tun, worum ich dich gebeten habe?«

Ich stand auf. »Du willst also, daß ich ihn nach Hause schicke?«

»Ich bitte dich darum.«

»Und wenn ich es nicht tue, wirst du Möbius anrufen und ihm empfehlen, auf dem schnellsten Weg nach Hause zu kommen?«

»Dann habe ich keine andere Wahl.«

Ich sagte: »Die hättest du schon, aber ich verstehe, daß Seeberg für dich wichtiger ist als ich. Schon deshalb darf er nie erfahren, daß sein Sohn und ich uns im Haus deines Kompagnons einquartiert haben. Womöglich noch mit dessen Wissen und ausdrücklicher Billigung.«

Er stand gleichfalls auf und fragte mit blassem Gesicht: »Weiß der Junge schon, wem das Haus gehört?«

»Vorläufig noch nicht.«

Er blickte mich eine kurze Weile schweigend an. Dann sagte er: »Dir ist doch bekannt, wie man so etwas nennt?«

»Genauso gut wie dir«, sagte ich. »Was du in den letzten Tagen gemeinsam mit Möbius inszeniert hast, das läuft doch auch auf nichts anderes als auf eine Erpressung hinaus. Wie rasch du dich damit abgefunden hast, daß ich künftig nicht mehr für die Agentur arbeite, das geht doch allein schon daraus hervor, daß du nicht einmal mehr versuchst, wenigstens den Schein zu wahren.«

»Wie meinst du das?« fragte er stirnrunzelnd.

Ich schnippte mit dem Zeigefinger ein Aschenstäubchen meiner Zigarette von seinem Revers und sagte: »Indem du mich, wie es vorgesehen war, meine angefangenen Arbeiten weitermachen und sie von Ulrich …«

Er ließ mich nicht ausreden: »Davon bin ich nach nochmaliger Rücksprache mit Möbius abgekommen. Je weniger Personen davon wissen, daß du in Wirklichkeit gar nicht entlassen bist …«

»Aber das bin ich doch«, fiel ich ihm ins Wort. »Wolltest du mir nicht das Kündigungsschreiben hier lassen?«

Er blickte mich ein paar Sekunden lang wie geistesabwesend an. Dann sagte er zerstreut: »Darüber muß ich erst noch einmal nachdenken« und stieg in seinen Audi. Weil ich ihm nicht folgte, fragte er durch das offene Fenster: »Willst du nicht mitfahren?«

»Ich gehe das kurze Stück zu Fuß«, sagte ich. Weil er noch immer einen zerstreuten Eindruck machte und auch reichlich blaß aussah, trat ich einen Schritt näher und fragte: »Fehlt dir etwas?«

Er lachte gereizt auf und sagte: »Das fragt ausgerechnet sie: ob mir etwas fehlt? Und ob mir etwas fehlt!«

Offensichtlich handelte es sich doch mehr um ein Selbstgespräch als um eine an mich gerichtete Erwiderung, denn er fuhr schon bei seinen letzten mir noch verständlichen Worten los und redete lauthals weiter mit sich selbst, als er die Straße hinabrollte.

Auch grimmig auflachen hörte ich ihn noch einmal, bevor ich dann nichts mehr hörte.

Mit dem Salz in der Handtasche machte auch ich mich auf den Rückweg. Der Gedanke, wieder über dreitausend Mark zu verfügen, beflügelte meine Schritte. Auch wenn ich zu einer Rückzahlung fest entschlossen war, so doch nicht schon in den nächsten Wochen oder Monaten. Wäre Stefan nicht gewesen und außer ihm jetzt auch noch Vaillant, so hätte ich mich vielleicht eher dazu aufraffen können, meine Schulden an Möbius in der von ihm gewünschten Weise raschmöglichst zu tilgen, aber abgesehen davon, daß es mir, je länger ich es vor mir herschob, aus mir selbst unersichtlichen Gründen zunehmend Probleme bereitete, ihn mir als meinen Liebhaber vorzustellen, fühlte ich mich auch durch die Art, wie Landmann mich bedrängte, unwillkürlich an meine Hamburger Zeit erinnert, wo es auch zuerst wie eine kleine Gefälligkeit angefangen und mich dann wie eine Lawine überrollt hatte. Der Gedanke, es könnte mir ein zweites Mal passieren, Gefallen daran zu finden, auf so schnelle Art zu Geld zu kommen, wie es in Hamburg geschehen war, begleitete mich seitdem wie ein ständiger Zweifel an meiner Fähigkeit, ihm zu widerstehen, und vielleicht war dies der alleinige Grund meiner Unberechenbarkeit Männern gegenüber.

Auf den ersten Blick fand ich im Haus alles unverändert vor. Mein VW stand noch dort, wo ich ihn hatte stehen lassen. Am Swimmingpool lag noch die von Stefan benutzte Wolldecke, und auf dem Terrassentisch stand das Frühstücksgeschirr. Nur Stefan selbst war nirgendwo zu sehen. Ich suchte ihn zuerst im Haupt-, dann im Mittel- und schließlich auch im Gästetrakt des Hauses. Sogar in den Keller stieg ich hinab. Danach machte ich einen Rundgang um das Haus, fuhr meinen VW in die Garage und kehrte schließlich auf die Terrasse zurück. Ich setzte mich in einen Korbsessel, zündete mir eine Zigarette an und wartete. So saß ich auch noch, als ich unten an der Straße einen Wagen vorfahren hörte. Weil das Grundstück im letzten Drittel sanft abfiel, hätte ich, um zu sehen, ob das Tor geöffnet wurde, von meinem Platz aufstehen müssen. Warum ich es nicht tat, gehörte zu jenen meiner Eigenarten, die jedesmal in Erscheinung traten, wenn ich das Gefühl hatte, daß das Schlimmste bereits geschehen und auch nicht mehr rückgängig zu machen war, wenn ich es versucht hätte. Als ich gleich darauf den Mercedes den Fahrweg herauffahren sah, hatte ich bereits eine ungefähre Vorstellung davon, was in der knappen Stunde meiner Abwesenheit geschehen war.

Soweit ich es beurteilen konnte, saß Möbius allein im Wagen, und er war auch allein, als er, von der Garage kommend, neben mir auftauchte, sich zu mir setzte und, sich bequem zurücklehnend, die Beine kreuzte. Er sagte: »Ich habe es Ihrem jungen Freund überlassen, entweder in Ihrer Wohnung auf Sie zu warten oder sich von meinem Neffen zu seinen Eltern bringen zu lassen. Er hat sich für die zweite Möglichkeit entschieden.«

Ich griff mechanisch nach meinen Zigaretten, zündete mir wieder eine an und sagte: »Sie waren also die ganze Zeit im Haus.«

»So ist es«, sagte er.

Der Gedanke, daß er auch im Haus war, als ich gestern mittag Vaillant mit in das Gästezimmer nahm, traf mich fast noch schlimmer als alles andere. Mich mühsam konzentrierend fragte ich: »Was haben Sie dem Jungen gesagt?«

»Daß dies mein Haus ist und daß ich wünsche, daß er es verläßt. Auch erzählte ich ihm von meiner Absicht, Sie zu heiraten.«

Ich hatte mich jetzt so weit gefangen, daß ich wieder fähig war, logisch zu denken. »Sie haben sein Telefonat mit seinem Vater mitgehört?«

Er nickte. »Sein Telefonat mit dem Vater und Ihr Telefonat mit seiner Mutter. Je mehr ich über Sie erfahre, desto mehr bewundere ich Sie, Stefanie. Sie sind eine ganz außergewöhnliche Frau. Ich weiß zwar noch nicht, wie Sie es geschafft haben, die Bekanntschaft des jungen Mannes zu machen. Er war leider nicht sehr gesprächig und ...«

Ich fiel ihm dazwischen: »Das können Sie von Landmann erfahren. Ich habe es ihm bereits erzählt. Wußte er, als er mit Ihnen telefonierte, daß Sie sich in Ihrem Haus aufhalten?«

Er lächelte. »Ich habe ihn gebeten, dafür zu sorgen, daß Sie es für eine Weile verlassen. Das hat ja auch sehr schön funktioniert.«

»Aber nur, weil Sie kein Salz im Haus hatten«, sagte ich.

Er blickte mich verständnislos an.

»Sie haben Glück gehabt, das war alles«, sagte ich. »Ich weiß auch nicht, ob Sie Grund haben, so zufrieden mit sich zu sein, wie Sie jetzt aussehen, Gerhard. Vorläufig ist Seeberg noch nicht bekannt, wo sein Sohn die Nacht verbracht hat. Es sei denn, Sie hätten diesem erzählt, wer Sie sind.«

Er runzelte die Stirn. »Worauf wollen Sie hinaus?«

Ich stand auf. »Lassen Sie es sich von Landmann erklären. Haben Sie auch schon an der Tür gelauscht, als Ihr Neffe bei mir war?«

»Das war nicht erforderlich«, sagte er. »Sie hatten es in der Eile versäumt, sie zu schließen. Ihr Stöhnen war im ganzen Haus zu hören.«

Ich wußte genau, daß ich nicht gestöhnt hatte, und schon gar nicht so laut, daß es im ganzen Haus zu hören gewesen wäre. Ich sagte: »Das ist auch einer der Gründe, weshalb ich Sie nicht heiraten werde, Gerhard: Ihre offensichtliche Veranlagung zum Voyeur. Hat es Sie erregt, uns zuzuhören?«

Er blickte mich schweigend an.

Ich sagte: »Rolf weiß nichts von uns beiden.«

»Das glaube ich Ihnen nicht«, sagte er.

Ich setzte mich wieder hin. »Haben Sie ihn deshalb mit dem Jungen nach Düsseldorf geschickt?«

»Unter anderem«, sagte er. »Auch ging ich davon aus, daß eine Fahrt in einem Porsche für den jungen Mann ein zusätzlicher Anreiz für seine vorzeitige Heimkehr sein könnte. Offensichtlich war dies auch der Fall. Seit wann geht das zwischen Ihnen und meinem Neffen schon?«

»Seit Sie ihn in die Firma eingebracht haben«, sagte ich.

Meine Antwort schien ihn verständlicherweise zu überraschen. Er blickte mich einige Sekunden lang wie unschlüssig an. Dann sagte er: »Damit helfen Sie ihm auch nicht. Er wußte, daß Sie mir nicht gleichgültig sind.«

»Haben Sie ihm das schon einmal gesagt?«

Er gab keine Antwort.

Ich stand wieder auf und sagte: »Jetzt kommen Sie mir nicht mit der Schlange, die Sie an Ihrer Brust genährt hätten, Gerhard. Wenn einer von Ihnen dem anderen nachträglich in die Quere kam, dann sind Sie es.« Ich drehte ihm den Rücken zu und ging in das Haus.

Noch während ich in Isabellas Zimmer damit beschäftigt war, meinen Koffer zu packen, kam er herein und setzte sich neben dem Koffer auf das noch ungemachte Bett. Trotz des sommerlich warmen Wetters trug er auch heute einen eleganten hellgrauen Einreiher mit korrekt sitzender Krawatte. Er sagte: »Ich verstehe, daß Sie nicht länger hier bleiben wollen, Stefanie. Nur gestehen Sie mir bitte zu, daß ich weder von dem Jungen noch von Ihrem Verhältnis mit meinem Neffen etwas wußte. Ich hoffte, allein mit Ihnen im Haus zu sein. Darum, und nur darum, habe ich die Reise nach Marbella vorgetäuscht und nicht, um Sie mit einem anderen Mann zu überraschen. Lieben Sie meinen Neffen?«

»Er gefällt mir«, sagte ich. »Wo haben Sie Isabella versteckt? Auch in Ihrem Schlafzimmer?«

Er lächelte wieder. »Das war nicht nötig. Sie ist tatsächlich nach Marbella gefahren, um dort in meinem Auftrag nach dem Rechten zu sehen. Schon übermorgen kommt sie wieder zurück.«

»Und bis dahin wollten Sie hier klare Verhältnisse geschaffen haben«, sagte ich und unterbrach meine Arbeit. Ich setzte mich auf der anderen Seite des Koffers auf das Bett und sagte: »Wenn ich das richtig sehe, haben Sie gestern Ihren Wagen weggebracht, sind dann zu Fuß in Ihr Haus zurückgekehrt und haben hier auf mein Eintreffen gewartet. Wieso waren Sie sich so sicher, daß ich kommen würde?«

Er griff über den Koffer hinweg nach meiner Hand. »Ich war mir nicht sicher, ich habe es gehofft.«

»Und als Sie mich kommen sahen oder kommen hörten, haben Sie sich in Ihr Schlafzimmer eingeschlossen?«

»In das Schlafzimmer erst, nachdem Sie sich mit dem Jungen in das Zimmer von Isabella zurückgezogen hatten«, sagte er. »Vorher war ich in meinem Arbeitszimmer. Als Frühaufsteher hatte ich heute morgen auch keine Probleme, mich vor Ihnen in der Küche mit einem Frühstück zu versorgen und den weiteren Verlauf von meinem Arbeitszimmer aus zu verfolgen. Eines der Fenster liegt unmittelbar neben der Terrasse.«

Daran hatte ich noch nicht gedacht. Ich sagte: »Aber die Rolläden waren geschlossen.«

»Nicht völlig. Bei geöffnetem Fenster konnte ich, wenn auch nicht verstehen, worüber Sie sprachen, so doch Ihre Stimmen hören. Als Sie Ihren Wagen aus der Garage holten, wußte ich zunächst nicht, was Sie vorhatten. Ich erfuhr erst von dem Jungen, daß Sie beabsichtigten, zu einer Besorgung in die Stadt ...« Er brach ab und sagte: »Jetzt verstehe ich: Sie wollten Salz einkaufen. Wo und wann sind Sie Landmann begegnet? Schon als Sie auf die Straße fahren wollten?«

Ich nickte. »Und jetzt? Was wollen Sie jetzt? Es wieder einmal bei mir versuchen?«

Er ließ meine Hand los, stand auf und ging aus dem Zimmer. Vielleicht hatte er mich, wäre ich gestern allein im Haus gewesen, mit Blumen überraschen wollen. Oder mit einem neuen Heiratsantrag. Womöglich sogar mit Blumen und einem Antrag, aber das war heute nicht mein Problem. Mein Problem war, daß ich nicht sicher sein konnte, ob er in seinem Arbeitszimmer hinter dem offenen Fenster tatsächlich von dem, was auf der Terrasse gesprochen worden war, nichts verstanden hatte. Dabei wog der Inhalt meiner Gespräche mit Vaillant ungleich schwerer als das, worüber ich mit Stefan gesprochen hatte. Mir gab jedenfalls zu denken, daß er sich von selbst zu etwas geäußert hatte, wonach er gar nicht gefragt worden war.

Der Gedanke, er könnte auch mitgehört haben, wie Vaillant mir erzählte, von ihm aufgefordert worden zu sein, mich über das Schicksal des Dali im unklaren zu lassen, beunruhigte mich am meisten. Ich ließ den erst halb gepackten Koffer liegen und machte mich auf die Suche nach ihm. Ich kam gerade noch zurecht, um zu sehen, wie er neben der Terrasse am Boden lag und Vaillant mit geballten Fäusten vor ihm stand.

Als dieser mich bemerkte, sagte er mit völlig ruhig klingender Stimme: »Er hat mich geohrfeigt, Stefanie. Das darf niemand, auch er nicht. Wenn du mich sehen willst: Ich bin in meiner Wohnung.« Er drehte mir den Rücken zu.

Ich beobachtete noch, wie er mit großen Schritten zur Straße hinabging. Dann beugte ich mich über Möbius und sah, daß er aus dem Mund blutete. Erst jetzt wurde mir übel. Ein paar Sekunden lang hatte ich das Gefühl, mich übergeben zu müssen, aber ich würgte es noch einmal hinunter und lief ins Haus. Als ich mit einem nassen Handtuch aus der Küche zurückkam, stand Möbius bereits auf den Beinen und stieß mich, sich dem Haus zuwendend, ungeduldig zur Seite. Vielleicht hatte seine Zahnprothese Schaden genommen, und er wollte nicht, daß ich Kenntnis von ihr erhielt. Ich setzte mich in einen Korbsessel, legte die Füße auf den Gartentisch und das nasse Handtuch auf meine heiße Stirn. Ob meine Bewunderung für Vaillant größer war als mein Mitleid für seinen Onkel, ließ sich vorerst nicht feststellen. Es hielt sich so ziemlich die Waage, und weil ich nicht ewig mit dem nassen Handtuch auf der Stirn die Zeit verstreichen lassen konnte und Möbius nicht mehr zum Vorschein kam, stand ich irgendwann auf, ließ das Handtuch auf dem Tisch liegen und setzte mich in meinen VW. Auf der Sträße mußte ich anhalten und das Tor hinter mir schließen. Zu meiner Freude sah ich meinen Dobermann wieder. Er stand schweifwedelnd am Lanzenzaun und himmelte mich mit seinen bernsteinfarbenen Augen genauso verzückt an, wie Stefan es auch gestern abend wieder getan hatte. Heute vormittag in der Küche hatte er allerdings einen eher entschlossenen als verzückten Eindruck gemacht und mich ein wenig an Fred erinnert, als ich wegen einer neuen Position, die er mit mir einüben wollte, nicht sofort in Stellung ging. Ich streichelte dem Dobermann wieder den Kopf und sah mich nach seinen Herrschaften um, aber auch heute war niemand zu sehen. Vielleicht bewohnte er das große Haus im Hintergrund des mit Ziersträuchern dicht bepflanzten Grundstücks überwiegend allein.

Vaillant hatte es sich bereits etwas bequemer gemacht und öffnete mir im Pikee-Shirt mit Ärmelbündchen und Sommer-Jeans aus weißem Baumwollgabardine.

Ich ging sofort in den Wohnraum, legte mich auf das Plüschsofa und schloß erschöpft die Augen. Ich öffnete sie auch nicht, als er sich über mich beugte und mich küßte. Ich sagte nur: »Jetzt hast du es endlich geschafft.«

»Und eigentlich bin ich fast froh darüber«, sagte er. »Hast du schon etwas gegessen?«

Sein praktischer Sinn, selbst in dieser für ihn so prekären Situation zuerst einmal an das Nächstliegende zu denken, gefiel mir schon deshalb, weil mir trotz des vorangegangenen Schocks beim Anblick seines am Boden liegenden Onkels jetzt der Magen knurrte.

Mein Schweigen richtig deutend, verließ er das Zimmer; ich konnte hören, wie er in der Küche hantierte. Er kam auch bald wieder zurück und fragte: »Ißt du Eiermakkaroni?«

Ich mußte unwillkürlich lächeln und sagte: »Ich hatte vor, für Stefan und mich zum Mittagessen Schinkenmakkaroni zu machen.«

»Tut mir leid«, sagte er. »Schinken habe ich keinen im Haus. Mit Eiern schmecken sie aber auch. Ich muß nur warten, bis das Wasser kocht.« Er setzte sich zu mir auf die Couch, küßte mich wieder und sagte: »Es ging mit mir durch. Als er zu mir sagte, er habe mir befohlen, den Jungen nach Düsseldorf zu fahren, erklärte ich ihm, daß er mir nichts zu befehlen habe. Daraufhin gab er mir die Ohrfeige und ich ihm einen Kinnhaken. Ich muß ihn so unglücklich erwischt haben, daß er zu Boden fiel. Kam er wieder hoch?«

Ich berührte mit den Fingern seinen Mund und sagte: »Ich wollte ihm helfen, aber er stieß mich von sich und ging ins Haus. Ich setzte mich in meinen Wagen und fuhr zu dir. Wo ist Stefan jetzt?«

»In einem Zug nach Köln. Dort muß er umsteigen. Ich hatte meinem Onkel zwar versprochen, ihn nach Düsseldorf zu bringen. Als wir aber am Bahnhof vorbeikamen, fiel mir ein, daß du vielleicht noch im Haus warst und meine Hilfe brauchen konntest. Ich setzte den Jungen am Bahnhof ...«

Ich richtete mich rasch auf. »Vielleicht sitzt er noch dort.«

»Eben nicht«, sagte er. »Der Zug nach Köln fuhr schon zehn Minuten später. Wir haben gemeinsam nachgesehen, bevor ich ihn sich selbst überließ. Er fragte mich übrigens, ob ich auch zu den Typen gehörte, die mit dir ins Bett gingen. Schon deshalb hätte ich ihn nicht nach Düsseldorf gebracht.«

Wenn ich berücksichtigte, was Stefan zuvor mit Möbius erlebt hatte, fühlte ich mich geneigt, ihm zu verzeihen. Ich fragte: »Was hast du ihm geantwortet? Daß du zu den Typen gehörst?«

Er nickte. »Wenn mich einer so dumm fragt, kriegt er auch eine dumme Antwort. Eines interessiert mich: wann mein Onkel zurückkam. Kurz bevor er mich im Büro anrief und mich zu sich kommen ließ oder schon früher?«

»Er war gar nicht weg«, sagte ich. »Als du mich gestern mittag besucht hast, saß er in seinem Arbeitszimmer. Ich hoffe, er hat nicht alles verstanden, worüber wir uns unterhalten haben. Wenn doch, so würde das seine Ohrfeige noch verständlicher machen.«

Er stand auf und ließ mich allein. Ich hörte ihn durch die offene Tür wieder in der Küche hantieren. Als er wenig später zurückkam, wirkte er blaß, aber noch immer ruhig. Er setzte sich wieder zu mir und fragte: »Hast du dich nach deinem Eintreffen im Haus nicht umgesehen?«

»Nicht in seinem Arbeits- und nicht in seinem Schlafzimmer«, sagte ich. »Beide Türen waren verschlossen und ließen sich mit dem Schlüssel, den du mir gabst, nicht öffnen.«

»Ich glaube nicht, daß er unser gestriges Gespräch belauscht hat«, sagte er. »Das hätte ich ihm angemerkt, als ich vor einer Stunde zu ihm kam und er mich beauftragte, den Jungen nach Düsseldorf zu bringen. Als ich zum zweiten Mal auftauchte, saß er auf der Terrasse. Wie lief das vorher ab, Stefanie? Ich muß es wissen.«

Ich erzählte ihm von dem fehlenden Salz und von meiner Begegnung mit Landmann.

Er hörte mir schweigend zu und sagte dann: »Jetzt weißt du wenigstens, woran du mit Landmann bist. Er steckt bei allem, was mein Onkel gegen dich unternimmt, mit ihm unter einer Decke. Aber in einem hast du recht: Seeberg darf keinesfalls erfahren, daß sein Sohn sich im Haus eines der beiden Inhaber der GEMAS aufgehalten hat. Da nützt es Möbius auch nichts, wenn er sich darauf beruft, den Jungen nach Hause geschickt zu haben. Allein schon der Umstand, daß du die Möglichkeit hattest, sein Haus zu benutzen, wird alles, was er und Landmann zu ihrer Entlastung vorbringen könnten, in Seebergs Augen unglaubwürdig erscheinen lassen. Er wird eher den Schluß ziehen, Möbius habe aus irgendwelchen Gründen nachträglich kalte Füße bekommen. Vielleicht weil er befürchten mußte, der Junge könne selbst herausfinden, wem das Haus gehört.« Er stand wieder auf und ging nach seinen Makkaroni schauen.

Bis dahin war ich mir darüber schlüssig geworden, daß ich, wollte ich nicht bis an mein Lebensende in seiner Schuld bleiben, alles daran setzen mußte, ihn mit seinem Onkel zu versöhnen.

Denn wenn er jetzt seine Stellung als Etatdirektor und auch noch seine Wohnung verlor, so würde er sich darauf berufen können, sie meinetwegen verloren zu haben, und wie es dann weitergehen sollte, wo ich doch schon Wolfgang, meine Mutter, Ellen und einige Dutzend Tiere am Hals hängen hatte, daran durfte ich gar nicht denken. Aber schon meine ersten Versuche, beim Verzehr der Eiermakkaroni seine Bereitschaft auszuloten, mir die Rolle eines neutralen Schlichters zu übertragen, stießen auf seinen entschiedenen Widerspruch. Und nicht nur auf Widerspruch, sondern auch auf seine Unterstellung, vielleicht nur nach einem plausiblen Vorwand gesucht zu haben, dem Drängen seines Onkels nach gemeinsamen Bettfreuden endlich nachzugeben.

Ich schluckte die soeben in meinen Mund geschobenen Eiermakkaroni fast unzerkaut hinunter und sagte mit größtmöglicher Ruhe: »Soll ich dir mal erzählen, weshalb ich aus Hamburg weg bin? Weil es dort genauso angefangen hat. Dort gab es auch einige Männer, von denen jeder einzelne meinte, eine exklusive Option auf mich zu haben, aber die hast du ebenso wenig wie dein Onkel und wie Cramer und was sonst noch alles an Optionsaspiranten vor meinem Schlafzimmer Schlange steht.«

»Ach was!« sagte er. »Du bist doch nur sauer, weil er den Jungen weggeschickt hat. Das ist es doch, sonst nichts.«

Mir verschlug es wieder mal die Sprache, und als ich sie wiedergefunden hatte, sagte ich noch immer beherrscht: »Ja, wovon reden wir denn eigentlich? Von dem Jungen oder davon, daß du jetzt mit einiger Wahrscheinlichkeit nicht nur aus dieser Wohnung, sondern auch aus der Agentur fliegen wirst? Landmann wird sich gegen deine Entlassung ebenso wenig sträuben, wie er sich gegen deine Bestallung zum Etatdirektor gesträubt hat. Also rede keinen Stuß, sonst kannst du deine Makkaroni allein aufessen. Ist das klar?«

Anscheinend war es klar, denn er schwieg verdrossen.

Ich sagte: »Ob du es mir glaubst oder nicht, wie die Dinge liegen, bin ich direkt froh, daß der Junge weg ist. Wenn er sich so leicht von wildfremden Menschen, wie du und dein Onkel es für ihn waren, beeinflussen läßt, dann läßt er sich erst recht von seinen Eltern beeinflussen.«

»Das sagst du jetzt, wo er fort ist«, brummte er.

So genau wußte ich das selbst noch nicht. Möglicherweise lag es auch nur daran, daß ich noch gar keine Zeit gefunden hatte, über Stefans Abreise enttäuscht zu sein, aber andererseits schloß ja das eine das andere nicht aus. Ich hätte über seine Abreise ebenso enttäuscht wie über Möbius' Anwesenheit im Haus empört sein können, aber das traf einfach nicht zu. Ich konnte mir einreden, was ich wollte: Daß Stefan abgereist war, kam mir im Augenblick nicht ungelegen, was auch an tiefenpsychologischen Erklärungen sich dahinter verbergen mochte. Ich sagte: »Wenn er nicht fort wäre, hätte ich keinen Anlaß, es zu sagen. Es muß sich in letzter Zeit sehr viel in dir angesammelt haben, Rolf. Die Ohrfeige allein war es sicher nicht, die dich vergessen ließ, was du ihm verdankst. Hatte es also auch mit mir zu tun?«

»Und wenn schon«, sagte er.

Ich hatte meinen Teller leer gegessen und lehnte mich im Stuhl zurück. »Erinnere dich, daß ich dir gesagt habe, ich werde es hinterher bereuen. Genauso ist es auch gekommen. Auch die Ohrfeige deines Onkels hatte nur vordergründig mit deiner Antwort zu tun. Sie war seine verspätete Reaktion auf sein Erlebnis, uns beide in einem der Gästezimmer gewußt zu haben, und ausgerechnet in jenem, wo er es bei mir vergeblich versucht hat. Er mußte ja annehmen, ich hätte dir davon erzählt. Da hat sich also auch bei ihm schon einiges angesammelt, so daß deine Antwort nur der Tropfen war, der das Faß zum Überlaufen brachte. Ich habe ihm erzählt, ein Verhältnis mit dir zu haben, seit er dich in die Agentur gebracht hat.«

Er lächelte überrascht. »Wie klug von dir! Wie hat er es aufgenommen?«

»Zuerst skeptisch, aber ich glaube, er hat es dann geschluckt. Ich möchte ihm vorläufig keinen Anlaß mehr geben, noch wütender auf dich zu sein, als er schon ist, Rolf.«

Er trank einen Schluck Bier, wischte sich den Mund ab und sagte: »Das heißt, du willst vorläufig nicht mehr mit mir schlafen, wenn ich dich recht verstehe.«

»Du verstehst mich richtig«, sagte ich.

»Und für wie lange gilt dieses ›vorläufig‹?«

»Das weiß ich noch nicht«, sagte ich. »Daß ich mit dir geschlafen habe, das hat uns jedenfalls nicht weitergebracht und auch nicht glücklicher gemacht.«

»Mich schon«, sagte er. »Ich möchte es nicht missen. Egal, was es mich noch kostet. Deine Erlebnisse mit dem Jungen scheinen dich aber auch nicht glücklicher gemacht zu haben.«

»Das war auch nicht der Grund, weshalb ich es dazu kommen ließ«, sagte ich. »Ich werde jetzt zu deinem Onkel fahren und ihm sagen, daß es dir leid tut.«

»Das wirst du nicht tun«, sagte er.

Ich stand auf und sagte: »Paß mal genau auf, Rolf: Wenn ich es jetzt nicht tue, dann eben später. Wenn du versuchst, mich daran zu hindern, werde ich dir künftig keine Gelegenheit mehr geben, mich noch einmal an etwas zu hindern.«

Er starrte mich unschlüssig an.

Ich ging zu ihm hin, küßte ihn und sagte: »Alles, was du heute bist, verdankst du ihm. Mir verdankst du nur einen schnellen Fick. Mehr war es doch nicht?«

»Für mich schon«, sagte er.

17

Mit den unangenehmen Überraschungen ging es insofern gleich weiter, als Möbius' Wagen bei meinem Eintreffen in seinem Haus nicht mehr in der Garage stand. Also hatte er es entweder verlassen oder nur wieder so getan, indem er den Wagen wegbrachte und zu Fuß zurückkehrte. Sein Schlafzimmer und sein Arbeitszimmer waren jedenfalls noch immer verschlossen, so daß ich weiterhin mit beiden Möglichkeiten rechnen mußte. Allerdings hielt ich Möbius nicht für einfallslos genug, sich in seinen Mitteln, mich zu erobern, zu wiederholen – falls ihm nach seinen jüngsten Erlebnissen überhaupt noch daran gelegen war, mich zu erobern. Ich an seiner Stelle hätte nach allem, was geschehen war, das Interesse daran endgültig verloren, aber es war immer viel leichter zu meinen, wie man an der Stelle eines anderen Menschen reagieren würde, als es an seiner Stelle tatsächlich auch zu tun. Ganz ähnlich verhielt es sich mit Stefan. Denn nicht nur hatte er von einem Mann, der sein Großvater sein konnte, indessen zu hören bekommen, daß es dessen Absicht war, mich zu heiraten. Auch seine Begegnung mit Vaillant, der ebenfalls keine Zweifel an seinen Absichten, soweit sie meine Person betrafen, bei ihm hatte aufkommen lassen, mußte ihm die Augen dafür geöffnet haben, daß ich mich bereits in festen Händen befand, und das gleich in doppelter Hinsicht, so daß der Gedanke, wegen einer Verbindung auf Zeit – als die unsere Beziehung sich ihm jetzt wohl darstellte – nicht nur auf den ihm von seinem Vater versprochenen eigenen Wagen, sondern auch auf das Elternhaus zu verzichten, schon ernsthafte Zweifel in ihm aufkommen lassen mußte, ob er gut beraten sei, seinem Herzen statt seinem Verstand zu folgen, wie ja auch ich besser daran getan hätte, endlich damit aufzuhören, mir einzureden, daß meine Empfindungen für ihn sich nicht nur auf das Bett beschränkten. Und falls ich es mir nicht einredete und tatsächlich etwas Wahres daran war, dann hatte ich erst recht allen Grund, mich wieder auf meine Vernunft zu besinnen und darauf, daß ich ganz andere Probleme hatte, als mir auch noch die Verantwortung für Vaillant und Stefan auf den Hals zu laden, dazu noch in einer Situation, die sich mir von Tag zu Tag und von Stunde zu Stunde immer unüberschaubarer und verworrener darstellte. Und das alles nur, weil ich mich nicht dazu hatte überwinden können, auch mit Seeberg ins Bett zu gehen. Denn darüber, daß er in diesem Fall aus der Werbefunkpanne keine Staatsaffäre gemacht und sie seiner Firma gegenüber als ein bedauerliches Versehen heruntergespielt hätte, war ich mir ziemlich sicher. Es sei denn, es war etwas an der Möglichkeit, die Landmann erwähnt hatte, daß nämlich gar nicht Seeberg selbst, sondern seine Frau hinter all dem steckte, und dafür sprach auch, daß sie sich bei unserem heutigen Telefonat als über meine Identität sofort unterrichtet zeigte.

Zum ersten Mal, seit Landmann mich vergangene Woche in sein Büro rufen ließ, um mich mit meinen neuesten Problemen vertraut zu machen, kam mir der Gedanke, jemand könnte auch bei Renate Seeberg mit einem anonymen Hinweis auf das Interesse ihres Gatten an meiner Person tätig geworden sein. Dann wären natürlich meine eigenen Anrufe bei ihr nur noch Öl ins Feuer gewesen, und ich hätte mir selbst keinen schlechteren Dienst erweisen können. Schließlich war es weder Möbius noch Landmann in den vergangenen Monaten verborgen geblieben, daß ich mit Seeberg öfter als mit allen anderen Kunden und nicht selten auch dann zusammengetroffen war, wenn ich im Anschluß daran kein konkretes Ergebnis dieses Beisammenseins auf den Tisch der Agentur hatte legen können. Tatsächlich war ihm kein Vorwand zu durchsichtig gewesen, um sich die Gelegenheit eines abendlichen »Arbeitsessens« zu verschaffen. Möbius ebenso wie Landmann müßten beide mit Blindheit geschlagen gewesen sein, hätten sie nichts gemerkt, aber darüber war nie eine Bemerkung gemacht worden, wie ich sie im Fall meines Zusammenlebens mit Wolfgang in der Agentur immer wieder zu hören bekommen hatte. Über meine Begegnungen mit Seeberg war immer der Mantel allergrößter Diskretion ausgebreitet worden, und niemand, weder Möbius noch Landmann, hatte jemals Anstoß daran genommen, wenn ich ihnen nach einem neuen Arbeitsessen die erfreuliche Mitteilung machen konnte, daß entgegen branchenüblichen Gepflogenheiten die Spesen auch diesmal nicht zu Lasten der Agentur gegangen, sondern von Seeberg übernommen worden seien. Und wenn es möglich war, daß Möbius den anonymen Anruf bei Seeberg veranlaßt hatte, warum dann nicht, um ganz sicher zu gehen, auch gleich noch einen anonymen Anruf bei dessen

Frau mit dem gutgemeinten Rat eines heimlichen Verehrers, sich mit der Person der Dame vertraut zu machen, die in Bad Hülsen zur regelmäßigen Begleitung ihres Gatten gehörte? Auch wenn es sich dabei nur um einen ersten Verdacht handelte, so erschien er mir angesichts dessen, daß Möbius in seiner Eigenschaft als Landmanns Partner nicht einmal davor zurückschreckte, mit meiner Denunziation die Geschäftsverbindung mit dem wichtigsten Kunden der Agentur aufs Spiel zu setzen, so undenkbar nicht. Es war nicht nur meine Rücksichtnahme auf Isabella, die mich daran hinderte, Landmann über die Machenschaften seines Geschäftspartners zu informieren. Es war auch meine wachsende Einsicht, daß Landmann schon gar nicht mehr fähig war, Möbius noch einmal aufzuhalten. Er hätte es sonst schon längst getan.

Von meiner anfänglichen Absicht, nicht länger als eine Stunde auf sein Eintreffen zu warten – ob es nun in seinem Mercedes oder direkt aus seinem Schlaf- oder Arbeitszimmer erfolgte, kam ich vor allem deshalb ab, weil mir als Alternative entweder nur Wolfgang oder Vaillant geblieben wäre. Bei Wolfgang wäre es mir schwer gefallen, eine glaubwürdige Erklärung dafür zu finden, weshalb ich mich nur eine Nacht in Hamburg aufgehalten habe, und zu Vaillant wollte ich nicht mit leeren Händen zurückkommen und dann die Nacht in seinem Bett verbringen. Dann lieber noch einmal eine Nacht in Isabellas Zimmer, wobei die Frage, wie weit ich Möbius – immer vorausgesetzt, er hatte es nach seinen jüngsten Erlebnissen nicht doch vorgezogen, nach Marbella zu fahren – entgegenkommen sollte, um ihn mit Vaillant zu versöhnen, mich kaum noch belastete. Irgendwie hatte ich wieder einen Punkt erreicht, wo es mir nichts mehr ausmachte, einmal mehr mit einem Mann ins Bett zu gehen, wenn ich mir davon einen Vorteil erhoffen konnte, und als einen Vorteil hätte ich es empfunden, mir wegen Vaillants Zerwürfnis mit seinem Onkel nicht länger Gedanken über seine Zukunft machen zu müssen. Schließlich hatte ich genügend andere Probleme, wobei die Frage, ob Stefan meinen Besuch bei seinem Großvater unerwähnt lassen würde, nur eines von vielen war. Denn wenn er ihn nicht unerwähnt ließ, dann konnte ich Korwan ebenso vergessen wie alles, was ich mir bei meinem ersten Besuch in Düsseldorf für meine persönliche Situation dort noch erhofft und versprochen hatte.

Wie es dazu kommen konnte, daß Cramer, nachdem ich ihn tagelang nicht mehr gesehen und auch nichts mehr von ihm gehört hatte, mich unbekleidet am Swimmingpool überraschte, war, soweit es meine Person betraf, leicht zu erklären. Einmal war es meine Absicht, für den Fall einer Rückkehr des Hausherrn ihn allein schon durch meinen schönen Anblick versöhnlich zu stimmen, aber auch ohne diese Absicht hätte ich mit einer grundsätzlichen Abneigung gegen Swimmingpools im allgemeinen und gegen diesen hier im besonderen behaftet sein müssen, wäre ich bei dem sommerlichen Wetter der von ihm ausgehenden Versuchung nicht erlegen. Und weil die bereits von Stefan benutzte Wolldecke noch immer neben dem Pool lag, streckte ich mich im Anschluß an das Bad zum Trocknen im grünen Rasen aus, so daß es Cramer, weil ich die Augen geschlossen hielt, keine Mühe bereitete, sich mir unbemerkt zu nähern. Erst als sein Schatten über mein Gesicht fiel, öffnete ich die Augen und blickte mehr betroffen als zu Tode erschreckt in sein lüstern über mich gebeugtes Gesicht. Ob ich wegen meiner Betroffenheit auch vorübergehend meine Reaktionsfähigkeit eingebüßt hatte oder ob es nur wieder einmal meine Neugier war, die mich am Boden festhielt, hätte ich hinterher nicht zu sagen gewußt. Jedenfalls rührte ich mich auch nicht vom Fleck, als er damit anfing, zuerst sein Jackett, dann seine Krawatte und am Schluß Hemd und T-Shirt abzulegen. Dann streifte er, nur die Füße dazu benutzend, die grauen Slipper ab, öffnete seinen Gürtel und ließ die Hose fallen. Nur noch in knöchellangen Socken und mit einem, zugegebenermaßen, nicht unflotten Slip angetan, der seine Erektion kaum mehr zu bändigen vermochte, stellte er sich, mit dem Rücken zum Pool, breitbeinig über mich und sagte: »Den Rest darfst du mir ausziehen.«

In einer Situation wie dieser genügt es im allgemeinen nicht, nur kaltblütig zu sein. Vielmehr bedarf es, um ihrer Herr zu werden, auch einer guten Portion Glück, und Glück hatte ich insofern, als ich es praktischerweise so eingerichtet hatte, bei meinem Sonnenbad mit den Füßen nahe am Pool zu liegen, so daß ich, als ich einen Fuß anhob und ihn zwischen Cramers Beine setzte, bereits mehr im Sinn hatte, als er mir, nach seinem zufriedenen Lächeln zu schließen, wegen der zunächst kosenden Berührungen meiner Zehe noch zutraute. Meine Sorge, in einem Bein vielleicht nicht genügend Kraft zu haben, um ihn von mir zu stoßen, erwies sich als unbegründet, weil es in diesem Fall weniger meine Kraft als der Schmerz war, der ihn von den Beinen hob und rücklings in den Pool fallen ließ. Sein Schrei, eine heisere Mischung aus Schmerz, Überraschung und Wut, gellte mir noch in den Ohren, als ich auf die Beine sprang und auf das Haus zurannte. Die offene Terrassentür benutzend, schlug ich sie sofort hinter mir zu, klinkte sie ein und lief dann in die Diele zur Haustür. Den Schlüssel hatte ich beim Öffnen außen stecken lassen, und diese kleine Nachlässigkeit wurde mir zum Verhängnis, denn als ich die Tür öffnete, stand Cramer vor mir. Ich erkannte ihn kaum wieder, so entstellt sah er aus, das nasse Haar tief in der Stirn und das Gesicht zu einer wütenden Fratze verzerrt. Er stürzte sich auf mich, riß mich, ohne daß ich es hätte verhindern können, mit sich zu Boden und lag auf mir, noch ehe ich nach dem harten Sturz richtig zur Besinnung gekommen war. Meine Arme am Boden festhaltend, zwängte er seine Knie zwischen meine Schenkel und preßte seinen erigierten Penis gegen meinen Schoß. Ich konnte noch fühlen, wie er eine Hand zu Hilfe nahm, dann war er in mir und fing sofort an, wie ein Besessener in mich hineinzustoßen. Es tat nur weh, sonst nichts. Trotzdem machte ich keinen Versuch, mich zu wehren. Daß ein Mann in diesem Stadium nicht mehr aufzuhalten war, wußte ich nur zu gut. Es hätte ihn, ganz im Gegenteil, nur noch besessener und die Prozedur für mich noch schmerzhafter werden lassen. Vielleicht war es auch der Gedanke, daß ich mir das alles selbst zuzuschreiben hatte, weil ich in der Vergangenheit immer viel zu nachsichtig mit ihm – vielleicht auch mit mir selbst – war, der mich seine Nötigung fast wie eine verdiente Strafe hinnehmen ließ, wobei es schon gar nicht mehr darauf ankam, daß ich, auf dem Rücken liegend und das Gewicht seines Körpers auf mir, ohnehin so gut wie wehrlos war. Er ließ auch nicht von mir ab, als ich ihn kommen fühlte. Erst als seine Bewegungen erlahmten und sein harter Griff, mit dem er mich am Boden festhielt, sich lockerte, konnte ich, die Hände gegen seine Brust stemmend, seinen Körper von mir wälzen und auf die Beine springen. Ob er für den Augenblick zu erschöpft war, um mich noch einmal festzuhalten, oder ob ich einfach schneller war als er, war insofern ohne Belang, als ich im gleichen Augenblick Möbius bemerkte. Er stand in der offenen Tür und forderte Cramer mit eisig klingender Stimme auf, seine Kleider zu holen und das Haus zu verlassen. Wie dieser darauf reagierte, bekam ich nicht mehr mit, weil ich sofort aus der Diele in die Küche und von dort in Isabellas Badezimmer lief. Ich stellte mich zunächst unter die Dusche und nahm dann, als genügend Wasser in der Wanne war, ein Bad. Abgesehen von einem schmerzhaften Brennen tief in der Scheide fühlte ich mich nicht anders als sonst. Höchstens etwas angewidert, wobei mir unklar war, ob mehr von Cramer als von mir selbst. Als Möbius hereinkam und meine Kleider mitbrachte, vermied ich es, ihn anzusehen. Er sagte: »Er ist weg. Es tut mir leid, daß ich zu spät kam, Stefanie …«

»Ach, halten Sie doch den Mund«, warf ich ein. »Sobald ich weiß, wer ihn hierher bestellt hat, werde ich auch wissen, welche Rolle Sie dabei spielten. Und wenn ich es weiß, werden Sie es noch bereuen, Gerhard. Das verspreche ich Ihnen.«

Er legte meine Kleider auf einen Hocker und sagte: »Ich kann verstehen, wie Ihnen zumute ist, darum nehme ich Ihnen Ihre Unterstellung auch nicht übel. Vielleicht darf ich Ihnen erklären …«

»Das können Sie sich ersparen«, fiel ich ihm dazwischen. »Seit er mich letzte Woche in Ihrem Büro auf Ihrem Schoß sitzen sah, suchten Sie nach einer Gelegenheit, ihn loszuwerden. Ein Angestellter, der Zeuge Ihrer senilen Gelüste wurde, war für Sie nicht länger tragbar. Ich weiß nicht, ob Sie tatsächlich zu spät kamen oder zu spät kommen wollten, weil Sie es mir gönnten, daß er mich fertigmachte – aus Rache dafür, daß Sie bei mir noch nicht richtig zum Zuge gekommen sind. Jedenfalls haben Sie sich wieder hier im Haus aufgehalten, vielleicht schon, als ich eintraf. Und als Sie sahen, wie ich mich am Swimmingpool auszog, haben Sie unter einem Vorwand Cramer herkommen lassen, ihm sogar, als er läutete, das Tor geöffnet. War es so?«

»Glauben Sie, was Sie wollen«, sagte er.

Ich nickte. »Sie wußten genau, wie er reagieren wird, wenn er mich so liegen sieht. Das war eine hundsgemeine Falle, die Sie ihm gestellt haben. Womöglich auch noch mit Wissen von Landmann.«

Er setzte sich, meine Kleider auf seinen Schoß nehmend, auf den Hocker und sagte: »Ich kann es mir leider nicht mehr leisten, in meinen Mitteln wählerisch zu sein. Ihre Art, mich hinzuhalten, macht mich krank.«

Sein Mund war von Vaillants Schlag noch gerötet und etwas geschwollen. Ich sagte: »Und wie wollen Sie Ihren Neffen loswerden? Der braucht mich nicht zu vergewaltigen. Dem gebe ich es freiwillig. Welches ist Ihr Preis, damit Sie nicht auch ihn in eine Falle laufen lassen?«

»Vielleicht haben Sie einen Vorschlag?«

»Meinen Vorschlag kennen Sie bereits«, sagte ich. »Er wird sich jetzt noch erhöhen. Bei Rolf ist das nicht ganz so einfach für Sie. Ihn können Sie nicht entlassen, und wenn Sie ihn aus der Wohnung werfen, nehme ich ihn, bis er eine andere gefunden hat, bei mir auf. Sie würden damit genau das Gegenteil dessen erreichen, was Sie erreichen wollen.«

»Das ist mir klar«, sagte er und griff nach meinem auf seinem Schoß liegenden Slip. Er spannte ihn über seinen Handrücken und streichelte ihn mit seinem Zeigefinger dort, wo er auf dem Waldweg seine Delle gestreichelt hatte.

Ich sagte: »Wenn es Sie krank macht, ohne mich zu sein, dann hat es vor allem mit dem zu tun, was Sie mir gerade vorführen.

Wieso sind Sie all die Jahre ohne Frau ausgekommen und jetzt plötzlich nicht mehr?«

»Weil ich erst durch Sie wieder erfahren habe, daß Frauen mir noch etwas bedeuten«, sagte er. »Einer der Gründe, weshalb ich trotz anfänglicher finanzieller Bedenken bei Landmann eingestiegen bin, waren Sie, Ihr erster Eindruck auf mich, als er mich bei meiner Besichtigung der Agentur mit Ihnen bekannt machte. Vielleicht erinnern Sie sich, daß ich Ihre Hand etwas länger festhielt, als es schicklich war.«

»Das tun alle Männer«, sagte ich. »Lassen Sie Rolf in Frieden, Gerhard. Ich habe nicht vor, mein Verhältnis mit ihm zu einer Sache von Dauer zu machen. Er weiß das auch.«

Er schüttelte den Kopf. »Das kann ich nicht akzeptieren. Ich habe noch alte Geschäftsverbindungen in die Schweiz und nach England. Er wird dort, von Ihnen abgesehen, nichts zu missen brauchen. Ein wirklich ernsthaftes Problem, für das ich im Augenblick noch keine Lösung sehe, ist Ihr ehemaliger Schwiegervater. Schlafen Sie mit ihm?«

Seine Art, meinen Slip zu streicheln, irritierte mich mehr als seine Frage. Ich nahm ihn ihm aus der Hand und sagte: »Sie sind ja pervers.«

»Sie nicht, wenn Sie so mit Männern spielen wie mit mir?« fragte er.

»Das eine hat mit dem anderen nichts zu tun«, sagte ich. »Ihr Problem ist auch nicht, ob ich mit meinem Exschwiegervater schlafe, Ihr Problem ist, daß ich ihn nicht allein lassen kann. Mit seinem Sohn trifft er sich nicht mehr, und er hat sonst niemanden, der sich um ihn kümmert. Er ist dreizehn Jahre älter als Sie, falls Ihnen das etwas sagt.«

»Was nicht ausschließt, daß er noch einmal dreizehn Jahre lebt. Was verbindet Sie mit ihm? Nur daß Sie kostenlos bei ihm wohnen und er auch für Ihre sonstigen Bedürfnisse aufkommt?«

»Ist das nicht genug?«

Er stand auf, legte mein Kleid und meine Schuhe auf den Hocker und verließ das Badezimmer. Als ich eine Viertelstunde später auf die Terrasse kam, saß er in einem Korbsessel und betrachtete die Silhouette der bewaldeten Berge vor dem sich abendlich verfärbenden Himmel.

Ich nahm neben ihm Platz und sagte: »Über Cramer reden wir noch. Jetzt möchte ich über Rolf reden. Wenn ich mich an einem Abend in der Woche für Sie freihalte, würde Ihnen das genügen, um es sich mit Rolf anders zu überlegen?«

»Und wie viele Abende würden Sie für ihn freihalten?« fragte er.

Ich blickte auf meine Armbanduhr. »Ich habe für heute genug von Ihnen. Überschlafen Sie meinen Vorschlag. Einmal in der Woche oder nie. Und Rolf bleibt hier.«

»Tut mir leid«, sagte er.

»Es wird Ihnen vielleicht noch mehr leid tun«, sagte ich.

Ich stand auf und ging meinen Koffer aus Isabellas Zimmer holen. Möbius sah ich nicht mehr. Er hatte seinen Platz auf der Terrasse verlassen. Meinen Haustürschlüssel zog ich diesmal ab und legte ihn gut sichtbar auf den Terrassentisch.

Davon ausgehend, daß es nach meinen heutigen Erlebnissen immer noch besser sei, Wolfgangs Verwunderung über meine baldige Heimkehr als eine Nacht in Vaillants Bett in Kauf zu nehmen, fuhr ich auf dem direkten Weg nach Hause. Landmanns Audi sah ich schon von weitem vor der Haustür stehen. Er selbst saß am Lenkrad und machte den Eindruck eines Mannes, dem ohne ersichtlichen Grund die Ehefrau davongelaufen ist. Weil er sich nicht von seinem Lenkrad wegrührte, parkte ich den VW auf meinem Abstellplatz und machte es mir dann auf Landmanns Beifahrersitz bequem. Seine Anwesenheit ließ sich nur so erklären, daß er kurz zuvor mit Möbius telefoniert und von diesem erfahren hatte, daß ich unter Hinterlassung des Haustürschlüssels und unter Mitnahme meines Koffers mit meinem VW davongefahren war.

Er sagte auch sofort: »Ist dir bekannt, daß Cramers Vater seit Jahren arbeitslos ist und daß er deshalb auch für seine Eltern aufkommen muß?«

Das war mir nicht bekannt, weil Cramer über seine Eltern nie ein Wort hatte verlauten lassen. Ich fragte: »Warum erzählst du mir das?«

Er blickte mich verständnislos an. »Du willst doch, daß er entlassen wird? Möbius erzählte mir, er habe ihn dabei erwischt, wie er dich vergewaltigte.«

»Davon ist mir nichts bekannt«, sagte ich. »Ich habe mit ihm gebumst, und Möbius hat ihn dabei erwischt. Er will ihn loswerden, weil er eifersüchtig ist. Auf mich kannst du dich bei einer Kündigung Cramers nicht berufen. Eine andere Sache ist, daß ich mir bei meiner Arbeit schon lange einen anderen Kollegen als Cramer wünsche. Wenn ich Schäfer haben könnte …«

»Wenn du nicht mehr in der Agentur arbeitest …«, fing er an.

Ich unterbrach ihn: »Das ist noch nicht sicher. Wie, glaubst du wohl, wird Möbius sich entscheiden, wenn ich mich bereit erkläre, ihn unter der Bedingung zu heiraten, daß ich meinen Arbeitsplatz in der Agentur behalte? Für mich oder für Seeberg?«

»Aber wenn er dich heiratet, hast du es doch gar nicht mehr

nötig, in der Agentur zu arbeiten«, sagte er.

Ich beugte mich zu ihm hinüber und blickte in seine Augen. »Wer hat dich beauftragt, Cramer wissen zu lassen, ich wolle ihn im Haus von Möbius sprechen?«

»Möbius natürlich«, sagte er. »Wer sonst?«

»Und wer hat dich heute mittag damit beauftragt, mich eine Weile zu beschäftigen, damit er sich ungestört mit dem Jungen unterhalten konnte?«

Diesmal zögerte er mit der Antwort. Ich gab ihm auch keine Gelegenheit, mir zu antworten, sondern fuhr fort: »Es war nicht Seeberg, von dem du erfahren hast, daß sein Sohn bei mir ist, sondern Möbius. Er war im Haus, als Seebergs Sohn seinen Vater anrief, und hat das Gespräch von einem anderen Apparat mitgehört. Es hätte mich auch gewundert, wenn du es von Seeberg erfahren hättest. Ein solches Eingeständnis, daß sein Sohn meinetwegen von zu Hause weggelaufen ist, hätte er dir gegenüber niemals gemacht. Das hast du nur erzählt, um wieder einmal Druck auf mich auszuüben. Du bist genauso hinterhältig wie Möbius.«

Sein Gesicht wurde zuerst dunkelrot und dann mausgrau. Er sagte mit mühsam klingender Stimme: »Jetzt hör mal her, Stefanie! Wenn du den noch nicht einmal volljährigen Sohn unseres besten Kunden dazu überredest, von seinen Eltern wegzulaufen, dann ist das nicht mehr allein deine …«

»Wer sagt dir denn, daß ich ihn dazu überredet hätte?« fiel ich ihm ins Wort. »Er kam von allein hier angereist, und was Cramer betrifft, selbst wenn er mich gezwungen hätte, mit ihm zu bumsen, dann nur, weil Möbius ihm die Gelegenheit dazu verschafft hat. Und du warst genauso daran beteiligt wie er. Ihr habt Cramer gemeinsam auf mich angesetzt, obwohl auch dir bekannt war, was er sich in Möbius' Gegenwart schon alles geleistet hat. Du bist nicht hier, um dich für Cramer einzusetzen. Du bist hier, um mir weiszumachen, wieder mal von nichts gewußt zu haben, aber den Gefallen, Cramer mit meiner Hilfe loszuwerden, tue ich euch nicht. Lieber bumse ich noch einmal mit ihm.« Ich öffnete die Wagentür und stieg aus. Meinen Koffer ließ ich im VW liegen. Morgen würde ich ihn mit einiger Wahrscheinlichkeit für meine nächste Reise wieder brauchen.

Wolfgang saß vor dem Fernseher und sah sich die Nachrichten an. Er hatte das Gerät so laut gestellt, daß ich den Sprecher schon hörte, als ich aus dem Lift kam. Ich ging zu ihm hin, nahm ihm die Fernbedienung aus der Hand und stellte die Lautstärke zurück.

Bis dahin hatte er begriffen, daß ich es war. Er stand erfreut auf und rief: »Du bist schon da!«

»Wie du siehst«, sagte ich. »Hast du schon zu Abend gegessen?«

Er küßte mich auf die Wange und sagte: »Ich habe den ganzen Tag auf dem Balkon in der Sonne gelegen. War es in Hamburg auch so schön?«

Das Telefon läutete. Ich ging in sein Schlafzimmer und nahm den Hörer ab.

Es war Möbius. Er sagte: »Ich hatte leider vergessen, Sie darum zu bitten, bei Ihrem nächsten Besuch an den Dali zu denken. Ich finde, Sie haben jetzt lange genug Ihren Spaß mit ihm gehabt.«

Im ersten Augenblick fiel mir nichts Passendes dazu ein. Dann kam mir der Gedanke, er könnte vielleicht nur herausfinden wollen, ob Vaillant sein ihm gegebenes Versprechen bereits gebrochen hatte, aber nachdem ihm unser angeblich schon lange dauerndes Verhältnis bekannt geworden war, gehörte schon eine ordentliche Portion Naivität dazu, sich weiterhin an die Hoffnung zu klammern, er könnte geschwiegen haben. Dennoch konnte, weil immerhin die entfernte Möglichkeit bestand, er sei tatsächlich so naiv, ich mich ebenso wenig wie im Falle von Isabella und deren Anruf bei Seeberg dazu aufraffen, endlich Tacheles mit ihm zu reden. Statt dessen hörte ich mich sagen: »Ich bringe ihn am Montag bei Ihnen vorbei. Vorher reicht es mir nicht mehr.«

»Sie wollen über das Wochenende wieder verreisen?« fragte er.

»Wie jedes Wochenende«, sagte ich. »Es macht Ihnen doch nichts aus, wenn Sie ihn erst am Montag bekommen, Gerhard?«

»Nein«, sagte er. »Ich wollte auch nur wieder Ihre Stimme hören. Ich liebe Sie, Stefanie.«

Vielleicht hatte er mir das nur am Telefon sagen können. Ich ertappte mich bei einem kleinen Lächeln. Fred hatte mir nie gesagt, daß er mich liebe, obwohl ich es mir tausendmal gewünscht und tausend Tage und Nächte darauf gewartet hatte. Ich sagte: »Das ist leider allein Ihr Problem. Schlafen Sie schön, Gerhard.«

»Gute Nacht, Stefanie«, sagte er.

Von der Tür her fragte Wolfgang: »Worüber hast du dich unterhalten?«

»Über den gestohlenen Dali«, sagte ich. »Hast du dir schon überlegt, wie du ihn bezahlen willst?«

»Er ist doch bestimmt versichert«, sagte er. »Da brauchst du dir keine Gedanken zu machen.«

»Ich vielleicht nicht, aber du«, sagte ich. »Denn die Versicherung wird sich möglicherweise an dich halten, weil du ihn erstens in den Keller geschafft und zweitens die Tür nicht abgeschlossen hast. Ich bin übrigens nur heute abend hier. Morgen fahre ich wieder nach Hamburg.«

»Nein!« sagte er. »Wieso das?«

Ich stand auf und sagte: »Weil Mutter mich noch einmal braucht. Ich habe meinen Aufenthalt nur deinetwegen für einen Tag unterbrochen, um zu sehen, ob hier alles in Ordnung ist.«

»Aber das hättest du doch auch am Telefon erfahren können«, sagte er folgerichtig. Er setzte jedoch im gleichen Atemzug hinzu: »Das ist lieb von dir, Stefanie.«

Ein wenig war es mir schon peinlich. Ich wiederholte meine Frage, ob er schon zu Abend gegessen habe.

Er schüttelte den Kopf. »Ich hatte heute keinen Appetit.«

Das erzählte er mir jedesmal, wenn ich von einer Reise zurückkam. Sicher nur, um mir zu zeigen, daß ihm mit meiner Abwesenheit auch der Appetit abhanden gekommen war. Ein Blick in den Kühlschrank zeigte mir, daß er einkaufen gewesen war. Vor allem gekochter Schinken, den er besonders gerne und möglichst ohne Brot aß, war reichlich vorhanden. Während ich damit beschäftigt war, uns ein kleines Abendessen zu richten, stand er neben mir und blickte mich unverwandt an. Ich sagte: »Damit das klar ist: Heute läuft bei mir nichts, Wolfgang.«

Er griff nach meiner Brust und streichelte sie. »Das sagst du oft, und dann läuft es doch. Was trinken wir? Bier?«

Ich nickte.

Beim Essen, das ich in der Küche serviert hatte, sagte er: »Du siehst heute blaß aus. Fühlst du dich nicht gut?«

»Ich bin nach der langen Autofahrt müde«, sagte ich. »Wurde für mich angerufen?«

»Von deiner Mutter«, sagte er. »Sie wollte wissen, ob du am Wochenende kommen kannst.«

Ich griff nach meinem Glas, trank einen Schluck und aß dann weiter.

Er sagte: »Vielleicht belügst du mich schon lange und verbringst die Wochenenden mit einem Freund. Wenn du müde bist und blaß aussiehst, dann hat das ganz andere Gründe, als du mir einreden willst.«

»So wird es sein«, sagte ich. »Ich werde dir in Zukunft nicht mehr erzählen, wohin ich fahre. Das erspart mir die Unbequemlichkeit, dich belügen zu müssen, und dir erspart es die Enttäuschung, belogen worden zu sein. So ist uns beiden am besten gedient.«

Er warf Messer und Gabel neben den Teller, stand auf und verließ die Küche. Obwohl mir der Appetit vergangen war, aß ich fertig und räumte dann den Tisch ab. Das gebrauchte Geschirr stellte ich ungewaschen in die Spüle und ging dann in mein Zimmer. Ich setzte mich auf das Bett und versuchte, mir über meine nächsten Schritte schlüssig zu werden. Zu Vaillant wollte ich auch jetzt nicht, und eine Rückkehr zu Möbius würde von diesem als eine positive Antwort auf sein Liebesgeständnis empfunden werden. Blieb mir nur wieder einmal meine Mutter, aber wenn ich jetzt losfuhr, würde ich die halbe Nacht auf der Autobahn verbringen, und dazu fühlte ich mich einfach zu kaputt. Als Wolfgang hereinkam und mich fragte, ob ich mich für meine Lüge nicht entschuldigen wolle, war mir nach einer Entschuldigung ebenso wenig zumute wie nach einem Besuch bei Vaillant oder Möbius, denn wenn ich es tat, würde er, um mir Gelegenheit zu geben, meine Schuld gutzumachen, die Nacht in meinem Bett verbringen wollen, und dazu hatte ich heute noch weniger Lust als sonst. Nicht heute und mit großer Wahrscheinlichkeit auch in absehbarer Zeit nicht. Ich hatte es einfach satt, ihm noch länger zu jeder Tages- und Nachtzeit zu Willen zu sein. Ich hatte es schon lange satt und nicht erst seit heute, und vielleicht war dies der eigentliche Grund, weshalb ich es mir bei Möbius noch immer so schwer machte: weil mich das Zusammenleben mit Wolfgang für Männer, die so viel älter waren als ich, bereits verdorben hatte.

Ich sagte bestimmt: »Das wollen wir nicht anfangen, Wolfgang. Wer die Wahrheit nicht vertragen kann wie du, der muß es eben lernen, mit der Lüge zu leben. Würdest du mich jetzt bitte allein lassen? Ich bin wirklich müde und möchte schlafen.«

»Das kannst du, aber mit mir«, sagte er und fing an, sich auszuziehen, zuerst das Oberhemd, dann die Schuhe und die Hose.

Ich beobachtete noch, wie er auch den Slip abstreifte, dann stand ich auf. Meine Handtasche lag auf dem Handschuhkasten der Garderobe. Ich nahm sie im Vorbeigehen mit und verließ die Wohnung. Während ich im Lift stand, fiel mir ein, daß ich kaum mehr als zweihundert Mark bei mir hattc und mir vor morgen vormittag auch kein Geld besorgen konnte. Den Entschluß, mir ein Hotelzimmer zu nehmen, faßte ich, als ich bereits im Wagen saß. Ich brauchte auch gar nicht weit zu fahren. Schon zwei Straßen talwärts gab es eine Pension, an der ich auf meinem morgendlichen Weg zur Agentur regelmäßig vorbeikam. Der Inhaber, ein Herr Brenner, eine distinguierte Erscheinung mittleren Alters, betrachtete aufmerksam zuerst das von mir ausgefüllte Anmeldeformular und dann mich. Daß ich so nahe meiner Heimatadresse in einer Pension abstieg, ließ auch kaum einen anderen Schluß als auf ein schwerwiegendes familiäres Zerwürfnis zu. Er begleitete mich fürsorglich und mit ernster Miene in mein Zimmer und erkundigte sich, ob er sonst noch etwas für mich tun könne. Dies war jedoch nicht der Fall. Zum Zähneputzen reichte es gerade noch, und als ich am Morgen aufwachte, regnete es, aber weil Bad Hülsen im Wolkenstau der Berge lag, war das nichts Ungewöhnliches. Ungewöhnlich war eher, wenn es einmal hintereinander mehrere Tage nicht regnete, wie das bis gestern der Fall gewesen war. Das Frühstück ließ ich aufs Zimmer bringen und führte anschließend ein längeres Gespräch mit Ellen, weil Mutter zum Einkaufen mit dem Bus nach Pinneberg gefahren war. Erfreulicherweise schien Ellen sich von ihrer Erkältung schon gut erholt zu haben, sie machte am Telefon einen recht munteren Eindruck und erzählte mir, Mutters gestriger Anruf bei Wolfgang habe den Zweck gehabt, mich zu bitten, am Wochenende unbedingt anwesend zu sein, weil ein Nachbar ihr eine preiswerte Milchkuh angeboten habe und sie den Kauf ohne meine Einwilligung nicht abschließen wolle. Meine Frage, wofür wir überhaupt eine Milchkuh brauchten, konnte auch Ellen nicht beantworten. In der Hoffnung, sie seien bis dahin alle beide von ihrer fixen Idee mit der Kuh abgekommen, erklärte ich ihr, aus beruflichen Gründen erst wieder am übernächsten Wochenende nach Düvelsbarg zu kommen, und verabschiedete mich mit der eindringlichen Mahnung, vorher keine Kuh zu kaufen, weil ich andernfalls nicht bereit sei, für ihre Kosten aufzukommen.

Nach dem Gespräch mit Ellen versuchte ich es auch gleich noch bei Dr. Korwan. Frau Berger, seine Sekretärin, schien meinen Anruf bereits mit Ungeduld erwartet zu haben, denn sie sagte sofort: »Jawohl, der Herr Doktor ist hier. Ich verbinde Sie, gnädige Frau.«

Bevor eine Chefsekretärin ihres Rangs sich dazu bereit fand, eine ihr persönlich unbekannte Anruferin solcherart anzureden, mußte deren Reputation im Hause schon fast legendär geworden sein, so daß ich meine Befürchtung, Stefan könnte seinen Eltern auch von meinem Besuch bei seinem Großvater erzählt haben, für den Augenblick vergessen konnte. Gleich darauf vernahm ich seine Stimme; er sagte: »Sie sind es wirklich, Heike?«

»Wie versprochen«, sagte ich. »Paßt es Ihnen am Samstagabend?«

»Noch lieber wäre mir schon heute abend«, sagte er. »Könnten Sie es nicht einrichten? Ich habe eine Attacke auf Sie vor, die Sie allerdings auch noch den morgigen Abend kosten wird.«

Ich zögerte einen Augenblick. »Und wo treffen wir uns? In unserem Restaurant, wie ich es Ihrer Sekretärin vorgeschlagen habe?«

»Nein«, sagte er. »Ich möchte Sie gerne dort treffen, wo wir uns schon letzte Woche getroffen haben.«

Ich fragte verwundert: »In der Grünanlage?«

»Sie werden mich vielleicht auslachen«, sagte er. »Ich war inzwischen mehrmals dort. Sie ist mir seit unserer Begegnung der liebste Platz in ganz Düsseldorf geworden. Mein Wagen wird wieder auf dem gleichen Platz vor dem Restaurant am Ende der Grünanlage stehen, wo ich Sie am Abend erwartet und auch wieder abgesetzt habe. Paßt es Ihnen, wenn wir uns schon gegen siebzehn Uhr treffen?«

Wenn ich sofort losfuhr, mußte es zu schaffen sein. Dennoch zögerte ich auch diesmal mit der Antwort. Schließlich sagte ich: »Ich weiß aber nicht, ob ich auch noch morgen Zeit haben werde.«

»Auch nicht, wenn ich Sie darum bitte?« fragte er.

»Mal sehen«, sagte ich. »Bis heute nachmittag also.«

Seine Antwort wartete ich nicht mehr ab. Ich legte den Hörer auf, kreuzte die Beine und zündete mir eine Zigarette an. Was war los mit mir? Hatte ich plötzlich Skrupel? Anders ließ sich mein zweimaliges Zögern kaum erklären. Und wenn Skrupel, wovor? Mich nur mit ihm zu treffen oder, wenn es sich nicht vermeiden ließe, auch mit ihm zu bumsen? Bisher hatte ich über diese Möglichkeit nicht ernsthaft nachgedacht, aber während ich es jetzt tat, wurde mir bewußt, daß ich gar keine andere Wahl mehr hatte, als seine Ahnungslosigkeit auch noch bis in ein gemeinsames Hotelzimmer auszunutzen. Denn nur dann, wenn ich es vorher schaffte, ihn genauso von mir abhängig zu machen, wie mir das – wenn auch unbeabsichtigt – bei Möbius gelungen war, hatte ich überhaupt eine Chance, ihn von seiner Familie weg und auf meine Seite zu bringen. Ihm schon vorher zu sagen, daß ich es war, die seiner Firma den Ärger mit dem Funk-Spot bereitet, die Ehe seiner Tochter gefährdet und dann auch noch seinen Enkel verführt hatte, wäre ein unverzeihlicher Fehler gewesen, und nach Stefans überstürzter Heimkehr durfte ich mir keine neue Panne mehr leisten. Vielleicht erwies sie sich aber jetzt gar nicht mehr als Panne, sondern sogar als Glücksfall, denn wenn seine Eltern seine Mitreise nach Griechenland durchsetzten, konnte ich mich um so ungestörter mit seinem Großvater beschäftigen, ohne befürchten zu müssen, daß er oder seine Eltern mir dabei in die Quere kämen. Ich konnte es mir einfach nicht mehr leisten, aus moralischen oder sentimentalen Rücksichten auf halbem Wege stehen zu bleiben. Das war ich nicht nur mir selbst, das war ich auch Möbius und Landmann schuldig. In diesem Spiel war noch nichts gelaufen, im

Gegenteil, es stand noch alles offen.

Für die Pensionsrechnung reichte mein Geld noch. Mein nächster Weg führte mich zur Bank und von dort auf die Autobahn. Noch stärker als am letzten Wochenende machten sich heute die Schulferien bemerkbar, so daß ich die Strecke nach Düsseldorf auch ohne Vaillants Porsche in knapp vier Stunden zurücklegte und dann noch genügend Zeit hatte, mich vor meiner Begegnung mit Korwan etwas auszuruhen. Als ein gutes Vorzeichen empfand ich es, daß ich wieder mein altes Hotelzimmer bekam. Ich hatte es noch vor meiner Abfahrt telefonisch bestellt. Nach einem Kaffee, den ich mir auf das Zimmer bringen ließ, rief ich auf gut Glück Vaillant an. Zu meiner Verwunderung war er bereits in seiner Wohnung. Ich fragte: »Warst du heute nicht im Büro?«

»Ich habe früher Schluß gemacht«, sagte er. »Mein Onkel ließ sich den ganzen Tag nicht im Büro sehen. Rufst du von ihm aus an?«

Ich sagte: »Ich habe ihn gestern nicht mehr angetroffen und bin anschließend direkt nach Hamburg gefahren. Wie geht es dir?«

»Ganz gut«, sagte er. »Ich habe mir alles noch einmal durch den Kopf gehen lassen. Viel kann er mir nicht anhaben. Das einzige, was mir passieren kann, ist, daß er mich hier aus seiner Wohnung wirft. Dann suche ich mir eben eine andere.«

»Erzähltest du mir nicht, er habe sie dir geschenkt?«

»Damit wollte ich dich nur beeindrucken«, sagte er. »Sie sollte eines Tages zwar ganz mir gehören, aber das nur bei entsprechendem Wohlverhalten. Wenn du schon gestern zu deiner Mutter gefahren bist, weißt du wohl noch gar nicht, daß Cramer fristlos entlassen wurde?«

Also hatte sich Landmann über meinen ausdrücklichen Wunsch hinweggesetzt. Ich fragte: »Wann ist das passiert?«

»Landmann ließ ihn heute morgen gleich nach Dienstbeginn zu sich rufen und teilte es ihm mündlich mit. In der Agentur war es heute das Tagesgespräch. Du hast keine Ahnung, was dahinterstecken könnte?«

»Vielleicht dein Onkel«, sagte ich. »Er hat ihm nicht verziehen, daß er uns in den Wald nachgefahren ist.«

»Das allein würde für eine fristlose Kündigung nicht ausreichen«, sagte er. »Da muß noch etwas anderes dahinterstecken. Ich weiß nicht, wer jetzt deine Arbeit weitermachen soll. Außer Cramer ist doch keiner richtig in deine laufenden Vorbereitungen eingeweiht. Frau Eberle und Herr Riedinger haben Landmann bereits zu verstehen gegeben, daß sie allein nicht damit zurechtkommen.«

»Dann soll er sich eben selbst etwas einfallen lassen«, sagte ich. »Wenn ich am Montag zurückkomme, werde ich noch einmal mit ihm und mit Möbius über Cramer reden. Selbst wenn sie jetzt mich wieder einschalten sollten, kann ich die Termine kaum mehr einhalten. Landmann wird allmählich aufgehen, was er wirklich an mir hatte. Das gönne ich ihm.«

Er lachte. »Ich ihm aber auch. Habe ich dir schon gesagt, daß ich dich liebe?«

Ich hatte gehofft, wenigstens er werde auf ein neues Liebesgeständnis verzichten, und sagte: »Es ist besser für uns beide, du tust es nicht. Ich habe dich oft genug gewarnt, Rolf. Gleichzeitig mit dir und mit deinem Onkel, das geht nicht ...«

»Wieso mit ihm?« warf er ein. »So weit bist du mit ihm doch noch gar nicht? Oder doch?«

»Es genügt, daß er es bei mir versucht hat und auch wieder versuchen wird«, sagte ich. »Der Grund meines Anrufs ist der, dich zu bitten, Verständnis dafür zu haben, daß ich so nicht weitermachen kann. Entweder du akzeptierst das, oder wir dürfen uns nicht mehr sehen.«

»Es tut mir leid«, sagte er, »aber darauf kann ich mich nicht einlassen. Ich liebe dich wirklich.«

»Ich dich aber nicht«, sagte ich und legte auf.

Vielleicht war das übertrieben. Zumindest war er mir nicht gleichgültig, aber ich sah keine andere Möglichkeit mehr, mir nicht nur ihn, sondern auch Möbius vom Leibe zu halten. Schließlich konnte ich, nur damit keiner sich benachteiligt fühlte, nicht mit allen beiden bumsen, und was dabei herauskam, wenn ich es mit dem einen tat und mit dem anderen nicht, das hatten mir die gestrigen Ereignisse erschreckend genug vor Augen geführt. Dabei ging es gar nicht so sehr um die Frage, ob Möbius die Möglichkeit hatte, Vaillant nicht nur aus seiner Wohnung, sondern auch aus der Agentur zu werfen. Denn auch dann, wenn er ihn, was zu erwarten war, nicht entlassen konnte, würde die Feindschaft zwischen ihnen das gesamte Arbeitsklima vergiften, was am Ende wiederum allein mir angelastet werden würde, und darauf konnte ich es bei all den Problemen, die ich schon hatte, nicht auch noch ankommen lassen.

Ich trat ans Fenster und blickte auf die Straße hinab. Der Gedanke, kaum mehr als zehn Gehminuten von Seebergs Haus und damit auch von Stefan entfernt zu sein, ließ mich nicht unberührt. Er hatte mich auch in der vergangenen Nacht, als ich einmal aufgewacht war und zwei Stunden lang wachgelegen hatte, nicht unberührt gelassen, wenngleich ich keinen rechten Sinn darin sah, einem Jungen nachzutrauern, der sich den Abschied von mir so leicht gemacht hatte wie er. Ich hätte von ihm zwar nicht erwartet, daß er bei seinem Zusammentreffen mit Möbius sich weigern würde, dessen Haus zu verlassen, aber ich hätte erwartet, daß er sich vor dem Tor auf die Straße setzen und sich nicht eher vom Fleck rühren würde, als bis ich zurückgekommen wäre. Das hätte ich von ihm erwartet und nicht seine rasche Bereitschaft, mit Vaillant zum Bahnhof zu fahren und die Heimreise anzutreten. Er war aber auch schon nicht fähig gewesen, am Telefon seinem Vater Paroli zu bieten, und er würde auch nach seiner Volljährigkeit dazu nicht fähig sein, weil ihm das eigene Auto und der Führerschein und das Abitur noch wichtiger waren als ich. Vielleicht auch seine Eltern und seine Schwester und was sonst noch alles zu seinem bisherigen Leben gehört hatte, einschließlich des Mädchens Michaela, das dazu ausersehen war, ihn später zu heiraten. Irgendwann hätte ich ihn so oder so verloren, und dann war es besser, schon heute als erst in einigen Wochen oder Monaten, wenn es mir vielleicht viel schwerer gefallen wäre, ihn mir aus dem Herzen und aus dem Sinn zu reißen. Da konnte mich auch die kleine Feuchtigkeit, die ich, noch immer am Fenster stehend und in den auch heute trüben Himmel schauend, in meinen Augen fühlte, nicht mehr umstimmen. Was wog schon das bißchen Feuchtigkeit gemessen an den großen Problemen, die ich noch zu lösen hatte? Denn wenn ich sie nicht hier und nicht rasch löste, würde ich vielleicht bald nicht mehr die Kraft und die Entschlossenheit aufbringen, sie mir, zu welchem Preis auch immer, vom Hals zu schaffen.

Weil ich nicht wußte, was mir heute abend bevorstand, ob wieder ein exklusives Restaurant oder eine abendliche Fahrt mit einem der luxuriösen Rheinschiffe, in deren Kabinen schon unzählige Herzen einander nähergekommen waren, zog ich etwas für alle Fälle an und vor dem Weggehen einen hellen Trenchcoat darüber. Den Umstand berücksichtigend, daß der Weg vom Hotel bis zu der Grünanlage ungefähr dreimal so weit war wie der Weg von Seebergs Haus dorthin, ließ ich mir ein Taxi kommen. Obwohl ich den Namen des Restaurants nicht kannte, genügte die Erwähnung der Oberkasseler Brücke und der Grünanlage, um uns noch pünktlich hinfinden zu lassen. Auch Korwan zu finden erwies sich als unproblematisch, weil er in der Grünanlage, die wegen der unfreundlichen Witterung kaum noch Besucher hatte, nicht zu übersehen war. Weil er heute einen sportlich-eleganten Tuchmantel trug, erkannte ich ihn zuerst an seinem vollen weißen Haar.

Auch er sah mich aus dem Taxi steigen und war schon an meiner Seite, als ich die Rechnung beglich. Er sah genauso aus, wie ich ihn in Erinnerung hatte, elegant, gepflegt und braungebrannt, mit graublauen Augen, einem kräftigen Kinn und maskulinem Mund. Er führte meine Hand an die Lippen und sagte: »Bevor ich Sie kennenlernte, wußte ich nicht, wie endlos lang sieben Tage sein können.«

»Sicher haben Sie es schon einmal gewußt und wieder vergessen«, sagte ich. »Sie sehen immer aus, als hätten Sie gerade einen Urlaub auf den Balearen hinter sich, Peter.«

»Und Sie wie Leonardos göttliche Leda«, sagte er.

Ich fragte: »Ist das die Frau mit dem Schwan?«

»In den sich einst Zeus verwandelte«, sagte er. »Mein Wagen steht auf dem Parkplatz des Restaurants. Ich habe Sie zu Fuß und nicht mit einem Taxi erwartet. Wohnen Sie wieder bei Ihrem Freund?«

»Seine Wohnung hat ein Gästezimmer«, sagte ich. »Ich ziehe es einem Hotelzimmer vor. Sie erwähnten am Telefon eine Attacke?«

»Es soll eine kleine Überraschung werden«, sagte er.

Der Parkplatz befand sich hinter dem Restaurant, wo es unter alten Linden auch einen Biergarten mit Tischen und Stühlen gab. Weil es jedoch immer mehr nach Regen aussah, waren sie nicht besetzt. Während wir dann durch die Stadt fuhren, sagte ich: »Da ich nicht wußte, was Sie vorhaben, trage ich unter meinem Trenchcoat ein Lederkostüm. Ich hoffe, damit keinen Fauxpas zu begehen.«

Er schüttelte den Kopf. »Ganz gewiß nicht. Frauen wie Sie können zu jeder Gelegenheit so gut wie alles tragen. Sie haben eine Vorliebe für Leder?«

»Nur auf Reisen«, sagte ich. »Es macht mich unabhängig vom Bügeleisen und erspart mir größeres Gepäck. Wie geht es Ihrer Frau?«

Er blickte rasch in mein Gesicht. »Sie machen sich ihretwegen Gedanken? Das paßt zu Ihnen.«

»Aber es ist keine Antwort«, sagte ich.

»Nicht schlechter und nicht besser«, sagte er. »Ich bin schon froh, wenn sie sich so fühlt wie heute morgen, als sie Lust verspürte, mit unserer Haushälterin einen kleinen Spaziergang zu machen. Zu einer Fahrt mit dem Auto oder gar zu einer Reise, das sagte ich Ihnen, meine ich, bereits, kann ich sie allerdings nicht mehr bewegen. Sie sind es sicher gewohnt, viel zu reisen. Auch nach Italien?«

»Nein«, sagte ich. »Ich war noch nie in Italien.«

Er lächelte ungläubig. »Sie scherzen?«

»Leider nicht«, sagte ich. »Beruflich habe ich nur im Inland zu tun, und privat hat es eben nie nach Italien gereicht. Auch nicht in ein anderes Land. Frankreich kenne ich nur aus Büchern, dem Kino und dem Fernsehen.«

»Sie reden nicht gerne darüber?« sagte er.

»Nein«, sagte ich.

»Dann tut es mir leid, Sie danach gefragt zu haben«, sagte er. »Mir ist bekannt, daß es auch in unserer Zeit sehr viele Menschen gibt, die sich aus den verschiedensten Gründen eine Auslandsreise nicht leisten können. – Sie haben sich hoffentlich bis morgen abend Zeit nehmen können? Noch lieber wäre es mir, Sie könnten sich bis Sonntagabend Zeit nehmen.«

»Ich verstehe«, sagte ich. »Sie wollen eine größere Reise mit mir machen. Wo soll es denn hingehen? Nach Venedig?«

Er lächelte. »Das gerade nicht, aber ich habe uns zum Abendessen einen Tisch im ›Chantecler‹ bestellt. Sagt Ihnen das zu?«

»Es klingt jedenfalls nicht schlecht«, sagte ich. »Und wo liegt es?«

»An der Promenade des Anglais in Nizza«, sagte er. »Wohnen werden wir im ›Beach Plaza‹ in Monaco. Es war das einzige Hotel mit Blick aufs Meer, wo so kurzfristig noch zwei Zimmer frei waren. Ich weiß, ich hätte Sie vorher fragen sollen, ob Sie einverstanden sind, aber ich wollte es am Telefon nicht riskieren, eine Absage zu erhalten.«

»Ich kann auch jetzt noch absagen«, sagte ich.

»Selbstverständlich«, sagte er. »In diesem Fall bitte ich Sie, wenigstens meine Einladung ins ›Chantecler‹ zum Abendessen anzunehmen. Wir könnten in spätestens sechs Stunden wieder in Düsseldorf sein.«

»Mit Ihrem Privatjet?«

Er lächelte wieder. »Mit dem Firmenjet. Herr Görlach hat mir erlaubt, ihn zu benutzen. Da auch unser Werkspilot, Herr Schmieder, gegen einen kleinen Wochenendausflug an die ›Côte‹ keine Einwände hat, liegt es ganz bei Ihnen, ob Sie sich für die große oder für die kleine Lösung entscheiden. Die Hotelzimmer sind bereits bezahlt. Es entsteht der dortigen Geschäftsleitung also kein Schaden, wenn wir sie nicht benutzen. Im übrigen würden Sie im Jet ein kleines Reisegepäck mit allem vorfinden, was Sie für eine zweimalige Übernachtung benötigen.«

»Das war sehr vorausschauend gedacht von Ihnen« sagte ich. »Wir sind jetzt also bereits auf dem Weg zum Flughafen?«

»So ist es«, sagte er. »Aber selbst dort können Sie es sich noch anders überlegen. Dann bleibt uns immer noch die Möglichkeit, im ›Mövenpick‹, wo wir letzte Woche waren, zu Abend zu essen. Auch dort habe ich vorsorglich bis zwanzig Uhr einen Tisch reservieren lassen.«

»Bei diesem netten Herrn Sauder?« sagte ich. »Sie haben wirklich an alles gedacht, Peter. Was ist das für ein Jet?«

»Sie kennen sich aus?«

»Nicht sehr«, sagte ich. »Unsere Chefs benutzen hin und wieder eine Piper PA-34 Seneca.«

Er sagte: »Mit einer Piper PA-34 Seneca könnten wir es keinesfalls schaffen, zum Abendessen in Nizza und sechs Stunden später schon wieder in Düsseldorf zu sein. Bei dem Firmenjet handelt es sich um einen Gates Learjet. Er ist mehr als doppelt so schnell wie die Piper Seneca. Sie können sich ihr unbesorgt anvertrauen. Herr Schmieder wird selbstverständlich von einem Kopiloten begleitet. Lassen Sie sich mit Ihrer Entscheidung Zeit, Heike. Vor zwanzig Minuten können wir bei diesem Verkehr nicht am Flughafen sein. Ich habe volles Verständnis dafür, wenn sie das ›Mövenpick‹ vorziehen. Ich dachte nur, da Sie noch nie in Frankreich waren ...«

»Das wußten Sie bis vor zehn Minuten noch gar nicht«, fiel ich ihm ins Wort. »Da Sie die Zimmer bereits bezahlt haben ... Ich möchte aber spätestens am Sonntagnachmittag wieder in Düsseldorf sein.«

»Das läßt sich einrichten«, sagte er und berührte einen Augenblick lang meine Hand. »Ich freue mich sehr, daß Sie einverstanden sind, Heike.«

Ich schwieg.

18

Das Hotel stand in der Avenue Princesse Grace, und dagegen war nichts einzuwenden, auch gegen mein schönes Doppelzimmer mit Balkon und Blick auf das Meer und auf den Fürstenpalast nicht. Weil ich die »Côte« einschließlich Nizza und Monaco nicht nur aus Büchern und Filmen, sondern auch aus den unzähligen Prospekten aus der Zeit meiner Tätigkeit im Reisebüro kannte, war eigentlich nichts neu für mich. Nizza sah nicht anders aus, als ich es mir vorgestellt hatte, und Monaco auch nicht. Auch die üppige Flora entsprach meinen Erwartungen ebenso wie das blaue Meer und der ebenso blaue Himmel. Aber selbstverständlich war es etwas anderes, dies alles in natura und nicht nur in Filmen oder in

Büchern zu sehen. Das Meer zu riechen und die Luft über der felsigen Küste mit ihren bizarren Ausläufern der Seealpen, das alles war schon beeindruckend und faszinierend für einen, der es zum ersten Mal sah und roch und erlebte. Schon die Fahrt in einem Taxi vom Flughafen über die sechsspurige Promenade des Anglais und das anschließende Diner im »Chantecler« mit seinen acht Gängen und dem Blick aufs abendliche, in romantischen Mondschein getauchte Meer waren ihr Geld wert gewesen. Auch dagegen hatte sich also nichts einwenden lassen. Danach die Weiterfahrt wieder in einem Taxi über die Küstenstraße vorbei am farbig beleuchteten Kap Ferrat nach Monaco mit seinem kleinen Hafen für die großen Schiffe der großen Leute aus der großen Welt. Mich angesichts solcher Bilder und Eindrücke mit Korwan über so profane Dinge wie über meine Stellung bei der GEMAS und über die unsäglich einfältige Waschmittelreklame seiner Firma zu unterhalten wäre die reinste Blasphemie gewesen. Schließlich hatte ich noch volle zwei Tage Zeit, unsere Gespräche den weniger angenehmen Dingen als der französischen Küche, der französischen Landschaft und Korwans Auslandsreisen zuzuwenden, die ihn schon durch die halbe Welt geführt hatten. Einem Mann wie ihm zuzuhören, das konnte die Zeit sehr verkürzen und sie wie im Flug vergehen lassen, so daß es gar nicht erst eines gemeinsamen Schlafzimmers bedurfte, um eine Reise an die Côte d'Azur kurzweilig zu gestalten. Hinzu kam noch sein Taktgefühl, mich kein einziges Mal über meine privaten Verhältnisse auszufragen. Er tat so, als sei ihm schon alles über mich bekannt.

Während des Flugs und auch nach unserem Eintreffen in Nizza hatte ich keine Gelegenheit gefunden, einen Blick in den mittelgroßen, eleganten Lederkoffer zu werfen, der mir mein Reisegepäck ersetzen sollte. Dazu war es erst im Hotel gekommen. Damit wir uns beim Zoll und danach beim Abendessen nicht damit zu belasten brauchten, hatte er es nach unserem Eintreffen in Nizza Herrn Schmieder, unserem Piloten, überlassen, sich um unser Gepäck zu kümmern und es mit einem Taxi in unser Hotel nach Monaco zu schaffen, wo wir es dann auch unversehrt auf unseren Zimmern vorfanden. Als Gipfel seiner Fürsorglichkeit empfand ich es, daß er nicht nur für zwei Wäschegarnituren der feinsten Art, sondern auch für einen Pyjama, einen Bademantel, einen Bikini und für Badeschuhe gesorgt hatte. Ebenso herrschte an Toilettenartikel kein Mangel, weder fehlten Zahn- noch Haarbürste, und daß er auch das von mir benutzte Parfüm und Makeup und meinen bevorzugten Lippenstift und Nagellack bis auf unbedeutende Nuancen richtig getroffen hatte, verlor auch dadurch nichts an Charme, daß ich sie bei Reisen immer in meiner Handtasche trug.

Weil unser Eintreffen im Hotel erst nach Mitternacht erfolgte und ich, die Autofahrt von Bad Hülsen nach Düsseldorf eingeschlossen, doch einen sehr anstrengenden Tag hinter mir hatte, konnte ich mich zu dem von Korwan vorgeschlagenen Schlummertrunk an der Hotelbar nicht mehr aufraffen. Daß er sich nicht enttäuscht zeigte und auch Verständnis für meinen Wunsch hatte, er möge am Morgen mit dem Frühstück nicht auf mich warten, wies ihn erneut als einen Mann von Kultur aus, wie man sie heute kaum mehr anzutreffen pflegt. Nicht einmal Möbius, der seiner Generation angehörte, hätte es als selbstverständlich hingenommen, nach einem gemeinsamen Flug nach Nizza und einem dort gemeinsam eingenommenen opulenten Diner in einem der exklusivsten Restaurants der Côte d'Azur die Nacht allein in seinem Bett zu verbringen. Dazu gehörte schon etwas mehr als nur eine gute Kinderstube. Allerdings war ich mir auch gestern abend bis zum Schlafengehen nicht darüber schlüssig geworden, was Korwan tatsächlich im Sinn hatte, als er diese Reise ins Auge faßte, denn im Gegensatz zu unserem abendlichen Gespräch vor acht Tagen hatte er diesmal in fast bemühter Weise alles vermieden, was unserer Konversation eine ähnlich verfängliche Wendung hätte geben können, wie dies im »Mövenpick« geschehen war, als ich ihn fragte, ob es seiner Frau egal sei, wenn er die Nacht mit mir verbringe. Dieser Eindruck festigte sich noch in mir, als er mir, während ich beim Frühstück saß, durch einen Angestellten der Rezeption am Telefon mitteilen ließ, mich gegen dreizehn Uhr zum Mittagessen im »Westminster Concorde« zu erwarten. Das war schon deshalb ungewöhnlich, weil der Angestellte im besten Französisch mit mir sprach und ich, wäre ich seiner Muttersprache nicht mächtig gewesen – was Korwan nicht wissen konnte, seine Nachricht gar nicht verstanden hätte. Auch ließ sein etwas säuerlicher Ton darauf schließen, daß die Geschäftsleitung des »Beach Plaza« es nicht gerne hörte, wenn sich ihre Hausgäste zum Mittagessen im vielleicht noch exklusiveren »Westminster« verabredeten. Daß es dieses Hotel gab, war mir dem Namen nach noch irgendwie bekannt. Wahrscheinlich wäre es für eine Filialleiterin eines internationalen Reisebüros unentschuldbar gewesen, auf Anhieb nicht zu wissen, wo genau das Hotel »Westminster Concorde« stand, ob in Monaco oder in Nizza, und sicher hatte auch ich es einmal auf Anhieb zu sagen gewußt, aber seitdem waren vier Jahre vergangen, und nicht alles, was ich im Reisebüro gelernt hatte, war in meinem Gedächtnis haften geblieben. Weil das Hotel jedoch mit Sicherheit jedem Taxifahrer in Monaco bekannt war, unterdrückte ich für den Augenblick meine Wißbegierde und bedankte mich bei dem Hotelangestellten wegen seines säuerlichen Tonfalls nur mit einem kurzen: »Merci.«

Weil es bis dreizehn Uhr noch mehr als drei Stunden waren, ich also noch genügend Zeit hatte, unterwarf ich nach dem Frühstück vom Balkon aus das zwischen dem Meer und Tennisplätzen gelegene Schwimmbecken des Hotels einer ersten Musterung. Während auf den Tennisplätzen reger Betrieb herrschte, war das Schwimmbecken von Hotelgästen relativ schwach besucht, vielleicht wegen der Nähe eines pinien- und palmengesäumten Strandbads, das gleich hinter den Tennisplätzen zum Schwimmen im blauen Meer einlud. Bei den Benutzern des Beckens handelte es sich überwiegend um Damen mittleren Alters, die ihre sich im Becken tummelnden Kinder beaufsichtigten.

Während ich noch hinabschaute, kreuzte sich mein Blick mit dem eines gutgewachsenen männlichen Badegastes, der, mit einem Drink in einem Liegestuhl sitzend, aufmerksam zu mir heraufsah, dem Äußeren nach ein südländischer Typ mit merkwürdig hellem, fast weißem Kraushaar, das augenfällig zu seinem von der Sonne schokoladenfarben gebräunten Körper kontrastierte. Trotz des hellen, offenbar früh gebleichten Haars schätzte ich ihn höchstens auf fünfzig, es sei denn, er verdankte seinen sehnig wirkenden Körper einer regelmäßigen sportlichen Betätigung. Es war zunächst auch weniger sein Typ als dieser Kontrast, der meinen Blick länger auf ihm verweilen ließ, als ich es normalerweise bei einem mir völlig fremden Mann zu tun pflege. Was sich sonst noch an männlichen Badegästen im und außerhalb des Beckens aufhielt, hätte mich nicht aus dem Zimmer locken können.

Es waren wohl mehrere Gesichtspunkte, die mich veranlaßten, mich für ein Bad im Schwimmbecken zu entschließen, wobei das schöne Wetter und der mir von Korwan zugedachte Bikini gewagten Zuschnitts ebenso ins Gewicht fielen wie mein Ärger darüber, daß er mich so lange mir selbst überließ, und nicht zuletzt auch meine Neugierde, mir den Weißhaarigen, der von seinem Typ her besser auf einen der Tennisplätze oder in das Strandbad als an das Familienschwimmbecken gepaßt hätte, einmal aus der Nähe anzusehen. Vor dem Schrankspiegel vergewisserte ich mich, daß ich mir den Bikini gerade noch leisten konnte. Für den Lift und für den Weg durch das Vestibül zog ich jedoch vorsorglich den Bademantel darüber. Auch so fühlte ich die Blicke der anwesenden Gäste wie ein über mich geworfenes, klebriges Spinnennetz.

Schon an der ins Freie führenden Tür wurde ich von einem

Kellner in weißer Jacke gefragt, ob ich einen Liegestuhl wünsche, und da er auch Sonnenschirme und Drinks anzubieten hatte, nahm ich alle drei in Anspruch, wobei ich meinen Platz so wählte, daß ich auf der anderen Seite des Beckens dem Weißhaarigen genau gegenüber saß. Mit Rücksicht darauf, daß ich eine sonnenempfindliche Haut hatte und mein lachsfarbenes Haar nur bei einem blassen Teint voll zur Geltung kam, behielt ich den Bademantel auch unter dem Sonnenschirm vorläufig noch an, was bei einigen der anwesenden Damen, die sich paarweise um das Becken gruppiert hatten, einen hinter der hohlen Hand geführten Meinungsaustausch zur Folge hatte. Ich hatte mir einen Campari-Soda mit viel Eis kommen lassen und betrachtete, während ich ihn am Strohhalm schlürfte, über das Meer und den Hafen hinweg das fürstliche Palais, mir in Gedanken vorstellend, wie es sich, seine stolzen Zinnen mit weißen Bettlaken geschmückt, von dem azurblauen Himmel abheben würde, und für ein paar Augenblicke lang konnte ich mich sogar ernsthaft daran erwärmen. Wie es ja zu den Ungereimtheiten meines Wesens gehörte, mich an der Idee einer in weiße Bettücher gehüllten Cheopspyramide einerseits begeistern und sie gleichzeitig als schwachsinnig empfinden zu können; aber in dieser Branche wurde man, ob man es wissen wollte oder nicht, früher oder später zwangsläufig schizophren.

Ob die Vorstellung der weißbeflaggten Zinnen mir ein Lächeln entlockt und mein weißhaariges Gegenüber es irrtümlicherweise auf sich bezogen hatte, ließ sich hinterher kaum rekonstruieren. Jedenfalls gab er, als unsere Blicke sich wieder trafen, mein Lächeln zurück, stand auf und kam, das Becken umrundend, an meine Seite. Sein Glas brachte er gleich mit und ließ sich, weil daran kein Mangel herrschte, an meiner Seite in einem von dem aufmerksamen Kellner eilfertig zurechtgerückten freien Liegestuhl nieder. Er blickte lächelnd in mein Gesicht und fragte auf französisch, ob ich aus Paris komme. Weil ich das bei der Bäder- und Kurverwaltung besonders von französischen Kurgästen auch schon gefragt worden war und Fred bei unserer ersten Begegnung sogar meinte, ich hätte etwas Pariserisches an mir, empfand ich auch in diesem Falle die Fehleinschätzung des Weißhaarigen nicht als diskriminierend und klärte ihn über seinen Irrtum auf. Von Hamburg schien er schon einmal gehört zu haben, zumindest war ihm bekannt, daß es nicht in Frankreich lag, denn er schüttelte überrascht den Kopf und meinte, er wäre jede Wette eingegangen, daß ich eine Französin sei. Danach stellte er sich mir als Signor Albertini aus Turin vor und machte mir ein Kompliment über mein gutes Französisch. Ich gab ihm dieses Kompliment zurück, worauf er mir, weil ich mein Glas schon leer hatte, beim Kellner noch einen Campari-Soda bestellte und ich mir dessen erst bewußt wurde, als der Kellner ihn mir schon brachte, so daß ich ihn schlecht zurückweisen konnte. Ich war – irrtümlicherweise – davon ausgegangen, er habe den Campari für sich selbst bestellt. Bis dieser serviert wurde, erfuhr ich von ihm, daß eines der Mädchen im Schwimmbecken seine Tochter und er nur hier sei, weil das Kindermädchen in der Stadt eine Besorgung zu erledigen habe. Daß er sich für seine Tochter ein Kindermädchen leisten konnte, ließ den Schluß auf solide Vermögensverhältnisse zu. Danach gefragt, ob sich auch seine Frau in Monte Carlo aufhalte, schüttelte er bedauernd den Kopf und erzählte mir eine längere Geschichte, aus der zu schließen war, daß sie entweder nicht mehr lebte oder von ihm geschieden war. Jedenfalls drückte er sich so unklar aus, daß sich auf beides schließen ließ. Sinngemäß sagte er, sie lebe nicht mehr; ob jedoch nur für ihn oder auch für die übrige Welt nicht, hätte ich nur mit einer gezielten Nachfrage herausfinden können, und dazu wollte ich es nicht kommen lassen. Der starke Kontrast zwischen seinem weißen Haar und dem noch jugendlich wirkenden, braungebrannten Gesicht blieb auch aus der Nähe erhalten. Besonders auffällig, es für mich aber eher noch interessanter machend als ihm zum Nachteil gereichend, empfand ich die beiden Kerben in seinen Wangen, die jedoch mit Vaillants Lachgrübchen nichts gemein hatten, weil sie viel tiefer und auch nicht dort angesiedelt waren, wo Lachgrübchen sich im allgemeinen anzusiedeln pflegen. Daß sein sehniger Bauch von der Badehose an aufwärts bis zum Nabel von einer breiten schwarzen Haarstraße bedeckt war, ließ erstmals den Verdacht in mir aufkommen, sein Haupthaar könne gefärbt oder künstlich gebleicht sein.

Sein Platzwechsel an meine Seite und unsere angeregte Konversation waren von den weiblichen Badegästen mit neugieriger Aufmerksamkeit registriert und sicher auch, soweit sich das von meinem Platz aus beurteilen ließ, angemessen kommentiert worden. Einmal kam auch sein Töchterchen zu uns und bekam vom Kellner eine Zitronenlimonade. Älter als acht Jahre konnte sie nicht sein, und daß sie ebenso pummelig wie mit ihrem kleinen Mondgesicht nicht sehr anziehend war, bestätigte mich wieder einmal in meiner Meinung, daß die schönsten Väter sehr oft die unscheinbarsten Kinder zeugen. Vielleicht war dies auch der Grund, weshalb er sich nicht anschickte, mich mit ihr bekannt zu machen. Mehr als ein flüchtiger Blick wurde mir aus ihren schwarzen Knopfaugen ohnehin nicht zuteil, und sie kehrte, nachdem sie ihr Limonadeglas fast auf einen Zug leergetrunken hatte, in den für Kinder vorgesehenen flachen Teil des Beckens zurück, wo sie einem anderen, etwa gleichaltrigen Mädchen Wasser ins Gesicht spritzte und beide ausgelassen zu hüpfen anfingen. Der Weißhaarige sagte mit einem stolzen Lächeln, daß sie das Temperament ihrer Mutter geerbt habe, worauf ich mich beinahe geneigt fühlte, ihm zu ihrem Ableben zu gratulieren. Davon ausgehend, daß er als Turiner schon öfter in Südfrankreich gewesen war, erkundigte ich mich bei ihm nach dem Hotel »Westminster Concorde«. Tatsächlich war ihm der Name sofort bekannt; es sei, so sagte er mir, eines der besten Hotels von Nizza, wenn auch nicht an der Küste, sondern etwas im Hinterland gelegen. Mir wurde immer unbegreiflicher, weshalb Korwan, wenn er schon ein so weit entferntes Hotel für das gemeinsame Mittagsmahl ausgewählt hatte, es mir selbst überließ, dorthin zu finden. So ergab es sich fast zwangsläufig, daß ich Signor Albertini von meiner Absicht erzählte, mir ein Taxi zu nehmen, was bei ihm lebhaften Widerspruch und das Angebot zur Folge hatte, mich im eigenen Wagen zu befördern. Meinen Einwand, ihm das nicht zumuten zu können, blockte er mit der Mitteilung ab, ohnehin am frühen Nachmittag einen geschäftlichen Termin in Nizza zu haben und den kleinen Umweg mit Freuden auf sich zu nehmen. Daraufhin ging ich zuerst einmal ins Wasser, wozu ich den Bademantel ausziehen mußte, was bei den anwesenden Damen betretenes Schweigen und bei den anwesenden Herren nur mühsam unterdrücktes Interesse zur Folge hatte. Auch Signor Albertini schien so sehr in meinen Anblick versunken zu sein, daß er die neben ihm stehende Dame erst bemerkte, als sie seine Schulter berührte. Sie war etwa in meinem Alter, und wenn es sich um das Kindermädchen handelte, mußte sie in besseren Zeiten Mannequin gewesen sein, ein sehr aparter schwarzhaariger Typ mit großem Haarknoten im schmalen Nacken und langen, sonnengebräunten Beinen, die unter ihrem zartgelben Frotteekleid angemessen zur Geltung kamen. Sie blickte kurz zu mir her, dann rief sie seine Tochter zu sich, trocknete sie ab und führte sie an der Hand in das Hotel. Mir fiel auf, daß das Mädchen ihr aufs Wort und ohne Widerrede gehorchte, was bei Kindern in diesem Alter nicht die Regel ist.

Ich hielt mich nur kurz im Wasser auf und fuhr dann sofort wieder in meinen Bademantel. Signor Albertini hatte sich jeder Äußerung enthalten und begnügte sich damit, mich unverwandt anzusehen. Von seinem Typ her hätten neben ihm weder Vaillant noch Landmann bei mir Chancen gehabt, von Möbius gar nicht erst zu reden. Nur bei Korwan war ich mir vorläufig nicht sicher, ob er mich als Frau nicht noch neugieriger machen könne als Albertini – vielleicht deshalb, weil er zu den Männern gehörte, bei denen es mich schon als junges Mädchen gereizt hatte, hinter der Macht, die sie über das Schicksal oft einiger zehntausend Lohnabhängiger ausübten, mit den Mitteln einer Frau auch einmal den Menschen auszuloten.

Weil er meinte, wir würden zum »Westminster Concorde« nicht länger als eine halbe Stunde brauchen, verabredete ich mich gegen halb eins mit Albertini vor unserem Hotel, wo er mich mit seinem Wagen erwarten wollte. Er begleitete mich noch bis zum Hoteleingang und verabschiedete sich mit einer Verbeugung von mir. Soweit ich es noch mitbekam, kehrte er wieder zum Schwimmbecken zurück. Als ich jedoch kurze Zeit später vom Balkon aus einen Blick hinunterwarf, konnte ich ihn nicht mehr sehen.

Immer dann, wenn ich mir einer Sache nicht sicher war, traf ich Vorbereitungen, die einer anderen Frau an meiner Stelle vielleicht gar nicht erst in den Sinn gekommen wären, zumal ich nicht einmal recht wußte, wessen ich mir eigentlich nicht sicher war. Ob ich richtig daran getan hatte, mich von einem mir fremden Mann in einem mir noch fremden Land zu einer Autofahrt einladen zu lassen? Vielleicht hätte ich mir deshalb weniger Gedanken gemacht, wären nicht schon die ganzen Umstände so mysteriös gewesen. Denn wie kam Korwan dazu, mich zum Essen in ein Hotel zu bestellen, das ich erst noch mühsam ausfindig machen mußte und ohne fremde Hilfe vielleicht gar nicht ausfindig machen konnte, zumindest nicht ohne die Hilfe eines Taxifahrers? Aber schließlich hatte ich mich von Korwan nicht an die Côte d'Azur fliegen lassen, um hier mit ihm Versteck zu spielen. Wenn er wollte, daß ich ihm beim Mittagessen Gesellschaft leistete, dann sollte er sich auch selbst darum bemühen, mich an seinen Tisch zu bringen. Jedenfalls schmeckte mir das alles nicht, und ich nahm mir vor, Signor Albertini anzuhalten, sich bei der Fahrt nicht zu sehr zu beeilen. Je später ich eintraf, desto nützlicher würde die Lektion für Korwan ausfallen. Zu den Vorbereitungen, die ich wegen meiner Unsicherheit traf, gehörte auch, daß ich mein gesamtes Bargeld und meine sämtlichen Papiere aus dem Koffer nahm und sie in meine Handtasche steckte. Den Koffer stellte ich in den Kleiderschrank, schloß die Tür ab und steckte den Schlüssel ebenfalls in die Handtasche. Erst dann fühlte ich mich ruhiger.

Zunächst sah es nicht so aus, als wären meine Vorsichtsmaßnahmen der Mühe wert gewesen, denn Albertini machte auch angezogen den Eindruck eines Mannes, dem sich eine Frau selbst dann anvertrauen konnte, wenn er statt des erwarteten Ferraris nur einen Pininfarina Spidereuropa Volumex vorzuweisen hatte. Sehr groß war das zweisitzige Kabriolett allerdings nicht, und daß es sich um einen Spidereuropa von Pininfarina handelte, erfuhr ich erst von Albertini. Ich fand jedoch, es paßte zu ihm, und auch er bot in seinem sportlichen Lederblouson mit gleichfarbiger Lederkrawatte und den engsitzenden Sommer-Jeans einen selbst für verwöhnte Frauenaugen recht gefälligen Anblick. Auf dem roten Lederpolster saß man bequemer als in Vaillants engen Schalensitzen, so daß ich die Fahrt auch dann noch genoß, als mir die ersten Zweifel kamen, ob die von Albertini gewählte Route tatsächlich nach Nizza führte, weil wir nicht nur Monaco, sondern auch die Küste sehr bald hinter uns ließen und auf einer steil ansteigenden Straße in die Berge fuhren. Von mir darauf angesprochen, erzählte er mir, daß die Route über die Berge zwar etwas weiter, dafür jedoch weniger befahren sei, und in der Tat wurden die uns entgegenkommenden Autos, je höher wir kamen und je weiter die Küste hinter uns zurückblieb, immer seltener. Kein Wunder auch, führte die Straße später doch in atemraubenden Serpentinen eine steile Bergflanke empor, während sich auf der anderen Seite in schwindelerregender Tiefe eine enge Schlucht auftat und die Landschaft vor uns nur noch aus kahlen Felsgipfeln zu bestehen schien, die sich gegenseitig über die Schultern schauten. Als noch besorgniserregender empfand ich es jedoch, daß Albertini, im Gegensatz zu seiner Beredsamkeit am Schwimmbecken, immer wortkarger wurde. Hatte er mich auf der Fahrt durch die Stadt noch auf ihre besonderen Sehenswürdigkeiten aufmerksam gemacht, so wurde er im weiteren Verlauf immer schweigsamer, und als wir schließlich auf eine Straße abbogen, die nur noch ein Drittel so breit war wie die bisherige, beantwortete er meine mehrfache Frage, ob wir hier auch noch richtig seien, überhaupt nicht mehr. Ich war jetzt überzeugt, daß sein Haar künstlich gebleicht oder gefärbt und er alles andere als ein seriöser Geschäftsmann aus Turin war. Weil die enge Fahrstraße auch ständig schlechter und die felsigen Steilwände auf beiden Seiten immer höher wurden, konnte ich mir überhaupt nicht mehr vorstellen, wohin sie noch führen und wo sie enden könnte. Daß sie dann, wie sich wenig später herausstellte, in einem offensichtlich stillgelegten Steinbruch endete, war zwar eine einleuchtende Erklärung, aber beruhigter stimmte sie mich nicht. Was mich auf den Gedanken brachte, schon einige hundert Meter vorher meine Handtasche hinter einen der zahllos umherliegenden Felsbrocken zu werfen, hätte ich nicht zu sagen gewußt, denn wenn er vorhatte, mich zuerst zu mißbrauchen und dann umzubringen, nützte mir auch die Handtasche nichts mehr, aber so weit dachte ich in diesem Augenblick noch gar nicht. Ich handelte mehr instinktiv als überlegt, wobei ich, um sie später zu finden, mich für einen Felsbrocken entschied, der deshalb leicht zu merken war, weil er in einer engen Kurve lag. Ihr und der miserablen Beschaffenheit des Wegs hatte ich es wohl zuzuschreiben, daß Albertini nichts davon merkte, zumal ich sie nicht in einem Bogen wegwarf, sondern sie, schon vorher in die rechte Hand nehmend und aus dem Wagen hängend, mit einem kleinen Schlenker fallen ließ. Und als wir dann den inmitten senkrecht ansteigender Felswände liegenden Steinbruch erreichten, hatte ich eigentlich keine große Hoffnung mehr, ihn noch einmal heil zu verlassen. Mir war so mies, daß ich am liebsten auf der Stelle freiwillig gestorben wäre. Erst als er den Wagen zum Stehen brachte und mich nach meiner Handtasche fragte, schöpfte ich wieder etwas Hoffnung. Denn wozu brauchte er mich erst noch nach ihr zu fragen, wenn er doch sicher sein konnte, daß sie nach meinem Ableben ihm so oder so in die Hände fiel?

Ich sagte mit selbst für mich kaum vernehmbar klingender Stimme: »Die habe ich versehentlich im Hotel liegen lassen.«

»Sie lügen«, sagte er. »Sie stiegen mit einer Handtasche in den Wagen.«

Allein schon der Umstand, daß ich wieder mit ihm diskutieren konnte, gab mir neuen Auftrieb und meine Stimme zurück: »Und Sie müssen das geträumt haben. Sie sehen doch, daß ich keine Handtasche habe.«

Er öffnete seine Tür, kletterte aus dem Wagen und kam zu mir herüber. Er sagte: »Steigen Sie aus.«

Ich stieg aus und beobachtete, wie er zuerst unter und dann hinter den Beifahrersitz griff, wo es für kleine Gepäckstücke einen schmalen Zwischenraum gab. Dann sagte er: »Wo haben Sie sie weggeworfen?«

»Warum hätte ich sie wegwerfen sollen?« fragte ich. »Ich habe doch meine Papiere und mein ganzes Geld darin.« Diesmal verriet sein Gesicht eine leichte Unsicherheit. Trotzdem sagte er: » Vielleicht haben Sie sie unter dem Rock versteckt. Ziehen Sie ihn aus. Und den Blazer auch.«

Ich gehorchte schweigend.

Es waren seine Augen, die mich warnten. Als er einen Schritt auf mich zutrat, bückte ich mich rasch nach einem der zahllosen, großen Schottersteine, mit denen der Weg befestigt war, und sagte: »Versuchen Sie das nicht! Wenn Sie mein Geld haben wollen, müssen Sie es sich aus meinem Hotelzimmer holen. Es ist in meinem Koffer.«

Er lächelte flüchtig. »Den haben wir jetzt schon. Lassen Sie den Stein fallen.«

Statt seiner Aufforderung zu folgen, bückte ich mich nach einem zweiten und sagte: »Wenn Sie sich eine kaputte Nase holen wollen, versuchen Sie es.«

Er musterte mich ein paar Augenblicke lang prüfend, dann sagte er: »Es ist sonst auch nicht meine Art, Privates mit Beruflichem zu verknüpfen. Bei Ihnen hätte ich es getan.«

»Und was springt für mich dabei heraus?« fragte ich. »Daß Sie mir mein Geld zurückgeben, wenn Sie es schon haben?«

Er lächelte wieder. »Das ist leider nicht möglich. Meine Kollegin dürfte mit Ihrem Koffer jetzt schon über die Grenze sein.«

»Sie meinen, Ihre Komplizin«, sagte ich. »Wer war das kleine Mädchen?«

»Eine uneheliche Tochter von ihr«, sagte er. »Unsere Kundinnen sind leichtgläubiger, wenn ein Kind mitspielt. Sie wollen also zu Fuß zur Straße zurück? Ich hätte Sie auch bis nach Nizza mitnehmen können.«

»Nicht zu Ihrem Preis«, sagte ich. »Sie wohnten unter einem falschen Namen im Hotel?«

»Nicht in Ihrem«, sagte er. »Ich habe dort nur einen Whisky getrunken und am Schwimmbecken ein Sonnenbad genommen. Meine Kollegin erledigt die Feinarbeit. Sie ist auf Türschlösser spezialisiert.«

Ich blickte zu dem Spider hin.

Als hätte er meine Gedanken erraten, sagte er: »Strapazieren Sie Ihr Gedächtnis nicht. Meine Kollegin hat ihn mit gefälschten Papieren gemietet. Ihre eigenen Papiere werden wir Ihnen zusenden. Das tun wir immer so.«

»Das ist sehr kulant von Ihnen«, sagte ich und hob, weil er sich mir wieder einen Schritt nähern wollte, die rechte Hand mit dem Stein. Er zuckte mit den Schultern, drehte mir den Rücken zu und setzte sich in den Spider. Er fuhr weg, ohne mich noch einmal anzusehen.

Wenigstens meine Armbanduhr hatte er mir gelassen. Korwan wartete schon seit über zwei Stunden auf mich. Ich merkte jetzt erst, wie sehr mich die Sache mitgenommen hatte. Ich hob mein Lederkostüm vom Boden und stakste mit gefühllosen Beinen zum nächsten größeren Felsklotz, wo ich mich niederließ. Dabei verbrannte ich mir, weil er in der Sonne lag und ich nur den dünnen Slip trug, fast den Po. Ich stand auf, zog Rock und Blazer an und machte mich auf die Suche nach der Handtasche. Sie zu finden war leichter, als ich befürchtet hatte. Auch Albertini hätte sie sehen müssen, wenn er im Vorbeifahren ein Auge auf die Innenseite der Kurve gehabt hätte, aber sie war so eng, daß man, am Lenkrad eines Wagens sitzend, die Aufmerksamkeit zwangsläufig nach außen richtete.

Zum Glück hatte ich für die Reise flache Pumps aus Wildleder angezogen, so daß mir der steinige Boden keine zu großen Probleme bereitete, zumal der Weg ständig bergab führte. Im Spider war mir die Strecke allerdings viel kürzer vorgekommen. Ich brauchte fast eine Stunde, um die Straße zu erreichen. Daß schon das erste Touristenauto nach knapp zehn Minuten meinetwegen anhielt, war insofern ein Glücksfall, als es sich um ein älteres Ehepaar aus Holland handelte. Erfahrungsgemäß sind Ehefrauen gegenüber Anhalterinnen nicht immer so hilfsbereit wie ihre Männer. Ich erzählte ihnen auf französisch, meinen Omnibus verpaßt zu haben, was große Anteilnahme bei ihnen auslöste. Die Frau bot mir sofort ein Stück Schokolade und ihr Mann einen Schluck aus einer noch ungeöffneten Flasche an. Den Schluck lehnte ich ab. Wegen ihres schlechten Französisch geriet unsere Unterhaltung dann sehr bald ins Stocken. Auch waren beide durch die wilde Gebirgslandschaft so abgelenkt, daß sie meine Anwesenheit im Fond oft völlig vergaßen. Ihr Reiseziel war Nizza. Sie verließen sehr bald die von Albertini benutzte Straße und erreichten eine Stunde später Nizza auf einer anderen, die mir noch unbekannt war. Inzwischen war es fast fünf Uhr geworden, so daß kaum mehr anzunehmen war, Korwan noch im »Westminster Concorde« anzutreffen. An einem Taxistandplatz beim Hafen verabschiedete ich mich von meinen hilfsbereiten Holländern und setzte die Fahrt nach Monte Carlo in einem alten Citroën mit einem kaum jünger wirkenden Fahrer fort. Weil ich kein französisches Geld hatte, bat ich nach unserer Ankunft im »Beach Plaza« an der Rezeption, das Taxi für mich zu bezahlen und es Dr. Korwan auf die Rechnung zu setzen. Bei dieser Gelegenheit erfuhr ich, daß er vor etwa einer Stunde zurückgekommen und auf seinem Zimmer sei. Zuerst interessierte mich jedoch mein eigenes Zimmer und dort vor allem der Kleiderschrank. Ich fand beide offen vor und meinen Koffer auf dem Boden stehen. Sein kompletter Inhalt lag über das breite Doppelbett verstreut. Daß von den beiden neuen Wäschegarnituren, die Korwan mir hatte einpacken lassen, ausgerechnet die Höschen fehlten, hatte vielleicht damit zu tun, daß Albertinis Komplizin Gefallen daran gefunden und das Zimmer deshalb auch nicht mit gänzlich leeren Händen verlassen hatte.

Noch während ich wieder Ordnung schuf, erhielt ich Besuch von Korwan. Wenn er sich über mich geärgert hatte, so war seinem Gesicht nichts davon anzumerken. Er küßte mir schon an der Tür die Hand und sagte lächelnd: »Ich hatte an der Rezeption darum gebeten, mich von Ihrer Ankunft zu verständigen. Ich hoffe, Sie hatten einen schönen Nachmittag.«

Wie immer hatte er sich todschick in Schale geworfen, sein mir bereits bekannter Zweireiher mit dezentem grauen Karodessin und Spitzrevers mit Handstepperei war die reinste Augenweide. Ich bat ihn, in der Polstergarnitur neben der offenen Balkontür Platz zu nehmen, und bestellte uns telefonisch zwei Portionen Kaffee und mir ein Stück Sahnetorte auf das Zimmer. Erst dann sagte ich: »Sie trinken doch sicher ein Kännchen mit, Peter?«

»Ich hatte zwar vor, Sie in ein Café auszuführen …«

»Um Gottes willen nicht«, warf ich ein. »Ich wurde heute schon ausreichend ausgeführt. Was ich jetzt brauche, ist ein guter Kaffee und ein bequemer Sessel. Beides habe ich hier. Ich hoffe, Sie haben mit dem Essen nicht zu lange auf mich gewartet? Ich wurde entführt und konnte deshalb leider nicht kommen.«

Er blickte mich wortlos an.

Ich setzte mich ihm gegenüber und sagte: »Das ist kein dummer Scherz, Peter. Ich bin hier einem Mann begegnet, von dem ich noch einiges lernen konnte.«

»Erzählen Sie«, sagte er.

Während ich es tat, hörte er mir mit unbewegtem Gesicht zu. Mir fiel jedoch auf, daß er sich verfärbte. Er stellte auch keine Frage. Als er im Anschluß an meinen Bericht zum Telefon greifen wollte, hielt ich ihn zurück und sagte: »Nicht, Peter. So dumm, wie ich mich fühle, möchte ich nicht auch noch vor der Polizei dastehen. Die beiden sind schon längst über die Grenze.«

»Aber so dumm waren Sie doch gar nicht«, sagte er. »Sie haben nur, wenn ich das in Gedanken nachvollziehe, seit dem Frühstück nichts mehr gegessen.«

Ich lächelte: »Das mache ich oft. Außerdem bekomme ich jetzt eine Sahnetorte. Die ersetzt mir zwei Mittagessen. Zum Abendessen dürfen Sie mich ausführen. Oder haben Sie schon etwas Besseres vor?«

Statt mir zu antworten, griff er nach meiner Hand und küßte sie.

Der Zimmerkellner brachte den Kaffee und die Sahnetorte. Korwan hinderte mich daran, ihm ein Trinkgeld zu geben. Er sagte: »Ich erledige das an der Rezeption. Sie haben doch kein französisches Geld.«

»Albertini hätte deutsches Geld mit Freuden genommen«, sagte ich. »Waren Sie im ›Westminster Concorde‹ mit dem Essen zufrieden?«

»Doch«, sagte er. »Ich bedaure Ihr Mißgeschick um so mehr, als ich Ihnen gerne meinen Enkel vorgestellt hätte. Meine Tochter meldete ihn gestern abend, als ich mich schon von Ihnen verabschiedet hatte, für heute mittag telefonisch bei mir an. Deshalb war es mir leider auch nicht möglich, Sie davon zu verständigen. Mein Enkel traf per Flugzeug ein.«

»Wie schön«, sagte ich mechanisch. »Gab es einen besonderen Grund für seinen Besuch?«

Er nickte. »Meine Tochter fliegt morgen mit ihrer Familie zu einem fünfwöchigen Urlaub nach Griechenland. Ich hatte ihr über mein Sekretariat die Tickets besorgen lassen, sie in meine Brieftasche gesteckt, und da steckten sie auch noch, als ich mit Ihnen nach Nizza flog. Mein Enkel war hier, um sie abzuholen. Weil seine Maschine erst nach zwölf Uhr in Nizza eintraf und sein Rückflug bereits für zwei Stunden später gebucht war, wäre ein Treffen hier zeitlich nicht zu machen gewesen. Ich kenne das ›Westminster Concorde‹ von früher. Ich hatte dort einen Tisch für drei Personen bestellt und habe meinen Enkel am Flughafen abgeholt.«

Das konnte man glauben und auch nicht. Und wenn man es nicht glauben konnte und durfte, dann war Stefan entweder unwissentlich dazu mißbraucht worden, mich zu identifizieren, oder er hatte sich aus Enttäuschung und Eifersucht dazu bereit gefunden, das Spiel seiner Eltern mitzuspielen. Denn wie mußte ihm bei dem Gedanken, daß ich mit seinem Großvater in Nizza war, zumute sein nach allem, was er zuletzt in Möbius' Haus erlebt hatte? Zuerst erzählte ich ihm, daß es sich um das Haus des Vaters einer Freundin handle, dann meldete ich mich zu einem dringenden Einkauf in der Stadt bei ihm ab, und während ich in der Stadt war, tauchte Möbius bei ihm auf, informierte ihn von seinen Heiratsabsichten und vertraute ihn seinem Neffen an, der ihn schnurstracks zum Bahnhof brachte und sich ihm auf dem Weg dorthin ebenfalls als mein Liebhaber ausgab. So daß Stefan zwangsläufig glauben mußte, dies alles sei mit meinem Wissen und mit meiner Billigung geschehen, damit ich zwei Tage später um so unbehelligter mit seinem Großvater nach Nizza fliegen konnte. Das sah, wenn ich noch einmal in Ruhe darüber nachdachte, alles so erbärmlich und für mich belastend aus, daß ich es ihm gar nicht hätte verdenken können, wenn er das Lager gewechselt und sich gegen mich gestellt hätte. Aber um das genau zu wissen und ein zufälliges Zusammentreffen völlig auszuschließen, genügte es nicht, nur Vermutungen anzustellen. Korwans Gesicht jedenfalls war nichts von seinen Gedanken anzumerken, auch kein prüfender Blick, bei dem ich ihn ertappt hätte, als er die Wirkung seiner Worte meinem eigenen Gesicht abzulesen versuchte. Und dennoch war ich mir beinahe sicher, daß es Stefans Aufgabe gewesen war, mich, ob wissend oder unwissend, zu entlarven, ein fast teuflischer Einfall, so recht zu Renate passend. Da war ich Signor Albertini, der mich davor bewahrt hatte, im »Westminster Concorde« in ein offenes Messer zu laufen, vielleicht sogar noch Dank schuldig.

Ich stellte die Sahnetorte vorläufig zurück und zündete mir statt dessen eine Zigarette an. Bei all der mir eigenen Kaltblütigkeit benötigte ich nun doch eine kleine Pause der inneren Sammlung und der Anpassung an die neuen Gegebenheiten. Vor allem drängte sich mir sofort eine Frage auf, die sich auch Korwan gestellt haben mußte, als er Stefan zu einem gemeinsamen Mittagsmahl einlud. Ich sagte: »Dann tut es mir um so mehr leid, daß ich nicht kommen konnte, Peter. Hätte Ihr Enkel sich über meine Anwesenheit nicht sehr gewundert?«

Er schüttelte lächelnd den Kopf. »Ich hätte Sie ihm als eine Zufallsbekanntschaft aus dem ›Beach Plaza‹ vorgestellt. Ich muß erläuternd hinzufügen, daß ich öfter über das Wochenende nach Nizza fliege und bei solchen Anlässen auch schon zwei- oder dreimal meinen Enkel mitnahm. Im Gegensatz zu meiner Tochter und deren Mann, die beide eine Schwäche für die Nordsee haben, ziehe ich das milde Klima der Côte d'Azur vor. Ich wohne dann fast immer im ›Méridien‹, einem zwar altehrwürdigen, jedoch sehr gemütlichen Hotel an der Promenade des Anglais, konnte diesmal jedoch wegen der Kürze der Zeit dort keine Zimmer mehr bekommen. Für Herrn Schmieder und seinen Kopiloten, der nicht zu unserer Firma gehört, war noch eins frei. Herr Schmieder verdankt seine Stellung mir und ist deshalb besonders zuverlässig.«

»Also auch verschwiegen«, sagte ich.

Er blickte rasch in mein Gesicht. »Auch das, falls Sie Wert darauf legen.«

Ich mußte lachen. »Im Gegensatz zu Ihnen bin ich über meine Reisen und meine Reisebegleiter niemandem Rechenschaft schuldig. Erzählten Sie mir nicht, vor Ihrer Frau keine Geheimnisse zu haben?«

»Vor meiner Frau nicht«, sagte er. »Ich wiederhole in Ihrer Gegenwart gerne, was ich wörtlich zu ihr gesagt habe, nämlich in Ihnen einer Frau begegnet zu sein, mit der ab und an zu plaudern mich vergessen läßt, daß wir beide, meine Frau und ich, unser

Leben schon beinahe gelebt haben. Sie dürfen auch wissen, was sie mir antwortete: daß nichts ungeschehen machen könne, was uns über vierzig Jahre lang miteinander verbunden habe. Sie weiß, daß Sie keine Gefahr für unsere Ehe sind. Mit einer Frau wie Ihnen ein Wochenende in Nizza zu verbringen ist nicht identisch mit der Torheit eines Mannes in meinen Jahren, der wegen einer so viel jüngeren Frau den Selbstbetrug eines augenscheinlichen Neuanfangs begeht. Ich genieße es, in dieser heiterbeschwingten Landschaft Sie an meiner Seite zu haben, meine Augen an Ihrer Jugend und Schönheit zu erfreuen und mich mit Ihnen unterhalten zu können. Mehr ist es nicht, und mehr würde es auch nicht sein, wenn wir es nicht dabei beließen, wobei ich mir nicht einmal sicher bin, ob ich mir das überhaupt wünsche, weil auch das eine Art von Selbstbetrug wäre und das Risiko einer Ernüchterung beinhaltete, die eine weitere Begegnung mit großer Wahrscheinlichkeit ausschließen würde. Nein, wenn ich die Zuverlässigkeit von Herrn Schmieder erwähnte, so bezog sich das nicht auf meine Frau, die für meine Altersträume und Wünsche großes Verständnis hat. Bei meiner Tochter und meinem Schwiegersohn könnte ich dessen nicht sicher sein.«

»Aber dann war es doch ein gewisses Risiko, mich mit Ihrem Enkel zusammenzubringen«, sagte ich. »Vielleicht hätten sich seine Eltern, wenn er ihnen von mir erzählt hätte, mehr dabei gedacht als er.«

Er nickte. »Mit Sicherheit. Aber ebenso sicher ist, daß er ihnen nichts von Ihnen erzählt hätte. Der Einfall, die Tickets durch ihn abholen, statt, was einfacher gewesen wäre, sie durch Herrn Schmieder nach Düsseldorf bringen zu lassen, kam von mir. Ich wollte meinem Enkel eine kleine Freude machen. Wir beide verstehen uns sehr gut.«

Ich schwieg.

Er sagte: »Ihr schlimmes Erlebnis mit Signor Albertini scheint Ihnen doch auf den Magen geschlagen zu haben. Sie haben Ihre Sahnetorte noch nicht einmal angesehen.«

»Ich denke gerade über Ihre Frau nach«, sagte ich und drückte meine Zigarette aus. »Ich glaube, es gibt nur wenige Frauen, die so sind wie sie.«

Er lächelte wieder. »Meine Tochter mit Gewißheit nicht, aber sie ist auch noch nicht so lange verheiratet wie wir.«

Jedes seiner Worte konnte ebenso sorgfältig bedacht wie willkürlich gewählt sein. Nichts sprach besonders für, aber auch nichts gegen eine Absicht. Und wenn es doch Absicht war, dann würde ich an diesem Spiel ebenso Gefallen finden, wie er Gefallen daran fand, es zu spielen. Meinen Verstand und meine Möglichkeiten mit einem gleichwertigen Gegner zu messen hatte mich schon immer eher reizen als abschrecken können.

Ich griff nach der Kuchengabel, schob mir ein Stück Sahnetorte in den Mund und sagte fast gleichzeitig: »Warum befürchten Sie, daß, wenn wir es zu mehr kommen ließen, dies mit großer Wahrscheinlichkeit das Ende unserer Bekanntschaft wäre? Weil Sie mich enttäuschen könnten oder ich Sie?«

Er lehnte sich amüsiert in seinem Sessel zurück und kreuzte die Beine. »Ich hatte schon einige Male Gelegenheit, Ihr Taktgefühl und Ihre Nachsicht zu bewundern. Vorstellbar wäre ja, daß auch ein viel jüngerer Mann als ich eine Frau wie Sie enttäuschen könnte. Aber umgekehrt?«

»Ja sicher«, sagte ich. »Wenn ich als Frau nicht halte, was ein Mann von mir aufgrund meines Äußeren erwartet. Bekanntermaßen liegt es nicht immer nur an den Männern, wenn es in der Liebe zu Frustrationen kommt. Ich selbst habe das zwar nur ganz selten erlebt und auch dann mit etwas Geduld und mit dem erforderlichen Einfühlungsvermögen jedesmal mit recht gutem Erfolg dagegen angehen können.«

»Aber im Detail wollen Sie sich nicht dazu äußern?« fragte er lächelnd.

Ich gab sein Lächeln zurück. »Wenn Sie mich so ansehen wie jetzt, hat es nicht den Anschein, als trauten Sie mir keine erotische Phantasie zu.«

»Und wie sehe ich Sie an?« fragte er.

»So wie Männer, wenn Sie beim Anblick einer Frau ins Träumen kommen«, sagte ich. »Ein ungleich größeres Problem als das, worüber wir uns gerade unterhalten, sehe ich darin, daß Sie sich davon abhängig machen könnten, sich von mir überzeugen zu lassen, wie wenig Ihre Befürchtungen begründet sind. Ob dies auch noch im Rahmen dessen läge, womit Ihre Frau zu leben bereit wäre, muß ich trotz ihrer erstaunlichen Toleranz bezweifeln.«

Er nickte wieder. »Darüber müßte ich nachdenken. Ist die Sahnetorte noch frisch?«

»Sie könnte frischer nicht sein«, sagte ich. »Tun Sie mir einen Gefallen, Peter, und fühlen Sie sich nicht aus dem Zimmer geworfen, wenn ich für einige Minuten im Bad verschwinde. Ich muß unter die Dusche, erwarte aber, daß Sie in Ruhe Ihren Kaffee trinken und mir anschließend noch etwas Gesellschaft leisten. Nur ziehen Sie um Gottes willen bei diesem warmen Wetter Ihr Jackett aus. Ich komme allein schon ins Schwitzen, wenn ich Sie so korrekt angezogen sitzen sehe. Werden Sie auf mich warten?«

»Nur wenn es Ihr ausdrücklicher Wunsch ist«, sagte er.

Ich stand auf, beugte mich zu ihm nieder und berührte mit den Lippen seinen Mund. Dann ging ich ins Bad. Ich mußte auch aufs Klo. Und wie! Seit ich mit Albertini weggefahren war, hatte ich keine Gelegenheit und auf dem Weg vom Steinbruch zur Straße keinen Sinn dafür gehabt. Als ich zu Korwan zurückkam, stand er auf dem Balkon und beobachtete das Treiben im Schwimmbecken. Ich hatte nur den Bademantel angezogen und fragte, hinter ihn tretend: »Sehen Sie gerne Mädchen im Bikini?«

»Mädchen schon«, sagte er. »Bei manchen Frauen wünschte ich mir, sie würden sich weniger leicht bekleiden.«

Ich blickte an seiner Schulter vorbei auf das Becken hinab und sagte: »Aber da ist doch nichts dabei, was sich leicht bekleidet nennen könnte. Die leichte Badebekleidung beginnt heute beim Tanga.«

Er wandte mir das Gesicht zu. »Das sind die Höschen mit hinten nichts?«

»Die nennt man Faden-Tangas«, sagte ich. »Bei uns haben sie sich noch nicht richtig durchgesetzt, weil man den richtigen Po dafür haben muß.«

»Und was ist ein richtiger Po dafür?«

»Das könnte ich Ihnen nur vorführen und nicht erklären.«

»Was Sie aber nicht tun wollen?«

»Nicht hier auf dem Balkon«, sagte ich und beobachtete einen Mann und eine Frau, die außerhalb der Tennisplätze auf der dort endenden Küstenstraße standen. Offensichtlich handelte es sich um Touristen, ich schätzte beide in meinem Alter. Er hielt ein Buch in der Hand, vielleicht einen Fremdenführer, und las darin. Und während er darin las, himmelte die Frau ihn ohne Unterlaß an und küßte ihn, sich auf die Fußspitzen stellend, alle zehn bis fünfzehn Sekunden auf den Mund. Er jedoch nahm ihre Küsse eher beiläufig zur Kenntnis, kaum daß er sich einmal dazu herabließ, ihr das Gesicht halb zuzuwenden, damit sie sich nicht zu sehr auf die Fußspitzen zu stellen brauchte, um seinen Mund zu erreichen. Einmal stieß er sie sogar mit dem Ellbogen ungeduldig von sich. Mir wurde, während ich sie beobachtete, vor Ärger beinahe schlecht. Ich drehte mich um und vergewisserte mich, daß noch Kaffee in meinem Kännchen war. Ich goß ihn in die Tasse und nahm Platz.

Korwan war mir nachgekommen. Er blickte in mein Gesicht und fragte: »Worüber haben Sie sich geärgert? Über die beiden jungen Leute?«

»Sie haben es mir angesehen?«

»Es war nicht zu übersehen«, sagte er und setzte sich zu mir. »Was hat Sie gestört? Daß sie ihn so oft küßte?«

»Es erinnerte mich an eine Zeit, als ich noch genauso unsäglich dumm verliebt war wie sie«, sagte ich. »Was mich ärgerte, war nicht so sehr ihre – für eine Frau ihres Alters – unwürdige Art, sich in der Öffentlichkeit zu prostituieren, sondern seine Arroganz, ihre Küsse wie eine lästige Pflichtübung entgegenzunehmen. Ich hätte diesem blasierten Burschen weiß Gott was antun können. Ihr mache ich gar keinen Vorwurf, sie kann nicht anders. Frauen wie sie verstehen nicht, daß sie sich, indem sie sich von ihren Gefühlen hinreißen lassen, einem Mann auf Gedeih und Verderb ausliefern. Ich bin sicher, sie würde ihm auch noch dankbar den Fuß küssen, mit dem er sie tritt.«

»Sie lassen sich von Ihren Gefühlen nie überwältigen?«

Ich hatte mich bereits wieder gefangen. »Das kommt ganz auf den Mann an. Wenn es der richtige ist, lasse auch ich mich von meinen Gefühlen hinreißen, aber dann nicht auf der Straße und schon gar nicht, wenn ich merke, daß ich ihm nicht viel bedeute.«

»Vielleicht haben Sie Anlaß, von Männern keine gute Meinung zu haben«, sagte er.

Ich zuckte mit den Schultern. »Es gibt, wie bei Frauen auch, solche und solche. Viele vertragen es nicht, wenn eine Frau sich ihnen als ebenbürtig erweist. Für meinen ehemaligen Schwiegervater – er wird bald achtzig – sind die meisten Männer von heute ein Ärgernis. Er streitet ihnen alles ab, was seiner eigenen Generation angeblich noch zum Vorteil gereichte, nämlich Achtung vor dem weiblichen Geschlecht und persönlichen Mut. Er hält sie für genauso ängstlich wie ihre Frauen und mutig nur dann, wenn sie Verkehrsvorschriften ignorieren, wobei sie, nach seiner Ansicht, Dummheit und Rücksichtslosigkeit mit Mut verwechseln. Ich kann da nicht mitreden, weil ich keine Vergleichsmöglichkeiten habe.«

Er lächelte. »Vielleicht haben Sie in mir eine. Ich lasse Sie jetzt allein. Sie werden sich nach Ihren aufregenden und anstrengenden Erlebnissen vor dem Abendessen sicher noch ausruhen wollen.«

»Das ist sehr rücksichtsvoll von Ihnen«, sagte ich und stand auf. Ich trat ans Bett, wo ich, aus dem Bad kommend, meine Kleider hingelegt hatte, und zog den Bademantel aus. Während ich, Korwan den Rücken zudrehend, in den Slip stieg, sagte ich: »Leider hat die Komplizin von Albertini Gefallen an Ihren Dessous gefunden. Die Höschen nahm sie mit. Haben Sie die Sachen selbst eingekauft?« Weil er keine Antwort gab, drehte ich mich um und erwiderte seinen Blick.

Er sagte: »Sicher war das nur als Demonstration gedacht. Um zu erleben, wie ich reagiere?«

»So war es nicht gemeint«, sagte ich und zog auch den Lederrock an. »Sie haben mich auf dem Balkon etwas gefragt, und ich habe Ihnen jetzt darauf geantwortet. Schon mein geschiedener Mann war der Ansicht, ich hätte einen überaus sehenswerten Po.«

»Worin man ihm bedenkenlos zustimmen kann«, sagte er, nun meine Brüste betrachtend. »Das hat ihn jedoch nicht daran gehindert, sich von Ihnen zu trennen.«

Ich zog auch den Blazer an und sagte: »Eine Ehe lebt nicht allein vom sehenswerten Po der Frau. Auch ging die Trennung von mir aus.«

Er nickte. »Ich hätte es mir denken können. Wollten Sie sich nicht hinlegen?«

»Doch«, sagte ich. »Sobald Sie das Zimmer verlassen haben, werde ich Rock und Blazer wieder ausziehen.«

Er stand auf. »Dann werde ich mir erlauben, Sie zum Abendessen abzuholen. Leider werden wir, wenn Sie morgen mittag in Düsseldorf sein wollen, schon gegen elf Uhr den Rückflug antreten müssen. Herr Schmieder sagte mir vorhin, daß wir sonst mit einer Starterlaubnis erst wieder gegen Abend rechnen könnten, und das wird Ihnen sicher zu spät.«

»Leider ja«, sagte ich. »Ich muß am Abend in Hamburg sein.«

»Und wenn ich Sie statt nach Düsseldorf gleich nach Hamburg bringe?«

»Das nützt mir nichts«, sagte ich. »Ich habe in Düsseldorf noch einen Termin und meinen Wagen stehen.«

Er nickte wieder. »Das ist ein überzeugendes Argument. Dann bis später, Heike.«

Wäre ich mir sicher gewesen, daß er noch immer ahnungslos war, ich hätte ihn mit einiger Wahrscheinlichkeit so nicht gehen lassen, aber der Gedanke, er könnte, wenn ich mich wieder für ihn auszog, die Katze aus dem Sack und mich seine Verachtung fühlen lassen, indem er hohnlächelnd das Zimmer verließ und ohne mich nach Düsseldorf zurückflog, hielt mich davon ab. Ich ging mit ihm zur Tür, öffnete sie ihm und sagte: »Bis später, Peter.«

Er beugte sich zu mir nieder, küßte mich und trat auf den Flur hinaus.

Die Ungewißheit darüber, woran ich mit ihm war, fing an, mich zu nerven, aber vielleicht erging es ihm mit mir auch nicht anders. Ich zog Blazer und Rock aus und legte mich auf das Bett. Durch die offene Balkontür schien die schon westwärts stehende

Sonne auf meinen Körper. Ich fühlte sie warm auf der Haut, so wie ich Korwans Blicke auf meiner Haut gefühlt hatte, als ich nackt vor ihm stand, als ich ihm den Rücken zuwandte, mich bückte und zuerst mit dem rechten und dann mit dem linken Fuß in meinen Slip stieg, als ich seinen Blick an meinem Po fühlte und an meinen Schenkeln und als es mich erregte, seinen Blick zu fühlen und ihn meinen Körper sehen zu lassen. So wie es mich auch jetzt wieder erregte, mir vorzustellen, nicht nur seine Blicke, sondern auch seine Hände zu fühlen, die ich zu fühlen meinte wie meine eigenen Hände, die meine Brüste streichelten und meine Schenkel, die Delle zwischen meinen Schenkeln, die sich öffnenden Lippen und das anschwellende Zäpfchen. Ich erinnerte mich, wie es war, als Stefan es geküßt und liebkost hatte, und wie Vaillant den Penis an ihm rieb. Ich lag mit geschlossenen Augen und geöffnetem Mund in der warmen Sonne und erinnerte mich, bis ich die aufsteigende Nässe fühlte und den unmittelbar bevorstehenden Orgasmus. Dann erst hörte ich auf, mich zu erinnern, und richtete mich rasch in die Höhe. Ich griff nach meinen Zigaretten, zündete mir eine an und betrachtete im Frisierspiegel mein glühendes Gesicht. Wie immer, wenn ich dieses Spiel mit mir trieb, empfand ich hinterher Genugtuung darüber, es vorzeitig beenden zu können, von einem Orgasmus nicht abhängig zu sein und mit meinem Willen über mein Fleisch zu triumphieren. Nur wenn so ein elender Mann es mit mir trieb, funktionierte es nie. Oder so gut wie nie.

Als das Telefon mich weckte, war es schon kurz nach acht Uhr. Ich hatte über zwei Stunden geschlafen und dies, wie ich beim Aufstehen feststellte, bei unverschlossener Tür. Jedem, der einen Blick hereingeworfen hätte, wäre die Freude widerfahren, mich im Tanga liegen zu sehen. Korwan war am Apparat. Er wollte mich in einer halben Stunde abholen. Ich erinnerte ihn daran, mich in keine festliche Abendrobe, sondern nur in mein Lederkostüm kleiden zu können. Er meinte jedoch, das sei kein Problem, und stand dann auf die Minute pünktlich vor der Tür. Vor dem Hotel wartete bereits ein Taxi auf uns. Was mir am »Beach Plaza« gefiel, war seine Lage. Vom Hafen kommend war die Avenue Princesse Grace eine Sackgasse. Auf der einen Seite standen Hotels und Restaurants, auf der anderen Palmen, und hinter den Palmen lag das Meer. Von allen an der Küste oder in ihrer Nähe verlaufenden Straßen war die Avenue Princesse Grace sicher eine der ruhigsten, wenn nicht die ruhigste überhaupt, und die Fahrt nach Menton, die wir dann zurücklegten, führte an Villen in schönen Gärten vorbei, und in den Gärten wuchs so ziemlich alles an subtropischen und tropischen Pflanzen, was man sich erträumen konnte, angefangen von simplen Pinien bis zu Bananenstauden. Und Blumen blühten so viele, daß ich mich von ihrem Duft schon wie berauscht fühlte. Vielleicht ruhte deshalb meine Hand in Korwans Hand, und zu reden brauchten wir auch nicht viel. Nur etwas später, als wir auf ein Kap fuhren, erzählte er mir, daß hier auch schon die Hoheiten Sissy und Eugénie gelebt und geliebt hätten, was man ihnen angesichts der netten Landschaft auch nachfühlen konnte. Das Restaurant, unmittelbar an der felsigen Küste gelegen, mit einem großen Panoramafenster und einer reichhaltigen Speisekarte mit Fischspezialitäten, gefiel mir sofort. Weil es auch nur von wenigen Gästen besucht war, drückte ich Korwan meine Zufriedenheit darüber aus, ein so gemütliches und romantisches Restaurant für uns ausfindig gemacht zu haben; aber er hatte es nicht für *uns* ausfindig gemacht, sondern schon früher einmal hier zusammen mit seiner Frau gegessen.

Etwas melancholisch kam er mir vor, als er das sagte. Ich griff wieder nach seiner Hand und sagte so plötzlich, daß ich mich selbst nicht mehr daran hindern konnte: »Ich muß Ihnen etwas gestehen, Peter. Ich bin nicht diejenige, als die ich mich Ihnen ausgegeben habe.«

Er hob den Blick in mein Gesicht und sagte: »Es interessiert mich nicht, wer Sie sind. Ich habe mich in den wenigen Stunden unseres Beisammenseins bereits so sehr an Sie gewöhnt, daß Ihre Identität neben dem Erlebnis, Sie zu sehen und Ihre Stimme zu hören, bedeutungslos wird. Behalten Sie Ihr Geständnis, das uns diesen Abend vielleicht verderben könnte, also für sich. Ich sagte Ihnen bereits, daß ich nicht einmal weiß, ob es richtig wäre, wenn wir uns noch einmal sehen. Um so größeren Wert lege ich darauf, den Abend noch unbeschwert mit Ihnen zu genießen. Das ist eine Bitte.«

»Aber vielleicht begehen Sie einen Fehler«, sagte ich.

»In meinem Alter kommt es auf einen mehr oder weniger nicht mehr an«, sagte er. »Wenn ich alle Fehler meines Lebens auf eine Waage lege, wiegen sie nicht so schwer wie ein einziger Blick aus Ihren schönen Augen.«

Ich ließ seine Hand los. »Passen Sie auf, was Sie da sagen, Peter. Ich bin auch nur eine Frau und gegenüber so hübschen Komplimenten nicht unempfänglich. Wenn Sie sich nicht sicher sind, ob es richtig ist, daß wir uns noch einmal sehen, dann sollten Sie auch nichts tun, was Ihre richtige Entscheidung beeinflussen könnte. Mit anderen Worten, und um es auf den Punkt zu bringen: Sie sollten alles unterlassen, was es mir leicht machen könnte, heute nacht zu Ihnen zu kommen.«

»Ich könnte auch zu Ihnen kommen«, sagte er.

»Das wäre nicht gut«, sagte ich. »Weil Sie es hinterher Ihren Fehlern zurechnen müßten. Eine Frau, die unaufgefordert zu Ihnen kommt, nicht zurückzuweisen ist kein Fehler, sondern gentlemanlike, und Sie sind doch ein Gentleman, Peter?«

»Ich hoffe es«, sagte er. »Aber damit verstoßen Sie gegen Ihren eigenen Ratschlag. Wie könnte ich Sie daran hindern, zu mir in mein Zimmer zu kommen, wenn Sie an meine Ritterlichkeit appellieren?«

»Das ist richtig«, sagte ich. »Ich habe auch nicht die Absicht, in Ihr Zimmer zu kommen. Und Sie sollten beherzigen, was ich Ihnen gesagt habe.«

»Daß Sie für Komplimente nicht unempfänglich sind?«

»Nicht für Komplimente und nicht für einen Mann wie Sie«, sagte ich.

Er sagte: »Dann werde ich es allein Ihnen überlassen, ob Sie kommen. Und Sie allein werden auch darüber bestimmen, ob dies unsere letzte Begegnung sein wird.«

»Also eine Art Gottesurteil?«

»Wenn Sie es so sehen wollen.«

»Aber ich bin nicht der liebe Gott«, sagte ich. »Es sei denn, Sie verließen sich darauf, daß er mich das für Sie Richtige tun läßt. Sie enttäuschen mich, Peter.«

Weil das Essen kam, gab er keine Antwort. Heute trank ich von dem Wein. Er bestellte später sogar eine Flasche nach und sagte: »Wenn Sie sich erst Mut antrinken müssen, sollten wir es besser sein lassen.«

»Ich habe mich noch nicht festgelegt«, sagte ich. »Ich war mir auch noch bei keinem Mann so unschlüssig wie bei Ihnen. Vielleicht tun Sie mir leid.«

Er blickte mich über seinen Teller hinweg fragend an.

»Nicht wegen Ihres Alters, Peter«, sagte ich. »Es sind Ihre Gewissensqualen, die mir zu schaffen machen. Der Gedanke an Ihre Frau und an ihr grenzenloses Vertrauen auf Sie. Ihr Alter stört mich nicht. Als Frau bin ich mit siebenundzwanzig schon fast so alt wie Sie. Für einen Mann hört das Leben erst auf, wenn er keine Aufgabe mehr hat, für eine Frau, wenn sie unansehnlich wird. Das ist der Unterschied.«

»Sie werden auch mit vierzig noch nicht unansehnlich sein«, sagte er.

Ich lächelte. »Unansehnlich vielleicht nicht, aber auch nicht mehr so ansehnlich, daß ich mich vor einem Mann noch genauso unbefangen ausziehen werde wie heute. – Erinnern Sie sich, was Sie heute nachmittag sagten, als wir uns zum gleichen Thema unterhielten? Da hatten Sie noch Sorge, es könnte zu einem Selbstbetrug werden, der das Risiko einer Ernüchterung beinhaltet. Etwas Besseres als eine Ernüchterung könnte Ihnen doch gar nicht widerfahren. Dann wäre Ihr Problem nämlich gelöst.«

Er blickte durch das Fenster auf das Meer mit seiner in der untergehenden Sonne ruhigen Dünung. »Sie wäre aber auch identisch mit dem Verlust einer Erinnerung, wie ich sie mir gerne bewahren möchte«, sagte er. »Lieben Sie das Meer?«

»Nein«, sagte ich. »Es stimmt mich traurig. Hier weniger als in Hamburg, weil es nicht so grau und schmutzig wirkt wie dort.«

Er wandte mir das Gesicht zu. »Und warum stimmt es Sie traurig?«

»Ich weiß es selbst nicht«, sagte ich. »Vielleicht weil es unsere Wünsche und unsere Gedanken in die Irre führt und uns eine ferne, heile Welt mit Menschen vorgaukelt, die anders, weil besser sind als bei uns. In Wirklichkeit sind sie überall gleich.«

»Das klingt aber sehr bitter«, sagte er.

»Nur illusionslos. Ich kann auch leben, ohne Rio gesehen zu haben, oder was man sonst noch alles gesehen haben muß, wenn man heute mitreden will. Wenn mir nach einer heilen Welt zumute ist, besuche ich meine Mutter. Seit mein Vater nicht mehr lebt, bewohnt sie ein Haus nördlich von Hamburg. Es steht inmitten grüner Wiesen, kleiner Seen und schöner, alter Pappeln.«

»Wie romantisch«, lächelte er. »Und wovon lebt sie?«

»Von mir«, sagte ich. »Deshalb ist mein Beruf auch so wichtig für mich. Ohne ihn wäre meine Mutter auf Sozialhilfe angewiesen. Ich werde nie zulassen, daß es dazu kommt.«

Er wurde ernst. »Sie sagen das, als befürchteten Sie Probleme.«

»Es gibt immer Probleme«, sagte ich. »Das liegt aber in den meisten Fällen nicht an ihrer Unausweichlichkeit, sondern auch nur wieder an den Menschen. Sie sind in einer führenden Position der Wirtschaft, Peter. Dort ist es wie im Tierreich, daß die Großen die Kleinen und die Starken die Schwachen auffressen, und jedermann findet das völlig legal und kaum einer amoralisch. Oder sehe ich das falsch?«

»Ich habe keinen Anlaß, Ihnen zu widersprechen«, sagte er, unverändert ernst. »Ich sehe nur nicht, worauf Sie hinaus wollen.«

»Darauf, daß dieses Denken bei Leuten, die es aus beruflichen Gründen tagtäglich praktizieren müssen, um im harten Wettbewerb zu bestehen, zu einem Teil ihres Wesens und ihres Charakters wird«, sagte ich. »Sie verfügen über Macht und Einfluß und sind es gewohnt, damit umzugehen. Im beruflichen Leben ebenso wie in ihrem privaten, und das ist es, was sie in meinen Augen so gefährlich macht. Sie können ihre Macht nicht nur gegen ihre Konkurrenz in der freien Marktwirtschaft, sie können sie auch gegen einzelne Menschen einsetzen und sie dazu mißbrauchen, deren Existenz zu vernichten. Bei Ihnen kann ich mir allerdings nicht vorstellen, daß Sie die Ihnen geliehene Macht in Ihrem Privatleben mißbrauchen. Vorstellen kann ich mir, daß Sie sie gegen Ihre Widersacher in der eigenen Firma einsetzen, gegen jene also, die Ihnen Ihre Position neiden und an Ihrem Stuhl sägen.«

Er lächelte wieder. »Ganz so einfach ist es leider nicht, denn um seine Widersacher zu bekämpfen, muß man sie kennen. Diesen Gefallen tun sie mir leider nicht. Sie arbeiten im Verborgenen wie die Ratten und Wühlmäuse. Was mich belastet, sind keine Angriffe auf meine Person, sondern die Art und Weise, wie hinter meinem Rücken im Aufsichtsrat schon seit längerer Zeit mein möglicher Nachfolger gehandelt wird. Damit gibt man mir auf indirekte Weise zu verstehen, daß man es nicht ungerne sähe, wenn ich von selbst zurückträte. Es gehört zu den inhumanen Spielregeln unserer Gesellschaft, Menschen, die noch voll arbeitsfähig sind, wissen zu lassen, daß sie auf dieser Welt ausgedient und für die Allgemeinheit keinen praktischen Nutzen mehr haben. Es ist für sie auch kein Trost, daß es Millionen sind, die mit diesem Schicksal leben müssen, denn jeder ist mit diesem Problem für sich allein, und die meisten sterben daran, nicht mehr gebraucht zu werden, weil ein Großteil aller Krankheiten psychische Ursachen hat. Was Sie mir da vorhin erzählt haben, Heike ...«

»Ich heiße Stefanie«, fiel ich ihm dazwischen.

Obwohl ich sein Gesicht im Auge behielt, stellte ich keine Veränderung fest. Auch seine Stimme klang unverändert: »Stefanie paßt genauso zu Ihnen, vielleicht sogar noch besser als Heike. Da ich nun Ihren richtigen Namen kenne und Sie den meinen schon lange, würde ich darin einen guten Anlaß sehen, uns zu duzen. Vorausgesetzt, Sie sind damit einverstanden.«

Ich hob mein Glas und sagte lächelnd: »Den Kuß haben wir uns ja schon gegeben.«

»Ich werde trotzdem außerhalb des Restaurants noch auf einem bestehen«, sagte er und stieß mit mir an.

Ich nahm einen großen Schluck, stellte das Glas auf den Tisch zurück und sagte: »Ich habe dich unterbrochen. Du wolltest noch etwas sagen.«

»Ich fürchte, ich habe es vergessen«, sagte er.

Beim Essen sprachen wir kaum. Die Fischkoteletts auf Curry-Reis, die wir bestellt hatten, hätten besser nicht sein können, und auch der Weißwein trank sich wie von allein. Nach dem dritten Glas spürte ich ihn im Kopf und ließ mir von Korwan kein viertes mehr einschenken. Auch er hatte bereits drei Gläser getrunken, aber da wir nicht mit dem eigenen Wagen hier waren, konnte er sich auch noch ein viertes leisten. Wohl im Hinblick darauf, daß mir nur mein Lederkostüm zum Ausgehen geblieben war, hatte auch er sich für den Abend nicht umgezogen. Ich fand das sehr rücksichtsvoll von ihm.

Nach dem Dessert zündete ich mir eine Zigarette an und sagte: »Du rauchst keine?«

Er schüttelte den Kopf. »Mein Arzt hat mir davon abgeraten. Hast du dich schon entschieden, ob es ein Wiedersehen für uns geben wird?«

»Nein«, sagte ich. »Ich habe mich noch nicht entschieden, und ich finde es auch nicht fair, daß du es allein mir überlassen willst. Du warst schon einmal hier in diesem Restaurant. Wann war das?«

Er betrachtete wieder das in der untergehenden Sonne sich rot färbende Meer und sagte: »Vor vielen Jahren. Ich war auch schon vor dem Krieg mit meinen Eltern an der Riviera. Mein Vater war das, was heute viele Frauen bei Männern vermissen: ein Kavalier alter Schule. Ich habe versucht, so zu werden wie er. Er war bei einer anderen Firma in einer ähnlichen Position wie heute ich. Zuerst starb seine Frau, dann verlor er seine Stellung, und dann starb er selbst. Er war ein Mann, der ohne Arbeit nicht sein konnte, und der Tod meiner Mutter hat ihm die Kraft genommen, nach dem Verlust seiner Stellung noch einmal eine neue zu suchen. Er saß nur noch zu Hause in einem Sessel, redete nichts mehr und aß auch kaum mehr etwas. Er dämmerte in den Tod, ohne das Leben noch einmal richtig wahrzunehmen. Ich hoffe, meine Frau lebt lange genug, daß es mir nicht auch so ergeht. Es gab in meiner Familie schon einmal einen Fall von Zyklothymie.«

»Schwermut?« fragte ich.

Er nickte. »Eine ihrer Erscheinungsformen. – Aber was rede ich da! Ich bin heute abend kein sehr guter Gesellschafter.«

»Weil du nicht weißt, was richtig ist?« fragte ich.

»Vielleicht«, sagte er.

Ich lehnte mich in meinen Stuhl zurück und betrachtete ein junges Pärchen, das von seinem Tisch aus Hand in Hand den Sonnenuntergang beobachtete. Ich sagte: »Eines weiß ich: Keiner von denen, die Anstoß daran nehmen, wie ich lebe, wird, wenn ich einmal sterbe, bei mir sein. Mir ist egal, was die Leute von mir denken und was sie über mich reden. Ich lebe so, wie ich leben muß, um das Leben zu ertragen. Darum lasse ich mich auch gerne einmal verführen, wenn es der richtige Mann ist. Ich hasse es aber, dafür zu büßen, mich nicht von jedem Mann verführen zu lassen.«

»Ist dir das schon passiert?«

»Sonst würde ich nicht darüber reden«, sagte ich. »Ich bin müde, Peter. Können wir gehen?«

»Das war auch ein schlimmer Tag für dich«, sagte er und stand auf. Ich beobachtete, wie er zur Theke ging und mit dem Kellner sprach. Als er zurückkam, sagte er: »Das Taxi wird gleich hier sein. Warten wir draußen?«

Ich war einverstanden.

Im Freien schob er eine Hand in meinen Arm und sagte: »Die Berge sind, wie du schon weißt, die Seealpen, die Lichter am Strand gehören zu Menton, und dort, wo der Tunnel ist, liegt das schöne Ventimiglia.«

»Und das kitschig beleuchtete alte Schloß dort oben?« fragte ich.

»Soll angeblich die einzige erhaltene Burg Frankreichs aus der karolingischen Zeit sein«, sagte er. »Riechst du Afrika? Der Wind kommt direkt von Algerien.«

»Ja, das ist schon aufregend«, sagte ich mit dem Blick auf die Flimmerküste und die hochragenden Berge über Menton. »Das ist schon etwas.«

»Heute nicht mehr«, sagte er. »Seit die Küste von skrupellosen Baugesellschaften vermarktet wurde, stimmt mich ihr Anblick melancholisch.«

»Weil du hier einmal jung und glücklich warst«, sagte ich. »Jetzt fühlst du dich alt, traurig und einsam. Ich habe auch Tage, wo ich am liebsten sterben möchte. Und dann denke ich wieder, ich möchte noch tausend Leben leben. Küßt du mich?«

Er küßte mich auch noch, als das Taxi kam. Auf der Fahrt zum Hotel sprachen wir nichts. Er hielt wieder meine Hand. Vor meinem Zimmer trennten wir uns. Er sagte mit einem kleinen Lächeln: »Vielleicht ist ein Abschied mit Tränen leichter zu ertragen als eine Liebe ohne Zukunft und ohne Hoffnung.«

Obwohl ich wußte, daß ich damit viel mehr verloren gab als nur eine Liebe ohne Zukunft und ohne Hoffnung, sagte ich: »Dann warte nicht auf mich, Peter.«

19

Wolfgang war nicht da, als ich die Tür aufschloß. An einem späten Sonntagabend, wenn er mich aus Hamburg zurückerwartete, war das ebenso ungewöhnlich wie beunruhigend. Noch unruhiger machte es mich, daß auch Vaillant sich am Telefon nicht meldete. Möbius wollte ich nicht anrufen. Wozu auch! Und mit Mutter hatte ich noch heute vormittag vor meinem Abflug aus Nizza telefoniert und mir von ihr sagen lassen müssen, ich hätte vor lauter Privatleben keine Zeit mehr für sie. Wenn die Frau nur wüßte, aber sie hatte zum Glück noch nie etwas gewußt, nicht einmal, wer Inge war und woher ich in Hamburg das Geld für die Umbauten hatte. Vielleicht hatte sie es auch nicht wissen wollen. Immer, wenn es Probleme gab, sagte sie nur: »Gott wird schon helfen«, aber eine Kirche hatte sie noch nie betreten. Blieb nur noch Landmann, und den hatte ich sonntagabends noch nie angerufen. Was ich ihm zu Cramer zu sagen hatte, würde ich besser während der Bürozeit tun, um jeden Eindruck, dies sei ein persönliches Anliegen, gar nicht erst aufkommen zu lassen; aber ich wollte auch nicht mit dem Gedanken leben, Cramer durch meine leichte Verführbarkeit an einen Punkt getrieben zu haben, wo es nicht mehr seine Schuld allein war, wenn er beim Anblick meines Körpers vollends durchdrehte. Ich wollte zwar nichts mehr mit ihm zu tun, aber auch nicht seine Existenz auf dem Gewissen haben. Denn nach einer fristlosen Entlassung irgendwo neu anzufangen, dazu noch im bisherigen Metier, war schlechterdings unmöglich. Keine andere Werbeagentur würde Cramer noch einmal eine Chance geben. Seeberg hatte gewußt, weshalb er von Landmann in meinem Fall den Vermerk einer fristlosen Entlassung und nicht den einer Kündigung in beiderseitigem Einvernehmen wünschte.

Die leere Wohnung, die Ungewißheit, wo Wolfgang steckte, und all die anderen Ungewißheiten, die mich von Monaco bis hierher begleitet hatten, ließen das Gefühl einer Heimkehr, wie ich es sonst empfand, wenn ich aus Hamburg zurückkam, heute nicht aufkommen, zumal der Gedanke, wieder einmal alles falsch gemacht zu haben, mich zusätzlich depressiv stimmte. In meinem Zimmer auf meinem Bett liegend, fragte ich mich zum ungezählten Mal, was, in drei Teufels Namen, in mich gefahren war, mir die Sentimentalität zu leisten, Mitleid mit Korwan zu haben. Denn wenn es kein Mitleid war, was mich gestern abend bewogen hatte, auf einen Besuch in seinem Zimmer zu verzichten, was war es dann? Furcht davor, er könnte doch schon alles über mich wissen und mich, wenn ich es tatsächlich darauf ankommen ließ, zurückweisen? Diese Möglichkeit hatte ich spätestens nach unseren Gesprächen beim Abendessen nicht mehr ernst genommen. Ich konnte mich vielleicht vom Äußeren eines Mannes täuschen lassen, so wie ich es bei Albertini erlebt hatte. Nicht täuschen aber ließ ich mich, wenn die Dinge zwischen ihm und mir bereits so weit gediehen waren wie zwischen Korwan und mir. Denn selbst dann, wenn meine Befürchtungen zutrafen und er über meine Identität unterrichtet war, hatte er zuletzt keine Chance mehr, mir zu widerstehen. Ob er es hinterher bereut hätte, war in diesem Zusammenhang ohne Belang. Also doch Mitleid? Vielleicht auch Mitleid mit seiner Frau? Was es auch war, vielleicht hätte ich Mitleid mit mir selbst haben und nicht immerzu daran denken sollen, was ich schon bei Möbius und bei Vaillant an Unheil angerichtet hatte und daß ein Mann wie Korwan es nicht verdiente, sich meinetwegen genauso zum Narren zu machen wie sie. Aber schließlich hatte auch ich es nicht verdient, nun mit leeren Händen dazustehen und, wollte ich am Ende nicht alles verlieren, mich an Möbius auszuliefern. Denn ohne ihn und seine Hilfe sah ich nun zum ersten Mal kein Land mehr vor mir. Woran es lag, daß der Gedanke, mit ihm zu bumsen, noch denselben Überdruß in mir weckte wie in den vergangenen Tagen, während es bei Korwan bereits genügt hatte, seine Blicke auf meinem Körper zu fühlen, um mich sexuell zu erregen, hätte ich nicht zu sagen vermocht, denn von ihrer Erscheinung her waren sie sich in einigen Äußerlichkeiten doch auffallend ähnlich. Nur in ihrem Wesen nicht, denn Korwan war nicht der Mann, der wegen einer Frau zum Spieler mit höchstem Einsatz wurde, wie ich das bei Möbius erlebte. Dagegen sprach auch seine Art, sich von mir zu verabschieden: ohne daß ich ihn heute morgen noch einmal gesehen oder wenigstens seine Stimme gehört hätte. Nur eine von einem Kellner überbrachte Rose und ein Briefbogen des Hotels mit der handschriftlichen Bitte, ihm zu verzeihen, und das ohne Unterschrift und Gruß, waren meine letzte Erinnerung an ihn, während vor dem Hotel schon ein Taxi auf mich wartete, um mich zum Flughafen zu bringen, wo ich von Schmieder in Empfang genommen wurde, der mir ein kleines Päckchen mit zwei Tangas überreichte, wie ich sie reizender und frecher noch nie besessen hatte. Aber das stellte ich erst im Flugzeug fest, und auch erst im Flugzeug stellte sich mir die Frage, wofür er mich um Verzeihung bat. Dafür, daß er sich so still und heimlich von mir verabschiedet hatte, oder für den mißglückten Versuch, mich im »Westminster Concorde« in Stefans Gegenwart auflaufen zu lassen? Falls es tatsächlich so arrangiert und nicht doch so war, wie er es mir dargestellt hatte. Vielleicht würde ich die Wahrheit nie erfahren. Die Heimfahrt auf der Autobahn war wegen des starken Rückreiseverkehrs aus den sonntäglich überfüllten Seebädern zeitraubender als die Hinfahrt, so daß ich trotz der quälenden Ungewißheit, wie es nun weitergehen sollte, irgendwann einschlief und von Wolfgang geweckt wurde. Er saß neben mir auf dem Bett, streichelte mein Gesicht, und als ich die Augen aufschlug, beugte er sich zu mir nieder und küßte mich.

Ich sagte: »Ich habe dir schon hundertmal gesagt, daß ich von dir nicht mehr geweckt werden möchte. Bald werde ich dich wirklich verlassen, Wolfgang. Ich kann so nicht weiterleben.«

»Ich auch nicht«, sagte er. »Darum habe ich auch das Angebot deines Verlobten angenommen und werde die Wohnung hier aufgeben. Wenn du erst einmal seine Frau bist, wirst du in einem Zimmer mit ihm schlafen und von mir nicht mehr geweckt werden können. Es wird mir vielleicht fehlen, aber viel wichtiger für mich ist, daß wir auch dann zusammenbleiben können.«

Betrunken war er nicht, seine Stimme klang normal, und den Verstand konnte er in den zwei Tagen, seit ich weg war, auch nicht verloren haben. Ich richtete den Oberkörper auf und fragte: »Was redest du da? Ich habe keinen Verlobten.«

»Aber du willst doch Herrn Möbius heiraten?« sagte er. »Er gab mir Gelegenheit, sein Haus und das Grundstück zu sehen. Er hat über zwei Millionen dafür bezahlt. Ich glaube, die Luft dort oben wird mir gut tun. Ich darf auch jederzeit den Swimmingpool benutzen. Das ist genau das, was der Arzt mir empfohlen hat: wieder mehr Bewegung. Das Gehen fällt mir immer schwerer, aber im Wasser beim Schwimmen muß ich mich nicht so anstrengen wie zu Fuß. Ich freue mich schon jetzt darauf, mit dir in seinem Haus zu wohnen. Hast du schon einen Termin im Auge? Herr Möbius sagte, er habe über den Termin mit dir noch nicht gesprochen.«

Was mich daran hinderte, ihm laut ins Gesicht zu lachen, hatte etwas mit meiner Fähigkeit zu tun, bei so wichtigen Dingen zuerst einmal nachzudenken und dann zu reagieren. Denn eines hatte ich sofort erkannt: Wenn es Möbius tatsächlich ernst mit seinem Angebot war, ergaben sich auch für mich Möglichkeiten, die sich im Augenblick noch gar nicht übersehen ließen. Ich stand auf, holte meine Handtasche und zündete mir eine Zigarette an. Dann ging ich in das Wohnzimmer, ließ mich in einen Sessel fallen und sagte zu Wolfgang, der mir gefolgt war: »Gib mir etwas zu trinken. Vielleicht einen Wodka, wenn du einen da hast.«

»Du trinkst doch sonst keinen Wodka«, sagte er und ging

Flasche und Gläser holen.

Das traf zu, aber ich unterhielt mich auch sonst nicht über so diffizile Themen wie Heiratspläne und ähnlich weitreichende Absichten mit ihm. Während er die Gläser vollgoß, fragte ich: »Wie kam es zu seiner Einladung?«

Er lächelte. »Völlig überraschend. Er rief gestern mittag hier an, stellte sich mit seinem Namen vor und sagte mir, daß er dich heiraten wolle und sich deshalb gerne mit mir unterhalten würde.«

»Wieso mit dir? Hat er dir eine Erklärung dafür gegeben?«

»Ja, natürlich. Er sagte mir, er habe von dir gehört, wie sehr ich auf dich angewiesen sei. Deshalb wolle er mir einen Vorschlag machen, der auch meine Interessen berücksichtigt. Er lud mich ein, ihn am Abend zu besuchen, damit wir bei einem Glas Wein alles besprechen könnten. Ich muß sagen, dieser Mann hat Niveau. Er ist vielleicht der einzige, bei dem ich mir deinetwegen keine Sorgen zu machen brauche.«

Wenn ich mich erinnerte, mit welchen düsteren Drohungen er mich bisher immer von dem Gedanken einer Wiederheirat abzubringen versucht hatte, konnte ich mich nur noch in sprachloser Verwunderung üben.

Er griff nach seinem Glas und sagte: »Jetzt trink erst einmal. Ich bin neugierig, ob er dir schmeckt.«

Mir schmeckte das Zeug nicht. Mir war unerfindlich, was die Leute, die Wodka gerne trinken, so sehr an ihm begeistert. Ich sagte: »Du darfst ihn auch künftig allein trinken. Kannst du mir vielleicht erklären, wieso du plötzlich mit meiner Heirat einverstanden bist? Nur weil er auch dich in seinem Haus aufnehmen will?«

»Nicht nur«, sagte er. »Aber natürlich ist auch das nicht unwichtig. Mir war immer klar, daß ich dich, wenn du einmal dem richtigen Mann begegnest, nicht zurückhalten kann und auch nicht zurückhalten darf. Das war ja immer meine große Angst, dich dann völlig zu verlieren. Eine solche Chance, auch wenn du verheiratet bist, mit dir weiterhin unter einem Dach zu wohnen, dazu noch in einem so wunderbaren Haus, eine solche Chance gibt es nur einmal. Das Mädchen, das für ihn sorgt, ist auch sehr nett ...«

»Du hast sie kennengelernt?« warf ich ein.

»Heute mittag, als er mich einlud, schon einmal seinen Swimmingpool auszuprobieren. Auch zum Kaffee und zum Abendessen war ich eingeladen. Das Mädchen ist eine ausgezeichnete Köchin. Glaub mir, Stefanie, in diesem Haus stimmt wirklich alles. Das ist ein Traumhaus, und die Lage ist eine Traumlage. So etwas findest du heute in ganz Bad Hülsen nicht mehr. Allein über siebentausend Quadratmeter Grund, und das Haus mit noch einmal fünfhundert. Ist dir bekannt, was in Bad Hülsen der Quadratmeter Bauland kostet?«

»Ich habe nicht die Absicht, mir welches zu kaufen«, sagte ich. »Du warst also schon gestern abend und heute den ganzen Nachmittag und den ganzen Abend bei ihm. Weißt du überhaupt, wie spät es jetzt ist?«

Er nickte. »Ich habe mich leider zu lange aufgehalten. Wir haben nach dem Essen noch eine Flasche Wein getrunken und über alte Zeiten geredet. Er denkt in den meisten Dingen so wie ich. Der Wein war übrigens ein Achtundsechziger. Allein in seinem Weinkeller muß ein Vermögen liegen. Stell dir vor, ein Achtundsechziger ...«

»Das sagt mir überhaupt nichts«, fiel ich ihm dazwischen. »Ob Achtundsechziger oder Achtundsiebziger, was soll das? Wie konntest du überhaupt in seinem Swimmingpool baden? Hast du eine Badehose mitgebracht?«

»Er gab mir eine seiner eigenen«, antwortete er. »Obwohl ich keine gebraucht hätte. Er badet auch immer ohne und liegt auch gerne in der Sonne. Ich habe ihm erzählt, daß ich oft auf dem Balkon liege. Als ich heute nachmittag nach dem Kaffee einmal einen Blick hinauswarf, lag auch das Mädchen ohne Bikini am Pool.«

Vielleicht redete er von einem anderen Mädchen als Isabella. Denn daß ausgerechnet sie sich in Gegenwart eines ihr noch fremden Mannes nackt in die Sonne legen könnte, erschien mir völlig unvorstellbar. Es sei denn, sie hätte es auf Geheiß ihres Herrn getan, um Wolfgang einen zusätzlichen Vorgeschmack auf die Annehmlichkeiten zu geben, die diesen in seinem Haus erwarteten. Mir war plötzlich nach frischer Luft zumute. Ich stand auf, ging in sein Schlafzimmer und setzte mich auf dem Balkon in den nach Sonnenöl riechenden Liegestuhl. Während ich an meiner Zigarette zog und den Sternenhimmel über den dunklen Wäldern betrachtete, ertappte ich mich bei einem sinnlosen Lächeln.

Er kam mit einem Stuhl zu mir, stellte ihn an meine Seite und sagte, sich niederlassend: »Für mich kommt das noch viel überraschender als für dich, Stefanie. Kennst du ihn schon lange?«

»Seit er mein Chef ist«, sagte ich.

»Dein ...« Er brach verblüfft ab und sagte nach einer Pause: »Wie merkwürdig, daß er mir das nicht erzählt hat, aber vielleicht nahm er an, es sei mir bekannt. Wenn er dein Chef ist, wundert mich allerdings nichts mehr.«

»Was wundert dich nicht mehr?« fragte ich vernehmbar.

Er senkte die Stimme: »Nicht so laut! Vielleicht sind unsere

Nachbarn auf ihrem Balkon. Ich wollte damit nur sagen: Wenn er dein Chef ist, kennst du ihn schon länger, als ich dachte. Er stellt es sich so vor, daß ich im Gästehaus unterkomme. Für ein größeres Wohnzimmer will er zwei Wände herausreißen lassen. Auch ein Schlafzimmer bekomme ich und ein eigenes Bad. Jetzt verstehe ich auch, warum du mich gefragt hast, ob ich gerne einmal nach Spanien reisen würde. Er hat mir von seinem Haus in Marbella erzählt.«

»In dem auch du jederzeit wohnen kannst«, sagte ich.

»Das sagte er. Anfangs, ich meine, bei meinem ersten Besuch, stellte er mir nur in Aussicht, daß ich dich, wenn du ihn heiratest, beinahe jeden Tag besuchen könnte. Aber meine Antwort, das sei lange nicht dasselbe, wie zusammen mit dir in einem Haus zu wohnen, leuchtete ihm sofort ein. Ich sagte ihm auch, daß ich in meinem Alter die Nächte nicht gerne allein in einer Wohnung verbringen möchte, und erzählte ihm, wie es meiner Frau erging, die sterben mußte, weil sie keinen Arzt mehr rufen konnte. Wir haben uns auch über seine verstorbene Frau unterhalten. Ich hatte den Eindruck, er war froh, einen Menschen zu haben, bei dem er sich richtig aussprechen konnte.«

Ich drückte die Zigarette am Boden aus und sagte: »Und ob ich damit einverstanden sein werde, daß er dich in seinem Haus aufnimmt, habt ihr euch auch darüber ausgesprochen?«

Er fragte besorgt: »Bist du es denn nicht? Er sagte mir doch, daß du selbst es warst, die ihn auf den Gedanken gebracht hat. Oder stimmt das nicht?«

Wenn ich berücksichtigte, daß ich Möbius bei unserem letzten Gespräch darin bestätigt hatte, daß Wolfgang sein größtes Problem sei, fühlte ich mich fast geneigt, ihm nicht nur mildernde Umstände zuzubilligen, sondern seinen fast unerschöpflichen Einfallsreichtum, mich doch noch zur Strecke zu bringen, wieder einmal zu bewundern; aber Wolfgang über die wirklichen Hintergründe aufzuklären, dazu konnte ich mich auch jetzt nicht überwinden.

Mein Schweigen prompt falsch deutend, beugte er sich zu mir nieder, griff nach meiner Hand und sagte leise: »Das werde ich dir nie vergessen, Stefanie. Daß du sogar an mich denkst, wenn es um dein eigenes Lebensglück geht. Das hier ist zwar keine schlechte Wohnlage, und die Wohnung hat mich für meine Verhältnisse ein Vermögen gekostet, aber seit mich das Gehen die steilen Straßen hinauf und hinab mehr anstrengt als früher, fühle ich mich hier beinahe wie in einem Gefängnis. Wenn ich im Wald spazieren gehen will, muß ich mir erst ein Taxi kommen lassen, weil der Weg bis zur nächsten Bushaltestelle für einen Menschen in meinem Alter unzumutbar ist. Im Haus von Herrn Möbius habe ich den Wald direkt vor der Haustür. Und wenn ich in die Stadt oder in die Kuranlagen will, kannst du oder Fräulein Isabella mich hinunterfahren. Du gibst doch deine Stellung nach der Heirat sicher auf?«

Also war das nackte Mädchen am Swimmingpool doch Isabella. Ich sagte: »Ganz bestimmt nicht. Du und ich den ganzen Tag allein da oben, das ginge bestimmt nicht gut. Nach allem, was ich in diesem Haus schon erlebt habe …« Ich brach ab.

Er sagte: »Davon hat er mir nichts erzählt. Was hast du schon alles erlebt?«

»Das ist nichts mehr für Männer deines Alters«, sagte ich. »Wann willst du umziehen? Morgen schon?«

Er lächelte verlegen. »Du wirst es mir vielleicht nicht glauben, aber genau das hat mir Herr Möbius vorgeschlagen. Ich wollte aber vorher mit dir darüber reden. Er meinte, bis die Umbauarbeiten beginnen, könnte ich mich schon etwas provisorisch einrichten. Ich muß ja nicht gleich alles mitnehmen, sondern nur das, was ich unbedingt brauche. Jedenfalls will er wegen der Umbauarbeiten im Gästehaus schon in den nächsten Tagen einen Architekten kommen lassen.«

Ich kicherte.

Er fragte: »Warum lachst du? Das war ihm ganz ernst.«

»Das glaube ich ihm schon«, sagte ich, mein Kichern einstellend. »Wenn es dir bei ihm so sehr gefällt, wundert es mich nur, weshalb du nicht gleich bei ihm geblieben bist. Du hättest mich auch telefonisch über dein neues Quartier verständigen können. Einen Pyjama und eine Zahnbürste wären im Haus noch vorrätig gewesen. Wenn du also willst, kannst du meinetwegen morgen früh wieder zu ihm gehen und gleich dort bleiben. Ich selbst möchte mir mit der Hochzeit noch etwas Zeit lassen.«

Seine Stimme wurde wieder besorgt: »Weiß er das?«

»Selbstverständlich weiß er das«, sagte ich. »Über eine so wichtige Sache spricht man doch miteinander.«

Anscheinend brauchte er Zeit, um darüber nachzudenken, denn bis zu seiner nächsten Äußerung vergingen einige Minuten. Er sagte: »Solange du mit ihm nicht verheiratet bist, könnte ich es auch so machen, daß ich nur tagsüber oben bin.«

»Und nachts wieder in mein Zimmer kommst?« fragte ich. »Du weißt jetzt über Möbius und mich Bescheid, Wolfgang. Über das, was war, werde ich den Mund halten. Ich werde ihn aber nicht halten, wenn du es künftig noch einmal versuchst. Dann kannst du dir sein Haus und seinen Swimmingpool aus dem Kopf schlagen.

Das ist dir doch hoffentlich klar?«

»Ja«, sagte er. »Das war mir schon gestern abend nach meinem ersten Gespräch mit Herrn Möbius klar. Aber wenn er dein Chef ist, wieso hast du dann in der Firma Probleme?«

»Mit dem zweiten Chef«, sagte ich und stand auf. »Ich habe morgen einen anstrengenden Tag vor mir und werde wahrscheinlich auch zum Mittagessen nicht hier sein. Vielleicht läßt du dich wieder von meinem Verlobten einladen.«

Er stand ebenfalls auf. »Ich habe ihm versprochen, ihn von hier aus anzurufen und ihm zu sagen, ob du schon eingetroffen bist. Du hast doch nichts dagegen?«

»Weshalb auch?« sagte ich. »Bestell ihm einen Gruß. Hast du auch schon über den Dali mit ihm gesprochen?«

Er sagte verwundert: »Nein. Warum hätte ich es tun sollen?«

»Vielleicht interessiert er sich für Kunst«, sagte ich und kehrte in mein Zimmer zurück. Ich zog mich aus, fuhr in meinen Morgenrock und ging ins Bad.

Noch während ich mir die Zähne putzte, kam er herein und sagte: »Er will dich selbst sprechen.«

»Dann sag ihm, daß ich schon schlafe«, erwiderte ich.

Wann ich dann wirklich eingeschlafen war, wußte ich am nächsten Morgen nicht mehr. Ich erinnerte mich jedoch, ziemlich lange wachgelegen und noch einmal über alles nachgedacht zu haben, aber zu einem Entschluß war ich auch diesmal nicht gekommen. Obwohl ich nicht ausreichend geschlafen hatte, wachte ich zur gewohnten Stunde auf. Weil mir jedoch einfiel, daß ich in der Agentur nicht erwartet wurde und auch von Wolfgang vielleicht bald nicht mehr gebraucht werden würde – was unsinnigerweise ein Gefühl von Melancholie in mir auslöste, schlief ich noch einmal ein und wachte erst wieder durch das anhaltende Läuten der Türglocke auf. Zuerst wollte ich es Wolfgang überlassen, sich darum zu kümmern. Weil das Klingeln jedoch nicht aufhörte, gewann ich den Eindruck, daß er die Wohnung bereits verlassen hatte. Ich stieg aus dem Bett, ging auf bloßen Füßen zum Fenster, öffnete es und schickte einen Blick auf die Straße. Um Vaillant an der Haustür stehen zu sehen, hätte ich mich, barbusig wie ich war, aus dem Fenster beugen müssen. Seinen Porsche konnte ich sehen, ohne mich hinauszubeugen. Ich kehrte ans Bett zurück, fuhr in meine Hausschuhe und schlurfte in die Diele. Ich drückte, ohne mich an der Sprechanlage zu melden, auf den Haustüröffner und schlurfte dann wieder in mein Schlafzimmer. Dort setzte ich mich vor den Frisierspiegel und machte mich provisorisch zurecht. Als er an der Wohnungstür läutete, zog ich den Bademantel an und öffnete ihm.

Ich betrachtete den Dali in seiner Hand und sagte: »Noch früher konntest du wohl nicht kommen?«

»Ich bitte dich«, sagte er. »Es ist beinahe elf Uhr. Warum meldest du dich nicht am Telefon?«

»Keine Ahnung«, sagte ich. »Ich muß es überhört haben. Ich brauche einen Kaffee.«

Er stellte den Dali neben die Garderobe und folgte mir in die Küche. Dort sagte er: »Landmann ließ mich vor zwei Stunden wissen, daß ich bis zur Klärung meiner Weiterverwendung beurlaubt sei.«

Ich drehte mich nach ihm um. »Das geht gar nicht, Rolf.«

»Und warum ging es bei dir?« fragte er.

»Weil sie mir mein Gehalt weiterbezahlen.«

»Mein Gehalt bezahlen sie auch weiter«, sagte er. »Ich bin beurlaubt und nicht gekündigt. Und wer, glaubst du wohl, bürdet sich zu all den schweren Aufgaben, die bereits auf ihm lasten, auch noch die zusätzliche eines Etatdirektors auf?«

»Dein Onkel«, sagte ich und wandte mich wieder dem Elektroherd zu.

»Das ist alles, was du dazu zu sagen hast?« fragte er.

Ich setzte Wasser auf und sagte: »Du weißt so gut wie ich, daß der Posten des Etatdirektors im gleichen Augenblick überflüssig wurde, als dein Onkel aktiv in die Geschäftsleitung eintrat. Auch wenn er vom Metier nicht viel verstand, von Finanzen versteht er etwas. Sie werden dich, genau wie deinen Vorgänger, auf einen Nebenposten abschieben. Wenn sie dir dort das gleiche Gehalt bezahlen wie bisher, hast du überhaupt keine Möglichkeit, etwas dagegen zu tun.«

»Das weiß ich selbst«, sagte er. »Wie war es in Hamburg?«

»Ich war mit Korwan in Monaco«, sagte ich. »Aber behalte es für dich.«

Er trat an das Küchenfenster, schob die Hände in die Hosentaschen und betrachtete eine Weile den Himmel. Mir fiel jetzt erst auf, daß die Sonne schien. Für einen gewöhnlichen Montag keine alltägliche Konstellation. Ohne sich nach mir umzudrehen, fragte er: »Hast du etwas erreicht?«

»Nein«, sagte ich. »Dazu hätte ich mit ihm bumsen müssen, und das wollte ich nicht.«

»Und wozu bist du mit ihm nach Monaco gefahren?«

»Geflogen«, sagte ich. »Mit ihrem Firmenjet. Ich war noch nie in Monaco. Was soll der Dali bei mir?«

»Ich fahre wieder für Ford«, sagte er. »Da will ich ihn vorher loshaben.«

»Wohin fährst du?« fragte ich.

»Wieder Rallye für Ford«, sagte er. »Ich war früher einer ihrer erfolgreichsten Grand-Tourisme-Fahrer. Mein Onkel will mich wieder sponsern.«

»Stell dir das vor«, sagte ich. »Und du schlägst ihn zu Boden.«

»Scheiße«, sagte er. »Du weißt genau, weshalb er das tut. Bestimmt nicht, um mir einen Gefallen zu erweisen.«

»Aber wenn du wieder gerne Rallye fährst, erweist er dir doch einen«, sagte ich und sah mich nach dem Pulverkaffee um. Ich entdeckte ihn zwischen Wolfgangs gebrauchtem Frühstücksgeschirr auf dem Küchentisch. Ich fragte: »Trinkst du eine Tasse mit?«

Er kam rasch zu mir und griff nach meinen Schultern. Mit gerötetem Gesicht fragte er: »Verstehst du überhaupt ein einziges Wort von dem, was ich dir erzähle?«

»Ich verstehe jedes deiner Worte«, sagte ich. »Was erwartest du von mir? Daß ich dir abrate, wieder Rallye zu fahren? Bei dem, was du als Etatdirektor geleistet hast, hättest du nebenbei auch noch Rallye fahren können, und bei dem neuen Job, den sie dir geben werden, wirst du sicher noch mehr Zeit dafür haben.«

Er ließ meine Schultern los und setzte sich auf einen Küchenstuhl. »Ich habe noch nicht endgültig zugesagt.«

»Dann tu es«, sagte ich. »Auf mich brauchst du keine Rücksicht zu nehmen. Ich habe meine Meinung seit unserem letzten Gespräch nicht geändert, und ich werde sie auch in Zukunft nicht ändern.«

»Aber vielleicht wirst du sie nun, nachdem du bei Korwan nichts erreicht hast, meinem Onkel gegenüber ändern«, sagte er.

Ich räumte Wolfgangs Frühstücksgeschirr weg, stellte zwei frische Tassen auf den Tisch und sagte: »Hätte er sich nicht so sehr darauf versteift, mich in die Knie zu zwingen, wäre er bei mir vielleicht schon viel weiter gekommen. Ich lasse mich nicht gerne in die Knie zwingen. Schon gar nicht auf die Art, wie er es versucht. Wann warst du zuletzt bei ihm?«

»Seit er mir die Ohrfeige gab, nicht mehr. Am Samstagvormittag rief er mich plötzlich an und sagte mir, daß er damit einverstanden sei, wenn ich wieder Rallye fahre. Da wußte ich aber noch nicht, daß er mich als Etatdirektor ablösen will.«

»Und woher weißt du, daß man dich bei Ford wieder haben will?«

»Von dem für Rallyewettbewerbe zuständigen Mann. Ich bin mit ihm befreundet und habe den Kontakt zu ihm nie ganz verloren. Um zu wissen, woran ich bin, rief ich ihn im Anschluß an das Gespräch mit meinem Onkel unter seiner Privatnummer an. Er sagte mir sofort seine Unterstützung zu.«

»Wie schön für dich«, sagte ich und löffelte Pulverkaffee in die Tassen. »Bist du heute nicht schon etwas zu alt für diesen Sport?«

Er sagte: »Als ich vor eineinhalb Jahren damit aufhörte, war ich noch nicht zu alt und bin es heute auch noch nicht. Wie kam es zu diesem Flug nach Monaco?«

»Nach Nizza«, sagte ich und erzählte ihm, während wir Kaffee tranken, was er wissen durfte.

Er fragte: »Und er hat es kein einziges Mal bei dir versucht?«

»Weder er bei mir noch ich bei ihm«, sagte ich. »Er ist nicht der Typ dafür.«

»Und um das festzustellen, hast du mit ihm nach Nizza fliegen und zwei Tage in einem Hotel wohnen müssen?« fragte er.

Mir war klar, daß ich bei meiner mehr als fragmentarischen Schilderung, die auch Signor Albertini und Korwans Zusammentreffen mit Stefan unerwähnt ließ, auf einiges Unverständnis hatte stoßen müssen. Zwar hätte ich ihn auch glauben lassen können, das Wochenende wieder bei meiner Mutter verbracht zu haben, aber nach meinen jüngsten Erlebnissen fand ich es an der Zeit, ihn psychologisch auf meine mögliche Annäherung an seinen Onkel vorzubereiten. Denn ob ich es nun wissen wollte oder nicht, nach meinem ergebnislosen Ausflug an die Côte d'Azur und nach Möbius' jüngstem, schon fast genial anmutendem Schachzug, Wolfgang zu seinem Verbündeten zu machen, sah ich kaum mehr eine Möglichkeit, seinem Werben noch länger zu trotzen. Ich sagte: »Von Bad Hülsen aus hätte ich es jedenfalls nicht feststellen können. Ich habe es eben versucht, und es hat nun mal nicht geklappt. Damit basta. Ich weiß, ich bin dir noch Geld schuldig. Du kriegst es zurück, sobald ich etwas Luft habe.«

»Sobald du mit meinem Onkel im Bett warst«, sagte er. »Du schuldest mir nichts. Das eine Mal war mir zweitausend wert.«

»Zweitausendzweihundert«, korrigierte ich ihn. »Da kamst du immer noch wesentlich billiger davon als dein Onkel. Meine letzte Offerte an ihn lag bei fünftausend. Warum hast du den Dali nicht gleich zu ihm gebracht? Weil du ihm vorläufig nicht persönlich begegnen willst?«

»Das auch«, sagte er. »Aber er weiß gar nicht, daß ich ihn habe.«

Ich fragte verständnislos: »Wieso weiß er das nicht? Du hast mir doch erzählt ...«

»Was ich dir erzählt habe, kannst du vergessen«, fiel er mir ins Wort. »Er weiß nicht einmal, daß ich ihn aus eurem Keller geholt habe.«

Darüber mußte ich erst einmal nachdenken. Schließlich sagte ich: »Mit anderen Worten: Was du mir erzählt hast, daß du ihm hoch und heilig versprechen mußtest, mir nicht zu verraten, daß du es warst, der ihn aus dem Keller geholt hat, war gelogen?«

»So ist es«, sagte er und trank einen Schluck Kaffee.

»Dann hast du dir mein Entgegenkommen am Swimmingpool und danach im Gästezimmer auch nicht verdient, sondern es dir unter falschen Voraussetzungen erschlichen«, sagte ich.

»So ist es«, wiederholte er.

Ich nickte. »Du bist auch nicht anders als dein Onkel, nur mit dem Unterschied, daß es viel lohnender für mich ist, wenn ich mich an ihn und nicht an dich halte. Eigentlich müßte ich Seeberg sogar dankbar sein. Ich habe ihm nicht nur einen Heiratsantrag deines Onkels zuzuschreiben, er hat mir auch die Augen dafür geöffnet, mit was für Leuten ich es in der Agentur zu tun habe.«

»Gilt das auch für Landmann?«

»Für den auch«, sagte ich. »Er ist genauso eine Marionettenfigur wie die meisten angeblich freien und selbständigen Unternehmer, die von anderen, die noch freier und einflußreicher sind als sie, manipuliert werden. So wie Landmann von Seeberg manipuliert wird.«

»Und so wie ich von meinem Onkel manipuliert werde.«

»Genauso ist es«, sagte ich.

Er stand auf, kam zu mir und setzte sich neben meiner Tasse auf den Tisch. Er öffnete den Gürtel meines Bademantels und sagte: »Ich versuche mir gerade vorzustellen, wie dieser alte Knabe auf dir liegt. Viel erwarten kannst du bei ihm nicht mehr.«

»Ich schon«, sagte ich. »Er macht einen noch sehr rüstigen Eindruck.«

»Wie dein Exschwiegervater?« sagte er, zur Tür blickend. »Wo steckt er? In seinem Zimmer?«

»Er ist schon umgezogen«, sagte ich. »Dein Onkel hat ihm angeboten, bei ihm zu wohnen. Er will im Gästetrakt für ein richtiges Wohnzimmer sorgen und ihn, wenn er Lust dazu hat, auch in seinem Haus in Marbella wohnen lassen.«

Er schlug meinen Bademantel auf und sagte: »Dann sind wir ja ganz ungestört.«

Ich stieß seine Hände von mir und stand auf. Das hätte ich besser sein lassen, weil ich ihm dadurch die Möglichkeit gab, mir mit einer raschen Bewegung den Bademantel von den Schultern zu streifen.

Er ließ ihn zu Boden fallen und sagte: »Du wünschst es dir

doch genauso wie ich. Wozu hättest du dich sonst so dünn angezogen?«

»Ich schlief noch, als du geläutet hast«, sagte ich und bückte mich nach dem Bademantel.

Er setzte einen Fuß darauf und sagte: »Du gefällst mir besser so.«

»Du mir aber nicht«, sagte ich und drehte ihm den Rücken zu.

In der Diele war er mit einigen großen Schritten neben mir und vertrat mir den Weg.

Ich sagte: »Wenn du das tust, bist du nicht nur deinen Ersatzjob, sondern auch den Sponsor für deine neuen Rallyepläne los.«

»Wovon redest du?« fragte er. »Tue ich dir etwas?«

Tatsächlich tat er mir nichts. Er hinderte mich nur daran, in mein Zimmer zu meinen Kleidern zu kommen. Weil er jedesmal, wenn ich versuchte, ihn zu umgehen, meine Richtungsänderung mitmachte, gab ich es schließlich auf. Mein Blick fiel auf die Wohnungstür. Dorthin stand er mir nicht im Weg. Meine Absicht auch nicht erratend, beobachtete er neugierig, wie ich zu ihr hinging, sie öffnete und in das Treppenhaus trat. Einen Schlüssel nahm ich für den Fall, daß die Tür zuschlug, vorsorglich mit. Ich ging in meinen Hausschuhen zum Lift, ließ ihn kommen und sagte zu Vaillant, der mir etwas unschlüssig gefolgt war: »Viel Zeit, es dir anders zu überlegen, hast du nicht mehr.«

Er grinste. »Das getraust du dich doch nicht. Wetten?«

Ich öffnete die Fahrstuhltür, trat hinein und sagte: »Du wirst dich noch wundern, was ich mich alles getraue. Falls es dir nicht bekannt sein sollte: Wir wohnen nicht allein im Haus.«

»Ich weiß«, sagte er. »Eine junge Dame fuhr mit mir herauf. Sie stieg ein Stockwerk tiefer aus.«

»Dann hättest du dich besser an sie gehalten«, sagte ich und drückte auf den Knopf für das Erdgeschoß. »Sie ist eine Freischaffende.«

Er kam an meine Seite und sagte: »Mir fiel noch auf, daß sie sich stark parfümiert. Hast du schon gedrückt?«

Meine Antwort erübrigte sich, weil sich der Lift in Bewegung setzte. Ich fragte: »Was wirst du tun, wenn jemand zusteigt?«

Darüber hatte er offensichtlich noch nicht nachgedacht. Er wirkte jedoch plötzlich nervös und sagte: »Du bist ja übergeschnappt. Das da oben war doch nur ein Spaß.«

»Das hier auch«, sagte ich. »Wenn ich erst einmal bei deinem Onkel wohne, kann es mir egal sein, was die Leute im Haus von mir denken.«

Im Erdgeschoß ging ich zu einer der beiden Wohnungstüren und drückte auf den Knopf für die Türglocke. Als ich mich nach Vaillant umschaute, sah ich ihn gerade noch zur Haustür laufen. Ich kehrte in den Lift zurück und fuhr wieder nach oben. Die Wohnungstür stand noch offen. Ich ging in mein Zimmer und sah aus dem Fenster. Der Porsche war bereits weg. Ich hörte ihn nur noch die Straße hinabdonnern.

Zunächst stellte ich den Dali wieder hinter meinen Kleiderschrank. Danach rief ich, weil es mir keine Ruhe ließ, wo Wolfgang steckte, bei Möbius an.

Isabella meldete sich. Als sie meine Stimme erkannte, sagte sie leise: »Ich habe oft an Sie denken müssen.«

»Ich auch an dich«, sagte ich. »Sind wir keine Freundinnen mehr?«

Sie lachte. »Daran habe ich im Moment nicht gedacht. Willst du deinen Vater sprechen? Er sitzt mit dem Señor bei einem Aperitif auf der Terrasse.«

»Er ist nicht mein Vater, sondern der Vater meines geschiedenen Mannes«, sagte ich. »Er erzählte mir gestern abend, daß er dich ohne Bikini am Swimmingpool liegen sah.«

Sie lachte wieder. »Dann muß er mich heimlich beobachtet haben. Ich habe ihn nicht gesehen.«

»Und es stört dich nicht, wenn er dich heimlich beobachtet?«

Ihre Stimme klang verwundert: »Warum? Er ist doch schon alt.«

Vielleicht hatte ich sie falsch eingeschätzt. Ich sagte: »Ich möchte nicht ihn, sondern den Señor sprechen. Das heißt … Nein, du kannst es ihm auch bestellen. Ich möchte, daß er bei Herrn Landmann anruft und ihm sagt, daß er die Entlassung von Herrn Cramer rückgängig machen soll. Ich bitte ihn darum. Hast du das verstanden?«

»Ja«, sagte sie und wiederholte, was ich ihr aufgetragen hatte. Dann fragte sie: »Wirst du auch bald hier wohnen?«

»Vielleicht«,sagte ich. »Dein Señor will mich heiraten. Ist das schlimm für dich?«

»Aber nein«, sagte sie. »Dann wohnst du doch hier. Darauf freue ich mich schon sehr, Stefanie. Wann werdet ihr heiraten?«

»Das steht noch nicht fest«, antwortete ich. »Vergiß nicht, was ich dir aufgetragen habe.«

»Ich werde nichts vergessen«, sagte sie. »Wann sehe ich dich wieder?«

»Vielleicht heute nachmittag«, sagte ich. »Hasta pronto, Isabella.«

»Auf bald, Stefanie«, sagte sie.

Wegen meiner angeregten Diskussion mit Vaillant hatte ich es versäumt, zu meiner Tasse Kaffee auch etwas zu essen. Ich holte es nach, indem ich mich von Wolfgangs gekochtem Schinken bediente und auch noch etwas Käse pur hinterherschickte. Danach packte ich meinen Koffer aus, räumte mein Zimmer auf und blickte im Badezimmer in den Wäschekorb. Dort hatte sich von Wolfgang, aber auch von mir einiges angesammelt. Ebenso mußten zwei seiner Anzüge zur Reinigung. Innerhalb einer Stunde hatte ich das Gröbste erledigt, die Wäsche in der Waschmaschine und die beiden Anzüge bei einer Reinigung. Von der Reinigung zurück, rief ich bei Mutter an. Daß auch diesmal nicht sie, sondern Ellen am Apparat war, gefiel mir gleich nicht, zumal Ellens Stimme nicht so frisch-fröhlich klang wie sonst.

Auf meine Frage nach Mutter druckste sie eine ganze Weile herum. Schließlich sagte sie: »Ach was, du erfährst es doch. Sie hat nun doch die Kuh gekauft.«

Weil ich schon auf Wolfgangs Bett saß, mußte ich auf den Schreck hin nicht erst Platz nehmen. Ich fragte: »Wann hat sie sie gekauft?«

»Heute morgen, als dein Geld eintraf.«

Das war, korrekt gesehen, nicht mein, sondern Vaillants Geld. Oder auch das Geld von Möbius, je nachdem, wie man es sehen wollte. Mich nur sehr mühsam zur Ruhe zwingend, fragte ich: »Was hat sie denn gekostet, die Kuh?«

Sie antwortete mit kleinlaut klingender Stimme: »Zweitausend Mark, aber es soll eine sehr gute Milchkuh sein und noch jung dazu.«

»Zweitausend Mark!« rief ich fassungslos aus. »Davon hättet ihr ein Vierteljahr leben können. Seid ihr denn noch zu retten? Hol sofort Mutter an den Apparat.«

»Das hat gar keinen Zweck«, sagte sie. »Sie weiß auch so, was du ihr sagen wirst, und will erst wieder mit dir reden, wenn du dich beruhigt hast. Auch hat sie jetzt Arbeit im Stall. Sie muß für Johanna einen gesonderten Platz einrichten, damit sie von Peter, Paul und Adalus nicht getreten wird.«

»Sie hat die Kuh Johanna getauft?« fragte ich, weiterhin fassungslos.

»Warum nicht? Du hast doch auch bei den Pferden keine Einwände …«

Ich fiel ihr unverändert fassungslos ins Wort: »Ich hatte keine Einwände, weil es mir zu blöd war, mit euch darüber zu diskutieren, ob man Pferde Peter, Paul und Adalus taufen kann. Eines kannst du ihr ausrichten, Ellen: Das war meine letzte Überweisung. In Zukunft werde *ich* das Geld einteilen und euch nur noch so viel geben, wie ihr für eine Woche braucht. Und wenn die Woche vorbei ist, dann bekommt ihr das Geld für die nächste Woche. Wer von uns trinkt unpasteurisierte Milch? Du vielleicht?«

»Wir können sie doch auch selbst abkochen, Stefanie«, sagte sie, mit einer ersten, leichten Aufsässigkeit in der Stimme. »Deine Mutter meint eben, zu einem richtigen Bauernhof gehört auch eine Kuh, und da hat sie so unrecht nicht, finde ich.«

»Zumal sie bei euch beiden in bester Gesellschaft ist«, sagte ich, das Gespräch beendend.

Noch immer fassungslos zündete ich mir eine Zigarette an. Ob ich es wissen wollte oder nicht, an der Erkenntnis, daß Möbius mich endgültig geschafft hatte, führte kein Weg mehr vorbei.

20

Isabella war an der Sprechanlage.

Ich sagte: »Erzähle ihm nicht, daß ich es bin, und öffne mir, sobald du es unauffällig machen kannst, das kleine Tor am Waldrand. Kannst du das machen?«

»Ja«, sagte sie.

»Hört er dich reden?«

»Ja«, sagte sie. »Aber wir brauchen nichts.«

»Du bist ein kluges Mädchen«, sagte ich und machte mich auf den Weg zur Rückseite des Grundstücks. Meinen VW ließ ich auf der Straße stehen. Der Dobermann war heute nicht da. Ich nahm mir vor, Möbius zu bitten, sich auch einen zuzulegen. Seinen Abscheu gegen die armen Hunde würde ich ihm bald abgewöhnen.

Isabella erreichte das kleine Tor am hinteren Jägerzaun fast gleichzeitig mit mir. Ihr Bikini war nicht von gestern, und was er an sonnengebräunter Haut preisgab, auch nicht. Während sie mich auf die Wange küßte, konnte ich der Versuchung, einen Blick in ihr Höschen zu werfen, nicht widerstehen.

Ich sagte: »Vielleicht sieht der Señor dich auch gerne in der Sonne liegen. Deinen Bikini scheinst du jedenfalls nur zu tragen, wenn du Gästen das Tor öffnest. Du bist unter dem Höschen genauso braun wie am übrigen Körper.«

Sie lachte. »Der Señor liegt auch oft ohne Höschen in der Sonne. Ich finde, die hellen Streifen sehen auf brauner Haut besonders häßlich aus.«

»Nicht, wenn man einen so niedlichen Po hat wie du«, sagte ich. »Aber in den Swimmingpool gehst du nie?«

Sie blickte mich erstaunt an. »Warum fragst du das?«

»Dein Señor erzählte mir, du hättest Angst vor Wasser.«

Sie lachte wieder. »Ja, das war dumm von mir. Das habe ich ihm ganz am Anfang erzählt, weil ich mich schämte, nicht richtig schwimmen zu können. Inzwischen habe ich es aber heimlich gelernt und schwimme seither nur, wenn er nicht im Haus ist.«

»Wie anstrengend, das durchzuhalten«, sagte ich. »Wo stecken die beiden?«

»Auf der Terrasse. Ich mußte ihnen einen Kaffee servieren. Willst du sie überraschen?«

»Nein. Ich möchte mich mit dir in deinem Zimmer unterhalten und das Haus anschließend auf dem gleichen Weg verlassen. Ich werde dann am Tor läuten, daß es so aussieht, als wäre ich jetzt erst eingetroffen. Wir dürfen uns diesmal im Haus aber nicht wieder erwischen lassen.«

Sie schob im Gehen eine Hand in meinen Arm. »Heute passiert es uns bestimmt nicht, Stefanie. Er hat mir schon gesagt, daß ich, wenn ich Lust habe, in die Stadt gehen kann. Er braucht mich erst zum Abendessen wieder. Wie heißt dein früherer Schwiegervater?«

»Wolfgang genügt«, sagte ich und betrachtete wieder ihren sonnengebräunten Körper. »Du liegst oft in der Sonne.«

»Oft nicht«, sagte sie. »Um oft in der Sonne zu liegen, scheint sie hier viel zu selten, aber wenn sie scheint und ich Zeit habe, lege ich mich immer in die Sonne.«

»Wolfgang auch«, sagte ich. »Ich möchte dich um etwas bitten, Isabella. Es kann dir passieren, daß, wenn er dich wieder einmal in der Sonne liegen sieht, er versucht, dich zu streicheln. Dann schlage ihm auf die Finger, aber erzähle es dem Señor nicht. Wolfgang wird zwar in zwei Jahren schon achtzig, fühlt sich jedoch beim Anblick eines nackten weiblichen Körpers immer gleich viel jünger.«

Sie blickte mich von der Seite neugierig an. »Sprichst du aus Erfahrung?«

»In meinem Alter spricht man nur noch aus Erfahrung«, sagte ich. »Als ich es ihm erlaubte, trug ich mich noch nicht mit Heiratsabsichten.«

Sie lächelte. »Es einem Mann wieder abzugewöhnen ist viel schwerer, als es ihm zu erlauben. Der Señor sähe es sicher nicht gern, wenn er dich auch hier in seinem Haus streichelte. Vielleicht ist es dir lieber, wenn ich ihm nicht auf die Finger schlage?«

Ich mußte lachen. »Das liegt ganz bei dir. Kann ja sein, daß du Gefallen daran findest.«

»Hast du Gefallen daran gefunden?«

Weil wir das Haus erreicht hatten und ich ihr an der Tür den Vortritt ließ, antwortete ich erst in ihrem Zimmer: »Er kann das sehr gut.«

»Mich hat schon lange kein Mann mehr gestreichelt«, sagte sie. »Willst du einen Kaffee?«

Ich begleitete sie in die Küche. Während sie Wasser aufsetzte, stand ich neben ihr und sagte: »Gebumst hast du noch nie, aber streicheln hast du dich schon lassen. Von wem?«

Sie wandte mir das Gesicht zu. »Ich habe mich mit einer Frau noch nie über solche Dinge unterhalten. Wenn Wolfgang es sehr gut kann, dann hast du vielleicht etwas davon gehabt?«

Für einen Unschuldsengel, für den ich sie bisher gehalten hatte, steckte sie voller Überraschungen, wie ein Jumbo-Jet voller Elektronik. Ich erwiderte belustigt ihren Blick und sagte: »Wenn du wissen willst, ob ich einen Orgasmus hatte: Das ist schon mal passiert. Soweit brauchst du es aber, wenn er es bei dir versucht, nicht auch kommen zu lassen. Für einen Mann in seinem Alter ist es schon ein Erlebnis, den Körper einer jungen Frau anzufassen. Ich habe es ihm erlaubt, weil er mir leid tat.«

Sie nickte. »Das verstehe ich, Stefanie. Ich muß dir etwas sagen. Als wir uns oben an dem Telefonhäuschen unterhielten, habe ich dich belogen. Da konnte ich mit dir noch nicht darüber reden. Ich war sechzehn Jahre alt, als meine Pflegeeltern mich auf die Straße schickten, um Geld zu verdienen. Als ich es nicht tun wollte, sagten sie, dann müßte ich eben wieder in das Waisenhaus zurück, wo sie mich adoptiert haben. Es ging ihnen damals sehr schlecht. Mein Pflegevater hatte sich beim Fischfangen an einem Angelhaken verletzt und ist nicht rechtzeitig zum Arzt. Es gab eine Blutvergiftung. Sie mußten ihm den ganzen Arm abnehmen.«

Ich berührte impulsiv ihre Hand. »Du brauchst nicht darüber zu reden, Isabella.«

»Ich möchte es aber«, sagte sie. »Hast du außer mir noch eine Freundin, der du erzählen kannst, was du mir von Wolfgang erzählt hast?«

Ich schüttelte den Kopf.

»Dann muß ich dir das erklären«, sagte sie. »Eine Freundin, mit der ich über alles reden kann, ist für mich fast noch wichtiger als ein Freund. Mit einem Mann, selbst wenn ich mit ihm verheiratet wäre, könnte ich nicht über alles reden. Ich könnte ihm auch nicht gestehen, daß ich als junges Mädchen mit Männern geschlafen habe. Aber gerade deshalb, weil ich mit niemandem darüber reden konnte, habe ich mich hier oft sehr einsam gefühlt und mir eine Freundin gewünscht. Als ich dich zum ersten Mal sah, wurde sofort der Wunsch in mir wach, dich als Freundin zu haben. Nur deshalb habe ich dir von meinem Anruf in Düsseldorf erzählt.«

Darauf war ich inzwischen schon selbst gekommen. Daß ich niemals der Versuchung nachgegeben hatte, mein Wissen über das Düsseldorfer Intrigenspiel ihres Herrn und Meisters an die große Glocke zu hängen, empfand ich nun fast als eine Fügung. Ich fragte: »Weiß er das alles?«

»Ja. Er gehörte auch zu den Männern, die ich auf der Straße angesprochen habe. Ausländer, vor allem Deutsche, waren meine besten Kunden, weil sie am meisten bezahlten. Ich mußte nur sehr aufpassen. Wer sich als junges Mädchen von der Polizei erwischen ließ oder von einem der Männer, die in Marbella das Straßengeschäft mit Dirnen und Rauschgift unter sich aufgeteilt haben, dem erging es schlecht. Als ich den Señor ansprach, wollte er nicht mit mir schlafen. Er nahm mich mit in ein Café und erzählte mir, daß er vor kurzem seine Frau verloren habe und nach Spanien gekommen sei, um nicht immer an sie denken zu müssen. Er sprach kaum ein Wort Spanisch, aber ich hatte schon etwas Deutsch gelernt und konnte vieles von dem, was er mir erzählte, verstehen. Vielleicht hat er auch gar nicht erwartet, daß ich ihn verstehe. Vielleicht brauchte er nur einen Menschen, der ihm zuhörte. Er tat mir leid. So wie Wolfgang *dir* leid tut, und wie ich dem Señor leid tat, weil ich noch so jung war und trotzdem schon auf die Straße mußte. Er brachte mich von der Straße weg. Ich durfte in seinem Haus in Marbella für ihn arbeiten, und später schickte er mich auf eine Haushaltsschule und ließ mich auch Deutsch und Englisch lernen. Ohne ihn würde ich heute noch mein Geld auf der Straße verdienen. Solange er lebt, werde ich ihn nicht verlassen. Mit einer Freundin, mit der ich über alles reden kann, wird es mir aber noch leichter fallen, bei ihm zu bleiben. Bist du jetzt sehr enttäuscht von mir?«

»Unsagbar«, sagte ich lächelnd. »Du hast mich ganz schön angeschwindelt. Als wir uns am Telefonhäuschen unterhielten, wurdest du sogar noch rot. Aber doch nicht vor Verlegenheit?«

»Nein. Nur weil es mir so unangenehm war, dich zu belügen«, sagte sie.

Den Kaffee tranken wir in ihrem kleinen Wohnzimmer, wo mich die Erinnerung an Stefan wie ein flüchtiger Schatten streifte, aber eben nur wie ein flüchtiger und ohne mir das Gemüt anhaltend zu verdüstern. Ich erzählte ihr von Volker und wie es zu meinem Zusammenleben mit Wolfgang gekommen war.

Sie sagte: »Mir tut er jetzt auch leid, Stefanie. Du und ich, wir können noch von tausend Dingen träumen, die uns vielleicht noch begegnen. Wenn man aber erst einmal so alt ist wie er, dann hat man keine Träume mehr. Ich finde es traurig, ohne Träume zu leben, ohne eine andere Gewißheit als das Ende seines Lebens vor Augen.«

»Da sprichst du ihm bestimmt aus dem Herzen«, sagte ich. »Aber was nützen mir die schönsten Träume, wenn sie nicht in Erfüllung gehen? Ich träume seit zehn Jahren von einem Mann, dem ich vielleicht nie begegnen werde.«

»Wie müßte er denn aussehen?«

»Das weiß ich erst, wenn ich ihm begegnet bin«, sagte ich.

Sie sagte: »Wenn ich an meine Träume zurückdenke, die ich noch vor zehn Jahren hatte, dann haben sie sich heute alle erfüllt, Stefanie. Glaub mir, ich weiß auch, wovon ich rede. In Marbella waren es oft alte Männer, die mich mit in ihr Haus oder in ihre Wohnung nahmen, wo sie, weil ihre Frau nicht mehr lebte und ihre Kinder sich nicht mehr um sie kümmerten, ganz allein wohnten und eines Tages auch allein starben. Wenn ich einmal sterbe, dann möchte ich nicht allein sein. Ich möchte, solange ich noch etwas empfinde, die Hand eines Menschen fühlen. Du auch?«

»Das kommt darauf an, wo er sie liegen hat«, sagte ich.

Sie sagte schockiert: »Wie kannst du, wenn wir über den Tod reden, so etwas sagen?«

»Ich rede vom Leben«, sagte ich. »Vom Tod hast allein du geredet. Du kannst dich mit mir über alles unterhalten, nur nicht über meinen Tod. Ich hasse es, über meinen Tod zu reden. Merk dir das.«

Sie blickte mich eine kleine Weile schweigend an. »Dann werde ich es auch nicht mehr tun, Stefanie«, sagte sie. »Ich bin es gewohnt, oft an ihn zu denken. Das muß ich schon deshalb tun, weil ich nicht weiß, was aus mir wird, wenn der Señor einmal nicht mehr lebt.«

»Sicher wird er dich in seinem Testament berücksichtigen«, sagte ich.

»Wenn er dich heiratet …«

Ich fiel ihr dazwischen: »Das braucht dir bestimmt keine Sorgen zu machen, Isabella. Wenn es jemals zu einer solchen Situation kommen sollte, werden wir uns rechtzeitig darüber unterhalten. Ich denke nie weiter als bis zum nächsten Tag. Damit bin ich bisher immer gut gefahren.«

»Auch als du geheiratet hast?«

Ich lächelte. »Du bist ganz schön gewitzt. Als ich heiratete, war die Welt noch einigermaßen in Ordnung.«

»Aber glücklich warst du nicht«, sagte sie.

»Jedesmal wenn wir bumsten«, sagte ich. »Nur war das immer ein Glück auf Zeit, wenn du verstehst, was ich damit meine.«

»Doch«, sagte sie. »Ich glaube schon. Mit Frauen ist es auch immer nur ein Glück auf Zeit.«

Ich blickte sie verwundert an. »Wie meinst du das?«

»In der Liebe«, sagte sie. »Hast du schon einmal eine Frau geliebt?«

Ich mußte lachen. »Das ist schon lange her.«

»Und heute möchtest du es nicht mehr?«

»Das weiß ich nicht«, sagte ich. »Ich möchte es auch lieber nicht wissen.«

»Weil du dir nicht sicher bist, ob du es willst?«

Ich trank meine Tasse leer und sagte: »Darauf allein kommt es nicht an. – Stimmt es, daß du in Marbella warst?«

»Nur eine Nacht, dann mußte ich wieder zurückkommen. Ich bin von Frankfurt aus geflogen und am nächsten Mittag schon wieder zurück.«

»Dann hast du sicher bemerkt, daß ich in deinem Zimmer war?«

Sie nickte. »Zusammen mit einem Mann, aber das war nicht der Señor.«

»Woran hast du es gemerkt?«

»Ich kenne sein Rasierwasser. Das Kopfkissen roch nicht nach ihm.«

»Ich wollte das Bettzeug noch wechseln, fand aber keine Gelegenheit mehr dazu«, sagte ich und stand auf. »Wolfgang liegt auch gerne nackt in der Sonne. Also erschrick nicht, wenn du ihn einmal dabei erwischst.«

Sie fragte: »Wovor sollte ich denn erschrecken?«

Ich erwiderte lächelnd ihren Kuß.

Als sie mir fünf Minuten später in einem schwarzen Overall mit enganliegender, halblanger Hose und halblangen Ärmeln eigenhändig das Tor öffnete, schürzte ich beeindruckt die Lippen und fragte: »Und was trägt man unter diesem süßen Ding?«

»Nur noch die süße Haut«, lächelte sie. »Du wirst bereits sehnsüchtig erwartet.«

Erwartet wurde ich zunächst nur von Möbius. Er stand in Bermudas auf der Terrasse und blickte mir lächelnd entgegen. Ich erinnerte mich, daß er dort schon einmal mit dem gleichen Lächeln gestanden und mir entgegengesehen hatte. Heute küßte er mir die

Hand und sagte: »Welch angenehme Überraschung! Wie geht es Ihnen, Stefanie?«

»Es könnte besser nicht gehen«, sagte ich. »Wo ist Wolfgang?«

»Er wollte uns nicht stören und zog sich mit seinem Liegestuhl hinter das Haus zurück.«

»So rücksichtsvoll war er in seiner eigenen Wohnung nie«, sagte ich. »Sie haben ihn eingeladen, hier zu wohnen?«

Er bot mir einen Platz an und fragte: »Was darf ich Ihnen zu trinken holen?«

»Nichts«, sagte ich. »Ich habe bereits Kaffee getrunken. Sie haben Wolfgang also angeboten, bei Ihnen zu wohnen?«

Er lächelte flüchtig. »Er wohnt bereits hier. Ich hoffe, Sie sind damit einverstanden?«

»Unter der Voraussetzung, daß er unsere bisherige Wohnung behält.«

»Dazu habe auch ich ihm geraten«, sagte er. »Vielleicht fällt es Ihnen schwer, sich von ihr zu trennen.«

»Vorläufig ist das auch nicht meine Absicht«, sagte ich. »Was haben Sie sich von der Einladung versprochen? Daß ich es ohne ihn in der leeren Wohnung nicht länger aushielte?«

Er zuckte mit den Schultern. »Ich habe nur berücksichtigt, daß er nach Ihren eigenen Worten mein größtes Problem ist, weil Sie ihn nicht allein in seiner Wohnung zurücklassen wollten. Er kann hier wohnen bleiben, so lange wie es ihm gefällt.«

»Und was tun Sie, wenn er eines Tages zum Pflegefall wird? Ihn wieder in seine Wohnung oder in ein Heim abschieben?«

»In ein Pflegeheim nur, wenn er täglich ärztliche Hilfe braucht«, sagte er. »Im Gästeteil ist auch noch Platz für eine Krankenpflegerin.«

»Die von Ihnen bezahlt wird?«

»Selbstverständlich« , sagte er.

Ich zündete mir eine Zigarette an und fragte: »Und wie ist das mit deiner eigenen Gesundheit?«

Er stutzte etwas. Dann lächelte er. »Isabella ist schließlich auch noch da. Was willst du sehen? Ein ärztliches Attest, wie lange ich voraussichtlich noch zu leben habe?«

»Dann wäre ja auch noch das mit Cramer und mit deinem Neffen zu klären«, sagte ich.

Er nickte. »Ich habe Landmann bereits informiert. Cramer bleibt. Über meinen Neffen will ich nicht mehr diskutieren.«

»Vielleicht in einem halben Jahr?« fragte ich. »Wenn wir uns bis dahin nicht mehr sehen?«

Er stand auf, ging in den Salon und kehrte wenig später mit

einem vollen Glas zurück. Er stellte es auf den Tisch und sagte: »Ich habe seit dem Tod meiner Frau auf dich gewartet, ohne dich zu kennen. Da kommt es auf ein halbes Jahr mehr oder weniger nicht mehr an. Wenn dir der Abschied von ihm so furchtbar schwer fällt, dann mußt du eben mit ihm gehen. Ich kann dich nicht daran hindern.«

»Dann ist das also doch sein Rausschmiß aus der Agentur und keine Versetzung auf einen anderen Posten?«

Er nahm wieder Platz und sagte: »Ich habe ihm über einen mir befreundeten Schweizer Bankier in Lausanne eine sehr schöne Wohnung mit Blick auf den See besorgt. Sie ist auch noch groß genug für dich. An Geld wird es ihm ebenfalls nicht mangeln, um euch notfalls alle beide durchzubringen. Was erwartest du sonst noch von mir?«

Ich griff nach seinem Glas und trank einen Schluck. »Was ist das?«

»Whisky Cooler«, sagte er. »Was hast du gegen Lausanne?«

»Nichts. Ich werde darüber nachdenken.«

»Aber wenn du mit ihm gehst, dann mußt du auch vergessen, daß es mich und dieses Haus hier gibt.«

»Das kann ich leider nicht«, sagte ich. »Wolfgang ist hier besser aufgehoben als in seiner eigenen Wohnung. Das viele Alleinsein war nicht gut für ihn. Er ist noch sehr selbständig und kann sich, wenn Isabella ihn in ihre Küche läßt, auch selbst verpflegen. Sie wird nicht viel Arbeit mit ihm haben. Ich sehe nur nicht recht, welchen Nutzen du selbst hast, wenn er in deinem Haus wohnt.«

Er sagte ruhig: »Ich stelle es mir durchaus nützlich vor, dich künftig allein in seiner Wohnung anzutreffen. Vorausgesetzt, du gibst mir dic Gelegenheit dazu.«

Genauso hatte ich es mir auch vorgestellt. Ich sagte: »Darüber müßten wir noch einmal reden. Ich möchte auch in Zukunft meine Unabhängigkeit nicht aufgeben.«

»Wer verlangt das von dir?«

»Du, wenn du dich mit dem Gedanken trägst, mich zu heiraten.«

»Ich werde dich nicht dazu drängen.«

Ich trank wieder einen Schluck aus seinem Glas und sagte: »Meinc Mutter ist nicht krank. Sie bewirtschaftet einen Hof, der nichts einbringt und nur mit Unkosten verbunden ist, aber sie könnte ohne ihn nicht leben. Ich brauche mein ganzes Geld für sie und könnte sogar noch mehr brauchen.«

»Ich nehme es zur Kenntnis«, sagte er mit unbewegtem Gesicht.

»Ich möchte auch nicht, daß du ihre Bekanntschaft machst«, sagte ich.

»Auch das nehme ich zur Kenntnis«, sagte er. »Was sonst noch?«

»Das Wichtigste«, sagte ich. »Wenn ich dir Gelegenheit gebe, mich in Wolfgangs Wohnung zu besuchen, dann möchte ich nicht dazu gedrängt werden. Ich werde es dich vorher jedesmal wissen lassen.«

»Das ist nicht ganz so, wie ich mir das vorstelle«, sagte er.

Ich lächelte. »Wenn ich als Kind nicht alles aufaß, was ich mir in einem Café an Kuchen gewünscht hatte, sagte meine Mutter immer, meine Augen seien größer gewesen als mein Magen. Paß auf, daß es dir nicht genauso ergeht. Wenn du nur Kaffee mit mir trinken oder mich zum Essen einladen willst, können wir es auch hier bei dir tun. Vielleicht habe ich manchmal auch Lust, in einem der Gästezimmer zu schlafen. Dann möchte ich nicht, daß du zu mir kommst und Wolfgang es merkt.«

»Weil es ihn eifersüchtig machen könnte?«

»Vielleicht.«

Er griff nach seinem Glas und sagte, ohne mich anzusehen: »Ich habe nicht erwartet, daß zwischen dir und ihm nichts war.«

»Deshalb wolltest du es mit deiner Einladung auch unterbinden«, sagte ich. »Hat er mit dir darüber gesprochen?«

»Er sagte mir, daß es besser für ihn und auch besser für dich sei, wenn ihr nicht länger zu zweit in seiner Wohnung lebt.«

»Dann muß er betrunken gewesen sein«, sagte ich. »Hast du ihn, um ihn auszuhorchen, betrunken gemacht?«

»Der Wein hat seine Zunge vielleicht etwas gelöst. Betrunken war er nicht.«

»Und was stellst du dir vor?« fragte ich. »Daß ich mit ihm gebumst habe?«

Er lächelte flüchtig. »Ich weiß inzwischen, daß das deine Diktion ist, wenn du dich ärgerst. Es war nicht meine Absicht, dich zu ärgern. Seine Bemerkung ließ auf alles und auf nichts schließen. Also schloß ich vorsorglich auf alles. Das bewahrt mich vor unangenehmen Überraschungen. Voraussehbare Probleme lassen sich fast immer vermeiden.«

»Ich sehe keine«, sagte ich. »Es sei denn, du nimmst Anstoß daran, daß er sich nun, wo er mich nicht mehr hat, vielleicht an Isabella schadlos zu halten versucht. Viel hätte sie von ihm zwar nicht mehr zu erwarten, aber für manche Mädchen ist auch das schon zu viel.«

»Bei Isabella habe ich diese Sorge nicht«, sagte er mit wieder unbewegtem Gesicht. »Warum willst du nicht, daß Cramer entlassen wird? Hat er dir vielleicht doch etwas bedeutet?«

»Sicher«, sagte ich. »Sonst hätte ich mich von ihm nicht vergewaltigen lassen. Erkläre lieber du mir, warum du es zugelassen hast. Du hättest es doch verhindern können?«

»Darüber haben wir bereits gesprochen«, sagte er. »Ich hatte zwar anfangs vor, dir zu helfen, aber dann erinnerte ich mich an all meine demütigenden Zurückweisungen durch dich. Ich dachte mir, daß es vielleicht eine ganz gute Lektion für dich ist, wenn ich ihn nicht daran hindere.«

Ich nickte. »Die gleiche Lektion, wie Männer sie all jenen Frauen wünschen, die nicht in ihr Weltbild passen. Die Emanzen, die Feministinnen und ganz besonders die Klugen, die euch intellektuell überlegen sind. Wenn sonst nichts mehr hilft, sie zur Räson zu bringen, dann muß eben der Phallus her.«

»Und was bist *du* ?« fragte er. »Eine Emanze oder eine Feministin?«

Ich hakte einen Finger in seine Shorts, warf einen Blick hinein und nahm den Finger wieder zurück.

»Also eine Emanze«, sagte er. »Eine Feministin hätte das nicht getan.«

»Wohl kaum«, sagte ich. »Wo doch allgemein bekannt ist, daß sie ausschließlich auf Lesbierinnen und nicht auf den Phallus fixiert sind.«

»Mir war das nicht bekannt«, sagte er.

»Mir ebenso wenig«, sagte ich. »Aber auch das würde in euer Frauenbild passen. Ich wollte dir nur verständlich machen, weshalb ich keine Feministin bin. Mit meiner ausschließlichen Fixierung auf das männliche Zeugungsorgan bin ich für jede überzeugte Feministin der personifizierte Anachronismus, aber damit kann ich ebenso leben wie mit dem männlichen Aberglauben, eine kleine Vergewaltigung sei die beste Therapie gegen die meisten Defekte der weiblichen Psyche. – Eines hätte ich beinahe vergessen: Mit den Wochenenden darfst du auch künftig nicht rechnen. Falls du unter der Woche gelegentlich einen Tagesausflug mit mir machen möchtest, müssen wir uns von Landmann eben für einen Tag beurlauben lassen.«

»Und wie ist das mit größeren Reisen?«

»Das hängt ganz von dir ab.«

»Wie darf ich das verstehen?«

»Ob du es schaffst, daß ich mich ein wenig in dich verliebe«, sagte ich. »Merkwürdigerweise fühle ich mich von deinen zahllosen schmutzigen Tricks, mit denen du mich in dein Bett zu bringen versucht hast, nicht im gleichen Maße abgestoßen wie insgeheim von deiner Beharrlichkeit und deinem Einfallsreichtum beeindruckt. Es ist möglich, daß du heute in einer Woche den Dali bei mir abholen kannst. Vielleicht gegen Abend.«

»Warum nicht heute in einem Jahr?« fragte er.

Ich lächelte wieder. »Darüber haben wir uns bereits unterhalten.«

»Ich ziehe es vor, ihn schon heute abend bei dir abzuholen«, sagte er. »Sagen wir gegen zwanzig Uhr?«

»Tut mir leid«, sagte ich. »Das paßt mir nicht.«

Seine Stimme wurde unvermittelt kalt. »Dann machst du es eben passend. Ich habe alles akzeptiert, was Landmann mir in deinem Namen vorgeschlagen hat. Jetzt wäre es an der Zeit, daß auch du einmal einen Vorschlag von mir akzeptierst.«

»Das ist doch kein Vorschlag, sondern ein Ultimatum«, sagte ich.

»Betrachte es, wie du willst«, sagte er.

Ich stand auf und machte mich auf die Suche nach Wolfgang.

Er saß in einer Badehose in einem Liegestuhl vor dem Küchenfenster und betrachtete die dichten Baumkronen am nahen Waldrand. Als er mich kommen hörte, wandte er mir das Gesicht zu und sagte: »Hier singen noch Vögel.«

»Ja, es ist fast wie in einem Märchen«, sagte ich und ging neben ihm in die Hocke. »Warum ziehst du die Badehose nicht aus?«

»Das Mädchen war hier und fragte, ob sie mir etwas zu trinken bringen kann«, sagte er.

»Wegen ihr brauchst du sie nicht anzuziehen«, sagte ich. »Sie liegt selbst gerne nackt in der Sonne.«

»Von wem weißt du es? Von ihr?«

»Von dir«, sagte ich. »Du hast es mir gestern abend erzählt. Bist du zufrieden, Wolfgang?«

»Ich weiß nicht«, sagte er. »Als ich noch jung war, habe ich mir immer gewünscht, so zu wohnen wie hier. Aber was nützt es mir jetzt noch groß.«

»Aber doch besser spät als nie«, sagte ich. »Brauchst du etwas von zu Hause?«

Er schüttelte den Kopf. »Vielleicht werde ich heute nacht doch wieder im eigenen Bett schlafen. Ich kann mir ein Taxi nehmen.«

»Dann werde *ich* hier schlafen«, sagte ich. »Du mußt lernen, Wolfgang: Was zwischen uns war, wird sich nicht mehr wiederholen.«

»Für dich ist das auch viel leichter als für mich«, sagte er.

Ich sah, daß ihm zwei Tränen über die Wangen liefen. Ich griff nach meinem Taschentuch, wischte sie ihm ab und sagte: »Es war doch nur noch eine Quälerei für dich, Wolfgang. Du hattest doch überhaupt nichts mehr davon. Und für mich war es auch nicht leicht, dich leiden zu sehen. Einmal hätten wir doch damit aufhören müssen. Es hätte so nicht weitergehen können. Warum genießt du es nicht einfach, hier zu sein? Die gute Luft und die Stille.«

»Hier ist es mir fast zu still«, sagte er.

Ich küßte ihn auf die Wange. »Dafür hörst du die Vögel singen.«

»Die höre ich auch auf dem Friedhof singen«, sagte er. »Wenn ich das Grab meiner Frau besuche. Ich wollte schon lange zu dem Steinmetz gehen, der ihren Grabstein gesetzt hat und der auch meinen Namen eingravieren soll. Ich habe versäumt, ihn zu fragen, ob der Stein dazu ausgegraben werden muß oder ob sie den Namen auch eingravieren können, wenn er stehen bleibt. Weißt du es?«

»Nein«, sagte ich. »Aber ich werde mich danach erkundigen. Zerbrich dir darüber nicht den Kopf. Auch hat das noch lange Zeit. Hier oben wirst du hundert Jahre alt.«

»Wozu und für wen denn?« fragte er.

Weil er schon wieder lautlos weinte, richtete ich mich auf. Mein Blick fiel auf Isabella. Sie stand in der offenen Haustür neben der Küche, hielt ein Glas in der Hand und sah unschlüssig zu uns her. Ich ging zu ihr hin und fragte: »Was ist es?«

»Wodka«, sagte sie. »Er wollte ein großes Glas voll haben. Fehlt ihm etwas?«

»Er hat keinen rechten Lebensmut mehr«, sagte ich. »Würde es dir sehr viel ausmachen, wieder den Bikini anzuziehen, bevor du ihm den Wodka bringst? Vielleicht nur das Höschen, damit er durch deinen Anblick etwas abgelenkt wird.«

»Wenn du so lange das Glas hältst«, sagte sie und drückte es mir in die Hand. Sie brauchte nur eine Minute. Ich gab ihr das Glas zurück und betrachtete ihre straffen, braungebrannten Brüste. Sie sagte: »Es macht mir nichts aus, auch das Höschen auszuziehen.«

»Dafür ist immer noch Zeit, wenn er sich eines Tages an deiner Brust satt gesehen hat«, sagte ich. »Ich warte in der Küche auf dich.«

Dort stand noch die Wodkaflasche auf dem Tisch. Ich setzte sie an den Mund und nahm einen großen Schluck. Danach fühlte ich mich noch miserabler als zuvor.

Als Isabella hereinkam, fragte sie bestürzt: »Was hast du? Du bist ganz weiß im Gesicht.«

»Es ist schon vorbei«, sagte ich. »Hast du mit ihm gesprochen?«

Sie nickte. »Er sagte, so dürfe ich ihm immer seinen Wodka servieren. Hat er geweint?«

»Er fühlt sich von mir verlassen und betrogen«, sagte ich.

Sie setzte sich neben der Wodkaflasche auf den Tisch und sagte: »Ich kann Männer nicht weinen sehen. Es würde mir nichts ausmachen, mit ihm zu schlafen. Aber das kann er vielleicht nicht mehr?«

»Nein«, sagte ich. »Du darfst auch nicht jedesmal gleich erschrecken, wenn du ihn weinen siehst. Er ist oft wie ein Kind. Er weint, und fünf Minuten später hat er vergessen, warum er weinte. Er ist von seinen Problemen hier bei dir jedenfalls mehr abgelenkt als in seiner Wohnung. Hast du den Señor gesehen?«

»Er hört im Salon Musik«, sagte sie. »Ich glaube, Beethoven. Er hört oft klassische Musik. Dann darf man ihn nicht stören.«

»Was ist los mit ihm?« fragte ich. »Warum darf er keine salzhaltigen Speisen essen?«

»Er hat sich vor Jahren in Spanien eine Hepatitis geholt, und da muß etwas zurückgeblieben sein. Was, das weiß ich nicht. Er geht einmal wöchentlich zu seinem Arzt. Kennst du dich mit Krankheiten aus?«

»Mit Halsschmerzen«, sagte ich und blickte durch das geschlossene Küchenfenster zu Wolfgang hinaus. Ich konnte nur seinen rechten Arm sehen und das Glas in seiner Hand. »Wenn er auf Salz in der Nahrung verzichten muß, ist Alkohol sicher auch nicht gut für ihn«, sagte ich. »Trinkt er viel?«

Sie zuckte mit den Schultern. »Ich achte nicht darauf, Stefanie. Er hat eben sein Glas neben sich stehen. Wie oft er es füllt und leertrinkt, sehe ich nicht. Die Getränke kauft er selbst ein, und wenn eine Flasche leer ist, wirft er sie auch selbst in den Mülleimer. Machst du dir seinetwegen Sorgen?«

»Vielleicht mache ich auch nur wieder einmal einen Fehler«, sagte ich. »Wir werden es beide nicht leicht haben. Ohne deine Hilfe würde ich es mir auch gar nicht zutrauen. Ich muß in der Stadt noch einiges erledigen. Vielleicht kannst du Wolfgang noch etwas Gesellschaft leisten. Erzähle ihm von Spanien und was dir sonst noch einfällt. Ich finde den Weg allein hinaus. Ich werde dich jetzt öfter besuchen, vielleicht auch hin und wieder in einem Gästezimmer schlafen ...«

»Du wirst bei mir schlafen«, warf sie ein. »Die Bettcouch in meinem Wohnzimmer ist sehr bequem. Du kannst aber auch in meinem Bett schlafen, und ich werde die Couch nehmen. Wirst du auch manchmal hier essen?«

»Vielleicht öfter, als dir lieb ist. Ich koche nicht gern für mich allein. Eines verstehe ich nicht, Isabella. Du kommst doch zum Einkaufen oft in die Stadt. Hattest du dort nie Gelegenheit, einen Mann kennenzulernen?«

»Doch«, sagte sie. »Aber es gibt nicht mehr viele Männer, die ich kennenlernen möchte.«

»Ich wünschte, ich wäre auch schon so weit wie du«, sagte ich und verabschiedete mich mit einem Kuß von ihr.

Mein VW stand noch auf der Straße. Auch der Dobermann war jetzt wieder hier. Ich ging zu ihm hin, ließ ihn, bevor ich seinen schmalen Kopf streichelte, an meiner Hand schnuppern und sagte: »Wenn ich eines Tages nicht mehr weiter weiß, komme ich zu dir, und wir unterhalten uns über meine Probleme. Sozusagen von Frau zu Hund. Was hältst du davon?«

Er leckte mir erfreut die Hand.

Entgegen meiner Absicht, noch einige Einkäufe zu erledigen, fuhr ich direkt zu meiner Wohnung. Ich hatte zu nichts mehr Lust. Schon gar nicht, nach freien Parkplätzen zu suchen, die es zu dieser Tageszeit ohnehin nicht gab. In der Wohnung fiel mir ein, daß ich vergessen hatte, die Wäsche im Bad zum Trocknen aufzuhängen. Noch während ich es tat, bekam ich Besuch von Landmann. Mit schmerzendem Kopf und mit der ganzen Welt in Hader liegend, öffnete ich ihm die Tür und fragte: »Was willst du?«

»Mit dir reden«, sagte er und schob sich an mir vorbei in die Diele. Er folgte mir in das Wohnzimmer und ließ sich unaufgefordert in einen Sessel fallen. Nachdem ich ihn einige Tage lang nicht mehr gesehen hatte, mußte ich trotz meiner üblen Verfassung wieder einmal feststellen, daß er ein wirklich glänzend aussehender Mann war. Mir war jetzt völlig unverständlich, wieso ein Ganove wie Albertini mich von seinem Typ her noch mehr hatte ansprechen können als er. Möglicherweise war mir in Monaco weder die Seeluft noch die Sonne bekommen. Mir fiel sofort auf, daß er neue Probleme haben mußte, denn sein Lächeln fiel eher gequält als von Herzen kommend aus, oder aber auch gekünstelt, jedenfalls nicht so, wie ich es bei ihm gewohnt war. Ich forderte ihn auf, sich etwas zu gedulden, und setzte im Badezimmer die angefangene Arbeit fort. Gleich darauf kam auch er in das Badezimmer. Er betrachtete die am Wäschetrockner einträchtig nebeneinander hängenden Damen- und Herrenslips und sagte: »Daß *du* solche Dinger trägst, wundert mich ja nun wirklich nicht. Aber für einen Mann seines Alters könnte er sie ruhig zwei Nummern größer nehmen.«

»Gerade ein Mann seines Alters braucht sie nicht mehr größer«, sagte ich. »Hast du nie davon gehört, daß alte Menschen immer kleiner werden?«

»Ich bezog das mehr auf ihre Körpergröße«, sagte er. »Wo hast du nur den ganzen Nachmittag gesteckt? Ich habe schon ein Dutzendmal versucht, dich anzurufen. Jetzt bin ich einfach mal auf gut Glück hierher gefahren.«

»Warum hast du es nicht bei Möbius versucht?« fragte ich.

»Dort war ich.«

»Das wollte ich nicht«, sagte er. »Wir haben im Büro ein Problem. Du hast doch damals dieses kleine Lied für die LEBU gemacht. Sie wollen es jetzt plötzlich im nächsten Fernseh-Spot haben. Niemand im Büro kann sich aber noch genau entsinnen, wie der Refrain war.«

»Diesen Käse wollen sie übernehmen?« fragte ich ungläubig.

Er sagte: »Alle, die den Text damals gehört und probeweise mitgesungen haben, sind heute noch begeistert davon. Die Melodie war doch, glaube ich, auch von dir?«

»Nach Hänschen klein«, sagte ich. »Erinnere mich bloß nicht daran.«

»Unsinn, ich habe mit Schäfer, Riedinger und den anderen, denen du es damals vorgesungen hast, gesprochen. Sie waren alle dafür. Nur der Text vom Refrain fällt ihnen nicht mehr ein. Cramer wird ihn vielleicht noch wissen, aber den muß ich erst davon verständigen, daß er wieder eingestellt ist. Das war sicher dein Werk?«

»Darüber möchte ich nicht reden«, sagte ich.

»Meinetwegen«, sagte er. »Wenn Möbius nicht mehr weiß, was er will, ist das sein Problem. Kannst du dich an den Refrain ...«

»Ja, ja«, fiel ich ihm ungeduldig ins Wort. »Ich kann mich an den Käse entsinnen. Für eine seriöse Lebens- und Unfallversicherung wie die LEBU kann ich mir aber etwas Schwachsinnigeres überhaupt nicht vorstellen. Der Refrain hieß: ›Denn wer auf die LEBU vertraut, hat niemals auf den Sand gebaut. Der hofft auf Hilfe nicht vergebens in schweren Stunden seines Lebens.‹«

»Das ist doch großartig«, sagte er und zerrte hastig ein Notizbuch aus dem Jackett. Während er den Vers aufschrieb, bewegte er freudig lächelnd den Mund und fragte: »Und die Melodie ging wie ›Hänschen klein‹?«

»Laß sie dir von Schäfer vorsingen«, sagte ich. »In seiner Eigenschaft als Betriebsrat ist er im Vorsingen dein bester Mann im Stall.«

»Ja, ja«, sagte er zerstreut. »Du warst über das Wochenende wieder bei deiner Mutter in Hamburg?«

»So ist es«, sagte ich. »Wenn ich erst einmal verheiratet bin, habe ich nicht mehr so viel Zeit, sie zu besuchen.«

»Vielleicht brauchst du gar nicht zu heiraten«, sagte er und kehrte, das Notizbuch zuklappend, in das Wohnzimmer zurück. Seine unklare Äußerung beschäftigte mich so stark, daß ich die Wäsche sein ließ, mich zu ihm an den Wohnzimmertisch setzte und ihn fragend anblickte. Er sagte: »Möbius ist also damit einverstanden, daß wir Cramers Kündigung zurücknehmen.«

»Das ist doch bereits alles besprochen«, sagte ich.

»Ich erwähne es auch nur noch einmal der Ordnung halber«, sagte er. »Wir werden dir ein Zimmer im Obergeschoß geben, damit er dir nicht mehr so oft über den Weg läuft. Du wirst mit Schäfer tauschen. Er und Cramer übernehmen ab sofort die Waschmittel und du die Autos. Das war doch schon immer dein Wunsch?«

Es war sonst nicht seine Art, nicht mehr recht zu wissen, wovon er redete. Ich fragte irritiert: »Hast du sie noch alle?«

»Vollzählig«, sagte er. »Es ist mir gelungen, Seeberg umzustimmen.«

Ich blickte ihn ein paar Sekunden lang perplex an. Dann fragte ich: »Am Telefon?«

»Nein. Auch ich war über das Wochenende verreist. In Düsseldorf, falls dir das etwas sagt.«

»In seiner Privatwohnung?«

»Nach vorheriger telefonischer Absprache. Ich vermute, er hat inzwischen selbst eingesehen ...«

»Wann warst du bei ihm?« warf ich ein. »Am Samstag? Oder gestern?«

»Ist das so wichtig?«

»Nein«, sagte ich. »Aber es interessiert mich.«

»Ich war gestern nachmittag bei ihm«, sagte er. »Er empfing mich sofort. Wie gesagt: Vielleicht hat er inzwischen selbst eingesehen, daß er mit seiner Forderung nach deiner Entlassung weit über das Ziel hinausgeschossen ist, und nur auf eine günstige Gelegenheit gewartet, sie zu widerrufen. Die habe ich ihm durch meinen privaten Besuch in seiner Wohnung verschafft. Ich konnte ihn in einem zweistündigen Gespräch davon überzeugen, daß es von dir kein böser Wille und nur eine Verkettung unglücklicher Umstände war. Die Sache wird auch keine nachteiligen Folgen für die Agentur haben, im Gegenteil, er stellte in Aussicht, daß wir vielleicht auch die Klebstoffreklame seiner Firma übertragen bekommen. Ich bin sehr froh für dich, Stefanie.«

Ich war jetzt wieder voll und ganz da und stand auf. Aus dem Büfett holte ich die Cognacflasche und zwei Gläser, stellte sie auf den Tisch und schenkte ein. »Darauf müssen wir einen heben, Karl«, sagte ich. »Wissen es die anderen schon?«

»Nein«, sagte er. »Du solltest es als erste erfahren.«

»Wie lieb und aufmerksam von dir«, sagte ich. »Dann weiß es auch Möbius noch nicht?«

»Er war heute den ganzen Tag nicht im Büro«, sagte er. »Als er mich vor einer Stunde wegen Cramer anrief, wollte ich es ihm noch nicht sagen.«

»Das möchte ich auch selbst tun«, sagte ich und setzte mich auf seinen Schoß. Ich legte einen Arm um seinen Nacken, küßte ihn und sagte: »Dafür werde ich dir mein ganzes Leben lang dankbar sein, Karl. Willst du mit mir bumsen?«

Sein Gesicht färbte sich rot. »Nein, zum Teufel. Ich denke, darüber waren wir uns einig.«

»Wir haben uns darüber unterhalten, aber einig waren wir uns nicht«, sagte ich. »Ich habe dir lediglich gesagt, daß ich Heike mag. Aber schließlich hat sie schon drei Kinder von dir. Da geht ihr nicht viel verloren, wenn du deinen Samen auch einmal anderweitig investierst. Es braucht ja nicht gleich eine Verbindung auf Dauer zu werden. Als du mir damals im Wald die Titten gestreichelt hast, das hat mir sehr gefallen. Ich habe es gern, wenn du mir die Titten streichelst.«

»Ich habe sie dir nicht gestreichelt, verdammt noch mal ...«

Ich verschloß ihm den Mund mit einem neuen Kuß, griff nach seiner Hand und schob sie, ohne erwähnenswerten Widerstand zu fühlen, in meinen Pulli.

Er murmelte schwach: »Laß das.«

»Willst du wirklich, daß ich es lasse?« fragte ich. »Das ist nämlich die letzte Gelegenheit, die ich dir gebe, und das auch nur, weil du für mich nach Düsseldorf gefahren bist und zwei Stunden lang mit Seeberg geredet hast. Ich weiß nur zu gut, welche Überwindung dich das gekostet hat. Dazu noch an einem so schönen Sonntag wie gestern. Ich muß dir etwas abbitten, Karl. Daß ich dir so unheimlich viel wert bin, das hätte ich mir nicht einmal im Traum einfallen lassen. Du bist ein richtiger Goldschatz.«

»Und du eine verdammte Hexe«, murmelte er, mit der Hand an meinen Titten.

Ich lächelte. »Ich habe sogar ein richtiges Hexenmal. Eine geheimnisvolle Rune. Tief eingegraben in mein Fleisch, wo es am allerzartesten ist. Willst du sie mal sehen?«

»Du spinnst wohl!« begehrte er auf.

»Du brauchst dich wirklich nicht zu zieren«, sagte ich. »Ich weiß, daß du sie für dein Leben gern sehen würdest. Warte!«

Ich erhob mich von seinem Schoß, streifte rasch den Pulli über den Kopf und den Rock hinunter. Bevor ich jedoch auch den Slip abstreifen konnte, stand er auf den Beinen und ging mit großen Schritten zur Tür. Ich rief ihm zwar noch nach: »Aber du hast doch noch gar nicht deinen Cognac getrunken«, aber er hörte nicht mehr auf mich. Gleich darauf schlug knallend die Wohnungstür hinter ihm zu. Ich zog mich wieder an, griff nach den beiden Gläsern und trank eines auf einen Zug leer. Das zweite nahm ich mit in Wolfgangs Schlafzimmer, setzte mich auf sein Bett und wählte Landmanns Privatnummer. Das schrecklichste seiner drei ungezogenen Töchterchen war zuerst am Apparat und sagte: »Jaaaaa, wer is daaaaa?«

»Ich, du dummes Gör«, sagte ich. »Gib mir deine Mutter.«

Zunächst blieb es still, dann fing sie an zu plärren und nach Mama zu schreien. Heike ließ nicht lange auf sich warten. Ich hörte sie beruhigend auf das Töchterchen einreden, dann meldete sie sich.

Ich sagte: »Ich bin's, Stefanie. Was ist nur mit deiner Tochter los, Heike?«

»Du hast ihr doch bestimmt nicht gesagt, sie sei dumm?« fragte sie.

Ich lachte: »Dann hat sie mich aber gründlich mißverstanden. Sie fragte: ›Wer ist da?‹ und ich sagte: ›Die Biene Summ-Summ.‹ Sag mal, ist Karl zufällig in der Wohnung?«

»Nein«, sagte sie. »Er rief mich an und sagte, daß er sich heute abend vielleicht verspäten werde. Telefonierst du aus der Agentur?«

»Ja«, sagte ich. »Ich wollte ihn noch etwas fragen. Er hat sich bei Frau Seybold nicht abgemeldet. Wie geht es dir, Heike?«

Sie lachte. »Bestimmt nicht so gut wie dir. Mit drei lebhaften Kindern am Hals.«

Wenn sie davon ausging, ich hätte weniger Probleme als sie, dann konnte sie durch ihren Mann auch noch nichts von meinen Problemen in der Agentur erfahren haben. Verwunderlich war es insofern nicht, als er ihr dann auch von Möbius' Liebeswerben und von ihrem Kompensationsgeschäft auf meinem Rücken hätte erzählen müssen.

Ich sagte: »Ich kann es dir nachfühlen. Bei dem schönen Wetter immer daheim sitzen und auf sie aufpassen müssen. Aber gestern mittag wart ihr doch sicher aus?«

»Nur etwas am Rhein spazieren«, sagte sie. »Karl hatte wegen des Sonntagsverkehrs keine Lust, eine größere Strecke zu fahren.«

»Das kann man auch verstehen«, sagte ich. »Auf den Straßen soll es wie in einem Irrenhaus zugegangen sein. Du brauchst ihm nichts von meinem Anruf zu sagen. Er kommt sicher nochmals ins Büro. Wiederhören, Heike.«

»Tschau, Stefanie«, sagte sie.

Ich legte auf, kippte auch den zweiten Cognac hinunter und wählte die Rufnummer der Agentur.

Elke erkannte mich sofort an der Stimme, sie rief: »Ach, Frau Mössmer! Ist das aber eine Überraschung! Sie haben Glück. Ich wollte gerade Feierabend machen.«

»Den haben Sie sich auch sicher wieder verdient«, sagte ich. »Hören Sie zu, Elke, ich muß etwas wissen: ob Landmann heute im Lauf des Vor- oder des Nachmittags einen Anruf aus Düsseldorf erhalten hat.«

»Aber ja«, sagte sie. »Da rief vor etwa zwei Stunden jemand von Görlach an, eine Dame, ich glaube, eine Sekretärin. Sie nannte ihren Namen, ich habe ihn aber nicht richtig verstanden. Ist das wichtig für Sie?«

»Überhaupt nicht«, sagte ich. »Was macht die Liebe, Elke?«

Sie lachte. »Sie haben sich überhaupt nicht verändert, Frau Mössmer. Hier gibt es viele, die hoffen noch immer, daß Sie wieder zurückkommen. Ich übrigens auch.«

»Wenn Sie sehr brav sind, gehen Ihre Hoffnungen vielleicht bald in Erfüllung«, sagte ich und beendete das Gespräch.

Mein nächster Anruf galt Möbius. Diesmal meldete er sich selbst. Ich fragte: »Ist Isabella in der Nähe?«

»Ich nehme an, in ihrem Zimmer«, sagte er.

»Vielleicht leistet sie auch Wolfgang Gesellschaft«, sagte ich. »Sie ist so nett zu ihm. Ich möchte ihr dafür eine kleine Freude machen und sie zum Abendessen in ein Restaurant einladen. Für dein eigenes Abendessen kann heute einmal ausnahmsweise Wolfgang sorgen. Er kann das sehr gut. Du hast doch nichts dagegen?«

Er antwortete nicht sofort. Dann sagte er: »Darf ich dich daran erinnern, daß du für den Abend bereits mit mir verabredet bist?«

»Das muß ich leider rückgängig machen«, sagte ich. »Entweder wir sehen uns, wie ich es dir vorgeschlagen habe, heute in acht Tagen hier bei mir oder überhaupt nicht mehr. In diesem Fall muß ich dich bitten, Isabella zu sagen, daß sie auch gleich Wolfgang mitbringen soll.«

»Ist das dein letztes Wort?« fragte er.

Ich sagte mit größtmöglicher Kälte: »Ist es dir lieber, wenn ich, statt mit Isabella, heute abend mit Rolf ausgehe und mich mit ihm über Lausanne unterhalte?«

Danach blieb es still. Ich rief noch ein paarmal seinen Namen und wollte bereits auflegen, als ich Isabellas Stimme vernahm. Sie fragte: »Bist du es, Stefanie?«

»Ja«, sagte ich. »Setz dich in dein Auto und komm zu mir. Mach dich vorher aber etwas hübsch. Ich möchte dich zum Abendessen einladen.«

»Aber der Señor ...«, setzte sie an.

Ich unterbrach sie: »Den kannst du heute abend vergessen. Er hat es dir bereits erlaubt. Hast du dich noch etwas mit Wolfgang unterhalten?«

Sie lachte leise.

Ich fragte: »Warum lachst du?«

»Nicht am Telefon«, sagte sie. »Wie war deine Adresse?« Ich beschrieb ihr den Weg und sagte: »Du brauchst nur einmal kurz zu läuten, dann komme ich hinunter.«

Sie blieb wieder ein paar Augenblicke lang still. Dann sagte sie: »Deine Stimme klingt viel fröhlicher als sonst. Heute nachmittag hatte ich noch das Gefühl, du bist irgendwie traurig.«

»Da wußte ich auch noch nicht, daß ich heute abend mit dir ausgehen werde«, sagte ich. »Aber vielleicht hast du gar keine Lust, mit mir auszugehen.«

»Lust schon«, sagte sie. »Ich weiß nur nicht, ob ich dir einen Gefallen damit erweise, Stefanie.«

»Wie das?«

»Vielleicht lenke ich dich zu sehr von deinem Verlobten ab«, sagte sie.

Ich legte lächelnd auf.